호접몽전

호접몽전

2부

왕들의 시대

9

다가오는 파탄

청빙 최영진 장편소설

폭스코너

주요 등장인물

- **진용운(유주왕)** 《호접몽전》의 주인공. 삼국시대로 시공 이동했다. 원소를 격파했으나 업성을 조조에게 빼앗기고 현재 유주성에 머무르고 있다. 검후가 죽으면서, 시공 이동 때 병마용군과의 영혼 계약과 관련된 기억을 되찾았다. 그 충격으로 머리가 은발로 변했다.
- **제갈량 공명** 정사에서 촉의 승상이자 삼국시대 최고의 정치가 겸 군략가로 평가받는 인물. 원래 용운의 휘하에 있었으나 업성 침공 때 이별하여 형주로 왔다. 그때 용운이 사용한 시공복위의 영향으로, 월영에 대한 기억을 잃은 한편, 용운에 대한 감정이 변질되었다.
- **방통 사원** 제갈량과 쌍벽을 이루는 천재 군략가. 흔히 제갈량은 와룡, 방통은 봉추라 칭했다. 정사에서는 유비의 군사가 됐으나 요절했다. 현재는 원래 역사와 달리 유표 휘하에 있다.
- **조운 자룡(유주 대장군)** 용운의 의형이자, 삼국시대에서 처음 만난 인물. 뛰어난 인격과 무공을 지닌 문무 겸비의 인재다. 창술의 대가이며 용운에게 충성을 바친다. 현재는 관도성에 고립되어 5년째 버티고 있다.
- **낭자 연청(천강 제36위)** 소수민족 출신으로, 현대에서부터 노준의의 비서 겸 집사 같았던 존재. 노준의가 죽고 상실감에 빠져 방황하던 중, 형주에서 제갈량을 만나 따르게 되었다.
- **흑선풍 이규(천강 제22위)** 광기에 찬 사이코패스 소녀. 두 자루 도끼를 나무젓가락처럼 다룬다. 한동안 종적을 감췄다가, 누구도 예상치 못한 곳에서 모습을 드러낸다.
- **적발귀 유당(천강 제21위)** 땅속을 자유로이 이동하며 50미터 위쪽의 소리를 엿듣는 재주를 가졌다. 여동생을 지키기 위해 천강위 중 최초로 용운의 수하가 된다.

- **병마용군 유라** 유당의 여동생이자 병마용군. 21세기에서는 한류에 푹 빠져 있었다. 현재는 유당과 함께 용운의 진영에서 활약하고 있다.
- **계수** 고구려의 왕자. 신대왕의 다섯 아들 중 막내로, 고국천왕과 산상왕의 동생이다. 자신의 손으로 셋째 형을 죽게 해야 했던 일 등으로 자책하고 있다. 현재는 용운의 원군으로 파견 중이며 휘하에 일만의 개마창병과 일만의 개마무사를 거느리고 있다.
- **주태 유평** 수적 출신으로, 정사에서는 손책과 손권으로 이어지는 오나라의 맹장. 이 시대에서는 적오라는 별명으로 업성에 들어와 있었다. 그를 알아본 용운이 청무관에 입학시켜, 원래 역사보다 더욱 강한 초인으로 키워낸다.
- **허유** 원소 휘하의 모사. 남양 출신으로 자는 자원. 젊은 시절의 원소와 분주지우라 할 정도로 가까웠다. 재주는 뛰어났지만 인품이 저열하고 탐욕스러웠다. 원소 휘하에서는 특별한 활약 없이도 항상 상석에 앉았을 정도로 대우받았으나, 점차 사이가 멀어져 결국 조조에게로 갔다.
- **유비** 삼국시대의 대표적인 영웅 중 한 사람으로, 정사에서는 훗날 촉의 초대 황제가 되었다. 관우와 장비라는 막강한 무인을 의동생으로 거느리고 있다. 이 책에서는 현재 원소의 남은 세력을 흡수하여, 남피성과 평원성 등에 걸친 넓은 지역을 차지하고 있다.
- **서서** 자는 원직, 본명은 서복이다. 불우한 환경에서 자수성가했다. 뛰어난 책사로 성장했다. 《삼국지연의》에서는 조조가 그를 탐내, 정욱의 계략으로 유비와 이별하게 되었다. 이 책에서는 원래 역사보다 일찍 유비와 만나 군사로서 활약하고 있다.
- **마초 맹기** 마등의 장남. 창과 기마술의 명수다. 한수의 배신으로 여포에게 아버지를 잃고 방황하다가 용운에게 의탁했다. 원래 잠시만 신세질 생각이었으나, 자신의 능력으로는 일족을 부흥시키기 어려움을 깨닫고 용운의 가신이 되는 쪽을 택했다. 정사에서는 촉한의 오호대장군 중 한 사람으로 꼽혔을 정도의 맹장이다.
- **조개** 위원회의 장로라는 애매한 위치에 있는 존재. 천강위에도, 지살위에도 속하지 않는다. 접촉한 대상의 육체를 빼앗고 혼을 잠재워, 제 소유로 만드는 '영혼전염'이란 천기를 가졌다. 처음에는 용운을 암살하기 위

해 파견됐으나, 그 과정에서 마초에게 연정을 품게 되어 곁에 머무르고 있다.

- **관우 운장** 《삼국지연의》에서 무와 의리의 상징과도 같은 인물. 수염이 아름다워 미염공이라고도 불린다. 탁군에서 처음 유비를 만난 이래, 잠시 조조에게 투항했던 시기를 제외하곤 죽을 때까지 그를 모신다. 중국에서 현대까지도 신으로서 추앙받고 있다.
- **순유 공달** 순욱보다 나이 많은 조카로, 정사에서 조조 세력을 대표하는 책사 중 한 사람이다. 이 책에서는 순욱의 천거로 용운에게 임관, 충성을 바치고 있다.
- **포신** 후한 말의 군웅 중 한 사람이며 제북의 상. 정사에서는 조조가 거대 세력으로 발돋움하는 데 일조한 인물. 이 책에서는 조조가 복양성에서 벌인 학살에 불만을 품고 결별하였다가 혼자로는 역부족임을 깨닫고 유비의 세력에 들어간 상태다.
- **진군 장문** 내정과 법제, 정치 등 행정 다방면의 천재. 철저한 원칙주의자이자 법치주의자이다. 정사에서는 처음에 유비를 모시다가, 여포의 침공으로 떨어져 나와 조조에게 임관했다. 그 후 위나라의 대신이 되어 3대에 걸쳐 활약했다.
- **장비 익덕** 유비, 관우, 장비 세 의형제 중 막내. 관우와 마찬가지로, 탁군에서 유비를 만난 후 죽을 때까지 곁에서 따랐다. 이 책에서도 유비, 관우의 충실한 아우다. 여전히 성월을 잊지 못해 주량이 늘고 있다.
- **양수 덕조** 후한의 중신 양표의 아들로, 어릴 때부터 뛰어난 머리와 깊은 학식으로 이름을 떨쳤으나 재주에 비해 겸손함이 부족하다. 이 책에서는 채문희를 사모하여 함께 용운에게 의탁했으나, 궁기의 술법에 걸려 세뇌당한 끝에, 용운이 채문희를 겁탈했다고 믿게 되었다. 하지만 세뇌가 풀린 후에도 자발적으로 노준의와 관승을 돕는다.
- **대도 관승** 천강 제5위로, 가공할 무력을 가진 인물이다. 북평성 인근에서는 유우를 도우려고 진군해오던 오환의 수만 대군을 단신으로 격퇴했다. 노준의 사후, 양수와 함께 북평을 떠나 방랑하다가 평원성으로 왔다. 관우를 숭상하기 때문. 진한성이 사라지고 노준의도 죽은 지금, 실질적인 최강자라 볼 수 있다.

- **장료 문원** 조조의 장수이자 위나라의 명장. 동탁의 수하였다가 그가 죽자 여포를 따랐으며 여포가 조조에게 참수되자 항복했다. 이 책에서는 동탁 사후 여포에게 가지 않고 전예의 설득으로 용운을 섬긴다. 궁금한 건 바로 질문하지 않으면 못 참는 습관이 있다.
- **장합 준예** 조조의 장수이자 위의 장군. 유비가 위의 장수 중 제일 두려워했다고 한다. 이 책에서는 교분이 있던 태사자와 함께 탁군으로 내려와 용운을 따르기 시작했다. 과묵하지만 맡은 일에 충실하고 문무를 겸비한 장수다. 현재 성월과 교제 중이다.
- **소이광 화영** 위원회 천강 제9위로, 무지막지한 무력을 가졌다. 특히, 유물 나찰궁과 거기 딸린 화살로 원거리에서 쏴대는 공격을 뚫을 수 있는 자는 많지 않다. 유비 진영에 가담해 있다. 임충을 오래 사모해왔기에, 그의 죽음과 관련이 있는 용운에 대해 증오심을 불태우고 있다.
- **서황 공명** 위나라의 주요 장수로, 용맹하고 과감하며 지모도 갖춰, 조조가 매우 아꼈다. 이 책에서는 조운을 구한 인연으로 용운의 세력에 가담하게 된다. 천강위 삭초를 쓰러뜨려, 유일무이하게 병마용군을 거느린 삼국지 장수이기도 하다.
- **백영** 용운의 대역. 전술적 용도 및 용운의 신변 보호를 위해 만학관의 졸업생 중 변장술이 특기인 자를 뽑아서 그림자로 만들었다. 사마의의 제안으로 탄생했으나, 이제 그 사마의마저 경계할 정도로 용운과 외양이 흡사하다.
- **방덕 영명** 마등, 마초의 수하였다가 위의 장수가 된 무장. 마초가 마대와 함께 유비에게 항복하면서 방덕을 두고 가는 바람에 조조가 한중을 평정했을 때 귀순해 위의 장수가 되었다. 이 책에서는 마초가 용운에게 귀순하면서 방덕과 함께 했기 때문에 여전히 마초 곁에 있다.
- **급시우 송강** 천강 제1위이자, '역사조정위원회', 통칭 위원회의 장. 과거의 역사를 바꿔, 21세기의 중국을 최강대국으로 만드는 과업을 받아 삼국시대로 왔다. 무(無)에서 물질을 생산해내는 신적인 천기의 소유자. 그 밖에도 알려지지 않은 천기를 보유했다.
- **구문룡 사진** 천강 제23위. 노준의 일파. 현대에서는 중국의 대표적인 폭력조직 삼합회의 간부였다. 온몸에 아홉 개의 용 문신을 가졌으며, 각각

의 문신이 고유의 효과를 내는 천기, 구문룡의 소유자다.

- **전예 국양** 위나라의 인물로, 《삼국지연의》에서는 거의 비중이 없었지만 정사에서의 활약상은 눈부셨다. 이 책에서는 그의 재능을 알고 있던 용운에게 일찌감치 발탁, 정보부 및 감찰부 수장 자리를 맡고 있다. 비밀 조직 흑영대의 대장이다.
- **여포 봉선** 흔히 《삼국지》 최강의 장수로 묘사되는 인물이며 방천화극과 적토마 그리고 배신이 그의 상징이다. 최근 들어서는 그의 행적이 악의적으로 기록되었다는 의견도 있다. 이 책에서는 용운에게 의탁하여 중산군 지사로 있다. 휘하에 팔건장이라 불리는 용맹한 장수들과, 정예 철기대인 흑철기를 거느렸다.
- **신기군사 주무** 위원회 서열 37위이자 지살 제1위. 오용의 제자. 천강위들보다 앞서 삼국시대로 온 지살위들을 이끌고, 잘못된 시대로 와 혼란스러운 와중에도 임무를 다하려고 애썼다. 천하를 제패할 후보로 점찍은 여포의 성장에 감화되어 충심으로 모시게 되었다.
- **채염 문희** 대학자 채옹의 외동딸이자 후한 말의 여류시인. 정사에서는 온갖 고초를 겪으며 불행한 삶을 산 천재였다. 이 책에서는 용운과 같은 순간기억능력 및 과다기억증후군의 소유자로 묘사된다. 현재 업성에서 조조의 끈질긴 구애를 힘겹게 버텨내면서 오매불망 용운을 기다리고 있다.
- **쌍창장 동평** 천강 제15위로, 두 자루의 짧은 창을 잘 써서 쌍창장이란 별호를 가졌다. 원래 냉철한 성격이었지만, 유일한 단짝이던 삭초가 죽고 오용과 손잡으며 더욱 냉혹해졌다. 조운으로 위장하여 조조의 아버지 조숭을 살해함으로써, 복양성에서의 대학살을 일으키는 원흉이 되기도 했다.
- **조조 맹덕** 유비, 손권과 더불어 삼국의 한 축을 이루는 영웅으로 위나라의 태조다. 삼국이라곤 하나 촉과 오의 국력을 합쳐도 위나라에 못 미칠 정도였고 정치, 군사, 예술 등 여러 분야에서 후대에까지 영향을 끼칠 업적을 남겼다. 이 책에서는 자신도 모르는 사이 초반부터 용운에게 인재들을 빼앗기는 바람에, 정사보다 훨씬 성장이 늦었다. 정사에 비하면 존재감이 많이 작아졌지만, 여전히 용운의 호적수이자 경계해야 할 군웅 1호다.

- **하후연 묘재** 조조가 아끼던 장수 중 한 사람으로, 그가 거병했을 때부터 따랐으며 여러 전투에서 싸웠다. 이 책에서도 충실히 조조를 따르고 있는데, 그와 혈족에 가깝다는 특성상, 용운이 알고도 포섭하기 거의 불가능한 장수이다. 방덕과의 단기전에서, 조조의 장남 조앙의 몸을 차지한 조개에게 치명상을 입고 요양 중이다.
- **지다성 오용** 위원회의 일원으로 천강 제3위. 본신의 무력은 약한 편이나, 날씨를 바꾸는 강력한 천기와 날카로운 지략의 소유자다. 일찌감치 조조를 왕 후보자로 점찍고 그를 섬겼다. 동평으로 하여금 조조의 아버지 조숭을 암살, 복양성에서 대학살을 유발하여 무리하게 각성을 시도한 게 점차 숨통을 조여오고 있다. 주무의 스승이기도 하나 현재는 적대관계다.
- **만총 백녕** 유엽의 추천으로 조조에게 발탁된 군략가. 이 책에서도 조조에게 임관하여 활약했다. 특히, 특급 책사를 용운에게 모조리 빼앗긴 조조의 처지에서는 매우 요긴한 인재다. 특유의 법 집행력과 더불어 눈에 띄지 않게 일을 추진하는 능력이 빼어나, 마치 용운 세력에서의 전예와 흡사한 역할을 맡고 있다. 현재 오용을 은밀히 감시하며 조사하는 중이다.

차례

프롤로그 1

진용운의 패망

서기 199년 봄, 위군 업현 기산(祁山).

진령산맥과 연결된 산으로, 정사에서 제갈량이 여섯 차례에 걸쳐 위나라를 공격한 곳이다. 한 사내가 그 기산의 험준한 벼랑 끝에 서서 아래를 내려다보고 있었다. 얼핏 여인으로 보일 만큼 아름다운 사내였다. 그러나 큰 키와 말랐지만 강인한 팔다리가 그가 사내임을 알려주었다. 특히 인상적인 것은 바람에 휘날리는 길고 눈부신 은색 머리카락이었다. 누군가로부터는 경애를, 다른 누군가에게서는 공포와 경멸을 담아 '유주왕'이라 불리는 남자. 그는 바로 용운이었다.

용운은 기산의 까마득한 벼랑 아래로 흐르는 강을 멍하니 바라보며 생각했다.

'어디서부터 잘못된 걸까?'

그의 상념은 작년 가을로 거슬러 올라갔다. 그때 용운은 대대적으로 군사를 일으켰다. 오환족과 고구려가 지원해준 병력을 더해, 총 십만에 이르는 대군이었다. 그야말로 유주의 모든 역량을 총동원했다 해도 과언이 아니었다.

"아직 큰 전쟁을 벌이기에는 물자가 충분치 않습니다. 좀 더 기다리심이…."

순욱을 비롯하여 군부에 속한 곽가와 희지재까지, 대부분의 책사가 출병을 말렸다. 찬성한 이는 단 한 사람, 사마의가 유일했다.

"언젠가는 해야 할 일. 이왕 거병하실 거라면, 총력전을 펴서 단숨에 밀어버리는 게 낫지요."

가신들의 의견을 쭉 들은 용운이 입을 열었다.

"올가을의 추수와, 장세평이 사들인 곡물로 군량은 충분합니다. 자룡 형님과 저수는 이미 고립된 채 일 년을 버텼어요. 그들에게 희생을 더 강요할 순 없습니다."

"하지만…."

"게다가."

용운은 쥐고 있던 죽간을 흔들어 보였다. 이 거병의 발단이 된 서신이었다.

"아버지의 제자인데다 우리가 위험할 때 큰 도움을 줬던 백부(伯符, 손책의 자) 님이, 유표의 공격으로 위기에 처했다며 도움을 요청해왔습니다. 이를 어찌 거절하겠습니까?"

용운 자신도 좀 무리라는 건 알고 있었다. 하지만 늘 가슴에 뭐가 얹힌 듯 마음이 갑갑했다. 원소를 패망시킨 후에도 그 갑갑함은 사라지지 않았다. 적들 사이에서 고군분투 중인 조운 때문이었다. 성을 버리고 그만 불러들일 생각까지 했으며 실제로 실행에 옮기려 하기도 했다. 흑영대원을 보내, 유주성으로의 귀환을 권유한 것이다.

조운은 부드럽지만 단호히 거절했다. 이미 관도성에는 그와 용운을 따르는 병사들, 백성들이 수만이었다. 조운은 절대 그들을 버리고 혼자 달아날 수 없었다. 그런 조운의 일에 더해, 손책까지 도움을 청해온 게 용운을 움직였다. 지금이 일어설 때라고. 주군이 이렇게까지 말하니, 가신들은 더 반대하지 못했다.

그렇다고 용운도 무작정 전쟁을 벌이려는 게 아니라, 나름 계획이 있었다. 건실한 대군과 유주가 자랑하는 맹장들. 거기에 사천신녀에게서 나오는 압도적인 힘을 이용, 사마의가 말했듯 최대한 빨리 적을 제압하고 전쟁을 끝낸다. 이게 목표였다. 그 과정에서 다른 세력은 건드리지 않고 오직 산양성을 공격하고 있다는 유표의 원정군만 노릴 셈이었다. 조조와 유비, 원술에 비해, 유표는 상대적으로 다른 세력과의 교류나 연계가 약했다. 손책을 돕기 위해서라는 명분으로 유표를 친다면, 세 제후가 섣불리 움직이진 않을 터였다. 용운을 적으로 돌리는 건 그들에게도 부담스러울 테니까.

'만에 하나 셋 중 누군가가 응원한다 해도, 원군을 편성하여 보내기까지는 시간이 걸릴 것이다. 그전에 여포 장군과 흑철기를 보내 관도성의 자룡 형님을 구하게 하고 나는 그대로 남하하여 산양성을 친다. 유표의 허를 찌르는 것이다.'

산양은 본래 조조의 소유였으나, 몇 달 전 모두의 관심이 북부로 쏠린 틈을 탄 손책이 맹공을 퍼부어 빼앗았다. 손책은 산양성에 이어 양성, 패국, 초현 등을 파죽지세로 점령하며 '소패왕'이란 별명까지 얻었다.

한데 잠잠하던 유표가 기습적으로 군사를 일으켜, 손책의 가족이 있던 단양군을 점령했다. 그리고 연이어 구강군을 친 후, 그대로 북진해 패국까지 공격해왔다. 대노한 손책이 맞섰지만, 패국에서 대패하여 다시 산양성까지 후퇴한 상태였다. 유표는 그런 손책을 쫓아, 산양성을 포위하고 연일 맹공을 퍼붓는 중이었다.

'유표의 저력이, 한창 기세가 오른 손책을 패퇴시킬 정도였다니. 그러고 보니 유표에 대해서는 유독 정보가 부족했어. 그간 워낙 잠잠해서….'

유표는 천하가 온갖 동란에 휩싸여 휘청거릴 때도 형주에서 꼼짝하지 않았다. 그러면서 십 년 가까운 세월에 걸쳐 차곡차곡 물자와 인재를 모아왔다. 정사에서 유표를 위협했던 손견은 일찌감치 죽었다. 날을 세우던 원술도 다스리는 지역이 달라졌다. 유표와 여러 차례 싸워 힘을 소진케 했으며 그의 사후 형주를 차지했던 조조는 최근에야 재기해 세를 키우기 시작했다. 그래봐야 업성 및 복양성을 기반으로 한 기주 중심이니, 유표를 위협하기엔 거리가 멀었다. 그야말로 무주공산. 달라진 역사 덕에 주변의 위협이 없어졌다. 그 틈에 군사력을 키운 게 거의 확실했다. 여기까지가 용운이 추리한 유표의 상황이었다.

'그렇다 해도 형주에서 자리 잡은 후에는 우유부단한 모습을 보였던 유표가 이렇게 적극적인 공세를 취해오다니. 뭔가 이상해. 설마 여기에도 위원회가 개입한 것일까? 유표 못지않게 위원

회도 오랫동안 별다른 움직임이 없었는데.'

은연중에 용운 또한 유표를 관심 대상에서 제외해둔 터라 정보망이 약했다. 한데 뚜껑을 열어보니 웅크리고 있던 호랑이의 저력은 가공할 만했다. 오죽하면 소패왕 손책이 용운에게 구원을 청했겠는가. 이래저래 상황은 용운의 마음이 급해지도록 흘러가고 있었다. 교묘하게.

'시기를 놓치면 말짱 헛일이다.'

이런 연유로 마침내 유주에서 십만 대군이 출병했다. 유주군 오만, 오환군 삼만, 고구려군 이만으로 이뤄진 부대였다. 용운은 추수가 끝나자마자 출진하여, 한 달이 채 가기 전에 역수를 넘었다. 병력 규모를 생각하면 혀를 내두를 정도의 진군 속도였다.

그때, 첫 번째 불길한 일이 벌어졌다.

"전하, 지난밤 희지재 공이 운명하였습니다."

막사에 있던 용운은, 울먹이는 신하의 목소리를 들으며 눈을 지그시 감았다.

'희지재…. 겨우 수명을 연장시켰다고 생각했건만….'

희지재는 벽옥접상과 화타의 약 덕분에 건강을 회복해가고 있었다. 그의 병이 간암이었음을 고려하면 기적이었다. 허나 여전히 원정에 따라나설 정도는 아니었다. 고집을 부려 기어이 동행했는데, 역수 기슭에서 병에 걸려 명을 달리한 것이다.

"진군에 의한 피로와 역수 근처의 차고 습한 공기가 몸에 급격히 무리를 준 것 같습니다."

화타가 우울한 목소리로 설명했다.

"근처 양지바른 곳에 잘 묻어주도록 해요. 전쟁을 마치고 돌아오는 길에 제대로 장례를 치르도록 하겠습니다."

용운은 슬픔을 누르고 계속 진군, 몇 주 뒤 하간국에 들어섰다. 거기서 병력을 정비하여 도중에 위치한 안평국과 청하국 등을 점령해가며 남하하려는 계획이었다.

"봉선 님은 여기서 곧장 관도성으로 진군해주세요. 저는 산양성으로 향할 겁니다."

용운의 말에, 여포가 고개를 갸웃거렸다.

"자룡을 보고 싶지 않소? 빨리."

"그야 보고 싶죠. 하지만 어차피 전쟁터에서 회포를 풀 수도 없는 노릇입니다. 휘하 병력의 규모나 편재 등으로 보아, 이편이 더 효율적이고 적의 허를 찌르기 좋습니다."

"알겠소. 그리합시다."

한데 청하국을 목전에 둔 곳에서 두 번째 불길한 일이 생겼다. 갑작스러운 지진으로 말미암아 병력을 다수 잃고 여포군의 상장 송헌과 위속이 죽은 사건이었다.

'지진, 지진이라니.'

용운은 망연자실했다. 여포 또한 침통한 기색을 감추지 못했다. 고구려에서 파견 나온 장수, 막휘가 우려를 표했다.

"유주왕 전하, 이는 하늘의 경고입니다. 이번 원정은 아무래도 득보다 실이 많을 듯합니다."

그럼에도 불구하고 계획은 예정대로 진행됐다. 그냥 돌아가기에는 이미 벌린 일이 너무 컸다.

'지진이 하늘의 경고라고? 아니, 이건 그냥 자연현상일 뿐이야. 하필 이때 일어난 건 타이밍이 나빴던 거고.'

여포군은 예정대로 관도성으로 출진했다. 용운 또한 산양성을 목표로 직진했다. 동무양과 견성, 늠구에 있던 조조군을 격파하며 파죽지세로 제음성까지 나아갔다. 조조군은 싸우기도 전에 성을 버리고 허겁지겁 달아나버렸다. 여포와 부대를 분할하고 지진으로 병력을 잃어, 총 군사의 수는 칠만까지 줄었다. 그래도 용운의 정예 청광기에 더해, 산을 타고 공격해오는 오환군, 거기에 고구려의 강력한 철기까지… 감히 막아서는 이가 없었다.

적의 반격이 시작된 건, 그로부터 얼마 후였다.

"원술과 조조가요?"

제음성에서 작전 회의를 주관하던 용운이 반문했다.

"예. 진류의 병력이 곧장 이리로 오고 있습니다."

곽가가 답했다. 그의 눈에 우려의 빛이 흘렀다.

"원술은 그렇다 쳐도 조조가 어떻게…."

"동무양, 견성, 늠구, 범. 이 네 곳에 흩어져 있던 적들이 곧장 집결, 복양성에서 지원해준 병력과 합류하여 진격해오는 모양입니다."

용운은 입술을 깨물었다. 창칼 한번 맞대기도 전에 서둘러 달아나던 조조군의 모습이 떠올랐다. 어쩐지 하나같이 요지인 곳치고는 저항이 약하다 했다. 용운의 십만 대군을 보자마자 뿔뿔이 흩어지다시피 하여 전투가 거의 없었던 것이다. 이는 곧, 병력 손실이 없었다는 의미였다.

'소수의 병력으로 다수를 상대하여 손해 보는 일을 피하고 후

일을 기약한 것인가. 그렇다 해도 네 개 성을 내주다니. 실로 대담한 전략이다. 내가 성에 수비 병력을 제대로 남기지 못할 것을 알고?'

이것은 조조의 장수, 만총의 솜씨였다. 그는 본래 정사에서도 적의 책략을 간파하거나, 물러날 때와 나아갈 때를 조절하는 데 뛰어났다. 만총은 용운군의 전력이 압도적임을 보자, 굳이 맞서 싸우지 않고 병력을 분산시켰다. 그의 생각은 이랬다.

'저 정도의 대군이 여기 이르기까지 보고가 늦음으로 보아, 상당한 강행군을 해온 게 분명하다. 또한 그 속도로 곧장 업성을 공격하지 않고 이쪽으로 방향을 정한 이유는, 아마도 관도성의 조자룡이나 산양성의 손책 혹은 둘 다를 구하기 위함일 터. 거센 물살에 맞서 굳이 휩쓸려갈 필요는 없다.'

과연, 용운군은 뒤도 돌아보지 않고 계속 남하해 갔다. 그사이 병력을 다시 모으는 한편, 복양성에 원군을 요청한 만총은 하후돈, 조인 등과 합류하여 용운의 뒤쪽에서 통렬한 일격을 가했다.

심각한 표정으로 고심하던 곽가가 말했다.

"아군의 전력이 강대하다 하나, 평지인 제음에서 배후의 조조군과 측면의 원술군을 다 상대하기에는 무리가 있습니다. 차라리 이대로 산양성까지 나아가, 거기서 백부 님의 고단함을 풀어주는 한편, 산양을 거점으로 적들과 맞서는 편이 나을 듯합니다."

"산양성에서 싸웠다가는 유표의 병력까지 더해지지 않을까요?"

"이는 격파해 이기려는 게 아니라 시간을 벌기 위함입니다. 산양성에서 힘을 비축하면서 조금만 기다리면, 봉선 장군과 자룡

장군이 밖에서부터 호응해올 것입니다. 그때 한꺼번에 나아가 싸우면 반드시 이길 수 있습니다. 아직 식량과 물자도 넉넉하니까요. 여기서 싸우느라 시간을 끌다가 백부 님까지 유표에게 패하기라도 하면 그때야말로 심각해집니다."

"과연, 그렇겠군요."

곽가의 말이 옳다 여긴 용운은 고개를 끄덕였다. 이에 용운군은 적의 접근을 무시하고 진군 속도를 더욱 올려, 산양성과 인접한 성무현에 다다랐다. 한데 거기서 용운군을 기다리고 있던 것은 전력을 고스란히 보전한 유표의 대군이었다.

"아니? 유표군이 어째서 여기에…."

용운은 곽가가 아차 하는 표정으로 입술을 깨무는 모습을 봤다.

"봉효, 뭔가 빠뜨린 겁니까?"

용운의 물음에 대한 답은, 원정에 동행한 사마의가 대신했다.

"백부가 배신했네요. 크크."

사마의는 이 상황에서도 놀라거나 당황하기보다 재미있어 하는 듯 보였다.

"뭐? 그럴 리가 없어! 중달, 함부로 말하지 마."

"전하, 그게 아니고서는 이 사태를 설명할 수가 없어요. 아마 처음에 유표와 싸웠던 건 사실이겠죠. 한데 산양성에서 백부와 유표 사이에 뭔가 거래가 오간 겁니다. 먹잇감은 우리고요. 어쩌면 유표는 처음부터 여기까지 내다보고 손책을 친 걸지도 모르겠네요."

곽가가 버럭 소리를 질렀다.

"감히 유주의 전하를 꼬여내기 위해 소패왕을 장기 말로 쓰는 책략 따위를, 누가 구상할 수 있다는 거냐?"

"글쎄, 그거야 저도 모르죠."

시간과 장소를 바꿔, 약 일 년 전의 형주 양양.

그런 책략 따위를 구상한 당사자는 방바닥에 태평스레 누워 책을 읽고 있었다. 순박한 외모에 주먹코의 청년이었다. 얼굴빛이 검고 천연두를 앓았는지 얽은 자국까지 있어, 좋게 봐줘도 호감형 외모는 아니었다. 다만, 눈에는 범상치 않은 총기가 흘렀다. 그때 누군가 방문 밖에서 그를 불렀다.

"선생, 계십니까?"

청년은 가만히 누워 있다가 벌떡 일어나 앉아 머리를 벅벅 긁었다. 그리고 방문을 열었다.

"그 선생이라는 호칭 좀 그만하십쇼. 대체 저한테 왜 이러시는 겁니까?"

문 밖에는 은색 장포를 단정히 차려입은 사내가 서 있었다. 차림새는 문사의 그것이었으나, 창 한 자루를 짚고 서 있는 게 특이했다.

"그야, 선생의 재능이 꼭 필요하니까요."

"저는 이제 갓 스물을 넘긴 선비일 뿐입니다. 그러는 그쪽이야말로 오래전부터 주목(형주목 유표를 의미)님을 섬겨온 중신이자 군사가 아닙니까?"

"아니, 저는 그저 조언 역할일 뿐, 군사 자리는 그때도, 지금도 비워져 있습니다. 바로….”

유표를 왕 후보자로 점찍고 십 년 동안 힘을 키우게 해온 자. 창의 명수이자 전술과 책략에도 능한 천강 제19위, 금창수 서령이 청년을 가리켰다.

“방사원 선생, 당신을 위해서 말입니다.”

청년은 잠깐 멍한 표정이 됐다가 또 머리를 긁적였다.

“허허, 이것 참.”

방통 사원. 제갈량과 더불어 그 유명한 와룡 봉추 중 한 사람이다.

주로 중부 이북에서 활동하던 용운은, 처음엔 찾아오는 인재를 받아들이기만 했다. 그러다 인재의 소중함을 깨닫고 나름대로 최대한 모으려고 노력했다. 그 결과 기주와 유주 일대의 쓸 만한 재사 및 장수는 어지간히 끌어 모았으나, 형주와 동오까지 손을 뻗는 데는 한계가 있었다. 무작정 모은다고 되는 게 아니라, 그렇게 모인 인재들의 마음을 얻고 적재적소에 활용하기도 해야 했다. 사실, 지금 용운이 거느린 인재들의 면면만 해도 엄청났다.

그 와중에 원소 및 조조와의 전투에 더해, 위원회까지 용운의 앞을 가로막으면서 형주는 점차 관심사에서 멀어져갔다. 아니, 늘 생각은 하고 있었지만 실행할 여력이 없었다고 표현하는 게 정확하리라.

‘내가 형주를 당장 차지하진 못해도, 조조나 유비 그리고 원술의 손에 들어가게 해서는 안 돼.’

그 세 제후들 또한 용운과 싸우는 한편 서로 견제하느라 형주까지 손을 뻗을 엄두를 못 냈다. 그사이 서령은 착실하게 유표를 길들임과 동시에, 형주의 무수한 인재를 임관시키고 있었다. 그 인재들의 면면은 다음과 같았다.

우선, 이미 유표를 모시고 있던 괴량(蒯良), 괴월(蒯越) 형제가 있었다. 괴량은 유표가 초기에 형주를 평정할 때부터 도왔으며 이부상서 자리에 올랐다.《삼국지연의》에서는 손견을 죽인 계책을 낸 것으로 묘사된다. 단명하여 많이 활약하지 못했다. 괴월은 괴량의 동생으로, 형주자사로 임관한 유표가 창궐한 도적들을 치려고, 괴량과 괴월 형제를 찾아가 의견을 물은 적이 있었다. 그때 도적들을 꾀어내 몰살할 것을 주장한 괴월의 책략을 따라 토벌했다. 유표 사후 조조가 형주로 쳐들어왔을 당시, 후계자인 유종에게 항복할 것을 권하여 조조가 손쉽게 형주를 차지하는 데 일조했다.

사마휘(司馬徽)의 자는 덕조이며 수경 선생이라고도 불렸는데 특히 사람을 보는 눈이 뛰어났다. 본래 정사에서는 유표가 음험함을 알고 임관하지 않다가, 형주를 차지한 조조가 그를 쓰려 했으나 병으로 사망했다. 한데 유표는 서령의 교묘한 인도에 의해 성품과 성향이 사뭇 달라졌고, 사마휘 또한 서령의 권유로 관직에 나오게 되었다.

방덕공(龐德公)은 후한 말의 유명한 재야 은사이며 방통의 숙부다. 사람을 보는 눈이 있어 제갈량을 와룡, 방통을 봉추라 칭한 장본인이다. 방통이 어렸을 때 그를 알아주는 사람이 아무도 없었으나 오직 숙부인 방덕공만이 중히 여겼다. 정사에서는 아들 방산민이 제갈량의 누이와 결혼하여 사돈 사이가 된다.

이런 문관뿐만 아니라 무관들 또한 쟁쟁했다.

서령이 제일 공을 들인 자는 문빙(文聘)이었다. 그는 본래 유표를 섬기며 북방 수비를 맡았다. 정사에서 유종이 항복하자 조조의 수하가 되었다. 유비가 장판파에서 도주할 때, 조순과 함께 호표기를 맡아 추격하는 임무를 맡았는데, 하룻밤 사이에 무려 3백 리를 내달려 따라잡는 공을 세웠다. 관우가 형주 북부를 침공해 왔을 때는 악진과 함께 격퇴하여 토역장군이 되었으며, 오나라와의 국경인 강하를 삼십 년간 막아낸 철벽의 수문장이다.

다음으로는 이엄(李嚴)이 있었다.

정사에서는 유표 밑에서 지방관으로 일하다가, 형주가 조조에게 넘어간 후 익주의 유장에게 귀순했다. 유비가 유장과 대립할 때, 유비에게 항복하여 그 후 유비의 가신이 되었다. 유비는 그의 능력과 인망을 인정하여 건위태수로 임명해 중용했다.

또 나이가 들어서 더 유명해진 장수이자 활의 명수인 황충이 있었다.

정사에서는 유표 밑에서 중랑장으로 있으면서 유표의 조카 유반을 보좌하다가, 형주가 조조에게 넘어간 후로는 장사태수 한현을 섬겼다. 적벽에서 패한 조조가 철수하고 유비가 형주에서 세력을 확장할 때 그를 따랐다. 이후 촉나라의 여러 전투에서 활약하여 명장으로 이름을 떨쳤다. 특히, 한중 공방전 때는 위의 명장인 하후연을 참하여 조조군을 대패시키는 큰 공을 세웠다.

'그래도 아직 부족하다. 이 시대의 인재를 제대로 활용하지 않으면 필패라는 것은, 이미 노준의의 예에서 판명됐다. 진용운 밑에 책사로는 순욱과 곽가에서 시작하여 사마의까지 있고 무장 또한 조운, 장합, 장료, 마초 등 그야말로 초일류가 모여 있다.'

결국 그 방점을 찍은 것이 바로 젊은 방통의 영입이었다. 사흘이 멀다 하고 찾아와 임관을 청하는 서령의 정성에 못 이긴 방통은, 마침내 정식으로 유표의 가신이 되었다. 역사에서보다 훨씬 빨리 세상에 드러난 것이다. 그리고 유표의 목표가 용운임을 안 그가 처음 내놓은 계책이 이것.

'범을 미끼로, 용을 낚는다.'

바로, 용운과 동맹 관계인 손책을 겁박하여 구원을 청하게 한 다음, 거부할 수 없는 조건을 제시해서 진짜 목표인 용운을 함정에 빠뜨리는 것이었다.

"유주왕은 평판이 꽤 좋던데, 왜 주공께서는 가까운 조조와 원술, 유비 등을 두고 굳이 그를 끌어내 치려 하시는지 모르겠군요. 일단 계책을 내놓긴 했지만…."

방통의 말에 서령이 답했다.

"주공께서는 황실에서 종친이자 황숙으로 인정받았습니다. 한데 진용운 그자는 무도하게 스스로 왕을 칭하며, 오랑캐까지 끌어들여 멋대로 북부를 통치하고 있으니 어찌 두고볼 수 있겠습니까?"

"그렇게 따지면, 원술은 황제를 칭한 걸로 알고 있는데요."

"원술은 폐하를 인질로 잡고 있기 때문에 선불리 건드릴 수가 없습니다. 먼저 유주왕을 쳐서 먼 곳의 화근을 없앤 후, 폐하를 구해낼 계획을 세울 것입니다."

방통은 뭔가 석연치 않은 기분이 들었으나 잠자코 고개를 끄덕였다.

"우선 세상 무서운 줄 모르고 날뛰는 소패왕부터 본때를 보여주도록 하지요. 이는 형주의 힘이 어느 정도인지 가늠해볼 수 있는 기회도 될 것입니다."

서령이 부드럽게 말하며 웃었다.

다시 199년의 산양성.

산양성 망루에 있던 손책은, 유표군이 약속대로 포위를 풀고 물러가는 광경을 응시했다.

"이로써 나는 내 충실한 동맹이자 사부님의 아들이기도 한 유주왕을 파멸로 몰아넣고 말았군."

손책의 자조 섞인 말에 옆에 있던 주유가 그를 위로했다.

"어쩔 수 없었습니다, 주공. 우리들만이라면 죽기 살기로 싸워보겠으나…."

"그래. 설마 유표 그놈이 어머니와 중모(손책의 아우인 손권의 자)를 인질로 삼고 협박해올 줄은 몰랐어. 거기에 대한 조건은 그저, 유주왕에게 구원을 요청하는 서신만 보내면 되는 것이었으니 내 어찌 응하지 않…."

말하던 손책이 격한 기침과 함께 피를 토했다. 깜짝 놀란 주유가 그를 부축했다. 다급해지자 예전 말투가 튀어나왔다.

"백부! 왜 그러나?"

"후후, 머리로는 이해하는데, 가슴이 내가 한 짓을 용납하지 못하는 모양이네."

"이 답답한 사람. 어차피 유주왕 또한 언젠가 적이 될 수밖에 없는 것을…."

"그렇다 해도…. 내 유표 그놈에 대한 원한은 잊지 않겠다."

"자네 몸이 그래서야 어디 복수할 수나 있겠나."

한숨을 내쉰 주유는 즉각 퇴각 준비를 시작했다.

'단양과 곡아가 넘어가버렸으니, 회계까지 남하하여 훗날을 도모해야 하나. 언제 다시 중원으로 나올 수 있을지 모르겠구나. 유표를 너무 경계하지 않았다. 마치, 눈이 뭔가에 가려진 것처럼 이상할 정도로….'

주유는 후회했지만 이미 때는 늦은 뒤였다.

한편, 용운은 산양성에 도달하기도 전에, 기다리고 있던 유표군과 전투를 벌이게 됐다. 유표군은 상상 이상으로 강했다. 용운에게는 장료와 장합, 마초, 방덕 등의 맹장이 있었으나 유표 또한 문빙, 이엄, 황충 등을 총동원하여 내세웠다. 게다가 사천신녀까지 발이 묶여버렸다.

"오호호, 오랜만? 그런데 그 키 큰 년은 어디 가셨음? 죽이기 전에 나처럼 얼굴을 찢어놓고 싶은데."

청몽과 사린은 흉악한 말을 내뱉는 교복 차림의 소녀를 마주하고 아연 긴장했다. 검후에 의해 얼굴에 큰 부상을 입은 후 달아났다가 그 길로 행방이 묘연해졌던 호연작. 이규와 더불어, 가장 위험한 천강위 중 하나였다. 그녀가 유표 진영에 속해 있었던 것이다. 청몽은 호연작이 뿜어내는 흉악한 기운에 침을 꿀꺽 삼켰다.

'유표, 역시 위원회와 손잡고 있었어. 주군께선 이 사실을 알려나?'

전황은 팽팽하게 유지되었다. 호연작에게는 사천신녀가 붙었고 장료는 문빙과, 장합은 이엄과, 마초는 황충과 맞서 싸웠다. 용운군과 유표군은 이틀 밤낮을 싸웠지만, 승패를 내지 못했다. 그렇게 시간을 허비하는 사이, 마침내 조인 및 하후돈이 지휘하는 조조군과 가후가 이끄는 원술군이 나타났다.

"제길. 이거 골치 아프게 됐군."

곽가가 신음하듯 내뱉었다. 늘 자신만만하던 사마의의 얼굴도 어두워져 있었다. 이후의 일은 생각하기조차 싫은 악몽이었다. 진형이 무너지며 아군이 추풍낙엽처럼 쓰러졌다. 후퇴에 후퇴를 거듭하고 쫓긴 끝에, 용운은 서쪽 끝 기산까지 내몰리고 말았다. 그리고 산에 올랐을 때, 그를 따르는 장수는 장료가 유일했다. 심지어 청몽, 성월, 사린 그리고 이랑조차 용운과 함께하지 못했다. 그녀들이 없으면 미쳐 날뛰는 상위 천강위를 감당할 사람이 전무했기 때문이다.

"모두 날 피신시키려고…. 청몽, 성월, 사린, 이랑, 장합, 마초, 방덕…. 다들 무사할까?"

피투성이가 된 장료가 힘겹게 답했다.

"다 괜찮을 겁니다. 전하, 이제 산을 타고 북쪽으로 조금만 더 가시면…."

"가긴 어딜 가?"

장료의 말을 끊고 누군가 벼랑 위로 다가왔다. 양손에 각각 철편을 든 교복 차림의 소녀였다. 바로 복수심에 불타는 호연작이었다.

"진용운. 당신이 감히 나의 백금을 죽였죠? 병마용군이 죽는 기분을 당신이 알아요? 그날 이후로 이 순간만 기다려왔다고요."

"크윽…."

장료가 앞을 막아섰으나, 부상까지 당한 터라 호연작의 상대가 되지 못했다. 그는 용운의 눈앞에서 피를 뿌리며 쓰러졌다.

"장료!"

외치는 용운에게 호연작이 혀로 입술을 핥으며 말했다.

"너무 예뻐서 처음 봤을 때부터 내 손으로 직접 뭉개주고 싶었던 얼굴이었는데. 못 본 사이 더 예뻐졌네요?"

으드득. 용운은 어금니가 부서져라 이를 갈았다. 오랫동안 잠잠하다 싶었던 위원회는 그가 모르는 곳에서 거대한 그물을 만들고 있었다. 거기 제대로 걸려든 것이다. 그랬다. 위원회는 진한성이라는 거대한 억제력이 사라졌음을 안 순간, 이전보다 더 본격적으로 움직이기 시작했다.

"…청몽은, 사천신녀는 어떻게 됐지?"

"아아, 당신의 인형들? 당연히 모두 박살냈죠. 나와 똑같은 아픔을 느껴야 하니까."

"뭐라고?"

"걔들뿐만이 아니라, 뭐더라, 마초인가 하는 녀석하고 저번에 얼핏 봤던 잘생긴 장합이라는 오빠까지 모조리 쳐 죽였다고요.

아, 맞다. 그 비리비리하지만 잘생긴 오빠. 곽가, 맞죠? 걘 내 손으로 직접 으깨줬어요."

"…."

용운의 얼굴이 서서히 절망으로 물들어가는 걸 보며 호연작은 쾌감에 젖었다.

"당신만 똑똑하고 잘난 줄 알았죠? 헤헤, 나야 역사뿐만 아니라 공부 자체를 안 한 꼴통이었지만, 서령은 엄청 아는 게 많다고요.《삼국지》까지 포함해서."

"서령…."

《수호지》대로라면, 서열 19위의 금창수 서령. 그가 유표의 곁에 있었던 모양이다. 오랫동안.

이때, 호연작은 말하는 대신 즉시 달려들어 용운을 죽였어야 했다. 물론 그 일은 예전처럼 쉽지는 않았으리라. 이제 용운은 마초도 승패를 장담하기 어려운 강자가 되어 있었으니까. 하지만 최소한 틈은 주지 말았어야 했다. 공손승, 아니 우길에게서 경고받은 금단의 천기. 용운이 일종의 폭주 상태에서 발하는 그것을 사용할 틈을.

프롤로그 2

어긋난 운명

"드디어 내 손으로 죽일 수 있게 됐네요. 어차피 당신 따위, 진한성만 없으면…."

말하던 호연작이 별안간 굳어서 돌이 되었다. 갑자기 회색으로 변하며 움직임이 멎었기에 돌처럼 보인 것이다. 그녀뿐만 아니라 주변의 모든 것이 멈췄다. 순간, 용운은 깨달았다. 아아, 그때의 그거다. 시공복위. 게임의 세이브 파일을 불러오듯이 과거의 어느 시점으로 세계 자체를 되돌려버리는, 축복과 저주를 동시에 받는 기술!

'방금 잠깐 의식이 날아간 것 같았는데, 무의식중에 또 발동해버린 모양이다.'

용운은 다급히 주위를 둘러보았다. 여기서 원하는 시점으로 시간을 되돌려야 하는데, 문제는….

'끌어 쓸 힘이 없다. 느껴져. 내 힘으론 부족하다는 게.'

호연작이 미라가 되어 죽거나 말거나 상관없지만, 그녀 하나로는 턱도 없었다. 일찍이 좌자와 공손승이라는 존재들이 시공복위에 대해 경고했었다. 함부로 사용했다간 큰 재앙이 벌어질 것이라고. 우선 상대를 안 가리고 시간 재구성에 필요한 힘을 흡수해버린다. 뿐만 아니라, 오직 용운의 기억에 의존하여 시점을 되돌리는 것이기에 미묘한 어긋남이 생긴다. 최악의 경우 시공의 틈이 벌어져 세계가 붕괴될 수도 있었다. 그러나 용운은 차라리 반가웠다.

'그래, 이거야. 이것밖에 없어!'

이제 그를 제어할 우길은 이 시공에 없었다. 진짜 공손승이었던 진한성을 따라, 아니 정확히는 그를 따라간 월영을 쫓아 다른 시공으로 이동했기 때문이다. 우길은 월영에게 집착하고 있었다.

우길이나 좌자 대신 '그것'이 나타났다. 회색빛의 허공이 길게 찢어지며 그 틈새로 거대한 눈알이 뒤룩거렸다. 눈동자 색은 보랏빛이었고 흰자위에는 실핏줄이 가득했다. 일전에 본 적 있는 수수께끼의 존재였다. 용운과 시선이 마주치는 순간, 눈의 주인은 사념을 통해 대뜸 의사를 전해왔다.

'힘을… 빌려주겠다.'

'무슨 힘? 그전에 대체 넌 뭐냐?'

'나는… 만들어진 신. 영원한 시공의 틈에 갇혀서… 아주 오래 있었다. 힘을… 빌려주겠다. 넌, 이 시공을 과거로 되돌리기 위해… 강제로 시간을 멈췄다. 거기에는… 엄청난 힘이 필요하다. 그 힘을 내가… 빌려주겠다.'

'공짜는 아니겠네.'

보이진 않았지만, 용운은 눈의 주인이 웃는다고 느꼈다.

'똑똑하다. 거래다. 간단하다…. 날 여기서 나가게… 해주면 된다.'

'어떻게 하는 건지 몰라. 그리고 시공을 복원할 정도의 힘을 가졌다면, 왜 스스로 거기서 나오지 못하는 거지?'

'영역이 다르다…. 매개체도 없다. 내가 억지로 나가려 하면… 모든 시공은 물론 내가 있는 틈까지 파괴된다…. 엄청난 에너지를 가진 태양이… 제자리를 벗어나지 않는 것과 비슷하다. 그것, 네가 가진 그것…. 파란 나비. 호접. 시간과 공간을 초월하는 열쇠….'

'벽옥접상 말인가?'

'그래. 그걸, 나한테… 주면 된다. 약속한다, 건드리지 않는다…. 네가 있는 이 시공은. 오백 년, 아니… 천 년 뒤의 시공으로 얌전히 나가겠다….'

'왜 나오려는 건데?'

'시공의 틈, 너무… 갑갑하다. 여기서… 일만 년, 아니… 헤아릴 수 없는 시간을 머물렀다. 놀고 싶다. 나가서… 세계를 구경하고 싶다.'

오래전, 용운은 눈앞에서 자기 사람들을 잃었을 때 폭주하여 시공복위를 처음 발했다. 지금은 오히려 그때보다 더 희생이 컸다. 사천신녀를 비롯하여, 마초, 장합, 곽가, 방금 쓰러진 장료까지 모조리 죽었다.

'그들을 다 잃고도 과연 이 세계에서 내가 계속 살아갈 수 있을까? 이제 어머니와 아버지마저 없는 이곳에서?'

답은 이미 정해져 있었다. 용운은 품에서 벽옥접상을 꺼냈다.

‘이거 하나만으로는 시공 이동이 안 될 텐데.’

‘그건, 내가… 알아서 한다. 열쇠만 있어도… 일은 쉽다. 어서, 어서 이리로… 던져라. 시간이 멈춘 상태에서 더 지체하면, 네가 원하던 때로 돌아가지 못한다….’

그래도 잠깐 고심하던 용운은 결국 벽옥접상을 공간의 틈새로 던졌다. 벽옥접상은 살아 있는 나비처럼 파르르 날아서 공간 틈으로 떨어졌다. 눈의 주인이 환희에 찼다. 화등잔만 한 눈이 번쩍였다.

‘내가… 가능한 시간은, 17,000시간 전, 그게 한계다. 원하는 때를, 말해라.’

‘대충 23개월. 이 년 좀 못 되는군. 더 뒤로 갈 순 없어? 오 년 전이라거나.’

이왕 과거로 갈 거 용운은 검후가 죽기 전의 시간을 말해보았다.

‘불가능…하다. 이제 16,999시간 전으로… 줄었다.’

‘알았어! 네가 가능한 최대한의 과거로 되돌려줘.’

슉!

그 말이 떨어짐과 동시에 용운은 대전 안에 있는 자신을 깨달았다. 익숙한 장소였다. 원탁 주변에는 문신들이 앉아 있었다. 마치 바로 어제까지의 비참했던 전쟁이 꿈인 듯했다. 뭔가 말하던 중이었는지 입을 벌린 채 굳은 곽가의 모습도 보였다. 그 머리 위에 공간이 찢어져 거대한 눈이 보이는 게 기괴하면서도 우스꽝스러웠다.

‘곽가가 보면 기절초풍하겠군.’

용운은 고개를 돌려 뒤를 돌아보았다. 늘 그랬듯 거기에는 청몽이 뚱한 표정으로 서 있었다.

안도감이 그의 가슴을 가득 채웠다. 제대로 돌아왔다. 누구 하나 빠지지 않았다. 이제 치명적인 과오를 바로잡을 기회가 생겼다. 이번에는 절대 실수하지 않으리라.

'그래도 덕분에 위원회가 이때부터 이미 반격의 기회만 노리고 있음을 알았다. 형주에 둥지를 틀고서 말이야. 이 년의 시간을 벌었으니 어느 정도 대비할 수 있을 거야.'

'…거래는… 성사되었다.'

사라지려는 눈의 주인에게, 용운이 다급히 사념을 전했다.

'잠깐만! 이름은 알려줘도 되잖아. 내가 거래한 대상이 누군지 정도는 알고 싶어.'

일을 마치자 갑자기 불안해진 것이다. 혹 자신이 뭔가 큰 실수를 한 게 아닌지. 절대 세상에 풀어놔선 안 되는 뭔가를, 시공의 틈에서 꺼내버린 게 아닌지 말이다.

'난… 이름 없는 신…. 다만, 내 존재를 처음 눈치챈 인간은… 날 이렇게 불렀다.'

니알라토텝. 그게 눈의 주인이 속삭인, 자신의 이름이었다. 들어본 적 없는 생소한 이름. 일단 사탄이나 루시퍼가 아니어서 안심했다.

'아, 좋은 거래를 한 보답으로… 한 가지 기쁜 소식을 알려주겠다. 네가… 시간으로부터 배제당한 이유는, 이 시공의… 존재가 아니기 때문이다. 우연과 필연을 가장하여… 너와 네 주변인들

을 소멸하려는 시도가… 꾸준히 이루어졌다. 여기 속하지 않은 것들이기 때문에….'

'으음…. 시간의 수호인가. 그런데 위원회는? 그놈들은 왜 멀쩡한 거야?'

'멀쩡하다고… 생각하나. 이미 수도 없이 죽었다. 그들에게는… 두 시간의 대적자. 너와… 너의 지인. 그 자체가 시간의 수호다.'

'아….'

산양성 인근에서의 대패는 그야말로 시간의 수호의 집약판이라 할 수 있었다. 지진부터 시작하여 아군의 배신, 적의 암약, 하다못해 질병까지. 생각할 수 있는 모든 불운이 용운을 공격해왔다. 시간에 맞서 싸우겠다 선포했지만 이 정도일 줄이야. 어찌 생각하면 처음부터 무리였다. 애초에 형태도, 존재도 없는, 이 세계 자체가 아닌가. '니알라토텝'이 그다음에 한 말에 용운은 귀가 번쩍 뜨였다.

'이제, 너는, 시간에 대적하지 않아도 된다.'

'뭐? 그게 무슨 말이야?'

'너와 깊이 연관된 또 하나의… 대적자가 너와 멀리 떨어진 다른 시공으로 이동했다. 이 시공에 이미 너의 흔적을… 너와 운명이 얽힌 이들을 수없이 만들었다. 그들은 또 다른 누군가와 얽혀 있으므로 그 모두를 소멸하긴 쉽지 않다…. 결정적으로 시공의 열쇠를 포기하여… 내게 넘김으로써 원래의 시공으로 돌아갈 수단이 없어졌다. 이제 넌… 받아들여졌다.'

'…'

'이후의 네 행보는… 모두 이 시공의… 일로 인정되고 인간들이 말하는… 역사가 될 것이다. 원래 역사대로 되돌리려는… 반탄력은 더는 일어나지 않을 것이다.'

'듣던 중 반가운 소리네.'

'다만, 각오해야 한다. 네가 알던 것들과 알던 이들이… 미묘하게 달라짐을. 네가 모르는 곳에 있던 이들은… 아예 운명이 바뀌었음을. 앞으로의 네 싸움은… 시간과의 대적이 아니라, 운명과의 싸움일 것이다.'

그 말을 끝으로 니알라토텝은 모습을 감췄다. 용운은 그 모습을 바라보며, 그리 나쁜 존재는 아닌 것 같다고 생각했다. 어디에도 속하지 않은, 초월적 존재라는 느낌.

"전하?"

용운은 곽가의 부름에 퍼뜩 정신을 차렸다. 멈췄던 시간이 다시 흐르기 시작한 것이다. 이미 공간의 균열은 닫혀서 사라진 후였다.

"아, 봉효!"

용운은 하마터면 그를 끌어안을 뻔했다.

엉거주춤 상체를 물린 곽가가 말했다.

"어디 편찮으십니까?"

"아니, 아니에요. 잠깐 딴생각을 하느라. 무슨 얘기 중이었죠?"

"관도성의 자룡 장군을 구원하는 시점에 대한 회의였습니다.

전하께서 최대한 앞당기고 싶다고 하셔서."

"아, 그것."

용운은 과다기억증후군의 영향으로 그 회의가 언제 있었던 일인지 금세 기억해냈다.

'197년 4월. 내가 유주왕이 되고 오환과 정식으로 동맹을 체결한 직후다. 유비에게서는 화해를 요청하는 사신이 왔었던 때고. 계산 정확하네, 니알라토텝.'

잠깐 생각한 용운이 천천히 입을 열었다.

"4호를 관도성으로 보내 서신을 전달케 하세요. 조금만 더 버텨달라고. 형님을 믿는다고…. 그리고 이제껏 해온 것처럼 모든 수단을 동원해서 필요한 것들을 지원하고요."

"알겠습니다."

"유비 진영에도 사신을 보내서 화친 요청을 받아들인다고 하세요. 그래야 관도성의 부담이 조금이나마 줄어들 테니까."

"전하…."

곽가는 반가운 한편, 걱정스런 표정을 지었다. 태사자의 원수라 하여, 용운은 유비 측의 끈질긴 화해 제의를 번번이 거절해왔던 것이다.

"앞으로 삼 년."

용운의 말에 대전은 쥐 죽은 듯 조용해졌다.

"삼 년 후에 거병합니다. 그전에 해야 할 일들이 많습니다."

시간은 물처럼 흘러갔다. 천하는 여전히 여러 세력으로 나뉘어 혼란했다.

서기 202년 가을, 안평국 신도현.

후한 제국의 서북쪽 맨 끝인 계현에 유주성이 있고 그 아래가 유비의 고향이자, 용운의 세력이 처음 할거한 탁군이다. 탁군에서 서쪽 산맥을 따라 쭉 남하하면 조운의 고향인 상산국이 나온다. 안평국은 그 상산국의 동쪽, 거의 기주 중심에 위치해 있다.

올해로 딱 서른 살이 된 유주왕 진용운은, 무서운 기세로 내실을 다지고 세력을 확장했다. 안평국 신도현은 부근에서도 제일 긴장감이 팽배한 지역이었다. 우선 동으로는 '황숙(皇叔, 황제의 숙부)' 유현덕이 다스리는 발해군 및 평원군과 맞닿았다. 또 서쪽으로는 조조와 치열하게 쟁탈전 중인 몇 개의 지역과, 남으로는 한 달이 멀다 하고 공격받는 관도현과 연결되는 까닭이었다.

그 신도현의 한 고을 으슥한 가옥에 일단의 무리가 모여 뭔가 열심히 논의 중이었다. 무리의 수장 격으로 보이는 사내가 말했다.

"해서 은마 진용운이 이달 말에 직접 신도현으로 온다 이 말인가?"

"그렇습니다. 이 기회를 놓쳐선 안 됩니다."

"흠, 그럼 놈이 반드시 지날 만한 곳에 함정을 파거나 자객을 배치해서…."

"대충 여섯 개 길목이 되겠군요."

"너무 넓어. 우린 인력도, 자금도 부족하네. 최대한 정보를 수집해서 반으로 줄여보게."

유주왕 진용운이 마침내 안평국으로 온다! 이 소식만으로도 장내의 무리는 긴장했다.

진용운은 탁군에서 약간 동쪽으로 치우쳐 남하하면 바로 닿는 발해군을 버려두고 송곳처럼 중앙을 찔러 내려오기를 고집했다. 이는 그의 제일가는 충신이자 불가능해 보였던 몇 차례의 수성전을 승리로 이끌어 명장으로 칭송이 자자한 조운 자룡, 그리고 때로는 건실하며 때로는 기발한 책략으로 조자룡을 도운 책사, 저수를 구하기 위해서라는 시각이 일반적이었다.

문제는 그 과정에서 유주왕 진용운이 세상 사람들을 경악케 한 몇 가지 일을 저질렀다는 것이었다. 이는 그가 은마(銀魔, 은의 마귀)라는, 자 아닌 자를 갖게 된 이유이기도 했다. 첫 번째는 오랑캐로만 여겨온 오환족 및 고구려인과 손잡은 것이었다. 단순히 이용한 정도가 아니라, 정식으로 동맹을 맺어 직위를 주고 함께 병력을 운용했다. 이로 인해 그에게 등을 돌린 이들이 많았다. 심지어 진용운이야말로 천하를 어지럽히는 주범이라고 목소리를 높이는 재사들도 나왔다. 중원의 일만도 어지러운데 외세까지, 그것도 천한 오랑캐를 끌어들였다는 이유에서였다.

물론 이전에도 오환이나 흉노의 병사들이 후한 제국의 정규군에 편입된 적은 있었다. 하지만 진용운은 이전과 달리 그들에게 제대로 된 관직을 내리고 녹봉을 지급했다. 뿐만 아니라 원하면 유주로의 이주도 허용했다. 이에 척박하여 사람이 적던 유주의 인구는, 몇 년 만에 두 배 가까이 불어났다. 이주한 북방민족만 더해진 게 아니라, 그들과 거래를 트려고 몰려온 상인들, 그 상인들을 대상으로 장사하는 객잔과 시전 등이 늘어서였다. 또한 이

주만 해오면 땅을 싸게 빌려주고 집까지 지어주니, 천하의 유민들이 유주로 몰렸다.

백번 양보해서 오환족은 그렇다 치자. 현대식으로 표현하자면 한족들에게 트라우마와 같은 고구려와 손잡은 일은 충격 그 자체였다. 서기 49년경, 고구려는 한나라의 북평, 어양, 상곡, 태원 등을 대대적으로 침공했다. 그들의 기습은 빠르고도 치명적이었다. 제대로 된 전쟁이라기보다 약탈이 주목적이었으나 문제는 그 범위였다. 특히, 낙양과 크게 멀지 않은 태원까지 공격받은 일은 한족들을 두려움에 떨게 했다. 이에 요동태수 채융이 나서서 막대한 재물과 식량 등을 내주며 달래 돌아가게 한 적이 있었다.

한 제국은 전기에는 흉노, 후기에는 선비와 오환족 등을 막느라 국력을 소모했지만, 그 선비마저 굴복해버린 나라가 고구려였다. 백 년이 넘은 일임에도 불구하고 이는 한족들에게 두려움과 치욕으로 새겨졌다. 진용운이 그들을 끌어들였다고 하자, 경계 어린 눈으로 볼 수밖에 없었다.

"진용운 그자는 제 군사력을 강화하기 위해서, 그 흉악한 맥(貊, 북방 종족의 이름. 여기서는 고구려를 의미)인과 손잡았습니다. 삼공의 명문인 원가를 멸절시켰을 때 알아봤어야 했는데…. 더구나 그는 출신도 불분명하지 않습니까. 실은 맥인과 같은 피라는 소문도 돌고 있습니다. 진용운이야말로 제국에 큰 화근이 될 것입니다."

이는 진용운과 적대적 세력인 조조 측의 오용이 주장한 내용을 인용한 것이다. 이 내용은 문서로 작성된 뒤 대륙 곳곳에 방으로 붙어 큰 파장을 불러일으켰다.

두 번째는, 손책에게 무기와 장수를 보내 '선비의 낙원'이라 불리는 형주를 공격하게 하고 황가의 인물인 유표를 압박한 것이었다. 표면적으로 형주는 혼란스러운 시국에도 평화로웠으므로, 이런 행위는 반발을 샀다. 멀리 북쪽에 있는 그가 굳이 형주까지 영향력을 행사한 것은 천하통일의 야망을 가진 게 아닌가 하는 분석이 지배적이었다. 형주에는 명망 있는 학자들이 많았으므로 그들을 따르고 숭배하는 이들의 수만큼 용운의 적도 늘어났다.

마지막 세 번째는, 백성들은 물론 이제 고관대작 사이에도 널리 파고든 성혼교를 정면으로 부정했다는 것이다. 성혼교가 유일하게 기를 못 펴는 지역이 바로 유주였다. 진용운의 통치는 대체로 너그러웠으나 성혼단에 대해서만큼은 가차 없었다. 어찌나 귀신같이 흔적을 찾아내 추적하는지 '저승사자'라 불리며 성혼교인들에게는 공포의 대상인 흑영대장, 전예를 앞세워 기어이 처단해버렸다.

이는 후한의 고관대작들을 곤란하게 만들었다. 환관과 높은 관리들 사이에서는 성혼단에 들어가면 젊어진다는 소문이 은밀히 돌았다. 이는 소문이 아니라 명백한 사실이었다. 초반부에 백성들에게 먹이던 성수를 더욱 개량하여, 이제 위원회에 충성하며 강력한 힘을 갖게 될 뿐만 아니라 육체를 젊게 하는 기능까지 더한 것이다. 일찍이 진시황제는 천하를 통일하고 나자 불로불사의 영약을 찾아 헤맸다고 한다. 천금보다 귀한 젊음을 얻었으니, 관리들은 자연히 성혼교의 눈치를 보게 되었다.

성혼교는 유주에서 진용운이 행하는 탄압에 대해 연일 상소를 올려댔다. 그러나 진용운을 처벌하기는 어려웠고 추포해 압송한다는 것은 불가능에 가까웠다. 그가 거느린 정예 병력의 수만 대략 오만. 거기에 흑산적 출신 병력이 삼만 명이었다. 언제든 호응할 오환족 병력과 고구려까지 더하면, 십오만을 가뿐히 넘겼다. 괜히 유주왕이라 불리는 게 아닌 것이다.

또 성혼교를 믿지 않는 백성들의 신망도 깊었다. 특히 진용운에 대한 유주인들의 감정은 신앙에 가까웠다. 진용운을 압송 어쩌고 하다간 자칫 유주 전체가 들고일어날 수도 있는 것이다. 그가 사라진 뒤의 일도 문제였다. 용맹하고 날랜 북방민족은 늘 한 제국의 골칫거리였다. 진용운은 오환을 복속했고 동맹을 거부한 선비족은 쳐부쉈으며 고구려와 손잡아 자연스레 한 제국의 지붕 역할을 했다. 그가 사라졌을 때 북쪽 국경을 막을 대안은 사실상 없었다.

하지만 이런 것들에는 관심 없고 오직 진용운을 제거하는 데만 혈안이 된 무리가 여럿 생겨났다. 신도현의 이 무리도 그중 하나로, 스스로를 '거한회(擧漢會)'라 칭했다. 한 제국을 일으키는 모임이라는 의미였다. 황실을 부흥하고 후한의 자주성을 수호하는 것. 이게 거한회가 목표로 하는 대의였다. 그들이 보기에 진용운은 위험하기 짝이 없었다. 그가 가진 군사력과 힘뿐만 아니라 유주의 백성들에게 펴는 통치방식, 평소 언행에서 알려진 사상 등 모든 게 위험했다.

"좋아. 그럼 여기서 거사를 치르기로 하지."

지도를 보던 거한회 일원들이 장소를 정했을 때였다.

"에휴, 그런 허술한 계획으로는 용운 님의 털끝 하나 건드리지 못합니다. 그분이 얼마나 대단한 분인지나 아십니까?"

나른하면서도 태평스러운 목소리가 들려왔다. 거한회의 일원들은 소스라치게 놀라 고개를 돌렸다. 거기에는 큰 키에 가녀린 몸의 청년이 멀뚱히 서 있었다. 행색은 초라했으나 유난히 맑고 흰 얼굴에서 귀태가 흐르는 청년이었다.

"네놈은 누구냐!"

"아, 저는 제갈량 공명이라고 합니다. 그냥 지나가던 선비입니다."

"지나가던 선비? 수상한 놈이군. 방금 분명 은마가 대단하고 어쩌고 했었지?"

거한회는 아무 힘도 없으면서 막연히 활동하는 집단은 아니었다. 원소의 멸족에 위기감을 느낀 명문가 자제와, 그들이 돈으로 산 고수들도 여럿 포함되어 있었다. 고수들은 주로 명문가 자제의 호위 노릇을 했다. 그 호위 중 하나가 자신을 제갈량이라 밝힌 청년에게로 쇄도했다. 딱 벌어진 어깨에 단단한 주먹의 소유자였다.

"흑영대장 전예의 졸개가 분명하구나. 나, 산동의 권왕 황규영이 잘 다져서 모조리 실토하게 해 주…."

스컹!

순간, 날카로운 소리와 함께 자신을 황규영이라 밝힌 사내의 발이 멈춰 섰다. 그의 목젓이 꿈틀 움직였다. 예리한 검 끝이 목젓을 살짝 찌르고 있었다.

"어느 틈에…."

산동권왕 황규영은 신음하듯 중얼거렸다. 짧은 검을 내밀어 그를 멈추게 한 장본인은 놀랍게도 어려 보이는 소년이었다. 갈색 피부에 얌전해 보이는 생김이었으나 눈매는 더할 나위 없이 매서웠다. 이국적인 외모도 그렇고, 이민족인지 기이한 차림새를 하고 있었다.

"이분께 손대면 죽는다."

소년이 싸늘하게 내뱉었다. 그러자 제갈량은 난처한 듯 말했다.

"그렇게까지 할 필요는 없잖아, 연청."

"이자가 권왕이라는 말은 사실입니다. 어깨라도 잡혔다가는 공명 님의 연약한 뼈가 부서져버렸을 겁니다."

"알았어. 죽이지는 마. 우리 동지니까."

제갈량의 말에 잔뜩 긴장했던 거한회의 일원이 물었다.

"동지? 전예가 보낸 자가 아니란 말인가?"

"전 그런 말 한 적 없는데요."

"하지만 분명, 은마를 두고 그분이 얼마나 대단한 분인지 아냐고…."

"대단한 건 사실이니까요. 예전 그 유명하던 백마 장군도 완벽하게 토벌하지는 못한 오환족으로부터 마음에서 우러나는 충성을 받고 말조차 안 통하는 고구려인과 친교를 맺고 있지요. 또 척박하고 위험해 늘 식량난에 허덕이던 유주를 단 오 년 만에 풍요로운 땅으로 바꿔놨고요. 천하에 누가 이런 일을 할 수 있겠습니까?"

제갈량의 눈이 진심에서 우러나는 경탄으로 반짝였다. 거한회, 신도현 일파의 수장은 어이없다는 듯 말했다.

"대체 뭐 하자는 건가? 그래서 자네가 하고 싶은 말은 뭔가?"

"그 정도로 대단한 분이니…."

반짝이던 제갈량의 눈이 서늘하게 가라앉았다.

"아까 말했다시피 그런 허술하기 짝이 없는 계획으로는 그분의 털끝 하나 못 건드린다 이 말입니다. 혹 사천신녀에 대해서는 아십니까?"

수장이 이를 부득 갈았다.

"알다마다. 은마를 호위하는 네 마녀…. 그년들에게 다른 지부의 우리 동지들이 얼마나 죽었는지."

"계획이 모두 성공해서 접근한다 해도 그 사천신녀의 벽을 뚫어야 합니다. 애초에 거기까지 진행되지도 않겠지만요."

"에이잇! 그렇다고 해서 유주에만 머물러 있던 진용운이 여기까지 온 이 기회를 놓칠 순 없지 않은가!"

"물론이죠. 포기하자는 게 아닙니다."

제갈량은 장내를 둘러보며 말을 이었다.

"헛된 희생을 치르지 말고 반드시 처리하자, 이 말이지요."

거한회 일원들은 그제야 제갈량이 범상치 않은 인물임을 느꼈다. 말투가 달라진 수장이 조심스레 물었다.

"그대에게 뭔가 계책이 있단 말이오?"

"예. 바로 그겁니다. 힘 대 힘에서는 필패. 그러니 책략을 써야 합니다."

"한데 그렇다고 책략으로 은마를 잡는 것도 쉬운 일은 아니오. 그에게는 왕을 보좌하는 재능이라 불리는 봉황, 순욱 문약부터 해서 천재 군사 곽가와 희지재까지 인재가 무수하니까. 특히, 암제(暗帝)라 불리는 사마중달의 비상은 무서울 정도요. 얼마 전, 유주에서 일어난 반란을 손끝 하나 까딱 안 하고 완벽하게 제압했지. 수뇌부 사이에 분열을 조장해서…. 그러고 보니 그 사마의가 그대 또래겠구려."

"알지요."

제갈량은 뭔가 아련하면서도 씁쓸한 듯, 묘하게 웃었다.

"사마중달. 지금쯤이면 확실히 무서운 책사로 성장했을 겁니다."

"보아하니 사마의에 대해서도 아나 본데 그러고도 승산이 있다는 말이오?"

"있습니다."

"어떻게…?"

"그야, 제가 그들보다 더 뛰어나니까요."

너무도 상쾌한 자부심에 거한회 일원들은 웃지도 못했다. 장내에 잠시 침묵이 감돌았다. 그저 제갈량의 옆에 선 연청만이 진지하게 고개를 끄덕일 뿐이었다.

'노준의 회장님을 잃고 절망해 있던 내게 삶의 목적을 찾아주신 분이다. 공명 님이라면 분명 순욱이나 곽가, 사마의를 가뿐히 능가할 것이다. 그 진용운조차도.'

제갈량은 멍해진 사람들을 버려두고 휘적휘적 걸어가서 지도 앞에 섰다. 천하는 들불처럼 여러 갈래로 나뉘어 있었다. 진용운의 통치하에 있는 북부. 성혼교의 성지이자 수수께끼에 싸인 교주가 있다는 서부. 조조와 원술이 양분한 중부와, 유비가 잠식해가고 있는 동부. 마지막으로 유표와 손책이 패권 다툼 중인 남부였다.

그는 지도를 바라보며 나직하게 중얼거렸다.

"이 모든 혼란의 원인, 용운 님. 당신은 아무래도 제가 어릴 적 생각한 나쁜 바람, 그 자체인 듯하군요. 여기서 돌풍을 멈춰주셔야겠습니다."

이제야 거리낌 없이 자기 자신과 사랑하는 이들을 위하여 새로운 역사를 쓰려는 자. 미래의 조국을 위한 사명이라는 명분하에 자신들의 입맛대로 역사를 주무르려는 자. 새로 조립된 시공에서 바뀐 운명을 따라 자신의 뜻을 펼치려는 자. 이들이 만들어갈 새로운 이야기가 막 시작되려는 참이었다.

◈ ◈ ◈

니알라토텝은 가벼운 고민에 빠졌다.

'어디가… 좋을까.'

그가 원하는 것은 가장 재미있어 보이는 시공이었다.

'시간의 대적자가 이동해간 시공…. 이자는 능력 자체가 시공역천, 시간에 거스른다는 뜻이 아닌가…. 말도 안 되는 오버 테크놀로지를 이용한… 인공 생명체와 신의 창조라… 거기도 재미있어 보이긴 하지만….'

그의 앞에는 수억 개에 달하는 시공의 단면이 거대한 모니터처럼 펼쳐져 선택을 기다렸다. 고심하던 니알라토텝은 마침내 한 지점을 골랐다.

'그래도 역시… 여기가 재미있어 보이는구나. 우주 밖에서 온 자들이… 세상 자체를 게임처럼 개조했다니. 심판이라는 이름으로 말이다.'

용운이 모르는 사이, 그가 원래 살던 세상에서는 상상도 못한 일이 벌어지려 하고 있었다. 하지만 그가 그 일을 알게 되는 것은 아주 먼 훗날의 이야기였다.

1

진용운 암살 작전

거한회와 일별한 제갈량은 거처로 돌아왔다. 용운에 대한 정보를 듣고 마련한 임시 거처였다. 그는 입을 꾹 다물고 뭔가 깊은 생각에 잠겼다. 가끔 있는 일이었기에 연청은 크게 신경 쓰지 않고 방을 나갔다.

"공명 님, 잠시 시전에 다녀오겠습니다. 나가지 말고 계십시오."

"으응, 알았어."

제갈량은 이미 수십 번, 수백 번이나 했던 일을 또 반복하는 중이었다. 바로 어린 시절 용운의 곁에 머물렀던 때의 기억을 더듬는 것이다.

'확실히 빠짐없이, 똑똑히 기억하고 있다.'

자객들에게 부모님이 살해당하고 자신도 죽을 뻔했던 일. 순간 기적처럼 나타나 목숨을 구해준 흑영대원. 용운을 처음 만난 순간의 설렘과 그의 곁에 있으면 늘 가슴이 따뜻했던 추억까지.

'그런데 왜 나는 지금 그분과 싸우려는 거지?'

제갈량의 기억이 과거로 거슬러 올라갔다.

용운에게서 떠나게 된 계기는 업성 함락이었다. 당시 조조가 서호의 둑을 터뜨리는 바람에 형 제갈근과 함께 거센 물살에 휘말렸다. 의식이 희미해지는 가운데, 그때는 꼼짝없이 죽는 줄 알았다. 눈을 떠보니 초췌한 모습의 제갈근이 자신을 초조하게 내려다보고 있었다.

"공명, 넌 이레나 의식이 없었다. 널 잃는 줄 알고 내가 얼마나…."

제갈근은 눈시울이 붉어져서 말을 삼켰다. 그사이 형제는 진류 근방까지 내려온 상태였다. 조조가 업성에서도 학살극을 벌일까 우려한 제갈근이 부지런히 남하한 까닭이었다. 그는 탕음에 있던 지인에게서 돈을 빌려, 좋은 말과 마차 그리고 마부를 구하는 데 아낌없이 썼다.

"공명. 안타깝지만 기주에서 주공의 세력은 이제 끝난 거나 마찬가지다. 아마 백안 공이 있는 북부에서 재기를 꾀하시겠지. 원소를 쫓아 북부로 향하셨다고 들었으니…. 그러니 우리도 새로 자리 잡을 곳을 찾아야겠다."

제갈근은 용운에 대한 충성심까지 사라진 건 아니었으나, 우선 어린 동생을 살리고 봐야 했다. 이미 난리 통에 여동생 희와 막내 균을 잃어버렸다. 둘은 생사조차 불분명했다.

'만일 희와 균이 죽었다면 온 천지에 혈육이라곤 공명밖에 남지 않는다. 내 나중에 저승에서 부모님을 무슨 낯으로 뵌단 말인가?'

용운을 따라 유주로 가자니 너무나 멀고 위험한 길을 거쳐야 했다. 자신은 그렇다 치고 어린 제갈량이 그 여정을 버텨낼 것 같지 않았다. 도중에 들은, 여포가 용운의 가신들을 구해서 달아났다는 소식에 내심 서운한 기분도 들었다.

'임관한 지 얼마 안 되어 우선순위에서 밀린 건가? 난 완전히 잊힌 거로군.'

여기에는 다소 오해가 있었으나 제갈근의 입장에서는 이런 생각이 들 수밖에 없었다. 고심하던 제갈근은 목적지를 정했다.

"형주로 가자꾸나. 거긴 아직 평화롭고 선비를 대우해준다고 들었다. 나도 금세 일자리를 찾을 수 있을 것 같구나."

관직이 필요했다. 먹고살기 위해서뿐만 아니라, 다른 두 동생을 찾아볼 여력을 갖기 위해서라도. 특히, 형주의 유표는 조정의 승인 없이도 관리를 임명할 수 있는 권한을 갖고 있었다. 그의 눈에 들기만 한다면 곧바로 집과 먹을 것이 주어지는 것이다. 그렇게 해서 형주에서의 생활이 시작되었다. 과연 형주는 마치 다른 세상처럼 평온했다. 제갈근은 큰 어려움 없이 곧 유표에게 임관했다. 제갈량도 형의 권유로 사마휘에게서 학문을 배웠다.

지난 일을 되새기던 제갈량은 고개를 저었다.

'마찬가지다. 빠뜨린 게 없어.'

거기까지의 과정에서는 용운에 대한 원망이나 적대감이 전혀 없었다. 서로 엇갈린 데 대한 아쉬움이 있을 뿐. 이건 조금씩 어긋나게 쌓아올린 돌담과 같았다. 아랫부분은 촘촘했으나 어느 지점부터 점차 틈이 생겼다. 그게 더해지고 더해지자, 위에 가서는 크게 벌어져서 새로 쌓아야 할 지경이 되었다.

우선 제갈근이 유표를 모시게 된 것 자체가 문제였다. 유표는 서링의 영향으로 은연중에 용운을 적대하고 있었기 때문이다.

이에 잠시나마 용운의 밑에 있었던 제갈근을 탐탁지 않아 했으나, 서령의 조언으로 중용했고 서령 자신도 그를 극진히 대했다. 이는 그가 제갈량의 형임을 아는 까닭이었다.

제갈근의 입장에서는 감격하지 않을 수 없었다. 자연히 자신을 버리고 떠난 용운과 비교가 됐다. 또 유표에게 마음이 기울고 그의 입장에서 생각하게 되었다. 공무를 마치고 돌아오면, 제갈근은 늘 그날 있었던 일들을 동생에게 얘기해주었다. 언젠가 제갈량도 관직에 나아갈 것이고 그때 이런 이야기가 도움이 되리란 판단에서였다. 한데 그 대화에는 종종 용운의 흠이나 위험성, 그에 대한 유표의 경계심 같은 요소들이 들어 있었다.

스승 사마휘도 마찬가지였다. 그는 공교롭게도 전형적인 후한의 선비였다. 선비들은 대개 황실을 숭상하고 기존 가치를 중히 여긴다. 그런 그에게 오환족과 고구려를 끌어들이고 모든 백성은 평등하다고 공공연히 말하는 용운은, 후한 제국의 질서를 뿌리째 흔들려는 악적이었다. 당연히 제자들에게 좋게 말할 리 만무했다.

열다섯 살부터 스무 살까지, 솜이 물을 빨아들이듯 지식을 흡수하며 정서적으로 가장 예민한 시기에, 용운에 대한 나쁜 얘기만을 계속 들은 것이다. 그것도 아버지처럼 여기는 형님과 스승에게서. 가뜩이나 몸이 멀어지면 마음도 멀어진다고 했다. 용운에 대한 제갈량의 아련한 그리움은, 점차 원망과 경계심으로 바뀌었다.

그리고 결정적인 것 한 가지가 더 있었다. 쌓아올린 기억의 돌담에서 빠져나간, 가장 큰 한 조각. 누군지 알 수 없는 어떤 여자의 기억이었다.

제갈량은 가끔 이 시대 사람들이 전혀 사용하지 않는 이상한 산법을 쓰거나, 낯선 언어로 사물의 성분을 분석할 때가 있었다. 예를 들어, 양잿물을 수산화나트륨이라고 부르며 NaOH라는 기호로 표기하는 식이다. 정신없이 땅바닥에 그리다가 스스로도 움찔했다.

'난, 대체 이런 걸 어떻게 알고 있는 거지?'

그럴 때마다 한 여자의 목소리가 들려왔다.

— 미안해요, 나의 소중한 공명.

— 당신이 꼭 해야 할 일이 있어요.

그 여자가 누군지 떠올려보려고 애썼지만, 도무지 기억나지 않았다. 이름도, 생김새도. 가끔 환청처럼 들리는, 슬프고도 아름다운 목소리가 전부였다. 이는 용운이 시공복위를 쓴 시점 탓에 일어난 일이었다. 그때 이미 월영은 진한성을 따라 다른 시공으로 이동한 후였다. 그 상태에서 과거로 돌아가 시공을 재조립하니, 그녀는 제갈량의 '기억'에는 남아 있되 이 세계에는 없던 존재가 되어버렸다. 그 괴리감이 제갈량을 혼란스럽게 만들었다. 덩달아 월영의 존재에 대한 상실감은 제갈량이 용운에게 적대감을 갖게 되는 데 한몫했다.

이는 니알라토텝이 용운에게 경고했던 것의 일부였다. 시간 대신, 운명 자체가 적이 되리라는…. 과거를 완벽하게 바꾸지 못함으로써 벌어질 운명과의 대적 중 하나였다. 세계를 용운 자신의 목적을 위해 재구성하면서 돌아온 부작용이었다. 용운에게 우호적이었던 상대가 강력한 적이 된 것이다.

제갈량은 아무리 머리를 쥐어짜도 여자의 정체를 알아내지 못했다. 참다못해 제갈근에게 물어본 적도 있었다.

"형님, 혹시 제가 어릴 때, 그러니까 형님께서 업성으로 가시기 전에 우리 가족과 친하게 지내던 여인이 있었나요? 아니면 함께 지내던 친척이라거나."

"여인? 무슨 소리냐? 함께 지낸 친척도 없다."

제갈근은 어리둥절한 얼굴로 되물었다. 절대 뭔가 숨기거나 연기하는 게 아니었다. 결국 제갈량 자신이 상상 속에서 만들어낸 인물이라는 얘긴데, 그렇다고 하기에는 존재감이 너무 생생했다. 이 생경한 지식들도 그 여인에게서 배웠을 가능성이 높았다. 그녀는 말했다.

— 사람들을 고통에 빠뜨리는 나쁜 바람을 멈추게 해요. 그게 당신이 맡은 사명이에요. 미안해요, 공명. 이런 어려운 일을 하게 해서.

'나쁜 바람이라….'

그녀가 하는 말이 뭔지는 짐작이 갔다. 제갈량은 사람의 성품이나 기질을, 산, 나무, 바람, 강물 등과 같은 자연 속에 존재하는 현상이나 요소로 비춰볼 수 있었다. 언제부턴지 모르겠지만 철든 무렵부터 그랬다.

예를 들어, 형인 제갈근은 쭉 뻗은 나무였다. 올곧고 바른 성품이나, 때에 따라서는 강한 바람에 휘어질 줄도 알았다. 이런 기질을 가진 사람들은 대체로 믿을 만했다.

스승 사마휘에게서는 고요한 숲이 느껴졌으며, 우연한 인연으로 만나 곁을 지켜주고 있는 연청은 맑고 깊은 호수였다. 호수에 뭐가 비치느냐에 따라 물의 색깔은 많이 달라 보인다. 간혹 오물이나 독성 있는 뭔가가 빠지면 물 전체가 더럽혀지기도 한다. 그래도 시간이 지나면 언젠가는 특유의 정화작용으로 깨끗해지는, 깊이를 알 수 없는 호수. 그게 낭자 연청이었다. 누구를 가까이 하느냐에 따라 기질이 달라진다.

'그 연청도 용운 님을 원수로 여기고 있다.'

뚜렷한 기억 중 하나는 용운에게서 바람의 기운을 느꼈었다는 것이었다.

'끝까지 원소를 추격한 용운 님의 마음이 이해되지 않는 것은 아니다. 허나 그쯤에서 멈추고 돌아와, 조조로부터 업성을 방어했다면 어땠을까. 물론 어려웠겠지. 일단 거세져서 한 방향으로 불기 시작하면 되돌리기 불가능한 게 바람이니.'

서늘하고 상쾌하던 그 바람은 이제 거대한 폭풍이 되어 아무래도 천하를 휩쓸려는 모양이었다.

'내가 막아야 한다.'

제갈량은 눈을 감은 채 미지의 여인에게 물었다.

'누군지는 몰라도 당신이 바라는 것도 그거겠지?'

그러나 대답은 들려오지 않았다.

이틀 후 아침, 제갈량은 약속된 장소에서 사람들과 만났다. 거한회의 일원들이었다. 산동권왕 황규영이 제갈량에게 물었다.

"정말 이거면 되겠소?"

"네. 여러분이 원하는 것은, 오직 진용운 님의 말살. 그러니 철저하게 그만을 노려야 합니다. 사실 그것만으로도 충분합니다. 북부의 거대한 세력 전체가 오직 용운 님이라는 단 한 사람에 의해 지탱되는 거나 마찬가지니까요."

"나야 대의를 이룰 수만 있다면 뭐든 할 수 있소. 그런데 부탁 하나만 해도 되겠소?"

"뭡니까?"

"그, 은마의 이름 뒤에 님 자 좀 안 붙이면 안 되겠소? 영 듣기 거슬리는구려."

"아, 그게 저도 제 맘대로 잘 안 되어서 말입니다."

듣고 있던 거한회의 간부가 끼어들었다.

"규영, 님이면 어떻고 놈이면 어떤가? 어차피 이제 곧 죽을 자인 것을."

"하긴 그렇군요, 공자."

제갈량이 거한회 인물들과 함께 거사의 마지막 점검을 하고 있을 때였다. 한 사내가 친근하게 그를 부르며 다가왔다.

"여어, 공명. 역시 여기 있었구먼."

"…사원."

방통 사원. 사마의를 제외하고 제갈량이 유일하게 그 실력과 재지를 인정하는 자였다. 사마휘의 소개로 만난 둘은 비슷한 또래였으므로 곧 친구가 됐다.

"자네까지 올 필요는 없었네만."

제갈량의 말에 방통이 웃으며 답했다.

"오해하지 말게. 자네 실력을 의심해서가 아니라, 유주왕의 최후를 내 눈으로 직접 보고 싶어서 말이야. 이러니저러니 해도 한 시대를 풍미한 자가 아닌가."

"그럼 저건 뭔가?"

제갈량이 턱짓으로 가리키는 방향을 본 방통은 겸연쩍게 웃었다.

"내 뜻이 아닐세. 알잖나. 주공의 숙원이 유주왕을 잡는 일이라는 것을. 몰랐으면 몰라도 유주왕의 이동 경로를 알았는데 가만히 계실 리가 없지."

"난 보고한 적 없는데?"

"자네 형님이…."

"충신 났군."

그쪽에는 '유(劉)'라 쓰인 갈색 깃발이 펄럭였다. 형주자사 유표를 상징하는 깃발이었다. 깃발을 바라보던 제갈량이 물었다.

"한데 자네 생각에는 대체 유경승(景升, 유표의 자) 님이 왜 그렇게 용운 님에게 집착하는 것 같나?"

"나도 의아해서 생각을 좀 해봤는데, 아마 황실의 유지를 이을 자가 둘이기 때문일 걸세."

"황실의 유지?"

제갈량의 옆에 다가선 방통은 목소리를 낮추고 말했다.

"알다시피 이제 황실은 유명무실해졌네. 원술이 천자를 인질로 잡고 자신이 황제임을 선포한 게 결정적이었지. 백성과 선비들은 원술의 무도한 행위에 분노한 만큼, 황실의 무력함과 나약함에도 실망했네. 허나 그럼에도 불구하고 천하는 여전히 천자를 필요로 하고 있네. 우민들은 돌봐주고 다스릴 사람이 필요하니, 어쩔 수 없는 일이겠지."

그때, 제갈량의 뇌리에 다시 여인의 목소리가 울려 퍼졌다.

— 모든 사람은 평등해요. 하늘이 천자를 따로 정해놓은 게 아니니까요. 그저 그 나라를 세운 자의 핏줄이 이어져 내려왔을 뿐이에요. 천자 한 사람의 힘으로는 아무것도 할 수 없어요. 소위 고관대작들 또한 백성들이 바치는 세금으로 먹고사는 거고 군대도 대부분 백성들로 이뤄져 있죠. 그러니 백성이 없으면 나라도 없어요.

"백성이 없으면 나라도 없다…."

"응? 자네, 방금 뭐라고 했나?"

"아니, 아니야. 그래서?"

"으음. 문제는 이제 기존 황실에 대한 민심이 많이 돌아섰다는 걸세. 무리도 아니겠지. 나라를 이 꼴로 만들기까지의 실정도 그렇고 원술의 손아귀에서 아무것도 못하고 있으니까. 그래서 백성들은 새로운 왕을 원하고 있네. 태평도의 난이 그토록 크게 번진 것도 그런 염원의 표현이지. 그럴 때 나타난 게 바로 유주왕일세."

"음."

"그의 출신은 불분명하네만, 황가의 일원인 백안 공에게서 유주를 위임받았으니 자격은 충분하네. 원술이야 진작 제쳐두고. 한데 자네도 알다시피 천자에게서 직접 인정받은 황숙은 둘이 더 있네."

"유현덕과 유경승 님……."

"그래. 유현덕 님은 얼마 전 원술이 주최한 사냥대회에서 천자를 뵙고 황실의 족보를 가져와 직접 황숙임을 확인받았네. 가뜩이나 친근한 이미지였는데, 덕분에 백성들 사이에서 존재감이 급부상하고 있고. 위세를 떨치려다 남 좋은 일만 시킨 원술은 분을 참지 못했다고 하네. 듣기로는 유현덕이 돌아가는 길에 암살하려 했다가 관우와 장비 때문에 실패했단 말도 있더군."

"그 두 사람이 지키는 유현덕을 암살하려면 자객을 천 명은 투입해야겠지."

"그리고 주공(유표)은 자네도 알다시피 이미 오래전에 삼공과 같은 권한을 얻었으며 교주, 양주, 익주 세 개 주의 감찰권에 더해, 황제의 백부라는 극존칭을 받았네. 거기다 독자적인 부 개설권과 관리를 임명할 수 있는 권한까지 가졌으니 사실상 이미 왕이나 마찬가지네."

제갈량은 천천히 고개를 끄덕였다.

"유현덕은 민심은 얻었으나 아직 힘이 부족하지. 특히, 군사력

부족은 고질적인 문제야. 장수의 질 문제도 언제까지나 관우와 장비, 두 사람에게만 의존할 수는 없을 테고 말이야."

"그리고 주공은 유현덕에게 은근히 친근감을 품고 계시더군. 결국 황실의 혈통이나 유지를 이었다는 '명분'과 실제 영토 및 군사력이라는 '힘'을 둘 다 가진 세력은, 북쪽의 유주왕과 남쪽의 주공으로 나뉘는 셈. 그렇기에 주공께서 더 의식하시는 듯하네."

잠깐 숨을 돌린 방통이 말을 이었다.

"실제로 유주왕의 행보는 위험하니까. 특히, 맥인(고구려)을 끌어들인 건 정말 잘못된 선택일세. 나 개인적으로는 황제를 선포한 원술의 헛짓거리와 맞먹는다고 생각하네."

"음, 그건 아니지. 원술은 적만 늘었지만, 용운 님은 최소한 강력한 수만의 철기를 얻었으니까. 그리고 맥국의 개마무사라는 자들에 대해 들어봤나? 전신을 철갑으로 감싼 무인들인데, 한 명 한 명이 정예병사 일백 명에 필적한다더군."

"힘을 얻는다고 무조건 이득인 건 아니라네. 그로 인해 돌아선 천하의 선비들을 생각해봤나?"

그때 정찰병이 달려와서 숨찬 목소리로 알렸다.

"왔습니다! 공명 님의 예측대로 이쪽 길을 통해서 유주왕이 오고 있습니다. 병력은 대략 이만 정도입니다."

순간, 주변에 긴장감이 감돌았다. 산동권왕 황규영이 낮은 목소리로 중얼거렸다.

"드디어 시작인가."

"모두, 맡은 장소로 가주시지요."

제갈량이 명하자 거한회의 일원들은 서둘러 흩어졌다.

"난 만약 실패했을 경우를 대비해 데려온 군사들을 배치하도록 하지."

방통의 말에 제갈량은 무겁게 고개를 끄덕였다.

제갈량의 작전은 간단명료했다. 진용운이 데려온 병력 전체를 격파할 수 없다면 분리하고 또 분리하는 것이다. 그중에서 용운이 속한 덩어리에만 집중하여 말살한다. 그러면 이만이 아니라 이천, 운 좋으면 오백의 적만 상대할 수도 있다. 이를 위해 몇 가지 함정과 복병을 준비했다. 우선 제일 먼저 할 일은 용운이 어느 길을 택할지 예측하는 거였다. 제갈량은 정찰병으로부터 유주군의 행군 경로를 듣고 네 갈래 길 중 하나를 선택했다. 과연, 그 선택은 들어맞아서 그리로 유주군이 오고 있었다. 눈에 안 띄고 이동이 빠른 대신, 좁은 협곡 사이를 지나야 하는 길이었다.

이미 이틀에 걸쳐 협곡 가운데 지점의 길에다가 폭이 넓은 함정을 꽤 깊게 파두었다. 그 위는 얇은 나무판자와 흙을 덮어서 사람이 지나가는 정도로는 반응이 없게 했다. 그러나 무거운 철기나 수레가 지나가면 당장 빠져 움직이지 못하게 될 터였다.

제갈량은 약 이백 명 정도의 거한회 인원을 네 단계에 걸쳐 배치했다.

'유주군의 병력이 이만이라 하나, 청광기를 포함한 최정예인지라 정면 대결로 이기려면 최소 사만 이상은 있어야 한다. 하지만 현실은 두 배는커녕 적이 백 배다. 그래도 왕만 잡아낸다면 얘기가 다르지.'

그는 가장 힘이 센 자들 여든 명을 골라 협곡 양쪽에 마흔 명씩 배치한 후, 미리 쌓아둔 바위들을 굴리게 했다. 또 궁술이 뛰어난 자 마흔 명을 뽑아서 자신의 수기 신호를 보고 움직이도록 했다. 그 밖에 무예가 뛰어난 자 마흔 명, 화공이 특기인 자 마흔 명으로 나누었다. 그러는 사이 제갈량은 방통이 데려온 병사 오천이 최대한 은밀하게 협곡 뒤로 돌아가는 걸 보았다. 말에서 내려 빙 둘러 가니 시간은 걸릴지언정 발각될 일은 거의 없을 듯했다.

'성공 확률이 더 높아지겠군.'

안도감이 들어야 하는데, 이상하게 씁쓸했다.

유주군 선두에 선 장수는 청무관 2기 출신의 양무라는 자였다. 청무관 출신이 으레 그렇듯, 용운에 대한 충성심이 지극하고 무예가 뛰어났다. 그는 좀 전부터 뭔가 예감이 좋지 않았다. 정확히는 협곡 입구를 본 순간부터 그랬다. 양무는 참모로 동행하고 있는 학사이자 태학 출신인 설환에게 말했다.

"이보게, 설환. 어쩐지 저 입구, 엄청 들어가기 싫게 생겼지 않나?"

"양 장군, 이런 지형인 거 다 알고 왔지 않습니까."

"그건 그런데…."

"그리고 척후병을 운용한 결과 대군의 움직임은 없었습니다. 딱히 함정이나 복병도 없었고요."

"으음. 기분 탓인가."

거한회는 워낙 수가 적은데다 직전에 움직여 발각되지 않은 것이다. 바로 제갈량이 노리던 바였다. 그러는 사이 유주군은 협곡에 들어서기 시작했다. 제갈량은 협곡 중간쯤의 큰 바위 뒤에 숨어서 상황을 관찰하고 있었다. 옆에서 그를 지키던 연청이 속삭였다.

"수레가 보입니다."

제갈량은 묵묵히 고개를 끄덕였다. 수레가 비교적 대열 앞쪽에 위치했기에 멀리서 희미하게나마 인영이 보였다. 그것만으로도 충분했다. 눈에 확 띄는 은백색 머리의 사내가 세 여인에게 둘러싸여 있었다.

'오랜만입니다. 용운 님.'

제갈량은 가슴 한편이 뻐근해짐을 느끼며 시간 맞춰 깃발을 올렸다.

"응?"

맨 앞에 서 있던 기병들이 수상한 징후를 포착했다.

"잠깐, 멈…."

그때 땅이 푹 꺼지면서 첫 번째, 두 번째 대열의 말과 사람이 일제히 고꾸라졌다.

"억!"

"함정이다!"

유주군은 즉시 경계 태세에 들어갔다.

이어서 제갈량은 두 번째 깃발을 흔들었다. 쿠릉, 쿠르릉! 거한회의 장정들이 있는 힘을 다해 바위를 밀었다. 협곡을 굴러 내려오며 가속도가 더해진 바윗덩어리가 대열 가운데를 덮쳤다.

"이런, 적의 기습이다!"

"전하를 지켜라!"

좁은 협곡 사이에서는 순식간에 소란이 벌어졌다. 함정에 빠져 멈춘 앞쪽과 그들을 꺼내려는 바로 뒤쪽 인원, 바윗덩어리들로 인해 나뉜 인원 등으로 유주군은 몇 개의 큰 덩어리로 갈라졌다.

제갈량은 이를 지켜보며 생각했다.

'아직 부족하다. 더 분리시켜야 해!'

하지만 과연 정예군인지라 빠르게 대열을 수습하고 용운이 탄 수레를 에워싸기 시작했다. 그 바람에 노릴 대상이 명확히 드러났다.

"지금이다!"

협곡 가운데쯤에 숨어 있던 화공 전문가들이 수레가 포함된 대열에 일제히 기름 주머니를 던졌다. 한 번에 마흔 개씩, 몇 개나 던졌을까. 파파팟! 화살이 날아와 마흔 명 중 거의 서른이 쓰러졌다. 무섭도록 빠른 대응이자 정교한 활솜씨였다.

"이익!"

살아남은 열 명은 이를 악물고 독기를 품었다.

"한 제국을 위해!"

"천자님을 위해!"

그들은 떨리는 손으로 품 안의 부싯돌을 꺼내 횃대에 불을 붙여 던졌다. 그들이 화살을 맞고 쓰러짐과 동시에 기름을 덮어쓴 대열에 불이 확 붙었다. 화공조 마흔 명은 전원 전멸했으나 역할을 충분히 해냈다. 이것으로 유주군의 대열이 또 나뉘었다. 본능적으로 불을 피하려고 앞뒤로 물러난 결과였다.

"아아악!"

"불이다! 화공이다!"

협곡 사이의 바람을 타고 불은 빠르게 번졌다. 불과 연기 그리고 비명이 협곡을 채워갔다. 주머니에는 기름뿐만 아니라, 태우면 독한 연기를 뿜어내는 물질도 섞여 있었다. 놀란 말들이 날뛰고 유주군 병사들은 눈물 콧물을 흘리느라 정신이 없었다. 혼란을 틈타 저격수 마흔 명은 유주군의 장수로 보이는 자들을 활로 쏴 쓰러뜨렸다. 분노한 유주군 십 수 명이 저격수들이 숨은 곳을 향해 달려갔다. 이때쯤 가장 중요한 마지막 인원들이 아수라장에 투입되었다. 바로 산동권왕 황규영이 포함된 무예가 뛰어난 조 마흔 명이었다. 그들은 미리 복면을 하고, 독연에 저항하는 단환도 먹어두었다.

"멋지게 성공했군. 역시 보통 애송이가 아니었어."

황규영의 말에 제갈량은 씁쓸하게 웃었다.

"아직 성공한 게 아닙니다."

"이 난리 통에 대열 가운데에서부터 파고들어 눈에 확 띄는 은발 마귀의 목만 베면 되는 것이니 어려울 것도 없지. 적진을 맨 앞부터 뚫고 가는 것도 아니고."

양 손목에 비수 손잡이를 묶어 손바닥 아래로 날을 감춘 황규영이 달려 나갔다.

"이따 보세."

그의 뒤를 따라 거한회 신도현 일파의 최고수들이 각자 경공을 뽐내며 질주했다. 목표는 자욱한 연기 속에서도 은은하게 빛나는 은발의 주인, 유주왕 진용운이었다.

방통이 이끌던 오천의 부대가 협곡 입구, 유주군 대열의 맨 뒤쪽을 공격하기 시작한 것도 그때였다. 앞, 뒤, 가운데서 한꺼번에 공격을 받자, 유주군은 수적으로 훨씬 우세했음에도 불구하고 정신을 차리지 못했다.

제갈량은 황규영이 자리를 떠난 직후, 연청에게 말했다.

"그리고 연청, 너도 다녀와."

"엇, 하지만 제가 가면 공명 님을 지킬 사람이…."

"여긴 안전해. 무엇보다 이대로라면 자객 마혼 명은 뜻을 이루지 못한 채 몰살한다. 사천신녀를 뚫고 용운 님의 목을 벨 사람은 너뿐이야. 사실상 네가 마지막 비밀무기였다. 그 외는 전부 무대를 만들기 위한 소품이고 미끼야."

잠시 어이없는 표정을 짓던 연청이 웃었다.

"하하, 역시 와룡… 그랬군요. 내가 놈을 공격할 기회를 포착하기 위해…."

"응. 처음부터 그 일은 네가 아니곤 맡길 사람이 없었어. 그리고 너도 원할 테지. 네 주인이었다던 성혼단의 지도자, 노준의의 복수를."

"물론이지요."

연청은 제갈량에게 절하고 일어섰다.

"고맙습니다. 이런 기회를 주셔서. 두 번이나 저를 다시 살게 해주시는군요. 절대 실패하지 않겠습니다."

돌아서는 연청의 등 뒤에서 제갈량이 물었다.

"나한테 다시 돌아올 거야? 성공해도?"

"그야 물론이지요."

연청은 순식간에 그 자리에서 사라졌다.

'해내겠지. 연청이라면.'

말했듯 애초에 연청에게 시킬 일이었다. 거한회를 투입한 것은 조금이나마 연청에게 닥칠 위험을 줄임과 동시에, 그들에게도 뭔가 해냈다는 자부심을 주기 위해서일 뿐이었다.

제갈량은 처음 연청과 만났던 날을 떠올렸다.

형주에 마지막 남은 도적단을 퇴치하라는 임무를 받은 형, 제갈근을 따라 나선 길이었다. 힘들게 알아낸 도적단의 산채를 덮쳤을 때. 거기 살아남은 도적은 아무도 없고, 피에 물든 소년 혼자 시체의 산 가운데 덩그러니 서 있었다. 가무잡잡한 이민족 소년이었다.

"설마, 이 도적들을 저 아이 혼자 다 죽인 것이냐?"

제갈근이 놀란 목소리로 중얼거렸다.

도적의 수는 어림잡아도 일천 이상. 그간 유표에게 격파당한 도적의 잔당이 모두 모였기에 규모뿐만 아니라 독기도 상당했다. 그런 엄청난 짓을 저지른 소년의 눈은 공허했다. 제갈근 쪽을 돌아본 소년이 내뱉었다.

"또 왔구나. 모조리 죽여주지."

정벌군은 쉽게 나서지 못했다.

"헛!"

제갈근이 바람 빠지는 소리를 낸 이유는 소년의 위협에 놀라서가 아니었다. 갑자기 소년에게 성큼성큼 다가가는 아우 때문이었다.

"…?"

딱 봐도 한 손가락이면 찔러 죽일 수 있을 듯한 서생이 태연히 걸어오자, 연청은 오히려 순간적으로 반응을 하지 못했다.

그의 앞에 선 제갈량이 말했다.

"당신, 나와 같군."

"…무슨 개소리야?"

"목표를 잃었어. 왜 살아가야 하는지 목적도 잃었고. 뭔가 소중한 걸 잃어버렸어. 그런데 가슴속에서는 막 불길이 타오르고. 그렇지?"

"…."

"나와 함께 가자. 괜한 사람들이나 죽이지 말고. 나도 그 잃어버린 목표를 찾는 중이야. 내가 살아갈 이유를 만들어줄게."

제갈량은 손을 내밀었다. 오래전 한때 그의 목표이자 살아갈 목적이었던 사람에게서 배운 인사법이었다.

그 손을 물끄러미 바라보던 연청이 말했다.

"이쪽 세상에도 이 인사를 아는 사람이 있다니. 재미있구나."

연청은 제갈량의 손을 잡으려다 멈칫했다. 자신의 손이 온통 피투성이였기 때문이었다. 그때 제갈량이 먼저 그의 손을 덥석 잡았다.

'알 수 있어. 이 소년에게서 그 여자와 같은 뭔가가 느껴진다.

분명 존재했지만 아무도 모르는, 내 기억에만 남아 있는 여자. 그녀에 대한 단서가 될 뿐만 아니라, 이 엄청난 무력은 반드시 쓸모가 있을 거야.'

연청은 제갈량이 본 최강의 무인이었다. 어린 시절 자신을 구해준 흑영대원보다도. 유표가 자랑하는 문빙이나 황충보다도 더. 서령이라면 연청보다 강할 수도 있겠지만, 그는 이런 일에 직접 나서지 않으리라.

과연 앞을 가로막는 유주군을 모조리 쓰러뜨리고 수레를 향해 쇄도하는 연청이 보였다. 오히려 먼저 출발했던 산동권왕 황규영을 비롯한 자객들이 그의 뒤를 따르는 판이었다.

'됐다!'

제갈량은 주먹을 불끈 움켜쥐었다. 두려움과 기대, 흥분이 뒤섞인 기묘한 감정이 소용돌이쳤다.

2

역습의 시작

산동권왕 황규영은 식은땀을 흘리고 있었다.

'시버럴, 저 꼬마 뭐 저리 강해!'

그의 정체는 거한회 신도현 일파에 잠입한 간자였다. 상산 출신인 그는 동향 무인으로서 오래전부터 조운을 존경해왔다. 이에 저수에게 포섭되어 조운을 따르고 있었다. 그의 임무는 관도현과 안평국 일대에서 활동하는 거한회의 움직임을 보고하는 것이었다. 이제까지는 그 일이 크게 어렵지 않았다. 본래 거한회는 말에 비해 행동은 소극적인 면이 있었다. 아무래도 명문가 자제들과 선비들이 다수인 까닭이었다.

용운이 안평국으로 온다는 정보를 입수했을 때도, 원래는 기껏해야 돈을 써서 자객을 사 암살이나 시도해볼 분위기였다. 그러다 갑자기 제갈량이라는 애송이가 나타나면서 상황이 급진전되었다. 소심하던 도련님들은 실현 가능할 것 같은 계획이 눈앞에 보이자 광기에 젖었다. 급기야 목숨도 아끼지 않고 부나방처럼 뛰어들기에 이르렀다.

'어쩐지 보는 순간 불길한 예감이 들더라니.'

처음부터 용운의 첩자로 몰아 실수인 척 목을 꺾어버리려 했다. 갑자기 나타나서는 용운 님 어쩌고 했으니 그럭저럭 구실은 되었다. 한데 옆에 있던 꼬마에게 우스울 정도로 간단히 제지당했다. 바로 지금 유주군을 일직선으로 뚫고 사천신녀를 쓰러뜨리고 있는 저 연청이라는 꼬마였다.

"크악!"

"커헉, 전하, 어서 피신…."

연청은 작은 체구를 최대한 이용하여 양손에 소검을 든 채 팽이처럼 몸을 회전했다. 칼날의 팽이가 돌 때마다 피가 튀었다. 말끔한 집사복을 입은 채 살육을 벌이는 모습이 기묘한 괴리감을 주었다. 최정예라는 청광기들이 연청을 맞아 오 합을 넘기지 못했다. 그러나 싸우는 연청의 표정도 좋지 않았다.

'날 상대로 공격을 다섯 번이나 버텨? 일개 병사가?'

노준의는 현대에 있을 때부터 연청을 아꼈다. 싹싹하고 똑똑했으며 충성스러웠기 때문이었다. 그 충성심은 성혼마석의 힘을 얻은 후에도 변하지 않아서, 연청은 병마용군과 이어지는 혼의 의식조차 거부했다. 병마용군은 필연적으로 매우 가까운 관계에 있었거나 소중한 이의 혼을 불러야 성공 가능성이 높아졌다. 그러다 보면 노준의에게 소홀해질까 염려되어 아예 병마용군을 갖길 거부한 것이다. 실제로 천강위 중에는 자신의 병마용군에게 집착하는 이가 적지 않았으니, 연청의 염려가 기우인 것만은 아니었다. 대개 연청의 충성심이 이 정도였으니 노준의가 아끼지 않을 수 없었다.

거기에 결정적인 이유가 한 가지 더 있었다. 연청이야말로 노준의의 숨은 칼이었다. 그저 집사나 시동처럼 보이지만, 노준의는 그런 쓸모없는 인력을 곁에 두는 성격이 아니었다. 가장 가까운 거리에 있는 최종 경호원. 그게 바로 연청이었다.

연청은 성혼을 얻으면서 더욱 강해졌는데, 회 내에서는 의식적으로 그 사실을 드러내지 않았다. 사람의 선입견이란 무서워서 연청이 별의 힘을 얻은 후에도 변함없이 노준의를 시중들자 그대로 이미지가 굳어졌다. 이에 다들 그를 그저 노준의의 직속 부하나 비서쯤으로 여겼다. 무력만 놓고 따진다면 연청은 호연작이나 진명에게도 맞설 수 있는 존재였다. 그런 그와 용운의 병사라는 자들이 공방을 다섯 번씩이나 주고받고 있는 것이다. 연청의 입장에서는 당황스러울 수밖에 없었다.

'허나 이제 곧 끝났다.'

수레에 앉아 있는 은발 사내의 모습이 보였다.

'저게 진용운….'

연청은 내심 실망했다. 무술을 조금 익힌 듯했지만 투기는 미미했고 그렇다고 압도적인 카리스마도 느껴지지 않았다. 진한성의 아들이라는 진용운은 처음부터 아버지와 달리 몸보다는 머리를 쓰는 쪽이라 알려지긴 했다. 그 사실은 연청도 알고 있었다. 그렇다 해도 너무 시시했다. 그의 옆을 긴장한 기색이 역력한 세 여인이 지키고 있었다.

'그리고 저년들이 사천신녀인 모양이구나. 하나가 죽어서 셋

만 남았다고 하더니.'

성혼단 부대를 이끌고 유주성을 공격할 당시, 연청은 북평성에 남아 있었다. 노준의가 성의 살림을 부탁한 까닭이었다. 관승은 그저 무인일 뿐이니 행정이나 정치에는 문외한에 가까웠다. 연청은 흔쾌히 부탁을 수락했다. 노준의의 패배는 상상조차 하지 못했다. 그때만 해도 진한성이 갑자기 유주성에 나타나리란 걸 몰랐으니까.

당시 주인의 곁에 있지 못했던 것을 연청은 지금까지도 후회했다. 매일, 하루도 빠짐없이. 그 후회로 말미암아 연청은 살아 있어도 죽은 거나 마찬가지였다. 적어도 제갈량을 만나기 전까지는 그랬다. 그는 자신이 나아갈 길을 보여주고 이끌어줬다. 다 꺼져가던 불씨를 되살려준 은인이었다. 그리고 마침내 노준의의 복수를 할 기회가 왔다. 진한성이 노준의와 함께 산화했다고 해서 연청의 분노와 원한이 사라지는 건 아니었다.

'죽여주마. 오늘 이 자리에서.'

이미 늦었음을 깨닫고 포기한 것일까. 아름다운 은발의 사내는 무서운 기세로 다가오는 연청을 묵묵히 바라보고 있었다.

일찍이 검후가 세상을 떠났을 때, 용운 이상으로 슬퍼한 이가 있었다. 바로 그녀의 정인인 조운 자룡이었다. 검후의 소식을 들었을 당시 조운은 아직 다친 양팔이 다 낫지 않아 관도성에서 휴양 중이었다. 처음에는 그녀가 죽었다는 얘기를 믿지 않았다. 뭔가 착오가 있었으리라 생각했다. 진짜 실감한 것은 흑영대원이 용운의 명으로 총방도를 가져왔을 때였다. 검후는 필단검과 총방도라는 한 쌍의 애병을 보유하고 있었다. 그중 필단검은 용운 자신이 갖고 총방도는 조운에게 보낸 것이다. 용운은 흑영대원 편에 총방도를 보내며 생각했었다.

'돌이켜보니 엄마와 자룡 형님은 확실히 서로 좋아했던 것 같아. 무리도 아니지. 남편이란 작자는 병에 걸려 죽어갈 때도 해외에서 떠돌고 있었으니…. 진한성의 아내이자 내 엄마였던 여자는 원래 세상에서 이미 죽었고 여기서는 새로운 삶을 살고 싶었을지도 몰라. 나 때문에 결국 그조차도 안 됐지만. 엄마의 마음만은 자룡 형님께 전해주고 싶다.'

용운은 아마도 엄마가 이 세계에 와 있던 아버지와 자신 때문에 조운을 밀어냈으리라 짐작했다. 결혼한 직후 자신을 낳아, 그때부터 죽기 전까지 평생 당신 삶이라곤 없이 고생만 했다. 그랬던 엄마인데, 되살아나서조차 자신을 지키다 죽었다. 용운은 그게 못 견디게 죄스러웠다. 총방도를 조운에게 보낸 건 거기에 대한 사죄와 위로의 의미였다.

'엄마도, 아니 검후도 이걸 바랄 거야.'

조운은 떨리는 손으로 도를 어루만지며 말했다.

"미안하오, 검후…. 내 탓이오. 하필 내가 그때 다쳐서 주공과 떨어져 있었기에 그런 일이 벌어진 거요."

말뿐만이 아니라 조운은 진심으로 그렇게 생각했다. 그의 눈에서 뜨거운 눈물이 흘러내렸다. 그날 이후 조운은 한순간도 총방도를 몸에서 떼어놓는 법이 없었다. 또한 원래도 수련에 열심이었으나 아예 극한까지 자신을 몰아붙이다시피 했다.

그사이 용운은 업성을 조조에게 빼앗기고 유주에 머물렀다. 그 소식에도 조운은 동요하지 않았다. 오히려 당황하여 어쩔 줄 모르는 저수를 진정시켰을 정도였다.

"자룡 장군, 이 일을 어찌한단 말입니까? 이제 관도성은 사방이 적으로 둘러싸였으니 망망대해 가운데 남겨진 조각배 꼴이 됐습니다. 이제라도 남은 병력을 이끌고 유주로 향해야 하지 않을까요?"

저수의 말에 조운은 침착하게 답했다.

"조각배라 해도 뒤집히지만 않으면 얼마든지 바다를 건널 수 있습니다. 현재 관도성의 병력이라 봐야 오천에 불과한데, 성을 나가는 것이야말로 나 잡아 잡수시오 하는 격입니다. 주공께서는 반드시 우리를 구원하러 오실 겁니다. 그때까지 성에 기대어 버텨야 하니 저수 공의 역할이 큽니다."

조운의 흔들림 없는 말투에 저수는 비로소 안정을 되찾고 부끄러움을 느꼈다. 그는 고개를 끄덕이며 답했다.

"장군의 말씀이 실로 옳습니다. 이럴 때가 아니군요. 우선 성벽 보강부터 해야겠습니다. 아니지, 그 전에 징집령부터 내리고…."

두 사람 다 그때는 미처 몰랐다. 그렇게 시작된 고립이 무려 오년을 끌 줄은. 조조, 유비, 원술 등은 번갈아가며 관도성을 공격해왔다. 한두 번 성이 함락될 뻔한 위기도 있었다. 그러나 조운의 용맹과 저수의 지혜 그리고 백성들의 도움으로 기어이 버텨냈다. 조운을 둘러싼 적들은 공격과 회유를 번갈아 시도했다. 조조나 유비나 인재에 안달난 이들이라 조운이 탐나 죽을 지경이었다.

— 조자룡, 그 작은 성에서 언제까지 버틸 수 있을 것 같나. 진용운은 이미 유주목의 관인을 받고 북쪽 끝에 눌러앉았네. 도와주러 올 사람은 아무도 없단 얘기야. 지금 항복하면 이제까지 해온 것처럼 성은 그대에게 맡기고 장군의 자리도 보장하지.

조조가 이렇게 서신으로 어르면,

"자룡 님, 이제 현덕 님과 유주왕 전하는 적이 아닙니다. 서로 지난 일은 잊고 화친했습니다. 그러니 잠시 평원성으로 옮겨서 지내시는 게 어떻겠습니까? 여기선 여러 가지로 불편하실 터인데."

다음에는 유비가 간옹을 보내 달랬다. 물론 조운이 평원성에 오는 즉시, 그가 용운을 떠나 자신을 택했다고 온 천하에 퍼뜨릴 셈이었다. 그 소문을 들은 용운이 조운의 배신을 의심하여 돌아갈 곳이 없게 만들기 위함이었다. 조운은 이런 시도를 모조리, 철저하게 거절했다. 그럴수록 조조와 유비는 그가 더욱 탐났다.

"내 조운 자룡을 손에 넣을 수만 있다면, 업성을 다시 내줘도 여한이 없겠구나."

급기야 조조가 이렇게 탄식할 정도였다. 단순히 조운의 절개가 뛰어나서 그런 것만은 아니었다. 그 실력이 정말 아까웠다. 무능력한 자의 충성심이 아무리 뛰어나봐야 별다른 미담이 되지 못하는 게 현실이다. 그를 원하는 이가 아무도 없을 것이기 때문이다.

하지만 아무리 조운이라 해도 무려 오 년의 세월 동안 용운에게서 어떤 전갈도 없이 성에 갇혀 있었다면 버림받았다고 생각했을지도 모른다. 용운은 끊임없이 조운에게 연락을 취했으며 그를 지원했다. 수단은 주로 흑영대와 상단이었다. 서신으로 조운을 격려하는 한편, 각자 현재 상황을 주고받았다. 그리고 상단을 통해 필요한 물자와 식량 등을 꾸준히 보냈다. 손책도 용운의 부탁을 받아, 틈나는 대로 조운을 도왔다. 그 덕에 버텨온 것이다. 그렇게 시간은 물처럼 흘렀다.

202년 가을, 기주 관도성.

아직 이른 아침, 내성 안쪽에 마련된 연무장으로 한 사내가 걸어 나왔다. 긴 머리를 하나로 묶어 늘어뜨린 미남자였다. 그는 바로 관도성의 성주이자, 세력에서 따로 떨어져나온 지 몇 년이 지났음에도 불구하고 여전히 용운 군의 대장군 직을 유지하고 있는 조운 자룡이었다. 창을 든 조운의 왼쪽 허리에는 가죽 주머니에 든 도 한 자루가 매달려 있었다. 유난히 도신이 짧고 폭이 넓었다. 바로 검후가 쓰던 총방도였다.

조운 자룡의 하루는 창술 수련으로 시작되었다. 이는 그가 처음 창을 잡았던 어린 시절부터 늘 한결같았다. 장소와 창의 종류만 조금씩 바뀌었을 뿐. 그리고 올해로 꼭 이십 년째 창술을 수련한 그의 실력은 가히 화경(化境)을 넘어섰다. 화경이란 인간의 경지를 초월한 어떤 것을 의미했다. 올해로 조운의 나이 서른셋. 아직도 더 강해질 여지가 있는 나이였다. 그래서 더 무서웠다.

연무장에 선 조운이 일 다경(약 15분) 정도 창술 수련을 했을 때였다. 사냥꾼 복장을 한 사내가 다급히 뛰어와 엎드렸다.

— 승리와 생존의 기본은 정보입니다. 형님께서 아무리 위태로운 지경에 처해 있더라도 정보를 꿰고 있다면 살아남는 데서 더 나아가 승리할 수 있습니다.

용운의 이런 당부에, 조운은 현재 병력 대비 약간 버거울 정도의 정보원을 운용하고 있었다. 덕분에 공격 조짐이 있을 때는 미리 대비했고 적의 수송품을 탈취한 적도 여러 번이었다. 이 사내는 그중 안평국 쪽에 파견한 간자였다.

"장군! 급보입니다."

수련 시간을 방해받는 걸 싫어하는 조운은 수하들에게도 미리 일러두었다. 그럼에도 달려와 외칠 정도라면 큰일이 터진 게 분명했다.

"무슨 일인가?"

조운의 물음에 사내가 빠른 투로 답했다.

"바로 어제 유주왕께서 직접 안평국으로 진군해오셨습니다."

"그건 미리 언질 받은 바다. 그래서 전하가 반하(안평국 남쪽, 관도성과의 사이에 위치한 요지)에 이르면 호응하여 청하국을 치기로 하지 않았나."

"그 사실을 눈치챈 거한회 놈들이 함정을 파 전하를 기습했다고 합니다."

“그런 놈들의 함정 따위에 당하실 분이 아니지 않은가.”

“예, 한데 이번에는 제법 재주 있는 자가 나섰는지…. 미리 전하의 이동 경로를 파악한 뒤 협곡에 가두고 낙석과 화공 등으로 공격해서 큰 곤경에 빠뜨린 모양입니다.”

“사천신녀는? 그분들이 곁에 있었을 거 아닌가?”

“거한회에서 무공이 엄청난 자를 포섭한 모양입니다. 이민족 소년 같은데, 청광기 수십을 참살하고 사천신녀까지 쓰러뜨렸다고….”

“뭐라고?”

잠시 망설이던 사내가 말을 이었다.

“그것이 정황상 전하께서 돌아가셨거나 최소 중상을 입으신 걸로 보입니다. 제 눈으로 직접 본 건 아닙니다만, 거한회 안에도 믿을 만한 아군 간자가 끼어 있었습니다. 그가 보내온 정보입니다.”

“…알았다. 물러가서 쉬거라.”

간자가 나간 후, 조운은 서둘러 대전으로 향했다.

“장군, 수련을 마치셨습니까? 조식은 여기서 드시게 준비시킬까요?”

그는 자신을 맞이하는 하인에게 굳은 얼굴로 말했다.

“지금 즉시 제일 날래고 강한 자들 오백으로 결사대를 꾸리도록. 내가 직접 이끌고 안평국으로 향할 것이다.”

“…알겠습니다.”

조운이 갑옷을 입으려고 거처로 돌아왔을 때였다. 누군가의 기척이 미미하게 느껴졌다. 너무 미약해서 구분하기 어려웠지만,

사람이 숨어 있음은 분명했다. 이미 여러 번 겪은 일이었다. 조운은 관도성 그 자체였다. 그만 제거하면 성을 통째로 차지할 수 있기에 암살 시도도 빈번했다.

'이번에는 제법 실력 좋은 놈을 보냈구나.'

기척은 병풍 뒤쪽에서 흘러나오고 있었다. 실력에 비해 숨은 곳이 너무 허술했다. 자만한 걸까. 그런 것까지 조운이 고민할 이유는 없었다. 그가 창을 빼들어 병풍을 찌르려 할 때였다.

"으아, 이만 나가야겠네. 아직 형님의 창을 맞받을 자신은 없으니."

익숙한 목소리가 조운의 귓가에 들려왔다. 익숙하지만 너무도 그리워했던 음성이었다.

'설마, 그럴 리가. 분명 안평국에 있다고… 하지만 이 목소리는….'

조운은 창을 든 채 그 자리에 굳어버렸다. 병풍 뒤에서 한 사내가 천천히 걸어 나왔다.

"오랜만에 뵙습니다, 형님."

처음에는 언뜻 알아보지 못했다. 우선 키가 너무 자랐고 머리카락이 신비로운 은색으로 변한 까닭이었다. 그러나 곧 알 수 있었다. 앞에서 눈물을 글썽이며 웃고 있는 미남자는 조운 자신이 평생을 바쳐 지켜주기로 맹세했던 동생, 하늘의 뜻이 그에게 닿아 있다고 지금도 굳게 믿고 있는 단 한 사람의 주군, 바로 진용운이었다.

"용운…."

저도 모르게 중얼거리던 조운이 퍼뜩 정신을 차리고 예를 취하려 할 때였다. 용운이 먼저 그를 와락 끌어안았다.

"형님!"

"용운아…."

오 년 만의 재회였다. 멀리 떨어진 곳에서 서로 늘 상대를 걱정하고 미안해했다. 지난 시간 동안 쌓였던 그리움과 회한이 소용돌이쳐서, 오히려 어떤 말도 꺼낼 수가 없었다. 형제는 한동안 뜨겁게 포옹하고 있었다. 잠시 후, 용운이 목멘 소리로 입을 열었다.

"형님, 너무 늦게 와서 죄송합니다."

"아닙니다, 주공. 오히려 제가…."

"형님!"

용운은 언성을 높여 조운의 말을 막았다.

"오늘, 아니, 지금 이 자리에서만은 동생으로 대해주세요. 부탁드립니다."

"… 그래, 알았다. 그새 많이 자랐구나. 이제 나보다 크겠어."

용운은 그를 아는 사람들이 봤다면 놀랐을 정도로 활짝 웃었다. 검후가 떠난 후, 한 번도 웃은 적이 없는 그였다.

"아직 형님만큼은 아니지요."

"하하. 한데 대체 어떻게 여기 온 게냐? 분명, 안평국으로 진군해오다가 협곡에서 매복에 걸렸다고 들었는데."

"와, 거기까지 아신다니, 형님의 정보망도 대단한데요?"

"이것도 다 네가 알려준 게지. 정보는 목숨과 같다고. 거기다 제법 쓸 만한 사람을 얻어서 말이다."

"그러셨군요. 지금 안평국에 있는 건 제가 아니라 백영(白影, 흰 그림자)입니다."

"백영. 그랬구나. 네가 서신으로 말했던 그자로구나. 실제로 본 적이 없으니 생각조차 못했다."

용운은 유주성에도 업성에 있었던 것과 같은 기관들을 만들었다. 무공에 자질 있는 이들을 위한 청무관. 학문에 뜻을 품은 자들의 목표인 태학. 화타와 그 제자들이 의술을 배우는 청낭원. 그러면서 업성에는 없던 한 가지를 더 추가했다. '만학관(萬學官)'이라는 기관이었다.

만학관은 온갖 잡다한 재주를 가르치고 익히는 곳이었다. 집짓기나 축성(築城, 성을 쌓는 일)부터 시작해서 농사, 요리, 술 담그기, 쇠를 다루는 대장 기술, 하다못해 돌팔매질까지. 소질이 탁월하다면 뭐든 거처와 녹봉을 내주고 거기에 매진할 수 있게 했다. 현대식으로 표현하자면 전문학교와 비슷했다. 단, 청무관이나 태학에 비해 좀 더 높은 수준의 실력이 요구되었다. 예를 들어, 무술의 달인이 아니더라도 졸업 후 용운에게 임관하겠다는 약조만 하면 청무관에 입학할 수 있었다. 거기서 고수들로부터 무술을 배우는 까닭이다. 하지만 만학관은 그 특성상 모든 분야의 스승을 초빙하기가 쉽지 않았다. 그나마 경험 많은 농사꾼이나 대장장이는 찾기 쉬운 편이었지만, 누가 봐도 인정할 만한 낚시의 달인 정도 되면 찾기 어려웠고 위조의 달인은 더욱 어려웠다. 이에 해당 분야의 실력자를 맞아들여 지원해준 뒤 그가 초대 스승이 되게 하는 방법이 제일 무난했다.

용운이 말한 백영은 그중에서도 변장의 달인이었다. 변장 하나로 용운의 눈에 들어 만학관을 졸업했을 정도이니, 실력이 얼마나 뛰어난지 알 만했다. 어지간한 흑영대원들도 변장술은 익히고 있기 때문이다. 백영이 그들 모두보다 뛰어났다는 의미였다.

뒷골목의 거지 출신이었던 백영은 전폭적인 지원을 받아 만학관을 수료한 후 관직까지 받았다. 그리고 그밖에 할 수 없는 중요한 임무를 행하게 되었다. 바로 용운과 똑같이 변장하여 그의 그림자가 되는 것. 백영이라는 이름도 그 임무를 위해 새로 받은 이름이었다. 백영은 이 이름을 받으면서 과거를 버렸다. 그는 용운의 곁에서 한 달 정도 생활하면서 그의 특징과 움직임, 표정, 하다못해 자잘한 습관까지 철저하게 익혔다. 나중에는 장료도 용운과 그를 구분하지 못할 정도였다. 오죽했으면 곽가는 그에 대해 한 차례 우려를 표하기도 했다.

"주공, 그럴 일은 없겠지만, 만에 하나 백영이 딴마음이라도 먹으면 위험해질 수도 있습니다. 주공을 해치고 자기가 주공인 척한다면…."

"그럴 위험은 없으니 걱정 말아요, 봉효."

용운은 뒤에 서 있던 청몽을 돌아보았다.

"사천신녀는 눈 감고도 나와 백영을 구분할 수 있으니까요."

용운의 말은 사실이었다. 사천신녀는 백영이 아무리 용운과 똑같이 위장해도 눈 한 번 깜빡이는 것보다 짧은 시간에 그를 구분해냈다. 이는 병마용군의 특성상 용운과 사천신녀가 정신으로 이어진 까닭이었다. 겉모습이 아닌 영혼으로 알아보는데 헷갈릴

리가 있겠는가. 이런 사실을 모르는 백영과 가신들은 그저 신기해할 따름이었다.

백영의 존재를 들은 조운이 물었다.

"그럼, 사천신녀는?"

"그들도 만학관 출신의 대역. 심지어 한 명은 남자랍니다."

"저런. 하하."

"진짜 사천신녀는 저와 함께 성안에 들어왔어요. 청몽은 바로 근처에 있고요."

"그랬구나."

아무리 서신을 주고받았다고 해도 못 본 세월이 오 년이었다. 밤새 얘길 나눠도 부족했다. 하지만 아쉽게도 그럴 만한 상황이 아니었다. 잠시 회포를 풀던 조운이 진지해진 어조로 말했다.

"그나저나 직접 여기로 온 데는 이유가 있을 게 아니냐. 그저 나를 보려고 온 건 아닐 테고."

"형님을 뵈러 온 거 맞는데요?"

"주공, 이제 그만 말씀해주시지요."

용운은 달라진 조운의 말투에 아쉬운 표정을 지었다. 이제 그만 따뜻한 시간에서 깨어날 때였다.

"슬슬 반격을 할 참입니다. 지난 오 년간 꾹꾹 눌러 참으면서 준비를 해왔거든요. 이제 그때가 되었습니다."

"뭐든 분부만 해주십시오. 저는 변함없는 주공의 창입니다."

"맹기 장군(마초)이 이끄는 부대가 곧 청하국에 도착할 것입니다. 맹기 장군은 그 길로 고당현을 칠 예정입니다. 형님은 관도성에서 출진하여 일군을 이끌고 요성현을 공격해주십시오."

고당현과 요성현은 모두 청하국의 동쪽에 위치한 거점이었다.

잠깐 그 의미를 생각한 조운이 놀라서 말했다.

"그럼…."

"예. 우선 유비 현덕을 쳐야겠습니다."

조운이 놀란 것은 유비가 강해서가 아니라, 최근에 용운이 유비와 화해했다는 소식을 들어서였다. 그의 생각을 읽기라도 한 듯 용운이 말했다.

"화친 요청에 응한 것이지, 동맹을 맺은 건 아닙니다. 전 한순간도 자의(태사자)의 원한을 잊은 적이 없어요. 용서한 적도 없고요. 오 년이면 충분히 시간을 줬다고 생각합니다."

"그렇지요. 하하!"

조운은 통쾌한 듯 웃었다. 문득 오래전 누상촌에서 병력을 이끌고 떠나려던 유비를 막아섰던 기억이 떠올랐다. 고백컨대 사실 그때는 장비의 기세에 눌렸었다.

'허나 지금은 다를 것이다.'

전략적으로 봐도 유비를 치는 게 옳았다. 현재 용운의 궁극적인 목적은 조조를 격파하고 업성을 수복하는 것. 더 나아가 형주에 웅크린 채 천강위 서령이 이끄는 대로 성장하고 있을 유표를 무너뜨리는 것이었다. 형주로 나아가기 위해서는 중간에 위치한 조조의 세력을 흩뜨리는 일이 필수였다.

문제는 그러기가 쉽지 않다는 것이었다. 업성을 발판 삼은 조조는 빠르게 세력을 확장하여, 현재는 복양성, 동평국, 산양성에 이르는 거대한 지역을 아우르고 있었다. 거의 중원의 허리를 다 차지했다고 봐도 과언이 아니었다. 이제 기주와 연주 일대는 조조의 근거지나 다름없었다.

반면 용운은 멀리 탁군에서부터 군사와 식량을 이송해야 했다. 보급선이 늘어지면 불리해지는 게 당연했다. 용운은 먼저 세상을 떠난 진궁으로부터 이 사실을 뼈저리게 배웠다. 보급에 차질이 없도록 하려고 진궁은 목숨조차 바치지 않았던가.

'공대, 이럴 때마다 당신이 얼마나 그리운지 모릅니다. 한편으로는 깨달을 수 있어요. 꼭 나의 기억력 때문이 아니더라도 그대가 여전히 내 가슴속에 살아 있다는 것을요.'

용운은 진궁에게서 배운 대로 행했다. 먼저 하간국에 보급기지 겸 거점을 건설할 계획이었다. 그러려면 하간국과 인접한 발해성의 유비 세력을 패퇴시킬 필요가 있었다. 용운의 움직임을 눈치챈다면 분명 방해를 해올 것이기 때문이다. 그리고 아마 십중팔구 눈치챌 터였다.

'서서.'

바로 유비가 자랑하는 한 사람의 책사 때문에.

작전에 대해 듣던 조운이 잠깐 숨 돌리는 사이 문득 입을 열었다.

"그러고 보니, 애석하군요."

"뭐가 말입니까?"

"안평국으로 진군한 아군 부대의 희생이 크지 않겠습니까? 유비로 하여금 주공께서 조조를 치려 한다고 착각하게 만들 필요가 있음은 잘 압니다만."

"그뿐만이 아니라 거한회라는 자들도 끌어내야 하거든요. 음… 무슨 함정에 빠졌는지는 모르겠으나 별거 아닐 겁니다. 제가 보고받기로 거한회는 인원도, 실력자도 부족합니다. 고작 이백 명 남짓한 서생들이 이만의 정예를 상대로 뭘 하겠어요? 지휘를 맡은 양무나 참모 설환이 그리 어리석은 이들도 아니고."

매정해서가 아니라 용운은 실제로 그렇게 생각했다. 무엇보다 수하를 아끼는 그였다. 그만큼 수하들의 실력도 잘 알았다. 용운은 아군이 안평국에 완전히 들어설 때까지 조조나 유비가 반응하지 못하리라 확신했다. 철저한 정보 수집과 계산 끝에 나온 결과였다.

다만, 그는 한 가지 변수를 모르고 있었다. 바로 제갈량의 개입이었다. 용운이 신이 아닌 다음에야 막연히 형주에 머무르고 있는 것으로만 알고 있는 제갈량이 나서서 거한회를 도우리라는 것까지는 예측할 수 없었다. 더 나아가 방통까지 끼어들리라고는.

"그리고 그, 백영이라는 자도 말입니다. 주공의 그림자 역할을 충실히 해왔는데 안평국에서 함정에 빠졌다고 하니…. 제 수하의 보고로는 상당히 위태로운 모양입니다."

"형님, 설마 저를, 적의 눈을 속이자고 아군 인재를 사지(死地)에 버릴 그런 놈으로 보셨어요? 이거 서운하네요. 특히 백영은 제가 아끼는 녀석이라고요."

"아, 뭔가 복안이 있으셨군요. 역시."

용운은 머쓱한 듯 웃는 조운에게 말했다.

"딱히 복안이라기보다 백영은 쉽게 죽지 않을 겁니다. 설령 천강위가 나선다고 해도요. 옆에 진짜 사천신녀 못지않은 호위를 붙여줬거든요."

시간을 되돌려, 용운이 조운에게 찾아오기 하루 전의 신도현 협곡.

거한회는 유주왕의 수레를 맹렬히 공격하고 있었다. 마침내 길을 연 연청이, 귀여운 외모에 어울리지 않는 야차 같은 기세로 용운, 아니 그로 위장한 백영을 덮쳤다.

"죽어라, 진용운!"

채챙! 날카로운 쇳소리와 함께 불똥이 튀었다. 뒤로 튕겨난 연청은 공중제비를 하여 착지했다. 사색이 된 백영이 입술만 움직여 작은 소리로 말했다.

"으아, 니미럴, 진짜 죽는 줄 알았잖아요. 조금만 더 빨리 나서주시지."

"닥쳐, 멍청아. 주공으로 위장했으면 거기 걸맞게 품위를 지켜."

"그래서 저 귀신같은 꼬마가 달려올 때도 무게 잡고 태연한 척 앉아 있었다고요. 사실 지릴 뻔했는데. 아니, 조금 지렸나…."

"으으, 천박한 것. 하필 너 같은 녀석이 주공의 모습을 하고 있다니."

연청은 자신의 공격을 쳐낸 장본인, 사천신녀로 위장하고 있던 상대를 노려보며 믿기 어렵다는 투로 내뱉었다.

"너는, 설마…."

3

제갈량의 오산

연청은 믿기 어렵다는 듯 중얼거렸다.

그의 공격을 막아낸 장본인이 킬킬댔다.

"오랜만이네, 꼬마 집사. 으헤헤헤헤."

극도로 광기에 찬 불안정한 목소리. 오히려 광기는 이전보다 더 심해졌다. 상대를 확인한 연청이 씹어뱉듯 중얼거렸다.

"너, 그놈을 돕다니. 원래도 조금 미쳐 있던 것 같았는데 진짜로 미쳐버린 거냐?"

"으으응~? 뭐라는 거야, 이 꼬마가?"

"이규."

용운의 그림자 역할을 하고 있는 백영을, 연청의 공격으로부터 지켜낸 사람은 다름 아닌 흑선풍 이규였다. 천강 제22위이자, 진한성에게 지독한 원한을 품은 사이코패스 소녀. 패배한 뒤 종적을 감췄던 그녀가 모습을 드러낸 것이다. 그것도 전혀 예상치 못한 장소에서.

이규는 사천신녀 중 자신과 제일 체형이 비슷한 사린으로 변장하고 백영의 곁에 있었다. 머리 모양과 복장을 사린의 그것처럼 바꾸고 얼굴에 분장도 했기에, 처음에는 알아보지 못했다. 이규는 예전 진한성에게 당해 얼굴이 완전히 뭉개졌었는데, 그 꼴이 처참하기 짝이 없었다. 이제 그 상처가 거의 나은 상태였다. 거대한 망치 대신 도끼를 들었지만, 그것만으로 상대가 이규임을 짐작해내기는 쉽지 않았다. 애초에 연청은 사린의 애병이 망치라는 사실을 몰랐다. 그리고 이규의 양쪽 만두머리 가운데 안쪽에, 각각 바늘이 깊숙이 꽂혀 있다는 것도 알지 못했다.

"감히 회를 배신한 거냐?"

연청의 물음에 이규가 대꾸했다.

"뭔 개소리야? 너도 배신했잖아."

"뭐?"

"다 알아. 노준의가 딴마음 먹고 세력 만들었다가 유주에서 진한성한테 털렸다며? 넌 그런 노준의한테 붙었고. 피차 배신한 건 마찬가지 아냐?"

연청은 눈에 어두운 살기를 떠올렸다.

"말조심해라. 계집."

"허? 지금 개 빡치는 건 나거든?"

쌍도끼를 양손에 나눠든 이규는 그중 한 개의 날을 혀로 핥았다.

"네 주인 노준의가 말이야, 앙? 내 먹이인 진한성이랑 싸워서 멋대로 죽여버렸잖아. 덕분에 나는 삶의 목표를 잃어버렸다고. 이 공허함을 어떻게 책임질 거야?"

"미친…. 그게 회를 배신할 이유가 되나?"

"물론 안 되지. 문제는 회에서 내가 제일 싫어하는 위선자 시진이라는 새끼가, 노준의가 죽자마자 송강한테 달려가서 붙었어. 송강은 그 개자식이랑 손잡고 나를 제거하려 했다고!"

이규가 이를 부득 갈았다.

연청은 어이없다는 표정으로 말했다.

"시진 님이 위원장과 손잡고 널 제거하려 했다고? 그럴 리가…."

시진은 천강위 내에서도 가장 온후한 자였다. 연청은 더 말하려다 말았다. 분명 뭔가 오해나 계략이 있으리라 생각됐다. 한편으로는, 정말 그럴 가능성이 있을 것 같기도 했다. 이규는 이 시대로 넘어오기 전부터 늘 통제 불능이라 아슬아슬했기 때문이다. 송강에게 대놓고 반항하는 것도 이규뿐이었다. 노준의조차 면전에서 송강을 무시하진 않았다.

'참다못한 위원장이 아예 죽여버리라고 했을지도 모르지. 거기다 시진 님이, 잘 상상은 안 가지만 부채질을 했다면 더더욱. 그의 말은 회 내에서도 영향력이 크니까.'

하지만 연청도 딱히 송강 일파에 의리가 있는 게 아니기 때문에 해명해줄 필요성을 못 느꼈다. 그보다 유주성에서 단서철권이 파훼되어 진한성의 손에 죽은 줄 알았던 시진이, 멀쩡히 살아서 다시 송강 편에 섰다는 게 더 놀라웠다.

'그래, 어차피 인간은 다 제 이익에 따라 움직이기 마련이다. 그건 회의 멤버들도 마찬가지고. 이 이규 녀석도 진용운에게 붙는 편이 제게 이득 되는 게 있었겠지.'

미친 것과는 별개로 이규는 강했다. 서열과 실제 무력이 다른 언랭커였다. 사방이 적인 여기서 이규와 싸우긴 곤란했다. 연청이 뭘 하려는지 알아챈 거한회의 고수들이 지금도 주변에서 그를 지키다 죽어가고 있었다.

'쓸데없는 짓을.'

연청은 이규를 회유하려고 시도했다.

"그랬다 해도 그게 진용운에게 붙을 이유가 되나? 저자는 네 원수의 아들이잖아."

"낄낄. 송강과 시진의 함정에서 날 구해준 게 바로 진용… 아니, 주공이었거든. 그리고 내가 애초에 진용… 주공을 죽이려 했던 이유는 진한성에게 고통을 주기 위해서야. 그런데 이제 의미가 없어져버렸잖아."

"…."

"하다못해 흑랑을 죽인 태사자라는 놈이라도 있었다면 갈가리 찢어줬을 텐데, 그 태사자마저 화영 년이 죽였다며? 이래저래 회에는 내 즐거움을 빼앗아가는 연놈들뿐이라고! 그럴 거면 차라리 진용… 주공 편에 서서 회를 박살내는 게 훨씬 재미있을 것 같아. 히히. 이제 날 제거하려다 원한이 생겼으니 명분도 있잖아?"

"위원장과 척진 건 나도 마찬가지다. 회에 돌아갈 마음도 없고. 그러니 너랑 내가 싸울 필요도 없다."

"아니, 싸울 필요 있어. 그것도 세 가지나. 첫 번째는 아까도 말했듯이 네가 내 인생 목표를 지워버린 노준의의 하인 놈이라는 거고, 두 번째는 이제 난 진용… 주공을 따르기로 했으니 감히 주공을 해치려고 한 네놈은 적이 됐다는 거야. 마지막 세 번째는."

이규가 여기까지 말했을 때였다. 성월로 변장했던 여자가 짜증스럽다는 투로 외치며 수레에서 날아올라 연청을 공격했다.

"아오, 싸우는 데 뭔 말이 그렇게 많아? 그냥 죽여!"

여자는 연청을 향해 낙하하며 휘몰아치듯 쌍수의 단도를 휘둘렀다. 챙! 챙! 채채채채챙! 몸을 회전시켜 마주 검을 휘둘러 공격을 받아낸 연청이 말했다.

"이 수법. 넌 유당의 병마용군이군."

성월로 변장하고 있던 여자는 바로 유라였다. 유라의 난입으로 말이 끊긴 이규가 아쉽다는 듯 중얼거렸다.

"아, 저 유라년. 세 번째가 제일 중요한데…. 난 원래 저 집사 놈을 겁나 싫어했다는 거."

이규가 막 가세하려 할 때였다. 퍼억! 이랑으로 변장한 자가 비호처럼 날아 연청의 옆구리에 날카로운 발차기를 적중시켰다. 그는 이랑의 그것과 비슷한 복장을 하고 가발도 썼는데, 키가 훌쩍 커서 다소 우스꽝스러웠다. 그래도 만학관에서 몇 달이나 배운 결과였다. 유라가 신나서 외쳤다.

"잘했어, 오빠!"

"셋이 힘을 합쳐서 최대한 빨리 쓰러뜨리자. 저놈만 빼면 딱히 경계할 상대는 없으니까."

가짜 이랑은 바로 적발귀 유당이었다. 잃은 왼손에는 나무를 깎아 만든 정교한 의수를 부착하고 있었다. 유당은 거추장스러운 가발을 벗어 던지고 분장도 소매로 문질러 닦아버렸다. 유라의 그것과 같은, 불타는 듯 새빨간 머리카락이 드러났다. 그를 알아본 연청이 말했다.

"유당까지…. 변절자들이 여기 다 모였군."

유당이 대꾸했다.

"아까 이규가 말했듯 피차 마찬가지다."

"나까지 포함해서 한 말이야."

"흥."

연청을 중심으로 이규가 맞은편 정면에 섰다. 유당과 유라가 그의 좌우를 점했다. 주변에서는 여전히 거한회 고수들이 사투를 벌이고 있었다. 그중에는 황규영도 포함되었다. 황규영은 겉으로는 목숨 걸고 싸우는 것처럼 하면서, 실제로는 유주병을 죽이지 않으려고 하다 보니 몇 배로 힘든 상황이었다.

'아이고, 죽겠네. 역시 첩자 노릇은 할 게 못 돼. 이번 일만 끝나면 차라리 군에 넣어달라고 해야겠다.'

연청은 태연한 척했으나 머리가 복잡해졌다.

'유당과 유라는 별거 아니지만, 둘이 합공하면 얘기가 달라진다. 다른 천강위와 병마용군의 호흡보다 훨씬 긴밀해. 거기다 언랭커인 이규까지….'

그는 곧 결론을 내렸다. 퇴각해야 한다.

'아니, 일부러 사천신녀로 위장하고 기다렸다는 건 혹시 함정? 매복에 걸린 척하고 역으로 함정을 판 건가? 그럼 저자도 진짜 진용운이 아닐 수도…. 이런, 공명 님이 위험하다.'

연청은 즉각 유라를 매섭게 공격했다. 셋 중 제일 약한데다 유당의 평정심을 흔들 수 있기 때문이었다.

천기 발동, 산란 소나기 베기(霹斬)!

좌아아아악! 연청의 몸이 흔들리더니 순식간에 수십 명으로 불어났다. 그 수십 명이 한꺼번에 유라를 베어갔다.

"으앗! 이게 뭐야!"

유라는 기겁해서 피하려 했으나 사방이 연청의 환영으로 둘러싸인 후였다. 파파파파팟! 유라가 서 있던 자리를 연청의 분신들이 어지러이 교차하며 검을 휘둘렀다. 허공에 마치 그물 같은 검광이 수놓아졌다.

"와우. 저거, 잘못하면 죽…."

말하던 이규가 눈을 부릅떴다.

"으잉?"

분신이 사라진 자리에 유라도, 연청도 없었기 때문이다. 대신, 작은 구덩이 하나만이 남아 있었다. 유당이 재빨리 땅속으로 유라를 끌어당긴 것이다. 연청 또한 유라를 베는 것보다 퇴각이 주목적이었기에 천기 발동이 끝나자마자 달아나버렸다.

"이런 젠장. 오랜만에 제대로 한번 싸워보나 했는데, 손맛만 버렸네."

이규는 퉤 하고 침을 뱉었다. 그의 시선이 몇 안 남은 거한회 고수들에게로 향했다.

"아쉬운 대로 저놈들이라도 썰어야겠다."

하필 황규영은 그녀와 시선이 마주쳤다.

"오, 조금 쓸 만한 놈도 보이네?"

"잠깐, 난 적이 아니오."

"무슨 개소리야!"

"정말이오, 낭자! 윗사람 좀 불러주시오!"

황규영은 울상이 되어 이규의 공격을 받아냈다.

수레에서 오들오들 떨고 있던 백영은 안도의 한숨을 내쉬었다.

'휴, 다행이다.'

협곡 바깥을 돌아, 유주군 후미로 향하던 방통의 부대도 상황이 여의치 않기는 마찬가지였다.

'형주에서부터 서둘러 오느라 경기병 위주로 편성했지만, 어차피 적 부대 뒤쪽은 궁병 아니면 보병일 터. 공명의 함정으로 토막토막 나뉜 적 대열 후미를 뒤에서부터 들이치면 충분히 궤멸시킬 수 있다.'

방통이 이끄는 오천의 기병은 얼마 후 협곡 입구 쪽에 다다랐다. 안쪽으로 유주군 대열 끄트머리가 보였다. 방통은 즉각 돌격을 지시했다.

"가라! 감히 형주를 노린 대가를 치르게 해줘라!"

엄밀히 말해 유주군이 형주를 노리고 남하한 건지는 아직 확실치 않았다. 명분을 주려고 그렇게 외쳤을 뿐이다.

"와아아아아!"

경기병들이 일제히 돌진을 시작했을 때였다. 유주군 후미 가운데 있던 한 사내가 우렁찬 목소리로 소리 질렀다.

"뒤로 돌아라!"

처처척! 후미의 병사들이 일사불란하게 뒤로 돌아섰다. 그 광경을 본 방통은 적지 않게 당황했다.

"아니?"

그 병사들은 모두 전신을 가린 철갑 차림이었다. 한눈에 봐도 평범한 병사들이 아니었다. 거기다 전원 긴 창을 내밀고 있었다. 그냥 보병도 창병도 아닌, 중갑창병인 셈이었다. 그야말로 경기병의 천적이라 할 만했다. 순간적으로 이를 파악한 방통은 아찔했다.

"이런, 멈춰. 멈춰라!"

방통이 다급히 외쳤으나, 이미 가속도가 붙은 기병들이 방향을 바꾸거나 멈춰 서기에는 늦은 후였다.

"으악!"

"으아악!"

선두에서 달려든 형주 기병들이 창에 찔려 우르르 낙마했다.

"세 걸음 전진!"

척척척. 창을 세운 중갑창병이 전진하더니, 연이어 기병들을 찔러 쓰러뜨렸다.

'저건, 맥족(고구려인)들이 쓰는 말?'

낯선 이국의 언어였으나, 방통은 뭔지 알 것 같았다. 오환족은 이미 접한 바 있었고 그밖에 유주왕과 함께 싸우는 이민족이라면 하나뿐이었다.

"세 걸음 더 전진!"

중갑창병들은 질서정연했다. 걷고, 찔렀다. 느리지만 착실하게 전진하면서 형주 경기병들을 무력화시켰다. 가뜩이나 가벼운 차림이라 창이 푹푹 박혔다. 말에 깔리거나 팔다리가 부러진 채 버둥거리는 생존자는 창으로 내리찔러 끝장을 냈다. 무표정한 얼굴에는 한 점의 동요도 없었다. 이쯤 되면 어느 쪽이 기습당했는지 알 수 없을 정도였다. 그 모습에 방통과 형주병들은 한기를 느꼈다.

"으… 물러나라. 퇴각한다!"

결국 방통은 더 이상의 희생을 막기 위해 후퇴를 결정했다. 중갑창병들은 어지러이 흩어져 달아나는 형주병들을 굳이 쫓지 않았다. 어차피 중갑보병이 말 탄 자들을 추격하기도 불가능했다. 그 짧은 시간에 반 가까운 형주병이 목숨을 잃었다. 퇴각하던 방통은 착잡한 심정으로 입술을 깨물었다.

'과연 유주왕이 왜 고구려와 손잡았는지 알 것 같구나. 강하다는 말은 들었지만, 직접 겪어보니 상상 이상이다. 그나저나 아까 그 창병들은 대체 뭐였을까? 그런 무거운 갑옷을 입고 요동에서 여기까지 오긴 불가능해.'

방통은 남은 군사를 이끌고 그대로 남쪽으로 향했다. 목표는 구강군이었다. 서둘러 먼 길을 왔는데, 수확은커녕 희생만 치르고 가니 입맛이 썼다. 하지만 처음부터 도박이었다. 빨리 잊는 편이 나았다.

'공명이 무사해야 할 텐데. 그 연청이라는 친구가 붙어 있으니까 괜찮겠지. 형주로 돌아가면 유주왕이 남하했을 경우에 대한

대비책을 처음부터 다시 구상해야겠다. 장난이 아니군.'

형주병이 퇴각한 후, 후미에서 지휘하던 사내가 대열을 정비했다. 길게 풀어헤친 머리에, 어딘지 쓸쓸한 얼굴을 한 사내였다. 그리로 참모 설환이 말을 몰아 달려왔다. 주위를 둘러본 설환은 안도하며 약간 서툰 고구려말로 말했다.

"다행히 별 피해 없군요. 잘하셨습니다, 왕자."

사내는 고개를 끄덕였다. 그는 바로 고구려의 왕자인 계수(罽須)였다. 고구려 신대왕의 다섯 아들 중 막내로, 고국천왕과 산상왕의 동생이다. 그는 184년 후한의 요동태수가 고구려를 공격해 왔을 때, 방어에 실패하여 많은 백성을 죽게 한 전력이 있었다. 절치부심한 계수는, 196년 셋째 형 발기(發岐)가 왕이 되지 못한 데 불만을 품고 반란을 일으키자 이를 진압하는 데 성공했다.

원래 정사에서 발기는, 당시 요동태수였던 공손탁에게서 삼만의 병력을 빌려 고구려를 쳤다. 그러나 그랬어야 할 공손탁은 이미 노준의에 의해 멸족당한 후였다. 그래도 발기는 욕망을 포기하지 않았다. 자신의 사병과 선비족을 끌어 모아 기어이 거병했다. 계수는 원래 역사보다 더 쉽게 그를 제압했다. 하지만 그 일로 발기가 자결하자, 시체를 거둬 장례를 지내준 뒤 죄책감에 시달렸다. 비록 반란을 일으켰다 하나 친형을 죽게 한 것이다. 이에 계수는 변방으로만 떠돌았다.

마침, 그로부터 몇 년 후 후한의 유주왕 진용운이라는 자가 흥미로운 제안을 해왔다. 자신이 중원을 토벌하는 일을 도와주면,

요동 지역을 고구려에게 주겠다는 내용이었다. 검토해본 결과, 성공 가능성이 있다고 판단한 산상왕은 진용운과 동맹을 맺고 원정군 파견을 결정했다. 진용운이 직접 찾아왔다는 사실과, 그가 매우 매력적인 인물이라는 것, 또 억양은 좀 달랐을망정 고구려의 말을 능숙하게 사용한 것도 협상에 도움이 됐다.

실제로 산상왕은 용운에게 푹 빠지다시피 했다. 헤어질 무렵에는 호형호제하는 사이가 됐다. 계수는 자청하여 호위 겸 원정길에 나선 터였다.

계수가 무뚝뚝한 어조로 설환에게 말했다.

"협곡으로 들어오기 전, 맨 뒤쪽에다 개마창병을 배치한 그대의 혜안이 좋았소. 처음에는 솔직히 무슨 짓인가 했소마는."

이동 중일 때는 달라지긴 하나, 보통 창병은 전면에 배치한다. 기병을 이용한 적의 기습이 우려된다면 더욱 그렇다. 계수는 이 부분을 말한 거였다. 왕족이지만 지금은 타국의 원정군에 장수로 온 처지다. 그는 적당히 예의를 지켰다.

"혹시나 해서 한 일인데 운이 좋았습니다."

설환도 겸손하게 대꾸했다.

'개마창병'은 고구려의 '개마무사'를 응용하여 용운이 새로 만든 병과였다. 고구려가 자랑하는 개마무사는 본래 철갑기병의 일종이었다. 철갑으로 된 저고리와 바지, 투구 등으로 중무장한 무사가 마찬가지로 중무장한 말에 탄 형태다. 용운은 그중 일부에게 보병 훈련을 시키고 특별히 만든 길고 가벼운 창을 주어 무장시켰다. 그 결과, 개마창병이라는 새로운 편제가 탄생했다. 다소 느렸으나 기병에 극도로 강했다. 그들에게 경기병으로 뛰어 들었으니 격파당하는 게 당연했다.

"이 새로운 갑옷도 상당히 쓸 만했소."

계수는 개마창병의 공통 무장이자, 자신도 착용한 철갑의 어깨 부위를 어루만졌다. 얇게 편 철편을 덧붙이고 안쪽에는 촘촘히 짠 천을 대어, 착용감과 방어력을 동시에 높였다. 그러면서 무게는 줄였으니 일석삼조였다. 그러나 그런 갑옷이라 해도 장거리 원정 내내 입기에는 무리였다. 개마창병이 신형 철갑을 착용한 것은, 보급 기지를 건설 중인 하간국에서부터였다.

"전하께서 개발하신 물건이지요. 마음에 드신다니 다행입니다."

설환을 잠시 바라보던 계수가 물었다.

"유주에는 우리말을 잘하는 자들이 많구려. 그대는 누구에게 배운 것이오?"

"원래 유주와 요동 쪽은 고구려와 왕래가 잦았거니와, 태학 출신들은 전하께서 직접 가르치셨습니다."

용운의 주요 가신들은 절대 고구려를 '맥'이나 '동이' 등으로 낮춰 칭하지 않았다. 알게 모르게 자신들의 주군이 백제의 왕족 출신이란 소문이 퍼져 있었기 때문이다. 이는 고구려 왕실이 용운에게 호감을 품은 또 한 가지 이유였다.

"유주왕은 대체 어디서 우리말을 배운 거요?"

"그건 저도 잘 모르겠습니다."

"우리말을 자유자재로 쓰는 것부터 해서 우리 역사에도 해박하며 이 철갑과 개마창병들이 쓰는 창 등 기술적인 면도 그렇고…. 유주왕은 여러 가지로…."

친근하다고 말하려던 계수는 말을 바꿨다. 결례가 될지도 모른다고 생각했기 때문이다.

"여러 가지로 신비한 사람이구려."

"저희도 그렇게 생각합니다."

한 가지 확실한 것은 그 유주왕이 고구려에 이유를 알 수 없는 호의를 품었다는 사실이었다. 물론 대가 없는 친절은 없겠지만, 지금까지 그의 태도만 보더라도 충분히 호의가 느껴졌다. 최소한 거사가 성공한다면 요동 땅을 주겠다는 약속은 지키리란 확신이 들었다. 요동은 고구려에게 있어 숙원의 땅이었다. 계수는 이 관계를 최대한 잘 유지해야겠다고 마음먹었다.

이규와 유당 등을 떨쳐낸 연청은 순식간에 전장을 가로질러 협곡 위로 뛰어올랐다. 여전히 같은 자리에 있는 제갈량을 본 그는 비로소 안심했다.

"무사하셨군요."

"작전은?"

"…실패했습니다."

제갈량의 얼굴이 굳었다. 연청이 말을 이었다.

"사천신녀들은 가짜더군요. 그중 하나는 저와 맞먹거나 그 이상의 실력을 가졌습니다. 거기에 둘이 더해지니 이길 수가 없었어요. 죄송합니다."

"가짜라니, 왜 굳이 가짜 호위를…."

"그래서 말인데, 진용운도 가짜인 듯합니다."

"뭐라고?"

제갈량은 왼손 주먹을 입에 대고 빠르게 중얼거리기 시작했다.

"잠깐, 군이 위장한 가짜를 이리로 보냈다는 건 양동작전인가? 하지만 가짜 치고는 전력이 너무 강해. 연청 자네가 못 이겼을 정도이니 지나치게, 쓸데없을 정도로. 그렇다면 가짜로 이목을 끌되 이 가짜도 용도가 있다는 뜻. 설마…."

"나머지는 돌아가서 고민하시죠."

연청은 그런 제갈량의 허리를 잡아채 달리기 시작했다. 어느새 전열을 정비한 유주군이 협곡 끝에 다다랐기 때문이었다. 그 바람에 제갈량이 마지막으로 입에 담은 말은 허공에 흩어지고 말았다.

"유비 현덕!"

선두에서 병력을 지휘하던 양무가 투덜거렸다.

"거 보게. 내가 이 협곡이 어쩐지 불길하다고 했지? 척후병이 뭐 어째?"

그는 직접 나서서 혈투를 벌인 듯, 전신의 갑옷에 적의 피가 묻어 있었다.

설환은 겸연쩍은 얼굴로 말했다.

"송구합니다. 복병이라고 하기에도 뭐할 정도로 워낙 소수가 흩어져 있어서…. 게다가 아군이 협곡에 들어온 직후에야 움직인 모양입니다."

"화살만 얹어놓고 시위는 직전에 당겼다, 이 말이지? 안평국에 전하를 음해하는 불순분자가 많으니 예상은 했지만 별로 신경 안 썼는데. 이렇게 같이 죽자고 나오면 얘기가 달라지지. 게다가 놈들 중에도 제법 쓸 만한 자가 있는 모양이야."

"복귀한 흑곰의 말을 들어보니, 제갈량 공명이라는 서생이 끼어든 모양입니다."

흑곰은 산동권왕 황규영을 의미했다. 거한회를 색출하는 임무를 마친 셈이 됐기에 그대로 유주군에 합류한 것이다. 그는 하마터면 이규의 도끼에 목이 떨어질 뻔했는데, 백영의 제지로 겨우 살았다.

"제갈공명? 그건 또 누구야? 어디서 들어본 것 같기도 하고…."

"전하께는 적이 많으니까요. 아무튼 기억해둬야 할 이름임에는 분명합니다."

"어떤 적이 몰려오든 우리가 지켜드린다. 그분이 꿈꾸는 세상을 만들기 위해서."

양무의 다짐에, 설환은 고개를 끄덕였다.

"일단 안평성부터 차지하자고."

협곡을 나온 유주군은 진군 속도를 높였다.

한편, 용운은 조운과 재회한 다음 날 저녁 곧바로 출진했다. 총병력은 팔천 정도 되었다.

"병력을 많이 늘리셨군요, 형님."

"너무 적어서 부끄러울 따름입니다."

"아닙니다. 관도성의 인구를 생각해보면 이 정도만 해도 놀랍습니다. 수비병 이만을 남겼는데, 가용 병력이 팔천이라니요. 더구나 적뢰기 못지않은 정예가 아닙니까."

"그리 봐주시니 고맙습니다."

말은 그렇게 해도 조운은 내심 자부심을 느꼈다. 이 팔천은 그가 직접 공들여 훈련시킨 자들이었다. 청광기와 적뢰기의 장점만을 도입한 부대다. 그걸 용운이 알아줬다는 게 흐뭇했다.

둘은 말 머리를 나란히 하고 달렸다. 정확히는 달린다기보다 속보에 가까웠다. 전격 기습이지만, 싸우기도 전에 말과 병사가 너무 지쳐서는 안 되었다. 관도성의 수비는 저수에게 맡겨두었다. 이 별동대의 목표는 멀지 않은 요성현이었다.

"예? 천강위를 포섭하셨다고요?"

조운은 이규에 대한 얘기를 듣고 깜짝 놀랐다. 그들의 힘을 누구보다 잘 아는 조운이었다.

"예. 그렇게 됐습니다."

"괜찮겠습니까? 그자들은 위험합니다. 전하께서 제일 잘 아시겠지만 말입니다."

"맞아요. 천강위는 위험하고 매우 강합니다. 형님, 그런 그들의 유일한 약점이 뭔지 아십니까?"

"그게 뭡니까?"

"바로 뭉치지 못한다는 겁니다. 뭉쳐놔도 모래알처럼 흩어지기 일쑤지요."

오랫동안 성혼단과 천강위를 지켜봐온 용운은 확신했다. 천강위 사이에는 끈끈한 의리 같은 게 없었다. 아버지의 말에 따르면, 놈들은 원래 명나라대로 가서 역사를 바꿔, 21세기의 중국을 세계 최강국으로 만들려고 했단다. 마지막 한족 국가인 명나라의 정통성을 이으면서, 아편전쟁 등 근대 중국에 치욕을 안겨준 사건들을 아예 일어나지 않게 하려 한 것이다. 하지만 그것이 아버지 진한성 때문에 어그러졌다. 전혀 다른 시대로 와버린 위원회는 본래의 사명을 잊고 폭주하기 시작했다. 지살위가 여포를 섬기기 위해 회를 버린 걸 시작으로, 천강위 내에서도 분열이 일어났다. 위원장인 송강이 새로운 비전을 명확하게 밝히지 않은 것도 그런 현상을 가속화했다.

만약 처음부터 천강위 36인이 힘을 합쳐 일제히 쳐들어왔고 거기에 그들의 병마용군까지 더해졌다면? 용운 자신은 물론이고 진한성도 결코 그들을 이길 수 없었으리라.

하지만 천강위는 그렇게 하지 못했다. 명령에 불복하는 자가 있었고 멋대로 떠돌아다니는 자도 있었다. 심지어 송강이 아닌, 이 시대의 인물을 주인으로 선택한 자도 있었다. 하나로 뭉치지 못한다는 것, 그게 바로 막강한 천강위들의 약점이었다.

"기회가 닿는 한 최대한 그들을 갈라놔야 했어요. 이간질하고 죽일 수 있다면 죽이고 투항해오면 받아주면서. 이미 유당과 유라를 등용한 전례가 있으니 다른 자들도 가능하다고 생각했고요. 그러다 마침 기회가 와서 약간의 속임수와 강제력을 더해 이규를 끌어들였죠."

용운은 시공복위로 세상을 바꾸기 전, 이 시대의 인물과 천강위가 손잡으면 얼마나 어려운 상대가 되는지 충분히 경험했다. 서령이야 이미 십 년 전부터 유표에게 가 있었던 모양이니 어쩔 수 없었다. 대신, 새로운 천강위가 그쪽에 붙는 일만은 막아야 했다. 이규도 그중 하나였다.

"전하께서 그리 판단하셨다면 그래야겠지요."

조운의 말에 용운은 고개를 저었다.

"아닙니다, 형님. 사실 저도 불안합니다. 이건 일종의 도박이에요. 하지만 아버지마저 떠나신 지금, 천강위를 상대할 수 있는 사람은 현재로서는 형님이 유일해요."

"저도 간신히 맞서는 수준입니다."

"그러니 최대한 천강위의 수를 줄여야죠. 싸우지 않고도 그럴 수 있다면 더욱 좋고요."

"무슨 말씀이신지 알겠습니다."

"뭐, 현재까지는 괜찮네요. 엄청난 전력을 얻은 셈이라 약간의 위험 부담은 감수해야죠."

용운은 힘주어 말했다.

"유비 현덕의 세력은 올해를 넘기지 못할 거예요."

조운이 고개를 끄덕였다.

4

유비 정벌 시작

조운의 부대는 중간에 하루를 야영했다. 용운과 조운은 한 막사에 들었다. 함께 술을 마시며 그간 못다 한 얘기를 밤새 나눌 참이었다. 두 사람이 예전처럼 형제로 돌아가는 시간이기도 했다.

조운은 관도성을 지키면서 악전고투했던 일화들을, 용운은 원소를 추격하여 격파하기까지의 고난을 털어놓았다. 둘 다 상대의 얘기에 감탄하기도 하고 탄식하기도 했다. 그러면서도 의식적으로 검후의 얘기를 피했다. 점점 밤이 깊었고 술이 몇 사발 들어간 후였다. 망설이던 조운이 어렵게 말을 꺼냈다.

"용운아."

"예, 형님."

"그녀가… 검후가 많이 아파하지 않았느냐?"

발그레해졌던 용운의 얼굴에 금세 슬픔이 차올랐다.

"…죄송해요, 형님. 저 때문에…."

"아니다. 나라도 그 자리에 있었다면 그랬을 거야. 난 그저, 그녀의 마지막이 궁금하구나."

"검후는…."

용운은 살짝 거짓말하기로 마음먹었다. 조운의 마음에 조금이나마 위안이 된다면, 이 정도는 얼마든지 할 수 있었다.

"오래 고통스러워하지 않았어요. 그리고 마지막까지 형님을 걱정했습니다. 검을 나눠가진 것도, 검후의 유언에 따른 것입니다. 형님과 제가, 평생 자신을 기억해달라고…."

말하다 보니 지어낸 얘기인데도 눈물이 흘렀다. 조운은 잠을 잘 때도 몸에서 떼어놓지 않는 총방도의 손잡이를 어루만지며 고개를 끄덕였다. 마치 조금 전까지 검후가 잡고 있었던 것처럼 온기가 느껴졌다. 그런 그도 눈물을 글썽이고 있었다.

"그래, 그랬구나. 당연하다. 내 어찌 검후를 잊겠는가. 마지막 순간, 날 떠올려줘서 고맙구나."

실제로 검후는 죽기 전 조운에게 마음속으로 사과했으니 용운이 영 거짓말을 한 건 아니었다. 둘은 한참 더 대화하다, 용운이 먼저 잠들었다. 조운은 잠든 용운을 안아 침상에 눕혔다. 그리고 옆에 서서 그를 내려다보며 생각했다.

'그러고 보니 주공은 그대를 꼭 닮았군. 왜 예전에는 몰랐을까.'

그랬다. 조운은 용운이 검후의 아들이라는 사실을 알고 있는 유일한 사람이었다.

시간은 몇 년 전, 그녀가 죽기 전으로 거슬러 올라간다. 업성에서 잠시 함께 있었을 당시, 검후는 확연히 조운에게 끌리는 자신을 깨달았다. 동시에 진한성이 먼저 이 세계로 와서 용운의 곁에 있음을 알게 되었다. 불행인지 다행인지, 자신을 알아보지는 못했다. 하지만 눈치채는 것도 시간문제일 듯했다. 그녀는 두 마음 사이에서 깊은 고뇌에 빠졌다.

— 아이의 아버지가 멀쩡히 살아 있는데, 내가 다른 사람을 마음에 품어도 되는 걸까?

— 하지만 나는 이미 오래전에 죽은 몸. 법적으로도, 도덕적으로도 문제될 거 없어.

— 법이나 도덕의 문제가 아니야. 그래도 지금은 이렇게 살아 있잖아. 비록 남편과 아들에게 정체를 밝히지는 못하지만.

— 그 남편은 내가 아닌 다른 여자를 병마용군으로 선택했는데? 이것만 봐도 그 사람 또한 내가 죽었을 때 이미 마음을 지웠다는 뜻이 아닐까?

온갖 의문과 불안으로 고민하던 검후는 그녀답지 않게 술을 잔뜩 마셨다. 그리고 취해서 조운의 거처를 찾았다.

"검후? 어쩐 일이오, 이 시간에…. 술 마셨소?"

조운은 처음 보는 그녀의 흐트러진 모습에 당황했다. 호위들이 눈짓을 주고받더니 자리를 피했다. 검후는 조운의 가슴에 기대 안기며 중얼거렸다.

"자룡, 정말 날 사랑하나요?"

"물론이오."

조금의 망설임도 없는 힘 있는 대답. 어깨를 부드럽게 감싸오는 따뜻하고 큰 손. 순간 검후는 어떤 강렬한 충동에 휩싸였다. 바로 자신과 용운의 관계를 조운에게 털어놓고 싶다는 충동이었다.

그리고 비로소 두 가지 사실을 깨달았다. 첫 번째는 자신이 이제까지 그 일을 숨기느라 얼마나 괴로웠는가 하는 것이었다. 사랑하는 아들을 늘 가까이에서 보면서 말을 못하니, 어찌 힘들지 않겠는가. 하지만 말했다가는 용운이 그야말로 큰 충격을 받을 터였다. 죽은 어머니를 불러내 전쟁터에서 부린 셈이니. 불안 요소는 그녀뿐만 아니라 다른 세 자매도 마찬가지였다. 특히, 검후가 민주로 짐작한 청몽은 폭탄이었다.

'민주는 내가 죽을 당시에도 매우 건강했어. 만일 그 아이가 사고로 죽거나 한 게 아니라면, 용운이가 살아 있는 민주의 혼을 이리로 부른 게 되는데, 그랬다면….'

그런 사태를 염려하여 영혼의 계약 시 다른 세 자매와 함께 금제까지 걸지 않았던가. 스스로의 힘으로는 그 충동을 이겨내지 못할 것 같아서 강제력을 가한 것이다.

두 번째로 알게 된 사실은 검후 자신이 조운의 마음에 더 적극적으로 응하지 못한 이유였다. 진한성에게 미안하다거나 이 시대의 사람을 만나기 꺼려져서인 게 전부가 아니었다. 조운에 대한 죄책감이 큰 부분을 차지했다. 이미 결혼을 했던 여자고 장성한 아들까지 있으며, 그런 사실을 숨겨왔다. 조운의 순수한 눈을 볼 때마다 미안한 마음이 들었던 건 그래서였다.

'그래, 술의 힘을 빌려서라도 차라리 고백하자.'

미래에서 왔다거나 죽은 자의 영혼만 껍데기에 담긴 거라거나,

이런 이 시대의 사람이 이해할 수 있는 범위를 넘어선 것만 빼고. 지금 이 순간, 조운에게 제일 미안한 부분을 털어놓자고 검후는 결심했다.

'조운에게 말하는 거라면 괜찮아. 금제에 어긋나지도 않을 테고. 그리고 내 마음을 확실히 정하고 싶어. 내 짐을 그에게 나눠 지우는 이기적인 짓이지만 여기까지가 한계야.'

진한성이 전망대에 있던 검후와 마주쳤던 일이 결정적이었다. 여기서 마음을 정하지 못하고 계속 그와 마주한다면, 모든 걸 털어놓고 무너질지도 몰랐다.

'만약 이 얘기를 듣고 조운이 나를 거부하거나 내게서 멀어진다면 그게 운명이겠지. 하지만 그 반대라면….'

검후는 입술을 깨물며 결심을 굳혔다.

'나도 이제 새로운 행복을 찾고 싶어. 늘 혼자서 누군가를 기다리던 그런 삶이 아니라.'

조운이 갑자기 조용해진 검후에게 걱정스러운 듯 물었다.

"검후, 무슨 일이라도 있소?"

"당신에게 한 가지 고백할 게 있어요."

"고백?"

"이 얘기를 듣고도 나에 대한 당신의 마음이 변함없다면, 우리 정식으로 정인이 되기로 해요. 그리고 언젠가 혼인도…."

조운의 손에 힘이 들어갔다.

"그게 정말이오? 뭐든 말하시오."

"그렇게 가볍게 받아들이지 말아요. 당신이 나를 경멸하게 될

지도 모르니까."

"그럴 일 없소."

그러고서도 한동안 고민하던 검후는, 마침내 입을 열었다.

"사실 주군은…."

"…."

"제 아들이에요."

"그랬군."

"네…. 네?"

아무렇지 않은 대답에, 오히려 검후가 놀랐다.

조운은 담담하게 말을 이었다.

"혹시나 하고 생각한 적은 있었소. 가끔 그대가 주공을 바라보는 눈빛이 너무 애틋해서. 그저 함께 자란 사매라거나 호위무사 정도라기에는, 주공을 향한 그대의 언행이 참으로, 뭐랄까…. 헌신적이었소. 이제 이해가 가는구려."

"아…."

역시 자식에 대한 어미의 사랑은 억누른다고 감춰지는 게 아닌 모양이었다. 검후는 긴장한 채 조운의 다음 말을 기다렸다.

"다행이오."

"뭐가요?"

"그대가 주공의 모친이어서."

"그게 무슨 말이에요?"

"화내지 마시오. 가끔은 솔직히 그대가 주공을 사모하는 게 아닌가, 그래서 내게 더 다가오지 못하는 게 아닌가 하고 걱정할 때도 있었소. 나는 주공과 연적이 될 자신은 없었거든. 이제 더 마음 편히 그대를 연모할 수 있겠구려."

심각한 와중에도 검후는 저도 모르게 가볍게 실소했다. 그러나 곧 다시 진지하게 물었다.

"화나지 않아요? 아들이 있다는 건, 그러니까 내가…."

조운은 검후를 끌어당겨 품 안에 꼭 안았다.

"지난 일은 상관없소. 나는 지금의 그대가 중요하오. 그리고 이제까지 그 일을 숨겨왔던 건, 뭔가 그럴 만한 이유가 있어서겠지."

"사실 주공도 그 사실을 몰라요. 알게 해서도 안 되고요. 주공뿐만 아니라 아무도 알아선 안 돼요. 난 당신을 믿고 고백한 거예요. 이 비밀은 꼭 지켜줘야 해요…."

말하면서 검후는 놀랄 정도로 마음이 가벼워짐을 느꼈다. 그저 한 사람과 비밀을 공유했을 뿐인데, 이토록 홀가분해질 수 있다니. 조운은 조운대로 나름 이유를 짐작했다.

'주공은 백제의 왕족 출신이라고 했었지. 당연히 검후 또한 낮은 신분은 아니었을 터. 그렇다면 권력 다툼에서 밀려 죽을 위기에 처한 주공을 데리고 달아난 사람이 바로 검후였겠군. 아마 굳이 모자 관계를 숨겨야 하는 건 그런 사연들과도 연관이 있을 터.'

조운은 문득 검후가 몹시 측은해졌다. 겉으로는 늘 침착하고 강해 보이는 그녀가, 이제까지 얼마나 고뇌하며 살아왔을지 짐작도 가지 않았다. 그는 검후를 안은 채 등을 다독이며 말했다.

"물론 비밀은 지킬 거요. 누구한테도 말하지 않겠소. 그간 정말 힘들었겠구려. 수고했소."

"…."

검후의 눈에서 뜨거운 눈물이 흘렀다. 순간 그녀는 확실히 마음을 정했다. 엄청난 근력과 순발력, 재생력 등에 더해, 몸에 저절로 입력되어 있는 '특기'라는 이름의 살상 기술들. 이 몸이 사람을 죽이는 데 얼마나 최적화되어 있는지 실감할 때마다, 그러면서도 보통 사람과 얼마나 똑같게 만들어져 있는지 깨달을 때마다 가끔 끔찍하고 저주스러울 때도 있었다. 마치 자신이 평범한 사람들 사이에 숨은 괴물처럼 느껴졌기 때문이다.

하지만 이 순간만큼은 진심으로 고마웠다. 비록 인공 몸이지만 눈물을 흘릴 수도, 그리고 사랑을 나눌 수도 있는 몸이라는 사실이.

'당신을 택할게요, 자룡. 적어도 이 몸은 피에 물들었을지언정 순결해요. 당신은 모르겠지만.'

검후는 조운의 손을 잡고 침상으로 이끌었다. 몸을 하나로 포갠 두 사람은 뜨겁게 입맞춤했다. 그게 두 사람이 처음이자 마지막으로 체온을, 사랑을 나눈 밤이었다.

검후와의 과거를 회상하던 조운의 입가에 슬프지만 따뜻한 미소가 떠올랐다. 조운은 용운이 깨지 않도록 조심스레 막사를 나왔다. 도저히 잠이 오지 않을 것 같은 밤이었다. 그는 총방도를 꼭 쥔 채 별이 잔뜩 박힌 밤하늘을 올려다보았다. 이 순간, 검후가 몹시 그리웠다.

'걱정 마시오, 검후. 그대가 목숨까지 바쳐 지켜낸 아들은, 이제 내가 대신 최후까지 지킬 테니. 그러니 거기서 편히 쉬시오.'

조운은 저 무수한 별들 중 하나가 검후일 것 같다는 생각이 들었다. 거기서 자신과 용운을 내려다보고 있다고.

다음 날 아침, 조운의 부대는 다시 행군을 시작했다. 그러는 사이, 어느새 요성현이 가까워졌다. 조운은 달리면서 주변 정세를 간략히 설명했다.

"요성현에는 진진이라는 자가 현령으로 있습니다. 유비가 최근에 초빙한 인물인데, 성품이 원만하여 평이 좋은 모양입니다. 그가 현령으로 온 후로는 관도성을 공격한 적이 없습니다. 그때쯤 전하와 화친한 이유도 있겠습니다만."

"그렇군요."

용운은 기억의 탑에서 진진에 대한 정보를 찾아보았다.

진진(陳震), 자는 효기(孝起). 정사에서는 유비가 형주목을 겸임할 때 임관하여 종사가 되었다. 그 후 유비가 촉으로 들어갈 때 동행했다. 촉과 오나라 사이의 사신 역할을 여러 차례 수행했으며, 제갈량은 형 제갈근에게 보낸 편지에서 충성스럽고 순박한 성품이라고 평했다.

'아마 자룡 형님이 쉽사리 관도성에서 나오지 못할 거라고 생각해서 완충 역할을 잘할 그를 현령으로 앉힌 모양이군. 지키는 일만으로도 버거웠으니. 하지만 이제 상황이 달라졌지.'

지금쯤 마초와 방덕이 이끄는 철기대가 안평국 근처에 다다랐을 터였다. 앞서 보낸 가짜 용운의 부대는 그들의 진군을 방해할 요소를 확인, 제거함과 동시에 반하를 점령할 예정이었다.

'그리 되면 청하국과 관도성 사이에 장기전을 수행할 보급기지를 새로 만들 수 있게 된다.'

마초와 방덕은 그대로 안평국을 지나 청하국으로 들이칠 것이다. 그리고 요성현을 점령한 조운의 부대 및 용운과 합류하여 평원성을 공격한다. 이것만 해도 유비에게는 엄청난 충격이겠지만, 진짜 본대는 따로 있었다.

바로 장료와 장합이 지휘하는 오만의 군사였다. 전원이 청광기와 개마무사, 오환의 특수부대 등으로 이뤄진, 현재로서는 유주 최강의 병력이었다. 그 병력이 하간국의 태세가 정비되는 즉시 남피성을 공격하려고 대기 중이었다.

또한 서황의 별동대가 따로 움직여, 남피성과 평원성 사이에 위치한 동광현에 눌러앉을 것이다. 물자, 식량, 병사 등 남피와 평원의 모든 연계를 차단하기 위해서였다. 또 여포는 여포대로, 서쪽의 거록군과 조국까지 남하하여 날뛰면서 조조를 압박할 것이다. 조조가 유비의 원군 요청에 응할 여유가 없게 하려는 목적이었다. 장패, 고순, 성렴, 후성, 위월, 학맹, 위속, 조성의 팔건장에, 흑철기로 구성된 여포의 부대는 그 자체로 강력한 하나의 세력이었다. 제아무리 조조라도 그들을 무시하기는 어려울 터였다.

'이게 다가 아니지.'

용운의 마지막 패는 서주자사 왕랑(王朗)이었다. 서주는 제갈량의 고향 낭야를 포함한 지역으로 북으로는 연주, 남으로는 손책의 세력인 구강, 단양 등과 맞닿아 있었다. 용운이 왕랑과 인연을 맺은 때는 몇 년 전으로 거슬러 올라간다.

전임 서주자사이던 도겸은, 정사에 있었던 조조의 침략이라는 횡액을 면했지만 딱히 특별한 행적도 없었다. 그러다 197년경, 소리 소문 없이 병사했다. 그나마 조조의 서주 침공을 겪지 않은 덕인지, 원래 수명보다 삼 년 더 살았다. 향년 66세였다. 도겸 사후, 유비가 서주를 노렸지만 조조와 원술 등에게 가로막혀 나아가지 못했다. 이에 조정에서는 왕랑을 후임으로 임명했다.

왕랑은 서주 동해군 사람으로, 경전에 통달했다. 본래 도겸 밑에 있다가, 황제에게 올린 상주문이 높게 평가받아 회계태수로 임명됐다. 한데 손책의 침공으로부터 끝까지 회계를 방어하다 패배했다. 그러나 손책은 그의 명성과 인품을 고려하여 죽이지 않고 풀어주었다. 그 뒤 유랑하며 빈곤한 생활을 하다가 조조의 초빙을 받아 간의대부가 되었다.

하지만 바뀐 역사에서는 그의 상주문이 아예 황제에게 전달되지 못했다. 중간에서 원술이 차단한 탓이었다. 내용을 본 원술은 왕랑을 몹시 미워하게 되었다. 상주문의 내용 중 원술이 황제를 억압하고 있는 데 대한 애통함과 분노가 표현되어 있었기 때문이다.

원술은 왕랑을 죽이고 서주를 빼앗겠다고 공공연히 떠들었다. 마침 서주가 탐나던 참이었으니 좋은 핑계였다. 중간에서 패국상 진규가 중재하려 했으나 소용없었다. 아니, 오히려 원술은 그 김에 패국까지 차지하려 들었다. 이 사태에 왕랑은 깊은 시름에 잠겼다.

'유비는 조조의 세력이 가로막고 있는 지역을 지나오지 못하여 걱정을 덜었지만, 원술이 문제로구나. 이미 허창을 거쳐 초현까지 이르렀다 하니, 한유(漢瑜, 진규의 자) 님마저 위태로운 상황이다. 원술이 당장이라도 초현의 군사를 일으켜 하비성으로 쳐들어온다면 어찌 막는단 말인가? 구원을 청할 세력은커녕 변변한 장수 하나 없는 터에….'

왕랑은 서주의 백성들이 전쟁에 휘말릴 것을 염려하여, 스스로 원술에게 찾아갈 생각도 했다. 서주자사의 관인을 내주고 백성들의 안위를 부탁할 생각이었다. 그러나 모조리 빼앗아야 직성이 풀리는 원술의 탐욕을 잘 아는 서주 호족들이 강력하게 반대했다. 주요 가신들도 마찬가지였다. 그 바람에 왕랑은 이러지도 저러지도 못하게 됐다. 형주의 유표에게 도움을 청해봤으나, 도적들을 토벌하기 바쁘다는 이유로 거절당했다. 이런 상황을 훤히 파악하고 있던 용운이 왕랑에게 손을 내밀어온 것은 그때였다.

— 평소 경흥(景興, 왕랑의 자) 님을 흠모해오던 바, 곤경에 처하셨다는 소식을 듣고 이 사람과 약간의 병력을 보냅니다. 비록 원술을 쳐서 뒤집어엎긴 어렵겠으나, 서주를 방어하는 데는 큰 어려움이 없을 것입니다. 부디 저의 호의를 받아주시기 바랍니다.

"으음…."

왕랑은 서신을 가져온 자를 물끄러미 바라보았다.

"주태라 하였나?"

"그렇습니다."

주태가 낮은 목소리로 정중히 답했다. 그는 과거의 적오라는 별명을 버리고 당당히 장군이 되어 있었다. 특히, 업성에서 조조군을 맞아 싸웠을 때, 그의 용맹은 하후돈과 조인이 동시에 덤볐어도 쓰러뜨리지 못했을 정도였다. 그 투지를 인정받아 새로이 편성된 병과를 거느리고 서주로 파견된 것이다.

왕랑은 다시 한 번 서신을 훑어보며 생각했다.

'장수 하나에 병력 일천 명…. 분명 서주를 내부에서 어찌해볼 규모는 아니다.'

마지막 부분은 왕랑의 오판이었지만, 용운에게 그럴 의도가 없음은 사실이었다. 용운은 왕랑과 더불어 예전 복양태수 왕굉이나, 작고한 유우와 같은 관계를 맺고자 했다. 이번 일은 그를 위한 포석이었다. 잠시 고심하던 왕랑은 고개를 끄덕였다.

"용운 님의 후의를 고맙게 받아들이겠네. 앞으로 잘 부탁하네."

"잘 선택하셨습니다. 그럼, 지금 바로 가장 위태로운 곳으로 보내주십시오."

"지금 말인가? 허나 먼 길을 왔는데 하루라도 쉬어야…."

"저희는 괜찮습니다. 서둘러 온 게 아니라, 좀 이르게 출발하여 여유롭게 왔습니다."

그런데도 이 시점에 정확히 도착했다는 건 원술의 도발을 일찌감치 예상했다는 뜻. 왕랑은 내심 적지 않게 놀랐다.

'과연, 유주왕의 지혜가 예사롭지 않다고 하더니…. 원술이 서주에 눈독들일 것을 예상했음은 물론이고 도발 시기까지 짐작하

고 있었구나.'

왕랑의 허가를 받은 주태는 자신이 데려온 일천의 병력에 왕랑이 내준 이천을 더하여, 총 삼천 명을 데리고 태구현으로 이동했다. 태구현에도 배치된 소수의 병력이 있었으니 다 합하면 오천이 되었다. 태구현은 패국과 인접한 현으로, 여기가 넘어가면 곧바로 패국이 위태로워지는 지형이었다.

왕랑은 주태를 보내기 전에 당부했다.

"패국은 엄밀히 말해 서주는 아니지만, 패국상인 진한유(진규)님은 나와 원술 사이를 중재하려다 원술에게 미움을 샀네. 패국은 서주의 입구나 마찬가지니, 그곳이 함락되면 소패와 팽성, 하비가 동시에 고단해지네. 또한 진 패국상은 평소 어진 정치로 백성들의 존경을 받고 있으니, 그대가 태구현에서 원술군을 막아낸다면 나뿐만 아니라 백성들을 위해서도 큰일을 해내는 걸세."

"명심하겠습니다. 자사께서는 심려치 마십시오."

주태는 태구현에 도착하여 잠시 숨을 돌린 뒤, 곧바로 병력을 배치했다. 그가 데려온 직속 부하 일천은 병과가 다양할 필요성을 절감한 용운이 심혈을 기울여 키워낸 부대였다. 우선 일천 중 오백은 고구려의 개마무사에서 따온 것으로, 방어에 특화된 중장갑 보병 겸 장창병이었다. 그들은 청무관 출신들 중에서도 특별히 지구력과 체력이 강한 이들이었다. 전신을 강철 갑옷으로 둘러싸 어지간한 화살과 창검은 다 튕겨낼 수 있었다.

또한 속이 비어 가벼운데도 매우 튼튼하며 길이가 스무 자(약 6미터)에 달하는 특수한 창을 썼다. 창날에는 찌르는 뾰족한 창날

외에도, 양옆에 초승달 모양의 베는 날이 붙어서 찌르기와 베기, 걸어 당기거나 밀기 등 다양한 용도로 쓸 수 있었다. 여포의 방천극을 더욱 길고 가볍게 한 형태였다.

용운은 이들에게 현무대라는 별칭을 붙였다. 청룡, 백호, 주작, 현무의 사신 중 거북이의 몸에 뱀 꼬리를 가진 현무와 비슷하다 하여 붙인 이름이었다. 현무대 오백 명이 성벽에 서서 작정하고 방어하면, 이를 무너뜨리기란 몹시 어려웠다.

하지만 최선의 방어는 공격이라고 했다. 그만큼 막기만 하는 쪽은 결국 힘을 소모하여 한계가 있다는 뜻이었다. 현무대를 보조하기 위해 동행한 오백 인은 한 명 한 명이 경지에 달한 궁수였다. 청무관 출신 중 궁술에 특히 뛰어난 자들만 뽑았으며, 성월이 직접 기술을 전수했다.

그들이 쓰는 활 또한 남달랐는데, 바로 고구려에서 생산한 맥궁(貊弓)이라는 활이었다. 맥궁은 동물의 뿔로 만든 각궁의 일종이었다. 나무로 만든 활에 비해 잘 부러지지 않고 탄성이 뛰어나, 사정거리와 위력이 몇 배에 달했다. 위지(魏志, 중국 삼국시대 위나라의 역사서. 서진의 진수가 엮었으며 본기 4권, 열전 26권으로 이뤄짐) 동이전에도 '고구려의 한 종족이 소수맥 나라를 만들었는데 이곳에서 맥궁이란 좋은 활이 산출된다'고 기록되어 있었다.

이 맥궁수들은 현무대의 뒤편에 자리 잡고 활을 쏴댔다. 일정 거리 내에서라면 이 시대의 어떤 갑옷이나 방패로도 막아내지 못했다. 또한 화살이 작고 가늘며 워낙 빨라서, 아무리 뛰어난 맹장이라 해도 쳐내거나 막기가 쉽지 않았다. 이 맥궁수의 주 임무는 적군 장수나 공성병기를 움직이는 공병을 사살하는 것이었다. 위력만 뛰어난 게 아니라 명중률도 높아서 그야말로 백발백중이었다.

현무대로 방어하며 맥궁수로 공격한다. 그러다 그들이 감당하기 어려운 적이 성벽에 오르기라도 하면 주태가 나서서 끝장낸다. 투석기 십 수 대라도 동원하지 않는 한, 돌파하기 어려운 철벽의 방어선이었다.

주태는 이 현무대와 맥궁수를 이끌고 장장 한 달에 걸쳐 원술군의 공격을 막아냈다. 비록 천강위인 노지심과 무송이 손책 때문에 여남으로 가 있었다곤 하나, 쾌거가 아닐 수 없었다. 그때부터 주태는 예전에 태사자가 그랬듯, 서주에 머무르면서 원술과 유비 등을 견제했다.

'그건 평소의 목적이고.'

주태는 그사이 용운의 명으로 왕랑을 설득하여 소패성을 수비하는 임무를 맡게 되었다. 소패는 서주 북부에 위치한 성이었다. 이제 그 주태가 이끄는 병력이 북상하면서 유비의 세력인 동평국과 제북, 고당현 등을 차례로 공격할 것이었다.

주태군의 보급은 서주자사 왕랑이 맡았다. 주태는 몇 년에 걸쳐 서주를 지키는 와중에 여러 차례의 국지전을 겪었다. 그러면서 서주의 내정에는 한 치도 간섭하지 않고 최선을 다해 싸웠다. 그런 행동이 왕랑의 신임을 얻어, 마침내 그는 비밀리에 용운과 동맹을 맺기에 이르렀다.

유비를 무너뜨린다면, 용운의 세력은 자연스럽게 서주와도 이어진다. 숨겨둔 한 수를 드디어 써먹을 때가 온 것이다.

용운에게서 이런 전체적인 상황을 들은 조운은 놀라면서도 기뻐해 마지않았다.

"그럼, 저는 요성현을 격파하는 일에만 전념하면 되겠군요."

"전념하실 것도 없이 금세 끝날 겁니다."

용운은 웃으며 대꾸했다.

과연, 그의 말대로였다. 요성현을 수비하고 있던 진진은 이미 천하에 명성을 떨친 맹장 조운이 직접 군사를 이끌고 쳐들어왔음을 알자 혼비백산하여 달아나버렸다. 그래도 일찌감치 도망쳤기에 사로잡히지 않은 것은 칭찬할 만했다. 그로 인해 용운의 공격이 유비에게 알려질 시기가 예상보다 빨라졌기 때문이다.

"면목이 없습니다. 설마, 그래도 성을 책임지는 자가 그리도 빨리 도망칠 줄은 몰랐습니다."

조운은 분하다는 듯 말했다.

"괜찮습니다. 유비는 곧 두 갈래의 군사를 막느라 손발이 바빠져서 정신없을 겁니다. 조금 일찍 알게 된다고 변할 건 없습니다."

조운과 용운의 다음 목표는 제북국이었다. 제북상 포신이 지키는 곳으로, 그는 원래 조조를 충실히 따랐으나 최근 유비에게로 넘어갔다. 조조가 복양성 등에서 저지른 대학살에 크게 실망해서였다.

"형님, 포신은 크게 경계할 상대는 아닙니다만, 진진처럼 쉬운 자도 아닙니다. 나름대로 지략과 무력을 다 갖췄으니 유의해야 합니다."

용운의 말에, 조운은 힘 있게 답했다.

"저는 어떤 상대라 해도 최선을 다합니다."

사실, 제북국에서 조금 시간을 지체해도 상관없었다. 얼마 안 가 주태의 부대가 이리로 북상해올 것이기 때문이다. 그리 되면 오히려 다급해지는 쪽은 포신이었다. 조운과 주태, 두 맹장만으로도 제북의 전력 삼 할 이상은 가뿐히 넘어설 터였다.

'가진 바 군사력에 비해 지나치게 넓은 영토를 차지한 것이 유비에게는 화근이었다. 기다려라, 유비. 곧 내가 원소를 쫓는 사이 동맹의 의무를 저버리고 남피성을 멋대로 빼앗은 일과, 그러면서 태사자를 죽인 데 대한 대가를 치르게 해줄 테니.'

요성현에 들어온 용운은 유비가 있을 북쪽을 바라보며 전의를 다졌다.

5

붉은 까마귀, 북상하다

조운과 용운은 반나절도 안 되어 손쉽게 요성현을 점령했다. 이어서 곧장 제북국으로 진격하려 할 때, 흑영대원이 용운을 알현했다.

"전하, 치평현의 현령에 대한 보고서입니다."

"음. 수고했어요."

죽간을 펴서 읽던 용운의 표정이 살짝 변했다. 다 읽고 난 그가 조운에게 말했다.

"형님, 아무래도 일단 치평현을 점령해놓고 제북으로 가야 할 것 같습니다."

치평현은 요성현과 제북 사이에 위치한 작은 현이었다. 군사적 요지도 아니고 큰 특이점이 없어서 그냥 지나칠 계획이었다.

"뭔가 문제라도 생겼습니까?"

"최근에 바뀐 현령이 좀 마음에 걸립니다."

"누군데 그러십니까?"

"허유 자원이라는 자입니다."

"아, 허자원. 그가 유비에게 가 있었습니까?"

허유는 원소의 모사였으며 젊은 시절부터 그와 친하게 지냈다. 또한 조조와도 친분이 있었다. 다만, 사람됨이 가볍고 오만하여 그가 가진 재주를 바래게 했다. 정사에서 순욱이 원소의 가신들을 평할 때, 허유를 두고 '탐욕이 지나치고 절제할 줄 모르니, 반드시 심배와 불화가 생길 것'이라 할 정도였다.

과거의 명성 및 원소와의 친분으로 높은 관직에 오른, 일종의 낙하산 인사여서 원소군 내에서의 평판도 그리 좋지 않았다. 점차 오만함이 심해져 원소를 함부로 대했기에, 나중에는 원소 또한 그를 탐탁지 않게 여겼다. 그래도 한 번씩 뛰어난 계책을 내놓아서 두고 쓰던 차에, 남피성이 함락당할 때 유비에게 항복한 뒤 소식을 모르던 차였다.

"충정과 맞바꿔 목숨을 구걸하고서 고작 현령이라니, 유현덕에게서도 딱히 신임 받지는 못하는 모양이군요. 굳이 그런 자를 경계하실 필요가 있겠습니까?"

조운이 그로서는 드물게 허유를 비웃었다. 이에 용운이 답했다.

"그래도 제법 재주는 있는 자입니다. 또한 속이 좁으니, 자신을 변방의 현령으로 임명한 유비에 대해 분명 감정이 좋지 않을 것입니다. 회유하면 분명 써먹을 데가 있을 겁니다."

실제로 허유는 정사에서 원소를 배신하고 조조에게 투항했다. 투항 예물로 원소군의 군량이 보관되어 있던 오소에 대한 정보를 넘겨, 조조가 전세를 역전하는 데 결정적인 역할을 했다. 이후 원소가 죽고 조조가 기주를 칠 때도 책사로서 크게 공헌했다고 한다. 그냥 놔두고 지나가기에는 마음에 걸리는 자였다.

"알겠습니다. 어차피 지나는 길이니 치평현을 먼저 공격하지요."

조운은 진군 방향을 치평현으로 잡았다.

한편, 치평현의 현령, 허유는 용운의 말대로 이런저런 불만에 가득 차 있었다.

"젠장, 원소군의 핵심 참모였던 날 이런 시골구석의 현령으로 앉히다니. 유비 현덕… 반드시 후회할 게다."

그런 허유를, 부관이 못마땅한 눈빛으로 바라보았다.

'제 능력은 생각도 안 하고 주공을 원망하는구나. 나중에 현덕님께 보고드려야겠다.'

유비는 처음에는 허유를 우대했으나, 점차 그의 끝없는 자기자랑과 허언에 질려버렸다. 이에 점차 거리를 두더니, 급기야 얼마 전 치평현의 현령으로 보내버렸다.

"주공, 허자원은 그렇게 무능력한 인물이 아닙니다. 반면 성품이 옹졸하니 한직으로 내치시면 반드시 원한을 품을 것입니다."

군사인 서서가 이렇게 경고했으나, 한번 사람을 싫어하면 그의 재주를 떠나 맹목적으로 싫어하는 유비는 웃어넘겨버렸다.

"군사, 치평현은 주둔한 병력도 적고 설령 허자원이 배신해서 달아난다 해도 갈 곳은 조맹덕의 세력뿐이야. 조맹덕은 경박한 선비를 싫어하기로 유명하니까, 결국 제 무덤을 파는 꼴이지. 그 자가 능력이 있다면 아무리 한직이라도 뭔가 보여주지 않겠어?"

"달아날 만한 곳이 한 군데 더 있지 않습니까."

"어디… 관도성? 거기로 갈 위인이 아니지. 언제, 누구에게 넘어갈지 모르는 곳인데."

"정 그러시면 감시라도 붙여서 쓸데없는 짓을 안 하는지 살피십시오."

"그러지, 뭐."

결국 서서도 유비를 설득하길 포기해버렸다. 그 또한 허유가 마음에 안 들긴 마찬가지였다. 서서가 젊다는 이유로, 총군사 겸 유비의 최측근인 그를 공공연히 무시했기 때문이다.

이렇듯 외면당한 허유는 점점 화만 쌓였다. 그러다 원소가 죽었다는 소식까지 들려오자 젊은 시절의 추억이 떠오르며 비감함이 더해졌다. 허유와 원소는 함께 밤늦게까지 술을 마시다 한 이불을 덮고 자던 사이였다. 살려고 그를 저버린 것도 내심 걸렸는데, 죽어서 영영 볼 수 없게 되었다 하니 마음이 편할 리가 없었다.

조운의 부대가 진격해온다는 소식을 들었을 때도 허유는 잔뜩 취해 있었다. 그는 겁을 잔뜩 집어먹고 보고하는 수하에게 혀 꼬부라진 소리로 말했다.

"뭐? 조자룡이 쳐들어온다고? 그럴 리가…. 아무러면 무슨 상관이냐. 난 항복할 테니 성문을 열어라."

"하지만 현령님…."

"유현덕에게 천대받으나 조자룡의 포로가 되나 매한가지다. 이제 더 떨어질 바닥도 없다."

그에게 투지라고는 눈곱만큼도 없었다. 결국 허유는 치평현의 성문을 활짝 열어둔 채로 조운군의 병사에게 붙잡혔다. 다만, 조운을 보자 술이 깨서 좀 정신이 들었는지, 소심하게 협박 아닌 협박을 했다. 어쩌면 자신을 해치지 못하게 하려는 궁여지책일지도 몰랐다.

"장군, 이제까지 잘 지내와 놓고 갑자기 왜 이러십니까? 이 일을 주공(유비)께서 아시게 된다면 큰 화를 면치 못할 것입니다. 가뜩이나 관도성은 유주에서 먼데…."

말하던 허유가 눈을 부릅떴다. 조운의 뒤에서 나타난 용운을 본 것이다. 용운은 희미한 미소를 머금고 허유에게 말했다.

"그래서 제가 직접 데리러 왔습니다. 좀 늦었습니다만."

"다, 당신은 설마 은… 아니, 유주왕!"

'은마(銀魔)'라는 별명을 말하려던 허유는, 조운의 인상이 싸늘해지는 걸 보고 얼른 말을 바꿨다.

"그렇습니다. 자원 님이 여기 계실 줄은 몰랐군요."

"당신이야말로 안평국을 지나 남하 중이라고 들었는데 어떻게 여기?"

용운의 눈에 살짝 이채가 떠올랐다.

"오호, 생각보다 정보망이 빠르네요. 안평국의 일까지 알고 있다니."

"공달(公達, 순유의 자)이 비효율적이던 정보망을 통합하고 정리해주었소."

"공달이…?"

"그렇소. 그는 이미 주공을 위해 일한 지 오래요."

허유는 용운에게 한방 먹였다는 듯이 말했다. 유비가 약조를 어기고 남피성을 빼앗을 때, 화영에 의해 태사자가 죽는 광경을 보고 비통함을 못 이겨 성벽에서 뛰어내리려 한 순유였다. 그러나 뜻을 이루지 못하고 붙잡혀 포로가 됐다. 그 상태로 오 년이라는 세월이 흘렀으니, 유비에게 귀순할 만도 하다고 조운은 생각했다. 그래도 표정이 어두워지는 건 어쩔 수 없었다. 순유는 비교적 일찍부터 용운을 섬긴데다 능력 또한 뛰어난 책사였기 때문이다.

조운은 용운이 걱정되어 슬쩍 기색을 살폈다. 한데 정작 용운의 표정에는 별 변화가 없었다.

'속마음은 어떠신지 몰라도 많이 강해지셨구나.'

용운은 태연한 얼굴로 허유에게 말했다.

"과연, 현덕 님께서도 공달의 재능을 알아보신 모양이군요."

"그, 그런 것 같소."

"그를 해치지 않아서 정말 다행입니다. 만약 공달까지 해쳤다면 두 사람분의 혈채(血債, 누군가를 해친 데 대한 원한)를 받아내야 했을 테니 말입니다. 자의(태사자)의 것까지 합쳐서요."

"…."

"저항하지 않는 자는 건드리지 않습니다. 일단 편히 쉬고 계시지요."

허유는 양팔을 잡혀 연금 장소로 끌려가며 생각했다.

'유주왕이 마음을 단단히 먹고 온 것 같다. 아무래도 큰일이 나겠구나. 차라리 일찌감치 붙잡혀서 갇혀 있는 게 안전할지도 모르겠다.'

허유가 끌려 나간 후, 조운이 용운에게 물었다.

"전하, 저자가 뭔가 쓸모가 있겠습니까? 별로 캐낼 것도 없을 것 같은데요."

"제북국을 허유에게 맡길 생각입니다."

"예?"

조운은 저도 모르게 깜짝 놀랐다. 하지만 용운에게 다 생각이 있으리라 여겨 더는 묻지 않았다. 그는, 그 '맡긴다'는 말의 의미를 이때까지만 해도 미처 짐작하지 못했다.

관도성에서 출진한 조운의 부대는 요성현과 치평현을 순조롭게 점령했다. 용운의 그림자 '백영'과 고구려의 왕자 계수가 이끄는 부대는 안평국을 지나 청양현 인근까지 진출했다. 이제 청하국만 빼앗으면 요성현과 연결되는 보급선이 확보된다. 그리고 묵묵히 수련하며 때를 기다리던 한 사내도 움직이기 시작했다.

서주 동해군, 서주성.

"드디어 시작됐는가? 전하께서…."

누대에 앉은 서주자사 왕랑의 말에, 주태가 특유의 낮은 목소리로 답했다.

"예. 지금쯤 제북으로 향하고 계실 겁니다."

왕랑은 경이에 찬 시선으로 주태를 응시했다. 원래도 뛰어났던 주태의 검법은 이제 극에 달하여, 얼마 전에는 삼공산의 도적떼를 단신으로 격파하기도 했다. 삼공산은 서주 인근의 산으로, 정사에서는 장료가 조조에게 반란을 일으킨 창희(昌稀)를 만나 설득하기 위해 올랐던 산으로 기록되어 있다.

그렇게 강하면서도 서주의 내정에 대해 말 한마디 꺼낸 적이 없었다. 주태가 서주로 온 후, 왕랑은 비로소 발 뻗고 잠들 수 있게 됐다. 뛰어난 무예 실력에, 과묵하고 진실한 성품까지. 그로서는 주태를 탐내지 않을 수 없었다. 이에 한번 운을 떼어본 적이 있었다.

"하비태수 자리를 그대에게 주겠소. 일천 호의 식읍도. 또한 만약 내가 조정으로 들어가게 되면 후임 서주자사로 그대를 추천할 생각이오. 그러니 날 따르지 않겠소?"

보통 무부가 들었다면 눈이 돌아갈 얘기였다. 서주는 기후가 온화하고 토지가 비옥하여 외세를 막아낼 힘만 있다면 그야말로 축복받은 땅이라 할 만했다. 파격적인 제안이었다. 그러나 주태는 그 자리에서 부드러우면서도 단호하게 거절했다.

"지금의 제가 있는 건 유주왕 전하 덕입니다. 저에게 그분 외에 다른 주인은 없습니다. 앞으로 그런 말씀은 삼가주시면 좋겠습니다."

"아, 알겠소. 미안하오."

머쓱함에 앞서 왕랑은 자연스레 용운에 대해 관심이 생겼다. 이토록 강한 사내가 절대적인 충성을 바치는 대상은 어떤 인간일까. 그 후 서신을 몇 차례 주고받으며 점차 용운에게 매료되었고 지금은 굳건한 동맹이 되기에 이르렀다.

"내일 아침 출발하겠습니다."

주태의 말에 왕랑이 답했다.

"그리하시오. 곧 보급대를 꾸려 뒤따라 보내겠소."

"지휘관은 누구를 생각하고 계신지…."

"숙지를 보내려고 하오."

주태는 만족스러운 기색으로 고개를 끄덕였다.

"그 사람이라면 믿을 수 있지요."

'숙지(叔至)'는 '진도(陳到)'라는 장수의 자였다. 용운은 주태를 서주로 보내면서, 모든 걸 그의 자율에 맡기되 딱 세 가지만 부탁했다. 첫 번째는 절대 죽거나 다치지 말라는 것. 두 번째는 왕랑에게 힘에 의해서가 아닌, 진심에서 우러나는 믿음을 주라는 것. 마지막 세 번째는 조표, 허탐, 미축, 손건, 유염, 진도라는 여섯 사람과 친교를 다지되 그게 어렵다면 절대 척지지 말라는 것이었다. 또 여섯 모두와 가까워지기 어려울 때는 미축과 진도, 두 사람만이라도 반드시 친우로 삼으라고 당부했다.

'전하께서 특별히 저 여섯 사람을 지목하신 데는 반드시 이유가 있을 것이다.'

주태는 그리 사교적인 성격은 아니었지만, 사람됨이 진실하고 과묵하여 믿음이 갔다. 마침 주둔군에게 제공할 양식 문제로 왕랑이 자리를 주선하여 미축과 만날 일이 생겼다.

미축(糜竺). 자는 자중(子仲)이며, 정사에서는 줄곧 유비를 따르면서 생사고락을 함께한 촉의 개국공신이다. 미씨 가문 자체가 본래 서주에 기반을 둔 유지로, 부리는 하인의 수만 일만이 넘는 부호였다. 미축은 어려운 사람을 돕는 데 재산을 아끼지 않아, 많은 이들이 그를 존경하여 따랐다. 유비가 도겸으로부터 서주를 양도받아 다스리게 되었을 때, 그를 적극 지지하면서 연을 맺었다. 유비는 그의 여동생 미부인을 아내로 맞이하기도 했다.

궁술과 승마에도 뛰어났다고 하나, 유비는 미축의 성품이 너무 인자하여 병사를 다스리지 못하리라 여겨 병권을 맡기지 않았다고 한다. 훗날 미축에 비하면 여러모로 부족한 동생 미방이 오나라에 투항하는 바람에, 미축은 스스로를 결박하여 유비에게 죄를 청했다. 유비는 이를 받아들이지 않았고 미방의 죄는 미축과 아무 관계도 없다고 못 박았다. 그러나 미축은 부끄러움을 못 이겨 앓다가 그해를 못 넘기고 병사했다.

"주 장군을 뵙게 되어 영광입니다. 어려운 가운데서도 서주를 지켜주셔서 고맙습니다."

미축의 말에 주태가 정중한 어조로 답례했다.

"저야말로 명망 높은 미가의 가주를 뵙게 되어 반갑기 짝이 없습니다. 더구나 이렇듯 도움을 주신다고 하니, 어찌 감사를 표해야 할지 모르겠습니다."

"하하, 당연한 도리가 아니겠습니까?"

덕담이 오가고 다소 긴장감이 돌던 분위기가 화기애애해졌다. 주태는 서주의 방어를 도맡은 사람답지 않게 시종일관 겸손한 태도를 유지했다. 사실, 주태가 다소 무리한 요구를 해도 거절하기 어려운 상황이었다. 왕랑은 미축을 따로 불러 어지간한 요구는 들어주라고 부탁하기도 했다.

"어차피 주 장군이 없었다면 서주는 지금쯤 원술에게 침공당했을 것이네. 그자의 포악함은 이루 말할 수 없지. 그걸 생각하면 무슨 속셈인지는 몰라도 유주왕이 보낸 주 장군과 가까이 하는 편이 낫네. 최소한 그는 서주 전체를 수탈하지는 않을 것이며, 유주왕 또한 멀리 있어 당장 뭔가를 하진 못할 테니까."

"안에서부터 군사를 일으키진 않겠습니까?"

미축의 걱정에 왕랑은 고개를 저었다.

"내 그를 오래 접하진 않았지만 그럴 사람은 아닐세. 게다가 서주에 온 후부터 쭉 변방으로만 돌고 있네. 그러니 내가 먼저 군량을 제공하겠다고 나선 것이지. 이런 상황이니 잘 좀 부탁하네."

"알겠습니다."

강압적인 요구와 모욕을 각오하고 왔던 미축은 예상과 전혀 다른 주태에게 깊은 인상을 받았다. 또한 약속 장소인 주태의 거처 또한 둘러보니 검소하기 그지없었다.

'용맹할 뿐만 아니라, 훌륭한 성품마저 갖춘 무인이로구나.'

이에 주태는 그를 시작으로 자연스럽게 조표, 허탐 등 다른 호족과도 교분을 맺게 되었다. 주태에게 반한 미축이 스스로 나서서 연결고리를 만든 것이다.

손건과 유염은 서주에서 관료로 일하고 있었다. 손건(孫乾)은 소위 '간손미(간옹, 손건, 미축)'라 불리는 유비의 공신 중 한 사람이다. 그 또한 서주에서 유비를 만난 이후 그를 따라 각지를 돌아다녔고 촉의 개국공신이 되었다. 《삼국지연의》에서는 주로 사신 같은 외교적 업무를 처리하는 것으로 묘사되었다. 실제로 그 능력이 매우 뛰어나, 불가능할 것으로 보이는 동맹이나 구원 요청도 여러 차례 성사시킨 바 있었다. 화려한 활약은 아니었지만, 그가 없었다면 유비 세력이 생존하는 것 자체가 어려웠다고도 할 수 있었다.

유염(劉琰)은 《삼국지연의》에서 거의 등장하지 않아 잘 알려지지 않은 인물이다. 정사에서 유비가 예주를 평정했을 때 종사로 있었으며 성이 같고 입담이 뛰어나 유비와 친했다. 입촉할 때까지 유비를 따랐고 유비의 아들 유선 대에는 도항후가 되었다. 훗날 거기장군까지 승진한 출중한 정치가였다.

다만, 그는 말년이 좋지 않았다. 황제(유선)가 자신의 아내와 사통했다고 의심하여 아내를 때린 후 쫓아냈는데, 그 일로 구금되었다가 기시(저잣거리에서 목을 베고 시체를 버리는 형벌)된 것이다.

손건과 유염, 두 사람은 군권을 틀어쥐다시피 한 주태가 곧 야욕을 드러낼 것이라 여겨 걱정했다. 그러나 주태의 태도는 한결같이 청렴했고 오직 서주를 지키는 데만 전념할 뿐이었다. 이에 풍류를 좋아하는 유염이 먼저 자리를 만들어 술을 마시며 담화를 나누었다. 이런 일이 반복되자 셋은 자연스레 벗이 되었다.

진도는 자신이 먼저 주태에게 다가간 경우였다. 그는 어릴 때부터 무예가 뛰어나 칭송받았다. 이로 말미암아 자연스레 군무에 종사하게 됐다. 그러나 근무지가 멀어 주태를 접할 일이 없다가, 삼공산 도적 토벌전 때 수행하게 되었다.

주태는 따로 지원할 필요 없다고 말했지만, 그랬다가 그에게 무슨 일이라도 생기면 그 책임은 왕랑이 지게 될 터였다. 이에 왕랑은 만일을 대비하여 진도를 비롯해 오십 명 정도의 병사를 딸려 보냈었다. 진도는 그때 가까이에서 주태의 무공을 보고 머리를 세차게 얻어맞은 것 같은 충격에 휩싸였다.

'공격이 곧 방어요, 방어하는 동작이 공격으로 전환되니 한 사람이 능히 천 명을 상대할 수 있겠다. 세상에 저런 검술이 있다니!'

그날 이후 진도는 자려고 눈을 감았을 때도, 밥을 먹을 때도 주태의 검술이 눈앞에 아른거렸다. 결국 진도는 주태가 지키고 있는 성으로 자진하여 발령을 받았다. 그의 부관이 되어 검술을 견식하기 위해서였다. 용운으로부터 언질 받은 바 있는 주태가 그의 마음을 알아채고 검술 수련을 제안하니, 진도는 크게 기뻐하면서 의형으로 모실 것을 맹세했다. 말 그대로 울고 싶은데 뺨 때려준 격이었다.

조표, 허탐, 미축, 손건, 유염, 진도. 용운이 주태에게 부탁한 이들은 모두 서주의 유력한 호족이나 인재들이었다. 그 능력에 비해 《삼국지연의》에서 부각되지 못했거나 아예 삭제되다시피 한 인물들이었다. 그나마 미축과 손건 등은 유비를 따라다니면서 활약하여 알려진 편이었다. 나머지는 남아 있는 기록조차 얼마 없었다. 정사까지 읽은 용운이기에 기억하고 있는 것이다. 이는 곧 '위원회는 그들에게 접근할 가능성이 적다'는 의미였다. 특히, 진도는 그 용맹이 조운에 필적한다고 알려졌음에도 불구하고 관직에 관심이 없어 늘 유비와 제갈량의 호위무사를 자청했다고 한다. 유비가 촉에 들어간 후, 형주의 주인으로 관우와 진도 두 사람을 놓고 고민했을 정도였다. 그런 인물이 《삼국지연의》에는 등장조차 하지 않은 것이다.

용운은 그를 유비에게 넘겨줄 마음이 전혀 없었다. 어차피 제대로 대우하지도 않았으니까.

'가장 최근에 시공복위를 쓰기 전, 나의 잘못된 선택으로 몰락했던 과거에서 깨달은 게 있다. 바로 내가 직접 갈 수 없다면 누군가를 시켜서라도 인재를 확보해야 한다는 것. 이건 내 세력을 강하게 해줄 뿐만 아니라 원래 그 인재의 주인이 될 세력을 잠재적으로 약화시키는 효과까지 있으니까. 이미 주인을 찾은 사람은 그렇다 쳐도, 아직 정사에서 섬긴 평생의 주인과 만나지 못한 인재는 그전에 내가 최대한 확보할 테다.'

이게 용운의 생각이었다. 이를 위해, 그는 이미 형주, 심지어 손책이 있는 강남까지 사람을 보내둔 상태였다.

'손책에게는 미안하지만, 이것만은 양보할 수 없다. 주유로 만족하라고.'

현대식으로 말하자면 적극적인 헤드헌팅이었다. 그들 모두가 성공하리라곤 장담할 수 없으나 아무것도 안 하는 것보다는 훨씬 나을 터였다. 주태가 바로 그 좋은 예였다. 그는 용운이 지목한 여섯 명과 모두 우호적인 관계를 유지했고 진도하고는 의형제까지 맺었으니, 기대 이상의 성과를 낸 셈이었다.

왕랑에게 보고한 다음 날 아침, 주태는 출진 준비를 했다. 목표는 용운에게 명받은 대로 동평국이었다. 서주, 소패성에서 강을 따라 쭉 올라가면 유비의 영토 중 제일 먼저 맞닥뜨리는 곳이다.

'가급적 전하께서 제북을 치기 전에 동평국을 돌파하여 합류해야 한다.'

그가 막 출병을 명하려 할 때였다.

"형님! 잠깐만 기다려주십시오!"

누군가 다급히 말을 몰아 달려왔다. 서주에서 주태에게 형님이라 부를 이는 한 사람뿐이었다. 바로 진도였다.

"숙지, 어쩐 일인가? 이른 시간에."

"형님, 드디어 대업을 위해 출발하신다면서요? 그전에 저도 안 보고 가신다니 서운합니다."

"자네가 후발 보급부대를 이끈다기에 그랬지."

진도는 유주왕, 그러니까 용운의 계획을 이미 알고 있었다. 이제 그를 믿을 수 있다고 확신한 주태가 알려준 것이다. 물론 전체는 아니고 유비를 치려 한다는 데까지였다. 사실, 이후의 일은 주태도 잘 몰랐다. 어차피 서주에 해를 끼치는 일도 아니고 서주자사 왕랑은 용운의 동맹이니, 알려져도 큰 문제가 될 일은 아니었다. 한발 앞서 유비의 귀에 들어간다면 모를까.

진도는 용운이 아니라 주태를 따랐지만, 그 주태가 용운을 섬기고 있으므로 자연스럽게 돕는 형태가 되었다. 마치 오래전 조운이 공손찬에게 임관하러 갔기에 용운도 그를 따랐던 것처럼.

"형님의 실력이면 동평국 따위는 사흘 내로 떨어뜨리실 수 있을 겁니다."

"동평국에 유비의 수하가 있거나 무주공산이라면 그리하겠지만, 그게 아니라면 굳이 싸울 생각은 없네."

"하하, 예. 이미 자중(미축), 그 친구에게서 식량과 술도 얻어놨습니다. 금세 뒤따라갈 테니 조금만 기다리십시오."

“그래, 알겠네. 그럼 나중에 보세.”

주태는 진도의 어깨를 툭 치고 출발했다. 큰 싸움을 치르러 가는 것치곤 천 명밖에 안 되는 소규모 부대였다. 하지만 진도는 저 일천 명과 천인장 주태의 위력을 이미 잘 알고 있었다. 그는 멀어지는 주태군의 뒷모습을 보며 생각했다.

‘듣기로 동평국에 꽤 쓸 만한 장수가 있다고 하던데…. 유비 수하는 아니고 거기에 자리 잡은. 나도 소문으로 들은 거라 미처 말씀을 못 드렸군. 뭐, 어차피 형님께는 안 되겠지. 그런데 그자의 이름이 뭐였지?’

잠시 끙끙대던 진도는 그 장수의 이름을 기억해냈다. 바로 이통(李通)이라는 이름이었다.

주태는 강을 따라 동평국을 향해 북상했다. 도중에 항부현에서 소규모의 조조군과 마찰이 있었지만 가볍게 격퇴했다. 몰살하여 자신의 행로가 조조의 귀에 들어가지 않게 했음은 물론이다. 주태군이 동평국 외곽에 이르렀을 때였다.

“장군, 오 리 앞에 적군이 진을 치고 있습니다.”

정찰병 역할을 대신하던 흑영대원이 알려왔다. 주태는 적의 복병이나 함정에 대비하여 진군 속도를 늦추고 경계를 강화했다. 얼마 후, 과연 이(李) 자가 쓰인 깃발을 세운 일만 정도의 부대가 시야에 들어왔다. 그쪽에서도 주태군을 봤는지, 장수 하나가 말을 몰아 달려나와 외쳤다.

“너희는 누군데 중랑장님의 영토에 멋대로 침입했는가?”

주태는 고개를 갸웃거렸다.

'중랑장? 동평국의 국상이 중랑장이었나?'

그로서는 처음 듣는 얘기였다. 거기다 유비의 유(劉)나 조조의 조(曹)가 아니라, 생뚱맞게 '이' 자가 쓰인 깃발을 세웠다. 주태는 그간 원술과 조조 등을 경계하며 서주의 일에만 집중했기에, 그 밖에 다른 세력의 돌아가는 사정을 잘 몰랐다. 예를 들면, 공융이 다스리는 북해나, 유언의 통치하에 있다는 익주에는 완전히 깜깜했다. 어쨌거나 진도에게도 말했듯 유비나 조조의 수하가 아니라면 굳이 피를 볼 이유가 없었다. 그도 앞으로 나서서 목소리를 돋워 답했다.

"나는 유주왕 진용운 전하의 장수로, 제북을 치기 위해 북상 중이다. 길을 비켜준다면 싸울 일 없이 그냥 지나가겠다."

"… 제북상 포신은 의로운 사람인데, 어째서 그를 공격하려 하는가?"

"포신에게 원한이 있는 것이 아니다. 그가 동맹을 맺은 유현덕에게 죄를 물으려는 것이다."

"유비 현덕 또한 황숙이자 백성들 사이에서 인덕 있는 자로 알려졌는데 무슨 죄를 지었다는 것인가?"

"유현덕은 원소와 싸울 당시 동맹의 의를 저버리고 유주왕 전하의 뒤를 쳐서 남피성을 빼앗았다. 그 과정에서 내 벗이기도 한 태사 자의 장군을 죽였다. 이제 때가 왔으므로 거기에 대한 빚을 받으려 한다."

잠시 망설이던 장수가 다시 물었다.

“너는 누구냐?”

“주태 유평이다.”

“주유평? 태구현에서 원술의 수만 대군을 맞아 패국을 지켜냈다는 그 주유평?”

“그렇다.”

“내 이런 날이 오기를 손꼽아 기다렸다.”

장수는 창을 들더니 주태를 똑바로 겨누었다.

“나는 이통 문달. 여남의 황건적을 격파한 공로로 중랑장의 직책을 얻었다. 싸움이라면 져본 적이 없는데, 최근 두 사람의 명성을 듣고 궁금하던 차였다.”

“두 사람? 그게 누구냐?”

“주유평 그대와 관도성의 용이라는 조운 자룡이다.”

주태는 저도 모르게 코웃음을 쳤다.

“꿈도 야무지구나. 나는 그렇다 치고 감히 조 장군님을 넘보다니. 넌 그분의 일초지적도 못 된다.”

“먼저 너와 붙어보면 알겠지. 날 이기면 동평국을 통과시켜주마.”

“통과시켜주는 게 아니라, 네놈을 눕히면 그냥 통과하는 거겠지. 내가.”

“놈!”

이통은 노호성을 지르며 주태를 향해 돌격해왔다.

‘일만의 군사를 거느렸으면서 일천 명뿐인 나와의 단기전을 택하다니. 도발에 제대로 걸린 걸 보니 지략은 딱히 없는 모양이구나.’

주태는 속으로 쾌재를 부르며 마주 달려나갔다. 이 자리에 용운이 있었다면 경고했을 것이다. 그의 눈에 비쳤을 이통의 지력 수치는 62. 책사 급에는 한참 못 미쳤지만, 문제는 50에 불과한 주태의 그것보다는 훨씬 높다는 것이었다.

6

여남의 질풍

202년 3월, 청주 평원성.

유비는 남피성을 화영과 간옹에게 맡기고 평원성에 와 있었다. 거기서 검후며 태사자가 죽은 일이 영 꺼림칙했기 때문이다. 그날 이후, 종종 태사자의 꿈을 꾸었다. 마지막 순간, 그가 자신을 죽이려던 모습이 자꾸 재현되었다. 가끔 그 시도가 성공하여 꿈속에서는 반대로 유비 자신이 죽기도 했다. 태사자가 자신의 목을 들고 '적장 유비를 베었다!'며 외치는 소리를 듣는 기분은 매우 더러웠다. 유비는 멍하니 침상에 앉아 생각했다.

'왜 이래, 유비 현덕. 애송이처럼. 이제까지 사람 안 죽여본 것도 아니고 자의는 내 손으로 직접 죽인 것도 아닌데.'

이는 태사자가 마지막으로 쏟아낸 필사(必死, 죽음을 각오함)의 살기를 정면으로 접한 후유증이었다. 유비의 몸을 해치지는 못했지만, 정신은 건드린 것이다. 그러고 보면 화영은 여자인데도 은근히 강심장이라는 생각이 들었다. 제 손으로 태사자를 죽인 장소에서 눈 하나 깜빡하지 않고 머무르고 있으니.

'대체 화영은 왜 그렇게까지 진 군사를 증오하는 거야? 그 탓에 일이 꼬였잖아. 둘이 옛날에 무슨 일 있었나? 사귀다 차이기라도 한 거야?'

물어봐도 말을 안 해주니 알 도리가 없었다. 솔직히 유비는 용운에 대해 그 정도의 미움이나 증오는 없었다. 오히려 그립기까지 했다. 단, 그를 여기까지 오게 만든 그 감정, 바로 용운에 대한 열등감이 그와 손잡지 못하게 했다. 곁에 머무르는 순간, 용운의 신하가 되어버릴 것 같은 확신에 가까운 예감 때문이었다.

'사내로 태어나서 언제까지나 누구 밑에 머무를 순 없잖아. 이제 나이도 어지간히 먹었고 말이야. 젠장. 괜히 옛날 생각을 해서…. 술 당기네.'

유비는 장비와 한잔할까 하다가 고개를 저었다. 장비는 요즘 부쩍 술이 늘었다. 예전에는 적당히 절제할 줄 알았지만, 최근에는 점차 폭음하는 경향을 보였다. 더구나 술이 들어가면 안 그래도 강한 녀석이 더 강해졌다. 적당히 취했을 때의 장비는 관우조차 밀릴 정도였다.

'또 취해서 비무하자고 관 형에게 덤벼들기라도 하면 골치 아파져. 말리려면 십 수 명이 달라붙어야 하니. 그냥 서 군사와 마시자.'

유비는 요즘 제일 함께 보내는 시간이 많은 서서를 찾아 집무실로 향했다. 유비가 문을 열자마자 서서가 내뱉었다.

"젠장."

"헉, 내가 뭔가 방해했나, 군사?"

"아, 아닙니다, 주공. 좀 문제가 생겨서요."

"문제? 무슨 문제?"

서서는 탁자에 놓인 얇은 양피지를 가리켰다. 용운의 영향으로 쓰이기 시작한, 다양한 탁자와 의자 등은 이제 중원 전체에 퍼져 있었다. 서신을 본 유비가 눈에 이채를 발했다.

"전서구? 아니, 전서응(서신을 전달하는 매)인가. 아주 급한 일이 터졌구먼."

"서주에 심어둔 첩자에게서 보고가 들어왔습니다. 소패성의 주태가 불온한 움직임을 보이고 있는 듯합니다. 그제 일천의 병력을 거느리고 소패를 떠났다고 합니다."

"뭐라고?"

순간적으로 놀라던 유비가 서서의 등을 두들겼다.

"과연, 서 군사야! 자네의 예측이 정확히 맞았군. 진용운이 주태를 서주로 보냈을 때는, 분명 꿍꿍이가 있는 거라고 해서 미리 동평국의 이통에게 언질을 해두지 않았나."

이통(李通), 자는 문달(文達). 아명인 만억(萬億)으로도 불렸다. 황건의 난과 원술의 횡포 등으로 혼란스럽던 남양 지역의 중소 호족세력 중 하나였다. 그 성격은 유비, 관우, 장비의 그것과 비슷한 임협 집단이었다. 경쟁자였던 주직을 없애고 파벌싸움에서 승리하면서, 여남 일대에서 상당한 세력을 키웠다.

정사에서는 196년, 조조가 황제를 옹립했을 때 항복하여 중랑장의 직책을 받았다. 조조는 그의 세력을 인정하여 그대로 머무르게 했다. 198년 조조가 장수를 공격했다가, 유표가 뒤를 치는 바람에 퇴각하게 된 일이 있었다. 유표와 장수의 추격을 받은 조조가 안중에서 궁지에 몰렸을 때, 이통이 도와 위기에서 벗어나게 해주었다. 조조는 그 보답으로 이통을 비장군에 봉했으며 여남의 절반을 맡겼다.

또 관도대전 당시, 여남 일대는 모두 원소에게 기우는 분위기였다. 원소와 유표가 이통을 회유했지만, 그는 끝까지 조조의 편에서서 조인과 함께 여남 일대의 원소 세력을 일소했다. 이는 조조가 배후의 염려를 덜고 원소와의 전투에 집중하도록 해주었다.

적벽대전에서 대패한 조조군이 후퇴할 때, 조인이 남아 유비와 주유를 상대로 강릉을 지켜야 했다. 크게 불리해진 조인은 강릉성에서 포위되고 관우가 퇴로마저 차단했다. 그때 이통은 관우를 공격하는 한편, 소수 정예를 직접 거느리고 포위망을 뚫어 조인을 구출하는 무용을 떨쳤다. 하지만 얼마 후, 향년 42세로 병사하여 조조가 크게 애통해했다. 활동이 여남 지역에 국한되긴 했지만, 실제 활약에 비해《삼국지연의》에서는 거의 비중이 없는 장수였다.

이처럼 이통은 본래 여남에서 기반을 다지고 있어야 했다. 그러나 무송과 노지심, 화흠, 가후 등을 앞세운 원술 세력이 역사보다 훨씬 강해졌으며 폭발적으로 성장했다. 결국 이통 또한 거기에 밀려 동평국까지 왔다. 단, 이는 원술이 주태에게만 집중하지 못한 원인으로 작용하기도 했다. 이통이 아니었다면 주태도 원술의 맹공격을 버텨내기 어려웠을지도 몰랐다. 노지심과 무송은 야전에서는 무적에 가까웠지만 상대적으로 공성전에 취약했다.

이에 원술은 둘을 주태 대신 이통에게 보낸 것이다. 이통이 차지한 지역은 매우 탐났지만, 패국은 사실 가져봐야 본전이었기 때문이다.

"그때 이통에게 이렇게 전했다고 했지? 주태가 침범해올 경우, 동평성을 빼앗고 당신네 모두를 죽이거나 내쫓으려는 것이니 목숨 걸고 싸워야 할 거라고."

유비의 말에 서서가 답했다.

"그냥 한 말이 아니라, 실제로 그럴지도 모릅니다."

"잉? 그래?"

"기껏 주태 본인이 지켜낸 패국을 공략할 리는 없고 서주 내부에서 소요를 일으킬 기미도 안 보입니다. 오히려 조표나 미축 등 주요 호족과 친분을 다지고 있죠."

"뭐야, 그 녀석. 독립이라도 하려는 건가?"

"글쎄요. 진용운의 가신들 특성상 그건 아닐 겁니다. 아무튼 그렇다고 주태 단독으로 원술이나 조조를 치는 것도 무리. 그럼 비교적 만만하면서도 제일 가까운 땅을 노리겠지요. 결국 이통의 동평국 아니면 포신의 제북국인데…."

"포신은 나와 동맹을 맺었으니 못 건드리겠군."

"그렇지요. 이통의 입장에서는, 동평국을 빼앗기면 더 갈 데가 없어지니 싸울 수밖에 없습니다."

잠시 뭔가 생각하던 유비가 말했다.

"그런데 말이야, 서 군사. 혹시 진용운이 본격적으로 우리를 치려는 선 아닐까?"

"어째서 그렇게 생각하십니까?"

"이미 안평국까지 밀고 내려왔다잖아. 그것도 진용운이 직접. 고구려 군사까지 거느리고."

"그래서 아니라는 겁니다. 적어도 아직은 아닙니다. 언젠가는 싸우겠지만 말입니다."

"자네는 왜 그렇게 생각하지?"

"일단 유주…, 아니 진용운은 주공과 화친을 맺었습니다."

"그거야 언제든 깰 수 있는 거잖아."

서서는 천천히 양피지를 집어 들며 답했다.

"부담이 됩니다."

"부담?"

"혹시 진용운에게 붙은 별명이 뭔지 아십니까?"

"은의 마귀, 말이지?"

"그렇습니다. 그는 몇 년 전까지만 해도 파격적인 세금 인하와 백성들을 포용하는 정책으로 인기가 높았습니다. 그런데 갑자기 왜 그런 흉한 별명이 붙었을까요? 바로 평판이 나빠졌기 때문입니다."

"평판이라…."

"삼공의 명문가인 원소 일족을 멸문하고 고구려나 오환과 같은 오랑캐와 손잡았으며 원술에게 붙잡혀 있는 황제에 대해서도 어떤 자세도 취하지 않았습니다. 이 모든 일이 십 년도 안 되는 사이에 벌어졌습니다. 심지어 유우를 죽이고 유주를 빼앗았다는 소문까지 도는 판이니, 평판이 어느 정도인지 짐작 가시겠지요?"

"들어보니 최악이긴 한데, 고작 그런 것 때문에 진용운이 공격을 망설일까?"

"평판의 힘은 무섭습니다. 그 평판으로 인해 진용운은 안평국에서 암살을 당할 뻔했으니까요. 제가 주공을 택한 것도 평판 때문이고요."

유비는 머쓱하게 뒤통수를 긁적였다.

"아, 그랬어?"

"그의 평판이 악화일로인 반면, 주공의 인기는 점점 더 높아지고 있습니다. 백성들에게는 물론 원술의 만행에 지친 황실과 관료들 사이에서도 말입니다. 그런 주공을 진용운이 친다. 그럼 어떻게 될까요?"

"…진용운의 평판은 최악이 되겠군. 천하가 내 편이 되어줄 테고."

이는 정사에서 유비가 서주를 버리고 달아났는데도 백성들이 오히려 그를 따른 것과 비슷한 상황이었다. 고개를 끄덕인 서서가 말을 이었다.

"확실한 건, 여기서 평판이 더 나빠진다면 아무리 유주에서 그의 인기가 높다 해도 중원에서는 아무것도 할 수 없게 될 겁니다. 제2의 원술이 되는 거지요. 평판을 더 떨어뜨리지 않으면서 우리와의 화친을 깨고 공격하려면 확실한 명분이 필요합니다. 명분이 없는 한 진용운은 우리를 함부로 칠 수 없습니다. 그 명분은 화친을 맺은 우리에게 있고요. 우린 절대 화친을 깰 마음이 없지요. 아직까지는."

"그렇군. 아직까지는."
유비는 서서를 향해 씩 웃었다.
"역시 자네를 군사로 삼길 잘했어."
"그래도 동평국의 상황은 신경 쓰시는 게 좋을 것 같습니다. 만약 이통이 패배해서 동평국을 진용운에게 빼앗긴다면, 바로 턱 아래에 잠재적인 적을 두게 됩니다."
상황을 완전히 이해한 유비가 흔쾌히 말했다.
"좋아. 익덕을 보낼까? 그제 출발했다면 지금 보내도 시간 맞춰 도착할 수 있을 거야."
서서는 고개를 저었다.
"확실히 이기긴 하겠지만 안 됩니다."
"술 때문에?"
"그것도 그렇지만, 장 장군은 이미 너무 얼굴이 알려졌어요. 주공의 의형제로서 말입니다. 주공이 뒤에서 이통을 지원한다는 게 알려지면 곤란합니다. 빌미를 줄 수도 있으니까요."
"내가 주태의 주인과 화친을 맺었으니까."
"맞습니다."
"음, 그럼 어쩐다. 관 형은 더 유명한데…."
유비는 턱을 어루만지다가 무릎을 쳤다.
"그 녀석을 보내야겠군."
"최근에 얻으신 그자 말입니까? 분명 알려지진 않았을 테지만…."
"실력이 검증되지 않았다는 거지?"

"그렇습니다."

"그건 내가 보장할 수 있어."

유비는 히죽 웃으며 덧붙였다.

"호부(虎父) 밑에 견자(犬子) 없다잖아?"

주태가 이통과 싸우기 며칠 전의 대화였다.

이통은 무서운 속도로 말을 몰아와 그대로 주태를 향해 창을 내질렀다. 주태의 손에는 이미 검이 들려 있었다. 그는 말 등에서 묘기 부리듯 몸을 비틀면서 창을 쳐냄과 동시에 공격을 가했다. 아니, 공격하려 했다. 쨍! 날카로운 쇳소리와 함께 두 장수가 서로 교차하며 지나갔다.

"음?"

주태는 얼굴에 흥미롭다는 기색을 떠올렸다. 당혹감이나 놀라움이 아닌, 딱 흥미 정도였다. 그의 검이 빗나가 이통의 목을 베는 대신 관자놀이를 스친 것이다.

'내가 예상한 것보다 힘도, 속도도 조금씩 위였다. 제법….'

주태의 옆을 스쳐간 이통은 크게 놀랐다. 그의 일격을 받아낸 자는 아무도 없었다. 여남에서 악명을 떨치던 황건적 무리의 두목도, 이 한 창에 가슴이 꿰뚫려 죽었다. 그런데 이 공격을 쳐서 흘리다니?

'흘리기만 한 게 아니라….'

주르륵. 이통의 머리를 싸맨 천이 끊겨 흘러내렸다. 그 부위가 불에 덴 듯 뜨거웠다. 관자놀이에서 흐른 피가 턱을 타고 떨어졌다.

'반격까지 했구나.'

이통은 등골이 서늘해졌다. 주태는 어느새 말 머리를 돌려 이통을 바라보고 있었다. 그가 말했다.

"계속할 텐가?"

"뭐, 뭘 했다고 계속할 거냐고 묻는 거냐!"

"너, 피 난다. 방금 충돌로 이미 알았을 텐데. 내 적수가 못 된다는 사실을."

"싸움은 힘으로만 하는 게 아니다."

"난 힘으로만 쳐낸 게 아니야."

"어디 죽기 살기로 겨뤄보자!"

두두두두! 두 장수가 재차 격돌했다. 창날과 검신이 부딪쳐 불똥이 튀었다. 이통은 연신 창을 회전하며 공격을 막기 바빴다. 어쩌다 한 번 틈이 보였다 싶어 찌르면, 그것을 쳐내고 더욱 매서운 반격이 들어왔다. 열 합을 싸우는 동안, 제대로 된 찌르기를 한 번도 하지 못했다. 이통의 이마로 식은땀이 흘러내렸다.

'과연, 대단하다.'

그는 지지 않겠다는 듯 어금니를 악물었다.

'허나 아까도 말했듯이 싸움은 힘으로만 하는 게 아니다.'

이통은 밀리는 척하면서, 아니 실제로도 밀리면서 뒤로 조금씩 물러났다. 주태는 전혀 눈치채지 못했다. 그가 데려온 천 명의 병사들도 마찬가지였다. 잠시 후, 주태가 내뱉었다.

"내가 갈 길이 바쁘니 이쯤에서 끝내야겠다. 권주를 마다하고 벌주를 마시겠다니 어쩔 수 없지."

"윽!"

그 말이 끝나기가 무섭게 이통은 옆구리를 길게 베였다. 그는 비로소 지금까지 주태가 사정을 봐줬음을 깨달았다.

'어째서?'

이통은 안도감보다 의문이 먼저 들었다. 유비가 보낸 사자의 말대로, 자신을 죽이고 동평국을 빼앗으려는 거였다면 지금이 기회였다. 그런데 언제든 죽일 수 있는 실력을 가졌으면서 굳이 시간을 끌었다. 왜? 비무가 하고 싶어서 그런 게 아님은 분명했다. 어쨌거나 이대로 가다가는 진짜 죽을 판이었다. 창을 크게 휘둘러 주태를 떨쳐낸 이통이 외쳤다.

"지금이다!"

순간 큰 함성과 함께 일단의 철기병 무리가 돌격해왔다. 바로 주태군의 뒤쪽에서였다.

"뭣? 어느 틈에…."

정예병으로 이뤄진 주태군이었지만 당황하지 않을 수 없었다. 잠시 이통의 어깨 너머를 바라보던 주태가 말했다.

"주의를 끈 거였군. 저기 있는 일만의 병력 외에 또 하나의 부대가 뒤에서 다가오는 사이."

"그래. 그리고 겨우 천 명의 병사로 그 정도 활약을 한 데는 지휘관의 역할이 결정적이었을 거라고 생각했다. 지금 그대는 나를 사이에 두고 수하들과 떨어져 있지. 이제 처음에 봤던 일만의 병사도 움직일 거고."

과연, 일만 병력이 함성과 함께 다가오고 있었다. 주태군은 이미 뒤에서 나타난 철기병과 전투를 시작했다. 주태와 그의 수하들은 졸지에 앞뒤로 적군에 둘러싸인 형태가 됐다. 이통이 의기양양하게 말했다.

"어떠냐? 내가 괜히 여남의 질풍이라고 불리는 게 아니다."

"한 가지 방법이 있긴 하지."

"뭐라고?"

주태가 갑자기 말에서 내렸다. 이통은 그가 항복이라도 하려나 싶어 바라보기만 했다. 상식적으로 말 탄 적을 상대로 오히려 말에서 내리는 행위는 정신 나간 짓이기 때문이다. 순간 주태가 이통의 시야에서 사라졌다.

"엇?"

정신 차렸을 때, 이미 주태는 이통의 뒤에 올라타 그의 목을 검으로 겨누고 있었다.

"바로 널 인질로 삼는 방법이지."

"이런 비겁한…."

"어쩔 수 없잖나. 아군은 고작 일천인데, 만 오천은 될 듯한 적에게 앞뒤로 포위됐으니. 자, 어서 수하들에게 길을 열라고 일러라."

"…."

"그냥 널 죽이고 뚫고 가도 그만이야, 사실은."

핏! 이통의 목에 가느다란 혈선이 생겼다.

"하지만 원술의 영역에서 살아남아 동평국에 작지만 자기 세력까지 만들었다는 것은 나름 수하들 사이에서 신의와 인망이 있다는 뜻. 싸워보니 거기 걸맞은 실력도 있고. 솔직히 널 죽이고 싶지 않다. 그러니 어서 길을 열라고 말해. 내 부하들과 싸우고 있는 병사들에게도 멈추라고 하고."

"…나와 수하들을 몰살하고 동평국을 차지하려던 게 아니었나?"

"똑똑하다고 자랑하더니 갑자기 멍청한 소리를 하는군. 나는 어디에 있든 전하의 수족이다. 명받은 일만 할 뿐이고 그런 명은 받은 적이 없다. 설령 그랬다 해도 나나 전하는 조조가 아니다. 굴복시키면 될 것을 왜 다 죽인단 말인가?"

잠깐 생각하던 이통이 마음을 정한 듯 크게 소리를 질렀다.

"비켜라. 길을 열어줘라!"

정면에서 다가오던 병사들은 이통이 붙잡히는 모습을 보고 발을 멈춘 상태였다. 그들은 이통의 말이 떨어지자마자 두말없이 양쪽으로 갈라져 길을 열었다. 이어서 이통은 뒤를 향해 외쳤다.

"그만 멈추시오, 정국(定國)! 싸움은 끝났소!"

기골이 장대한 청년 하나가 이통을 힐끗 보았다. 검붉은 얼굴에 호랑이 같은 눈매를 가진 사내였다. 배후의 철기병을 지휘하던 장수로, 조금 전부터 주태가 눈여겨보던 자였다.

'이통의 부하인 줄 알았더니, 아닌가?'

청년이 이통에게 대꾸했다. 그리 목청 높여 말하는 것 같지 않은데, 목소리가 우렁우렁하여 또렷이 들렸다.

"미안하지만 내 싸움은 끝나지 않았소."

"뭐? 이런 미친…."

자신이 죽거나 말거나 상관없다는 청년 장수의 태도에 이통은 화가 치밀었다. 주태 또한 슬슬 화가 나긴 마찬가지였다. '정국'이라 불린 청년 장수의 실력이 만만치 않아 수하들이 상당수 쓰러졌기 때문이다. 그러나 이통을 버려두고 정국이라는 자와 싸우자니, 배후에 두게 될 일만의 적병이 부담스러웠다.

만약 조운이나 장료였다면 정황상 정국이란 자는 유비가 보낸 사람이라는 걸 단박에 알아챘을 것이다. 하지만 안타깝게도 주태의 지혜는 거기까지 미치진 못했다. 그는 그저 수하들을 도륙하고 있는 적을 당장이라도 쳐 죽이고 싶은 마음뿐이었다. 급기야 주태의 눈에 벌겋게 핏발이 섰다. 용운에게 받은 임무가 아니었다면 배후의 적이든 이통이든 버려두고 당장 수하들을 도우러 달려갔을 것이다. 그는 나직하게 중얼거렸다.

"빌어먹을…."

주태의 심정을 알아챈 이통이 뭔가 말하려 할 때였다. 뜻밖의 반전이 일어났다.

"와아아아!"

"유평(주태) 님을 도와라! 악적을 물리쳐라!"

함성과 함께 주태군을 친 적의 뒤쪽에서 다시 소란이 벌어졌다. 누군가 배후의 배후를 친 것이다.

"누가 형님을 핍박하느냐!"

큰 목소리의 주인을 알아챈 주태가 싱긋 웃었다.

"숙지, 예정보다 빨리 온 것 같지만 딱 좋을 때 도착했구나."

보급부대를 이끌고 뒤따라오기로 한 진도가 주태의 위기를 보고 나선 것이었다.

"흠."

청년 장수 정국은 무기를 휘두르며 진도에게 덤벼들었다. 그의 병장기는 다소 특이했는데, 중간 길이의 자루 끝에 언월도 형태의 날이 달린 창이었다. 마치 관우의 그것을 축소한 것 같은 모양새. 진도는 검을 들고 이에 맞섰다. 몇 차례 공방을 나눈 정국의 눈가에 놀란 빛이 스쳤다.

'아버님에게 배운 내 무공을 이리 쉽게 받아내는 자가 있다니. 과연, 세상은 넓구나.'

이제 싸움은 혼전 양상이 되었다. 그러나 전세는 점차 주태와 진도 쪽으로 유리하게 흘러가고 있었다. 무엇보다 이통의 일만 병사가 전혀 움직이지 않았다. 진도와 치열하게 싸우던 정국이 화가 치민 듯 외쳤다.

"만억! 어째서 그대의 수하들을 싸우게 하지 않는 거요!"

"그럼 나는 죽으라고?"

"…이 일은 기억해두겠소."

정국은 한 차례 위력적인 공격을 퍼붓더니 진도가 주춤한 틈을 타 달아나버렸다. 그는 도주하면서 누군가에게 사죄하듯 중얼거렸다.

"아버님, 죄송합니다. 소자가 아버님의 위명을 더럽혔습니다."

정국이 이끌던 철기들도 일제히 뒤를 따라 퇴각했다. 진도는 굳이 추격하지 않고 주태에게 다가왔다.

"형님, 그자는 뭡니까?"

"죽일까 말까 고민 중인 자. 여남의 질풍이라는군."

"여남의 질풍이요? 껄껄. 머리 아프게 뭘 그러십니까. 그냥 죽이시지요."

그 말에 이통이 얼른 입을 열었다.

"날 풀어주시오. 길을 열어드리겠소."

"아까 그랬어야지."

"사실 주태 장군이 동평국에 들어오면 나와 수하들 그리고 백성들까지 닥치는 대로 죽일 줄 알았소. 동평국을 빼앗으려고 온 게 아니라, 그냥 지나갈 줄 알았다면 싸우지 않았을 거요."

"나로 하여금 수고로움을 겪게 했고 소중한 부하들을 잃게 했으며 조금 전과 상황이 바뀌었으니, 조건도 바뀌었다. 싫다면 여기서 그냥 죽어라."

"…조건을 말해보시오."

"그대, 내 아우가 되어서 유주왕 전하를 섬기지 않겠는가?"

생각지도 못한 말에 이통은 눈을 껌뻑였다.

"유주왕을? 날더러 유주왕 밑에 들어오란 말이오? 허나 그는 은마… 아니 나라를 망하게 하려고 한다는 소문이 있던데…."

"그건 헛소문이지만, 사실 이 나라는 이미 망한 거나 마찬가지다. 황제가 원술의 손아귀에 들어가 꼭두각시 노릇을 하고 있는 게 제대로 된 나라인가? 전하께서는 백성들이 사람답게 살 수 있는 세상을 만들려고 하신다. 유주와 업성의 소문은 그대도 들어봤겠지."

"흠… 워낙 허황되어 믿진 않았지만…."

주태는 잡고 있던 이통을 풀어주었다.

"도저히 믿기지 않는다면 지금이라도 저 일만의 수하를 시켜 날 공격해도 좋다. 난 그대의 용맹과 지략이 아까워 이런 제안을 하는 것이다."

그때 돌아가는 상황을 지켜보던 이통의 수하 중 하나가 머뭇거리며 손을 들었다.

"저, 두령님!"

"뭔가?"

"제가 얼마 전까지 업성에 있었습니다요. 성이 조조에게 함락되면서 죽을까 두려워 달아나 떠돌다가 두령님께 의탁했습죠. 거기서 오래 살았던 경험으로 말씀드리자면, 저자의 말은 다 사실입니다요."

"음…."

"물론, 두령님도 좋은 분이시지요. 원술 놈이 백성들을 수탈하는 게 싫어서 맞서다 져서 쫓겨 가시면서도 우리를 다 챙겼으니까요. 한데 주목님은 정말, 뭐라 하지, 그래, 성군이셨지요."

이통과 주태 그리고 진도 등이 조용히 귀를 기울이자, 사내는 용기가 난 듯 열변을 토했다.

"업성에 있을 때 제 어머니가 오랫동안 편찮으셨는데도 비싼 약값 때문에 의원을 찾을 엄두도 못 냈습니다요. 한데 주목님이 새로 오셔서 가난한 백성들은 공짜로 치료받을 수 있는 의방을 열어주셨습죠. 어머니는 얼마 뒤에 돌아가시긴 했습니다만, 그래도 편하게 눈을 감으셨습니다요. 거기다 세금도 삼 할로 깎이고 제 자식을 학당에도 보내게 되어 정말 꿈처럼 살았습지요, 그때는…."

이통은 황당하다는 듯 주태에게 물었다.

"평민의 자식을 학당에 다니게 해줬다고? 백성들의 치료비는 공짜고? 대체 그대의 주군은 뭐하는 사람이요?"

"조금 전에 말했지 않나. 백성들이 사람답게 살 수 있는 세상을 만들려 하시는 분이라고."

"허허, 듣고도 믿기지가 않는군. 그런 짓을 하는 작자가 있다니."

이통의 수하는 마지막으로 힘주어 말했다. 그런 그의 눈에는 어느새 눈물이 맺혀 있었다.

"비록 유주까지의 길이 그 흉악한 조조에게 막혀 있고 너무나 멀어서 엄두를 못 냈습니다만, 만약 두령을 먼저 만나지 못했다면 결국은 그분을 찾아가 뵈었을 겁니다요. 그분은, 주목님은… 제 이름까지 기억하고 불러주신, 어머니는 좀 어떠시냐고 물어봐주신 유일한 관리님이니까요. 지금도 앞으로도 저는 두령을 따를 거지만, 만약 두령께서 주목님 밑으로 들어간다면 전 기꺼이 제 목이라도 내놓겠습니다요."

사내가 말을 마치자 거기에 용기를 얻었는지 여기저기서 손이 올라왔다. 모두 업성에서 도망쳐 나온 자들이었다.

"정팔이의 말은 모두 사실입니다."

"저도 업성에 있었습니다. 주목님께서는 제 이름도 기억해주셨습니다."

"주태 장군의 주인이 주목님이라면 두령님을 기만하진 않을 겁니다."

주태는 가슴이 뭉클했다. 비록 업성을 마지막까지 지키지 못했으나, 백성들은 용운의 진심을 알아주고 기억해준 것이다. 그때의 선정(善政)이 전혀 예상치 못한 장소에서 도움이 되고 있었다.

'역시, 전하께서 하신 일은 헛되지 않았다.'

주태는 그들의 말끝에 부드럽게 덧붙였다.

"고맙구나, 다들. 용기를 내줘서. 그리고 이통."

"으, 응? 왜, 왜 그러시오."

"그대가 전하를 섬긴다 해서 동평국을 빼앗거나 하진 않을 것이다. 내 이름을 걸고 장담한다. 이곳은 이제까지와 마찬가지로 그대가 다스리되, 전하의 대업이 이뤄진다면 그대의 영광 또한 커질 것이다. 동평국뿐만 아니라 언젠가 원술이 차지한 지역까지 그대가 다스릴 수 있게 될 것이다."

"으음…."

"언제까지 여기서 원술이나 조조와 맞설 수 있겠는가? 게다가 북으로는 유비가, 남으로는 유표가 버티고 있다. 그들은 이런 조건으로 그대를 맞아들이지는 않을 것이다. 잘 선택하라."

"…마지막으로 하나만 묻겠소. 동평국을 지나간 뒤 뭘 하려던 거요? 정말 제북을 치고 유비에게 죄를 물으려던 것이오?"

주태는 잠깐 망설였지만, 이 순간이 중요하다는 게 느껴졌다. 그는 솔직히 털어놓았다.

"그렇다. 전하께서는 유비를 무너뜨릴 것이다."

이통이 비로소 히죽 웃었다.

"흐흐, 그거 잘되었군."

"뭐가 말인가?"

"조금 전 그 빌어먹을 애송이가 바로 유비의 수하거든. 의형제인 관우의 아들이라나. 어린놈의 새끼가 어른의 아명(만억)을 함부로 부르고 말이오. 사실 유비한테 한 다리 걸쳐볼까 했는데, 그는 날 속인데다 막판에 신의마저 저버렸으니 이제 끝이오."

"그럼…."

이통은 고개를 끄덕였다.

"내 부하들은 절대 날 배신하지 않소. 내게 해가 될 일도 하지 않고. 그런 녀석들이 목숨까지 걸고 한 말을 믿어보겠소. 이 이문달, 오늘부터 유평 님을 형님으로 모시고 유주왕 전하의 밑에 들어가겠소이다."

주태는 크게 기뻤지만, 본래 희로애락을 얼굴에 잘 드러내지 않는 사람이었다. 그는 희미하게 웃으며 이통의 어깨를 두드리는 걸로 기쁨을 표현했다.

"잘 생각했네."

"앞으로 잘 부탁드리겠소, 형님!"

지켜보던 진도가 다가와 히죽히죽 웃으며 이통에게 말했다.

"환영하네! 그런데 자네가 막내인 건 알지?"

"그러고 보니 댁은 누구쇼?"

"나? 자네보다 먼저 유평 형님의 아우가 된 사람이지. 진도 숙지라고 하네. 자네가 막낼세."

"…."

이통은 뭐 씹은 듯 얼굴을 찌푸렸다. 여남의 질풍 이통이, 용운의 수하로 들어오는 순간이었다.

7

다시 모여드는 인재들

기주, 하간국에서 악성현으로 이어지는 대로.

길을 가득 메우는 수레 행렬이 끝없이 이어졌다. 대개 두 마리의 말 혹은 소가 끄는 짐수레였다. 수레마다 곡물 가마니와 말린 고기 더미 같은 것들이 가득 담겨 있었고 각 수레에는 두세 명의 병사가 붙어 있었다. 병사들은 지쳐 보였지만 눈빛이 살아 있었다. 곧 쉴 수 있다는 기대로 입가에 웃음을 머금은 병사도 있었다. 뜨끈하게 데운 술과 고기도 맛볼 수 있으리라.

"자, 자. 다 왔다. 얼른 가자, 이놈들아. 너희도 벽으로 막힌 데서 좀 쉬어야지. 몇 주째 노숙을 했으니…."

병사들은 우마(牛馬)를 달래며 걸음을 재촉했다. 이들은 탁군에서 역경, 또 역경을 거쳐 하간국까지, 거의 50리(200킬로미터)에 달하는 먼 길을 온 유주의 보급부대였다. 현대 한국으로 치자면 대략 서울에서 경북 상주까지의 먼 거리다.

몇 시진 전부터 한 장수가 소수의 병력을 이끌고 이 보급부대를 호위하는 중이었다. 은빛 갑옷을 입고 말에 탄 훤칠한 자였다.

그는 부대를 따라 오르락내리락하며 날카로운 눈빛으로 주변을 경계했다. 그때 대열에서 빠져나온 무사 하나가, 은빛 갑옷의 장수에게 말을 몰아 다가가 포권을 취했다. 삼십 대 후반 정도로 보이는 무사는 흥분한 기색을 감추지 못했다.

"찾으셨습니까, 맹기 장군님!"

"오, 자네가 이번 보급부대의 지휘관인가?"

"옛. 뵙게 되어 영광입니다. 대(岱, 마초의 사촌동생 마대)에게서 말씀 많이 들었습니다. 저는 이번에 청무관을 졸업한 여몽이라고 합니다. 자는 자명을 씁니다."

하간국 경계에서부터 보급부대를 호위하던 은빛 갑옷의 장수는 바로 마초 맹기였다. 그는 예전 진궁의 수송대와 백성들을 지키면서 '호위' 특기를 얻었다. 그 후부터 이런 임무를 곧잘 해냈다. 마초처럼 호위 특기를 가진 자가 대상을 지키면, 도적떼가 습격해오거나 수레가 고장 나거나 소와 말이 병에 걸리는 등의 불상사가 현저히 줄었다. 물론, 이런 현상은 용운만 아는 사실이었다. 이 시대의 사람들에게는 그저 마초가 운이 좋거나 호위 일을 잘해낸다고 여길 뿐이었다. 마초 자신까지 포함해서.

마초는 올해로 스물일곱 살이 되었다. 키도 더 자랐고 이제 늠름한 장군 태가 났다. 그는 고개를 끄덕이며 짐짓 무게 있게 답했다.

"반갑네. 여자명이라? 고향이 어딘가?"

"여남입니다."

여남은 허창보다 훨씬 남쪽으로, 현재 원술이 지배하는 지역이었다. 둘은 천천히 말을 몰며 대화를 계속했다.

"그 먼 곳에서 어쩌다가 북쪽 끝 유주까지 오게 됐나?"

"원래 손백부(손책)의 부하이던 매부를 따라다니면서 도적놈들을 때려잡았는데, 그 와중에 매부가 갑자기 죽었습니다. 그런데 제가 어리다는 이유로 손백부는 절 안 써주더라고요. 뭘 할지 몰라 고향에서 싸움질이나 하던 중에 자경이라는 친구가, 아참, 노자경은 몇 해 전까지만 해도 조조 밑에서 근처 현령으로 일하고 있었는데, 조조가 업성을 칠 때 사람들을 파리 잡듯 죽이는 꼴을 보고 막장이라며 때려치웠습니다. 돈 많고 똑똑한 놈이지요. 아무튼 그 자식이, 자기가 알아보니 유주왕 전하야말로 천하를 통일하실 분이다, 그러니 같이 북쪽으로 가자고 하더라고요. 솔직히 당시 그 일대는 원술이 꽉 잡고 있어서 원술 밑으로 갈까 했습니다만, 자경이 말하길 원술은 조조보다 더한 막장이라고 하지 않겠습니까? 그래서 개고생하며 유주로 왔습니다. 오는 길이 어찌나 힘들었는지 처음에는 후회했으나, 지금은 백 번 천 번 잘했다고 생각합니다. 전 청무관에서 생전 처음으로 무예와 전술을 제대로 배웠고 노자경 그 친구도 태학에 들어가더니 더 똑똑해졌거든요!"

자신을 여몽이라고 소개한 장수는 여기까지 한숨도 쉬지 않고 단숨에 말했다. 더구나 사용하는 어휘도 거칠었다. 마초는 그를 보며 생각했다.

'이 녀석, 태학에 넣어서 공부 좀 더 시켜야 할 것 같은데….'

그 외에 마초의 주의를 끈 점이 하나 더 있었다.

"잠깐, 이번에 청무관을 졸업했다고? 자네, 올해로 나이가 몇인가?”

“옛, 스물다섯 살입니다.”

마초는 저도 모르게 그를 물끄러미 응시했다.

‘저 얼굴로 나보다 고작 두 살 어리다고?’

여몽은 검게 그을린데다 수염까지 덥수룩하게 난 얼굴로 해맑게 웃었다. 아무튼 첫 임무를 성공적으로 수행한 걸 보니 능력은 있는 듯했다.

‘전령의 보고로는 손실된 수레가 한 대도 없다고 했지.’

일부러 지휘관을 부른 것도 거기에 대해 칭찬하기 위해서였다. 오천 대에 달하는 수레를, 50리나 인솔하면서 한 대도 잃지 않는다는 건 쉬운 일이 아니었다.

‘하긴 청무관을 졸업했다니 기본은 됐겠군.’

마초는 여몽의 어깨를 두드려주며 말했다.

“수고했네. 또 먼 길을 되돌아가려면 힘들 테니 충분히 쉬었다 가게.”

“예? 저 안 돌아가는데요?”

“응?”

“여기서 이대로 맹기 장군님의 부대에 부관으로 합류하라고 명받았습니다. 처음에는 저도 안 믿겼는데요, 문약(순욱) 님께서 전하의 명이라며 일부러 저를 찾아오셔서 명령서를 내리시지 뭡니까. 문약 님 아시죠? 아, 당연히 아시겠군요. 그분은 정말 천재인 것 같습니다. 하지만 제가 보기에 더한 천재는 사마중달 같기도 합니다. 저보다 어리다고 하던데 벌써 군사 자리를 꿰찼다면

서요? 그 사마중달도 여기 있다고 하니까 벌써부터 기대가 됩니다. 제가 어디까지 말씀드렸지요? 아아, 전하의 친명으로 맹기 장군님께 합류하게 되었다고 했지요. 그러니 앞으로 많은 지도편달 부탁드리겠습니다."

"…."

마초는 벌써부터 귓가가 웅웅거렸다. 그는 자신이 용운에게 뭔가 잘못한 게 있는지, 진지하게 고민에 빠졌다.

'전하, 제게 왜 이런 시련을….'

이때만 해도 마초는 전혀 몰랐다. 이 노안의 수다쟁이가 청무관 수석 졸업생임을. 또한 용운이 직접 관리하는, 몇몇 아는 사람만 아는 '특임대(特任隊, 특수한 임무를 맡길 부대 혹은 대원)' 중 하나임을 말이다.

용운이 여몽을 이렇듯 특별 관리하며 일부러 마초의 부관으로 보낸 데는 이유가 있었다. 이 여몽이야말로 정사에서는 훗날 오의 대도독이 되는 자이기 때문이다. 원래 여몽은 그가 말한 대로 매부 등당이 죽은 뒤, 장소(張昭, 오의 대표적인 문신)의 추천으로 손권을 섬기면서 오나라와 본격적인 연을 맺었다. 그러나 서기 200년에 죽었어야 할 손책은 여전히 건재했다. 자연히 손권이 뒤를 잇지 못했다. 또한 여몽을 천거했어야 할 장소는 전혀 엉뚱한 이를 섬기고 있었다. 바로 형주목 유표였다.

본래 오용이 먼저 사람을 보내 장소와 장굉을 조조 측으로 끌어들이려 한 적이 있었다. 그러나 일은 오용의 뜻대로 풀리지 않았다. 장소는 안성을 추구하는 성향이 강했다. 이에 멀리 떨어진 조조의 영토까지 가길 부담스러워했다. 당시 그의 나이 이미 마흔이 넘었다. 이 시대의 평균 수명에 비춰봤을 때, 현대로 치면 일흔에 가깝다.

실제로 정사에서는 노식이 원소의 초청으로 기주까지 왔다가 병들어 죽기도 했다. 유주보다 기주의 기후가 온화한데도 여독 및 음식이 바뀐 것 등으로 몸에 부담이 간 것이다. 더구나 조조는 그 먼 길을 가서 섬기기에 아직 능력이 검증된 바가 없었다. 그렇다고 가까운 데 있는 손책을 따르자니, 그는 용운과의 의리와 유표의 겁박 사이에 끼어서 쩔쩔매고 있었다.

'하릴없이 계속 나이만 들어가니 더 늙기 전에 누구 한 사람을 골라 뜻을 펼쳐봐야 할 텐데.'

장소는 조조, 용운, 원술, 유표, 손책 등을 두고 한동안 고심했다. 그러다 조조가 복양성에서 대학살을 벌이고 용운은 여포나 오환족 등 장소가 판단하기에는 무도한 무리와 손잡는 걸 보고 형주로 가버렸다. 여기에는 형주에 있던 천강위, 서령의 설득도 한몫했다.

유주에 자리 잡은 용운은 치명적인 실패를 경험하고 한 차례 시공복위를 발동한 후였다. 이대로라면 형주의 유표 세력을 누르기 어려워지며, 유표의 배후에 있는 서령이 중남부의 인재들을 쓸어갈 것임을 알고 있었다. 이에 여남과 형주 일대에 사람을 보내, 자신이 적어준 명단의 인재들을 찾아 포섭하게 했다.

'맘 같아서는 내가 직접 가고 싶지만, 아직 유주를 떠날 형편이 아니다. 이상하게 여기지 않을 범위 내에서 최대한 정보를 알려

주고 대신 부탁할 수밖에….'

심지어 가능하다면 이규 같은 천강위의 일원조차 끌어들이길 마다하지 않았다. 모든 걸 잃고 막다른 곳에 서본 경험이 용운을 변화시킨 것이다. 여몽과 그의 친구라는 노자경은 그 명단에 포함된 인물들 중 하나였다.

노자경의 이름은 숙(肅). 즉 노숙 자경이다. 주유와 여몽, 육손 등과 더불어 오나라를 대표하는 도독 중 한 사람이었다. 용운이 이 일을 위해 보낸 사람이 바로 전예이니, 인재 등용을 얼마나 중요하게 생각했는지 알 수 있었다. 전예가 하던 일은 임시로 곽가가 맡았다. 곽가는 원정 이후 몸이 많이 약해져서 유주성 내에서 처리 가능한 일 위주로 시키고 있었다.

이렇게 해서 전예가 노숙을, 노숙은 알고 지내던 여몽을 각각 설득하는 데 성공하여 먼 유주까지 오게 된 것이다. 여기에는 전예가 흑영대원들을 동원, 노숙의 어머니와 가족들을 직접 유주까지 안전하게 모시겠다고 공언한 게 컸다. 물론, 이 또한 용운이 미리 알려준 방법이었다.

노숙은 주유와의 친교 때문에 잠시 고민했다. 그러나 정작 주유는 계속되는 유표와의 분쟁 및 강남의 명문 호족 육가와 가까워지기 위한 궁리 등으로 정신이 없었다. 이름난 선비인 장소와 장굉이 유표를 택했다는 소문에, 노숙은 잠깐 흔들린 적도 있었다. 하지만 역설적으로 그곳에는 자신의 자리가 없을 것 같기도 했다.

'유경승(유표)이 선비와 학자들을 우대한다고 하나, 이미 장소와 장굉 외에도 방덕공, 사마휘, 괴월, 괴량 등 뛰어난 자들이 넘쳐난다. 연륜으로나 실적으로나 나를 한참 앞선 자들이다. 또한 비록 형주가 손백부와 갈등을 빚고 있긴 하지만 안팎으로 안정되어 있어 내 실력을 드러낼 기회도 좀체 없을 것이다. 반면 유주왕은 계속해서 세력을 확장하려고 시도하고 있으며 젊은 사람이라도 능력이 있으면 중히 쓴다고 하니….'

하지만 한 가지 걸리는 게 있었다. 아무리 가족들이 동행한다고 해도, 혼자 아는 이 하나 없이 그 먼 유주까지 가자니 망설여졌다. 유주로 떠나겠다는 결심 자체가 그나마 당시에 아직 이십대의 젊은 나이여서 가능했다. 이때 노숙이 택한 사람이 바로 여몽이었다.

'자명은 무식하고 입이 거칠긴 해도, 의리 있고 재주가 뛰어난 친구다. 싸움도 곧잘 하니 유주까지 가는 도중에 날 지켜줄 수 있을 것이다.'

이 얘기를 전예에게 하자, 그는 흔쾌히 승낙했다. 또한 여몽이 노숙 못지않은 효자라는 점을 감안하여 그의 모친도 함께 모시기로 했다. 어차피 여몽도 용운이 준 명단에 들어 있었으니, 전예의 입장에선 쌍수를 들어 환영할 일이었다. 이렇게 해서 강남의 인재 두 사람이 용운 진영에 합류하게 된 것이다.

미안하지만, 주유를 손에 넣은 것으로 만족하라고, 언젠가 용운이 손책을 향해 마음속으로 말한 대로였다. 노숙과 여몽이 북으로 향했음을 알아챈 서령은 이를 갈았지만, 이미 한참 늦은 후였다. 그는 강남에서 장굉과 장소, 두 인물을 얻은 것으로 만족해야 했다.

용운은 여몽과 노숙이 도착하자마자 땅과 거처를 주고, 각각 청무관과 태학에 입학하게 했다. 실제 역사와 행보가 달라졌으니, 둘의 능력이 제대로 발휘되지 않을 우려가 있어서였다. 재능에 눈을 뜨게 된 계기 같은 것을, 바뀐 역사 탓에 못 만나게 될 수도 있으니까. 예를 들어, 유비가 탁현에서 거병할 무렵 관우와 장비를 다른 지역으로 가게 했다면,《삼국지연의》에서 가장 유명한 삼형제가 탄생하지 못했을 것이다. 용운은 이런 변화로 인한 오차를 최대한 줄이고 두 사람이 재능을 꽃피울 기반을 다지기 위해, 여몽은 청무관에, 노숙은 태학에 입학시킨 것이었다.

결과적으로 이 선택은 탁월했다. 여몽은 이 나이 때 실제 정사에서의 능력보다 훨씬 뛰어난 장수로 성장해 있었다. 노숙 또한 마찬가지였다. 용운과의 만남이 두 인재에게 새로운 운명적 계기가 된 셈이다. 둘은 얼마 가지 않아 유주성의 활기와 여러 가지 파격적인 제도에 흠뻑 빠져들었다. 또 용운과 가신들 그리고 가신들 사이의 분위기가 경직되어 있지 않은 것도 마음에 들었다. 원형 탁자에 다 같이 둘러앉아 회의하는 방식도 신선했고 반대 의견을 말해도 존중받아서 좋았다. 특히, 여몽은 무식하다고 눈총 받지 않는 게 기뻤다. 이제 무식하지도 않았지만.

주요 가신 중 무장들의 연령대를 보자면 최고 대장군인 조운이 36세, 장료와 장합이 각각 34, 36세, 마초가 27세, 주태 32세, 방덕이 33세, 서황은 38세였다. 마초의 사촌동생 마대는 20세, 아우인 마휴와 마철은 각각 25세, 23세가 되어 어엿하게 군무에 종사 중이었다. 모두 청무관을 거쳐, 실제 역사보다 훨씬 뛰어난 장수로 성장했음은 물론이다.

일례로, 용운이 처음 마휴를 봤을 때 그의 무력 수치는 72 정도였다. 그러나 청무관에서 삼 년을 배우고 형 마초의 곁에서 함께 수련한 결과, 현재는 무력이 85에 달했다. 통솔력과 지력 등의 수치도 원래보다 대폭 상승해서 각각 74와 60을 찍었다. 그전에는 68, 50이던 수치였다.

또 책사들의 경우 202년 현재 순욱은 40세, 곽가 33세, 희지재 35세, 노숙은 31세, 고령에 속하는 저수도 47세였다.

용운의 가신들은 이처럼 평균적으로 젊었다. 젊은 사람은 아무래도 변화에 빠르게 대처했다. 주군의 파격적이고 혁신적인 사상을 접한 그들은 빠르게 성장하고 있었다. 궁극적으로는 이것이 여몽과 노숙을 불러들인 원동력이었다.

"알았네. 그러면 곧 다시 보세. 이제 성안으로 들어갈 때가 다 됐군."

"앗, 그렇습니까! 이거 아쉽습니다. 그럼, 다음에 꼭 또 뵙겠습니다. 그때는 더 많은 지도편달 부탁드립니다, 맹기 장군님! 정말 좋은 시간이었습니다. 한마디 한마디가 금과옥조 같은…."

"알았으니까 그만 가라고…."

마초는 끊임없이 뭔가 얘기하는 여몽을 겨우 돌려보냈다. 그사이 하간성 성문이 코앞에 다가왔다.

"자, 성안에 들어가면 잠시 대열을 유지하고 기다리도록! 곧 행군사마(行軍司馬, 장군을 보좌하는 관직)가 와서 보급품을 점검하고 숙소를 배정해줄 것이다."

그가 성문 바로 안쪽 공터에서 보급부대 수습을 마치고 인원을 정비 중일 때였다.

"맹기!"

조개가 말을 몰아 광장으로 달려왔다. 그를 본 마초가 반색했다.

"오, 조개!"

껍데기는 조앙이지만 조개의 영혼을 가진 그는, 이제 조앙 대신 원래 이름인 조개로 불렸다. 아버지인 조조와 더불어, 그가 지어준 이름도 버렸다고 그럴듯하게 둘러댄 것이다. 용운을 비롯한 몇 사람은 여전히 그의 정체에 대해 의구심을 품고 있었다. 그러나 오래 지켜본 결과, 마초를 향한 의리만큼은 진심이라는 결론을 내렸다. 용운 자신에 대한 호감도도 70을 넘었으니 안심할 수 있는 수준이기도 했다. 무엇보다 통솔력이 64, 지력 80, 무력은 무려 92에 달해서 수상하다는 것만으로 버리기에는 아까운 인재였다. 여전히 조금 문제가 있긴 했지만.

"보고 싶었다. 잘 있었어?"

마초는 조개가 말에서 내리자마자 덥석 끌어안았다. 조개는 얼굴을 붉히며 그를 밀어냈다.

"어젯밤에도 봤잖아, 미친놈아."

"하루나 지났는걸. 하하."

조개는 보급부대 병사들의 눈길을 느끼며 식은땀을 흘렸다. 작게 수군대는 소리도 들려왔다.

"저 사람이 바로 그…."

"아하, 정말 미색이 출중하구먼. 키가 좀 더 작으면 여자라고 해도 믿겠는데?"

"여기 하간성에는 저 두 사람을 소재로 한 가담항어(街談巷語, 저잣거리나 백성의 주거지에 떠도는 소문)도 유행한다고 하지 않는가."

바로 이게 문제였다. 조개의 모습은 많이 변해 있었다. 원래 조앙을 알던 사람이 본다면 못 알아볼 정도였다. 키는 그대로인데, 몸의 곡선이 둥글어지고 수염이 사라졌다. 피부도 점점 더 희고 매끄럽게 변했다. 조개로서도 당혹스러웠다. 여러 사람의 육체를 빼앗은 경험이 있지만, 이런 일은 처음이었다. 단, 이번이 한 육체에 제일 오래 머무른 경우이긴 했다. 그래서 내린 결론은 조개 자신이 원하는 쪽으로 '성별이 변하고 있다'는 것이었다.

본래 조개는 성별의 구분이 모호했다. 여자였던 것 같다는 기억은 있으나, 언제부턴가 의미가 없어졌다. 이는 남녀노소를 가리지 않고 육체의 주인이 될 수 있는 특성 때문이었다. 남자의 몸을 차지하여 여자와 잠자리를 갖기도 하고 그 반대의 경우도 있었다. 남자 몸에 있을 때는 생리적 현상이나 언행 등을 거기 맞췄으며 여자일 경우도 마찬가지였다.

한데 이번에는 남자의 몸에 들어갔지만 영혼은 자꾸 여자이길 원하고 있었다. 평범한 사람이었다면 성 정체성 혼란이 오거나, 현대식으로는 트랜스젠더가 됐을지도 몰랐다. 그러나 조개에게 인간의 육체는 하나의 도구일 뿐이었다. 사물에 들어갔을 때도 아무렇지 않은 그였다. 한데 혼의 강렬한 의지에 의해 육체가 변화하고 있었다. 이런 현상이 일어나는 이유는 명확했다.

'내가 저 애송이를….'

조개는 부드러운 시선으로 마초를 바라보았다.

'마음에 두고 있기 때문에.'

남녀를 떠나 한 인간으로서 사랑하게 되었다. 단지 마초가 남자였기에 자신은 여자로 변화하는 중이었다. 만약 마초가 여자였다면 조개의 몸은 더욱 남성스러워졌을 것이다.

'허나 언제까지 아무 일도 없는 척 지낼 수 있을지….'

성별의 변화는 현대에서조차 잘 받아들여지지 못했다. 하물며 이 시대에는 괴이하기 짝이 없는 일이었다. 그나마 괴물이나 요괴 취급을 받으며 몰매를 맞지 않은 것도, 그가 몸담은 곳이 용운의 세력이었기 때문이다. 사천신녀를 비롯해 워낙 특이한 외양의 사람이 많은데다, 최근에는 외국인도 종종 보였다. 또 모시는 주군이 개방적이고 급진적이니 자연스레 따르는 이들도 거기 맞게 변해갔다.

그렇다 해도 위험한 수준이었다. 급기야 최근에는 성기도 점차 퇴화하고 있었다. 가슴과 둔부도 조금씩 부풀어 오르기 시작했다. 이러다 완전히 여자가 되면 어찌해야 할까. 그런데도 변함없이 대해주는 마초가 고마웠다. 잠깐 상념에 빠졌던 조개는 마초의 목소리에 정신을 차렸다.

"뭘 그렇게 멍하니 서 있어? 나한테 뭐 전할 거 있어서 온 거 아니야?"

"아, 맞아. 네놈이 떠드는 바람에 정신이 없어서 잊어버렸지 않느냐!"

"너무 반가워서 그런 건 아니고?"

"넋 빠진 놈."

조개는 싫지 않은 기색으로 눈을 흘기고 말했다.

"장문원(장료)이 급히 찾는다. 이제 곧 싸움을 시작하려는 모양이다."

"오오, 드디어! 그러고 보니 보급이 딱 맞게 도착한 셈이네. 어서 가자."

마초와 조개는 각자 말에 올라 나란히 달렸다.

"그런데 조개, 사실 식량이 도착하기 전에 우리가 먼저 남피성을 공격할 수도 있었잖아. 싸우다 보면 식량은 어차피 와 있을 테니까. 그러면 몇 주를 벌 수도 있었는데, 전하는 왜 이제야 시작하시려는 걸까?"

"진용운이 하도 욕을 먹어서겠지."

"조개!"

마초의 표정이 엄해졌다. 딱 하나, 그가 조개에게 양보하지 않는 부분이었다.

"알았다, 알았어. 그건 유주왕이 이대로 가다가는 자칫 역적이나 천하의 공적으로 몰릴 수 있기 때문이다."

"그게 무슨 말이야? 전하께서 왜?"

"넌 모르겠지만 세상 사람들이 보기에는 이상한 짓을 많이 했으니까. 고구려를 끌어들인 것만 해도 그렇고 북부 이민족들하고도 친하게 지내잖아. 또 세금을 삼 할만 받질 않나…."

"세금을 적게 받는 게 왜 공적으로 몰릴 짓이야?"

"너 같으면 세금 오 할을 내는 땅하고 삼 할 내는 땅, 어디로 가서 살겠냐?"

"당연히 삼 할 내는 쪽이지."

"그래서 문제인 거야. 당장 유주와 인접한 여기 하간국만 해도 백성들이 죄다 탁군으로 몰려오는 바람에 손 안 대고 코 푸는 식으로 점령했잖아. 백성이 없으면 농사를 지을 수 없고 군대도 만들 수가 없다. 그러니 다른 제후들이 그런 사태를 반길 리가 있어?"

"자기들도 삼 할만 받으면 되잖아."

"그게 쉬운 일이 아니야. 일단 탐욕을 억누르는 것부터가 보통 사람에게는 어렵고. 인구가 적다 보니 삼 할의 세금으로는 꾸려 나갈 수 없는 곳이 대부분이다."

"어, 그런데 전하께서는 어떻게 가능하신 거지? 심지어 군량도 언제나 넉넉하고 가뭄이 들면 거의 공짜나 다름없이 구휼미까지 푸는데."

"그야, 그 녀석…, 아니 유주왕의 경영이 탁월하니까 그렇지. 광물과 말을 식량과 교환하거나, 부지런히 상단을 꾸려서 식량을 사들이는 식으로. 또 싸우지 않을 때는 병사들에게 개간시키기도 하고. 거름에 대해서도 잘 알고 있으며 수로까지 완벽하게 정비하니, 메뚜기 떼라도 몰려오지 않는 한 풍작은 보장되니까."

"오오…."

"게다가 제일 중요한 게 행정의 투명성과 청렴함이지. 아무리 정책이 좋아도 그길 실행하는 자늘이 부패했다면 말짱 헛일. 유주에서는 관리가 중간에서 세금이나 식량을 가로채기라도 하면, 아무리 일 잘하던 자라도 바로 삭탈관직하고 고구려로 귀양 보내잖아. 뇌물을 줘도 기겁해서 거절하는 동네는 아마 유주뿐일 거다."

여기까지 대화한 마초의 결론은 이랬다.

"역시 전하는 대단하셔."

"기승전전하로구먼. 확실히 대단하긴 하지."

이제는 조개도 인정했다. 용운에게 왕의 자질이 있음을. 아이러니하게도 위원회가 그토록 찾던 진정한 왕은 그들의 가장 강대한 적이었다.

"그래서 전하가 왜 역적이나 공적으로 몰린다는 거야?"

"…백성들에게는 성군일지 몰라도, 대부분의 선비와 관료들에게 유주왕은 이해할 수 없는 괴물이야. 실제로 은마라는 별명이 널리 퍼졌을 정도니까. 여기서 더 평판이 나빠지면, 아무도 임관하지 않으려 해서 세력을 넓히기가 곤란해질걸?"

"허어…."

"그런 자가 황숙이라 불리며 인기절정인 유비와 화친을 맺어 놓고 갑자기 멋대로 공격했다고 해봐. 공격받는 대상이 언제 자신이 될지 알 수 없으니, 다 같이 힘을 합쳐서 일단 제일 위협적인 존재를 제거하려고 들겠지."

"흥, 그렇게 호락호락할 것 같아? 어? 잠깐. 그럼, 이제 곧 싸울 것 같다는 건…."

"네 녀석의 유주왕 전하가 뭔가 방법을 찾아낸 모양이다. 여기서 더 욕먹지 않고도 유비를 공격할 명분을 만드는 방법을."

"역시 전하는 대단하셔."

"…."

한편, 관도성에서 출진한 조운의 부대는 순조롭게 진군, 요성현과 치평현을 점령했다. 그리고 임읍에서 잠시 전열을 가다듬는 차였다. 임읍은 제북국에서 약 7~8리(30킬로미터 내외) 정도밖에 떨어지지 않았다.

용운은 거기서 또 한 사람의 인재를 맞아들였다. 근처로 보냈던 흑영대원이 데려온 사람이었다. 정확히는 서주자사 왕랑에게 요청한 사람을 흑영대원이 경호해온 것이다.

"먼 길 오느라 고생하셨습니다."

용운은 직접 막사 밖까지 나가 그의 손을 맞잡으며 말했다.

"중상 님."

동시에 상대를 향해 대인통찰을 발동했다. 정사와《삼국지》에 대한 지식을 바탕으로 왕랑에게 그를 보내달라고 부탁하긴 했는데, 실제 능력도 뛰어난지 확인하기 위해서였다.

우번 중상

무력 武力 : 45
통솔력 統率力 : 56
지력 智力 : 88

통찰 洞察 설득 說得
개간 開墾 의술 醫術

정치력 政治力 : 89
매력 魅力 : 74
호감 好感 : 60

우번의 능력치를 확인한 용운은 흡족했다.

'오, 의술이 있어! 화타를 너무 혹사시켰는데 서브로 쓸 만한 의관이 생겼으니 잘됐군. 아무래도 제 의지로 온 게 아니라 왕랑한테 다소 무리하게 요청해서 파견해달라고 했으니, 나에 대한 호감도는 아직 낮을 수밖에 없지. 그거야 앞으로 높이면 될 일이고….'

우번(虞翻), 자는 중상(仲翔).

왕랑을 모시다가 훗날 오나라의 대신이 되었다. 자존심 강한 공융에게 칭찬받았을 정도로 뛰어난 유학자였으며, 타인을 설득한 방법과 내용이 기록으로 전해져올 만큼 '설득'의 전문가였다. 정사에서는 왕랑의 밑에서 공조 벼슬을 하다가, 198년경 손책이 공격해오자 이길 수 없으니 피하라고 진언했다. 그러나 왕랑은 나라에서 내려준 관리의 의무를 저버릴 수 없다며 맞서 싸우다 패배한다.

왕랑이 방랑하던 중에도 쫓아가 모셨지만, 노모를 보살피라는 왕랑의 말에 회계로 돌아왔다. 우번의 명성을 듣고 탐내던 손책은 직접 그를 찾아가 벗으로 삼고 공조에 임명했다. 그때부터 오나라의 중신으로 활약했고, 화흠을 설득하여 항복시키는 등 여러 차례 공을 세웠다. 그러나 성품이 워낙 강직한데다 타인에 대한 비방을 서슴지 않아 화를 재촉했다. 좌천당했다가 능력을 인정받아 불려오길 몇 차례, 결국 손권이 장소와 신선에 대해 의논하는 것을 비웃다가 교주로 쫓겨나 버렸다. 그 후 그대로 거기서 죽어 복귀하지 못했다.

정사 《삼국지》의 저자 진수가 우번에 대해 평하기를, '우번은 예전부터 명성이 있었다. 그는 지나치게 강직하여 말년에 화를 면하기 어려웠지만, 그를 용납하지 못한 손권도 마음이 넓지 못했다'라고 했다.

아니나 다를까, 우번은 용운의 말에도 손을 빼내며 불퉁하게 대꾸했다.

"제 주공을 핍박하여 저로 하여금 움직이게 하셨는데, 오라면 와야지 별수 있습니까? 이건 뭐 성군이라 하더니 폭군이 따로 없소이다."

용운의 뒤에 서 있던 청몽이 눈썹을 꿈틀했다. 용운은 오히려 한발 앞으로 나서며 웃었다.

"하하, 미안하게 됐습니다. 중상 님이 꼭 필요해서 결례를 범했습니다. 일단 안으로 드시지요."

"저 같은 필부가 왜 필요한지 모르겠습니다."

우번은 여전히 불퉁거렸지만 어조는 한풀 꺾인 상태였다. 전혀 불쾌한 기색이 안 보이는 용운의 모습에, 우번의 눈에도 살짝 이채가 흘렀다.

다음 날, 용운은 작전회의에 곧바로 우번을 참여시켰다. 그 자리에서 용운이 한 말에, 조운은 깜짝 놀랐다.

"지금 뭐라 하셨습니까?"

"허유를 제북에 사신으로 보낼 거라고요. 항복을 권하는 사신이요."

"그자가 그대로 제북에 눌러앉아 돌아오지 않으면 어쩝니까?"

"그러지는 못할 거예요. 맡고 있던 치평현의 성문을 활짝 열어젖힌 채 내게 투항했다고 소문을 쫙 퍼뜨렸거든요. 아마 지금쯤 유비의 귀에도 들어갔을 겁니다. 그의 능력으로 치평의 현령이나 하고 있었다는 건, 이미 유비의 눈 밖에 났다는 뜻. 거기다 한 번 싸워보지도 않고 투항했으니, 이대로 돌아갔다간 잘해야 태형, 운 나쁘면 죽을지도 모르지요."

"으음…."

가만히 듣고 있던 우번이 입을 열었다.

"저는 지필묵을 준비해야겠군요."

용운은 기쁨을 감추지 못하고 답했다.

"맞습니다."

"부리자니 배신을 거듭하는 자라 찜찜하고 놔두자니 아깝다…. 그러니 명분을 만드는 데 이용하시겠다는 거지요. 전하는 보기보다 무서운 분이군요."

우번의 말에 조운은 비로소 용운의 생각을 눈치챘다.

'허유를 제북상 포신에게 사신으로 보내, 그의 손에 죽게 하시려는 거구나. 그럼, 당신의 가신이자 사신인 자를 죽였다는 명분이 생기니, 평판이 깎이는 일을 최대한 막으면서 제북국을 공격할 수 있다.'

용운은 아무렇지 않게 한마디를 덧붙였다.

"그 서신을 허유는 못 볼 겁니다. 그러니 가급적 신랄하게 써주시죠. 듣기로 포신이 요즘 화가 많이 쌓였다고는 하는데, 거기에 확실히 불이 붙을 정도로요. 원래 이런 일을 잘하는 공장(진림)이란 친구가 제게도 있는데, 데려오질 못해서 말입니다."

조운은 저도 모르게 용운을 찬찬히 보았다. 이게 왕이 되어간다는 것인가? 어쩐지 아주 조금 등골이 서늘해졌다.

8

완성되는 흑룡망

조운은 한동안 치평현에서 전열을 가다듬은 후, 진격을 재개했다. 드디어 제북을 공격할 만한 명분이 생겼기 때문이다. 허유가 포신의 손에 죽었다는 전갈을 받았을 때는 예견된 일이었는데도 조금 섬뜩했다. 그는 그런 기분을 애써 떨쳐버렸다.

'나도 아직 무르구나. 어차피 허유는 믿을 수 없는 자였다. 용운이의… 전하의 선택은 옳았다. 그 덕에 유비를 치기 좋게 되었으니까.'

이통을 포섭한 주태와 진도도 오는 중이라 했다. 지금쯤 하간국의 동료들도 전갈을 받았으리라. 용운이 몇 년에 걸쳐 준비한, 그야말로 절호의 기회였다. 이번 기회를 놓치면 다시는 유비를 치지 못할지도 모른다고 조운은 생각했다.

"형님과 함께 전장에서 싸우는 것도 오랜만이네요. 이제까지는 전투다운 전투가 없었으니까요."

용운의 말에 조운이 웃으며 답했다.

"그런데 전혀 긴장하시는 기색이 없습니다."

"형님도 그런 걸요?"

"하하, 그렇습니까?"

조운은 잠시 생각하다 조심스레 입을 열었다.

"한데 한 가지 염려되는 점이 있습니다."

"책사 말인가요?"

"어떻게 아셨습니까?"

"지금 우리에게 부족한 건 그것뿐이니까요."

"물론, 저도 부족하나마 병법을 알고 있습니다. 전하는 그보다 훨씬 뛰어나시고요. 허나 오직 한 분야만을 파고든 책사의 계책은, 때로 십만 대군보다 더 무서움을 전하를 통해 배웠습니다. 아쉬운 대로 우중상(우번)을 얻으셨는데, 그를 치평현에 두고 오시기에…."

"요성현과 치평현을 안정시키고 다스릴 사람이 필요하니까요. 아무리 무혈 입성했다 해도 뒤에서 반란이라도 일으키면 귀찮아져요. 중상은 사실 전장에서보다 통치에 적합한 인물이기도 하고요."

"포신에게도 쓸 만한 책사가 붙어 있다고 합니다. 그래서 더 신경 쓰는 겁니다."

"알아요. 제가 탐내고 있는 사람이죠. 그리고 곧 우리에게도 괜찮은 책사가 생길 거예요."

"예?"

"형님도 잘 아는 사람이에요."

"혹시 지금 곧장 제북이 있는 동쪽으로 가지 않고 비스듬히 북으로 향하는 것과 관계가 있습니까?"

"맞아요. 그러고 보니 이제 슬슬 도착할 때가 됐는데…."

그때 바로 뒤에서 따르던 성월이 말했다.

"전하, 옵니다!"

"어, 정말이네."

"키 큰 할아버지, 오랜만에 보겠다. 헤헤."

덩달아 청몽과 사린도 떠들었다. 조운과 오는 길에 충분히 회포를 푼지라 새로운 동료의 합류가 반가웠던 것이다.

조운은 고개를 갸웃거렸다.

'키 큰 할아버지라고? 설마….'

모처럼 용운의 표정이 환해졌다.

"여기서 잠깐 멈추지요, 형님."

"알겠습니다. 전군, 정지!"

조운의 부대가 일제히 멈춰 섰다. 잠시 후 멀리 북쪽에서 다가오는 작은 점 하나가 보였다. 점은 점차 커지더니 말 한 필에 함께 탄 두 사람으로 변했다. 그들을 알아본 조운도 탄성을 질렀다.

이윽고 말이 부대 앞에 닿자, 두 사람은 구르듯 뛰어내려 용운의 앞에 부복했다. 용운은 둘의 손을 잡아 일으키며 말했다.

"정말 수고했어요, 2호. 그리고 오랜 시간 고생했어요. 공달(순유)."

"전하…."

순유가 울먹이며 용운을 바라보았다. 두 사람은 바로 순유와 그를 구해온 흑영대원 2호였다.

"몸은 괜찮아요?"

"예, 아주 쌩쌩합니다. 그간 평안하셨습니까?"

"맨날 싸울 궁리만 했죠, 뭐."

"허허. 좋아 보이십니다."

"공달은 어떻게 지냈어요? 허자원의 말로는 유현덕에게 충성을 바쳤다던데?"

용운의 말에 순유는 손사래를 쳤다.

"그런 말씀 마십시오. 제 주군은 전하 한 분뿐이십니다."

"하하, 농담이에요. 어떻게 빠져나왔어요?"

"전하께 전해드린 대로 거처를 조금씩 남쪽으로 옮겼습니다. 그러다 전하께서 안평국에 들어오셨다는 정보를 입수하자마자, 그걸 유비에게 보고한 뒤 마지막 공작을 하고 이 친구, 2호와 함께 몸을 빼냈습니다."

순유의 말을 듣던 조운은 잠시나마 그를 의심했던 일이 부끄러워졌다.

'큰 임무를 띠고 적진 한가운데서 고생하고 계셨구나.'

용운은 순유에게 해명의 기회를 주기 위해 일부러 농담을 한 것이다. 그야 순유가 그사이 유비 진영에서 무슨 일을 했는지 알지만, 다른 이들은 몰랐던 까닭이다. 용운은 순유를 다독이며 치하했다.

"잘했어요. 오자마자 미안하지만, 곧장 앞으로의 전투에 대해 의논을 좀 해야겠어요."

"바라던 바입니다."

조운의 부대는 그 자리에 숙영지를 설치했다. 이제 책사까지 갖춰졌으니, 다음 날 곧장 제북으로 진격할 참이었다. 순유의 귀환으로 사기는 어느 때보다 높았다.

그 무렵, 유비는 평원성의 처소에서 서책을 읽느라 열심이었다. 서서와 대화할 때마다 자신의 무지를 실감해서였다. 사실, 용운과 있을 때부터 느끼고 있었다. 인정하기 싫었을 뿐. 읽고 있는 책은 병법과 관련된 이론서였다.

'아, 되게 어렵네. 소싯적에 공부 좀 더 할걸. 그나마 따분한 유학이 아니라서 읽게는 된다만.'

그때 서서가 다급히 방 안으로 뛰어들어왔다. 얼굴에는 당황한 기색이 역력했다. 그는 본래 친구의 원수를 죽이고 쫓겨 다닌 적도 있어서, 어지간한 일에는 흔들림이 없었다. 그런 그가 당황할 정도라면 상당히 큰일이 벌어졌다는 의미였다.

"군사, 무슨 일이야?"

유비의 물음에 서서가 답했다.

"송구합니다, 주공. 저는 총군사 자리에서 물러나겠습니다."

"잉? 누구 맘대로. 아니, 그전에… 갑자기 왜 그러는데?"

"제가 완전히 잘못 짚었습니다. 진용운이…."

이어진 서서의 말을 들은 유비는 아연한 표정을 지었다.

"진용운이 관도성의 조자룡으로 하여금 출진을 명하여, 빠르게 동쪽으로 진군 중이랍니다. 이미 요성과 치평 두 개 현을 점령했습니다. 두 곳 모두 변변히 싸워보지도 않고 항복했다고 합니다."

"뭐야?"

"특히, 치평현에 현령으로 가 있던 허자원(허유)은 고주망태가 된 채 성문을 활짝 열어놓고 투항했다고…."

유비는 주먹을 불끈 움켜쥐었다.

"이 죽일 놈이."

"이미 죽었습니다."

"응? 그건 또 무슨 소리야?"

"그 뒤 진용운이 허자원을 제북상(포신)에게 보내 동맹을 청했는데, 격분한 제북상이 그를 죽여버렸다고 합니다."

"허허, 제북상이 그리 경솔한 사람이 아닌데. 동맹이 아니라 항복을 권한 거 아닌가?"

"아마도 뭔가 도발을 했겠지요. 허자원이 죽은 거야 별로 상관없지만, 이로써 진용운은 제북을 공격할 명분이 생겼습니다."

"이런…."

사태의 심각성을 깨달은 유비의 얼굴이 굳었다.

"좋은 말로 권하러 간 사신을 죽였다는 소문이 기주와 서주 일대에 빠르게 퍼지고 있습니다. 허자원은 인성과는 별개로 나름 명망이 있는 인물이라, 주공의 책임론을 펴는 자도 곧 나올 겁니다. 제북상이 주공의 그늘 밑에 들어온 지 좀 되었으니까요."

서서의 말을 듣던 유비는 뭔가 이상함을 느꼈다.

"아니, 잠깐만. 소문이 퍼지고 있다고? 조자룡이 관도성에서 나와 요성현과 치평현을 빼앗고 허자원은 그쪽에 붙었다가 제북상에게 사신으로 가서 죽고…. 이 파란만장한 일들이 하루 이틀 만에 벌어지진 않았을 거 아닌가. 못해도 보름은 걸렸을 텐데, 난 왜 이제야 알게 된 거야? 우리 정보망도 새로 구축한 지 오래라, 진용운이 안평국에 들어왔을 때만 해도 거의 동시에 그 사실을 알았잖아?"

"그 정보망이 완벽하게 마비되었습니다. 중간에서 다 차단되어, 정작 중요한 사안은 저에게까지 올라오지 못했습니다."

"뭐라고? 어떻게…."

말하던 유비가 뭔가 깨달은 듯 신음했다.

"공달(순유)…. 공달의 짓이군. 설마, 처음부터 이러려고 내게 항복했었던 건가? 지난 몇 년간 해온 일들이 다 눈가림이었다는 거야?"

"아무래도 그랬던 것 같습니다. 제북 쪽 소식을 소문으로 듣고 바로 공달에게 사람을 보냈는데, 이미 사라진 후였습니다. 마지막으로 목격된 것이 어떤 사내와 함께 남서쪽으로 바삐 말을 달리는 모습이었다고…. 직후, 저희의 모든 정보체계가 일시에 마비된 듯합니다."

"남서쪽이라."

유비가 허탈하게 내뱉었다.

순유는 최근에 근무지를 고당현으로 바꿨다. 고당현은 평원성 남쪽으로 50리(약 20킬로미터) 정도 떨어진 현이었다. 남쪽으로 많이 치우치긴 했으나, 위치상으로 평원성과 제북 사이에 있었다. 서주 쪽에 불온한 움직임이 있으니, 거기서 정보 업무를 총괄하겠다는 말을 의심하지 않았다.

여기에는 지난 몇 년간 순유가 이뤄낸 업적도 한몫했다. 그는 전혀 체계화되어 있지 않던 유비 세력의 정보망을 정리하고 모든 지역에 정보원을 파견했다. 또 일괄된 신호와 암호를 만들었으며 천하에서 벌어지는 사건들을 유비와 서서에게 빠짐없이 전해주었다.

처음에는 그를 완전히 믿지 않았던 두 사람도 용운에 대한 정보까지 곧바로 알려주자 조금씩 신뢰하게 되었다. 나중에는 그를 존경하게 되기까지 했다. 돌이켜보니 그런 정보들은 대부분 별 쓸모없는 것들이었다. 알려져봐야 진용운에게 피해가 가지 않을 것들. 왜 그렇게까지 순유를 믿었는지 어이없을 정도였다.

이때 서서의 나이 불과 스물다섯. 쓸 만한 참모에 목말랐던데다 그의 재능을 알아본 유비가 총군사로 임명하긴 했으나 분명 미숙한 부분이 있었다. 마흔다섯의 노회한 책사, 그것도 정사에서 조조군 최고의 삼대 책사 중 한 사람으로 꼽히는 순유를 완전히 파악하기란 무리였다. 더구나 그 책사가 깊은 우정을 나눴던 아군의 죽음으로 칼을 갈고 있었다면 더더욱.

"멋지게 놀아났군."

유비가 으르렁댔다. 그간의 믿음이 고스란히 분노로 바뀌었다. 서서가 조심스레 말했다.

"주공, 이게 전부가 아닙니다."

"또 뭐가 더 있어?"

"소패성의 주유평(주태)이 북진하기 시작했다던 얘기, 기억하십니까?"

"그래. 진용운이 안평국에 들어섰다는 얘기와 주유평의 움직임이, 내가 최근 진용운의 세력에 대해서 들은 마지막 정보였지. 뭐야, 설마 문달(이통)이 깨졌어? 원술한테도 몇 년이나 개기던 문달이?"

"아니오. 깨진 게 아니라…."

서서는 침을 꿀꺽 삼키고 말을 이었다.

"오히려 주태 쪽에 붙었다고 합니다."

"…이런 빌어먹을."

"문달이 싸워서 졌다면 모르겠는데, 스스로 그쪽에 투항했으니 또 명분을 얻었습니다. 그것도 진용운의 짓이겠지요. 제가 사람을 완전히 잘못 봤습니다."

"아마, 변한 걸 거야."

"네?"

유비와 서서는 남피성에서 봤던 용운의 마지막 모습을 동시에 떠올렸다. 표정을 잃은 공허에 찬 눈빛에, 하루아침에 은색이 되어버린 머리카락. 그 안에서 끓어오르는 소리 없는 분노와 증오를 감지한 서서는 생각했었다. 이제 원가는 멸문할 것이라고. 저 분노의 칼날을 당장 받지 않으려면, 업성 공략은 포기해야 할 것 같다고. 서서가 황당하다는 투로 중얼거렸다.

"맞아, 그랬었지요. 그때 분명 저는 돌변한 진용운을 경계하여… 일단 업성은 포기하자고까지 주공께 말씀드렸는데…. 맙소사, 왜 그 일을 잊었을까요?"

"방금 전까지 나도 잊고 있었어. 뭔가 이상하군."

같은 사안을, 그것도 그토록 인상적인 일을 둘이 동시에 까맣게 잊었다는 게 이해가 안 갔다. 이는 시공복위의 영향이었지만, 두 사람이 알 리 없었다. 생각을 털어버린 유비가 물었다.

"그래서, 현재 진용운 측의 움직임은? 이미 벌어진 일은 어쩔 수 없고 대응을 해야지."

"조자룡과 주유평의 두 갈래 군사로, 남쪽과 서쪽에서 동시에 제북을 치려고 준비 중인 듯합니다."

"흥, 제북부터 해서 야금야금 밀고 들어오겠다 이건가…. 아! 정국(관평)은 어떻게 됐지? 문달을 도우러 갔었잖아."

그때였다. 누군가 문을 벌컥 열고 들어오며 외쳤다.

"형님, 사죄드리오."

서서 외에, 유비의 방을 이렇게 맘대로 드나들 수 있는 사람은 둘뿐이었다. 바로 관우와 장비였다. 관우는 장비 외에도 고개를 푹 숙인 젊은이를 대동하고 있었다. 아들 관평이었다.

"관 형. 안 그래도 부르려던 참이야. 좀 심각한 일이 벌어져서. 그런데 뭘 사죄한다는 거야?"

"아들놈이 미숙하여 일을 그르쳤소. 제가 직접 갔어야 하는 건데."

관우의 말을 들은 관평의 고개가 어깨 사이로 더욱 파고들었다. 유비는 쓴웃음을 지으며 말했다.

"아니야. 들어보니 문달이 주유평에게 투항했다는군. 그 상황에서 정국이 어떻게 할 수 없었을 거야."

서서가 유비의 말을 거들었다.

"이선, 관 공자님의 잘못이 아니라 제 실수입니다. 상황을 너무 가볍게 판단했습니다. 문달이라면 충분히 막아내리라 보고…. 처음부터 운장 장군이나 익덕 장군께 부탁했어야 했습니다."

관우가 무뚝뚝하게 대꾸했다.

"괜찮소. 이제 내가 직접 제북으로 갈 거니까."

"조자룡과 주유평이 두 갈래로 합공하려는 듯한데, 늦지 않겠습니까?"

"포신, 그 친구가 허수아비는 아니니 나와 익덕이 제북에 갈 때까지는 버틸 수 있을 거요. 제북이 뚫리면 곧장 평원성이오. 무조건 거기서 막아야 하오."

"운장 님과 익덕 님이 가주신다면 안심이지요."

유비는 고개를 끄덕이고 말했다.

"준비해, 관 형. 나도 갈 테니."

유비의 말에 장비가 신나서 외쳤다.

"오오! 오랜만에 형님들과 함께 싸우는 겁니까?"

"놀러 가는 게 아니다, 익덕. 자룡은 말할 것도 없고 유평도 업성에서 혼자 조조군의 맹장들을 막아낸 강자라고 들었다. 최선을 다해야 할 거야."

"큰형님, 무슨 섭섭한 말씀을. 전 언제나 최선을 다합니다."

머뭇거리던 서서가 입을 열었다.

"이렇게 된 마당에 민망하지만, 안평국으로 내려온 진용운이 신경 쓰입니다. 아무래도 뭔가 꾸미는 것 같습니다. 처음엔 그저 관도성의 조자룡을 도우려는 거라고, 어차피 우리를 공격할 순 없고 조맹덕도 가만히 있지 않을 거라고 생각했는데…."

유비는 의기소침해진 서서의 어깨를 짚고 눈을 들여다보며 말했다.

"총군사, 사람은 누구나 실수할 수 있어. 이 정도로 기죽지 말라고. 자네는 천하의 주인이 될 사람의 군사야."

"주공…."

"정국을 두고 갈 테니 평원성의 수비를 부탁해. 이미 조자룡은 출진했고 진용운이 안평에서 호응하려는 거라면, 다음 목표는 평원성이 될지도 모르거든. 아니, 이제 그럴 가능성이 팔 할이라 봐야겠지. 그래도 난 제북으로 가서 포신을 도울 거야. 그게 세상에 알려진 유비 현덕이니까. 거기서 조자룡과 주유평을 격파하여 진용운을 고립시킨다."

서서가 생각하기에도 그게 최선이었다.

"알겠습니다. 맡겨주십시오."

유비는 힘차게 고개를 끄덕여 보이고 관우, 장비와 함께 방을 나섰다. 서서는 세 사람의 뒷모습을 물끄러미 바라보았다.

'저 세 분이라면 반드시 승리할 것이다.'

이렇게 생각하면서도 마음 한구석에서 불안이 고개를 쳐들었다.

'이럴 게 아니지. 여기뿐만 아니라 남피성도 불안하구나. 순유, 그 작자가 또 무슨 장난을 쳐놨을지 모르니까…. 어서 사람을 보내봐야겠다.'

서서는 곧바로 걸음을 옮겼다. 관평이 그 뒤를 힘없이 따랐다. 그에게 무신과도 같은 아버지의 그림자는 위대하면서도 너무나 컸다.

남피성 성벽에서 먼 곳을 바라보던 간옹이 고개를 갸웃거렸다.

"거참, 이상하군."

"뭐가 말입니까?"

간옹은 등 뒤에서 들려오는 냉랭한 목소리에 움찔했다. 고개를 돌리니 익숙한 백색 무복 차림의 늘씬한 여인이 서 있었다.

"화영 님. 거참, 인기척 좀 내시오."

"충분히 냈습니다만."

"허? 그럼 내가 둔해서 그런가."

"그렇다 치지요. 한데 뭐가 이상하단 말씀이죠?"

간옹은 머리를 긁적이며 말했다.

"아니, 화영 님의 기척도 못 느끼는 걸 보니, 내가 착각한 모양이오."

내 기척을 느낄 정도라면, 아마 유비군을 대표하는 장수가 됐겠지, 라고 생각하며 화영이 답했다.

"그래도 마음에 걸리니 말씀해보시지요."

"으음, 실은 저쪽에서 자꾸 꺼림칙한 기운이 느껴져서 말이오. 뭐라고 해야 하나, 살기 같은 것?"

"저쪽이라면?"

"북서쪽 말이오. 하간국 방향."

잠시 북서쪽을 응시하던 화영이 말했다.

"역시 촉 개국공신의 한 사람인 만큼 단순한 건달은 아니라 이건가."

“응? 뭐라 하셨소?”

“아닙니다. 제 시력이 보통 사람보다 수백 배는 좋은 것, 아시지요?”

“알다마다.”

“제가 보니 대규모의 병력이 움직이고 있습니다. 이쪽을 향해서 다가오는 듯하군요.”

“뭐라고? 진용운, 이자가 함부로 우리를 칠 수 없을 터인데. 서군사의 말에 의하면…. 그보다 공달(순유) 님에게서도 아무 소식이 없었단 말이오.”

그 말에 화영이 멈칫했다.

“순유에게서 제일 최근에 전갈이 온 게 언젭니까?”

“음? 그게 언제더라…. 유주왕이 안평국 방면으로 진출했다고 했을 때였나?”

말하던 간옹도 순간 이상함을 깨달았다. 보통 순유는 별다른 일이 없어도 한 주에 한 번은 정리된 정보를 전해왔다. 그게 언제부터인지 끊겨 있었다.

“허어, 이거 아무래도 큰일이 벌어진 것 같소. 어서 주공께 파발을 보내야….”

말하던 간옹이 움찔 놀랐다. 화영이 북서쪽을 바라보며 희미하게 웃고 있었기 때문이다.

‘웃어? 이런 상황에서?’

화영은 확실하게 전진해오는 적군을 바라보며 생각했다.

‘오는구나, 진용운의 졸개들. 기다려라. 내 너희를 모두 갈가리

찢어서 임충 님의 복수를 해줄 테니.'

같은 시각.

남피성을 향해 맨 앞에서 말을 몰던 장료가 중얼거렸다.

"여기서부터 벌써 찌릿찌릿하는군."

장합은 옆에서 나란히 말을 달리며 대꾸했다.

"그러게."

"역시 위원회겠지?"

장료는 남피성 방향인 정면을 노려보았다. 거대한 악의가 검은 아지랑이처럼 스멀스멀 피어오르고 있었다. 남피성을 누가 지키고 있는지는 이미 알고 있었다. 유당이 알려준 정보였다.

'화영.'

천강 제9위, 천영성 소이광 화영. 나찰궁이라는 무시무시한 유물을 소유했으며 머리도 뛰어나다고 했다. 유당은 그녀의 괴력을 몇 번이나 강조했다. 또 이유는 알 수 없지만 용운과 그의 세력에 대해 엄청난 적대감을 갖고 있었다. 굳이 태사자를 죽인 게 그 증거였다. 유비를 지키기 위해서라곤 하지만, 그녀의 궁술이라면 죽이지 않고도 충분히 제압이 가능하다고 유당은 말했었다.

'사정이야 어쨌든 자의의 원수.'

장료는 말고삐를 잡은 손에 힘을 주었다.

'절대 용서하지 않겠다. 나도 예전의 내가 아니다. 전하께 목숨을 구원받은 후 위원회라는 자들에게 맞서기 위해 뼈를 깎는 수련을 해왔다.'

그의 마음을 눈치챈 것처럼 장합이 말했다.

"드디어 이날이 왔군."

"그러게."

"반드시 이기세. 전하를 위해서. 그리고 자의의 넋을 위해서도."

"물론이네. 자네도 이겨서, 돌아가면 성월과 혼인해야지?"

결의에 차 있던 장합의 얼굴이 갑자기 붉어졌다.

"이 사람, 실없는 소리를."

"하하하! 좋으면서."

장료와 장합이 선두에 선 유주군은 마치 쌍두용처럼 위풍당당하게 남피성으로 진격해갔다.

그 무렵 먼저 하간국을 떠난 마초의 부대는 청양현에서 백영, 즉 가짜 진용운의 부대와 합류했다. 원래 목표인 청하국에서 얼마 떨어지지 않은 위치였다. 부대에는 마초를 필두로 조개, 방덕 그리고 여몽 등이 함께 있었다.

백영은 용운이 그러듯, 친히 진채 외곽까지 나와 마초를 맞이했다.

"수고했어요, 맹기."

그 말을 들은 마초의 눈썹이 살짝 꿈틀거렸다. 옆에 있던 조개가 그의 옆구리를 쿡 찔렀다. 마초는 못 이긴 듯 건성으로 말에서 내리지도 않고 포권했다.

"전하를 뵙습니다."

그의 태도에 방덕이 고개를 갸웃거렸다.

'왜 이러시지? 전하라면 껌뻑 죽는 분이.'

그때 마초의 뒤쪽에서 한 사람이 구르듯 달려나와 부복했다.

"저어어언하아아아! 저 여자명입니다. 기억하시지요? 청무관을 졸업할 때, 친히 어깨를 두드리시며 격려해주셨던…."

"아, 여몽 자명. 알다마다요. 그대도 함께 왔군요?"

백영의 말에, 마초가 퉁명스레 내뱉었다.

"전하께서 명하신 일이 아닙니까. 하간성까지의 보급을 마친 후, 저와 행동을 함께하라고 말입니다."

백영은 민망해하며 말을 더듬었다.

"아아, 그, 그랬었지요."

그는 용운처럼 기억 능력자가 아니었기에, 여몽에 대한 일을 미리 들었음에도 깜빡한 것이다. 주변이 조용해졌다. 싸늘한 분위기가 감돌았다. 여몽은 영문을 몰라, 더 납작하게 엎드렸다. 백영의 뒤에 서 있던 유당이 고개를 저었다.

'마초, 거참…. 적당히 좀 맞춰줄 것이지.'

그는 다시 이랑으로 변장한 상태였다. 마찬가지로 이규와 유라 등도 각각 사린과 성월로 꾸미고 있었다. 백영이 용운의 그림자라는 사실을 최측근들은 알고 있었다. 이는 곧 그 사실을 모르는 자들이 보기에도 아무 위화감이 없어야 한다는 뜻이었다. 정체가 드러나면 그림자의 의미가 없어지기 때문이다.

이에 모두 실제 용운에게 하듯 백영을 정중히 대하는데, 유독 마초만이 거기에 대해 불만이 많았다. 심지어 이규조차 연기를 해주는데 말이다. 백영 부대의 총군사 격인 설환은 그 광경을 조마조마한 심정으로 보고 있었다. 아니나 다를까, 고구려의 왕자 계수가 다소 불쾌해하는 어조로 말했다.

"저 장수의 실력이 그렇게 뛰어나오? 왕에게 저리 무례한 태도라니. 우리나라였다면 목이 떨어졌을 것이오."

"하하…. 그게 맹기 장군은 전하가 유주왕을 칭하시기 전부터 친구나 다름없던 사이여서 그렇습니다, 왕자 전하. 저런 태도가 허용되는 몇 안 되는 사람 중 하나이지요."

"그때는 그때고 전시에는 격에 맞게 행동해야지. 저래서야 군기가 제대로 갖춰지겠소?"

"왕자 전하의 말씀이 백번 옳습니다. 보기에는 저래도 막상 유주왕 전하의 명은 목숨 걸고 따릅니다."

"흠. 그렇다면 다행이지만."

숨막히던 침묵은 백영에 의해 깨졌다. 가볍게 한숨을 내쉰 그가 말했다.

"서둘러 오느라 힘들었을 텐데 물러가서 쉬도록 해요, 맹기. 내일 밤 곧장 움직여야 하니까요. 형님(조운)의 움직임이 예상보다 빨라서 좀 서둘러야 할 것 같아요."

꾸벅 고개를 숙여 보인 마초가 그 자리를 떴다.

"송구합니다, 전하."

당황한 방덕은 깊숙이 포권하고 마초를 따랐다. 잠시 서 있던 백영도 곧 막사로 돌아갔다. 마초의 뒤를 따르던 조개가 방덕에게 말했다

"장군, 미안하지만 우선 진채를 차려주시오."

"그리하지요."

곧 방덕도 마초의 곁을 떠났다. 주위에 사람이 없어지자 조개는 마초를 윽박질렀다.

"이 멍청아! 너 왜 그래? 아까 다들 이상하게 봤을 거다."

마초는 불퉁하게 대꾸했다.

"내가 뭐."

"백영에게 왜 그러는 게냐?"

"전하의 겉모습을 했다고 나한테까지 건방지게 구는 게 아니꼬워서 그런다, 왜."

"너, 애냐? 걔가 할 일 없어서 그러는 게 아니지 않느냐. 그게 다 전하의 안전과 작전을 위해서 하는 행동이란 말이다."

"…."

"백영이라고 제 인생을 완전히 버리고 전하의 모습으로 살아가는 게 좋겠느냐? 늘 주위 시선을 의식하면서 행동해야 하는데? 네가 그러는 게, 결국 전하를 위험에 빠뜨리는 짓이라는 거다."

물끄러미 조개를 바라보던 마초가 말했다.

"이제 전하라고 잘하네?"

"뭐?"

"너 지금 계속 전하를 전하라고 제대로 불렀어. 하나도 머뭇거리지 않고."

"으, 그건… 네놈이 옆에서 계속 강요하니까 뇌리에 박혀서 그런 게 아니냐!"

"하하, 알았어. 아무튼 앞으로는 노력할게."

마초는 거기서 굳이 더 말하지 않았다. 보나마나 조개가 콧방귀를 뀌며 무시할 것 같았기 때문이다. 그가 백영에게 퉁명스럽게 구는 데는 조개에게 말한 것 외에도 나름의 이유가 있었다.

백영은 너무나 완벽하게 용운과 똑같았다. 가끔 모르고 보면 마초조차 헷갈릴 정도로. 그래서 종종 이런 의문이 들었다.

'혹시 백영 스스로도 자신이 전하라고 진심으로 믿게 되진 않을까?'

만약 백영이 진짜 용운과 사천신녀를 제거하고 자신이 용운인 척 행세한다면, 아무도 그 사실을 모를 터였다. 이는 곽가도 우려한 적이 있는 문제였다. 조금 전, 자신의 무례한 태도에 백영이 민망해했을 때 마초는 소름이 끼쳤다. 그 민망해하는 모습조차 용운과 똑같았기 때문이다. 용운은 민망하거나 쑥스러울 때, 살짝 말을 더듬으면서 아랫입술을 가볍게 깨무는 버릇이 있었다. 백영은 그 동작을 너무도 자연스럽게 취했다. 하마터면 송구하다고 머리를 조아려 사죄할 뻔했다. 얼마 전에 봤을 때와는 또 달랐다. 백영은 하루가 다르게 점점 더 용운과 똑같아져갔다.

'위험해. 정말 위험해. 가끔 나라도 제 처지를 백영 스스로가 깨닫게 해줘야 해. 그저 허수아비일 뿐, 결코 전하를 대신할 수 없음을.'

막사에 들어온 이규는 재잘대며 백영을 달랬다. 제일 가까이에서 지내다 보니 둘은 제법 많이 친해져 있었다.

"너무 속상해하지 마, 백영. 마초 그 새끼가 원래 싸가지가 없잖아."

"사린아."

"응? 나? 아, 응. 왜? 우리끼리만 있을 때는 그냥 이규라고 불러도…."

"사린."

말하는 백영의 눈이 파랗게 빛나는 듯했다. 이규는 저도 모르게 얌전해져서 답했다.

"예, 전하."

"말조심해야지. 백영이라니, 그게 누구야?"

"죄송해요. 제가 실수했어요."

"그래, 착하다."

백영은 이규의 머리를 가만히 쓰다듬었다. 그러면서 그녀의 양쪽 머리채 안에 박힌 침을 가볍게 자극했다. 이규의 눈빛이 몽롱해졌다.

북에서는, 하간국에서 출진한 장료와 장합의 부대가 오만 군사를 거느리고 남피성으로 진격했다. 중군에 서황이, 군사로는 사마의가 참전했다. 유우를 모시다 이제는 용운의 가신이 된 장수, 선우보가 후군을 맡았다. 거기에 답돈이 지휘하는 오환군까지 힘을 보태니, 실질적으로 용운군 최강의 전력이었다.

기주 서쪽에서는, 청양현에서 합류한 마초의 부대와 백영의 부대가 곧 고당현을 거쳐 평원성을 공격할 것이었다. 장수로는 마초, 방덕, 조개, 여몽 그리고 청무관 출신의 양무가, 군사는 태학을 졸업한 인재, 설환이 있었다. 거기에 고구려 왕자 계수의 친위대와, 천강위의 언랭커 이규 그리고 유당, 유라 남매까지 더해진 강력한 부대였다.

남쪽에서는 조운과 용운이 이끄는 팔천의 병력과, 주태 및 진도의 부대 이천이 제북을 친 후 평원성으로 향할 예정이었다. 군사는 거의 오 년 만에 용운에게로 돌아온 순유가 맡았다. 검후를 제외하고 청몽, 성월, 사린 그리고 이랑으로 재편된 사천신녀도 건재했다. 수는 적지만 역시나 다른 두 갈래 못지않게 막강했다. 어떤 면에서는 제일 강할지도 몰랐다.

유비는 여기에 맞서 삼만의 군사를 일으켰다. 그는 관우, 장비와 더불어 제북으로 진군하려는 참이었다. 제북에서는 허유를 참한 제북상 포신이 뒤늦게 실수를 깨닫고 전투를 준비했다. 그가 새로 맞이한 진군이라는 이름의 참모와 함께였다. 또한 남피성에서도 이변을 알아챈 화영과 간옹이 수성전 태세를 갖추었다.

하지만 유비는 여전히 용운군의 모든 전력을 완전히 알지 못했다. 검은 용에게 최대의 위기가 다가오고 있었다.

9

수룡지교

연주 제북국, 제북성.

제북상 포신은 대전에서 황망한 어조로 말했다.

"악적 진용운이, 조자룡으로 하여금 기어이 군사를 일으켜 쳐들어오는 모양이오. 게다가 소패성에 주둔하고 있던 주유평(주태)도 북진을 시작했고 길목인 동평국에 있던 문달(이통)은 그를 막기는 커녕 오히려 의기투합했다고 하니, 이 일을 어쩌면 좋겠소?"

가신들이 일제히 술렁였다. 포신과 제일 가까운 자리에 있던, 위엄 있는 생김새의 젊은 학사가 가만히 고개를 저었다.

'뻔한 수였는데 상께서 걸려드시고 말았다.'

그의 이름은 진군(陳羣), 자는 장문(長文)이었다. 저명한 학자 집안의 자손이었는데, 일례로 그의 조부는 '양상군자(梁上君子)'*

---

* 후한의 진식은 높은 학식과 온화한 성품으로 만인의 존경을 받았다. 그가 태구현의 현감으로 있을 때, 도둑이 들어 방의 천장 들보에 웅크린 채 기회를 엿보고 있었다. 그 사실을 눈치챈 진식은, 의관을 정제하고 아들과 손자들을 불러 훈계를 시작했으니 다음과 같았다. "사람은 누구나 스스로 나쁜 습관을 고치려는 노력을 게을리 해선 안 된다.

라는 고사성어의 유래가 된 대학자 진식이었다. 이 진군은 현대의 세계사 교과서에 유일하게 등재된《삼국지》인물이기도 했다. 그가 바로 훗날 '구품중정제(구품관인법)'를 제정한 장본인이었기 때문이다.

정사에서는 유비가 예주자사로 있을 당시 출사했다가, 도겸 사후 서주를 아우르려 했을 때까지 따랐다. 당시 진군은, '서주는 사방으로 트인 땅이라 남으로는 원술, 서로는 여포의 공격을 받을 수 있어 위험하니 대비해야 한다'고 유비에게 진언했지만 무시당했다. 얼마 후, 과연 진군의 예견대로 여포가 서주를 공격해 왔다. 유비는 달아났고 진군은 벼슬을 내놓은 뒤 부친과 함께 물러나 잠시 은둔해 살았다. 198년, 조조가 여포를 멸한 뒤 그에게 임관했으며 그 후로는 쭉 위나라의 대신으로서 활약했다.

진군은 사람을 보는 눈이 밝아 많은 인재를 천거했으며 문서, 법제, 재판과 징병 등 대부분의 내정에 통달했다. 특히, 법을 적용함에 있어 매우 엄격하여 조조의 최측근인 곽가의 행실이 바르지 못함을 지적해 처벌하려 했을 정도였다.

조조 사후, 아들 조비가 위나라를 세울 때도 성심을 다해 협력해서 깊은 신임을 받았다. 조비의 임종 당시 대장군 조진, 사마의 등과 함께 뒷일을 부탁받았고 조조의 손자인 조예 대에도 최고

처음부터 악인인 사람은 없다. 평소의 나쁜 습관이 굳어져 결국 악행을 저지르게 되는 것이다. 저 들보 위의 군자(梁上君子)가 바로 그런 사람이다." 도둑은 그 말에 놀라고도 감동하여, 바로 들보에서 뛰어내려 잘못을 빌었다. 진식은 그를 좋게 타이르고 비단을 주어 돌려보냈다. 이 일이 알려지자 고을 안에 도둑질하는 이가 사라졌다.

중신으로 대우받아 사공(황제의 스승) 자리에까지 올랐다. 그야말로 유비가 놓친 최고 대어라 할 수 있었다.

그런 진군이 역사와는 달리 제북에서 포신을 모시고 있는 데는 이유가 있었다. 본래 그는 앞서 언급했듯, 유비가 예주자사가 됐을 때 관직에 나섰다. 하지만 이 세계에서는 그런 일 자체가 생기지 않았으므로, 대신 서주의 도겸 밑에서 벼슬을 하고 있었다. 그러나 곧 진군은 탐욕스럽고 무도한 도겸에게 질려버렸다. 법리주의자이자 원칙주의자인 진군의 입장에서 말년의 도겸은 마치 재앙과도 같았다. 결국 진군은 그를 떠나 낙향하려 했는데, 분노한 도겸에게 쫓겨 소패 북쪽 동평국까지 달아났다. 그때 동평국을 차지하고 있던 이통을 만나서 작은 인연을 맺기도 했다.

그러다 제북에 이르러서야 비로소 안전해질 수 있었다.

몇 년 뒤 도겸이 죽고 왕랑이 신임 서주자사가 됐으나, 진군은 돌아갈 엄두가 나지 않았다. 그러나 부친을 비롯한 가족들을 봉양하기 위해서는 벌이가 필요했다. 서주에 남겨둔 땅과 재산을 도겸이 몰수해버렸기 때문이다. 학사인 진군이 양곡을 버는 유일한 방법은 벼슬을 하는 것뿐이었다. 이에 그는 제북상 포신을 찾아가 임관을 청했다. 포신은 유능한 인물이었으므로, 곧 진군의 재능을 알아보고 그를 맞아들인 것이다.

대략 열흘 전.

진군은 갑자기 진용운의 이름을 내세운 허유가 사신으로 왔을 때부터 불안했다. 한편으로는 관도성의 조자룡을 위한 것이려니 하고 생각하기도 했다. 조자룡이 굳건히 버티고는 있지만, 사방이 적인지라 그야말로 형세가 위태로웠기 때문이다. 포신과 불가침조약이라도 맺는다면, 관도성의 부담을 한결 덜 수 있었다.

'치평현을 함락한 조자룡의 군사는 팔천 남짓이라 들었다. 그 수로 자원(허유)을 굴복시키긴 쉬웠겠지만, 제북성을 공략하기는 무리다. 아마 시위용일 테지.'

군사를 전진시켜 압박을 가하는 한편, 협상의 손길을 내미는 보편적인 방법이었다. 허나 그렇다고 보기에는, 왜 굳이 허유 같은 자를 사신으로 보냈는지가 의아했다.

'설마 항복을 권하려는 건 아닐 테고. 미치지 않고서야….'

허유는 사신에 전혀 적합하지 못했다. 태도는 거만하고 유들거렸으며 여전히 원소의 최측근이었던 과거의 영광에 사로잡혀 있었다. 포신이 한때 원소의 아래에 있었기에 더 그랬다. 허유는 저 죽을 줄도 모르고 노골적으로 포신을 무시했다. 그는 용운이 자신을 살려둔 것도 제 능력이 뛰어나서라고 여겼다.

"오랜만이오, 자원. 치평현이 함락됐다기에 걱정했는데 무사했나 보구려."

포신의 말에 허유는 고개를 빳빳이 들고 답했다.

"유비 현덕과는 달리 그래도 유주왕은 사람 보는 눈이 있어서 그런 게 아니겠소? 오늘 얘기는 상에게도 결코 손해가 아닐 것이오. 어차피 그대 또한 간어제초와 같은 꼴이 아니오?"

"…그거야 보면 알겠지."

간어제초(間於齊楚)란 제(齊)나라와 초(楚)나라 사이에 끼어 고생한다는 뜻이다. 제나라와 초나라는 중국 전국시대의 강국이었다. 그 사이에 등나라가 있었는데, 두 강대국 틈에서 오랫동안 모진 고초를 당했다. 맹자가 그 등나라에 들렀을 때, 등문공이 조언을 청했다.

"등나라는 제와 초 사이에 낀(間於齊楚) 형국이니, 어느 쪽을 섬겨야 합니까?"

이에 맹자가 답하기를, "해자를 깊게 파고 성벽을 높인 후, 백성과 더불어 굳게 지키십시오. 그러지 못하겠다면 빨리 떠나는 편이 낫습니다. 둘 중 하나를 택하십시오"라 하였다. 간어제초는 여기서 비롯된 고사였다.

포신이 본래 다혈질은 아니었으나, 점점 강대해지는 여러 세력들 사이에서 치이다 못해 유비 밑에 들어가면서부터 맘속에 응어리가 생겼다. 딱 고사 속의 등나라와 같은 꼴이었다. 그 점을 허유가 정확히 비꼬자 울컥 화가 치밀었다. 더구나 함께 유비를 모시다가 배신한 주제에, 사신으로 와 거들먹거리는 허유의 꼴이 분노를 더욱 부채질했다. 급기야 서신을 읽던 포신의 얼굴이 붉으락푸르락해지더니 한 소리 외침과 함께 검을 빼들어 허유를 내리치고 말았다.

"개 같은 놈. 이게 나한테 손해가 아닌 얘기라고?"

허유는 몇 번 입을 뻐끔거리다가 숨을 거뒀다. 죽는 순간까지도 그의 눈은 의문으로 가득했다. 여러 번 주인을 바꿔가며 난세를 살았던 일그러진 천재의 최후였다. 가까이에 있던 가신들이 뭔가 손써보기도 전에 벌어진 일이었다.

"이걸 읽어보시오."

포신은 황망해하는 진군에게 서신을 건넸다. 그것을 받아 읽은 진군은 뒤통수를 한 대 맞은 느낌이었다.

— 제북상, 그대를 대신하여 이 허자원을 상으로 앉히려 하니, 능력이 안 되면 물러나는 게 어떻습니까? 다만, 유현덕에게서 떨어져나와 고개를 조아리고 투항해온다면 받아주겠습니다. 이미 조맹덕을 따르다 유현덕을 택했으니, 이번에는 허자원을 따른다 해서 큰 흠이 되겠습니까?

노골적이고 유치하기까지 한 도발이었다. 하지만 조급함과 갑갑함에다가 허유에 대한 분노까지 더해진 포신의 상태로는 걸려들 수밖에 없는 도발이기도 했다. 하필 허유가 간어제초를 인용한 것 또한 이 서신의 내용과 겹쳐졌다.

'노린 것이다.'

진군은 유주왕이 반드시 이 일에 대한 책임을 물으리라 여겼다.

아니나 다를까, 조운은 허유의 죽음에 대해 유감의 서한을 보내자마자 임읍 동쪽으로 진군해왔다. 마치 기다렸다는 듯 소패성의 주태도 움직였다. 이에 포신이 다급히 가신들을 소집하여 오늘 이 회의가 열린 것이다.

진군이 제일 먼저 포신에게 진언했다.

"허자원을 희생양 삼아 명분을 얻기 위한 술책이었습니다. 그는 서신의 내용을 몰랐을 것입니다. 아마 유현덕을 떠나 유주왕과 손잡자는 동맹 제안 정도로 알고 있었겠지요."

듣고 보니 그랬으나 이미 엎질러진 물이었다. 죽은 자는 말이 없다. 이제 대비책을 마련해야 했다. 가신들 중 한 사람이 조심스레 말했다.

"첩보에 의하면, 주태의 군사를 합쳐도 적은 고작 일만 남짓이라고 합니다. 아군은 백성들까지 동원할 경우, 오만이 넘는 병력으로 하여금 성에 기대어 싸우게 할 수 있습니다. 그러니 너무 심려치 않으셔도…."

그때 진군이 다시 입을 열었다.

"적군의 수가 도합 일만에 지나지 않는다 하나, 먼저 싸움을 걸어왔을 때는 분명 뭔가 믿는 구석이 있을 것입니다. 허자원을 사신으로 보내 함정을 판 것만 봐도 그렇습니다. 또한 조자룡은 이미 맹장으로 명성이 자자하며 주유평 또한 원술의 대군을 몇 차례나 격퇴한 실력자입니다. 방심했다가 일을 그르치면 돌이키기 어려우니, 한시라도 빨리 태수님께 전갈하여 원군을 청하는 편이 나을 듯합니다."

태수란 평원태수 유비를 의미했다. 포신은 진군의 말에 고개를 끄덕였다.

"장문의 말이 실로 옳소."

포신은 곧 유비에게 파발을 보내는 한편, 군사를 성벽에 배치하여 수성전을 준비하기 시작했다.

한편, 임읍 바깥쪽 오십 리(약 20킬로미터) 지점에 진을 친 조운은 제북 공략을 앞두고 작전 회의 중이었다. 이틀에 걸쳐 사방에서 모여든 흑영대원들로부터 받은 정보를 취합한 순유가 말했다.

"예상대로 적군이 평원에서 출발했습니다. 관우와 장비는 물론이고 유비까지 직접 나섰다 합니다. 예상되는 병력은 최소 삼만입니다."

용운이 조금 걱정스러운 표정으로 말했다.

"병력 차이가 너무 나는 거 아닌가요? 이미 제북에도 오만 명 이상의 군사가 있다고 들었어요. 원군까지 더해지면 팔만이니, 무려 아군의 열 배에 가깝습니다."

순유는 턱수염을 쓰다듬으며 여유롭게 답했다.

"열 배의 병력 차에는 어떤 책략도 소용이 없다 했으니, 전하의 우려는 당연합니다. 허나 유비의 원군은 제북에 합류하지 못할 것입니다."

"어째서죠?"

"여길 보십시오."

용운이 양피지에 간단하게 그린 지도 위에, 순유가 목탄으로 선을 그었다.

"평원성에서 제북으로 오기 위해서는 필연적으로 고당현을 지나야 합니다. 고당에서 제북까지의 거리와 청하국까지의 거리는 거의 비슷합니다. 청하 인근에는 아시다시피 아군이 와 있습니다. 안평국에 들어섰을 무렵 움직임이 포착되긴 했습니다만, 그게 마지막이었습니다. 심지어 마맹기 장군이 합류했다는 사실은 전혀 모를 겁니다."

"유비가 2군의 움직임을 파악하지 못하고 있다는 뜻인가요?"

"그렇습니다."

용운은 아군을 크게 넷으로 분류해서 불렀다.

북쪽에서 남피를 공격할, 장료와 장합 그리고 서황의 부대가 제1군. 안평국을 타고 내려와, 청하에서부터 평원성을 공격할 마초와 고구려 왕자 계수의 부대가 제2군. 용운 자신이 포함되어 있는, 조운이 거느린 정예병이 제3군. 소패성의 주태가 데려올 특수 병과가 제4군이었다.

"제가 몇 년에 걸쳐 구축한 정보망을 일거에 뒤집어놓고 왔으니, 지금 평원성은 눈이 가려지고 귀가 막힌 상태나 마찬가지입니다. 서서 그 친구가 뛰어나긴 하지만, 청하에 있는 아군의 움직임과 규모를 확실히 인지하지는 못했을 겁니다. 다만 제북으로 원군을 보낸 걸로 보아, 우리 2군을 떠올리고 대비는 하겠지요. 그렇다 해도…."

순유의 손이 평원에서 고당현으로, 다시 청하국에서 평원성으로 움직이며 두 개의 선을 추가했다.

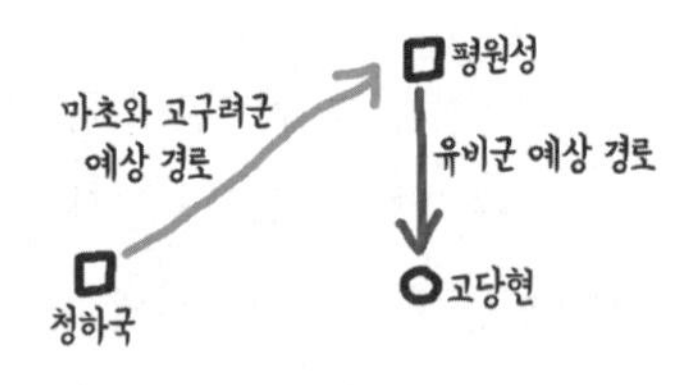

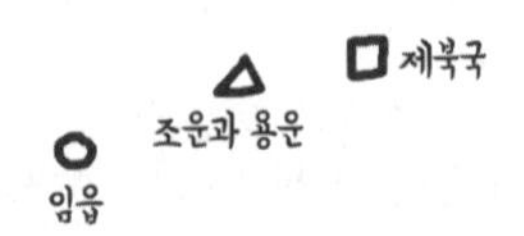

"삼만의 정예에, 관우와 장비까지 빠진 상태에서는 평원을 치는 맹기 장군의 부대를 막지 못합니다. 유비가 도중에서 그 소식을 듣게 되면 허겁지겁 되돌아갈 게 분명합니다. 포신의 땅을 지켜주겠다고 제 근거지를 버릴 순 없으니까요. 결국 오가는 사이 시간도 힘도 허비하게 되는 것이지요."

듣고 있던 조운이 고개를 끄덕였다.

"과연. 포신의 좌절감도 더 커지겠군요."

"그렇습니다. 우리는 전력을 다해 제북을 공략하기만 하면 됩니다. 제북에 있는 적의 수가 많다 하나, 변변한 장수는 제북상 포신 자신뿐입니다. 반면, 우리에게는 조자룡 장군과 주유평이…."

그때 열심히 지도를 보던 사린이 냉큼 손을 들었다.

"우리! 우리도 있어요."

"하하, 예. 거기에 더해 사천신녀 여러분까지 있지요. 제북을 함락한 뒤 북상하면, 유비는 평원에서 독 안에 갇힌 쥐 꼴이 될 겁니다."

"그렇군요. 잘 알았어요."

용운은 흡족한 표정을 지었다. 확실히 책사의 말을 들으니 머릿속에 엉킨 전술이 정리되는 느낌이었다.

'괜히 전문가를 쓰는 게 아니라니까.'

한 가지 마음에 걸리는 건 서서의 존재였다. 처음에 서서가 유비에게 가 있다는 사실을 알았을 때는 깜짝 놀랐다. 서서 본인도 뛰어나지만, 그가 유비에게 제갈량을 천거할 것이 더 걱정이었다. 하지만 곧 그럴 일은 없음을 깨달았다. 그러기 위해서는 서서가 형주에서 한동안 머무르며, 제갈량 등과 친분을 쌓아야 했다. 조사해본 바에 의하면 서서는 형주에 있었던 시간이 거의 없었다. 무슨 연유인지는 모르겠지만, 도중에 유비를 만나 역사보다 훨씬 일찍 합류한 것이다. 자연히 제갈량에 대해 알 수도 없을 터였다.

'더구나 서서는 형주에 머무르며 학식을 높일 기회마저 잃었다. 그러니 원래 역사보다 기량이 부족할 가능성이 다분하다. 반면, 내겐 원숙기에 다다른 순유가 가세했지. 이제 더는 서서를 염려할 필요가 없다. 그보다….'

제갈근이 유표에게 임관한 게 더 문제였다. 그 사실을 알자마자 그와 제갈량을 설득하여 유주로 돌아오도록 하려고 사람을 보내둔 상태였다. 성공할 거라는 확신은 없었지만.

'그때 두 사람을 잃어버리는 바람에….'

용운은 업성의 일만 떠올리면 얼굴이 붉어질 정도로 부끄러웠다. 복수심에 눈이 멀어 가신과 백성들을 위험에 처하게 했다. 물론, 순욱과 마초, 방덕 등을 남겨 최소한의 대비는 했었다. 조조가 그렇게 전격적으로 공격해올 것도 미처 예상하지 못했다. 그 발단이 된, 조숭의 죽음 자체를 몰랐으니까.

'그렇다 해도 다 내 잘못이야. 게다가 하필 여포가 구해온 가신들 중 제갈근과 제갈량 그리고 채문희만 쏙 빠져버렸다. 자신들을 저버렸다고 생각해서 그들이 날 원망해도 어쩔 수 없다.'

그랬는데도 정신을 못 차리고 무리하게 전쟁을 일으켰다가 괴멸 직전까지 갔었다. 아니, 사실은 주요 장수를 다 잃고 괴멸했었다.

'다시 널 잃고 싶지 않다며, 현대로 보내지 않겠다는 으름장까

지 놓고선 말이야.'

용운은 옆에 있는 청몽을 바라보며 생각했다. 그의 시선을 느낀 청몽이 물었다.

"전하, 왜요?"

"아니, 아무것도 아니야."

그랬다. 원래는 기산의 벼랑에서, 호연작의 손에 죽었어야 할 운명이었다. 다행히 시공복위를 이용하여 기회를 얻었다. 또 같은 실수를 하지 않기 위해 이번에야말로 만반의 준비를 했다.

"좋아요. 그렇게 합시다."

용운의 최종 승인으로, 조운 부대는 유비의 원군을 무시하고 제북을 공격하기로 결론 냈다. 용운은 서늘한 눈빛으로 생각했다.

'유비, 신의를 저버린 것으로도 모자라서 나의 벗을 죽게 한 죄… 이제 대가를 치를 때가 왔습니다.'

작전 회의를 마치고 막사를 나오는 성월의 표정이 어쩐지 어두웠다. 청몽과 사린은 그 이유를 알기에 굳이 묻지 않았다. 아직 성월과 장비 사이에 얽힌 인연을 모르는 이랑만이 고개를 갸웃거리다 그녀를 따라갔다.

"언니."

"응, 이랑아."

"무슨 일 있어?"

"아니? 왜?"

"표정이 엄청 안 좋아서."

"그래? 후… 다 접었다고 생각했더니 아닌 모양이네. 이래서야 준예(장합) 씨한테 미안한데."

"무슨 일인데?"

성월은 장비와 서로 잠깐 끌렸던 과거를 애기했다. 듣고 난 이랑이 말했다.

"뭐야, 그냥 썸 탄 거네. 신경 쓰지 마요."

"당연히 현대에서였다면 신경 안 썼지. 문제는 어쩌면 앞으로 그 녀석과 싸워야 할지도 모른다는 거야. 그것도 목숨을 걸고."

"아… 맞아. 장비는 유비의 부하였지."

"넌 현대에서 중국 고고학을 전공했다는 애가 그것도 바로 안 떠오르니?"

"허구한 날 땅만 팠다고요. 《삼국지》는 잘 몰라."

"퓨…. 아무튼 마음이 무겁네. 너도 그렇겠지만 나도 여기 와서 사람 많이 죽였어. 이 몸 자체가 거기에 특화되어 있고 또 그래도 충격을 안 받도록 뭔가 머리에 작용하고 있는 것 같아. 하지만 잠시나마 마음을 열었던 사람을 죽이는 건 애기가 달라."

"무슨 말인지 알 것 같아…."

이랑은 손책이 자신을 죽이겠다고 덤벼드는 광경을 상상해봤다. 생각만 해도 몸서리쳐질 정도로 싫었다.

'그러고 보니 백부, 그 꼬마 녀석은 잘 지낼까? 형주의 유표와 싸우느라 정신없다고는 들었는데. 그래도 그렇지, 나 좋다고 그렇게 따라다닐 때는 언제고 편지 한 통 없네. 사내놈들이란.'

문득 아주 먼 곳으로 떠난 한 남자의 얼굴이 떠올라 가슴이 시렸다.

“내가 괜히 꿀꿀한 얘기 해서 기분만 잡쳤다. 이랑아, 술 마시러 내 막사로 갈래?”

“콜.”

둘은 함께 성월의 막사로 걸음을 옮겼다.

한편, 유비 삼형제는 고당현을 향해 진군 중이었다. 선두에서 말을 몰던 유비가 코를 후비며 욕설을 내뱉었다.

“이런 씨발. 왜 이렇게 코가 가렵지? 누가 내 욕이라도 하나 보군.”

옆에 있던 장비가 황당하다는 투로 말했다.

“큰형님, 그럴 때는 귀가 가려운 거 아닙니까? 그러고 보니 전 지금 귀가 가려운데요.”

“나는 코가 가려워.”

그때 관우가 문득 한 손을 들었다. 뒤따르던 병사들이 일제히 발을 멈췄다.

“엥? 관 형, 무슨 일….”

말하던 유비가 눈을 가늘게 떴다. 진군로에 버티고 선 작은 인영이 보인 것이다. 삼만 대군이 움직이는 것이니 기척을 못 느낄 리 없었을 터. 그런데도 저렇게 서 있다는 건 그들을 기다리고 있었다는 뜻이었다.

“새로운 종류의 함정인가?”

“딱히 복병을 숨길 지형이 아니오. 뭔가 말하려는 것 같소.”

거리가 가까워지자 상대의 모습이 드러났다. 유난히 얼굴이 흰 장신의 청년과 가무잡잡한 피부에 특이한 복색을 한 미동(美童)

이었다. 청년을 보는 순간, 유비의 가슴속에서 뭔가가 꿈틀했다. 잊고 있던, 혹은 반드시 알아야 할 누군가를 비로소 마주한 느낌이었다. 이상하게 끌렸다.

"뭐지, 이건?"

"왜 그러시오?"

"저 청년을 보는 순간 여기가 아파졌어."

유비가 가슴을 어루만졌다. 잠깐 그를 바라보던 관우가 말했다.

"혼인하실 때가 많이 지나긴 했지. 최근에는 여자도 안지 못했고. 아무리 그래도 남색은 아닌 것 같소."

"…그런 거 아니거든? 일단 저자와 얘기해 봐야겠다."

관우는 앞으로 나서는 유비를 굳이 막지 않았다. 미동이 옆구리에 검을 차긴 했지만, 전혀 위협적으로 보이지 않아서였다. 단, 삼만 대군을 앞에 두고도 태연한 기색인 것이 특이하긴 했다. 그래도 혹시 모르니 장비에게 눈짓을 했다. 장비가 얼른 유비의 뒤를 따라붙었다. 유비는 짐짓 목청을 돋워 엄격하게 말했다.

"대군의 앞을 가로막다니 이게 무슨 짓인가? 납득할 만한 이유가 없다면 엄히 죄를 물으리라."

"송구합니다. 급한 용무가 있어 이렇게 무례를 범하게 되었습니다."

가무잡잡한 미동이 뭔가 투덜거렸다. 그 입을 막은 청년이 계속 말을 이었다.

"평원태수, 유현덕 님이 맞으시지요?"

"그렇다."

"저는 형주의 제갈량 공명이라고 합니다."

"제갈 공명…."

청년은 바로 제갈량. 갈색 피부의 미동은 연청이었다. 제갈량은 유비를 가만히 올려다보았다. 그의 안에 상처 입은 검은 용이 똬리를 튼 채 웅크리고 있었다. 그 모습을 본 제갈량의 가슴에도 파문이 일었다. 제갈량이 인식하는 자신의 모습은 바다와 같은 거대한 물이었다. 오래전에 노육이 그렇게 느꼈던 것처럼. 순간 제갈량은 자신이 용운을 그토록 경애했으면서도 미묘한 거리감과 좌절을 느낀 이유를 깨달았다.

용운은 자유로운 바람이었다. 밑에서 아무리 용을 써도 물은 바람을 움직일 수 없는 법이었다. 오히려 잔잔하던 물이 세찬 바람을 만나 거칠게 파도를 일으키면 모를까. 그러나 용에게는 물이 절실히 필요했다. 그래야 상처를 치료하고 날아오를 수 있었기에. 문득 누군가의 목소리가 머릿속에 울려 퍼졌다. 평소에 들리던 여인의 그것이 아니었다. 이번에는 낮고 중후한 사내의 목소리였다.

— 내가 그대에게 못할 짓을 했구려. 아무쪼록 흔들리지 말고 그대의 길을 가시오.

분명 들은 적이 있는 말과 목소리인데 좀체 기억이 나지 않았다. 아무러면 어떠랴. 제갈량은 유비를 마주한 순간, 비로소 자신이 할 일을 알 수 있었다. 이 용을 날아오르게 하여 천하를 요농

치게 하고 있는 거센 돌풍을 막는 것, 그것이었다. 그의 왼쪽 눈에서 한 줄기 눈물이 흘러내렸다. 진정한 주군을 만난 데 대한 반가움과, 이로써 어린 시절 가장 경애했던 인물을 확실하게 적으로 돌리게 되는 데 대한 비감이 뒤섞인 눈물이었다.

그 눈물을 본 유비의 마음이 다시 이상해졌다. 그는 부드러워진 목소리로 물었다.

"자네는 왜 우는 거지?"

"이대로라면 현덕 님은 큰 곤경에 처할 것입니다. 그것이 안타까워서 울었습니다."

뒤에 있던 장비가 발끈하며 입을 열려 했다.

"무슨 수작…."

팔을 내밀어 장비를 막은 유비가 말했다.

"내가 곤경에 처한다고? 왜?"

"지금 혹 제북상을 구원하러 가시는 게 아닙니까?"

"어어, 맞아."

제갈량은 얼마 전 안평국에서 거한회를 도와 용운의 암살을 꾀했다가 실패하고 달아났다. 그 과정에서 연청의 입을 통해 용운과 사천신녀가 가짜임을 알았다. 가짜를 움직였다는 것은 시선을 돌리겠다는 뜻. 제갈량은 용운의 진짜 목표가 유비임을 눈치챘다. 그는 형주로 돌아가는 도중에, 연청의 도움을 받아서 유비에 대한 정보를 수집했다. 그전에도 풍문으로는 들었지만, 제대로 된 확실한 정보를 접한 적은 없었다.

'이건….'

제갈량은 유비의 행적과 그에 대한 자료들을 보면서 고개를 갸웃거렸다.

'어떨 때는 교활한 악인처럼 보이는가 하면, 자신보다 약한 자들 앞에서는 대인의 풍모가 보인다. 특히, 백성들에게는 마치 혈육과 같이 대한다. 유주왕이 일방적으로 베푸는 자애로운 절대자였다면, 유비 현덕은 가난한 아버지다. 기본적으로 자식들을 사랑하고 돌보려 하나, 오히려 그 자식들에게서 도움을 받아야 할 때도 많다. 그러면서 되레 자식과의 사이는 더욱 끈끈해지는….'

용운과는 또 다른 종류의 왕재였다. 결정적인 차이는 둘을 대하는 백성들의 감정이었다. 용운에게 느끼는 감정이 '나한테는 이 사람이 없으면 안 된다'는 것이었다면, 유비에게는 '이 사람에게는 내가 없으면 안 된다'는 것에 가까웠다. 민심이란 기묘해서 단순한 듯하면서도 간혹 변덕스럽고 알기 어려웠다. 하늘에서 뚝 떨어진 듯한 완성에 가까운 자와, 끊임없이 실패하고 때로는 비열한 수도 쓰지만 없는 와중에도 백성을 돌보며 같이 고생하는 자. 과연 백성들은 둘 중에 누가 성공하는 모습을 보는 게 더 뿌듯할까? 저도 모르게 감정을 이입했다면.

'이거다. 이 사람이라면 내 알 수 없는 공허함을 채울 수 있을지도 모른다. 단, 그전에….'

제갈량은 마지막으로 유비를 직접 보고 마음을 정하기로 했다. 그래서 그가 자신이 섬길 만한 인물이라면, 용운의 진짜 목적을 알려줄 참이었다. 그렇지 않다면, 미안하지만 모른 척할 셈이었다. 차선책은 아마도 형주목 유표 정도가 되리라. 어차피 여기서

도태될 재목이라면 진용운에게 맞서기란 불가능했다. 그리고 그를 마주한 지금, 제갈량은 결심했다.

"평원성으로 돌아가십시오."

"응? 어째서?"

"유주왕의 군사가 곧 그리로 들이칠 것입니다."

"뭐라고? 지금 조자룡과 주태가 제북으로 진군해온다고 해서 가는 길인데?"

"그 군사가 아닙니다. 안평국으로 진출한 유주왕의 부대가 지금 어디에 있는지 아십니까?"

장비가 코웃음을 치며 말했다.

"흥, 애송이가 어디서 들은 건 있는 모양이구나. 우리 서 군사도 이미 그걸 예상했다. 그래서 평원성의 방비를 단단히 하라고 일렀지. 주워들은 정보로 큰형님께, 아니 태수님께 빌붙어서 한자리 얻으려고 한 거라면 오산이다!"

연청이 장비를 노려보았다.

'저 자식이 누구보고 애송이라고….'

제갈량은 신경 쓰지 않고 차분하게 말을 이었다.

"하지만 그 군사의 정확한 규모는 아마 모르실 겁니다."

"자네는 아나?"

"제가 바로 거기에 있다가 이리로 왔습니다."

"그래? 얼마나 되는데?"

"유주왕이 직접 이끄는 친위대가 이만."

"뭐, 그 정도는…."

"거기에 고구려에서 파견한 원군이 이만."

"응? 고구려 군과 같이 있다고? 그건 못 들었…."

말하던 유비는 한 가지 사실을 깨달았다. 애초에 순유가 다른 목적이 있었다면, 이제까지 알려준 정보들도 다 사실이라는 보장이 어디 있는가? 그나마 이제 그것을 확인해줄 누군가도 없었다. 갑자기 아득한 기분이 들었다. 그는 이어서 들려온 제갈량의 목소리에 퍼뜩 정신을 차렸다.

"그리고 여기 이 연청조차 제압하지 못할 정도의 장수가 최소 셋 이상 포함되어 있습니다."

"음? 자네 옆에 있는 그 시동 말인가?"

"연청은 시동이 아닙니다. 제 호위무사입니다."

그 말에 장비가 웃음을 터뜨렸다.

"푸하핫! 큰형님, 괜히 시간만 낭비한 것 같습니다. 어서 제북으로 가시지요. 저 꼬마의 입에서 나온 호위무사라는 말로, 저 녀석의 허풍이 드러났습니다. 저런 꼬마 백이 가세했다 한들 뭐가 겁나겠습니까?"

하지만 이미 유비의 표정은 심각해진 후였다. 청년이 사실을 말하고 있음이 본능적으로 느껴졌기 때문이다.

"흐음, 자네의 호위무사가 제압하지 못할 정도의 실력… 이라고 해도, 그 실력이 어느 정도인지를 내가 몰라서 말이지. 그래, 익덕, 네가 저 친구와 싸워봐라."

"큰형님, 농담하지 마시고요. 한시라도 빨리 제북으로 가셔야 한다고…."

"농담 아닌데?"

"…."

장비의 얼굴이 서서히 굳었다. 유비의 진심이 느껴지자 장비는 장팔사모를 든 채 말에서 내렸다. 그리고 창끝을 연청에게 겨누며 내뱉었다.

"덤벼봐라, 꼬마. 그리고 애송이, 소중한 시동을 잃어도 날 원망하지 마라."

장비는 평소에는 온순하나, 세 가지 경우에 돌변했다. 첫 번째는 유비에게 위해를 가하거나 모욕하는 행위를 봤을 때, 두 번째는 술에 거나하게 취했을 때, 마지막 세 번째는 누군가가 장비 자신의 무용(武勇)을 얕잡아봤을 때였다. 차마 유비에게 분노할 수 없으니, 장비의 화는 이런 사태를 만든 제갈량과 연청에게 향했다.

연청은 검을 뽑아들고 비릿하게 웃었다.

"너나 원망하지 마. 네 형님한테도 소중한 아우를 잃었다고 울지 말라고 하고."

"근데 이 새끼가…."

장비가 장팔사모를 풍차처럼 휘두르며 연청에게 달려들었다.

10

신장의 출현

연청은 천강위 서열 36위였다. 천강위가 총 서른여섯 명이니, 제일 아래라는 뜻이다. 그러나 그는 천강위 중 무력으로는 제일 강한 노준의의 비서 겸 경호 역할도 맡고 있었다. 태평한 듯하면서도 철저한 노준의의 성격상, 자신과 가깝다는 이유만으로 약한 자에게 경호를 맡길 리 없다. '인간 사냥꾼'이란 별명으로도 불리는 천강 제34위 해진, 35위 해보 형제에게 괜히 시비를 걸었던 게 아니다.

무엇보다 연청은 이규나 호연작 등과 같은 언랭커였다. '통제되지 않는' 언랭커의 특징이 노준의 때문에 가려졌을 뿐. 언랭커란 본래 서열과 실제 무력이 무관한 자들. 혹은 무력은 높지만 치명적인 단점이 있어 서열이 낮게 매겨진 자들이다. 노준의는 연청이 언랭커라는 사실조차 숨겼다. 유사시 비장의 한 수로 쓰기 위해서였다.

"아직 어리니 죽이진 않으마."

파파파팟! 장비는 장팔사모를 무서운 속도로 연속하여 내찔렀다. 양쪽 어깨와 무릎 등을 노린 찌르기였다.

연청은 제자리에 서서 살짝 살짝 몸을 트는 것만으로 찌르기를 피했다.

'어쭈?'

장비의 안색이 살짝 달라졌다. 비웃음을 띠었던 얼굴이 진지해진 것이다.

'그럼, 이건 어떠냐!'

부웅! 찔러 오던 장팔사모가 이름 그대로, 마치 살아 있는 뱀처럼 휘어지며 연청의 허리를 후려쳐갔다. 쩡! 육중한 파공음과 함께 연청의 작은 몸뚱이가 튕겨져 나갔다. 하지만 장비는 여전히 심각한 표정이었다. 손에 충격이 거의 느껴지지 않았다.

'저놈, 설마….'

장비의 예상대로였다. 피하기에 늦었다고 판단되자 연청은 검을 휘둘러 창을 쳐냈다. 동시에 스스로 뒤쪽으로 뛰어 충격을 해소했다. 허공에서 공중제비를 돌아 착지한 연청이, 검을 쥔 손을 가볍게 털듯 흔들며 말했다.

"손목이 저리네. 과연, 장비 익덕."

"날 아냐?"

"조금. 책에서 읽었어."

"책?"

무슨 책인지 장비가 떠올리기도 전이었다.

"집중해라, 익덕!"

어느새 가까이 와서 지켜보던 관우가 노호를 질렀다. 장비가 퍼뜩 정신을 차렸을 때는, 이미 연청의 검날 끝이 턱 바로 앞까지 다가온 후였다. 창을 휘둘러 막기에는 너무 가깝고 이미 늦었다.

장비는 힘껏 고개를 젖히면서 발을 차올렸다. 사각! 소름끼치는 소리가 그의 귓가에 울렸다. 턱에서 예리한 통증이 느껴졌다. 뿐만 아니라 발끝에도 묵직한 감각이 있었다.

"윽!"

허리를 굽힌 채 위로 붕 떴다가 착지한 연청이 낮은 신음을 토했다. 검을 든 반대쪽 손으로 배를 움켜쥔 채였다.

장비는 장비대로 왼손 손등으로 쓰라린 턱을 훔쳤다. 손등에 피가 흥건하게 묻어나왔다. 피를 본 그가 눈을 번득이며 중얼거렸다.

"오, 그래. 오늘 나랑 사생결단 내자."

장비가 사모를 고쳐 잡고 성큼 한 걸음 내딛었을 때였다.

"이제 됐다, 익덕."

"연청, 그만해."

유비와 제갈량이 동시에 둘을 말렸다.

장비는 분한 기색을 억누르지 못했지만 이를 악물고 물러났다. 연청 또한 고개를 숙인 채 여전히 배를 붙잡고 뒷걸음질 쳤다. 그의 입가에 희미한 웃음이 살짝 떠올랐다 사라졌다.

유비가 감탄한 어조로 말했다.

"자네 호위무사의 실력은 잘 알았네. 어린 나이에 그 정도라니 대단하군. 익덕이 누구와 비기는 모습조차 거의 본 적이 없는데."

"연청은 보기보다 나이가 많습니다."

"그런가? 아무튼 익덕과 맞먹는 실력의 장수 셋이 평원성으로 향하는 군을 이끌고 있다 이 말이지?"

"아, 형님! 저 자식이 말 거는 바람에 잠깐 방심해서 그런 거라고요."

장비가 억울하다는 듯 항의했으나 유비는 무시했다.

제갈량이 유비의 물음에 답했다.

"셋 이상입니다."

"으음…."

유비는 잠시 고심하다 입을 열었다.

"돌아갑시다, 관 형."

"여기까지 와서?"

"관 형, 익덕과 둘이서 병사 몇 명까지 감당할 수 있지? 궁수는 없다 치고. 둘 다 몸 상태도 최상일 때 싸우기 시작했다는 전제하에서 말이야."

"이천? 아니, 서로 등을 지켜줄 테니 삼천까지는 너끈할 거네."

"셋이면? 관 형과 익덕 사이에 그만큼 강한 자가 하나 더 있다면?"

"그럼, 오천까지도…."

말하던 관우가 표정을 굳혔다.

"알겠지? 그런 자들 셋이서 이만 이상의 군사에다가 독하기 짝이 없다는 맥족 군사 이만까지 합세해서 온다는 거야. 서 군사와 관평으로는 감당 못해. 헛수고한 건 짜증나지만, 지금이라도 알게 된 걸 다행으로 여겨야지."

"제길, 갑시다."

관우는 서둘러 말 머리를 돌렸다.

장비도 다시 말 등에 올라 그 뒤를 따랐다.

뒤에 혼자 남은 유비가 제갈량에게 말했다.

"좋은 정보 고맙네. 상으로 뭘 바라나? 어지간한 건 다 들어주지."

"저는… 현덕 님을 모시고 싶습니다."

"뭐? 그건 안 돼."

"예?"

"난 이미 자네와 그 호위무사를 내 가신으로 삼으려고 마음먹었어. 그러니 그건 상에 포함시켜선 안 돼. 다른 걸 골라보게."

"아, 하하…."

유비의 능청에 제갈량은 저도 모르게 웃었다. 거의 웃는 일이 없는 그가 말이다.

연청은 놀라서 제갈량을 올려다보며 생각했다.

'역시 운명의 상대라 이건가? 역사에서 당신이 마지막까지 충성을 바친 주군이 유비라는 사실을 말해준 것도 아닌데….'

잠시 생각하던 제갈량이 말했다.

"앞으로 제가 어떤 말을 해도 믿고 따라주십시오. 그게 제가 바라는 것입니다."

"오, 그건 상당히 귀한 상인데."

유비는 자신이 타고 있던 말을 내주며 답했다.

"알겠네. 그렇게 하지. 이걸 타고 따라오게."

"앞으로 성심을 다해 모시겠습니다."

"나야말로 잘 부탁해."

유비의 말에 탄 제갈량이 연청을 향해 손을 내밀었다.

"가자, 연청."

연청은 제갈량을 물끄러미 바라보았다. 모시던 주인도, 살아갈 목적도 잃어버렸었다. 노준의가 회의 주인인 송강에 맞서고 있었으니, 회로 돌아가고 싶지도 않았다. 그렇다고 복수를 하자니 당사자인 진한성은 사라져버렸다. 풀 길 없는 분노밖에 남지 않았던 자신에게, 처음 봤을 때도 저 손을 내밀어주었었다. 이제 제갈량이 가는 길이 곧 연청 자신의 길이 되었다. 덕분에 그는 이미 역사에 기록되기 시작했다.

"…예, 공명 님."

연청은 제갈량의 손을 잡고 말 등에 오르며 생각했다. 어쩌면 내가 이 사람을 만난 것도 운명일지 모른다고. 제갈량에게 잡힌 손이 이상하게 뜨거웠다.

유비가 제북을 도우러 출격한 이틀 후, 평원성.

망루 위에 있던 서서는 아연해졌다. 태어나서 처음으로 머릿속이 새하얘지며 아무것도 떠오르지 않았다. 친구의 원수를 죽여 첫 살인을 했을 때도 이 정도는 아니었다.

"군사님, 어쩝니까?"

옆에 있던 관평이 초조한 기색으로 재차 물었다. 그는 조금 전 서서에게 적군의 규모에 대해 보고한 참이었다. 유주왕 진용운을 호위하는 적 본대가 약 이만, 적장 마초와 방덕이 지휘하는 선봉이 일만, 거기에 맥족으로 보이는 부대가 이만이라 했다. 그 말을 들은 서서는 도저히 믿기지 않아 직접 망루에 오른 참이었다. 총 오만에 달하는 대군이 평원성 앞에 까맣게 진을 치고 있었다.

'안평국에 진입했던 유주왕의 본대가 이리로 향할지도 모른다는 예상은 했지만…. 맥족 부대는 금시초문이다. 게다가 마초와 방덕은 또 어느 틈에 합류했단 말인가?'

서서는 새삼 정보의 필요성을 절감했지만, 이미 유비 세력의 정보 체계는 그것을 구축한 장본인, 즉 순유에 의해 엉망이 된 후였다. 다시 바로잡으려면 적어도 몇 개월은 걸리리라.

'그래, 지금 그 문제를 한탄해봐야 아무 소용없다. 맞서 싸우긴 어려우니 방비를 더 단단히 해야 한다. 지금 당장 성내의 백성들이라도 다 동원해서….'

그래야 하는데… 서서의 얼굴에는 절망의 빛이 드리웠다. 사실 이미 방비는 할 만큼 했다. 가용 병력을 모두 성벽에 배치했고 수성전 준비도 마쳤다. 적의 전력이 예상을 훨씬 상회하는 게 문제였다. 유비, 관우, 장비는 최정예 병력을 거느린 채 고당현으로 향했다. 성에 남은 건 노쇠한 병사와 백성들뿐이었다.

유비는 평원성을 차지한 후, 인구를 늘리려고 부단히 노력했다. 그러나 예전에 순심이 펼쳤던 청야전술의 후유증은 무서웠다. 우물을 다 새로 파야 했으며 밭도 갈아야 했다. 아무것도 없는 땅에서 새로 시작하려 하니, 가뜩이나 살기 고단한 백성들이 떠났으면 떠났지 평원성으로 올 리 만무했다. 차라리 좀 더 무리

하더라도 집과 땅을 내주고 세금도 적게 걷는 유주를 택하는 자들이 많았다. 그나마 유비를 오래전부터 따랐던 병사들이 각자 가솔을 불러들이면서 조금씩 사람이 늘었다. 그래도 아직까지 동원할 수 있는 병력은 오만이 한계였다. 그중 삼만이 빠져나간 것이다.

'게다가….'

서서는 검을 제법 잘 다뤘지만, 전장에서 직접 부대를 지휘해 본 적은 없었다. 단순히 책략을 내놓는 것과, 병사들을 부려 그 책략을 실행하는 것은 달랐다. 남은 장수는 관평뿐인데, 아비를 닮아 용맹하고 장수로서의 자질 또한 충분했으나 마초, 방덕을 동시에 감당하기는 무리였다.

'최대한 버티는 수밖에 없다.'

마음을 굳힌 서서가 관평에게 뭔가 말하려 할 때였다.

"이거 상당히 곤란한 처지에 놓이신 듯합니다."

음습하고 낯선 목소리가 망루 위에 울려 퍼졌다. 서서와 관평은 깜짝 놀라 뒤를 돌아보았다.

"누구냐!"

특히, 관평은 말과 행동이 한꺼번에 이뤄졌다. 몸을 돌리는 동시에 자루 긴 언월도를 내밀어 갑작스러운 불청객을 향해 겨눈 것이다. 쩽! 그러나 관평의 언월도는 가볍게 튕겨났다. 그의 눈이 찢어질 듯 부릅떠졌다. 자신의 무기가 튕겨나서가 아니라, 튕겨낸 상대가 사용한 무기의 생김새에 놀라서였다.

"그, 그것은?"

관우가 사용하는 청룡언월도나 장비의 장팔사모 등은 기술적 문제로 인해 실제 그들이 활약한 시대에서는 나올 수가 없는 무기로 알려졌다. 그러나 용운은 탁군 생활 당시, 군내의 솜씨 좋은 대장장이를 불러 모은 다음, 단조와 주조 등 현대에서 스치듯 들었다가 기억한 금속 가공 기술을 최대한 전수했다. 또 직접 청룡언월도와 장팔사모의 형상을 그려서 주문 제작했다. 그 결과, 관우와 장비는 소설에서처럼 각자 자신을 상징하는 무기를 갖게 됐다. 이 시대에서 유일무이한 무기였기에 한 번 본 자는 잊을 수 없었고 눈에도 확 띄었다.

관평은 그런 아버지와 그의 청룡언월도를 너무나 동경한 나머지, 싸움터에 나서게 되자마자 몇 달을 졸라 최대한 비슷한 무기를 만들었다. 그래도 생김새의 정묘함이나 날 부분의 예리함 등에서 모자람이 있었다. 한데 지금 관평의 눈앞에 그 청룡언월도와 거의 비슷한 생김새의 무기가 나타났다.

서서는 서서대로 다른 부분에서 놀랐다.

'여인…?'

갑자기 망루에 나타난 자들은 야윈 청년과 거구의 여인이었다. 청년은 허름한 장포를 걸친 차림새가 학사처럼 보였는데, 이상하게 눈이 번들거렸다. 여인은 검붉은 피부에 키가 크고 건장했다. 턱수염이 없다는 점과 풍만한 가슴 그리고 체구와는 별개로 서늘한 아름다움을 풍기는 얼굴 덕에 여인임을 알아볼 수 있었다. 청룡언월도와 흡사한 병장기를 휘둘러 관평의 언월도를 튕겨낸 쪽은 바로 여인이었다.

청년 학사가 입을 열었다.

"저희는 적이 아니니 경계하지 않으셔도 됩니다. 이미 주변에 진용운의 군대가 쫙 깔린 탓에 은밀하게 들어오느라 무례를 범했습니다."

상대가 범상치 않은 인물들임을 알아챈 서서가 조심스레 물었다.

"그대들은 누구십니까?"

"저는 양수 덕조, 이분은 관승이라 합니다."

"아, 귀하가 양덕조?"

"저를 아십니까?"

"양표 어르신의 자제분이자 천재 학자가 아니십니까. 분명 유주왕의 가신이 됐다가 성혼교와의 전투에서 패배한 후 행방불명된 것으로 들었는데…."

"꽤 많이 알고 계시는군요. 조금 잘못된 부분이 있지만, 그 얘긴 나중에 하도록 하지요. 일단 하나만 말씀드리면, 전 더 이상 진용운의 가신이 아닙니다. 오히려 그에게 원한이 있는 사람이지요. 적의 적은 아군이라 했으니, 귀공을 도우려는 겁니다."

"병력이 있습니까?"

양표는 관승을 가리켰다.

"병력은 없지만 이분이 있지요."

"이분 혼자 뭘 할 수 있단 말입니까?"

"뭘 할 수 있는지 알면 놀라실 겁니다."

관평은 아까부터 관승을 정신없이 쳐다보고 있었다. 어디서 많이 본 사람 같다 했더니, 아버지 관우와 관평 자신을 놀랍도록 닮아 있었다. 관평의 시선을 느낀 관승이 말했다.

"넌 혹시 그분의 핏줄인가?"

"그분이 내 부친이신 관우 운장을 가리키는 거라면, 맞습니다."

관승은 그 말을 듣더니 관평에게 정중히 포권했다.

"다시 정식으로 인사드리겠소. 난 관운장 님의 먼 일족인 관승이라 하오. 사정이 있어 머무를 곳을 잃고 헤매던 중, 그분께서 여기 계시다는 말을 듣고 먼 길을 왔소. 한데 곤란에 처한 듯하여 도우려는 것이오."

"아, 그렇군요!"

관평의 얼굴에 화색이 돌았다.

'아버지께서 고향을 떠나 현덕 님과 함께 싸우던 시절에 낳은 자식인가 보다. 그럼 나이는 나보다 어리겠구나. 가만, 나와 배다른 남매가 되는 거잖아?'

능력만 된다면 여러 부인을 두는 일이 흠이 되지 않던 시대였다. 관평은 오히려 관승에게서 묘한 친근감과 익숙함을 느꼈다.

그러는 사이에도, 유주 2군은 차근차근 포위를 좁혀오고 있었다. 성벽에 서서 각자 활을 들거나 바위를 떨굴 준비를 한 평원성의 병사들이 침을 꿀꺽 삼켰다. 그때 유주군 쪽에서 장웅(蔣雄)이라는 목청 큰 장수가 나서서 큰 소리로 포고문을 읽었다.

"유비 현덕은 들으시오! 그대는 유주왕 전하와 화친을 맺은 사이임에도 불구하고 어째서 포신을 시켜 사신을 죽이게 했소? 이에 예전 전하의 벗인 태사 장군을 해친 일과, 약조를 깨고 남피성을 무단 점거한 책임까지 물으려 하니, 마땅히 나와서 응해야 할 것이오!"

서서는 불쾌하고 어이없다는 투로 내뱉었다.

"주공께서 포신을 시켜서 사신을 죽이게 했다고? 이렇게 나오리라 예상은 했지만…. 설령 그게 사실이라 해도 이제 와서 남피성 얘기는 왜 꺼내는 것인지."

"처음부터 전쟁을 노린 겁니다. 진용운이 준비를 많이 한 모양이군요. 일부러 명분까지 만든 걸 보니. 이게 그자의 수법이지요."

양수의 경멸 어린 말에 서서가 물었다.

"뭔가 계책이 있습니까?"

"내 듣기로 태수님은 제북의 고단함을 풀기 위해 운장 님과 익덕 님을 거느리고 출진하셨다던데 맞습니까?"

"그러합니다. 도중에 평원성의 이변을 알고 분명 돌아오실 겁니다. 시간이 어느 정도나 걸릴지는 모르겠습니다만…."

"그럼, 역시 버티는 게 최선이겠군요. 일단 적의 예봉을 꺾어서 함부로 공격해오지 못하게 하는 편이 좋겠습니다."

"예봉을 꺾는다고요?"

서서가 반문했다. 무슨 수로?

거기에 대한 답은 관승이 행동으로 대신했다. 그녀는 어느새 망루를 내려가, 성벽 가운데에서 유주군을 정면으로 바라보고 서 있었다. 이어서 독문병기인 참천언월도의 자루 끝을 잡고 머리 위로 수직이 되게 들어올렸다.

유주 2군 선봉에 나와 있던 마초는 그 광경을 지켜보고 있었다. 그는 관승을 볼 때부터 이상한 불길함을 느꼈다. 그녀의 행동을 본 마초가 중얼거렸다.

"뭐 하는 거야, 저거?"

마초의 곁에 있던 조개가 경악 어린 목소리로 말했다.

"설마… 설마, 저자가 왜 여기에…."

"응? 조개, 저자를 알아?"

순간 관승의 무심한 시선이 마초에게 닿았다. 은빛 갑옷을 입고 백마를 탄 탓에 눈에 잘 띄었던 것이다. 마침 마초는 포고문을 읽은 장웅의 바로 뒤쪽에 위치해 있기도 했다. 그 순간 조개가 한 소리 외침과 함께 말 위로 몸을 날려 마초를 옆으로 밀쳐냈다.

"애송아, 피해!"

"어?"

천기 발동, 대기 가르기 — 4할!

우우우우우웅!

하늘에서부터 이어진 거대한 뭔가가 유주군 선봉에 떨어져 내렸다.

"…."

서서와 관평은 무슨 일인가 하고 어리둥절해서 그 광경을 지켜보고 있었다. 그때 갑자기 장웅의 뒤쪽 일직선으로 약 60자(약 20미터) 범위 내에서 일제히 피가 솟구쳤다. 이어서 장웅의 몸이 머리끝부터 발끝까지 서서히 수직으로 갈라졌다. 그는 피와 장기를 내뿜으며 세로로 나뉘어 나동그라졌다.

"으악!"

"끄아아악!"

그나마 비명을 지르는 자들은 팔이나 어깨 등이 잘려 숨이 붙어 있었다. 대부분은 장웅과 마찬가지로 정수리에서부터 수직으로 으깨지다시피 반으로 나뉘어 쓰러졌다. 장웅을 기점으로 그의 뒤쪽 60자 거리 내에 있던 장수와 병사, 전투마 대부분이 비슷한 형태로 죽었다. 역설적으로 정확히 대열을 맞춰 서 있었기에 피해가 더 컸다. 관승이 성벽 위에서 언월도를 내리쳐, 장웅의 뒤쪽으로 60자 거리까지의 일직선 내 모든 것을 일격에 참한 것이다. 단, 그냥 내리치기만 했다면 관승이 있는 위치에서부터 땅까지, 아래쪽으로 비스듬히 사선을 이루는 경로가 되기에, 참천언월도의 날 부분과 지표면의 접점에 서 있던 자만 쪼개진다. 장웅까지 포함, 일렬로 다 쪼개질 리가 없는 것이다.

그러나 범위 안쪽의 대상을 모조리 수직으로 자르는 방법이 하나 있었다. 땅에 닿는 순간 공격이 끝나는 게 아니라, 거기서 공격을 시작하는 것. 즉 그대로 끌어당기듯 지표면을 가르면서 땅과 함께 쪼개버리는 것이었다. 관승은 양손으로 참천언월도의 자루 끝을 쥔 채, 성벽 바깥으로 허리를 내밀어 직각에 가깝게 숙인 자세를 취하고 있었다. 참천언월도는 성벽 바로 앞의 해자 깊숙이 묻힌 상태였다. 슈욱! 엄청난 길이로 늘어났던 자루가 순식간에 줄어들며 원래대로 돌아갔다. 관승은 머리를 들고 허리를 펴, 마치 아무 일도 없었다는 듯 똑바로 섰다.

서서와 관평은 한동안 말을 잇지 못했다. 둘뿐만 아니라 그 광경을 본 모두가 마찬가지였다. 이제 조금 익숙해진 양수만 제외하고. 제일 먼저 입을 연 그가 서서에게 물었다.

"소감이 어떠십니까?"

서서는 간신히 목소리를 짜내어 대꾸했다.

"이, 이, 이건… 대체…."

"아까 제가 말씀드리지 않았습니까. 저분이 뭘 할 수 있는지 알면 놀라실 거라고."

맨 처음 관승이 언덕 하나를 수직으로 쪼개는 광경을 봤을 때는 양수도 비슷한 반응을 보였었다. 그때 직감했다. 이 여자를 최대한 구슬려 뜻대로 움직일 수만 있다면, 천하를 손에 넣을 수도 있겠다고. 여포? 관우? 손책? 그래봐야 그들의 강함은 인간의 범위 내에서였다. 양수가 보기에 관승은 말 그대로 천신이었다. 그 천신이 중원의 정규군을 상대로 첫 무위를 드러내 떨친 순간이었다.

마초는 잠시 무슨 일이 일어났는지 깨닫지 못했다. 그는 세로로 토막 나 두 덩어리가 된 장웅의 시체를 보고 입을 떡 벌렸다. 양쪽으로 나뉜 시신 사이에 주먹 하나가 들어갈 정도 넓이로 쩍 갈라진 땅거죽이 보였다. 시신에서 흘러나온 피와 장기가 그 틈새로 뚝뚝 흘러 떨어졌다. 지옥의 입구 같은 섬뜩한 균열은 지진이라도 일어난 것처럼 평원성의 해자까지 쭉 이어져 있었다.

마초는 병사들의 아우성에 뒤를 돌아보았다. 장웅과 비슷한 꼴이 된 시신들이 한참 뒤쪽까지 널브러져 있었다. 서 있던 자세에 따라 머리부터 다 쪼개졌느냐, 아니면 목덜미에서 쪼개졌느냐, 어깨에서부터 쪼개졌느냐 정도의 차이였다. 사실 사망자 자체는 그리 많지 않았다. 선두에서부터 60자 거리의, 한 개 열이 당한 것이기 때문이다. 즉 죽은 사람은 다 합쳐서 스무 명 정도였다. 문제는 그 살육이 벌어진 방법과 과정이었다. 인간의 상식을 아득히 넘어서는 공포 앞에서, 병사들이 일제히 등을 돌리고 뒤로 달아났다. 마초는 그것을 막을 생각조차 못하고 멍하니 앉아 있었다.

"무슨 일이 벌어진 거지?"

그는 자신의 애마가 장웅처럼 반으로 나뉘어 피를 쏟고 죽은 꼴을 보았다. 거기 타고 있었다면 자신도 꼼짝없이 죽었을 터였다. 그때 누군가가 그의 겨드랑이 밑에 손을 넣어 힘주어 일으켰다. 조개였다.

"애송아, 정신 차리고 어서 피해라."

마초는 얼떨결에 조개가 이끄는 대로 일어나서 움직였다. 조개는 다리를 심하게 절었다. 마초가 보니, 왼쪽 발이 피로 시뻘겋게 물들어 있었다.

"조개, 너 발이…."

"아까 끝에 살짝 걸려서 발가락이 두 개 정도 날아간 모양이다. 괜찮으니 신경 쓰지 마라."

"저거, 저건 대체 무슨 짓을 한 거야?"

"간단하다. 그냥 자른 것이다. 성벽 위에서 무기를 내리쳐서 땅과 함께 병사들을 자른 거야."

"…그게 가능해? 설마…."

"그 설마다. 저 여자도 성혼단, 아니 위원회다. 그중에서도 최상

위에 속하는 자다."

"제길, 유비의 곁에 있는 천강위는 화영이라는 여자뿐이라고 들었는데."

"정보를 확인하고 다시 작전을 짜야 할 것 같다. 지금은 일단 군사부터 물려라."

다행히 다른 방향에 있던 방덕이 혼란에 빠진 병사들을 열심히 통제하고 있었다. 백영이 있는 중군과 고구려군으로 이뤄진 후군도 선봉의 이상을 알아채고 물러나는 중이었다. 마초를 본 방덕이 말을 몰아 달려와서 외쳤다.

"맹기 님, 괜찮으십니까?"

"난 괜찮습니다. 그보다 조개가 다쳤습니다. 말에 태워주세요."

"알겠습니다. 조개 공, 타시죠."

무지막지한 일을 해낸 관승은 성벽 끝에 우뚝 선 채 썰물처럼 밀려가는 유주군을 내려다보았다. 그 모습과 위엄이 마치 신장과도 같았다. 벌벌 떨며 다가온 관평이 그녀 앞에 넙죽 엎드렸다.

"이건 뭐 하는 짓이오?"

관승의 물음에 관평이 떨리는 목소리로 말했다.

"귀하는 부친을 돕기 위해 하늘에서 내려온 신장이 분명합니다. 사람이 어찌 이런 일을 할 수 있겠습니까!"

"난 사람이오. 운장 님을 몹시 존경하는."

그래도 관평은 믿기 어려워하는 눈치였다. 그는 관승이 여러 차례 만류한 후에야 몸을 일으켰다. 서서 또한 감히 시선을 마주치지 못하고 그녀와 양수를 내성으로 인도했다.

"덕조 님과 관승 님 덕분에 유주군은 한동안 감히 공격해올 엄두를 내지 못할 것입니다. 이리 드시지요. 여쭤보고 싶은 게 많습니다."

"그럽시다. 끌끌."

양수는 만족스러운 기색으로 서서의 뒤를 따랐다.

그로부터 한동안 정체 상태가 이어졌다. 유주군은 어찌나 놀랐는지 군사를 오 리 밖까지 물렸다. 그랬는데도 당장이라도 관승의 칼날이 머리 위로 떨어질 것만 같아 두려웠다. 백영은 장수와 책사들을 모두 막사로 불렀다. 그는 멀리 떨어져 있어서 문제의 광경을 목격하진 못했으나, 무슨 일이 벌어졌는지는 들어서 알고 있었다. 처음엔 도저히 믿기지 않았지만, 양옆 열에 있던 병사들이 한결같이 증언했다. 성벽 위에 나타난 여자가 뭔가를 내리쳐 단숨에 아군을 도륙했다고. 무엇보다 마초와 조개가 직접 봤다고 하니 믿지 않을 수 없었다.

"그런 일이 가능하단 말입니까?"

한숨 섞인 백영의 말에 이규가 입을 열었다.

"그거 관승이야."

"관승…?"

이규는 그녀답지 않게 목소리를 가늘게 떨고 있었다. 그녀는 그 말을 끝으로 입을 다물어버렸다.

유당이 뒤를 이어 설명을 계속했다. 그는 이 시대의 사람들이 알아들을 수 있도록 적당히 단어를 바꿔 말했다.

"대도 관승. 타고난 강인한 육체에 무공 수련을 꾸준히 하여 원래도 괴물처럼 강했는데, 별의 힘과 '참천언월도'라는 신병이 더해지면서 걷잡을 수 없게 된 자입니다. 성혼단 전체를 통틀어 서열 5위, 무력으로는 2위에 해당하는 강자입니다. 원래 노준의를 따랐는데, 그가 유주성에서 진한성 어르신의 손에 죽었으므로 이제는 관승이 실질적으로 최강자입니다."

그때 이규가 이상한 목소리로 중얼거리기 시작했다.

"진한… 서엉…. 으으…."

"아차, 큰일 났다."

"진한서어어어엉!"

이규는 머리를 마구 흔들며 자리에서 튀어올라 쌍도끼를 휘둘렀다.

"꺅!"

"윽!"

가까이에 있던 유라와 백영이 미처 피하지 못하고 도끼날에 스쳤다. 유라의 어깨와 백영의 왼팔에서 피가 튀었다.

"이런, 또 발작이네!"

마초가 이규를 향해 튀어나가려 할 때였다. 고구려의 왕자 계수가 팽이처럼 회전하면서 묵검을 휘둘렀다. 묵검은 시커먼 철로 된, 고구려군 장수 특유의 무기였다. 도끼가 양쪽으로 튕겨나며 팔이 벌어지자, 계수는 드러난 이규의 명치에다 어깨를 찔러 넣으며 날려버렸다.

"잠깐! 죽이면 안 됩니다."

백영이 고구려말로 황급히 외쳤다.

뒤로 튕겨지는 이규를 쫓아가 검을 내리치려던 계수가 움직임을 멈췄다. 그는 검을 내리고 비꼬듯 말했다.

"호위가 왕을 다치게 했는데도 살려두다니, 참 자비로우시구려."

"이규가 의도해서 한 일이 아닙니다. 그녀는 강한 대신, 정신이 불안정해요."

"전하의 호위이니 알아서 하시오."

그사이 유당과 유라가 양쪽에서 이규를 제압하여 일으켰다. 백영이 손을 뻗어 그녀의 머리를 어루만졌다. 얼핏 보기에는 쓰다듬는 것처럼 보였지만, 실은 틀어올린 양쪽 머리카락 뭉치 안쪽에 박힌 침을 자극하는 것이었다. 이규가 잠깐 눈을 부릅뜨더니 곧 평온해졌다.

"데려가요."

유라가 이규를 업고 나가자, 백영은 작게 한숨을 내쉬었다. 많이 안정됐다고 생각했는데 갑자기 이럴 줄은 몰랐다. 역시, 아직까지 진한성의 이름은 그녀에게 금기어였다. 아무렇지 않게 스스로 그를 입에 올릴 때가 있는가 하면, 어떨 때는 이름만 들어도 발작했다. 종잡을 수가 없으니 자신과 멀리 떨어진 곳에 둘 수가 없었다.

'아마, 관승을 접하면서 뭔가 더 예민하게 자극된 상태였던 것 같다. 그 상태에서 진한성의 이름을 듣자 완전히 평정을 잃은 거야.'

유당이 백영에게 깊이 허리를 숙여 사죄했다.

"전하, 송구합니다. 이규 앞에서 되도록 진 어르신의 이름을 입 밖에 내어서는 안 되는 것을…. 제가 그만 깜빡했습니다."

"괜찮아요. 다음부터 조심해주세요."

그 모습을 보던 마초가 콧방귀를 뀌었다.

계수는 어느새 뒤로 물러나, 막사 구석에서 돌아가는 상황을 지켜보고 있었다.

'유주왕…. 아버님의 말씀에 의하면 수하들의 절대적인 신임과 존경을 받고 있다 했는데, 어째 영 이상하구나. 태도가 불손한 자도 많고.'

한바탕 소란이 가라앉고 상황이 정리되었다. 유당이 다시 관승에 대한 얘기를 이어갔다.

"분명 관승은 귀신처럼 강합니다. 그러나 그 공격, 무기를 엄청난 길이로 늘려 범위 내의 것들을 단숨에 썰어버리는 그 공격은 연속해서 사용하지 못합니다."

"연속해서 사용하지 못한다?"

"예. 그게 가능했다면 처음의 일격으로 끝내지 않고 재차 아군에게 2격, 3격을 퍼부었겠지요. 제가 알기로, 공격과 공격 사이에는 일 다경(약 15분) 정도의 시간이 필요합니다."

마초가 어이없다는 투로 말했다.

"뭐야, 엄청 짧네? 그걸 가지고 뭘 하라고?"

"그 안에 범위 밖으로 피하거나, 아니면 그 공격을 못하게 해야지요."

"성벽 위에서 내리치기만 해대면 어떻게 피하냐고. 네 말대로라면 일 다경 안에 성벽 위로 올라가서 그 여자를 막아야 한다는 소리잖아."

"…좀 고민을 해봐야 할 듯합니다."

"아, 미치겠네. 평원성은 유비의 실질적인 근거지이니, 이곳을 점령하여 제일 큰 공을 세울 수 있는 기회였는데."

마초가 투덜거렸다. 막사 내의 공기가 무겁게 가라앉았다. 그때 누군가가 주위의 눈치를 보며 가만히 손을 들었다. 바로 여몽이었다. 그를 본 마초가 같잖다는 듯 내뱉었다.

"야, 수다쟁이. 지금 떠들 분위기 아니니까 잠자코 있어."

"아, 그게 아니라 한 가지 방법이 떠올라서 말입니다."

"뭐? 그게 뭔데?"

백영이 여몽을 바라보며 말했다.

"말해봐요."

"예, 그럼…."

백영의 허락을 얻은 여몽은 빠른 투로 자신의 생각을 줄줄 읊었다. 듣고 있던 이들의 얼굴에 점차 감탄의 빛이 떠올랐다. 좀 쓸데없는 말이 많이 섞여 있고 시끄럽긴 했지만, 마초도 묘안임을 인정했다.

"너 청무관 출신이라고 하지 않았냐? 그런데 머리도 제법 좋네?"

"하핫, 감사합니다. 사실 처음에는 청무관과 태학을 놓고 고민을 했습니다만, 아무래도 학문은 제 적성이 아닌 것 같고 무엇보다 매형을 따라다니면서 싸웠을 때가 즐거웠습니다. 제 휘하의 병사들을 거느려보는 것도 소원이었고요. 그래서 알아보니 청무관이라는 엄청난 교육기관이 있지 않겠습니까? 저는 입학하자마자 잠을 줄여가면서….”

“….”

마초는 이후로도 한참 이어진 여몽의 얘기를 들어야 했다.

다음 날, 물러갔던 유주 2군은 아침 일찍부터 뭔가를 부지런히 만들기 시작했다.

11

제북 공략전

통칭 유주군, 혹은 북부군으로도 불리는 용운 세력의 최대 강점은 기병이었다. 공손찬의 백마 부대 이후, 단일 병과로는 중원 최강이라 해도 과언이 아니었다. 초창기부터 안장과 등자를 적극 도입했으며 나중에는 발달한 철 가공기술로, 얇고 가벼우면서도 내구성이 뛰어난 갑옷을 기수와 말이 다 착용했다. 거기다 달리면서 한 손으로 쏠 수 있고 명중률이 높은 초소형 노까지 보급했다.

이런 유주군 기병의 제일가는 장기는 의외로 검술이었다. 용운은 검술 실력과 뛰어난 기마술을 위한 균형감각은 정비례한다는 사실을 포착하여, 청무관에서 검술 수련에 많은 시간을 할애했다. 가까이 붙기만 하면 어떻게든 될 거라고 접근했다가 검술에 도륙된 적이 무수했다. 덕분에 유주군 기병은 검술을 이용한 근거리, 삭과 돌진을 이용한 중거리, 노에 의한 원거리까지 모두 감당할 수 있었다. 그 정점을 찍은 부대가 바로 청광기였다.

그러나 유주군의 진정한 강점은, 아직 외부에 많이 알려지지 않은 공병이었다. 이게 많이 알려지지 않은 이유는 제대로 편성된 공병의 가세로 성을 공격당한 원소 세력이 멸망해버렸기 때문이다. 용운은 부품과 '호환'의 개념 일부를 공병에 도입했다. 즉 용운 세력의 모든 공성병기는 같은 크기의 나무못과 경첩, 바퀴 등을 사용했다. 못은 못대로, 바퀴는 바퀴대로 생산하고 몸체 또한 분리하여 만드니, 한 대가 파괴되어도 금세 새로운 공성병기의 조립이 가능했다. 이렇게 부품과 몸체가 따로 나뉜 형태로, 수레에 실어 보급 물자에 포함시켰다. 상대하는 적의 입장에서는 하루아침에 갑자기 공성병기가 솟아난 느낌이라 당황스럽기 이를 데 없었다. 더구나 그렇게 만들어진 공성병기 또한 초창기의 단순한 공성추나 공성탑 등에서 더욱 발전해서 강력하고 기이한 것들이 많았다.

갑자기 평원성에 나타난 관승에 대응하여, 여몽이 제안한 것도 그런 공성병기를 이용한 방법이었다.

"먼 거리에서 엄청난 속도로 내리쳐 쪼개버리는 공격…. 난감하기 그지없습니다만, 대응할 방법이 없는 건 아닙니다."

"그게 뭐죠?"

백영의 물음에 여몽이 내놓은 답은 이랬다.

"현재로서 그 공격의 약점은 공격 폭이 좁다는 것과 일 다경의 틈이 있다는 것입니다. 사실 병사를 수백 열로 줄 세워 진격해도 해결될 문제지만, 그사이에 희생이 엄청날 테니 대신 변형 공성탑을 만드는 겁니다."

"변형 공성탑이라… 더 자세히 말해봐요."

"옛. 공성탑 여러 대를 만들어, 병사를 싣고 사방의 성벽으로 다가갑니다. 해자 앞까지 접근했다면 탑을 다리와 사다리로 바꿔서 성벽을 오르는 데까지는 기존의 아군 전술과 같습니다. 다만, 그 과정에서 분명 예의 관승이라는 자가 공격을 해올 것입니다. 따라서 공성탑의 지붕과 뒷부분에 철판을 대어 방호력을 강화합니다. 설령 부서진다 해도 여러 장의 철판과 촘촘히 교차된 나무틀을 베는 사이 속도가 늦춰질 수밖에 없습니다. 병사들은 공성탑 1층에 탑승하되, 지붕이 파괴되는 기미가 있으면 그때 빠져나와도 늦지 않습니다."

"최악의 경우 다 부서진다고 치면 일 다경에 한 대씩 파괴되겠군요. 지금 아군이 조립 가능한 공성차의 수가 총 몇 대죠?"

"열두 대입니다."

"대략 한 식경 하고 반(3시간)…. 그래도 시간이 부족해요."

"방해를 해야지요."

그때는 다른 장수들도 여몽의 생각을 이해했다. 태학 출신의 책사, 설환이 말했다.

"발석차(투석기)를 같이 쓰면 되겠군요."

"바로 그겁니다."

유주군의 발석차는 연사 속도가 빠른데다 강력한 위력을 자랑했다. 일 다경이면 최소 성벽 세 곳에 큰 타격을 입힐 수 있었다. 그런 발석차 여러 대로, 성벽을 파괴함과 동시에 관승이 서 있는 곳 주변에도 돌을 날리는 것이다.

"그러면 돌을 피하려다 공성차를 놓치는 일도 생기겠죠. 공성차가 파괴되어도 앞서 말씀드렸듯 병사들은 살릴 수 있고요. 차에서 빠져나온 병사들은 일 다경의 시간이 있으니 산개하여 뒤로 빠지면 그만입니다. 병사 한두 명 죽이자고 일 다경의 시간을 허비하지는 않겠지요. 간격이 짧은 듯하나, 반대로 적이 한 번 실패하면 아군은 무조건 그만큼의 시간을 번다고 생각할 수도 있습니다. 애초에 상식을 초월한 관승의 공격에 너무 정신이 팔려 있었습니다. 굳이 가까이 다가가려고 무리할 필요가 없습니다."

설환은 고개를 끄덕이며 수긍했다.

"아군의 장점을 최대한 살려 한 가지가 아니라 여러 가지 방법으로 동시에 공격하는 복합 전술. 청무관뿐 아니라 태학에서도 배우는 내용인데…. 여자명 님의 말대로 너무 당황해서 떠올리지를 못했네요. 충분히 승산 있습니다."

"좋아요. 그렇게 합시다."

여몽을 치하한 백영은 즉시 공성탑과 발석차 등 공성병기의 조립을 지시했다. 특히, 공성탑은 여몽이 말한 대로 천장과 후면 부분에 철판을 추가로 덧대어 내구력을 높였다. 이미 규격화된 부품 형태로 운반해왔기에, 이틀이 지나자 총 열두 대의 공성탑과 여덟 대의 발석차를 조립할 수 있었다.

이전까지의 공성병기는 이동의 어려움에, 자재를 현지에서 조달하는 경우가 많았다. 그런 까닭에 적의 성 바로 근처에서 조립해야 했다. 따라서 적도 공성병기의 등장을 눈치채고 대비할 여유가 생겼다. 반면 유주군의 그것은, 기름 먹인 가죽을 바퀴 바깥쪽에 단단히 감고 죽은 철로 만들어 네 마리의 말이 충분히 끌고 갈 수 있었다.

관승의 공격에 예봉이 꺾여 퇴각한 사흘 후였다. 쿠르르릉— 도합 스무 대의 공성병기가 육중한 굉음과 함께 이동했다. 설환은 뒤쪽에서 그 광경을 보며, 옆에 있던 계수에게 뿌듯한 어조로 말했다.

"이런 일이 가능한 군대는 천하에 유주왕 전하의 군대뿐일 것입니다."

"과연, 나도 저런 것은 본 적이 없소."

계수는 특유의 무뚝뚝한 어조로 말했다. 그가 이 전쟁에 참전한 것은 용운과의 우의를 다지기 위한 이유도 있었지만, 그들의 앞선 기술과 전략을 봐두기 위해서이기도 했다.

얼마 후, 평원성이 다시 시야에 들어왔다. 발석차의 사정거리에 도달하자 공병들은 발석차를 세우고 몸체에 말뚝을 박아 땅에 단단히 고정했다. 반동에 대비하기 위해서였다. 동시에 열두 대의 공성탑은 각각 네 대씩, 세 방향의 성벽으로 이동했다. 거기에 맞춰 유주 2군도 세 무리로 나뉘었다.

투석 준비가 끝났음을 본 여몽이 외쳤다.

"공성탑, 전진하라!"

그는 책략을 낸 공을 인정받아 백영의 지시로 직접 공성 작전을 지휘하게 되었다. 마초는 직속 기병을 이끌고 만약을 대비해 발석차 근처에서 대기하고 있었다. 성벽이 파괴되거나 성문이 열리면 즉시 돌진하여 성 내부로 침투할 계획이었다. 그는 여몽을 보며 생각했다.

'저 녀석, 유당의 말에 의하면 청무관을 수석으로 졸업했다던데. 그럼, 무예 실력도 상당하다는 뜻이잖아. 그러면서 머리도 곧잘 쓰고. 거기다 아직 나이도 이십 대…. 뭔가 새로운 형태의 장수 같다는 느낌이 드는군.'

마초는 시대의 변화로 등장한 '참모형 장수'의 탄생을 지켜보고 있었다. 곽가가 전투 참모로서 한 시대를 풍미했다면, 이제 전장에서의 직접 지휘는 물론 장기간의 전쟁과 넓은 지역을 아우르는 전략에까지 통달한 자들이 두각을 드러냈다. 오에서는 그런 인재를 대도독이라 칭했으며, 그 시초는 주유였다. 대도독의 계보는 주유에서 노숙, 여몽 그리고 육손으로 이어졌다. 그중 둘이 용운의 손에 들어온 것이다.

"나왔다!"

긴장한 기색으로 평원성을 살피던 척후병이 외쳤다. 그는 즉시 깃발을 흔들어 관승의 등장을 알렸다.

"드디어 나타나셨군."

마초는 표정을 굳히고 관승을 주시했다. 멀어서 얼굴 생김까지는 안 보였지만, 움직임을 보기에는 충분했다.

"쏴라!"

여몽의 지시에 여덟 대의 발석차에서 일제히 바위를 날려 보냈다. 그중 하나가 정확히 관승을 향해 날아갔다.

"어엇!"

유주군 병사들이 탄성을 지르는 순간이었다. 번쩍! 섬광이 일더니 바위는 정확히 반으로 갈라져 관승의 양옆에 떨어졌다. 발석차에 의해 날아오는, 성인 몸뚱이만 한 크기의 바위를 공중에서 쪼갠 것이다. 그것을 본 여몽은 혀를 내둘렀다.

"괴물은 괴물이구먼."

그러나 그는 조금도 동요하지 않았다. 바위를 쪼갰다는 건 그 바위를 맞아서는 안 되었다는 뜻이다. 즉 저런 엄청난 무위를 가진 자라도 하늘에서 내려온 신장 따위가 아닌, 피와 살을 가진 사람이라는 의미였다. 여몽의 진정 무서운 점은 이것이었다. 평소에는 순진한 수다쟁이처럼 보이지만, 일단 전장에 나서면 어지간한 일에는 흔들리지 않는 냉철한 장수로 돌변한다.

"아싸, 일 다경 벌었네. 두 번째 장전하라!"

발석차에 다시 바위가 장전되었다. 첫 번째 투석으로 이미 성벽 한 곳이 조금 무너져 내렸다. 열두 대의 공성탑에 탄, 총 이천오백여 명의 병사들이 성벽 가까이 다가간 것은 덤이었다.

"이건…."

망루에서 지켜보던 양수가 황급히 관승에게 달려가 말했다.

"관승 님, 적병이 공성탑에 탑승한 채 접근하고 있습니다. 어서 저 공성탑을 부숴야 합니다."

"…지금은 안 돼."

"예? 어째서요?"

"방금 투석 공격을 막느라 얼떨결에 대기 가르기를 써버렸다. 다음번에 공격할 때까지는 일 다경 정도의 시간이 필요하다."

"그런…. 전 몰랐습니다."

"적들 중 나에 대해 아는 자가 있는 게 분명하다. 아마도 유당 남매겠지."

그러는 사이 어김없이 두 번째 투석 공격이 시작되어 사방에 굉음이 일었다. 성벽 위에 서 있던 양수가 비틀거렸을 정도의 충격이었다.

'이러다 성벽이 얼마 못 버티겠다.'

이변을 느낀 서서도 성벽 위로 허겁지겁 올라왔다. 양수와 관승을 본 그가 말했다.

"적이 공성병기를 이용해서 성벽을 공격하기 시작했습니다."

"알고 있습니다. 저렇게 사정거리가 긴 발석차가 있다니…. 일단 공성탑의 접근을 막아야 할 터인데."

"불화살을 쏴서 공성탑을 태우기로 하지요."

"그게 좋겠습니다."

곧 궁수들이 성벽 위에 바삐 올라와 불붙인 화살을 날리기 시작했다. 이 시대의 공성탑은 보통 윗부분에 가죽을 대었기에 불에 취약했다. 처음에는 용운 세력의 그것도 마찬가지였지만, 지금은 좀 달랐다. 위에다 가죽 대신 철판을 보강한 상태인 까닭이었다. 불화살은 꽂혀서 불을 붙이기는커녕 맞는 족족 쇳소리와 함께 튕겨나가 버렸다.

한데 그중 한 대가 운 없게도 바퀴에 불화살을 맞았다. 기름 먹인 가죽으로 순식간에 불이 번졌다. 바퀴 하나가 타버리자 공성탑은 균형을 잃고 기우뚱하더니 옆으로 쓰러졌다. 안에 탑승했던 병사들은 관승의 공격이 가해진 줄 알고 기겁해서 뛰쳐나왔다. 관승은 그 병사들 중 움직임과 기도가 심상치 않은 자가 있음을 보았다. 그 공성탑에는 방덕이 함께 타고 있었다. 병사들 틈에 섞여서 위로 올라가 성벽을 지키는 적군을 최대한 빨리 제압하기 위해서였다.

'이런…. 공성탑마다 저런 자들이 타고 있다면, 저 공성탑들을 접근시켜선 안 된다.'

관승이 낮은 목소리로 중얼거렸다.

"나가서 싸울까?"

그 말에 서서가 강력하게 반대했다.

"안 됩니다! 지금 관승 님이야말로 우리의 유일한 희망입니다. 관승 님을 끌어내는 것이야말로 적들이 바라 마지않는 일입니다."

"허나 이대로 있다가는 성벽이 붕괴된다."

"조금만 버티면, 분명 태수님께서 돌아오실 겁니다. 태수님의 부대는 아군의 최정예입니다. 지금 성을 공격하느라 바쁠 때 뒤에서 들이친다면 큰 타격을 줄 수 있습니다."

"음…. 그럼 성벽에 가까이 접근하는 순서로 격파하겠다."

"예, 그래주십시오."

관승은 성벽 위에 버티고 서서 제일 가까이 접근하는 공성차를 확인하려 했다.

그녀를 유심히 살피던 여몽이 외쳤다.

"3번, 속도 늦춰. 너무 빠르다! 7번, 8번은 좀 더 빠르게!"

남은 열한 대의 공성탑은 여몽의 지휘에 따라 거의 비슷한 거리를 두고 성벽에 접근하고 있었다.

관승은 거슬린다는 듯 여몽을 바라보았다.

'그래, 머리를 없애면 몸뚱이도 죽는 법. 그냥 저자를 노리면 되겠구나.'

그녀는 여몽이 있는 방향의 성벽으로 움직였다. 그러자 여몽은 즉각 말을 달려서 다른 쪽 성벽으로 움직였다.

"…?"

관승은 재차 그를 따라가 같은 방향의 성벽에 서려 했다. 여몽은 다시 말을 몰아 또 다른 쪽 성벽 앞으로 이동했다. 이러길 몇 차례 반복하자, 관승은 그녀답지 않게 얼굴이 붉으락푸르락해졌다. 참천언월도로 발휘하는 천기, 대기 가르기는 엄청난 사정거리와 위력을 가졌다. 그러나 일 다경이라는 대기 시간 외에 한 가지 단점이 더 있었으니, 준비 동작이 필요하고 극단적으로 일직선이라는 것이었다. 물론, 이는 평소에는 거의 단점이 되지 못했다. 수평이나 대각선으로 베어버리거나 적이 알지도 못할 먼 거리에서 베면 그만이니까.

문제는 지금 관승이 성벽 위에 있다는 점이었다. 목표와 마주보는 위치에 서 있지 않으면, 기술의 특성상 성벽 모서리까지 한꺼번에 잘라버리게 된다. 그리 되면 지켜야 할 성벽을 파괴하게 됨은 물론, 목표물은 목표물대로 놓칠 가능성이 컸다.

"저 여우 같은 놈이…."

관승은 자신을 기준으로 오른쪽 성벽으로 이동해, 보란 듯이 공성탑을 지휘하는 여몽을 보며 이를 갈았다.

"저거 곰처럼 생겨가지고 완전히 여우 같은 놈이네."

마초 또한 여몽의 움직임을 보고 혀를 내둘렀다. 그것을 보고서야 그도 깨달았다. 그 무시무시한 베기를 쓰기 위해선 상대가 정면에 위치해 있어야 한다는 사실을. 상상을 초월하는 무력 앞에서 모두가 혼란에 빠진 와중에, 여몽은 그 점을 정확히 파악한 것이다.

계수 또한 좀 떨어진 곳에서 전황을 지켜보고 있었다.

'확실히 대단한 장수, 그리고 대단한 전법이다. 단, 시간이 너무 소요된다.'

여몽이 공성탑을 이동시키는 방식은 어쩔 수 없이 제일 느린 개체의 속도에 맞춰졌다. 무리해서 속도를 올리는 것보다 잠시 대기했다가 다시 출발하는 편이 훨씬 수월해서였다. 그러다 보니 전체적인 진행이 느려지고 있었다. 평원성에서는 계속해서 불화살을 맹렬히 쏴댔다. 급기야 두 번째 공성탑이 불타 쓰러졌다.

'여기서는 우리가 도움을 줘야겠구나. 고구려 식으로 말이야. 개마무사의 실력도 보여주고 생색도 좀 낼 겸.'

계수는 백영에게 다가가 뭔가를 말했다. 조금 놀란 표정이던 백영이 고개를 끄덕였다. 곧 계수의 지휘에 따라 고구려군이 은밀하게 움직이기 시작했다.

평원성을 공격하던 유주 2군이 관승이라는 뜻밖의 암초를 만나 시간을 지체하는 사이. 제갈량과 조우하여 평원성이 위태로움을 알게 된 유비군은 전속력으로 회군하고 있었다. 마침내 주태와 합류한 조운 또한 제북성을 맹렬히 공격하는 중이었다.

"전하를 뵙습니다."

오랜만에 용운을 본 주태는 감격에 겨워 무릎을 꿇고 외쳤다.

용운은 주태의 어깨를 두드리며 진심으로 말했다.

"먼 곳에서 홀로 고생했어요, 유평."

"아닙니다."

옆에 있던 진도는 주태의 목소리에서 울먹임을 느끼고 속으로 적이 놀랐다. 늘 무표정하고 말수 적던 주태의 저런 모습은 처음 보았다. 그리고 또 감탄했다.

'이 사람이, 유주왕?'

실로 아름답다. 진도가 제일 먼저 한 생각은 그것이었다. 정녕 이 세상의 것 같지 않은 아름다움이 아닌가.

주태를 치하한 용운은 진도를 향해 부드럽게 고개를 돌렸다. 은발이 반짝이며 흔들리고 영롱한 빛을 머금은 눈동자가 그를 향했다. 진도는 저도 모르게 주태처럼 무릎을 꿇으며 말했다.

"저는 진도라고 합니다. 자는 숙지를 씁니다. 전하를 뵙게 되어 영광입니다."

주태는 굳이 진도에 대해 용운에게 설명하거나 소개하지 않았다. 서주로 떠나기 전, 진도를 반드시 포섭하라고 명한 장본인이 용운이었기 때문이다.

'전하께서는 모든 걸 알고 계신다.'

용운은 진도를 물끄러미 바라보며 생각했다.

'역시, 기대를 저버리지 않네.'

무력 武力 : 88	진도 숙지	정치력 政治力 : 52
통솔력 統率力 : 84	돌격 突擊 맹공 猛攻	매력 魅力 : 72
지력 智力 : 76	호위 護衛 기사 騎射	호감 好感 : 75

용운이 이 세계에 와서 경험한 바에 의하면, 장수들은 대개《삼국지연의》나 그가 하던 게임의 기록과 능력치가 비슷했다. 그 두 곳에서 강하게 묘사되면 실제로도 능력치가 높았다. 그러나 몇 사람 예외가 존재했는데, 그중 하나가 바로 진도였다. 진도는 원래도 '명성과 관직은 조운에 버금'갔다고 정사에 소개되어 있지만, 정작 구체적인 기록은 없었다.

제갈량이 형 제갈근에게 보낸 서신에 의하면 이렇다.

— 형장(제갈근)께서 백제성의 군사가 비정예병일까 봐 근심하셨는데, 진도가 통솔하는 군사는 선제(유비)의 군사들 중에서도 백이(白彝, 사천 일대에 거주하는 소수민족 중 이족이 있는데, 이족 남자들은 흰 모전으로 지은 옷을 입어서 이들로 이뤄진 군대를 백이라 함)로서 촉의 정예부대입니다. 만약 수가 적은 것이 근심된다면 강주의 군사를 이동시켜 병력을 강화할 것입니다.

제갈량의 성격상 무능한 인물에게 최정예병을 주어 요지를 맡길 리가 없었다. 원래 진도는 유비를 따랐어야 했는데, 그가 서주에 머무르지 않았으므로 그럴 일도 없어졌다. 이에 용운은 일찌감치 진도를 점찍고 있었다.

'어찌 보면 자룡 형님의 마이너 버전이군. 아직 젊은데다 수명도 긴 편이니 한참 더 성장할 것이고.'

그리고 용운 자신과 만났으므로 그 성장은 가속화되리라. 이것은 조운과 장료 등의 변화를 보며 알게 된 사실이었다. 위원회라는 실제 역사에는 없던 강대한 적을 마주하게 되고 용운으로부터 알게 모르게 현대의 문물과 관련되어 영향 받은 이들은 대개 원래 역사보다 성장했다. 특히, 직접 천강위와 싸워 죽을 고비를 넘겼거나, 청무관을 졸업한 이들의 경우 그런 특성이 두드러졌다.

'이번 싸움이 끝나고 돌아가면 진도도 청무관에 넣어버려야지.'

용운은 진도의 손을 잡아 일으키며 치하했다.

"얘기 많이 들었어요. 여러 가지로 유평을 도와주고 내게 와줘서 정말 기쁩니다. 앞으로의 활약을 기대할게요."

'더 빡세게 굴려서.'

"가, 감사합니다!"

진도는 용운의 속도 모르고 크게 감격했다.

주태와 몇 년 만의 재회였으나, 상황이 상황인지라 따로 연회는 열리지 않았다. 이제부터는 시간 싸움이기에 더욱 그랬다. 간단히 인사를 마친 주태는 곧 남쪽 성벽 앞으로 이동했다. 조운 또한 서쪽 성벽에 진채를 차렸다. 제북성 안에서는 용운 부대의 여유로운 움직임에 바짝 긴장한 기색이었다. 성벽 위에 까맣게 늘어선 적 궁병이 보였다.

"제북상 포신은 들으라. 유주왕 전하께서 너그러운 마음으로 사신을 보내어 화친을 제안했는데, 그대는 무도하게도 그를 숙여 높은 뜻을 훼손했다. 이에 그 죄를 물어 공격하려 한다."

"웃기고 있구먼."

포신은 작게 중얼거렸을 뿐 대응하지 않았다.

형식적인 선전포고가 끝난 뒤, 공성이 본격적으로 시작되었다. 시작은 창 여러 자루를 들고 앞에 나선 조운이었다.

"형님, 정말 괜찮으시겠어요?"

용운의 걱정스런 말에 조운은 씩 웃어 보였다.

"이 조자룡, 지난 오 년간 관도성에 틀어박혀서 뭘 했겠습니까? 수련만 죽어라고 했습니다. 이제 그 성과를 보여드리지요. 모르긴 해도 적의 기를 좀 꺾을 수는 있을 겁니다."

매사에 겸손한 조운이 이렇게까지 말할 때는 확실히 자신 있다는 의미였다. 용운은 그를 말리는 대신, 대인통찰로 조운을 살폈다.

'그러고 보니 그사이에 형님의 능력치가 얼마나 변했는지 확인을 안 했구나. 어디, 오랜만에 한번….'

조운의 능력치를 본 용운은 깜짝 놀랐다.

조운 자룡
朝雲 子龍

무력 武力 : 122 (+5)	정치력 政治力 : 55
통솔력 統率力 : 85	매력 魅力 : 84
지력 智力 : 74	호감 好感 : 100

조가창법 趙家槍法 분기 奮起
냉정 冷靜 돌파 突破 섬전 閃電
불굴 不屈 연섬전 連閃電
무한섬전 無限閃電
공간참 空間斬

몇 년 전 가장 최근에 봤던 조운의 무력은 108이었다. 목홍과 뇌횡을 상대했을 무렵이었다. 한데 이제 122, 아마 총방도 덕에 더해졌을 5까지 합하면 무력 127의 무력 수치를 자랑했다. 통솔력도 82에서 85로 올랐고 지력도 70에서 74로 상승했다. 조금 떨어진 정치력만 제외하면 모든 수치가 골고루 올랐다.

'하긴, 그사이 혼자서 천강위의 장청을 격파하기도 했었지. 그때 많이 다치긴 했지만…. 그러고서도 오 년 넘는 시간이 흘렀고. 지금 형님의 나이가 서른다섯이니, 절정기를 향해 가는 중이다.'

또 한 가지 눈에 띄는 것은 '공간참'이라는 새로운 기술이었다. 용운의 기억대로라면, 분명 검후가 쓰던 특기다.

'어머니가 공간참을 쓸 때 곁에 있다가 보고 익힌 걸까? 아니면 내가 모르는 사이 전수해주신 걸까….'

어느 쪽이든 용운은 뭔가 이상하게 뭉클했다. 자신 외의 다른 누군가도 어머니를 소중하게 기억한다는 것. 그리고 어머니가 쓰던 무기를 들고, 그녀의 기술을 이어받아 사용한다는 것이 묘한 감동을 줬다. 아무튼 이 정도 수치라면 천강위, 그중에서도 고위급 외에 조운을 해할 자는 없을 듯했다.

"알겠습니다, 형님. 뭐, 포신에게 개인적으로 원한은 없지만, 하필 유비한테 붙은 것도 잘못이라면 잘못이니 혼쭐을 내주세요."

"하하, 그러지요."

용운은 전군에 돌격 준비 태세를 갖추게 하고 조운을 지켜보았다. 다른 쪽 성벽에서는 주태와 진도 등이 부지런히 공성을 준비하고 있었다.

"응? 지금 저자가 뭘 하려는 것이냐?"

망루에 있던 포신의 물음에 눈 좋은 수하 하나가 답했다.

"저자는 관도성을 지키던 조운 자룡이 분명합니다. 창을 여러 자루 들고 나왔습니다."

"던지기라도 하겠다는 건가? 어차피 여기까지 닿지도 않을 터인데."

팟! 포신이 말을 마치자마자 조운이 창 한 자루를 던졌다. 창은 우아한 포물선을 그리며 날아와 성벽 아랫부분에 꽂혔다. 그것을 본 제북성의 병사들이 일제히 야유했다. 엉뚱한 곳을 맞혔다고 여겼기 때문이다. 조운은 신경 쓰지 않고 두 번째 창을 던졌다. 이번에는 첫 번째보다 좀 위쪽에 꽂혔다. 살짝 긴장했던 수비병들이 또 야유를 퍼부었다.

그러거나 말거나 연이어 세 번째, 네 번째 창이 날아와 박혔다. 어느 틈에 야유 소리는 사라지고 정적이 감돌았다. 총 다섯 자루의 창이 일정 간격을 두고 정확히 일렬로 꽂혔기 때문이다.

"그럼, 한바탕 날뛰고 오겠습니다."

오른팔에 강철창을 끼고 왼손에는 총방도를 든 조운이 말했다. 발에는 천강위 뇌횡이 신었던 유물, '중력 조절의 장화'를 신고 있었다. 처음 손에 넣었을 때는 적응하기가 어렵고 사용법도 정확히 몰라 한동안 보관해두기만 했다. 그러다 지난 오 년 사이, 더 강해질 필요성을 절감하고 피나는 노력 끝에 자유로이 사용할 수 있게 되었다. 그는 무서운 속도로 달려 나갔다.

"저런 미친놈. 쏴, 쏴라!"

성벽 위의 지휘관이 다급히 외쳤다. 잔뜩 긴장하고 있던 병사들이 일제히 화살을 쐈다. 수천 발의 화살이 하늘을 까맣게 뒤덮다시피 하며 날아올랐다가 아래쪽으로 떨어졌다. 그러나 쉴 새 없이 움직이며 다가오는 목표, 그것도 단 한 사람을 맞히기란 쉬운 일이 아니었다. 그나마 조운에게 정확히 떨어진 화살은 총방도를 휘둘러 쳐내버렸다. 총방도가 어떤 무기인가. 모든 공격을 막아내기에 총방도였다.

성벽 앞에 다다른 조운은 자신이 던진 창대를 밟고 뛰어올랐다. 두 번째, 세 번째. 다섯 번째 창대를 밟고 크게 뛴 조운은, 허공에서 화려하게 창을 휘둘러 병사들을 쓰러뜨린 뒤 착지했다. 몇 차례의 도약으로 성벽에 올라버린 것이다. 조운 자신의 근력과 순발력에 유물의 힘이 더해진 결과였다.

말 그대로 호랑이에게 날개를 달아준 격이었다. 병사들이 조운에게 몰려들었지만, 달려드는 족족 창대에 맞거나 창날에 찔려 쓰러졌다. 포신에게는 가뜩이나 변변한 장수가 없었다. 하물며 평범한 병사로 조운을 감당하기에는 역부족이었다. 이를 보던 용운은 크게 기뻐하며 외쳤다.

"저것이 유주의 대장군, 조운 자룡입니다. 자, 전군 진격하세요!"

12

위험한 책략

와아아아아! 조운의 활약에 유주군은 사기가 크게 올랐다. 대장군이 직접 뛰어들어 적을 헤집으니, 그 모습을 보는 병사들은 피가 끓고 용기가 솟았다.

주태가 그 틈을 놓치지 않고 외쳤다.

"전군, 돌격하라! 장군의 뒤를 따르라!"

여러 대의 전호차를 앞세운 유주군이 일제히 달려 나갔다. 전호차란, 앞쪽에 거대한 방패 형태의 벽을 세운 수레였다. 벽은 적의 화살과 투석 등을 막는 역할을 했다. 벽 뒤쪽에는 주로 흙이 든 자루 등을 실어서 해자를 메웠다.

"마, 막아라!"

이를 본 수비병들이 기름주머니를 던지려 했지만, 순식간에 다가온 조운의 공격으로 쓰러졌다. 수천 명의 병사들이 조운 한 사람을 제대로 막지 못하고 있었다. 아니, 이제는 조운 하나가 아니었다. 그가 시선을 끈 틈에 연이어 창을 밟고 사린도 뛰어올라간 것이다.

"치, 자룡 아찌, 치사해. 혼자서만 재밌는 거 하고!"

올라온 사린을 본 병사들이 주춤했다. 그녀는 시간이 흘렀어도 여전히 처음 소녀의 모습 그대로였는데, 그 겉모습에 혼란이 온 것이다. 사린은 앞을 막아선 병사들에게 해맑게 웃었다.

"안녕?"

"너, 너는 누구냐?"

"그리고 미안!"

특기 발동, 오구오구 娛俱娛俱!

사린은 거대한 망치를 들더니 풍차처럼 회전하기 시작했다. 수비병들에게는 재앙이었다. 가뜩이나 좁은 성벽에서 망치를 휘두르면서 회전해대니 피할 곳이 없었다.

"으아아악!"

망치에 맞은 병사들이 성벽 아래로 우수수 떨어졌다. 성월은 연신 화살을 날려 수비병을 쓰러뜨렸으며 이랑도 곧 뒤따라 올라가 흑광을 뿜어댔다. 성벽 위는 순식간에 아수라장이 되었다. 그사이 해자 앞에 접근한 유주군은 전호차에 실었던 흙 부대를 던져 해자를 메우기 시작했다.

망루에서 전황을 지켜보던 포신이 초조하게 말했다.

"왜, 원군은 아직까지 소식이 없는 것이냐?"

옆에 있던 수하가 말했다.

"분명 평원성에서 출격했다는 전갈은 받았는데, 좀 늦어지는 듯합니다."

"그럼 조금만 버티면 된다. 모두 포기하지 말고 힘내라고 일러라."

"예…."

그러나 답하는 수하도, 말하는 포신도 표정이 어두웠다. 싸움이 시작된 지 이제 고작 한나절이 지났다. 한데 벌써 성벽을 적장에게 점령당했다. 머릿수로 밀어붙이곤 있지만 얼마나 버틸지 알 수 없었다.

'유주군의 힘이 이 정도라니….'

제북성은 결국 사흘 만에 함락되었다.

포신과 진군이 최선을 다해 버텼으나, 파죽지세와 같은 유주군의 공세를 막을 방도가 없었다. 성을 지키는 쪽의 머릿수가 공격하는 쪽보다 다섯 배나 많았음에도 불구하고 패배하는 초유의 사태가 벌어진 것이다. 비록 조운과 주태, 사천신녀 등의 무력이 큰 역할을 하긴 했지만 일반 병사들의 수준도 차원이 달랐다. 제북성의 병사들이 양민에 가깝다면 유주군은 직업군인이나 마찬가지였다.

'처음부터 진 싸움이었나. 이통이 괜히 항복한 게 아니었어….'

포신은 성안으로 몰려드는 유주군을 망루에서 바라보며 생각했다.

포신과 진군은 사로잡혀 포박당한 채 대전으로 끌려왔다. 둘 다 달아날 생각을 않고 끝까지 싸운 탓이다.

누대에 앉아 있던 용운은 두 사람을 보자마자 황급히 달려가 직접 포승줄을 풀며 말했다.

"이런 결례를 저지르다니…. 미안합니다."

포신은 잠깐 멍해져서 용운을 응시했다.

'이 남자가 유주왕?'

아름다웠다. 그러나 포신은 그 아름다움이 요사스럽게 느껴졌다. 그 아래에 무엇이 있는지 알고 있기에. 이미 크게 한 번 당한 그가 으르렁댔다.

"무슨 수작이오? 내 그대가 양의 탈을 쓴 늑대라는 것쯤은 이미 알고 있소!"

"양의 탈이라니요? 전 탈 따위 쓴 적이 없어요. 저는 그냥 늑대입니다."

용운은 하얗게 웃었다.

그 말에 포신과 진군은 오히려 말문이 막혔다. 진군이 먼저 입을 열었다.

"허자원(허유)을 보내 차도살인지계를 써서, 주공으로 하여금 손을 더럽히게 하고 그대는 명분을 얻은 걸 알고 있소. 군자로서 어찌 그런 악독한 계책을 쓴단 말이오?"

용운은 여전히 은은한 웃음을 띤 채 말했다.

"진장문 님이시군요. 뵙게 되어 반갑습니다."

용운이 자신을 알고 있을 줄은 몰랐던 진군은 움찔했다.

"군자라…. 애초에 전쟁하려고 마음먹은 이상 군자가 어디 있겠습니까? 군자라면 애초에 창과 칼을 잡지 말아야지요."

"허, 허나 넘지 말아야 할 선이 있는 법이오."

"그 선을 먼저 넘은 건 포신 님이십니다."

"그게 무슨!"

"서신을 이용한 격장지계는 흔히 쓰는 책략입니다. 오히려 피를 보지 않는 방법이니, 이쪽이 더 군자에 가깝다고 할 수 있겠네요. 한데 포신 님은 서신만 보고 사실 여부도 확인하지 않은 채 허자원을 베었다고 들었습니다. 노했다고 해서 사람을 죽이는 것은 과연 군자다운 태도입니까?"

"…."

진군은 그만 입을 다물었다. 애초에 내정형 책사인 그가 전술이나 책략으로 용운을 상대하기는 어려웠다. 너무 허무하게 진 게 분해서 트집을 잡은 것일 뿐, 이제 와서 따져봐야 의미도 없었다. 오히려 지금은 유비의 원군이 결국 끝까지 오지 않은 게 더 원망스러웠다. 이는 포신도 마찬가지였다.

'유현덕, 신의가 있는 사람이라 여겼는데 제일 간절할 때 나를 저버리다니.'

용운이 입을 꾹 다물고 있는 포신에게 말했다.

"저는 제북상에게 개인적으로 아무런 원한이 없습니다. 오히려 한때 힘을 합쳐 동탁을 맞아 싸웠던 동지라고 할 수 있지요. 제게 투항하신다면 이제까지 해오신 대로 제북을 다스리게 하지요. 물론 제북상의 자리도 그대로 유지시켜 드리겠습니다."

"…나는 되었소. 그보다 여기, 장문을 해치지 말고 써주시오."

그 말에 진군이 깜짝 놀라 외쳤다.

"주공! 어찌 그러십니까?"

"이유야 어쨌든 난 이미 한 번 조맹덕을 떠나, 유현덕에게 의탁했던 몸이오. 한데 이제 와서 또 싸움에 졌다고 그를 저버리고 유주왕에게 붙는다면 천하의 비웃음을 살 것이오. 사내로서 어찌 그렇게 살겠소?"

용운은 포신의 강직한 태도에 안타까운 마음이 들었다. 죽이기에는 아까운 사람이었다. 그러나 한편으로는 그의 마음을 되돌릴 길이 없음을 느끼고 있었다. 그 증거로 호감도가 20에서 전혀 움직이지 않았다. 아니, 오히려 설득하는데도 조금씩 내려갔다.

'이런 일은 처음이다. 아마도 상성 같은 게 작용하는 거 아닐까? 아니면, 내가 허유를 이용하여 쓴 계책이 포신에게 돌이킬 수 없는 거부감을 심어줬거나.'

정확히는 둘 다였다. 포신은 정사에서 마지막까지 조조의 친우이자 동맹이었는데, 그 조조는 지금 용운과 철천지원수였다. 그가 비록 조조의 학살에 실망하여 떠났다곤 하나, 바로 용운에게 끌릴 정도는 아니었다. 즉 애초에 안 맞는 사이라는 것도 있었다.

게다가 용운이 어찌 보면 음험하다고까지 할 수 있는 계책을 쓰면서, 거기 걸려들어 제 손으로 허유를 죽인 포신은 도저히 마음이 열리지 않았다. 이 사람 밑에서 일하느니 차라리 죽겠다고 결심했을 정도로. 도저히 한편이 될 것 같지 않은 사람 때문에 여기서 시간과 감정을 낭비할 순 없었다. 그렇다고 가둬두거나 풀어주기도 꺼림칙했다. 포신 정도의 능력이라면 반드시 유비에게 돌아가서 적으로 나타날 것이기 때문이다.

이미 필요 이상의 관용은 아군의 희생으로 돌아옴을 경험했다.

예전에 봉기를 사로잡았을 때도 회유하려 시도했으나 실패했다. 그때는 차마 죽이지 못하여 가둬뒀다가 풀어주며 원소에게 의심을 사 죽게 하려 했었다. 하지만 그 결과는 봉기가 마지막까지 원소 옆에서 활약하는 형태로 돌아왔다. 그를 처음부터 죽였다면 하다못해 아군 병사 몇 명이라도 더 살릴 수 있었으리라. 어쩌면 마지막에 순심이 자폭한 것 또한 봉기의 머리에서 나온 계책일지 누가 알겠는가. 용운은 가만히 고개를 젓고 말했다.

"가솔들은 평생 편안히 살 수 있도록 해드리겠습니다."

"고맙소."

"고통 없게 보내드리도록 하세요."

포신은 다시 묶인 채 병사들에게 끌려 나갔다. 도저히 아군이 될 것 같지 않은 적은 죽인다. 이것 또한 용운이 이전과 달라진 점이었다.

"장문."

용운의 부름에 진군은 화들짝 놀라 답했다.

"예, 예!"

그가 훗날 재상의 반열에까지 오르는 정치가이며 엄격하게 법을 집행한 깐깐한 원칙주의자이긴 하나 아직 서른여섯 살의 한창 나이였다. 아직 제대로 이뤄놓은 것도 없어 삶에 대한 미련이 남았는데, 눈앞에서 포신이 사형장으로 끌려가는 광경을 보자 더럭 겁이 났다. 게다가 포신에게 의리를 지키기 위해 죽음을 택할 정도로 오래 모시지도 않았다. 용운은 진군의 그런 심리를 꿰뚫고 있었다.

'포신이 정사에서의 원래 주군도 아니고 말이지. 유비나 조조라면 모를까. 그 두 사람을 만나기 전에 내 손에 넣었으니, 진군 쪽은 충분히 가능성이 있다.'

용운은 진군을 향해 일부러 더 냉랭한 어조로 말했다.

"그대의 생각도 포신과 마찬가지인가요? 난 그대를 중히 쓰려 했는데, 싫다면 여기서 죽이는 수밖에 없습니다. 그대 정도의 재주라면 반드시 훗날 큰 장애가 되어 내 앞을 가로막을 테니까요."

"아니, 아닙니다. 풀어주신다면 시골에 내려가서 조용히 살고 싶습니다."

이는 진군의 마지막 자존심이었다. 사실 그 또한 포신과 마찬가지로, 허유를 이용한 계책 때문에 용운에게 꺼림칙한 감정도 있었다. 그러나 용운은 그마저도 허락하지 않았다.

"요즘 같은 때에 조용히 살고 싶다고 해서 세상이 그렇게 둘 것 같아요?"

"…."

"그리고 내가 운영하는 청낭원의 의술은 천하제일입니다. 부친의 병도 금세 낫게 해줄 겁니다."

"아…."

용운은 제북성을 공격하기 전부터 이미 진군의 곁에 사람을 붙여 그에 대해 조사하고 있었다. 그의 가장 큰 근심은 아버지의 병환이었다. 청낭원에 대한 소문은 진군도 들어 아는 바였다. 흔들리는 그에게 용운이 한마디를 덧붙였다.

"내 그늘에 들어오세요. 나시는 이런 일을 겪지 않게 해줄 테니. 부끄럽지만, 나는 이미 기주목이던 시절 업성을 한 번 빼앗긴 적이 있어요. 그 후로 다시는 내 성과 내 사람을 누구에게도 내주지 않겠다고 맹세했습니다."

"후우…."

"내 곁에 있다가 약속을 지키지 못하면 떠나도 좋아요. 그때까지만 그대의 재능을 써줘요. 내가 아니라 백성들을 위해서."

진군은 멍하니 용운을 바라보았다. 그는 이제까지 한 번도 이렇게 진심에 찬 구애를 받은 적이 없었다. 그랬다. 그에게는 마치 달콤한 구애처럼 들렸다. 그러자 조운과 주태 등 용운의 장수들이 보였던 신위가 눈앞을 스쳤다. 심지어 그들은 용운이 거느린 인재의 일부에 불과했다.

'이 사람 밑에서라면 내가 꿈꾸는, 법에 따라 통치하는 세상을 만들 수 있을지도 모른다.'

적에게는 음험한 계책도 마다하지 않으나, 가신과 백성은 끔찍이 위하는 자. 어느새 용운에 대한 진군의 감정은 그런 쪽으로 서서히 바뀌고 있었다. 진군은 마침내 고개를 끄덕이고 말았다.

"알겠습니다. 저의 부친까지 챙겨주시니 따르지 않을 도리가 없군요. 이 진장문, 부족하나마 전… 하를 위해서 성심을 다하겠습니다."

"아, 고마워요!"

용운은 뛸 듯이 기뻐하며 그 자리에서 진군을 공조로 임명하여 당분간 자신을 수행하게 했다. 그리고 우번을 불러들여 제북의 상으로 앉혔다. 아무렇게나 정한 게 아니라, 지력과 정치력 그리고 용운 자신에 대한 호감도 추이 등을 살펴 정한 조치였다. 진군은 아직까지 가까이에서 살필 필요가 있었다.

제북을 함락하고 불과 이틀 후, 용운은 조운과 주태의 부대를 합쳐서 재편한 다음 곧장 평원성을 향해 출진했다. 병사들의 휴식을 중요하게 여기는 그로서는 드문 일이었다.

"전하, 날씨 때문에 서두르시는 거예요?"

청몽이 물었다. 가을 무렵 시작한 원정은 이제 이래저래 한 달이 가까워지고 있었다. 북진하면 겨울은 더 빨리 찾아올 것이다. 벌써 뺨에 와 닿는 바람이 제법 차게 느껴졌다.

"그것도 있지만, 꼭 그것만은 아니야."

"유비는 제북으로 아예 원군도 보내지 않았어요. 그걸 봐선 전하께 잔뜩 겁먹은 게 아닐까요? 어쩌면 마초 부대에 포위당해서 평원성에 틀어박혀 있는 상태일 수도 있고요."

"그럴지도 모르지. 그런데 예감이 별로야. 며칠 전부터 전령도 오지 않고 있고…."

용운은 조금 굳은 표정으로 말했다. 관승이 모습을 드러냈다는 데까지는 보고를 받았다. 그가 출진을 더욱 서두른 이유이기도 했다. 한데 그 후로 전혀 전갈이 없어서 더 찜찜했다.

'관승이 엄청난 강자라곤 해도 아군에게는 마초와 방덕, 여몽, 조개에다 고구려 부대까지 있어. 설마 다 당한 건 아니겠지?'

그때 앞쪽에 있던 진도가 알려왔다.

"전하, 남피에서 사람이 왔습니다."

남피 또한 평원성 못지않게 중요한 근거지였다. 장료와 장합, 서황, 사마의를 모두 투입하여, 가장 심혈을 기울인 공략 대상이기도 했다. 용운은 반색하며 흑영대원을 맞이했다.

"그래, 어찌 되었나요?"

"그것이…."

흑영대원의 어두운 눈빛에 용운은 심장이 덜컥 내려앉았다.

열흘 전, 남피성의 유주 1군 수뇌부 막사.

회의 중이던 장료가 그답지 않게 욕설을 내뱉었다.

"제길, 저 개 같은 년을 어떡하면 좋지?"

"문원."

장합의 나직한 목소리에 장료가 한숨을 내쉬었다.

"미안하네. 하지만 너무 분통이 터져서. 그 여자한테 죽은 병사가 벌써 몇인가? 시간도 엄청 허비했고."

"으음…."

성을 공략하기 위해서는 필연적으로 성문이나 성벽에 접근해야 했다. 장료와 장합은 안개가 낀 날을 틈타 첫 번째 돌격을 시도했고 이는 성공적이었다. 그 여자, 화영이 움직이기 전까지는.

텅! 육중한 파공음과 함께 그녀가 쏴대는 것은 화살이라기보다 하나의 거대한 기둥이었다. 거기 스치기만 해도 등자까지 착용한 유주의 철기병이 맥을 못 추고 낙마했다.

전호차를 써도, 부대를 나눠 각기 다른 방향에서 동시에 공격해봐도 결과는 마찬가지였다. 화영이 화살 한 대를 쏘고 그다음

화살을 쏘기까지 걸리는 시간은 촌각에 불과했다. 화살을 날린 다음에는 끝에 달린 가늘고 투명한 줄을 이용해 회수하는데, 그때 되돌아가는 화살에 맞아 죽은 병사도 여럿이었다.

줄의 존재를 눈치채고 자르려다가 장료도 큰 부상을 입을 뻔했다. 엄청난 탄력을 가진 줄이 그의 삼첨도를 튕겨내면서 화살이 허공에서 기이하게 뒤틀려 날아온 것이다. 다급히 허리를 숙여 피했지만 조금만 늦었어도 머리가 날아갈 뻔한 아찔한 순간이었다.

공성병기의 성능이 뛰어난 유주군답게, 멀리서 투석 공격을 시도해보기도 했다. 그러자 화영은 활을 쏴서 발석차를 보이는 족족 파괴해버렸다. 발석차의 최대 사정거리보다 화영이 날리는 화살의 사거리가 기니 미칠 지경이었다.

"과연, 전하께서 말씀하신 대로 상식을 초월하는 힘을 가졌군. 그 여자 하나 때문에 우리 오만 군사가 발이 묶이다니…."

장료가 한탄하듯 중얼거렸다.

사실, 삼면으로 일제히 돌격하면 성벽에 오르지 못할 것도 없었다. 화살이 아무리 강력하고 빠른들, 각기 다른 방향에서 쇄도해오는 오만의 군사를 어찌 막겠는가. 말 그대로 인해전술을 펴는 것이다. 문제는, 남피성에도 화영만 있진 않다는 것이었다. 삼만에 가까운 수비병이 만반의 준비를 갖춘 채 성벽에서 대기하고 있었다. 화살을 무릅쓰고 기어오른다 해도 그들이 두고 보기만 할리 없었다. 돌과 기름주머니를 던지고 불화살을 쏘며 저항해올 것이다. 그러다 보면 재앙 같은 화영의 화살이 날아올 게 뻔했다. 꼭 그게 아니더라도, 무시하고 다가가기에는 희생이 너무 컸다.

용운의 영향을 받은 그의 장수들은 가급적 병사들을 잃지 않으려는 경향이 강했다. 특히, 지금 같은 상황에서 뾰족한 방법도 없이 무리하게 내모는 것은 몸을 방패 삼으라는 말밖에 되지 않는다. 그랬다가는 가뜩이나 저하된 사기가 바닥을 칠 터였다.

그때 한참 뭔가 생각하던 사마의가 입을 열었다.

"두 가지 방법을 동시에 써야겠군요."

좌중은 모두 사마의에게 시선을 보냈다. 그의 나이 올해로 스물네 살. 단정한 미청년이다. 그러나 반듯한 외모와는 달리, 적의 허를 찌르거나 대학살을 벌이는 비열한 책략도 마다하지 않았다. 아직 젊지만, 청소년 시절부터 이미 용운의 눈에 띄어 재능을 드러냈고 실전 경험도 풍부했다. 지금에 이르러서는 곽가와 더불어 용운 세력의 양대 책사 중 하나로 인정받고 있었다. 물론, 곽가는 그 사실을 부인했지만.

"우선, 화살은 보이는 대상을 맞힌다, 라는 겁니다."

사마의의 말에 장료가 물었다.

"밤에 돌진하자는 거요? 이미 그 방법을 써봤지만, 적군이 일제히 불화살을 쏴붙인 다음에 화영의 화살이 날아오는 터라…."

"이미 썼다가 실패한 방법을 또 쓸 리가 있겠습니까."

"하면?"

"말 그대로 아예 눈에 안 띄도록 하자는 거지요. 즉 땅굴을 이용하면 됩니다."

"땅굴을…!"

땅굴을 이용해 성벽 밑으로 파고들어가는 전법은 실제로 종종 사용되었다.

"확실히 화살은 피할 수 있겠지만…."

땅굴 전법이 효과적이라면 진작 그 방법을 썼을 것이다. 하지만 그러지 않은 이유가 있었다. 적의 허를 찌를 수 있는 대신, 발각되면 위험 부담이 지나치게 컸다. 피할 곳도 없는 굴속에 꼼짝없이 생매장되거나 끓는 기름 세례를 받아야 하기 때문이다.

"염려 마십시오. 절대, 아니 거의 들킬 일이 없는 방법을 쓸 겁니다. 이능(異能)은 이능으로 상대한다. 이게 두 번째 방법입니다."

"음? 그게 무슨 말이오?"

"실례지만 세 분 장군만 남고 모두 나가주시겠습니까?"

사마의는 장료와 장합 그리고 서황을 제외한 모든 사람을 내보냈다.

그가 뭘 말하는지 눈치챈 서황이 굳은 표정으로 말했다.

"안 됩니다."

"공명(서황) 님께 부탁드리는 게 아니라, 요원 님께 부탁하는 것입니다만."

병마용군, 요원이 서황의 갑옷 목덜미 쪽에서 빼꼼 고개를 내밀었다.

"저요?"

"예. 이번 작전에는 요원 님이 꼭 필요합니다."

이제 요원은 용운의 측근, 정확히는 그에 대한 호감도가 90 이상인 인원들에게는 친숙했다. 처음에는 놀라고 두려워하던 이들도 행운을 가져다주는 정령쯤으로 여기고 있었다. 전장에서 서황에게 가해지는 공격을 요원이 여러 차례 막아주었기 때문이다. 뿐만 아니라 서황의 근처에서 싸우는 아군도 도와주니, 그 덕에 목숨을 건진 이가 여럿이었다.

반대로, 갑자기 공격을 튕겨내 균형을 무너뜨리는 건 약과요, 뭔가 휙 지나갔다고 느끼면 목줄기가 찢어져 있거나 명치가 뚫려 있기 일쑤라, 적들에게는 공포의 대상이었다. 대부분 그녀의 존재를 알아차리기도 전에 죽기에 알려져 있진 않았지만, 귀신 혹은 신령이 유주군을 돕는다는 식으로 소문이 퍼져 있었다.

"제가 뭘 하면 되는데요?"

요원은 용운 진영에서 거의 유일하게, 어쩐지 대하기 어려운 젊은 책사를 보며 말했다.

사마의는 천연덕스럽게 답했다.

"간단합니다. 땅굴을 통해 성내로 잠입한 다음, 화영에게 치명상을 입혀주시면 됩니다."

그 말에 서황이 은은하게 노기를 드러냈다.

"군사! 그건… 간단한 일이 아니지 않소. 목숨을 걸라는 거나 마찬가지인데."

"전장에 나선 이상, 우리 모두가 목숨을 걸고 있습니다. 그나마 요원 님이라면 땅굴이 넓을 필요도 없기에 빠르고 눈에 띄지 않게 팔 수 있습니다. 그리고 화영은 멀리 있는 아군에게 집중하느라, 발밑에서 갑자기 요원 님이 공격해오면 대처하지 못할 겁니다."

"하지만…."

"곧 겨울이 옵니다. 전하께서는 이미 제북을 점령하고 평원성으로 진격 중이실 테고요. 우리만 언제까지 여기서 시간을 끌 수는 없지 않습니까?"

요원은 울상이 되어 말했다.

"으으, 땅 밑으로 가는 건 캄캄하고 무서운데."

"부탁합니다, 요원 님."

사마의는 별안간 서황의 앞에, 정확히는 요원을 향해 무릎을 꿇고 포권했다. 장료와 장합, 서황 등은 깜짝 놀랐다. 자존심이 강해서 곽가에게도 절대 안 지려 하는 그가 처음 보이는 모습이었다.

사마의 또한 필사적임을 안 서황은 더는 나서서 말리기 어려워졌다. 그런 사마의를 잠시 바라보던 요원이 결심한 듯 말했다.

"할게요."

"원…, 괜찮겠소?"

걱정스러워하는 서황의 물음에 요원은 그를 올려다보며 생긋 웃었다.

"늘 하던 일이잖아요. 그냥, 굴을 판다는 게 좀 힘들어서 그렇지."

사마의는 크게 기꺼워하며 설명했다.

"요원 님은 작고 빨라 적이 알아보기 어려우니, 야음을 틈타 최대한 성벽에 접근한 다음 땅속으로 파고들어가면 땅굴을 파야 할 거리는 얼마 되지 않습니다. 성벽 위로 날아서 올라갔다가는 화영의 눈에 띄어 저격당할 우려가 있기에 마지막까지 땅굴을 이용해야만 하고요. 반드시 성벽 뒤까지 파고들어갔다가 화영의 뒤편에서 기회를 엿봐야 합니다."

"알겠어요."

"성공만 한다면 이번 전투의 일등공신은 요원 님이 될 겁니다."

장합은 서황과 요원을 향해 정중히 말했다.

"무리한 일을 맡겨서 미안하오. 소저가 절대 들키지 않도록 우리는 최대한 난동을 피우겠소. 그리고 화영에게 이상 징후가 보이자마자 돌격하겠소."

서황은 잠자코 장합을 향해 묵례해 보였다. 처음에는 새끼손가락만 하던 요원은 조금씩 커져서 이제 손바닥 정도 크기가 되었다. 그래도 여전히 작긴 하지만, 비행을 멈춘다면 눈에 띄고도 남을 크기였다.

'요원의 힘으로 땅굴을 파고들어가서, 저 무시무시한 화영을 공격하기까지… 괜찮을까?'

걱정되기 짝이 없었지만 이미 정해진 후였다. 서황은 길게 한숨을 내쉬었다.

다음 날 밤, 곧바로 작전이 결행되었다. 마침 달이 없고 날씨도 흐려, 밤이 칠흑같이 어두워서였다. 장료와 장합 그리고 서황은 병사들에게 밥을 든든히 먹인 후 부대를 셋으로 나눴다.

"절대 무리하지 마시오. 그저 시선을 끌기 위한 것임을 명심하시오."

장료의 말에, 장합과 서황 등은 고개를 끄덕였다. 그리고 각기 다른 세 방향의 성벽을 공격하다 빠지기를 반복했다. 그나마 제일 희생이 적으면서 적을 압박할 수 있는 전술이었다. 하지만 몇 차례 날아온 화영의 화살에 또 수백의 병사가 꼬치처럼 꿰여 죽었다.

자신들의 왕에 대해 잘 아는 서황은 수하를 잃은 슬픔에 더해, 용운의 고통을 생각하고 이를 악물었다. 병사 한 사람, 한 사람을 다 기억하는 용운은 또 그만큼의 아픔을 쌓을 것이었다. 그것이 어느 정도의 고통일지 짐작조차 안 갔다. 그는 결국 인정할 수밖에 없었다.

'더 희생이 커지기 전에 요원이 나서줘야 한다.'

마침, 요원이 목덜미로 기어 나와 그의 왼쪽 뺨 근처, 목과 얼굴이 이어지는 오목한 곳에 붙어서 속삭였다.

"다녀올게요."

"…부탁하오. 저 망할 계집을 끝장내버리시오."

"걱정 마요. 그리고 다녀오면…."

"음?"

"아니, 아니에요."

얼굴이 붉어진 요원은 서황의 뺨에 입을 쪽 맞췄다. 그리고 파르르 날아, 어두운 밤하늘 속으로 멀어져갔다.

서황은 어쩐지 처연하게 느껴지는 그 모습을 보며 자꾸 불안해지는 마음을 억눌렀다.

'요원, 미안하오. 그리고 부디 조심하시오.'

13

남피성에서 온 소식

검을 들고 성벽에 선 간옹은 감기려는 눈꺼풀을 억지로 뜨며 욕설을 내뱉었다.

"아, 이 얼어 뒈질 놈의 새끼들, 사람 잠도 못 자게 왜 또 밤에 지랄들이야!"

뒷골목 임협 출신인 그는 유비처럼 입이 걸었다. 그나마 유비는 태수가 된 후로 많이 자제하고 있으나 간옹은 여전했다. 옆에서 시위를 당기고 있던 화영이 살짝 눈살을 찌푸렸다. 간옹은 너스레를 떨었다.

"아이고, 이거 미안하게 됐소. 버릇이 돼서."

"그것 때문이 아닙니다."

터엉! 화영의 손을 떠난 화살 한 대가 밤공기를 가르며 날아갔다. 간옹의 시선이 저도 모르게 그쪽을 향했다. 활을 쐈는데 북이라도 친 것 같은 소리가 났다. 언제 봐도 경이로운 광경이었다.

'대체 저걸 어떻게 쏠 수 있는 거야?'

'나찰궁(羅刹弓)'이라 불리는, 아마도 화영만이 다룰 수 있을 거대한 활. 화살 역시 거기에 걸맞게 커서, 한 대가 성인 어른만 했다. 게다가 보기만 해도 무시무시한 강철 가시가 사방에 돋아 있었다. 처음에는 저런 화살을 쏴버리면 아까워서 어쩌나 했는데, 쏜 뒤에 다시 끌어당겨서 쓰는 게 아닌가. 잘 보니, 매우 길고 가느다란 줄이 화살 끝에서 활대와 연결되어 있었다. 화살이 날아가면 줄이 저절로 풀리며 길어졌다. 줄은 뭐로 만들어졌는지 탄력이 있었고 불에 타지도, 검에 끊어지지도 않았다. 그런 식으로 연결된 화살이 총 네 개였다. 하나를 쏜 다음 곧바로 회수할 때도 있었고 두 발, 세 발을 연이어 쏘고 나서 차례로 회수하기도 했다. 회수 자체도 또 다른 공격이었기에 도무지 허점이라곤 없어 보였다.

'저 여자가 현덕 형님을 따랐기에 망정이지, 적이었다면 아주 골치 아플 뻔했어. 저 화살 공격을 무슨 수로 막아낸담.'

간옹이 이런 생각을 하는 사이, 화영은 다시 화살 하나를 쐈다가 되돌렸다. 화살에는 적군의 살점과 피가 덕지덕지 붙어 있었다. 간옹은 늘어지게 하품하며 말했다.

"저놈들이 또 부질없는 짓거리를 하는구려. 혹 우리를 피곤하게라도 해보겠다는 수작이 아니겠소?"

화살에 묻은 이물질을 닦아내던 화영이 답했다.

"역시, 뭔가 이상합니다."

"음? 뭐가 말이오?"

"적들의 움직임이 묘하게 부자연스럽습니다. 어차피 이런 방식으로는 성벽에 접근할 수 없다는 걸 알 텐데, 물러나질 않는군요."

"이제 곧 겨울이니 저놈들도 급해진 걸 거요."

"흠…."

두어 시진이 지나자 화영도 사람인 이상 조금씩 피로해지기 시작했다. 나찰궁을 쏘는 데 들어가는 기력은 어마어마했다. 이제 밤이 완전히 깊었다. 결국, 한숨도 못 자고 밤새 싸운 셈이었다.

유주군은 성 주변을 빙빙 돌면서 연신 징과 북을 쳐댔다. 그러다 틈을 봐서 최대한 화살을 피해 가며 접근했다. 가까워지면 어김없이 성벽 공략을 시도했다. 주로 불화살을 성안으로 쏘거나, 걸쇠 달린 사다리를 던져 올리는 식이었다. 한번은 갈고리 달린 줄 여러 개가 성벽에 걸려 간옹이 기겁하기도 했다.

"이놈들이 오늘 작정을 했나, 유난히 집요하네."

그렇게 싸우다 화영의 집중력이 살짝 흐트러졌을 때였다.

"엇?"

그녀는 목덜미 쪽에 섬뜩한 감각을 느끼고 반사적으로 고개를 틀었다. 목이 뜨끔하며 피가 튀었다. 피부가 갈라졌다.

간옹이 깜짝 놀라 말했다.

"뭐지? 암기라도 날아온 거요?"

"뭔가 주변에 있습니다."

화영은 주위를 노려보았으나, 눈에 들어오는 게 없었다. 기척 또한 매우 미미했다.

'이건 거의 작은 새나 벌레 정도의 느낌인데. 설마 새가 날 공격했을 리는 없고….'

간옹도 허겁지겁 주변을 살폈다. 하지만 화영도 찾지 못한 대상이 그의 눈에 띌 리 만무했다. 그때 서황이 지휘하는 부대가 충차를 앞세운 채 돌격해오기 시작했다. 해자는 이미 시체와 흙을 채운 자루 등으로 거의 메워지다시피 한 상태였다. 그쪽을 본 화영은 움찔 놀랐다. 미처 눈치를 못 챈 사이, 생각보다 훨씬 가깝게 다가와 있었다.

"칫!"

화영이 그쪽으로 활을 틀었을 때였다. 촤악! 또 뭔가가 공격해오는 바람에, 그녀는 시위를 놓치고 말았다. 동시에 그녀의 손 언저리에서 피가 튀었다.

"화영!"

간옹의 외침에 화영은 차가운 목소리로 답했다.

"괜찮습니다. 뭔지는 모르겠지만, 날 노린 것의 피입니다."

화영의 손에는 단도 하나가 쥐여져 있었다. 단도를 손안에 쥐고서 시위를 당긴 것이다. 단도에는 붉은 피가 선명하게 묻은 채였다.

"이런 괴이한…. 이제 내가 엄호해주겠소."

간옹은 잠이 달아나며 정신이 번쩍 들었다. 그는 검을 들고 화영의 옆에 서서 자세를 취했다. 그사이 서황의 부대는 전력을 다해 돌진해왔다. 덕분에 전투가 시작된 이래 성벽에 제일 가까이 접근했다. 콰앙! 굉음과 함께 충차 한 대가 박살났다. 화영이 화살을 쏴 부순 것이다. 이어서 되돌아가는 화살에 찍혀, 병사 몇이 낙마했다. 바로 옆에서 말을 몰던 서황은 이를 악물었다.

'이제 후퇴하기에는 늦었다. 이렇게 된 이상 이판사판이다. 요

원이 목숨 걸고 만들어준 기회를 날릴 수는 없다.'

화영의 눈에 그런 서황이 포착되었다.

"저자가 적장인 모양이군."

중얼거린 그녀가 화살을 시위에 얹고 서황 쪽을 겨누었다.

그때 요원은 성벽 틈새에 몸을 숨기고 있었다.

"아파…."

그녀는 옆구리를 길게 베인 상태였다. 베인 옆구리에서 피가 흘러나왔다. 요원은 그곳을 손으로 감싸고서 바들바들 떨었다. 과연, 고위급 천강위답게 화영은 무서웠다.

'그사이에 벌써 단도를 숨겨서 대비하고 있었다니….'

요원이 전력을 다해 비행하면, 어지간한 사람은 눈으로 볼 수도 없었다. 한데 거기 반응하여 그녀를 베었다. 만약 화영에게 병마용군이 있었다면 완벽에 가까워졌을 것이다. 병마용군이 그녀를 엄호하는 가운데 화살을 쏴댈 경우, 누구도 버티지 못할 테니까.

'그러고 보니 저 여자는 왜 병마용군이 없지? 예전부터 한 번도 못 본 것 같은데.'

요원이 잠깐 이런 생각을 떠올렸을 때였다.

"저자가 적장인 모양이군."

화영의 목소리가 그녀의 귓가에 들렸다. 이어서 끼이익 하고 시위를 당기는 소리도.

'안 돼!'

이 싸움에 참여한 '적장'이라 할 만한 아군 장수는 모두 셋이었다. 화영의 활이 노리는 대상이 꼭 서황이 아니라, 장료나 장합이라 해도 못 본 척할 수 없었다. 이제 요원은 그들 모두와 정이 들 만큼 들었다. 꼭 사마의의 간청을 못 이겨 나선 것만은 아니었다. 그녀 스스로 그들을 돕고 싶어서이기도 했다. 회에 있을 때는 한 번도 느끼지 못한, 사람 냄새와 애정을 느끼게 해준 그들을.

'이번 공격으로 결판내야 해.'

몸을 움츠린 요원은 숨어 있던 틈새의 벽돌을 힘껏 박차며 온 힘을 다해 날개를 움직였다. 팟! 그녀의 신형이 아래에서 위쪽으로 비스듬히 움직여 화영에게 접근했다. 출혈 탓에 속도는 많이 줄었어도 가장 대응하기 어려운 각도였다.

'됐다!'

그러나 다음 순간, 요원은 뭔가 잘못됐음을 깨달았다. 차가운 눈동자가 자신을 정확히 바라보고 있었기 때문이다.

"걸려들었구나. 날파리 같은 것."

"…!"

마치 화영의 말마따나 거미줄에 걸린 파리가 된 기분이었다. 요원을 향해 시리도록 날카로운 단도 날이 다가왔다.

'어떡하지?'

아찔한 순간, 요원의 귓가에 당황한 간옹의 목소리가 들렸다.

"어이쿠, 저게 뭐여? 새인가?"

요원은 목소리가 들려오는 방향으로 최대한 몸을 틀며 날갯짓했다. 단도의 날이 아슬아슬하게 그녀의 다리를 긋고 지나갔다.

"아!"

요원은 입술을 깨물고 고통을 참으며 간옹의 뒤로 돌아가 그들

힘껏 떠밀었다.

"어이쿠?"

간옹은 양팔을 허우적거리면서 화영 쪽으로 몇 걸음을 내딛었다. 요원을 향해 두 번째 공격을 가하려던 화영이 다급히 손을 거뒀다.

"칫! 방해를…."

화영은 다른 쪽 손으로 간옹을 밀치고 연이어 요원을 공격하려 했다. 화영은 분명 유비의 밑에 있었고 한때 그를 왕으로 만들면 어떨까 하는 생각도 했었다. 지금도 그 생각이 완전히 없어진 건 아니었지만, 그보다 우선시되는 목표가 생겼다. 바로 임충의 복수, 즉 용운의 말살이었다. 두 가지 목표는 한 방향으로 나아갈 수도 있으나, 그전에 화영 자신이 죽거나 다친다면 모든 게 무의미해진다.

이에 그녀는 성벽을 지키는 것보다 요원의 제거를 우위에 두었다. 요원의 암습이 자신에게 충분히 위협이 됐다고 판단했기 때문이다. 이런 부분이 바로 위원회의 인물들이 이 시대의 장수, 스스로의 안위보다 맡은 바 임무나 성을 중시하는 그들과 가장 다른 점이었다. 이는 위원회의 강점이자 가장 큰 약점이기도 했다.

'지금 없애놔야 한다.'

간옹을 방패로 삼는 바람에 한 박자 늦었지만, 화영은 민첩한 몸놀림으로 곧장 단도를 내리그었다.

"악!"

요원이 짧은 비명을 지르며 추락한 것과, 화영의 앞에 별안간 거한이 나타난 건 거의 동시였다.

"네 이년!"

"…?"

상당한 거구의 사내였다. 그런데도 그가 코앞에 나타날 때까지, 화영은 전혀 기척을 못 느꼈다. 심지어 성벽을 뛰어올라오는 것도 몰랐다. 그의 무기를 본 순간 화영은 그 이유를 알았다.

"급선봉!"

목표를 지정해 순식간에 쇄도하여 내리치는, 천강위 삭초의 천기. 이는 천기였지만, 그가 가진 유물에 등록된 형태였다. 즉 오용의 천기인 '천변만화'와 같은 원리였다. 오용은 날씨를 더위, 비, 추위, 바람의 네 가지 형태로 바꾸는데, 이것은 오용 본신의 힘이 아니라 쇠부채 형태의 유물 '묵철천상선'이 가진 능력이었다. 물론 묵철천상선을 손에 넣었다고 해서 아무나 그 능력을 쓸 순 없으나, 일단 원리를 깨우치면 사용 가능했다. 마찬가지로 삭초의 유물인 거대 도끼 '해골파쇄기'에도 급선봉이라는 천기가 깃들어 있었다.

'삭초의 도끼를 가진 자…. 삭초를 죽였다던 자. 이 남자가 서황!'

화영이 요원을 공격하는 사이 성벽을 기어오른 서황은, 그녀를 보자마자 급선봉을 시동, 성벽 가장자리에서 화영의 정면으로 순식간에 이동한 것이다. 이에 성벽을 지키던 병사들도 미처 그를 막지 못했다. 화영의 생각은 길었지만 걸린 시간은 짧았다. 서황의 분노에 찬 외침이 끝나기도 전에, 해골파쇄기의 날은 이미 그녀의 정수리로 떨어지는 중이었다.

'피하기에는 늦었다.'

화영은 급한 김에 단도를 올려치며 막으려고 했다. 그러나 무기의 크기에서부터 역부족이었다. 쩡! 촤아악! 단도가 박살나며, 화영의 정수리에서 이마에 걸쳐 혈선이 그어지더니 피가 뿜어져 나왔다. 그녀는 거대한 활 나찰궁을 다루는 만큼 가녀린 겉모습과는 달리 완력이 엄청났다. 평소 서황의 공격이라면 조금 눌렸을망정 어떻게든 막아냈을 것이다. 문제는 급선봉을 발동하면 내리치기에 실린 힘이 평소의 스무 배가 된다는 점이었다.

"으윽!"

뿌득! 앙다문 화영의 잇새로 피가 뿜어졌다. 그녀는 비틀거리다 털썩 무릎을 꿇고 엎어졌다. 얼굴 밑에서 피가 서서히 번져 나와 성벽 바닥을 물들였다.

"히, 히익!"

간웅이 소스라치게 놀라서 뒷걸음질 쳤다.

서황은 그를 본 척도 않고 서둘러 요원을 살폈다. 요원은 바닥에 처참한 꼴로 널브러져 있었다. 그 모습을 본 서황의 가슴이 철렁 내려앉았다. 서황은 무릎을 꿇고 앉아 요원을 조심스레 들어 올렸다. 그녀는 너무도 작고 차가웠다.

"요원…?"

요원은 창백한 얼굴로 눈을 꼭 감은 채 꼼짝도 하지 않았다.

"요원, 정신 차리시오. 요원!"

안절부절못하던 서황은 요원을 양손으로 감싸 제 뺨에 갖다 댔다.

"눈을 떠봐요, 요원. 이렇게 가면 안 되오. 돌아와서 내게 뭔가 말해주려고 했지 않소….”

서황의 말끝이 울음으로 뭉그러졌다. 그는 어느새 뜨거운 눈물을 흘리고 있었다. 누구보다 강인해 보이던 사내는, 자신이 우는 줄도 모르고 흐느꼈다.

그때 귓가에서 작게 웅얼거리는 소리가 들렸다.

“아이 짜….”

“아!”

어느새 눈을 뜬 요원이 자신의 얼굴에 떨어진 서황의 눈물방울을 작은 혀로 핥고 있었다. 그녀는 작은 목소리로 말했다.

“공명 님, 울었어요?”

“아, 요원….”

서황은 비로소 깨달았다. 왜 처음 본 순간, 충분히 그럴 수 있었음에도 불구하고 곧바로 그녀를 없애버리지 못했는지. 왜 뭉툭한 손가락으로 되도 않는 바느질을 손끝이 벌집이 되도록 했는지. 용운이 행여나 요원을 꺼림칙해할까 봐 노심초사했던 이유가 무엇인지. 자신이 이 작은 요물을 얼마나 사랑하는지.

그녀가 죽었다는 생각만으로도 미쳐버릴 것만 같았다. 처음 보자마자 홀려버렸었다. 어쩌면 그 순간부터 알고 있었는지도 모른다. 요원이 자신의 것이 되었을 때부터, 그녀에게서 다신 헤어나지 못하리라고.

사실 서황은 해골파쇄기가 손에 완전히 익었으나 ‘급선봉’만은 도무지 사용하지 못했다. 요원에게서 구결과 원리를 상세히 들었지만 잘 이해도 가지 않았을뿐더러 그런 일이 가능하나는 것도 믿기지가 않았다.

유물을 소지했다고 해서 거기 깃든 힘을 아무나 사용할 수 있다면 천기가 아닐 것이다. 한데 성벽에 거의 올랐을 때, 요원이 위태로워지는 광경을 보자 저도 모르게 급선봉을 발동했다.

"급선봉, 드디어 성공했네요…."

요원이 힘없이 웃으며 말했다. 서황도 눈물을 머금은 채 마주 웃으며 고개를 끄덕였다.

"그렇소. 이제야 성공했소."

화영이 쓰러지고 간옹도 달아나버리자 성벽 위는 금세 혼란에 빠졌다. 수비하는 병사들을 지휘할 이가 없어서였다. 서황이 성벽을 타고 올라간 후, 악몽 같던 화살 공격이 멈췄음을 알아챈 장료가 우렁찬 목소리로 외쳤다.

"서공명 장군이 적장을 쓰러뜨렸다. 모두 성벽에 올라라!"

장합은 장합대로 자신의 수하들에게 명했다.

"우리 군은 전원 성문을 부순다!"

공성탑이 거리낌 없이 성벽으로 다가왔다. 공성탑에 타고 있던 유주군 병사들은 탑 꼭대기에서 성벽 가장자리로 넓고 두꺼운 판자를 걸쳤다. 그리고 판자를 건너 남피성 성벽으로 쏟아져 들어갔다. 간혹 몇몇 수비병이 판자를 밀어내거나 돌을 던지며 저항했다. 하지만 그간의 분을 풀기라도 하듯 일제히 성벽을 오르는 유주군을 막기엔 역부족이었다. 순식간에 사방의 성벽에 사다리와 쇠갈고리가 걸렸다. 한 명을 쳐서 떨어뜨리면 세 명이 올라오는 판. 결국, 남피성을 지키던 병사들은 무기를 던지고 항복해버렸다.

사방에서 이런 일들이 벌어지고 있었으나, 서황의 신경은 온통 요원에게 쏠려 있었다.

"괜찮소? 옆구리를 다쳤구려. 아, 다리도…."

그녀의 작은 몸에 난 상처를 보자 서황은 가슴이 찢기는 듯했다.

요원은 눈을 내리깔고 시무룩한 투로 말했다.

"이런 건 아무것도 아니에요. 난… 이제 끝났어요. 당신에게 쓸모없어졌으니 버리고 가요."

"쓸모가 없다니. 왜 그런…."

"제 날개를 보세요."

요원의 날개를 본 서황은 깜짝 놀랐다. 그녀의 왼쪽 날개가 잘려, 잘린 부위에서 실처럼 가느다란 핏줄기가 흘러내리고 있었다. 마지막 순간, 서황이 나타나는 바람에 빗나가긴 했으나 화영의 공격은 기어이 요원의 한쪽 날개를 잘라버린 것이다.

"이제 나는 날 수 없어졌어요. 그러니 쓸모도 없죠. 이번에 무사히 돌아가면, 제 몸이 더 커질 때까지 기다렸다가 공명(서황) 님께 정인으로 삼아달라고 하려 했는데…."

말하던 요원의 목소리가 점점 기어들어갔다.

"잘되었소."

"뭐라고요? 그게 무슨 말이에요?"

서황은 축 늘어진 와중에도 발끈하는 요원을 향해 부드럽게 웃으며 말했다.

"날개가 없어졌으니 앞으로는 위험한 작전에도 동원되지 않을

뿐더러….”

잠깐 뜸들인 그가 얼굴을 붉히고 말을 이었다.

“내가 싫어졌다고 날아서 도망가지도 못할 테니 말이오.”

“앗…?”

잠깐 어리둥절해하던 요원의 얼굴에도 덩달아 홍조가 어렸다.

“이런 와중에 무슨 말을 하는 거예요, 바보.”

“진심이오. 날개 따위는 없어도 좋소. 그대의 몸이 조금씩 커지는 걸 알고 있었소. 더 자랄 때까지 기다릴 테니… 나의 정인이 되어주겠소?”

“네. 좋아요.”

수줍게 고개를 끄덕인 요원은 정신을 잃었다.

“아차!”

서황은 그녀를 품에 안고 서둘러 성벽을 내려갔다.

여기까지가 흑영대원이 목격한 남피성 전투의 전말이었다. 다 듣고 난 용운이 어이없다는 듯 말했다.

“아니, 그 얘기를 왜 그렇게 심각하고 우울하게 시작하는 거죠? 누가 죽기라도 한 줄 알았잖아요!”

“그… 공명(서황) 장군이 요원 님을 돌보는 사이, 간옹은 물론 화영까지 달아났기 때문입니다.”

그 말에 용운의 얼굴이 살짝 경직되었다. 군을 이끄는 장수로서 한창 전투가 진행 중일 때, 사적인 일로 의무를 소홀히 한 것은 분명 문제였다. 특히나 화영은 태사자의 원수였다. 반드시 목을 베었어야 할 대상이라고 용운이 천명한 바 있었다.

'서황은 아마 화영이 죽었다고 여겨 방심했겠지. 흑영대원 말로도 머리가 쪼개진 것처럼 보였다고 했으니….'

그러나 본 눈이 여럿인데다 가장 위험한 적장이 도망쳤으니, 어쩔 수 없이 군법에 의거하여 처벌을 받아야 할 상황이었다. 용운은 나직하게 한숨을 내쉬고 입을 열었다.

"…공명(서황)은 비장군으로 강등합니다. 또 남피성에서 얻은 전리품 중에 공명에게 배분할 몫은 없습니다."

"그대로 이행하도록 문원(장료) 님께 전달하겠습니다."

"그럼, 아군이 남피성을 점령한 거죠?"

"바로 그렇습니다."

오오오! 주위에서 긴장한 기색으로 듣고 있던 장수들이 일제히 주먹을 치켜들며 함성을 질렀다. 용운의 얼굴에도 은은한 미소가 떠올랐다. 장료, 장합, 서황. 세 장수 모두 천강위를 상대해 본 경험이 있을뿐만 아니라 실력으로도 최고였기에 독립적으로 남피성 공략을 맡겼다. 거기다 사마의를 붙여줬으니 구색은 갖추고도 남았다. 그렇다 해도 기대 이상의 성과였다. 화영을 놓친 게 아쉽긴 했지만, 비교적 빨리, 적은 희생으로 남피성을 탈환한 것이다. 이제 북쪽에서의 적 원군은 염려할 필요 없이 평원성 공략에만 집중할 수 있게 됐다.

"갑시다. 유비의 말로가 얼마 남지 않았습니다."

용운과 조운이 이끄는 유주 제3군은 평원성을 향해 진격을 재개했다.

유비 말살을 목표로 대대적으로 군사를 일으킨 용운이 격전을 벌이고 있을 무렵이었다. 한동안 잠잠하던 기주 서쪽에서도 전쟁의 바람이 불기 시작했다.

기주 위군, 업성.

"어떻습니까?"

높은 단에 앉아 철기병의 시범을 보던 조조에게 진등이 물었다. 철기병의 수는 대략 오천 정도 되었다. 투구와 갑옷이 자색 일색이었다. 철기 부대는 일사불란하게 돌격했다가 산개하기도 하고 진형을 취하기도 했다. 유심히 지켜보던 조조가 말했다.

"자화(조순)의 기량이 많이 늘었군."

"무예뿐만 아니라 학문에도 관심이 많다 합니다."

"그건 바람직한 일일세. 장수로서 어느 단계를 뛰어넘으려면 용맹하기만 해서는 안 되고 거기 걸맞은 학식도 갖춰야 하니."

"격려도 하실 겸 새로운 부대의 이름이라도 하나 지어주시지요."

"흐음…."

조조는 잠시 생각하다 입을 열었다.

"호표기(虎豹騎)라고 하지."

"호표기라…. 멋진 이름입니다."

"출진은 언제가 적당하겠나?"

"아무래도 곧 겨울이니까요. 내년 봄 정도가 좋을 듯합니다."

"천박한 원숭이 놈, 혼비백산하겠지."

조조의 중얼거림에 진등이 말했다.

"한데 주공, 하나 여쭤봐도 되겠습니까?"

"편히 말하게."

"왜 유주왕이 아니라 원술을 치시려는 겁니까? 현재까지 알려진 바로 보건대, 유주왕은 유비를 치는 데 거의 전력을 동원하고 있습니다. 그만큼 유주의 전력이 약화되었을 테고요. 반면, 요즘 원술의 기세는 심상치가 않습니다."

"이미 빈집을 한 번 털었지 않나. 또 그러기는 좀 미안하지."

"예?"

진등의 반문에 조조는 피식 웃었다.

"그건 농이고, 그래서 지금 원술을 쳐야 하네. 놈이 세력을 더 키우기 전에. 또 유주까지는 거리가 먼데다 중간에 여포와 장연이라는 골치 아픈 벽을 넘어서야 하지."

"유주왕의 세가 너무 커져도 위험하긴 마찬가지가 아니겠습니까?"

"이미 북부 일대는 모두 유주왕의 휘하에 들어갔네. 문제는 그곳을 쳐도 완벽하게 통제하기가 극히 어렵다는 걸세. 바로 오환과 고구려 때문이지. 유주왕이 무슨 수를 썼는지, 마치 형제라도 되는 것처럼 서로 돕고 있으니 말일세."

"그 비결은 저도 궁금하기 짝이 없습니다. 백안 공(유우)의 유지를 이었다고 보더라도 지나친 감이 있으니까요."

"그리고 봄이라 해도 북부는 추운데다 강물이 불어서 건너기도 위험하네. 아마 원정 도중에만 많은 병사를 잃을 거야. 게다가 내가 자리를 비우면, 원술 놈은 옳다구나 하고 쳐들어올 테지."

"아, 그러고 보니 주공께서 원술을 쳐도 지금의 유주왕은 그 틈을 노릴 엄두를 못 내겠군요."

조조는 고개를 끄덕였다.

"바로 그걸세. 놈이 황제라고 떠들고 다니는 것도 영 거슬리고 말이네. 여러모로 마음 편히 칠 수 있는 상대지."

"그러고 보면 참 후안무치한 자입니다. 자어(화흠)와 문화(가후) 같은 인재들이 왜 그를 섬기는지 의아할 따름입니다."

"아마 어리석은 만큼 통제하기 쉬워서겠지. 실상 우리가 상대할 적은 원술이 아니라 그 둘이라고 봐도 좋을 거야."

"그렇겠지요."

원술은 최근까지 활발하게 세를 확장해나갔다. 내정은 화흠, 책사에는 가후, 장수로는 노지심과 무송이라는 두 신예를 앞세운 그의 기세는 무서웠다. 진류와 허창에 더해, 동쪽으로는 여남과 초, 남으로는 익양과 구강 근처까지 영토를 확장하니, 유표도 차츰 부담을 느끼는 눈치였다.

"이제 슬슬 진류성을 되찾아와야지. 너무 오랫동안 남의 손에 맡겨뒀어."

조조가 중얼거렸다. 천하대전은 여전히 진행 중이었다.

"참, 알아보라고 한 일은 어찌 되었나?"

조조의 물음에 진등이 목소리를 낮춰 말했다.

"역시, 예상하신 대로였습니다. 일대를 샅샅이 수소문한 결과, 상공(조숭, 조조의 부친)께서 변을 당하실 무렵에 그 동평이라는 자를 근방에서 목격한 사람이 나왔습니다. 놀랍게도 동평이 상공의 마부 노릇을 하고 있었다고 하더군요."

조조의 눈이 차갑게 빛났다.

"그랬단 말이지…. 군사(오용)의 최근 동향은?"

"익주 쪽으로 사람을 몇 번 보냈습니다만, 한중 근방에서 번번이 놓쳤습니다. 이제 눈치챌 듯하여 미행을 더 붙이기도 어려울 것 같습니다. 송구합니다."

"익주라…. 거긴 성혼단의 발원지로 알려진 곳이 아닌가."

"성혼단의 간부로 추정되는 자들과 몇 차례 영내에서 접촉하기도 했습니다."

조조는 묵묵히 고개를 끄덕였다.

"수고했네. 만총과 더불어 계속 감시하도록 하게. 각별히 몸조심하고."

"알겠습니다. 한데 그런 수상쩍은 자를 계속 총군사 자리에 앉혀놔도 괜찮을까요?"

"괜찮아. 군사가 전투에 임했을 때 날 이기게 하려는 것만은 사실이니까."

"한데 왜 그런 짓을…."

잠시 침묵하던 조조가 말했다.

"나도 그게 궁금해."

그런 그의 목소리는 어쩐지 공허하게 들렸다.

조조와 진등은 바로 조금 전까지 자신들의 곁에 누군가가 있다 갔음을 조금도 눈치채지 못했다. 그 존재는 완벽하게 투명한 몸을 가진 까닭이었다.

14

일진일퇴

남피성 공략을 맡은 장료와 장합, 서황, 사마의 등은 엄청난 궁술의 소유자인 화영 탓에 고전을 면치 못했다. 그러나 요원을 활용한 사마의의 책략과, 죽음을 무릅쓴 서황의 분전으로 마침내 성을 함락하는 데 성공했다. 그 과정에서 화영은 치명상을 입고도 달아나버렸다. 사마의는 즉각 성내의 민심을 안정시키고 포로를 격리하는 한편, 성혼단의 첩자를 색출했다. 요원은 한쪽 날개가 잘리는 중상을 입어 한동안 의식이 없었으나, 다행히 곧 회복했다.

서황은 그간 자신의 막사에서 요원을 돌보고 있었다. 전리품 분배에서도 빠지고 일종의 근신 처분을 받은 터라 시간은 많았다. 어차피 그런 것들에는 아무 관심도 없었다. 오히려 고마울 지경이었다. 그녀가 완전히 기력을 되찾은 듯하자, 서황은 안도의 한숨을 내쉬었다.

"이제 다시는 위험한 일, 하지 마시오."

"그럴게요."

서황은 순순히 답하는 요원을 양손으로 감싸고 품에 꼭 안았다.

당황한 요원이 작은 몸을 꿈틀거렸다.

"앗, 저, 공명 님?"

"잠시만 이대로 있으시오. 하마터면 그대를 잃는 줄 알았소."

서황의 목소리에서 떨림을 느낀 요원은 가만히 눈을 감았다. 힘차게 뛰는 서황의 심장 소리가 귓가에 들렸다.

'따뜻해….'

치열한 전쟁의 와중에 요원은 잠시나마 더없는 행복감을 맛보았다. 비록 한쪽 날개를 잃었지만 더 소중한 것을 얻은 기분이었다.

남피성을 탈환함으로써 용운은 북부에서부터 이어지는 영향력을 더욱 넓히는 한편, 보급선을 남쪽으로 연장할 수 있게 되었다. 제북성은 조운과 주태, 진도에다가 사천신녀까지 앞세운 유주군의 막강한 공격력을 버티지 못하고 사흘 만에 함락되었다. 우번, 진도, 이통에 이어, 새로이 진군이라는 인재를 얻은 용운은 곧장 평원성으로 진격을 개시했다.

이보다 앞서 제북을 구원하러 가던 유비 일행은 도중에 만난 제갈량의 충고로 말 머리를 돌렸으니, 바야흐로 유비와 용운 사이의 마지막 격전이 다가오고 있었다.

태풍의 눈이 될 청주 평원성에서는 여전히 치열한 격전이 벌어지는 중이었다. 유주 2군은 여몽의 활약으로 관승의 대기 가르기를 어느 정도 봉쇄했다. 그러자 관승은 분풀이라노 하늣, 매 일각

마다 공성탑을 무차별로 때려부수기 시작했다. 공성탑은 크기와 무게가 있어 여몽처럼 재빨리 피하기도 불가능했다. 그나마 철판과 가죽을 덧댄 덕에 완전히 쪼개지기 전 탑승하고 있던 병사들이 빠져나올 시간은 있었다.

하지만 전력을 보전해도 성문을 파괴하거나 성벽 위에 오르지 못하면 그 또한 무용지물이었다. 공성탑에 든 자재만 무의미하게 소비될 뿐이었다. 여몽의 얼굴에 점차 근심이 어리기 시작했다.

'여기서 공성탑이 더 부서지면 또 몇 주의 시간을 허비해야 한다. 혼자 밤새 공성탑을 막아낸데다 화살이고 뭐고 죄다 쳐내버리니…. 저 여자는 진정 괴물인가?'

그의 계산은 공성탑을 꾸준히 전진시켜 관승의 공격을 유도하는 한편, 힘을 소모시키면서 틈을 보아 병사들을 일제히 성벽 위로 올리는 거였다. 한데 관승은 좀체 지친 기색을 보이지 않았다. 반대로 평원성을 지키던 유비군 병사들은 신이 났다. 이제 꼼짝없이 죽었다 싶었는데, 갑자기 나타난 관승이 혼자서 유주군을 막아내다시피 하니 어찌 기쁘지 않겠는가. 병사들은 모두 성벽 가장자리에 모여 관승을 응원하기에 바빴다.

"뭣들 하는 거냐! 경계를 게을리 하지 마라."

서서가 통제하려 해봤으나 그때뿐, 병사들의 주의는 온통 관승의 활약에 쏠렸다. 엄격한 관우나, 눈 돌아가면 무서운 장비가 있었을 때에야 병사들이 절대복종했지만, 이제 기본적으로 서서보다 나이가 두 배 가까이 많은 노병들은 전장에서 함께 싸운 적이 거의 없는 젊은 군사의 말을 좀체 들으려 하지 않았다.

"군사님의 명이 들리지 않는가!"

보다 못한 관평이 몇 명의 목을 베어버리고 나서야 겨우 경계 태세를 유지할 수 있었다. 이런 판이니 양수는 아예 뒤로 물러나 있었다. 당장 막강한 무력을 보여주는 관승은 몰라도, 자신들의 군사인 서서의 말조차 잘 따르지 않는데 뜨내기인 양수가 말한다고 통할 리 없었다. 그는 냉정한 시선으로 유비군을 관찰했다.

'유비의 인덕과 관우, 장비의 무력 그리고 저 젊은 군사의 재능에 거의 전적으로 의존하는 무리. 병력의 질 자체는 오합지졸에 가깝다. 진용운에게 대항하려면 한참 멀었고. 오늘 관승 님과 내가 오지 않았다면 그대로 결판이 났겠군.'

이게 양수가 내린 결론이었다.

'한 가지 더, 활용할 잠재력이 있긴 하다. 내가 무사하기 위해서라도 그들을 종용해야겠구나.'

이윽고 또 하루가 저물어 날이 어두워졌다. 모두의 관심이 다른 데로 향한 틈을 타, 어둠을 뚫고 평원성에 접근하는 무리가 있었다. 바로 고구려 왕자 계수가 이끄는 개마무사 부대였다. 그들의 모습은 평소와 사뭇 달랐다. 전신을 검게 칠한 가죽 갑옷으로 감싸고 등에는 갈고리 달린 밧줄 타래를 짊어졌다. 흑색 철로 만들어진 특유의 검으로 무장했으며 손바닥에 돌기가 돋은 장갑을 끼고 있었다. 이는 빠르게 성벽을 오르기 위해서였다.

평원성은 남문이 정문 격이었으며 그보다 조금 작은 네 개의 성문이 각각 동과 서에 있었다. 북쪽으로 우회한 고구려군은 적당한 거리를 두고 산개한 채 바닥을 기다시피 하여 접근해갔다.

"최대한 기척을 죽여라."

계수가 말했다. 개마무사들의 움직임이 더욱 은밀해졌다. 운도 따랐다. 관승의 주의는 공성탑과 여몽에게 향해 있었고 수비병들의 경계도 여전히 허술하여 그들의 존재를 미처 눈치채지 못한 것이다. 더구나 평원성 북쪽은 천연의 절벽이었다. 북문이 아예 없는 이유였다. 그리로 적이 타고 올라오리라고 예상한 이는 거의 없었다.

계수는 최정예인 이만의 개마무사 중에서도, 또 가려 뽑은 결사대 오백 인을 직접 거느리고 절벽을 오르기 시작했다.

'이 방법을 여기서도 쓰게 될 줄이야.'

이는 그의 형 발기가 두눌 지방으로 달아나 농성할 때, 천연의 요새이던 두눌성을 함락하기 위해 계수가 썼던 책략이었다. 방법 자체는 간단했다. 무게를 최소화하고 기동성과 순발력을 높이기 위해 개마 무사 특유의 철갑옷 대신 검게 칠한 가죽 갑옷을 입는다. 그리고 갈고리 달린 밧줄, 단궁, 묵검, 돌기 장갑 등 몇 가지 필수적인 장비만을 갖춘 채 적의 사각지대를 찌르는 것이다.

말은 쉬우나 실행은 극히 어려웠다. 우선, 시선을 끌어줄 본대가 필요했다. 그런 후에도 엄청난 체력과 담대함을 다 갖춰야 가능한 일이었다. 계수는 묵묵히 이를 앞장서서 행하고 있었다. 형을 제 손으로 죽게 한 이후, 그는 늘 죽음과 가까이 있길 원했다.

세 시진 정도 지나, 어슴푸레하게 날이 밝아올 무렵이었다. 벼랑 쪽을 지키던 경계병들 중 하나가 달칵하는 소음에 고개를 돌렸다. 따로 성벽도 없는 곳에서 시커먼 형체가 쑤욱 올라왔다. 놀란 경계병이 입을 벌렸을 때, 비수 하나가 날아와 그의 목에 꽂혔다. 휘릭! 쓰러지는 경계병을, 개마무사 결사대가 재빨리 달려와 받쳤다. 근처에서 비슷한 광경이 연이어 벌어졌다. 몇 안 되는 경계병들을 순식간에 해치운 개마무사들이 속속 성벽 위로 올라왔다.

"예상대로 이쪽은 감시가 소홀하군. 서둘러 공성탑을 파괴 중인 적장에게 간다."

계수의 낮은 목소리에 개마무사 결사대원들이 일제히 움직였다. 그들이 제일 가까운 동쪽 성벽으로 막 이동했을 때였다. 남문 위에 버티고 선 관승이 힐끔 뒤를 돌아보나 했더니, 큰 목소리로 외쳤다.

"유비군은 모두 앉아라!"

계수는 반사적으로 자세를 낮췄다. 그를 보고 따라오던 무사들도 동시에 허리를 굽혔다. 그러나 미처 반응하지 못한 자들도 몇 있었다. 그들의 몸이 목이나 가슴 어림에서부터 갑옷째 한꺼번에 잘려나갔다.

"히익!"

"으아악!"

비명을 지른 건 결사대가 아니라 평원성의 유비 측 수비군이었다. 관승의 외침에 반응이 늦은 인원은 그쪽이 훨씬 많았다. 졸지에 경계병 수십의 명줄이 날아갔다.

"제길."

관승이 나직하게 내뱉었다.

계수는 머릿속으로 재빨리 판단을 내렸다.

'거리에 구애받지 않고 넓은 범위의 대상을 절단하는 공격. 그게 검술인지, 사술인지, 혹은 암기인지는 알 수 없다만… 공성탑을 부수던 수법과 같다. 그렇다면 근거리에서는 취약할 가능성이 있고 앞으로 일 각은 사용하지 못한다.'

대원들의 희생 덕에 관승의 기술을 파악한 그가 명했다.

"돌격! 목표는 저 키 큰 여자다. 다른 것은 일절 신경 쓰지 말고 저 여자를 죽이는 데만 집중하라."

말이 떨어지기가 무섭게 계수 자신이 제일 먼저 성벽 위를 달려나갔다. 개마무사들이 분분히 그 뒤를 따랐다. 동쪽 성벽에는 제법 많은 수의 병사들이 있었으나 누구도 그들을 막지 못했다.

'뭐지, 이자들은….'

관승은 낯선 언어를 쓰는 일련의 무리 앞에서 저도 모르게 살짝 긴장했다. 일전에 오환족 군대를 상대했을 때, 다른 자들은 안중에도 없었으나 오환왕의 기도에는 조금 감탄했었다. 결국 그도 검 한 번 못 휘둘러보고 퇴각하긴 했지만. 한데 이 무리들은 태반이 그 오환왕에 버금가는 기도를 갈무리하고 있었다.

특히, 맨 앞에서 달려오는 자는 심상치 않았다. 무력으로만 따지면 오환왕보다 조금 나은 정도였지만 결정적인 차이가 있었다. 바로 죽음을 두려워하지 않는 기개 같은 거였다. 오환왕은 가진 것과 지켜야 할 게 많았기에 두려움을 떨치지 못했다.

'그러나 저자는 다르다.'

허무에 차 있으면서도 의무감이 엿보이고 공포라곤 찾아볼 수 없는 눈빛. 언제든 목숨을 버릴 각오가 되어 있지만, 그렇다고 허투루 버리지는 않는다. 상대하는 입장에서는 가장 골치 아픈 종류의 적이었다. 마침내 계수가 이끄는 개마무사들은 관승이 있는 남쪽 성벽 위까지 도달하는 데 성공했다.

챙! 관승은 허리 부분을 날카롭게 찔러 들어오는 계수의 검을 언월도 자루로 막았다. 채채챙! 파바박! 연이어 검은 갑옷 차림의 무사들이 두 번째, 세 번째, 네 번째 공격을 가했다. 물 흐르는 듯한 합격. 손발을 많이 맞춰본 솜씨였다.

'나야 원래도 무술을 익혔으니 상관없지만, 천기와 성혼의 의존도가 높은 천강위들—예를 들어 진명 같은 자에게는 치명적인 적이다. 몇 십 명이 죽음을 불사하고 그의 천기를 받아낸 사이, 나머지가 접근하여 이런 합격을 펼친다면 속수무책일 터. 어디서 이런 자들이….'

관승은 언월도의 자루를 짧게 잡고 한 바퀴 회전하면서 중단 공격을, 연이어 아래에서 위로 올려치며 머리로 떨어지는 검들을 쳐냈다. 마치 잘 짠 검무를 보는 듯한 모습이었다. 원래 관승의 힘이었다면 일격에 이들을 몰살했겠지만, 먹고 마시기는커녕 잠시 쉬지도 못하고 종일 싸운 후라 그녀도 어지간히 지쳐 있었다. 한 합이 끝나자 결사대들은 관승을 포위한 채 천천히 주위를 돌았다.

"관승 님!"

"어느 틈에 저런 놈들이…."

갑작스러운 상황에 놀란 괸펑과 시시 등이 가세하려 하자, 관승이 소리쳐 막았다.

"다가오지 마라! 방해만 된다."

관승은 공방을 주고받는 와중에 조금씩 이동하여, 계수와 개마 무사들을 다른 방향의 성벽으로 유도했다. 계수 등은 그 사실을 알면서도 관승을 따라갈 수밖에 없었다. 그녀 자체가 목표였기 때문이다.

"가세하겠습니다!"

쫓아 달려가려는 관평을 서서가 만류했다.

"공자, 관승 님의 말대로 우리는 방해가 될 뿐입니다. 저길 보십시오. 지금은 저쪽이 더 급합니다."

관평은 서서가 가리키는 방향을 보았다. 관승의 참격이 멈춘 사이, 여몽이 지휘하는 공성부대가 어느새 해자 앞까지 다가와 있었다. 서서는 허둥대는 수비병들에게 일갈했다.

"어서 기름주머니와 횃대를 준비하시오!"

상황을 파악한 관평이 결의 어린 목소리로 말했다.

"제가 나가서 적이 해자를 건너오지 못하도록 막겠습니다."

"…위험합니다, 공자."

"어차피 성을 빼앗기면 끝장인데 관승 님을 돕지도 못하니, 이대로 있는 것과 뭐가 다르겠습니까?"

그런 관평에게서 관우의 그것과 흡사한 호연지기가 느껴졌다. 그는 어느새 실전을 통해 조금씩 아버지를 닮아가고 있었다. 서서가 고개를 끄덕였다.

"알겠습니다. 무운을 빕니다."

"군사님도 조심하십시오."

관평이 병사들을 이끌고 다급히 달려 내려갔을 때는, 이미 공성탑 몇 대의 전면 벽이 아래로 내려가 해자를 가로질러 걸쳐지고 있었다. 공성탑 자체에 다리가 결합된 신형이었다. 그 다리를 통해 공성탑 내부에 있다가 쏟아져 나온 병사들이 성문과 성벽을 향해 달려왔다. 관평은 그 광경에 이를 악물었다.

'저런 것은 듣도 보도 못했다.'

이미 주태의 부대를 막으려다 실패하고 쫓겨온 적이 있는 그는, 야전에서도, 공성전에서도 유주군의 강함을 뼈저리게 실감하고 있었다.

'허나 절대 평원성을 내줄 순 없다. 이 성은 아버지와 큰아버지(유비)의 꿈을 위한 기반이 될 곳. 원소가 초토화한 것을 몇 년에 걸쳐 겨우 복구해놓았다. 그것을 날로 먹으려고? 내가 목숨을 걸고 지키리라!'

관평은 해자 앞에 버티고 서서, 다리를 통해 건너오는 유주군을 닥치는 대로 치고 베었다. 그 모습이 마치 작은 관우를 연상케 하니, 두려워하던 유비군은 조금이나마 사기가 올랐다. 서서 또한 적재적소에 병력을 투입하여 유주군의 접근을 필사적으로 막고 있었다.

이를 감지한 여몽이 전장을 관조하기 시작했다.

'어디선가 흐름이 끊기고 있다.'

잠시 후, 그의 시선이 관평 쪽을 향했을 때였다.

"아, 내가 어디로 가면 되냐?"

여몽의 마음을 읽기라도 한 것처럼, 옆으로 말을 몰아 온 은빛 갑옷의 장수가 말했다. 마초였다.

머리가 나빠 책략은 잘 모를지언정 그는 확실히 동물적인 감각이 있는 장수였다. 씩 웃은 여몽이 관평을 가리키며 답했다.

"저자를 잡아주시면 체증에 걸린 것 같은 상태가 확 뚫릴 것 같습니다."

"좋아."

마초는 날듯이 말을 달려 순식간에 다리 끝에 이르렀다. 그리고 일언반구도 없이 관평에게 창을 내질렀다. 쩌엉! 귀가 먹먹해지는 파공음이 울려 퍼졌다.

"큭!"

간신히 찌르기를 막은 관평이 그 여파에 휘청거렸다.

'뭐지, 이자는?'

그러나 그는 고집스레 버티고 서서 두 번째 창격을 귓가로 흘려보낸 다음, 곧장 파고들어 언월도로 마초의 허리를 베어갔다. 마초는 창을 끌어당기는 동작으로 언월도를 막았다. 동시에 몸을 말의 옆구리에 밀착하다시피 기울이며 단숨에 여섯 번의 찌르기를 펼쳤다. 생각지도 못한 방향과 각도에서 날아오는 찌르기였다.

"으악!"

여기에는 관평도 대응하지 못하고 왼쪽 허벅지와 옆구리에 일격을 허용했다. 피를 뿌리며 물러나는 관평을 향해, 말 등을 박차고 뛴 마초가 창을 내리쳤다. 관평은 양손으로 다급히 언월도를 치켜들었다. 쩡! 그는 용케 공격을 막아냈으나, 언월도의 자루 가운데가 부러지며 마초의 창대가 정수리로 떨어져 내렸다.

'젠장!'

죽음을 예감한 관평이 눈을 질끈 감았을 때였다. 끼릭! 날카로운 쇳소리와 함께 마초의 창이 허공에서 멈췄다. 금마창의 창날이 기이한 형태로 구부러진 다른 창날에 걸려 있었다. 그가 전력으로 내리친 공격을 누군가 창을 내밀어 멈추게 한 것이다. 언월도 자루를 부러뜨리면서 위력이 줄었다곤 하나 놀라운 괴력이 아닐 수 없었다. 마초는 문득 예전에 겨뤄본 한 장수를 떠올렸다.

'이 힘은 전위…? 아니, 그 이상이다.'

바람처럼 달려와 관평의 앞을 막아선 한 사내가 말했다.

"그렇게 쉽게 포기하면 안 되지, 조카. 명색이 운장 형님의 아들인데."

눈을 뜬 관평은 익숙한 등을 보았다. 상처투성이의 넓은 등이었다.

"작은 숙부님!"

"어서 성안으로 들어가서 수비를 맡아. 여긴 내가 막을 테니."

"아, 알겠습니다."

마초의 공격을 막아낸 장본인은 바로 장비였다. 그는 어깨며 팔에 근육과 힘줄을 잔뜩 부풀린 채 이를 드러내고 웃고 있었다. 이는 그가 경계심과 호승심을 동시에 느낀다는 뜻이었다.

'제법 매서운 공격이었다. 손이 찌릿찌릿하군. 평이가 감당하긴 무리였겠다.'

부상당한 관평을 들여보낸 장비는 마초에게 매서운 눈빛을 쏘아냈다.

'그랬다는 건, 하마터면 조카가 죽을 뻔했잖아?'

마초도 지지 않고 장비를 마주 노려보았다.

'이 새끼는 뭔데 다 잡은 먹이를….'

둘의 시선이 허공에서 부딪쳐 불꽃이 튀었다. 먼저 입을 연 쪽은 마초였다.

"그 뱀처럼 구부러진 창은…. 네가 유비의 의동생이라는 익덕이냐?"

마초의 말에 장비의 웃음이 더욱 짙어졌다.

"어린놈이 예의가 없구나."

"적한테 갖추는 예의 따위는 안 키워서."

"어디, 말만큼 실력도 있나 보자."

슈우우웅! 장팔사모가 이름 그대로 살아 있는 뱀처럼 꿈틀거리면서 날아왔다. 분명 찌르기인데 기이하게 비틀어져 어딜 노리는지 제대로 알 수가 없었다. 더구나 팔 길이와 창대 길이를 더하니, 공격 범위가 마초보다 훨씬 넓었다. 마초는 공격을 아슬아슬하게 피하며 난감함을 느꼈다.

'가만, 장비가 여기 있다는 건 유비와 관우도?'

아니나 다를까, 좀 떨어진 다른 다리 위에서는 방덕이 긴 수염을 휘날리는 대춧빛 얼굴의 장수와 격전 중이었다. 말로만 들어본 외모인데도 한눈에 관우임을 알 수 있었다. 마초는 방덕의 실력을 누구보다 잘 알았으나, 용운이 유비군과 동맹을 맺었던 시기에 워낙 관우에 대한 무용담을 많이 들은 터라 은근히 걱정이 되었다. 그 강한 사린도 관우를 엄청 세다고 표현한 적이 있었다.

'저게 관우….'

장비는 마초가 힐끔거리며 곁눈질하는 걸 알아챘다. 그의 관자놀이에 핏줄이 불끈 솟았다.

"지금 한눈팔 때가 아닐 텐데."

익덕류 사모술, 독사!

파아아앗! 장비의 강맹한 찌르기가 마초의 눈앞에서 갑자기 세 갈래로 갈라졌다. 찌르기를 하던 중 억지로 방향을 틀어 세 방향을 거의 동시에 공격하여 벌어진 현상이었다. 마초는 다급히 창을 회전하여 막으려 했으나, 미처 움직임이 따라가지 못했다. 그의 투구와 갑옷 어깨 부위가 날아가고 허벅지 어림에서도 피가 튀었다.

"흥, 어떠…."

의기양양한 표정을 짓던 장비의 얼굴이 굳었다. 어느새 그의 손목에도 길게 긁힌 상처가 났다. 창으로 방어만 하는 줄 알았더니, 공격을 받는 동시에 장비의 손목을 벤 것이다. 마초는 머리 위로 금마창을 회전시키며 말했다.

"그 손으로 창을 계속 들고 있을 수나 있겠느냐?"

장비는 다친 손목을 핥으면서 입꼬리를 올렸다.

"제법 재미있게 해주네."

방덕은 방덕대로 관우를 맞아 싸우며 고전 중이었다. 청룡언월도로 내리치고 후리는 모든 공격이 빠르면서도 묵직하여 대응하기가 극히 어려웠다. 현대식으로 복싱에 비유하여 표현하자면, 한 방 한 방이 잽처럼 빠른데 위력은 일격필살의 스트레이트나 훅, 어퍼컷 같다고나 할까. 방덕의 관자놀이로 식은땀이 흘러내렸다.

'과연, 유비가 자랑하는 용장답구나.'

그러나 방덕을 상대하는 관우도 마냥 심기가 편치만은 않았다.

'보아하니 익덕도 상대를 쉽게 제압하지 못하고 있다. 진용운은 제북을 공격 중이라는 자룡과 주유평 외에도, 또 이 정도의 장수들을 보유했단 말인가? 심지어 사천신녀는 나서지도 않았건만.'

조금 전 유비 일행이 도착했을 때쯤 평원성은 무너지기 직전이었다. 그나마 도중에 유비가 받아들인 젊은 책사, 제갈량 공명이라는 자 덕에 성이 함락되는 것만 겨우 막았다. 제북까지 가지 않고 중간에 회군하여 빨리 도착한데다 인근에 다다르자마자 방어할 지점을 짚어준 덕이었다.

"운장 님과 익덕 님은 지금 당장 해자 쪽으로 가서 다리를 건너오려는 적장을 쓰러뜨리십시오. 두 분이 그곳을 굳건히 지키신다면 자연히 성벽과 성문도 편안해집니다. 주공께서는 성을 포위한 적군을 뒤에서부터 치시되 공성병기를 최대한 제거하셔야 합니다."

유비와 관우, 장비는 그의 지시에 따라 유주군의 기세를 효과적으로 누르고 있었다.

'어쩌면.'

관우는 어느새 방덕과 수십 합째 공방을 나누며 생각했다. 어쩌면 그 제갈량이라는 자는, 자신이 비록 내색은 안 했지만 마음속으로 인정했던 군사 서서보다 뛰어난 자질을 가졌는지도 모르겠다고. 하지만 관우는 제갈량이 썩 마음에 들지는 않았다. 그의 뭔가가 이상하게 마음에 걸렸기 때문이었다. 한데 그 뭔가가 뭔지는 정확히 알 수 없었다. 그것은 설명할 수 없는 거부감 같은 것이었다.

유비가 거느리고 떠났던 정예 병력은 뒤쪽에서부터 유주군을 치는 한편, 집요하게 공성탑을 공격하여 부수고 있었다. 갑자기 후방을 공격받은 유주군은 크게 당황하여 흔들리기 시작했다. 무엇보다 후방을 감당할 장수가 양무 혼자뿐이라는 게 문제였다. 마초와 방덕은 그를 도울 여건이 되지 못했다. 공성병기 전체의 움직임을 조율하는 한편, 관승의 동태도 살피고 있던 여몽 또한 여의치 못하기는 마찬가지였다. 제갈량의 한 수로 흐름이 묘하게 꼬여버린 것이다.

백영이 탄 수레는 후방의 조금 높은 언덕에 위치해 있었다. 이규는 지난번의 발작 이후로 아직 상태가 조금 불안정하여, 수면침을 맞고 막사에서 깊이 잠들어 있었다. 그녀를 제외한 유당과 유라는 각각 성월과 이랑으로 꾸미고 마차 옆을 지켰다. 백영을 호위하기 위해서라기보다 적들로 하여금 그를 용운으로 믿게 하기 위해서였다. 수레 안에서 가슴 졸이며 전황을 지켜보던 백영은 저도 모르게 탄식했다.

"아아!"

유주군이 관우와 장비로 보이는 적장에게 막혀, 좀체 다리 건너편으로 진입하지 못하고 있었다. 마초는 장비를, 방덕은 관우를 맡아 분전했으나 둘을 쓰러뜨리고 길을 열기는 무리로 보였다. 여몽은 그 틈에 부지런히 병사들을 독려하여 성벽을 공략하려 했다. 병사들은 싸우고 있는 장수들의 옆을 돌아 다리를 건넌 다음, 맨몸으로 성에 오르려고 시도했다. 하지만 그사이 서서는 위태로움을 실감한 수비병들을 어르고 달래어 제대로 수비에 임하도록 만든 후였다.

게다가 백영은 미처 몰랐으나, 양수가 평원성의 마지막 남은 여력을 동원한 참이었다. 바로 유비의 통치에 만족하고 있는 백성들이었다. 그는 백성들까지 설득하여 참전시킨 것이다. 백성들이 성벽 뒤쪽에서 부지런히 물을 끓이고 돌을 나르면, 병사들은 그것을 받아 성벽에 매달린 유주군에게 쏟아 부었다.

앞에서는 수비군이 격렬히 저항하고 길목은 관우와 장비가 틀어막았다. 뒤에서는 유비가 직접 지휘하는 본대가 유주군을 사정없이 몰아쳤다. 계수의 고구려 결사대가 관승을 묶어두고는 있으나 언제까지 가능할지는 몰랐다. 이대로라면 관승이 풀려나는 순간 오히려 전세가 뒤집힐 판이었다.

"설환, 어떡하지요?"

백영의 말에 설환은 당황하여 어쩔 줄 몰랐다.

"고구려군은 계수 왕자가 없으니 움직이지 못하고 양무 장군이 후방으로 향했으나 적의 기세에 눌리고 있습니다. 이대로 가다가는…."

여기저기서 비명과 신음소리가 울려 퍼졌다. 성벽이나 해자 아래로 추락하는 유주군이 속출했다. 백영은 보다 못해 눈을 질끈 감았다. 이런 상황에서 할 수 있는 일이 아무것도 없는 자신이 한심하고 무력하게 느껴졌다. 가능한 일이라고는 고작 이규를 어설프게 통제하고 용운인 척 연극하는 것뿐. 그나마 자신의 정체를 아는 장수들의 신뢰조차 확실하게 얻어내지 못하고 있었다.

"전하께서 날 믿고 중요한 임무를 맡겨주셨는데, 난 아직 평원성에 발도 들이지 못하고 있다. 난 무능력한 쓰레기야."

백영은 속상한 마음에 저도 모르게 속마음을 소리 내어 중얼거렸다. 그때 그 말에 대한 대답이 귓가에서 들려왔다.

"누가 그래?"

"헉!"

부드럽고 맑지만, 깊은 저음의 목소리. 백영이 꿈에서조차 그리는 목소리였다. 길고 하얀 손가락의 섬섬옥수가 백영의 머리를 어루만졌다.

"고생 많았다, 백영."

백영은 고개를 돌려 옆쪽을 올려다보았다. 신비로운 은빛 머리카락에 영롱한 금색의 눈동자를 반짝이면서, 백영의 유일한 주군이자 살아가는 이유인 사람이 미소를 머금고 있었다.

"전하…."

울먹이던 백영이 하소연하기 시작했다.

"전하, 왜 이렇게 늦으셨어요? 중간에 이규가 날뛰어서 하마터면 큰일 날 뻔했어요. 맹기 장군은 계속 저를 못 잡아먹어 안달이고….

무엇보다 가슴을 꽁꽁 싸맨데다가 높이가 다섯 치나 되는 죽마까지 타고 있자니 숨 막히고 위태로워서 죽는 줄 알았다고요!"

그런 백영의 목소리는 원래대로 가늘고 애처로운 여인의 그것으로 변해 있었다. 백영은 여자였다. 애초에 남자 대역으로는 용운의 아름다움을 흉내 낼 수 있는 이가 존재하지 않았다. 백영은 마초가 자신을 의심의 눈초리로 보며 구박할 때마다 늘 생각했다. 내가 전하를 얼마나 사랑하는지 알면 저러지 않을 텐데, 라고. 그녀는 주인을 위해서라면 목숨이라도 기꺼이 웃으며 바칠 수 있었다. 도적떼에게 당해 폐허가 된 마을에서 죽어가던 백영을 용운이 발견하여 안아든 순간부터, 그녀의 목숨은 온전히 그의 것이었으니까.

"그래, 미안하구나. 이제 안심해라."

용운은 백영의 뺨을 토닥였다. 이어서 갑작스러운 주군의 등장으로 넋이 나간 채 멍하니 있는 설환에게 말했다.

"환, 너도 수고했다. 다만, 너는 임기응변 능력을 좀 더 키워야겠더구나. 곽가라면 이런 상황에서도 결코 흔들리거나 당황하지 않았을 것이다."

"소, 송구합니다. 전하!"

옆에서 보던 청몽이 심술 난 어조로 투덜댔다.

"전하는 늘 백영을 너무 편애하신다니까요."

그러나 백영은 청몽을 아주 좋아했다. 말로만 저러는 것일 뿐 늘 자신에게 친언니처럼 따뜻했으니까. 청몽은 백영이 짊어진 임무—삶을 통째로 한 사람에게 바쳐야 하는 임무—의 무게와, 용운에 대한 그녀의 진심을 잘 아는 몇 안 되는 이들 중 하나였다.

놀란 마음을 겨우 진정시킨 유당이 물었다.

"전하, 어찌 먼저 이렇게 오셨습니까?"

"오, 유당. 여장이 꽤 잘 어울리네요. 진짜 성월인 줄 알았어요."

"…농담하실 때가 아닙니다."

"하하, 미안. 제북을 함락한 뒤에 유비가 회군했다는 소식을 들은데다 아무래도 예감이 안 좋아서 나와 사천신녀 그리고 형님만 먼저 좀 서둘렀어요. 유비군의 강함은 상당 부분 관우와 장비에 의존하고 있으니, 이 인원만으로도 급한 불은 끌 수 있겠다 싶어서요. 본대는 적오(주태 유평)가 곧 이끌고 올 겁니다."

"형님이요? 설마, 그분이?"

"예, 맞아요."

곧 해자 쪽에서 거대한 함성이 일었다. 고전 중이던 방덕에게 누군가 합세하여 관우를 단숨에 물러나게 만든 것이다. 그쪽을 바라본 유당이 환희에 찬 목소리로 중얼거렸다.

"드디어 돌아왔군요. 우리의 대장군, 조자룡이!"

15

최강의 적

평원성 남문 앞 해자에는 총 두 개의 다리가 놓였다. 그 다리 앞을 관우와 장비가 막아서고 있었다. 다리의 넓이는 장정 둘이 지나갈 수 있을 정도. 하지만 자루 긴 무기를 쓰는 두 장수의 위용에 유주군 병사들은 돌파할 엄두를 내지 못했다. 건너려고 시도하면 어김없이 언월도와 창이 날아와 꽂히니 죽을 맛이었다. 그런 상황에서 유비의 본대까지 뒤를 몰아치자, 급기야 밀려난 끝에 해자에 떨어져 죽는 자들이 속출했다.

보다 못한 마초가 장비를, 방덕이 관우를 쓰러뜨려 뚫으려고 시도했으나 여의치 않았다. 관우와 장비 또한 내로라하는 용장이었다. 그런 자들이 평원성을 지키기 위해 필사적이었기 때문이다. 가뜩이나 강한 두 의형제는 평소 이상의 실력을 발휘하고 있었다. 마초와 방덕은 점점 마음이 급해졌다.

'이 상태에서 그 관승이라는 자가 다시 설치기 시작하면 끝장이다. 지금은 무슨 일인지 잠시 안 보이는 것 같은데….'

'저 장비 또한 관우 못지않게 용맹한 자라 들었다. 맹기 님이

많이 지치셨을 텐데 괜찮을까?'

거기다 강행군은 했으되 충분히 쉰 관우, 장비와 달리, 둘은 이미 며칠째 꼬박 싸우던 중이었다. 멀게는 몇 달째 전쟁을 수행 중이기도 했다. 당연히 피로가 훨씬 더 누적되어 있었다. 점차 손발이 느려지며 자잘한 상처가 늘어나기 시작했다. 그러다 성벽 위의 병사 하나가 방덕을 향해 몰래 활을 쏘았다.

"웃!"

방덕은 반사적으로 화살을 쳐내긴 했지만, 빈틈을 허용하고 말았다. 드러난 그의 옆구리를 향해 관우의 언월도가 기다렸다는 듯 베어올 때였다. 슈욱! 바람을 가르며 매서운 창격이 날아왔다. 창끝은 정확히 관우의 미간을 향하고 있었다. 이대로 방덕을 베면, 관우 자신도 얼굴이 꿰뚫릴 상황. 그는 언월도를 거둬들이며 물러날 수밖에 없었다. 상대를 확인한 관우가 낮은 목소리로 말했다.

"자룡…."

"오랜만입니다, 운장 님."

조운은 창을 비껴들고 방덕의 옆에 나란히 섰다. 외모는 처음 용운을 만났을 때와 큰 차이가 없었으나, 서 있는 자세나 기도는 확연히 달랐다.

"흐음."

한숨을 내뱉은 관우가 말을 이었다.

"자네, 관도성을 버려두고 이렇게 나다녀도 괜찮은 겐가?"

"그럴 일은 없겠지만, 설령 관도성을 빼앗긴다 해도 대신 평원성을 차지한다면 남는 장사지요."

"…물러서게. 그래도 함께 보냈던 정이 있으니, 자네를 해치고 싶지 않네."

"그건 제가 드릴 말씀 같은데요."

"정 벌주를 택하겠다면."

관우의 기세가 폭발적으로 증가했다. 정면에 서 있던 유주군 병사들이 저도 모르게 일제히 물러났을 정도였다. 머리털이 곤두서고 팔다리에 소름이 돋았다.

'관운장, 이자가!'

방덕은 비로소 이제까지 관우가 최선을 다하지 않았음을 깨달았다. 만일의 사태를 대비해 삼 할의 힘을 남긴 것이다. 분노와 수치심으로 한 발 내딛는 방덕에게 조운이 나직하게 말했다.

"그대는 많이 지친데다 부상도 입었으니 여긴 내가 맡겠소. 지금 곧장 병사들을 이끌고 후미를 막아주시오. 유비의 본대가 뒤에서부터 공격해오고 있으니, 전하께서 위험해지실지도 모르오."

방덕은 그 말에 정신이 번쩍 들었다. 그는 지체 없이 돌아서며 말했다.

"알겠습니다, 대장군. 무운을."

"어딜!"

파앗! 관우의 청룡언월도가 무시무시한 파공음을 내며 뻗어왔다. 쩡! 그 언월도의 끝을 조운의 창날 끝이 정확히 찔렀다. 불꽃이 튀며 두 장수가 뒤로 주춤 물러났다. 관우의 송충이 같은 눈썹이 꿈틀거렸다. 두어 걸음 물러난 조운에 비해 자신은 다섯 걸음이나 물러선 것이다.

"많이 늘었구나, 자룡. 믿는 바가 있었군."
"지난 오 년간 나름대로 노력했습니다."
"좋다. 나와 죽기 살기로 백 합을 겨뤄보자."
"백 합까지 가지도 않을 겁니다."
관우와 조운은 좁은 다리 위에서 재차 격돌했다.

장비의 상황은 관우보다 좀 더 나빴다. 주태가 소리 없이 나타나 마초를 돕기 시작한 까닭이었다. 그는 조운이 그랬듯 마초를 뒤로 보내지 않고 쓸데없는 대화도 나누지 않았다. 그저 그와 힘을 합쳐 장비에게 합격을 퍼부었다. 어차피 후미로는 진도가 곧 들이닥칠 것이다. 이에 이 적장을 빨리 쓰러뜨리는 편이 더 이득이라고 판단한 것이다.
"적오."
"맹기 님."
마초와 주태는 인사 대신 가볍게 눈짓을 주고받았다.
"오랜만에 보이는 모습이 이런 꼴이라니 면목 없네. 나 혼자 완전히 제압하긴 무리군."
"이해는 갑니다."
둘은 마치 흉신악살 같은 형상으로 버티고 선 장비를 보았다. 그는 몸 전체가 부풀어 오른 것처럼 보였다. 잘 발달한 근육이 최상의 상태로 긴장해 있었다. 온몸이 누구의 것인지 모를 피로 뒤덮이고 눈썹은 한껏 치켜올라간 그에게서, 평소의 온순한 모습은 조금도 찾아볼 수 없었다.

"그래도 유주의 장수 둘이서 합공하고서도 저자 하나를 물리치지 못한다면 망신이네. 앞으로 얼굴을 들고 다니기 위해서라도 길을 열어보자고."

"그러지요."

장비는 격돌해오는 마초와 주태를 보며 무시무시하게 웃었다.

"그래, 오너라!"

다시 싸움이 시작되었다.

본대에서는 백영이 근심스러운 표정으로 말했다.

"전하, 정말 괜찮으시겠어요?"

"걱정 마, 백영. 나 혼자 가는 게 아니니까."

"하지만…."

용운은 백영의 머리를 쓰다듬었다.

"내가 꼭 가서 처리해야만 할 상대가 있어."

설환은 둘을 바로 옆에 놓고 함께 보자 확연히 다름을 알 수 있었다. 떨어져 있을 때는 안 보였던 게 붙여놓으니 보였다. 백영이 달이라면 용운은 태양과 같았다.

청몽이 퉁명스러운 어조로 백영에게 말했다.

"야, 너 내 실력을 못 믿겠다는 거야?"

"아뇨, 그건 아닌데…."

백영은 움찔하며 기가 죽었다.

용운이 눈을 부릅뜬 청몽을 말렸다.

"됐어, 청몽. 마지막 점검 후에 바로 출발한다."

그는 사천신녀에게 각자 임무를 내렸다.

"청몽은 나와 함께 성내로 진입."

"은신 유지하면서 따라갈게요."

"성월은 궁술로 최대한 아군을 도와줘."

"으음, 수만 명 다 커버하긴 무리니까 부장급 이상부터 엄호할게요오~. 장수 우선순위로요."

"그래. 이랑은 해자 근처로 이동해서 적 수비병을 저격해주고."

"알겠습니다. 모조리 태워버리지요."

"전하, 저! 저는요?"

사린이 한 손을 들고 팔짝팔짝 뛰었다.

용운은 그녀를 향해, 씩 웃으며 말했다.

"사린이는 아군 뒤쪽으로 가서 양무를 좀 도와줘야겠다. 가서 얼마든지 날뛰어도 좋아."

"아싸!"

"유당은 유라와 함께 설환과 백영을 보호해줘요. 적들에게는 여기에 여전히 사령부가 있는 것처럼 보여야 하니까."

"알겠습니다, 전하."

고개를 끄덕인 용운이 말했다.

"그럼, 가자."

슉! 순간 용운과 사천신녀의 신형이 씻은 듯 사라졌다. 설환은 감탄한 투로 말했다.

"사천신녀 분들이야 원래 태어나자마자 무술을 익히기 시작한 무신 같은 분들이라 들었지만, 전하는 정말 대단하십니다. 병사들 한 명 한 명의 이름을 다 기억하시는 엄청난 머리와 사천신녀의 움직임을 따라갈 수 있는 무공, 거기다 그린 듯한 용모에 인덕까지 갖추셨으니, 천하에 전하 같은 분은 없을 겁니다."

유당은 저도 모르게 침을 꿀꺽 삼켰다.

'사천신녀의 움직임을 따라가시는 게 아니네, 설환. 저분께서 사천신녀가 따라올 수 있을 정도로 움직여주시는 거야. 처음 봤을 때는 짐작조차 못했지. 저분이 그렇게나 강해질 줄은.'

어찌 보면 당연한 일이었다. 그는 진한성의 아들이 아닌가. 위원회는 노준의의 희생이라는 엄청난 대가를 치러 간신히 진한성을 제거했다. 그러나 그보다 더 무시무시한 존재가 눈을 뜨게 하고 말았다.

특히, 지난 오 년 사이 용운의 무력 상승은 장료나 장합 등과 더불어 직접 가르친 유당 자신도 믿기 어려울 정도였다. 용운에게 전향하길 백번 잘했다고 새삼 느낄 정도로. 진한성과 맞먹거나 그 이상 가는 전투력에, 그에게는 부족하던 사람을 끌어들이는 매력까지 가졌다. 그의 치하에서라면 현대에서의 자신과 유라처럼 불행한 이들이 더 생겨나지 않으리라.

'팔과 맞바꿔 진심을 보인 게 헛되지 않았다.'

유당은 스스로 자른 한쪽 팔에 정교한 의수를 착용하고 있었다. 용운의 부탁으로 여포의 수하인 지살위들 중 김대견이라는 기술자가 만들어준 물건이었다. 쇠와 나무를 이용해 만들었기에 조금 무거운 대신, 비장의 한 수가 될 무기이기도 했다. 그는 습관처럼 의수를 어루만지며 생각했다.

'그래, 유주왕 전하야말로 내가 찾던 왕이다.'

사실, 용운의 무위는 그에게 무공을 가르친 장수들 외에는 거의 알지 못했다. 인자하고 머리 좋으며 제 사람을 끔찍이 아끼는 주군으로 알려져 있을 뿐이다. 이제 그 무위를 처음으로 선보일 때가 왔다.

슈슈슛! 사천신녀는 각자 임무를 위해 흩어졌다. 청몽만이 용운을 따라 평원성을 향해 일직선으로 달려가고 있었다. 수만의 병사들뿐 아니라 치열하게 싸우고 있는 장수들 중 누구도 둘의 움직임을 감지하지 못했다.

"전하, 자룡 님이야 그렇다 치고 마초와 주태를 안 도와줘도 될까요?"

청몽의 물음에 용운은 가볍게 대꾸했다.

"괜찮아. 그 두 사람이 이길 거니까."

용운은 아버지 진한성이 떠난 후, 진정한 의미에서 비로소 자유로워졌다. 진한성이 그때까지 축적된 '시간의 수호'에 의한 반발을 모두 안고 이 시공을 떠났으며, 용운 자신도 이 세계의 일원으로 인정받은 까닭이었다. 이는 아버지의 마지막 선물과도 같았다. 따라서 그가 지금 관우나 장비를 참살해도 더 이상 돌아올 반동은 없었다. 그 사건 자체가 새로운 역사로 기록될 뿐. 하지만 용운은 그들을 당장 죽이려는 게 아니었다.

'내가 측정한 역량에 의하면, 관우는 자룡 형님에게, 장비는 마초와 주태에게 반드시 패한다. 하지만 져서 죽을 정도는 아니고 몸을 빼내 날아나셨지. 자룡 형님께는 미리 귀띔해뒀고. 이 자리

에서 유비 삼형제를 죽이는 게 당장은 편해질지 몰라도 내 구상과는 맞지 않아.'

지금 용운이 향하는 장소는 반드시 지켜야 할 사람과, 자신이 나서지 않으면 쓰러뜨리기 어려운 사람이 함께 있는 곳이었다.

단숨에 해자를 훌쩍 건너뛴 용운과 청몽은 곧 동쪽 성벽을 오르기 시작했다. 매달려서 기어오르는 게 아니라, 성벽의 약간 무너진 틈이나 튀어나온 부분을 딛고 뛰어오르는 식이었다. 어지간한 무인이라도 상상조차 하기 어려운 재주였다.

"저, 저…!"

동쪽 성벽을 지키던 수비병들이 기함하여 입을 벌렸다. 그들은 겨우 정신을 차리고 돌을 내던졌지만, 근처를 스치지도 못했다.

"에이, 기, 기름을 부어!"

수비병들 중 하나가 고함과 함께 기름 단지를 집어들었다. 뜨거운 기름을 부으면 직접 타격을 줄 수 있을 뿐만 아니라, 불을 붙일 수도 있고 성벽을 미끄럽게 만들 수도 있었다. 퍽! 순간, 기름 단지를 들었던 수비병의 목이 날아갔다. 끝에 낫이 달린 사슬이 날아와 목을 쳐버린 것이다. 동시에 청몽이 성벽 위로 뛰어올랐다.

"이놈들, 어디서 개수작이야?"

그런 그녀의 옆을 용운이 휙 스치고 지나갔다.

"청몽, 아까도 말했지만 부탁해. 혹시 서서나 양수를 마주치면 죽이지는 말고 꼭 사로잡아."

"잠깐만요, 같이 가요. 전하!"

"그럴 시간이 없어. 거기서 병사들을 처리해줘."

용운은 조급해졌다. 계수의 기운이 점점 약해지는 게 느껴졌다.

'여기서 고구려의 왕자를 잃어선 안 돼. 절대로!'

계수는 한쪽 무릎을 꿇고 성벽 바닥에 핏물을 토했다.

"크악!"

"왕자 전하!"

개마무사 중 하나가 안타깝게 외쳤다. 그러나 그는 계수를 돕지 못했다. 이미 양 다리를 잘려 엎어져 있었기 때문이다. 대신 관승을 무섭게 노려보며 그녀를 향해 기어가기 시작했다.

"그분을… 건드리지…."

퍽! 개마무사가 말을 채 끝맺기도 전에 관승의 참천언월도가 그의 머리에 떨어졌다.

"이 지독한 놈."

계수는 피로 물든 입술을 깨물며 중얼거렸다.

무슨 말인지 알아듣진 못했지만, 표정이나 어조로 짐작한 관승이 말했다.

"어차피 양쪽 다리를 다 잃었으니, 무인으로서의 생명은 끝난 데다 출혈이 심해 살기도 어렵다. 난 고통을 줄여준 것뿐이다."

그런 관승의 주변에는 사지나 허리, 목 등이 잘린 개마무사들의 잔해가 어지러이 흩어져 있었다. 위험할 때마다 그들이 몸 바쳐 뛰어들지 않았다면, 계수도 오래전에 죽었을 터였다. 관승은 근접전에 약한 게 아니었다. 원거리 공격이 터무니없이 길고 강할 뿐. 심지어 좀체 지치는 기색도 없었다. 간신히 어느 성도 시간은 끌었지만, 유주군은 여전히 성을 공략하지 못했다.

'여기서 이렇게 죽으면 내 죽음은 무의미해지는 게 아닌가.'

계수는 비로소 제 본심을 깨달았다. 늘 죽기를 원한다고 생각했으나, 그 이면에는 누구보다 강렬한 생존 욕구를 가진 자신이 있었다. 형, 발기를 쳐서 진압한 것도 그래서였다. 그냥 뒀다가는 한 무리로 의심받아, 혹은 내부를 안정시키기 위해 처형당하기 십상이었으니까.

"하, 하하…."

죽음을 눈앞에 두고 자신의 추한 실체를 깨달은 계수는 눈물을 흘리며 웃었다.

관승이 고개를 갸웃거리며 말했다.

"꽤 강인해 보이던 자였는데, 죽음의 공포 앞에서 미치기라도 한 건가? 걱정 마라. 수하들이 목숨을 내던지며 지키려는 걸로 봐서 제법 높은 지위에 있거나 중요한 자일 터. 인질로서의 가치가 있을 것 같아 당장 죽일 생각은 없으니까."

다음 순간, 관승은 전신에 소름이 쫙 끼쳤다.

"그거 잘됐네요."

어느 틈에 다가왔는지 등 뒤에서 속삭이듯 부드럽고 낮은 목소리가 들려왔기 때문이다.

"나도 저분이 죽으면 곤란하거든요."

"누구냐!"

관승은 몸을 돌리며 천기를 발했다. 그만큼 놀라서였다. 스컥! 동쪽 성벽의 망루까지 포함, 부채꼴로 100여 미터 안에 있던 모든 것들이 잘려나갔다. 시신을 노리고 근처를 날던 까마귀들, 수비하던 병사들까지 영문도 모른 채 졸지에 고혼이 되었다. 피가 안개처럼 허공에 흩뿌려졌다. 하지만 그녀의 등 뒤에는 이미 아무도 없었다.

"엄청나군요. 그게 당신의 천기인가요?"

관승은 다른 방향에서 들려온 목소리를 좇아 고개를 돌렸다. 좀 떨어진 곳에 한 사내가 계수를 안은 채 앉아 있었다. 신비로운 은색 머리카락과 은은하게 빛나는 금안을 지닌 사내였다. 그를 본 관승이 중얼거렸다.

"진용운…."

용운은 고개를 끄덕였다.

"그래요. 내가 유주왕 진용운입니다, 관승."

두 사람의 첫 대면이었다. 잠시 주변이 정적에 휩싸였다.

그때, 멀리서 청몽의 비명이 들려왔다.

"끄악, 이게 뭐야! 왜 갑자기 혼자 다 죽었어?"

용운은 속으로 안도의 한숨을 내쉬었다.

'청몽, 무사했구나. 다행이다.'

사실, 관승이 갑자기 천기를 발했을 때 청몽도 변을 당했을까 봐 깜짝 놀랐다. 혼의 연결이 끊어지지 않은 것으로 보아 무사한 듯했으나 팔다리가 잘렸을 수도 있으니까. 다행히 그녀는 반사적으로 피해낸 듯했다.

관승은 이미 청몽의 목소리 따위는 안중에도 없었다. 평원성을 지켜야 한다는 의무감도 잠시 잊었다. 그녀의 시선은 오직 용운을 향해 꽂혀 있었다. 위원회가 진한성 다음가는 대적으로 정한 자. 이 시대에 대한 지식과 기이한 힘을 바탕으로, 모든 일을 이상하게 꼬아버린 장본인이었다. 그녀는 씹어뱉듯 천천히 말했다.

"그렇군. 네가 진용운이군."

"키 되게 크시네요?"

쩡! 수직으로 떨어진 언월도가 용운의 왼발 바로 옆 바닥에 깊숙이 박혔다. 정확히는 정수리를 향해 내리쳤으나 용운이 살짝 오른쪽으로 이동하여 피한 것이다. 관승은 우아한 눈썹을 찌푸렸다.

"어떻게 한 거지?"

"피한 거죠."

"그럴 리가 없다."

"당신의 공격보다 빠른 존재가 있을 수 없다고 생각하나요? 오만하네요."

"다시 확인해보면 되겠지."

부웅! 또 한 차례 맹렬한 참격이 용운의 머리 위쪽을 수평으로 스치고 지나갔다. 빗나간 것이다. 관승은 그의 목을 노렸으니까. 잘린 은빛 머리카락 몇 가닥이 허공에 날렸다. 관승이 비로소 황망한 기색을 드러냈다.

"이럴 수가…."

겉으로는 태연했으나 놀라긴 용운도 마찬가지였다.

'와, 젠장. 처음에 그 공격이 제일 빠른 게 아니었어? 하마터면 목 날아갈 뻔했네. 계수가 이제까지 버틴 것만도 대단한 거였구나. 조금만 늦었으면 진짜 죽게 만들었을지도 모르겠다.'

용운은 계수를 힐끔 내려다보았다. 그는 경이에 찬 시선으로 자신을 바라보고 있었다. 그럴 만도 했다. 그 뛰어나다는 개마무사들도 관승이 마음먹고 휘두르는 참천언월도 한 번을 피해내지 못했으니까.

"유주왕 전하, 전하는 대체…."

"계수 님, 잠시 쉬십시오. 이제부터 저 여자를 눕히고 가려면 시간이 조금 걸릴 것 같습니다."

"면목 없습니다. 부디 조심하십시오."

계수를 조심스레 바닥에 눕힌 용운이 일어섰다. 동시에 관승을 향해 대인통찰을 발했다.

관승

무력 武力 : 192

통솔력 統率力 : 75

지력 智力 : 58

냉정 冷靜 위압 威壓
천기자 天技者
대기 가르기 (천기)
대지 가르기 (천기)
하늘 가르기 (천기)
불피불낙 不疲不落

정치력 政治力 : 22

매력 魅力 : 74

호감 好感 : 38

용운은 내심 혀를 찼다.

'햐, 저 무지막지한 무력 좀 봐라. 예상은 했지만 지금의 자룡 형님조차 한참 못 미치는군. 아버지보다는 못해도 현재 이 세계 최강일 듯?'

용운은 문득 가슴 한구석이 따끔거렸다. 이제 아버지, 신한성을 생각해도 눈시울이 붉어지거나 콧날이 시큰해지지는 않았다. 그래도 여전히 마음은 아팠다. 그는 얼른 생각을 전환했다. 모든 걸 쏟아 집중해야 할 상대였다. 현존하는 최강의 적을 마주했다는 의미니까.

'통솔력이나 지력은 무력보다 한참 부족하고 정치력도 거의 바닥이군. 무력이 바탕인 천강위 고위급이 대개 그렇듯 개인의 힘만 강하다. 장수로서의 능력보다 전장에서 혼자 휘젓는 타입이야.'

용운은 알아낸 정보를 바탕으로 관승에 대해 차근차근 분석해 갔다.

'그보다 아까 그 천기가 전부가 아니었군. 자그마치 세 개나 더 있다니 조심해야겠어. 특히 맨 마지막은, 뭐야? 지치지도, 쓰러지지도 않는다는 건가? 저게 패시브형 천기라면 개사기인데 아주.'

대인통찰의 강점은 자신에 대한 상대의 감정을 파악하는 것 외에도 이런 효용이 있었다. 미리 상대의 수치나 능력을 예측하고 대응할 수 있는 것이다.

'저런 자가 버티고 있었으니 여태 평원성을 못 깨뜨렸지.'

그나저나 지치지 않는 상대라면 방법은 한 가지뿐이었다.

'강력한 일격으로 쓰러뜨리는 것. 그렇다면 어디, 나와 한번 비교해볼까?'

용운의 눈앞에 자신의 능력치가 선명하게 그려졌다.

진용운

무력 武力 : 163	정치력 政治力 : 74
통솔력 統率力 : 80	매력 魅力 : 98(+5)
지력 智力 : 102	명성 名聲 : 2460

대인통찰 對人洞察
사물통찰 事物洞察
철벽수호 鐵壁守護 천기자 天技者
경새전뇌 電腦 언변 言辯
냉정 冷靜 반천기 反天技
시공복위 時空复位
시공권 時空拳
공파권 空破拳

용운의 현재 무력 수치는 163. 한때 10이었던 시절이 있었음을 감안하면, 괄목상대 정도가 아니라 천지개벽이라 할 만했다. 그러나 유주군 최강인 조운보다는 강해도, 관승보다 수치가 낮긴 마찬가지였다. 그런데도 그가 승리를 확신하는 이유는 지난 오년 사이 새롭게 얻은 두 개의 천기 때문이었다.

오래전, 여포는 무력 수치가 청몽보다 낮았음에도 불구하고 그녀를 사로잡았던 적이 있었다. 이는 새로운 육체를 제대로 다루지 못했던 청몽에 반해, 여포는 자신이 가진 특기를 실전을 통해서 확실하게 체득한 후, 여러 개 겹쳐 사용하는 등 완벽하게 응용한 결과였다. 조운이나 서황 또한, 자신보다 강한 천강위를 비슷한 원리로 쓰러뜨리기도 했다. 즉 무력 수치가 상대보다 낮더라도 가진 특기나 천기를 활용하기에 따라 이기는 게 가능하다는 의미였다.

'나의 천기는 최강이다.'

용운은 아버지의 천기가 시간을 되돌리는 능력임을 알았다. 자신도 특정 시점에서 세계를 재구성하는, 시간과 관계있는 능력을 가졌음을 깨달았다. 그러나 시공복위는 용운의 의지에 의해서라기보다 '조건이 명확하지 않은 극한 상황'에서 불규칙적으로 발동된다고 봐야 했다. 그걸 믿고 승부를 걸기에는 너무 위험했다. 게다가 요구되는 힘이 너무 크고 부작용도 예측할 수 없어, 양날의 검과 같았다.

이에 용운은 시공복위보다 위력은 약해도 내 의사대로 사용가능한 천기를 생성할 수 있지 않을까, 하고 생각했다. 시공복위 또한 처음에는 없다가 생겨난 천기다. 그러고 보니 몇 가지 일들이 떠올랐다. 임충의 공격에서 장료를 구했을 때를 비롯하여, 무의식중에 엄청난 속도로 움직인 적이 있었다. 연회장에서 여포와 유비가 싸울 뻔했을 때도 그랬다.

'그게 과연, 내가 빠르게 움직인 걸까?'

물론, 몸이 허락하는 한 최대한의 속도로 움직이려고 노력했다. 실제로 그게 일정 부분 작용도 했다. 하지만 당시 그의 몸은 그 정도로 단련되어 있지 않았다. 생각만 한다고 몸이 따라오진 않는다. 당연히 한계라는 게 존재해야 했다. 그러자 문득 이런 생각이 뇌리를 스쳤다.

'반대로, 나를 제외한 모든 게 잠깐 멈췄던 것 같기도 해.'

한 번의 실패를 겪은 용운은 시공복위로 되돌아간 오 년 전부터 전쟁 준비뿐만 아니라 자신을 단련하는 데도 온 힘을 쏟았다. 짐이 되지 않음을 떠나, 스스로 전력에 보탬이 되기 위해서였다. 그는 장료, 장합, 마초, 유당 등 최고 수준의 장수들에게서 체계적으로 무공을 배웠고 누구에게도 밝히지 않은 새로운 스승도 얻었다. 그러자 무력 수치가 꾸준히 오르기 시작했다. 그걸 보는 재미에 더욱 열심히 수련했다. 움직이면서 늘 '시간의 흐름'을 염두에 두었고 자신 외의 온 세상이 멈추는 상상을 했다.

그것이 실제로 일어난 건 수련을 시작한 삼 년 후였다. 그때 용운은 '시공권'이라는 강력한 천기를 얻었다. 시공권은 이름 그대로 시간과 공간을 이용하는 무공이었다. 발동하는 순간, 시간이 잠깐 멈추거나 느리게 가도록 만든다. 또 일정 거리의 공간을 건너뛰기도 했다. 조금 전, 관승의 공격을 아슬아슬하게 피해낸 게 바로 시공권의 힘이었다. 일단 시공권을 발동하면 사용 가능한 총합의 카운트다운이 시작되며, 숫자가 0에 도달하고 나면 한동안 사용할 수 없게 된다. 숫자 단위는 초와 미터였다. 현재는 그 시간을 각각 60초와 100미터까지 늘리는 데 성공했다. 즉 60초 이내라면 2초씩 쪼개서 시간을 서른 번 멈추거나, 다 붙여서 60초 동안 멈추게 할 수 있었다. 마찬가지로 100미터 이내에서, 5미터씩 스무 번 공간을 건너뛰거나, 붙여서 단숨에 100미터를 이동하는 일도 가능했다.

용운이 처음 이 천기를 얻었을 때, 그의 새로운 스승은 이렇게 말했다.

"결국, 또 섭리에 어긋나는 능력을 얻고 말았구나. 허나 세상의 뜻은 너에게 향해 있으니 기이한 일이로다. 어쩌면 너는 시간의 유일한 대적자이면서, 동시에 널 제외하고 섭리에 어긋난 모든 존재를 제거할 운명을 타고난 건지도 모르겠다."

회심의 일격이 두 차례나 빗나가자, 관승은 흉험한 기세를 피워 올렸다.

"여기서 이 천기를 쓰는 건 네가 두 번째다. 첫 번째는 요동에서 공손탁의 일족을 멸절할 때였다."

당시 공손탁은 수만의 사병을 양성하고 있었다. 그 많은 인원이 단 한 사람에 의해 전멸되었다. 즉 지금 관승이 쓰려는 천기로, 공손탁을 포함하여 수만 명이 몰살당한 것이다. 북평성에서 공손찬의 잔당을 멸한 노준의도 대단하지만, 관승은 전성기 상태였던 공손탁의 세력 전체를 없애버렸다.

용운은 바짝 긴장한 채 시공권의 남은 수치를 확인했다.

'시간은 58초, 공간은 98미터. 아직 넉넉하다.'

이어서 짧은 시간이었으나 큰 가르침을 준 스승에게 마음속으로 말했다.

'어디선가 보고 계십니까, 좌자 님. 저 진용운, 유일한 시간의 대적자라는 운명에 따라 위원회의 일원을 말살하겠습니다.'

순간, 관승이 움직였다.

천기 발동, 하늘 가르기!

관승이 비장의 천기를 발동함과 동시에 용운 또한 시공권을 재가동했다.

천기 발동, 시공권!

"크윽!"

계수는 용운의 몸이 세로로 쪼개지는 광경을 보고 탄식하며 눈을 질끈 감았다.

'유주왕이 죽었으니, 이제 앞으로의 일을 어떻게 한단 말인가?'

아득한 절망이 그를 덮쳤다.

16

평원성 전투, 종장

천기 '하늘 가르기(斬天)'를 발동한 순간, 관승은 확신했다.

'베었다.'

당연한 일이었다. 하늘 가르기는 공격 각도가 한 방향으로 한정되지만, 거기 걸린 모든 것을 절단했다. 또 공격의 폭이 좁은 대신, 최대 범위는 수 킬로미터에 달했으며 그녀의 모든 천기와 움직임을 통틀어 가장 빨랐다. 즉 대기 가르기의 강화판이라 할 수 있었다. 그만큼 사용 후의 경직 시간도 길었다.

천강위들이 천기를 얻고 인지하는 시스템은 간단했다. 성혼마석에 손을 대고 있는 동안, 머릿속에 저절로 각인되었다. 마치 태어날 때부터 몸에 익히고 있던 것처럼. 그 기억에 따라 '시동어'를 말하면서 움직이면 자연스럽게 발동했다. 다만, 실제로 써봐야 할 필요성이 있고 사용 감각도 익혀야 하기에, 시공회랑을 타기 전 수십 차례 사용해보는 절차가 있었다. 그 절차에는 실전도 포함되었다. 천기로 사람을 죽이지 못하면 의미가 없으니까.

당시에 관승은 소수민족 독립단체 하나를 멸하라는 임무를 받고 파견된 적이 있었다. 그들은 다른 테러 조직을 통해 낡은 전투기 한 대를 입수하여 1급 위험 대상으로 분류되었다. 관승 단 한 사람의 손에 조직원 백여 명이 죽자, 급기야 전투기가 떴다. 일대에 벌컨포와 미사일을 난사하려는 의도였다. 관승은 하늘 가르기를 발동하여 상공에 있던 전투기를 쪼개버렸다. 총으로 비행기를 쏠 때도, 엄청난 속력 때문에 앞선 경로에다 예측 사격을 해야 한다. 하물며 날고 있는 전투기를 언월도로 쪼갰으니, 그 순간 속도와 위력은 상상을 초월했다.

관승은 앞서 두 번의 공격을 헛치면서 용운의 스피드를 대충 짐작해냈다. 믿기 어려웠으나 그는 자신보다 빠른 듯했다. 하지만 이 하늘 가르기는 피할 수 없을 터였다. 물리적으로 이 공격을 피하려면 음속보다 빨라야 했기 때문이다.

콰앙! 너무도 빠른 내려치기에, 잠시 후에야 비단 찢기는 듯한 소리와 함께 폭음이 일었다. 관승이 내리친 곳을 기점으로, 평원성의 성벽 한쪽이 세로로 쩍 갈라졌다. 그 균열은 성벽 전체를 거쳐 지하에까지 이어졌다. 그러거나 말거나, 관승에게는 상관없었다.

'내가 놈을 베었….'

용운이 쪼개지는 걸 보고 미소 짓던 관승의 표정이 굳었다. 그의 형상이 희미해지더니 사라져버린 것이다.

반대로, 절망하던 계수는 다시 얼굴에 희색을 띠었다.

'잔상?'

그때, 관승의 갑옷 배 부위가 움푹 들어가며 찌그러졌다. 거기에 무수한 주먹 자국이 찍혀 나타났다.

"크윽!"

순간 관승은 허공에 떠 뒤로 세차게 날아갔다. 그러다 갑자기 공중에서 우뚝 멈추더니, 이번에는 반대편 앞으로 날아가 성벽에 처박혔다. 그런 그녀의 등에는 두 개의 손바닥 자국이 선명했다. 갑옷이 안쪽으로 한 치는 파고들어갔을 정도였다.

지켜보던 계수는 어안이 벙벙해졌다.

"이게 무슨…."

용운은 어느새 관승의 뒤편에 서서, 양 손바닥을 붙여 내민 자세를 하고 어깨로 숨을 몰아쉬고 있었다.

"헉, 헉."

그런 용운의 이마가 찢어져 피가 흘러내렸다. 그는 관승이 천기를 사용함과 동시에 자신 또한 시공권을 발동했다. 즉시 시간이 멈추며 카운트다운이 시작되었다.

'앞으로 57초.'

용운은 관승의 품에 파고든 후, 시공이 멈춘 상태에서 그녀의 복부에 수백 회의 주먹을 꽂았다. 초당 수십 회에 달하는 초속의 권이었다.

"이야아아아아아아!"

이어서 용운은 관승의 등 뒤로 이동한 다음, 시공권을 해제했다.

'앞으로 31초. 아직 여유 있다.'

관승이 직전까지 본 것은 용운이 제 앞에 서 있는 모습이었다. 그가 수백분의 일 초 차이로 시간을 멈추고 그 자리를 벗어났기 때문에, 관승의 시야에 잔상이 남았다. 자신이 벤 것이 잔상임을 깨닫는 순간, 용운이 퍼부은 주먹의 반동이 그녀를 뒤로 날려 보냈다. 이미 뒤쪽에 돌아가 있던 용운은 날아오는 그녀의 등에 쌍장을 작렬했다.

보통 손바닥치기가 아니라 새로 얻은 두 번째 천기, 공파권이었다. 손 주변에 해당하는 좁은 공간을 파괴하는 천기. 공파권은 관승이 가진 고유 천기, 불피불낙을 깨뜨리고 그녀에게 타격을 입혔다. 공간 자체를 부수니 어떤 천기나 호신강기라도 배길 도리가 없었다. 관승이 뒤로 날아가던 도중에 반대쪽 앞으로 고꾸라진 이유였다. 계수의 눈에는 그녀가 혼자서 뒤쪽으로 날아가다 다시 앞으로 날아간 것처럼 보였다.

"너, 이… 놈."

성벽에서 몸을 빼내, 비틀거리며 일어서려던 관승은 다시 고꾸라졌다. 그리고 더는 움직이지 못했다. 앞쪽에 맞은 정권 연타와 등 뒤에 맞은 공파권이 그녀의 내부에서 폭발을 일으켰다. 물리적 타격뿐만 아니라 내장도 엉망이 되고 기혈은 들끓고 있을 테니 살아 있는 게 기적이었다.

"그걸 맞고서도 일어서려 한 것 자체가 무섭네."

용운은 식은땀을 흘리며 관승에게 다가갔다. 불현듯 이상한 마음이 그의 내부에서 일어난 건 그때였다.

— 이자들을 쓰러뜨리면 뭐 해? 이미 부모님은 다 잃은데다 난 원래 세계로 돌아갈 수도 없는데.

"어?"

용운의 발이 제자리에 우뚝 멈췄다. 그의 얼굴이 갑자기 무표정에 가까워졌다.

"유주왕…?"

계수는 의아한 기색으로 용운을 바라보았다. 겉으로는 그가 그저 멈춰 선 것처럼 보였다. 하지만 안으로는 맹렬한 갈등이 휘몰아치고 있었다.

— 그래, 아무 소용없어. 이 관승이라는 여자를 죽여봐야 남은 적이 훨씬 많아. 게다가 전부 무지막지한 상대들. 호연작에, 진명에, 그들의 병마용군까지…. 끝없는 싸움을 이어가야 할 거야. 그 동안 가까운 이들이 죽어가는 모습을 눈앞에서 지켜봐야 할 테고. 내가 그걸 견뎌낼 수 있을까? 정말 지친다.

— 아니, 아니, 잠깐. 그보다 내가 열심히 일해서 낙원 같은 세상을 만들어낸다 쳐. 그거 결국 미래의 중국에만 좋은 일 해주는 거 아냐?

— 내가 그토록 아끼는 자룡 형님이며 곽가, 순욱, 마초 등도 따지고 보면 죄다 고대의 중국인들이야.

— 아버지의 원수인 위원회는, 중국을 부흥시키려고 시공 이동까지 감행했다고 했고.

— 그럼, 대체 나는 뭘 위해서 싸우는 거지?

마지막에 떠오른 생각은 용운에게 심리적으로 큰 충격을 주었다. 이제까지 자신이 믿어온 모든 게 무너지는 의문. 어렴풋이 걱정했지만 애써 묻어둔 고민이었다. 그는 관승의 존재도 잊고 골똘한 생각에 빠졌다.

그사이, 한 인영이 슬금슬금 다가와 관승을 부축해 달아나려 했다.

"과, 관승 님. 눈 좀 떠보십시오."

일그러진 추한 외모에, 굽은 등을 한 사내. 그는 바로 관승의 병마용군 궁기였다. 궁기는 전투력이 약한 대신, 상대의 마음속 어두운 부분이나 약한 부분, 혹은 의심을 건드려 증폭하는 특기, '심암증폭(心暗增幅)'을 가졌다. 예전에도 그 특기로 양수를 자극하여, 끝내 용운에게서 돌아서게 만들기도 한 강력한 특기였다.

심암증폭의 무서운 점은 단순히 대상을 세뇌해서가 아니었다. 일단 거기 걸려들면, 심암증폭을 통해 스스로의 가장 어두운 부분과 진심을 보게 된다. 그것을 극복하지 못할 경우, 평생 거기 얽매인 채 살게 되는 것이다.

양수가 그 좋은 예였다. 그 또한 천재라 불릴 만한 인재였으나 머리와 마음은 별개였다. 그는 심암증폭을 통해, 용운이 채염에게 호감을 가졌으며 채염 또한 마찬가지임을 알았다. 사실, 마음속 깊은 곳에서는 어렴풋이 느꼈으나 애써 외면한 일이었다. 한 사람은 자신이 주군으로 모시기로 한 자였으며 다른 한쪽은 사랑하는 여인이었기 때문이다. 그러나 심암증폭은 양수 자신이 앞으로 그런 상황을 견딜 수 없을 것임을 확실하게 알려주었다. 또한 그 일로 인해 얼마나 용운과 채염을 증오하게 됐는지도. 기기 저항하려 할수록 양수는 점차 피폐해졌다. 애초에 성인(聖人)이 아니고선 극복하기 불가능한 심연의 문제였다. 이에 그는 결국 용운을 떠나 위원회에 몸담는 쪽을 택했다.

관승의 위기를 본 궁기가 그 심암증폭을 최대 강도로 용운에게 사용한 것이다.

"으으, 어, 어딜!"

계수는 마지막 남은 힘을 짜내 검을 휘둘렀다. 그의 검이 관승을 안고 달아나던 궁기의 다리를 훑었다.

"으악!"

궁기는 한 차례 엎어졌지만, 굴하지 않고 일어나 기어이 관승을 데리고 달아났다. 아니, 달아났다기보다 추락에 가까웠다. 관승을 안은 채 북쪽의 절벽으로 떨어진 것이다. 그 경로를 통해 올라온 계수는 절벽이 얼마나 험한지 잘 알았다.

'저렇게 떨어졌으니… 살아나지 못하리라.'

계수는 잠시 절벽 쪽을 바라보다가 정신을 잃었다. 한계가 온 것이다. 그는 오백 인의 개마무사 중 유일한 생존자였다.

용운은 그때까지도 멍하니 서서, 기억의 탑 속을 헤매고 또 헤맸다. 그는 다른 이들보다 저장하고 있는 정보가 압도적으로 많은 만큼 정신적 충격과 혼란도 더 컸다.

'이 방도 아니야.'

용운은 자신이 원하는, 아니 자신을 납득시킬 답을 찾기 위해, 탑 내부에 있는 수만 개의 방을 뒤지는 중이었다. 그의 기억은 각각의 방 안에 빼곡하게 들어찬 번호 붙은 서랍장, 또 그 안에 내용에 따라 구분된 문서로 표현된다. 하지만 어느 방에서도 해답이 적힌 문서는 나오지 않았다.

'정말 내가 최선을 다하면 다할수록, 결국 위원회와 미래의 중국에 좋은 일만 해주게 되는 건가? 아버지와 나의 원수들에게?'

용운이 혼란 속에서 깨어난 것은 청몽의 부름 덕이었다.

"전하, 정신 차리세요! 어디 다치셨어요?"

"…민주야."

용운의 중얼거림과 흐릿한 눈을 본 청몽은 그가 여전히 제정신이 아님을 알았다.

'일단 이 자리를 벗어나야겠다.'

청몽은 용운을 업고 재빨리 계단을 뛰어내려갔다.

숨어서 거기까지 지켜보던 양수도 몸을 감췄다.

"움직이지 마, 운아. 내가 안전한 곳으로 옮겨줄게."

"민주야, 나, 그냥 다 집어치울까?"

"무슨 헛소리야, 갑자기. 나중에 얘기해."

청몽은 용운의 힘없는 목소리에 가슴이 철렁했다. 비록 천강위의 최강자를 쓰러뜨렸지만, 찜찜한 승리였다.

그사이, 다른 장수들의 싸움도 다 끝나가고 있었다. 먼저 결착이 난 쪽은 마초, 주태 대 장비였다. 장비는 성난 귀신처럼 싸웠으나, 혼자서도 능히 그를 상대할 역량을 갖춘 주태와 그에 못지않게 성장 중인 마초, 둘을 한꺼번에 상대하기란 애초에 무리였다. 이만큼이나 버틴 것도 장비였기에 가능했다. 쑥! 마초의 창날이 장비의 허벅지를 찌른 것과 동시에, 스컥 주태의 검이 반대편 허리를 긋고 지나갔다. 장비의 몸이 크게 휘청거렸다.

"이만 항복하시지? 할 만큼 한 것 같은데."

내심 장비를 죽이기 아까웠던 마초가 말했다.

장비는 피 섞인 침을 퉤 뱉더니 대꾸했다.

"엿이나 먹어, 꼬마."

"…그럼 죽든가."

마초가 장비를 향해 일격을 날리려던 때였다. 콰직! 해자 위에 놓인 다리가 부서지기 시작했다. 많은 병사들이 건너갈 수 있도록 튼튼하게 만든 다리지만, 말 탄 장수 여럿이 어우러져 싸우자 견뎌내지 못한 것이다. 특히, 장비의 진각은 한 번 밟을 때마다 다리 전체가 출렁이던 터였다.

"끄아아아앗!"

평원성 성벽 쪽으로 가까이 위치했던 장비는, 온 힘을 끌어 모아 말을 박차고 몸을 날렸다. 그 덕에 간신히 해자 가장자리에 매달릴 수 있었다. 하지만 마초와 주태는 부서진 다리와 함께 해자 아래로 추락했다. 주변에 발을 딛기는커녕 매달릴 것 하나 없으니, 아무리 날고 기는 장수라도 새가 아닌 이상 도리가 없었다. 깊은 해자에는 검푸른 물이 넘실거렸다. 무거운 갑옷을 입은 채 빠졌다간 꼼짝없이 물귀신이 될 판이었다.

"이, 이런!"

천하의 마초도 맥 빠진 신음을 흘렸다. 절체절명의 순간, 뭔가가 바람을 가르고 두 장수에게 날아왔다. 허우적거리며 아래로 떨어지던 마초의 몸이 뒤로 튕기듯 날아가 해자 벽에 꽂히다시피 고정됐다. 주태에게도 비슷한 현상이 벌어졌다. 용운의 명으로 아군을 주시하던 성월이 다리가 부서지는 광경을 보자마자 달려와 활을 쏜 것이다. 그녀는 평소와 다른, 더 길고 굵으며 단단한 화살을 썼다. 화살은 주태와 마초의 어깻죽지를 정확히 관통하여 해자 벽에다 꽂아버렸다. 무식하지만 둘을 구할 유일한 방법이었다. 맨살이었다면 체중에 어깨가 찢어지며 떨어졌겠지만, 화살은 갑옷도 함께 꿰뚫었다. 덕분에 화살 하나로 몸을 잠시나마 지탱했다.

마초는 무슨 일이 벌어졌는지 깨닫고 비명을 질렀다.

"아이고, 아야! 성월 누님, 날 죽일 셈이오?"

해자 가장자리에 선 성월이 아래를 내려다보며 마주 소리 질렀다.

"창을 벽에다가 꽂고 지탱해, 멍청아! 그럼 덜 아프잖아."

"오, 그렇군."

마초는 얼른 창을 벽에다 꽂았다. 그러자 체중이 분산되어 아픔이 줄었다. 하마터면 어깨가 뜯겨나갈 뻔했다. 그는 얼른 주태 쪽을 보았다. 이 방법을 알려주기 위해서였다. 그러나 주태는 이미 검을 벽에다 꽂고 한쪽 발뒤꿈치도 해자 벽 틈에 걸친 채 평온한 얼굴로 매달려 있었다.

"…적오, 알고 있었어?"

"해자 벽에 부딪히자마자 검부터 꽂았습니다."

"나한테도 좀 말해주지."

"이 정도는 당연히 아실 줄 알고 ."

마초는 시무룩한 얼굴로 입을 다물었다. 곧 유주군 병사들이 두 장수에게 줄을 내렸다. 다행히 둘은 어깨의 부상 외에는 무사했다. 어깻죽지의 관통상 또한 뼈를 피해 깨끗이 꿰뚫려서 후유증 없이 나을 터였다. 하지만 그사이 장비는 어디론가 달아나고 말았다. 마초는 아쉬움에 한숨을 내뱉었다.

'하필 그 상황에서 다리가 부서지다니…. 아직 때가 아니라 이건가?'

한편, 조운과 싸우던 관우는 청룡언월도를 질풍처럼 휘두르고 내리쳤다. 정수리를 찍더니 다시 옆구리를 후리고 옆구리를 후리나 했더니 가슴을 찔러 왔다. 그럴 때마다 조운의 몸 주변에서 연신 불똥이 튀었다. 그 공격의 무서운 점은 무수한 수 하나하나가 모두 보통 무인의 일격필살에 달하는 위력이라는 것이었다. 평범한 무인이라 해도 온 힘을 다한 혼신의 일격에는 무시할 수 없는 힘이 실려 있다. 그런 일격이 숨 쉴 틈도 없이 수십, 수백 차례나 사방으로 날아오는 것이다. 막아도, 피해도, 흘려도 결국 지쳐서 당하게 된다. 조운이 탄 말이 겁에 질려 비명을 지를 정도였다.

관우에게 대항하는 조운은 언뜻 방어 일변도처럼 보였으나, 놀랍게도 공격을 전부 차단하고 있었다. 아찔한 위력이 담긴 참격이 조운의 창에 모조리 튕겨나거나 가로막혔다. 관우가 질풍이라면 조운은 회오리바람이었다. 창을 휘두르는 속도가 어찌나 빠른지, 조운을 둘러싸고 사방에 벽이 생긴 것처럼 보였다. 관우는 그 창의 벽을 도저히 뚫을 수가 없었다.

'두드리다 보면 힘이 빠지거나 기세가 죽겠지. 나의 연격을 버텨낸 자는 없다.'

관우는 이를 악물고 공격을 퍼부었다. 그러다 문득 창의 벽 사이로 서늘하게 빛나는 조운의 눈동자를 직시했다. 순간, 그는 자신의 패배를 직감했다. 조운은 여전히 침착한데다 조금도 지치지 않았다. 관우가 거기에 움찔한, 아주 짧은 순간이었다. 팟! 창의 벽이 사라지더니 창끝이 번갯불처럼 관우의 명치를 찔러 왔다. 대경한 관우가 힘껏 몸을 비틀었으나, 창날 끝은 여전히 그를 향하고 있었다.

'창이 휘어져?'

이는 조운이 너무도 빨리 창의 방향을 바꾼 까닭에 일어난 착시였다. 퍽! 마침내 조운의 창이 관우에게 적중했다. 둘 사이의 허공에 붉은 피가 흩뿌려졌다. 조운은 양손으로 창대를 쥔 채 감탄한 어조로 말했다.

"역시, 운장 님."

조운의 창은 관우의 왼쪽 어깨에 비스듬히 걸쳐진 듯한 모양새였다. 관우는 피할 수 없음을 깨닫자, 청룡언월도를 제 몸에 바짝 끌어당겨 위로 쳐올렸다. 거의 본능에 가까운, 순간적인 판단이었다. 덕분에 조운의 창이 마지막에 청룡언월도의 창대를 타고 미끄러져서 위로 빗나간 것이다.

조운은 창을 회수하여 한 바퀴 돌리고 옆구리에 붙였다. 명치 대신 관우의 왼쪽 어깨에 쩍 갈라진 상처가 생겼다.

"…."

제법 깊은 부상이었으나 관우는 눈썹 하나 꿈틀하지 않았다. 그의 시선은 다친 어깨 대신 조운의 등 뒤 먼 곳을 향하고 있었다.

"와아! 아군이다!"

"소패성의 본대가 왔다!"

유주군 후미 쪽에서 커다란 함성이 일어났다. 유비가 뒤를 완전히 무너뜨리기 전에 진도가 이끄는 주태군 본대가 먼저 도착한 것이다. 이번에는 반대로 유비가 유주군과 진도 사이에 낀 형국이 되어버렸다. 가뜩이나 사린과 성월이 날뛰는 바람에 피해가 커지던 차였다. 조운과 싸우는 와중에도 유비 쪽을 계속 신경 쓰던 관우는 전장의 이런 변화를 눈치챘다.

'형님이 위험하다.'

관우는 조운과 끝을 보고 싶었으나, 이쯤에서 유비를 구해 몸을 빼내야 함을 알았다. 수평으로 꼿꼿이 들어 올린 언월도가 조운을 향했다. 그 끝에서 찌르르한 기운이 흘러나왔다. 조운은 심상치 않은 기세를 느끼고 긴장하여 자세를 갖췄다.

"이야아아!"

말과 한 몸이 되다시피 한 관우가 우렁찬 기합을 내질렀다. 이어서 청룡언월도를 크게 번갈아 대각선으로 휘두르며 돌진해왔다. 위력적인 공격이었지만 허점투성이였기에 조운은 오히려 당혹감을 느꼈다.

'동귀어진(同歸於盡, 적을 죽이고 함께 죽음)이라도 하겠다는 건가? 아니, 관운장이 그런 무모한 짓을 할 리가 없다. 전하께서도 죽이지 말라고 명하셨고.'

조운은 노림수가 있음을 경계하여 저도 모르게 말고삐를 당기며 관우의 돌진을 피했다. 그러자 관우는 그대로 말을 몰아 조운의 옆을 스치고 지나갔다. 이어서 곧장 후미를 향해 전속력으로 달려갔다.

"이게 무슨…."

조운은 잠깐 멍해진 채 순식간에 멀어지는 관우의 뒷모습을 우두커니 바라보았다. 관우는 여포, 장료와 더불어 '돌파'로는《삼국지》의 무수한 장수들 중에서도 최강에 속했다. 정사에서도 그 돌파력에 힘입어 안량을 벤 바 있었다. 관우가 무시무시한 돌파 특기를 한껏 발휘하여 들이치니, 조운이 그를 채 따라붙기도 전에 유주군 후미가 양쪽으로 썰물처럼 갈라졌다.

"이놈들, 형님을 핍박하지 마라!"

위기에 처했던 유비는 관우의 호통에 화색이 돌았다.

"오오, 관 형!"

심적인 것 외에도 관우가 가진 '고무' 특기의 효과이기도 했다. 유비 주변에서 고군분투하던 병사들도 덩달아 사기가 올랐다.

관우가 단숨에 유비 앞에 도달했을 때였다. 마침 유비를 몰아붙이고 있던 진도가 그의 눈에 띄었다. 관우 자신이 지키고 있던 자리를 비운데다 적의 기세로 보아 평원성 함락은 기정사실. 거기에 조운에게도 패배한 것이나 다름없어, 관우는 울분에 차 있었다.

'그래, 이왕 진 것. 적장 하나라도 베어 죽이자. 그럼 훗날 아군에게 조금이나마 보탬이 되리라.'

관우의 분노가 고스란히 진도에게로 향했다. 진도는 이번 전투의 최고 대어인 유비를 잡을 수 있을지도 모른다는 사실에 조금 들떠 있었다. 그러다 갑자기 나타난 관우를 정면으로 대하고 순간적으로 넋이 나갔다. 무력으로만 비유하자면, 다 잡은 늑대를 몰고 있는데 갑자기 다친 범이 튀어나온 기분이랄까. 진도도 뛰어난 장수였으나 상황이 너무 갑작스러웠다. 그는 돌파에 더해진 관우의 특기, '위압'을 정면으로 받아버린 것이다.

"어, 어어…."

관우는 당황하는 진도에게 가차 없이 청룡언월도를 내리쳤다. 정사 최고의 장군 중 한 사람인 진도가 허무하게 목숨을 잃기 직전이었다. 쩡! 귀가 먹먹해지는 파공음과 함께 뭔가가 관우의 청룡언월도를 가로막았다. 주변의 병사들이 그 서슬에 우르르 쓰러졌다. 공격을 막은 것은 금빛 나는 거대한 망치였다.

관우는 착잡한 시선으로 망치의 주인을 응시했다.

"…."

"수염 아찌…."

망치를 든 사린이 속삭이듯 말했다.

동맹을 맺고 우의를 다지기 위해 예전에 용운이 연회를 베푼 적이 있었다. 유비 일행과 여포가 싸울 뻔했던 그 연회였다. 관우와 사린은 그때 잠깐 보긴 했지만, 소동이 일어나는 바람에 변변히 대화도 못했다. 즉 얄궂게도 이것이 용운과 유비가 결별한 후 사실상 둘의 첫 만남이었다. 일순 주변의 소음이 모두 사라지고 둘만 남았다. 관우가 무거운 입을 떼어 묵직한 목소리로 말했다.

"너와 나는 결국 적으로 만나는구나. 내가 말했었지 않느냐. 전장에서 만나면 사정 봐주지 않겠다고."

"…."

"요즘도 밤에 몰래 술 마시느냐?"

사린은 세차게 고개를 저었다. 그녀를 보는 관우의 손이 가늘게 떨리는 건 강렬한 충돌의 후유증만은 아니었다. 어느새 사린의 눈에도 눈물이 고였다.

"히잉…."

머리로는 관우를 공격해야 함을 아는데, 마음이 말을 듣지 않았다. 병마용군의 몸에 새겨진 명에 따라, 또 용운을 지키기 위해서라는 혼의 각인에 따라, 별 죄책감 없이 싸우고 살육해오던 그녀였다. 한데 처음으로 전쟁이 싫다는 기분이 들었다. 관우에게 주정하던 오래전 일이 문득 떠올랐다. 그를 봐도 아무렇지 않을 줄 알았는데 가슴이 먹먹했다. 이는 관우도 마찬가지였다.

"많이 컸구나, 사린."

작게 한마디를 중얼거린 관우는, 유비의 말고삐를 잡아채며 외쳤다.

"정신 차리시오, 형님! 여길 빠져나가야겠소."

유비는 허둥대며 황망하게 답했다.

"관 형, 익덕, 익덕은? 서 군사는?"

죽음이 코앞에 다가온 위기에서도 장비와 서서 등 제 사람의 안위를 챙긴다. 이래서 관우는 유비를 결코 저버릴 수 없었다.

"이더 녀석은 능히 제 한 몸 정도는 빼낼 수 있을 거요. 서 군사도 마찬가지고. 적 본대가 합류한 직후라, 아직 전열이 갖춰지지 않았을 때 피해야 하오. 곧 자룡이 당도하고 포위되기까지 하면 끝장이오!"

아니나 다를까, 뒤에서 조운이 무서운 기세로 달려오고 있었다. 유비는 이를 악물고 말했다.

"또 다 버리고 달아나야 하는 건가?"

"살아만 있으면 언제든 다시 일어설 수 있소."

"좋아, 까짓것. 그러지 뭐."

둘은 주태군과 유주군 사이의, 대형이 애매하게 벌어진 틈을 통해 달아나버렸다.

"아앗, 안 돼!"

정신이 든 사린이 뒤늦게 따라붙으려 했지만, 유비군과 난전 중인 아군이 그녀를 가로막았다. 차라리 눈앞에 적 대군이 있었다면 모조리 쳐 날려버리고 유비와 관우를 뒤쫓아 갔을 것이다. 그러나 아군이 뒤섞여 있어 차마 그럴 수가 없었다. 아무리 본능에 충실한 전투 병기지만, 싸움에 빠지면 적아를 구분하지 않고 난도질하는 이규와는 달랐다. 또 사린은 원래 사천신녀 중에서도 속도가 제일 느린 편이며 공격도 섬세하지 못했다. 이에 소리지르며 괴력을 이용해 밀쳐내는 게 다였다.

"에잇, 좀 비켜봐요!"

"엇, 웬 소녀가?"

"사, 사린 님!"

사린이 병사들을 해치고 빠져나왔을 즈음에는, 이미 유비와 관우의 모습이 사라진 후였다. 용운이 낭랑한 목소리로 외친 것은 그때였다.

"적장 유비는 달아났고 성문이 열렸다! 모두 항복하라!"

그는 용운이 아니라 백영이었다.

전황을 살피던 여몽이 그 외침을 이었다.

"평원성은 이미 유주왕 전하께 넘어왔다. 지금 항복하면 해치지 않겠다!"

그 말에 여기저기서 탄식과 함께 창칼 떨어지는 소리가 들렸다. 마지막까지 저항하던 유비군 병사들이 항복함으로써, 평원성 전투는 유주군의 승리로 끝났다. 사방에서 병사들의 함성이 울려 퍼졌다.

"우리가 이겼다. 유주왕 전하 천세!"

"우리 유주군은 최강이다!"

몇 달에 걸친 용운과 유비의 전쟁이 사실상 종결되는 순간이었다. 다만, 유비, 관우, 장비 삼형제는 물론이고 그의 책사들인 서서, 양수, 제갈량 등을 모조리 놓친 것이 아쉬움과 더불어 훗날에 대한 우려를 남겼다. 그나마 주요 장수들을 한 사람도 잃지 않은 게 위안이 되었다. 하지만 이는 사실 용운이 의도한 바였다. 그는 처음부터 유비 삼형제와 그의 책사들을 죽일 생각이 없었다. 이미 사라진 시간의 수호 때문이 아니었다. 게임에서도 전쟁에 이긴 뒤 제후와 장수를 사로잡는 족족 죽여버린다면 나중에는 필연적으로 인재난에 시달리게 된다.

'아직 익주와 유표 쪽은 건드리지도 못했다. 여러 전선과 영토를 모두 관리하려면 더 많은 인재가 필요하다. 유비 등이 더 강해져서 돌아온다고 해도, 몇 번이라도 싸워 이겨서 굴복시켜주마. 그리고 언젠가는 내 사람이 되는 거다.'

이미 남피성과 제북국, 동평국에다 관도까지 차지한 용운은 가장 넓은 영토를 차지한 제후가 되었다. 이번 전투는 그것뿐만 아니라, 용운에게 큰 변화를 가져다주었다. 적의 특기인 심암증폭이 계기가 되긴 했으나 그게 전부는 아니었다.

'어차피 천 년 후의 일. 나는 물론이고 내가 아끼는 이들도 먼지가 되어 사라진 후의 일이니, 어찌 되든 상관없다고 생각했다. 그렇게 생각하려고 했다. 하지만 내 마음 깊은 곳에서는 그게 아니라고 여김을 깨달았다.'

용운은 심암증폭에 당한 뒤 이상한 언행을 보였으나 곧 평소와 다름없는 상태로 돌아왔다. 이에 그의 상태를 걱정하던 청몽과 백영 등도 한시름 덜게 되었다.

백영은 시녀로 모습을 바꾸고 사천신녀 사이에 섞였다. 이제 진짜 용운이 나설 때였기 때문이다.

다만, 용운의 머릿속에서는 여전히 그만 아는 고뇌가 계속되고 있었다. 가신들과 병사들의 환호성을 받으며 평원성으로 입성하는 그 순간에도. 이는 그의 근본적인 화두이자 업보 같은 거였다.

'이대로라면 유주를 시작으로 한 중국의 기술과 문명은 천 년을 앞서게 된다. 이미 철기 기술과 승마술, 치수 방법, 군사제도 등은 시대를 초월해버렸어. 내가 지금부터 기술의 전수를 자제한다고 해도, 뻔히 방법을 알면서 일부러 내 사람들과 백성들을 고통 받게 버려둘 수도 없는 일이다. 예를 들어, 질병을 치료하거나 예방하는 방법, 적은 노력으로도 더 많이 수확할 수 있는 방법 같은 것들.'

용운은 말 등에서 굳은 얼굴로 손을 흔들었다. 갑자기 자신을 둘러싼 수많은 웃는 얼굴들이 다 타인으로 보였다.

'하지만 내가 그럴수록 미래의 중국은 강대해질 테고 그만큼 고구려와 삼한을 비롯, 미래의 대한민국까지도 사라져버리거나 중국에 흡수될 가능성이 더욱 높아진다. 그렇다고 이제 와서 자룡 형님과 내 가신들이 중국인이라는 이유로 미워하고 배척하지도 못하겠다. 난 어떡해야 하지?'

한편, 익주에서는 분노한 송강이 자신을 찾아온 구문룡 사진에게 명하고 있었다.

"궁기를 말살하세요."

17

또 한 번의 전쟁이 끝난 후

익주, 성도 대전.

위원회의 수장, 송강은 분노에 차서 날카로운 목소리로 말했다.

"궁기를 말살하세요, 사진."

구문룡 사진은 난처한 기색이 되었다. 대뜸 병마용군, 그것도 천강 제5위이자 무력으로는 사실상 최고인 관승의 병마용군을 말살하라니. 가당키나 한 일인가.

"갑자기 왜 그러십니까?"

"대업을 방해했어요."

송강이 말하는 '대업'이란, 그들이 원래 있던 시간의 중국을 세계 최강으로 만드는 일을 의미했다. 역사조정위원회. 회의 정식 명칭이 목표를 뚜렷이 보여주고 있었다. 하지만 이제 거기에 대해 위원회 내에서도 많은 자들이 의문을 품은 상태였다. 잘못된 시간대로 이동해오는 바람에 너무도 먼 목표가 되어버렸기 때문이다.

명나라 대에서 미래를 바꾸는 것과, 삼국시대에서 미래를 바꾸는 건 천지차이였다. 한국으로 치면 조선시대와 삼국시대 정도의 차이다. 변화로 인한 미래를 예측하기란 불가능했다. 더구나 그들의 모든 행동 방침은 명나라 대를 기준으로 계산하고 지정되어 있었다. 컴퓨터는커녕 자료로 쓸 책 한 권 없는 상황에서, 모든 것을 새로 시작해야 할 처지에 놓인 것이다.

위원회의 분열에는 송강의 소통 부족과 이해하기 어려운 행보도 한몫했다. 빠르게 익주를 차지한 것까지는 좋았는데 그 뒤 문을 걸어 잠그더니 방관하고 있었다. 이규, 호연작 등 통제 불가 인원들의 폭주에도 대응하지 않았다. 급기야 지살위는 전체가 이탈하기까지 했다. 그래도 송강은 여전히 고집스럽게 익주에 틀어박혀 최초의 목적을 관철하고 있었다.

궁기가 대업을 방해했다는 송강의 말에, 사진이 놀라서 대꾸했다.

"엥? 설마요. 모든 병마용군이 그렇지만, 궁기는 특히 관승에게 맹목적으로 충성하는 녀석이라 그런 짓을 할 리가…."

말하던 사진의 얼굴이 서서히 굳었다.

"그런데 그걸 어떻게 아셨죠?"

사진이 아는 한 송강은 성을 떠나지 않았다. 누군가 찾아와서 보고하는 기미도 없었다. 한데 송강은 마치 눈앞에서 본 것처럼 말하고 있었다.

"나는 위원장입니다. 내 천기에 대해서까지 시시콜콜 말해줘야 하나요?"

"천기로 우리를 감시하고 있었습니까?"

"감시 안 하는 줄 알고 노준의에게 붙었었나요?"

"아니, 그건…."

당황하는 사진에게 송강은 차갑게 말했다.

"나도 딱히 보고 듣고 싶어서 그러는 게 아니에요. 예를 들어, 당신이 노준의를 택한 이유는 내가 여자라는 것과 관승에게 연정을 품어서라는 것 따위. 이해 안 가고 불쾌하기 짝이 없지만, 알게 되는 수밖에 없어요. 이 정도면 설명이 됐겠죠?"

"헉…."

사진은 저도 모르게 숨을 들이켰다. 정확히 뭔지는 모르겠지만, 어떤 종류의 능력인지는 이해가 갔다. 송강은 천강위들의 생각과 언행을 실시간으로 알 수 있는 듯했다. 평원성에 있을 궁기에 대해 안 걸 보니, 거리 제한이 없는데다 대상이 눈앞에 없어도 무관한 모양이었다.

'그것도 모르고 우린…. 위원장은 다 알고 있었으면서 왜 노준의 님이 반역하게 놔둔 거지? 헉, 혹시 지금 이 생각도 읽히고 있는 건가?'

사진은 머리가 복잡해졌다. 송강의 속내를 도무지 알 수가 없었다. 반면, 그녀는 자신들에 대해 훤히 알고 있었다. 그야말로 위원회의 수장다운 능력이지만 불공평하게 느껴졌다. 그때, 송강이 말을 이었다.

"다시 명하겠어요. 가서, 궁기를 말살하세요."

"하지만 위원장님, 자신의 병마용군을 해치는데 관승이 그냥 구경만 하지는 않을 겁니다. 게다가 저는 그녀보다 약합니다."

"지금이라면 상관없어요."

"네?"

"관승은 싸우기는커녕 제 몸도 가누기 어려운 상태가 됐으니까요. 궁기도 마찬가지고."

"그, 그 말씀은 설마… 관승이 누군가와 싸워 패배했다는 겁니까?"

"그래요."

"그 상대가 누구죠?"

"진용운입니다."

잠시 멍해졌던 사진이 크게 웃었다.

"하하! 절 놀리시는군요."

"농담이 아니에요."

"진용운은 제 아비와 달리 허약한 학자 타입입니다.《삼국지》에 대한 지식과 주변 사람을 끌어당기는 매력 같은 것으로 세력을 구축했지요. 그나마도 초반에 순욱을 차지한 게 컸고요. 그런데 그가 관승을 이겼다고요? 아, 혹시 전쟁에서 이겼다는 겁니까? 뭔가 책략을 써서…. 그렇다 쳐도 놀라운데요? 관승의 힘은 혼자 전쟁의 판도를 바꿀 만하니."

"어려운 말도 아닌데 이해를 못하네요. 진용운은 관승과 일대일로 싸워서 이겼어요. 그 결과 회생하기 어려운 중상을 입었고요. 이게 다예요."

드디어 사진의 안색이 변했다.

"그게 정말입니까?"

"가려거든 빨리 가는 게 좋을 거예요. 필요하다면 대종(친정 20

위, 고속주행 능력자)의 힘을 빌릴 수 있게 허락해주죠."

"…부탁합니다."

"잊지 말아요. 나는 한 번 배신한 당신을 받아줬어요. 또 배신하고 내 명을 어긴다면 그때는 완전히 회에서 제외하겠어요."

"알겠습니다."

사진은 서둘러 대전을 나갔다. 옆에서 말없이 지켜보던, 송강의 병마용군 가영이 입을 열었다.

"분명 궁기가 쓸데없는 짓을 하긴 했지만, 굳이 말살할 필요까지 있겠습니까? 제 주인을 지키려고 한 짓인데 그건 병마용군의 본능이니까요."

"결정적일 때 방해한 게 짜증나는 건 사실이야. 그렇다고 그게 전부는 아니야. 궁기의 특기는 위험해. 이번 일로 확실하게 깨달았어."

"혹 그에게 역으로 마음을 읽힐까 봐 그러십니까? 오용을 멀리하셨듯이…. 그랬다간 그분의 존재와 송강 님의 계획을 들킬 테니 말입니다."

"그런 위험도 있지. 그런데 심암증폭은 독심술과는 좀 달라. 그냥 마음을 읽는 게 아니라 대상이 된 자의 마음 깊은 곳에 있는 악이나 죄책감, 두려움, 의심 같은 부정적인 감정을 이끌어내서 정면으로 보여주는 거야. 그리고 대부분은 거기에 먹혀버리지. 그런 감정을 마음 깊이 묻어두는 이유는 이길 자신이 없어서니까."

"그렇지요."

"그런데 극히, 지극히 드문 일이겠지만 그 감정에 맞서 이겨낸다면 어떻게 될까?"

"음…. 심리적으로 대폭 성장하게 되니 일종의 정신적 각성…."

말하던 가영이 입을 다물었다. 이해한 것이다. 송강은 고개를 끄덕이며 말을 이었다.

"그래. 궁기가 진용운에게 그 특기를 사용했어. 그것도 온 기력을 다해서. 이게 뭘 뜻하는지 알아? 자칫, 내 계획이 뿌리부터 허사가 되어버린다고. 이제까지 해온 모든 일들이 말이야."

"확실히…. 의외의 위험요소가 있었네요. 송강 님의 진짜 계획을 알아차린 시진 님이 뒤늦게나마 뉘우치고 돌아왔을 정도인데 허무하게 망쳐서는 곤란하지요."

"그건 시진이니까 받아들인 거야. 그는 지극히 이성적인데다 그의 목표는 궁극적으로 나와 맞닿아 있으니까. 다른 녀석이었다면 나를 완전히 적대시했겠지. 특히 노준의, 그자는. 그런 면에서는 진한성이 큰일을 해줬어."

"그건 그렇습니다."

수긍한 가영이 말했다.

"그런데 사진 님이 명을 충실히 이행할까요?"

"일단 위험을 무릅쓰고 최대한 서둘러서, 확실하게 관승에게 갈 사람은 사진뿐이야. 관승한테 마음이 있을뿐더러 실력도 제법 괜찮으니까. 그리고 거기까지 갔다면 내 말대로 하겠지. 다시 떨어져나가는 게 두려워서라도."

본래 사진은 진한성의 손에 죽었다가 되살아난 후, 조조에게로 가서 힘을 보태어 진한성과 용운을 격파하려 했다. 그러나 그 일을 시작하기도 전에 노준의와 진한성이 공멸했다는 소식을 들었다. 그는 크게 당황했다. 그것은 갑자기 부모에게서 버림받은 아이의 그것과 흡사한 감정이었다. 오용처럼 새로운 주군에게 매혹된 자나, 이규같이 돌아버린 자가 아니고서는 이 세계에서 홀로 살아가길 두려워했다. 내색하진 않아도 그건 본능적인 공포였다.

그 가장 큰 이유는 무엇을 해야 할지 모른다는 것. 바로 '목적의 상실' 때문이었다. 목적을 제시하는 행위는 때로 인간에게 엄청난 위력을 발휘한다. 히틀러가 그랬고 종교 지도자가 대부분 그랬다. 처음에 그 목적을 가진 이는 송강이었으며 그녀는 위원장이기도 했다. 천강위들은 자연히 그녀를 따랐다. 그러다가 점차 송강의 속내를 알 수 없어졌다. 필연적으로 성향이 안 맞는 인원도 생겨났다. 그런 상황에서 노준의가 보다 명확한 목표를 제시하고 행동했다. 그에게 더 끌린 자들이 다수 전향했다.

하지만 구심점이던 노준의가 죽자, 전향자들은 비로소 실감했다. 비록 초인적인 능력을 가졌다 해도 자신들만으로는 이 까마득한 고대의 세계에서 살아갈 수가 없다는 것을. 이에 다수가 송강에게 굽히고 되돌아갔다.

송강은 의외로 별말 없이 그들을 받아주었다. 사진도 그런 과정을 거쳐 회로 복귀했다. 단, 삶이라거나 이상 같은 것들에 개의치 않는 자들이나, 재미 또는 복수처럼 개인적 목표에 더욱 신경이 쏠린 자들 등, 소수는 여전히 떨어져 나와 있었다. 노준의의 복수를 꿈꾸는 연청도 그중 하나였다.

"이제 가까워지고 있어. 조금만 더 지나면 대업이…. 사명이 이뤄질 거야."

송강의 중얼거림에, 가영이 조심스레 물었다.

"저, 송강 님께서는 원래의 세계에서 고통만 받으셨지 않습니까. 그럼에도 그토록 대업을 이루려고 애쓰시는 이유가 뭡니까?"

"조국이 널 위해 해준 것도 없는데 왜 그토록 조국을 위해서 노력하느냐, 이 말이야?"

"외람되나 비슷합니다."

송강이 두건 아래의 새빨간 눈을 빛냈다.

"너도 사진과 마찬가지로 어렵게 생각할 거 없어. 미래의 새로운 세계에는 예전의 나 같은 사람들을 만들기 싫은 거, 그게 전부야."

"그러셨군요. 알겠습니다."

가영은 그런 송강을 보며 생각했다.

'어째서 당신이 이 큰 과업을 이룰 위원장으로 뽑혔는지 알겠습니다, 송강 님. 왜 급시우라는 별호를 부여 받았는지도요.'

급시우(及時雨)는 소설 《수호지》 속 송강의 별호이자, '때맞춰 내리는 비'라는 의미였다.

"제길, 제길!"

장비는 울분을 토하며 정신없이 성안을 뛰었다. 눈에 보이는 건 죄다 독특한 갑옷 차림의 유주군이었다. 어떻게 만들었는지, 가벼우면서도 방호력이 강해서 어지간한 화살은 튕겨내버리는 갑옷이었다. 그들만 봐도 이미 평원성은 끝났음을 알 수 있었다.

‘다 내 잘못이다. 내가 약해서. 그 다리를, 성문 앞을 끝까지 지켜내지 못해서….’

장비는 덤벼드는 자들을 닥치는 대로 후려치고 붙잡아 휘두르면서 내성을 향해 달렸다. 그는 다리가 부서져 마초와 주태가 해자 아래로 떨어진 후, 관우가 유비에게로 돌진하는 광경을 멀리서 목격했다.

‘큰형님은 운장 형님께서 반드시 구해내실 거다.’

이에 장비는 자신의 큰 잘못을 만회할 다른 방법을 찾았다. 바로 관우의 자식들과 유비가 끔찍이 아끼는 군사 서서를 구하는 일이었다.

‘만약 서 군사가 무사하다면, 반드시 정국(관평)과 힘을 합쳐서 이 자리를 모면하려 할 것이다.’

다행히 내성 안에는 아직까지 유주군의 수가 적었다. 장비는 허겁지겁 관우의 거처를 향해 달렸다.

“정국!”

거처 앞에서 그는 검을 뽑아든 채 버티고 선 두 사내를 보았다. 바로 서서와 관평이었다. 장비의 얼굴에 안도의 웃음이 떠올랐다. 그를 본 두 사람도 반가운 기색을 드러냈다.

“장 장군!”

“숙부님!”

장비의 무력이야 잘 아는 바였다. 이런 상황에서 그보다 믿음직스러운 이는 몇 없을 터였다. 비로소 마음이 조금 가벼워진 장비가 말했다.

"서 군사, 싸움도 못하는 사람이 검은 왜 들고 있어?"

"하하, 이래봬도 소싯적에 검술 좀 했습니다."

"정국, 너는 몸의 절반을 붕대로 감았는데, 그 꼴로 어떻게 싸우겠다고 그러느냐?"

"아버님께서 어떤 상황에서도 포기해서는 안 된다고 하셨습니다."

"아무튼 두 사람 모두 무사해서 다행이다. 안국은?"

안국(安國)은 관우의 차남 관흥의 자였다. 유비가 아직 홀몸인데 반해 관우는 혼인을 일찍 해서 이미 두 아들을 두었다. 그러나 아내는 둘째를 낳고 얼마 후 병사했다. 이에 고향에 들렀다가 두 아들만 데리고 온 것이다. 곧 서서와 관평의 뒤에서 씩씩한 소년의 목소리가 들려왔다.

"저 여기 있어요, 작은 숙부님!"

"오, 안국. 무사했구나. 되었다. 이제 다 같이 여길 빠져나가자."

장비가 앞장서고 그 뒤를 관평과 관흥이 따랐다. 서서는 맨 뒤에서 대열 후미를 지키며 달렸다. 그때 한 사내가 허겁지겁 뛰어오며 외쳤다.

"나, 나도 같이 데려가주십시오!"

장비가 보니 낯선 자이므로 사뭇 경계하며 일행에게 물었다.

"저자가 누구냐?"

서서가 그의 물음에 답했다.

"관승이라는 여무사와 함께 주공을 도우러 온 양덕조라는 학사입니다. 태상 양표의 자제입니다."

"흠, 양표는 잘 모르겠지만 큰형님을 도왔다니 데려가도록 하지. 한데 그 관승이란 여무사는 어디 가고 혼자인가?"

거기에 대한 답은 곁에 다가온 양수가 대신했다.

"관승 님은 진용운과 싸우다가 패해서 수하와 함께 성벽 아래로 떨어졌습니다. 워낙 강한 사람인지라 죽었을 것 같진 않지만…. 지금 찾으러 가긴 어려울 듯합니다."

"안타깝지만 어쩔 수 없군. 시간을 더 지체할 수 없으니. 알았소. 어서 나를 따르시오."

장비는 서서 등과 함께 동문을 빠져나와 남쪽으로 달렸다. 유비와 관우가 향한 방향이었다. 그 과정에서 다행히 조운이나 장합 등 유주군 장수와 마주치지 않았고 추격해오는 기미도 없었다.

'자만했구나, 진용운.'

장비는 용운이 방심했거나 추격 방향을 잘못 짚었다고 여겼다. 하지만 실은 도주로를 짐작하고서도 놓아준 것이었다. 예전의 용운이라면 달아난 유비 무리를 다시 격파하고 굴복시키기 위해 또 얼마나 많은 병사를 희생해야 할지 고민했을 것이다. 그러나 이제 그는 많이 달라졌다. 아군의 죽음에 괴로워할지언정 희생을 꺼리지는 않게 되었다. 물론, 그 대상이 아끼는 가신이 되면 얘기가 달랐다. 아무리 용운이 자기 사람에게 자애로워도 그는 신이 아니라 인간이었다. 모든 이를 평등하게 사랑할 수는 없었다.

"헉, 헉. 쫓아오진 않는 것 같습니다."

한참 달린 끝에 관평이 숨을 몰아쉬며 말했다. 장비 일행은 그래도 완전히 마음을 놓지 못했다. 그들은 용운이 아예 추격해오지 않으리라는 사실은 짐작조차 못하고 녹초가 될 때까지 달렸다. 그렇게 하루를 꼬박 도주하다, 마설곡(瑪楔谷)이라는 협곡에 다다랐을 때였다. 도피 중이던 유비 등과 거기서 조우하게 되었다.

"형님!"

장비는 크게 외치며 달려가 유비 앞에 무릎을 꿇었다.

"형님, 무사하셨군요. 죄송합니다. 저 때문에…."

눈시울이 붉어진 유비가 쪼그리고 앉아 장비를 안았다.

"그게 어째서 네 탓이냐? 살아 와서 다행이다, 익덕. 게다가 서군사와 조카들까지 데리고. 장하다, 장해."

"형님…."

관우도 다가와서 장비에게 감사를 표했다.

"그 난리통에 내 자식들까지 챙기다니. 고맙구나. 잊지 않으마."

"아닙니다, 작은 형님. 당연히 할 일을 한 것뿐인데요."

비록 패하여 도주 중이었으나, 장비와 서서 등의 합류로 유비 무리의 분위기는 한층 밝아졌다. 재회의 기쁨을 누리던 서서는, 못 보던 청년이 유비의 뒤쪽에 조용히 시립해 있음을 보았다. 유비 또한 양수를 보고 궁금하긴 마찬가지였다. 그 시선을 알아챈 서서가 먼저 양수를 소개했다.

"이쪽은 태상 양표 님의 자제, 양수 덕조입니다."

양수와 유비는 마주 포권을 취했다. 이어서 유비도 낯선 청년을 인사시켰다.

"상황이 이러니 간단히 하지. 이 친구는 제갈량 공명이야. 내게 진용운의 침공을 알려주려고 안평국에서부터 왔다고 하는군. 내가 서북으로 향하는 길목을 예측하여 기다리고 있었을 뿐만 아니라, 진용운이 본대로 평원성을 칠 것임을 알고 회군하도록 진언했지. 덕분에 그나마 싸워보기라도 한 거야. 꼴사납게 지긴 했지만. 아무튼 이 정도면 선견지명을 갖추지 않았나? 공명, 이쪽은 총군사인 서서 원직이야."

서서가 먼저 제갈량에게 포권했다.

"반갑습니다."

"저야말로 잘 부탁드립니다."

제갈량을 살피던 서서는 이어진 유비의 말에 흠칫 놀랐다.

"자, 공명. 합류하자마자 면목 없는데 이제 이 상태에서 앞으로 뭘 하면 되겠나?"

총군사인 자신을 두고, 유비는 자연스레 제갈량에게 이후의 일을 묻고 있었다. 제갈량은 마치 기다렸다는 듯 거침없이 답했다.

"유경승에게로 가셔야지요."

"유경승? 형주목 유표?"

"예."

"쩝. 신세지는 거야 익숙한 일이긴 한데, 그가 나를 받아줄까?"

"형주목은 요즘 손백부(손책)와 싸우느라 정신이 없습니다. 이럴 때 주공과 운장 님, 익덕 님과 같은 용맹한 장수들이 합류해주면 당연히 크게 반길 겁니다. 더구나 같은 유씨이기도 하고요. 유경승의 세력은 뛰어난 책사들에 비해 장수가 부족하다는 평판입니다."

"그런데 너무 멀지 않아? 차라리 가까운 조맹덕은 어때? 나랑 안면도 좀 있는데."

조맹덕이라는 이름에 제갈량의 얼굴이 잠깐 굳었다.

"그는 안 됩니다."

"응? 왜?"

"그자는 목적을 위해서는 수단과 방법을 가리지 않는 성품인데다 인재를 몹시 탐냅니다. 반드시 주공은 물론 운장 님과 익덕 님에게까지 눈독을 들일 것이고…. 품에 들어온 인재가 제 사람이 안 될 듯하면 차라리 죽이는 쪽을 택할 자입니다."

"조맹덕, 무서운 사람이었구먼."

"그게 아니더라도 조맹덕에게 의지하시려면 절 버리셔야 합니다. 전 그와 한 하늘을 이고 살 수 없습니다. 복양성에서 벌인 학살 때문입니다."

"어허, 그건 안 되지."

이는 유비와 인사를 나눈 직후, 서서가 하려던 조언과 크게 다르지 않았다. 조조는 냉혹, 위험하고 원술은 어리석으니, 차라리 조금 멀더라도 유표에게 의탁하여 훗날을 도모하라고. 그는 지금 손책과 전쟁 중이므로 반드시 주공을 맞이할 것이라고.

서서는 잠깐 멍해졌다. 청년의 이름이 그의 뇌리에 깊숙이 각인되었다.

'제갈량 공명….'

제갈량의 설명을 들은 유비는 납득한 듯 고개를 끄덕였다.

"그런가? 그럼 형주로 가지 뭐."

지켜보던 관우가 비꼬듯이 말했다.

"누군가에게 신세지러 가는 익숙한 모습, 형님과 잘 어울리는

구려."

유비는 짐짓 우는 소리를 했다.

"관 형, 꼭 이럴 때 그런 말을 해야겠어? 매정하긴. 그나마 정평(正平, 예형의 자. 독설로 유명한 선비이며, 공융과 양수 그리고 자신 외에는 아무도 인정하지 않았다. 순욱은 초상집 조문객으로나 어울리고 순유는 묘지기, 허저는 마부, 장료는 북 치는 사람, 서황은 개백정, 하후돈은 의원의 조수 등으로 평가한 일화로 유명하다. 이 책에서는 공융 밑에 있다가 황건적에게서 그를 구한 유비를 따랐다)을 고완현으로 돌려보내길 잘했다는 생각이 드네. 관 형에 이어서 정평의 독설까지 쏟아졌다가는 머리가 이상해졌을 거야."

유비의 엄살에 관우는 쓴웃음을 지었다.

"그건 그렇겠소."

"나중에 정평, 그 친구도 형주로 불러야겠군. 응해줄지는 모르겠지만. 자, 그럼 모두 가보자고. 갈 길이 머니까 서둘러야 할 거야."

서서가 얼른 유비에게 진언했다.

"남쪽은 제북국과 동평국까지 적에게 넘어간 상태이니, 계속 남하하기보다 강을 따라 비스듬히 서쪽 아래로 내려가는 편이 좋겠습니다. 목적지는 남양성으로 잡으면 될 듯합니다."

남양군은 형주에 속한 지역 중 제일 북동쪽에 위치했으며, 이 시점에서 그나마 접근하기 용이했다. 중간에 복양성과 진류성, 허창 근방을 거쳐야 했지만, 적어도 조조나 원술과 철천지원수 사이는 아니었으니 조심하면 충돌할 일도 없었다.

"그래, 그렇게 가지."

이렇게 하여 평원성에서 도주한 유비 일행은 남양성으로 향하는 먼 여로에 올랐다.

한편, 용운은 자신의 방향성에 대해 고민하는 와중에도 새로 얻은 지역을 정비하기 바빴다. 의문은 계속 남았지만 다행히 마음의 혼란 자체는 빠르게 사라졌다. 이는 용운이 아버지와 어머니의 상실이라는 가장 큰 심적 고통들을 겪고 견뎌냈으며, 그 과정에서 스스로 기억을 지워버렸을 정도인 자신의 실책과도 마주대한 후였기 때문이다. 또한 '좌자'나 '니알라토텝'과 같은 초현실적 존재들을 대면한 경험도 그가 모르는 사이 정신을 단련시켰다. 이에 용운의 심적 붕괴를 노렸던 '심암증폭'의 효과는 점차 자아성찰과 비슷하게 변해갔다.

'나는 왜 싸우는가. 어떻게 해야 미래의 중국에 좋은 일만 해주지도 않으면서, 내 사람들을 버리지도 않을 수 있을 것인가.'

용운은 유주 전체 및 청하국과 관도성, 발해군 등 기주의 상당부분, 연주에 속하는 동평국과 제북국, 거기다 청주의 평원군까지 차지했다. 그가 탁군에서 독립을 결심한 이래 가장 광대한 영토의 주인이 된 것이다. 따라서 그 영토 전체를 관리하기 위해 체제를 정비할 필요가 생겼다. 이에 용운이 택한 것은 민주주의도, 입헌군주제도 아닌 군국제의 변형이었다.

군국제란, 수도를 비롯한 핵심지역은 황제의 직할로 삼되, 떨어진 지역은 제후국으로 봉하여 황제가 보낸 왕이 다스리도록 하는 제도다. 한나라 초기에는 그런 왕들로 한신, 팽월, 영포 등

개국공신들이 임명되었다. 이윽고 공신들은 하나둘 숙청되었으며 그 자리를 황족이 메웠다. 반란을 염려해서였다.

그러나 같은 피가 흐르는 황족이라 해서 무조건 충성하는 것은 아니었다. 오히려 황족이 반란을 일으키면 더 위험했다. 황족이기에 황제의 자리에 오를 수 있는 명분을 가졌기 때문이다. 실제로 오초칠국의 난이 일어나 군국제의 위험성이 드러났다.

난이 진압된 후, 제후왕들의 권한은 대폭 축소되고 자치권도 사라져 군국제는 유명무실해졌다. 단, 황제의 자손을 제후국의 왕으로 봉하는 전통은 남아서 작위의 형태로 내리게 되었다. 즉 제북국을 예로 들면 황족 중 누군가에게 제북국을 내리긴 하지만, 실제로 다스리는 건 황제가 임명한 제북상이 맡는 식이었다.

'난 정치도 잘 모르고 중국의 황제들처럼 무수한 자손을 낳을 생각도 없다. 대신 신하의 정치력과 지력, 나에 대한 호감도 등을 볼 수 있지. 정치력과 지력이 높다는 것은 통치를 잘한다는 뜻이고 호감도는 곧 충성도와 직결된다. 꼭 그게 아니더라도, 이미 역사를 통해서 뛰어난 제후가 될 자를 알고 있으며 변절하지 않는 성품을 가진 자도 알고 있다.'

따라서 용운은 능력이 있으면서도 절대 배신하지 않을 신하들에게 영토를 맡길 수 있었다. 이는 통치자들이 부러워 마지않을 능력이자 군국제에 특화된 능력이었다. 이렇게만 보면 신하에게 영토를 내려 포상과 동시에 복종하게 하는 제도, 곧 토지로 맺어진 봉건제와도 흡사했다. 그러나 봉건제는 각각의 제후국이 독립된 자치권을 가지며 아예 다른 나라로 취급받았다. 또 각 제후국에 속한 백성들까지 타국 사람처럼 여기는 특성이 있었다. 그와 달리 용운은 영토 전체를 유주국이라는 이름으로 묶어버렸다. 동시에 통치를 간소화하기 위해 행정구역의 최소 단위를 없앴다.

'무슨 주, 군, 현, 읍에다가 국까지. 또 이름은 똑같은데 단위만 다른 경우도 있으니. 다 외우긴 하지만 너무 번거로워. 서류 만들기도 귀찮고.'

즉 '청주 평원군 평원현'은 '유주국 평원군'이 되었으며, 그 아래의 평원현이라는 단위는 사라졌다. 마찬가지로 '기주 발해군 남피현'은 그냥 '유주국 발해군'이 되었다. 원래부터 국이었던 제북국과 동평국 등은 각각 유주국 제북군, 유주국 동평군으로 바뀌었다. 특히, 오환족에게 유주의 영토 일부를 묶어, '유주국 오환군'으로 편입한 일은 천하의 제후와 선비, 서생들에게 엄청난 충격을 주었다. 이는 사실상 용운이 오환을 흡수해버린 것이지만, 그들은 반대로 오환족에게 영토를 내주었다고 여겼다.

"소문 들었나? 유주왕이 중원 땅에 오환족의 나라를 만들었다면서?"

"미친 게지. 그러다가 그놈들이 자고 있을 때 칼침이라도 놓으면 어쩌려고…."

이는 용운이 이 시대의 제도 자체를 최초로 변경한 것이었다. 이로써 그를 적대시하던 이들은, 용운이 본격적으로 역심을 드러냈다고 여겨 더욱 증오하고 두려워했다. 반대로 그를 지지하던 이들은, 부패의 뿌리를 뽑고 합리적인 제도를 도입했다 하여 더욱 숭배하게 되었다.

용운은 각 영토를 자신이 임명한 통치자에게 맡겼다. 그리고 일괄적으로 4할의 세금을 매기되, 그중 1할은 중앙으로 보내고 3할은 제후 재량으로 쓰게 허가했다. 통치를 맡은 가신은 '지사'라는 새로운 관직에 임명되었다. 현대의 도지사에서 따온 것이었다. 즉 각 영토는 현대로 치면 유주국이라는 나라 안의 도에 해당되었다. 또 지사에게는 부지사를 붙여, 업무를 돕거나 부족한 부분을 보완케 했다.

유주국 광양군(유주성. 구 유주 광양군 계현)은 유주국의 수도에 해당하며 유주왕 용운의 직할령이나, 실제 통치는 재상이 된 순욱이 대부분 관할하였다. 총군사는 곽가, 부군사로는 사마의가 임명됐다. 여기서 총군사와 부군사는 각 부대에 한정된 것이 아닌, 용운의 전체 병력에 해당되는 것이다. 즉 총군사는 유주국 참모총장과 유사한 개념이었다. 각각의 부대에는 따로 '참모'가 배정되어 더는 군사라는 호칭을 쓰지 않았다. 이제 유주국 내에서 군사라는 호칭을 쓸 수 있는 책사는 곽가와 사마의뿐이었다.

정보 및 감찰부 수장으로는 여전히 전예가, 새로운 부장은 유당이 맡았다. 특히, 전예는 관료들에게 공포의 대상이었다. 걸핏하면 불시 출현하여, 장부와 세금, 재산 내역 등을 말 그대로 탈탈 털었기 때문이다. 그리하여 부정이 없으면 은상을 받았고 죄가 있을 경우 파면되었다. 어의 겸 복지부 수장은 청낭원 원장도 겸하고 있는 화타가 임명되었다. 행정 및 조세부 수장으로는 최염만 한 이가 없었으며 부장으로는 노숙을 앉혔다.

이하 용운이 각 영토의 지사와 부지사 및 주요 관직에 임명한 가신은 아래와 같았다.

— 유주국 탁군(구 유주 탁군 탁현) : 지사 순유, 부지사 선우보.
— 유주국 북평군(구 유주 우북평군, 북평군, 토은현) : 지사 사마랑, 부지사 여건.
— 유주국 오환군(구 유주 요서, 위군) : 지사 구력거, 부지사 답돈.
— 유주국 어양군(구 유주 어양군 어양현) : 지사 진림, 부지사 양무.
— 유주국 상곡군(구 유주 상곡군 저양현 및 거용현, 대현 등을 통합) : 지사 장막.
— 유주국 하간군(구 기주 하간국 악성현) : 지사 장연, 부지사 우번.
— 유주국 중산군(구 기주 중산국 노노현) : 지사 여포, 부지사 주무.

여포는 유비와의 전쟁에 직접 참여하진 않았으나, 용운이 유비와 싸우는 사이 조조를 견제, 위협요소를 억제한 공을 인정받았다. 또 주인이 없는 상산을 제외하면 조조와 접한 최전방이라 할 수 있는 중산군을 맡겨 방어 효과도 노렸다.

— 유주국 안평군(구 기주 안평국 신도현) : 지사 서황, 부지사 진군.
— 유주국 청하군(구 기주 청하국 한릉현 및 관도성과 통합) : 지사 저수, 부지사 마초.
— 유주국 평원군(구 청주 평원군 평원현) : 지사 조운, 부지사 종요.
— 유주국 발해군(구 기주 발해군 남피현) : 지사 장료, 부지사 희시재.

— 유주국 제북군(구 연주 제북국 노현) : 지사 장합, 부지사 여몽.
— 유주국 동평군(구 연주 동평국 무염현) : 지사 이통, 부지사 진도.

이통은 새로 합류한 인물이나 동평국을 점거하여 잘 다스리고 있었으며 주태에게 협조, 길을 열어주어 유비 정벌을 용이하게 한 공로를 인정받았다.

지사와 부지사는 상하 관계라기보다 상호보완 관계에 가까웠다. 또 대개 겸직을 하고 있었는데, 예를 들어 조운은 유주 대장군이면서 동시에 평원군 지사이기도 했다. 서황은 안평군의 지사이지만, 발해군의 부지사인 희지재보다 품계는 낮았다. 서황과 장합은 같은 지사라고 하나, 유주국 안에서의 서열은 장합이 더 높았다. 지사라는 것은 용운이 영토를 내리고 통치를 맡기기 위해 임명한 직책임을 알기에, 가신들은 자연스럽게 원래의 관직으로 서열을 평가했다. 그러다 보니 같은 지사라고 감히 이통이 조운과 맞먹으려 들거나 하는 사태는 일어나지 않았다.

이렇게 대략의 제도가 정비되고 새로 점령한 지역이 안정되는데 몇 달의 시간이 흘렀다. 그러는 사이 해가 바뀌어 204년 새해 봄이 되었다.

"자."

용운은 마지막 서류에 인장을 찍은 후, 길게 기지개를 켰다.

"이제 급한 일은 다 끝냈고 날도 따뜻하니, 오래 미뤄온 외출 좀 해볼까?"

18

여포를 만나다

왕도 유주성에 갑자기 비상이 걸렸다. 용운이 흔적도 없이 사라진 것이다. 전예는 걱정 반, 분함 반의 기색으로 수하들을 채근했다.

"찾아! 꼭 찾아야 한다."

흑영대원 2호가 조심스럽게 말했다.

"하지만 대장님, 아시다시피 이제 전하께서 마음먹고 움직이시면 저희 중 아무도 쫓아가지 못합니다. 청몽 님도 아슬아슬한데…."

"그러니 너희가 더 잘하는 걸 하라는 거다. 최대한 단서를 찾아! 전하의 집무실에서부터 시작해서 예상되는 경로를 싹 훑으란 말이다!"

"옛."

2호는 불똥이 튀기 전에 얼른 집무실을 나갔다. 전예는 당황한 시녀가 근위대장인 2호에게, 2호가 자신에게 가져온 서신을 다시 찬찬히 읽었다.

— 이제 어지간한 일은 다 끝났으니 잠시 외출 좀 하고 올게요. 처리할 수 있는 사람이 나밖에 없는 일이 있어요. 중요한 결정은 문약(순욱)에게 맡겨요.

"휴…."

전예는 길게 한숨을 내쉬었다.

'하다못해 사천신녀라도 데려가시지, 혼자서…. 무슨 변고라도 당하시면 어쩌려고. 그보다 어디로 가시는지, 언제 돌아오실지도 전혀 알 수 없으니 미치겠군.'

그나마 다행스러운 점은 용운의 자리를 대신할 존재가 있다는 것.

'또 한동안 백영을 대리로 내세워야겠구나.'

그리고 유주국 전체가 놀라울 정도로 안정되어 있다는 점이었다. 이는 온갖 흉한 소문과는 달리 지사들이 선정을 펴는데다 세금도 파격적으로 줄어서 민심이 빠르게 돌아온 게 컸다. 또 다른 세력과의 경계 지점에는 무력이 뛰어난 장수를 지사나 부지사로 보내고 인재를 적절히 배치하여 외부의 위험요소도 줄였다. 특히, 한 곳이 공격받으면 즉시 다른 두 곳에서 지원군이 출격하는 방식은 위협적이었다. 유주군은 가뜩이나 정예부대로 유명했다. 한데 이렇게 되면, 공격 측은 필연적으로 십만 이상의 대군을 동원해야 하며 전선도 넓어진다. 유비 정벌 후, 그런 부담을 무릅쓰고 도전해오는 제후는 없었다. 유주왕이 단숨에 몰아쳤을 때 얼마나 무서운지 천하에 드러낸 까닭이다. 덕분에 유주국은 전체적으로 평화로웠다.

'요즘이라면 큰 위험은 없을 거야. 조조와 원술 쪽이 시끄럽긴 하지만….'

생각하던 전예가 흠칫 놀랐다.

'잠깐, 설마 그리로 가신 건 아니겠지?'

생각할수록 그럴 것 같은 기분이 들었다. 조조는 현재 원술과 치열하게 전쟁 중이었다. 자연히 업성의 분위기도 어수선해졌을 터. 조조의 손아귀에 있는 '그 사람'을 데려오기에는 더없이 좋은 기회였다.

'하아, 슬픈 예감은 틀린 적이 없는데. 아냐, 아니겠지. 전하가 미치시지 않고서야. 그런데 조금 미치셨잖아. 그쪽으로 애들 좀 보내봐야겠군.'

전예는 마음속으로 용운에 대한 걱정과 비난을 번갈아 내뱉고 있었다.

한편, 용운은 한가로이 달리며 생각했다.

'전예가 또 미쳤다고 하겠네.'

전예뿐만이 아니었다. 사천신녀조차 모르게 나왔으니, 그녀들의 원성도 자자하리라. 예전이라면 어림도 없는 일이었다.

'그만큼 내가 강해졌다는 뜻이겠지.'

원래는 용운과 일정 거리 이상 멀어지면 사천신녀의 힘이 약해졌다. 그 상태로 시간이 계속 흐를 경우, 영혼과 분리되기까지 하는 제약이 있었다. 하지만 '진실'을 자각한 후 그 제약은 사라졌다. 이랑은 애초에 용운과 무관해서 제약도 없었다. 끔찍한 고통 끝에 얻은 수확이라 할 만했다. 덕분에 사천신녀의 작전 구역이 넓어져서, 그녀들의 강대한 힘을 좀 더 자유롭게 쓸 수 있었다.

'사천신녀가 있으니 혹 천강위가 도발해와도 막아낼 수 있을 거야. 천강위 중에 제일 강했던 관승이라는 자도 죽은 듯하니까. 자룡 형님과 장료, 장합, 서황, 주태, 마초 등도 있고.'

휙! 봄을 맞아 소 떼에게 풀을 먹이러 나왔던 농부가 눈을 끔뻑거렸다. 뭔가 순식간에 눈앞을 스치고 지나간 것이다. 그러자마자 세찬 돌풍이 일어났다. 그는 주위를 두리번거리며 중얼거렸다.

"어이쿠, 깜짝이야. 아직 바람이 세구먼."

농부는 코앞으로 달려간 용운의 형체를 전혀 알아보지 못했다. 잠시 후, 용운은 점차 달리던 속도를 줄였다.

'이 정도면 흑영대도 못 쫓아오겠지? 가만, 어디까지 온 건가….'

전에 와본 곳이라면 그는 지형지물을 통해서도 기억해낼 수 있었다. 한데 지진이나 홍수라도 일어났는지, 아님 처음 와본 곳이어서인지는 몰라도 풍경이 낯설었다. 아무튼 이제부터는 타인의 시선을 의식해야 했다. 자신이 진용운임이 알려지는 순간, 거한회와 같은 단체에서부터 암살단, 현상금 사냥꾼, 온갖 자객, 심지어 군대가 몰려들지도 몰랐다. 시간을 멈추고 달아나면 그만이지만 귀찮았다. 만일을 대비해 시공권은 아껴두는 편이 나았다.

'만학관에서 배운 기술을 써먹을 때가 왔군.'

'만학관(萬學官)'은 무예와 전술을 배우는 '청무관', 학문을 익히는 '태학', 의술을 가르치는 동시에 종합의원이기도 한 '청낭원'에 이어, 용운이 네 번째로 세운 기관이었다. 용운의 대역, 백영을 배출한 기관이기도 했다. 만학관에서는 이름 그대로 온갖 기예를 다 배우고 수련할 수 있다. 남보다 특출한 재주가 있다면 뭐든 인정해주기에 지원자가 폭발적으로 몰렸다. 일단 만학관에 들어오면 숙식이 무료로 제공되며 비상사태가 아닌 경우 군역에서도 제외됐다. 주 2회 정도의 치안대 근무만 나가면 끝이었다. 그 대가로는 원하는 학생에게 자신의 재주를 전수하기만 하면 되니, 지원자가 몰리는 게 당연했다.

물론, 그만큼 선별 과정은 엄격했다. 심사관 네 명 앞에서 사흘에 걸쳐 같은 재주를 계속 보여, 요행이 아니며 확실히 몸에 밴 기술임을 증명한다. 또한 그것이 타인에게도 가르칠 수 있는 성격의 것임을 납득시켜야 했다. 그 기간 동안 용운과 직접 대면하는 과정도 있었는데, 거기서 세작(간첩)이 대개 걸러졌다. 신하들은 용운이 어떻게 한눈에 세작을 알아보는지 몹시 신기해했다.

'그러고 보니 내가 자리를 비운 동안 첩자들이 우글거릴 게 걱정이네. 전예가 잘해줘야 할 텐데.'

용운도 만학관에서 나온 몇 가지 재주를 익혔다. 지금 용운이 쓰려는 것은 그중에서도 변장술이었다. 백영에게 배운 것이다. 용운은 아직 그녀의 경지까지는 이르지 못했다. 그래도 원래 모습을 못 알아보게 하기에는 충분했다. 현재 그의 외모 중 제일 눈에 띄는 부분은 모발의 색깔이었다.

'오죽하면 은마라는 별명이 퍼졌을 정도니. 쩝.'

근처의 계곡으로 들어간 용운은, 만학관의 염료 전문가가 만든 특수한 염료로 머리를 감았다. 그러자 머리색이 자연스러운 검은색으로 변했다. 검게 변한 머리를 묶어서 틀어 올린 다음, '축골법(縮骨法)'이라는 무공을 이용해 신장과 몸집을 작게 만들었다. 이 시대 평균에 비해 너무 큰 키도 이목을 끄는 요인이었기 때문이다. 축골법은 강력한 변장술이지만, 이름처럼 뼈와 신체를 줄이는 것만 가능하고 늘이진 못했다.

용운은 이런 과정을 거쳐 머리색을 바꾸고 키와 몸집을 줄였다. 또, 얼굴의 근육과 골격도 줄어든 몸에 맞춰 조절했다. 깊은 쌍꺼풀이 생기고 코가 작아졌다. 그것만으로도 인상이 확 달라졌다. 가까이에서 늘 보던 사람이 아니면 절대 동일인물이라고 생각하지 못하리라. 가깝지 않은 사람의 인상은, 대개 획일화된 심상으로 기억되기 때문이다. 길쭉한 얼굴이나 검푸른 안색, 큰 키 같은 것.

용운은 마지막으로, 만학관제의 다른 약물을 마셔서 목소리도 바꿨다.

"아, 아아."

발성해보니 낯선 목소리가 흘러나왔다. 원래 그의 목소리는 청아해서 퍼져나가는 느낌이었다. 약물을 마시고 나니 가늘고 힘없는 소리가 됐다.

'진짜 약골 목소리네. 이 정도면 됐겠지.'

잠시 후, 검은 머리에 아담한 체구의 소년이 계곡 밖으로 모습을 드러냈다. 얼핏 소녀처럼 보일 정도로 예쁘장한 외모였다. 물론, 소년의 정체는 용운이었다. 그의 원래 목적지는 업성이었다.

그전에 오랜만에 만나볼 사람이 있었다.

'어차피 지나는 길이기도 하니.'

용운이 만나려는 사람은 바로 중산군 지사 여포 봉선이었다. 얼마 전, 흑영대가 그에 대해 묘한 소식을 전해왔기 때문이다.

— 아무래도 중산지사가 딴마음을 품은 듯합니다. 병력을 계속 늘리고 맹훈련을 시키고 있습니다.

일정 정도 이상 중요하다고 판별된 정보일 경우, 흑영대원은 용운에게 직접 보고하게 되어 있다. 그 과정에서 용운은 대원의 상태를 대인통찰로 확인한다. 따라서 거짓을 고하거나 가짜가 잠입하기란 불가능했고 실제로 그런 일도 없었다.

'여포가 딴마음을 품은 것 같다, 라….'

믿기 싫었지만, 이번 정보도 분명 진실을 말하고 있었다.

'확실히 이상한 일이긴 해.'

최근 조조는 원술과의 전쟁에 전력을 쏟아붓고 있었다. 얕봤던 원술의 저력은 의외로 만만치 않았다. 가후의 책략은 신묘했으며 화흠은 전쟁 중에도 영지를 잘 안정시켰다. 특히, 노지심과 무송의 쌍두마차는 강력했다. 게다가 허리가 되는 부장들도 제법 쓸 만했다. 이는 곧 조조가 딴생각을 할 틈이 없다는 뜻.

'그런데 왜 여포는 병력을 더 강화하는 걸까?'

처음에는 사신을 보내 이유를 확인해보려 했다. 그런데 생각해보니 자칫 분란의 소지가 될 수 있었다 아무리 좋게 포장해도,

너 하는 행동이 수상하다, 혹시 딴마음이라도 품은 게 아니냐, 하는 게 질문의 골자였다. 이는 매우 예민한 문제다. 이것을 사신을 보내 윽박지르듯 묻는다면, 오해였을 경우 크게 분노하여 마음이 돌아설 테고, 진짜였다면 발각됐음을 알고 즉각 행동하리라. 요즘 많이 유해졌다고 해도 여포의 성격상 어느 쪽이라도 사신이 살아남기 어려움은 당연했다. 이에 용운은 자신이 직접 묻기로 한 것이다. 처분 또한 직접 내리기 위해서.

유주국에서 여포의 입장은 다소 애매했다. 그는 용운의 가신이 아니었으며 그렇다고 서주자사 왕랑처럼 제대로 된 동맹도 아니었다. 유비를 칠 때 동맹을 체결하긴 했으나 이제 제 영토가 없는 처지인 까닭이었다. 조조의 업성 침공 때, 여포는 주요 가신을 대부분 구해오는 큰 빚을 용운에게 안겼다. 또 유비를 정벌할 때는 기주를 누비며 조조군을 끊임없이 압박하여 후방의 걱정거리를 덜었다. 그때, 용운은 마음속으로 결심한 바가 있었다. 설령 여포가 정사와 소설에서 양아버지를 연이어 버렸듯 자신을 배신해도 세 번까지는 용서하자고.

'이번이 그중 한 번이 되지 않았으면 좋으련만.'

그는 염려스러운 마음으로 중산군에 발을 들였다. 어느새 해가 뉘엿뉘엿 넘어가고 있었다.

달빛이 비치는 황무지에는 아직 짧지만 파릇파릇한 풀이 돋아나고 있었다. 그 위를, 중원 특유의 황사 바람이 휩쓸고 지나갔다. 여포는 적토마에서 내리며 굵직한 목소리로 명했다.

"이만 취침."

그 말이 떨어지기가 무섭게 일천여 기의 기병들은 말에서 굴러 떨어지듯 내려왔다. 그대로 쓰러져 눕는 자도 있고 허겁지겁 투구를 벗어 던지더니 토하는 자도 있었다. 그럴 만도 한 것이 이들은 지난 나흘 내내 말 위에서 먹고 자며 계속 달렸기 때문이다. 도중에 말은 휴식을 위해 바꿔주었을지언정 이들에게는 잠깐 눈을 붙이는 두 시진(약 네 시간) 외에는 어떤 휴식도 주어지지 않았다. 한 번도 교대하지 않고 달리고서도 멀쩡한 사람은 여포뿐이요, 말은 적토마가 유일했다.

그때 여포에게 다가온 팽기가 조심스레 말했다.

"주공, 훈련이 너무 혹독한 것 같습니다. 이러다 이탈자가 속출할 듯하여 걱정입니다."

팽기는 지살 43위로, 주무와 더불어 초창기부터 여포를 따랐다. 늘 야구 모자를 깊이 눌러쓴 군복 차림이며, 입이 험하지만 여포에게는 정중했다. 그는 공간왜곡과 가시광선 반사 등 눈속임과 관련된 천기를 가졌다. 현재는 98위 초정과 함께 여포의 수신호위였다.

팽기의 말에 여포가 무뚝뚝하게 답했다.

"어차피 필요 없다. 여기서 이탈한다면. 이 훈련에서 이탈하는 정도로는, 이길 수 없다. 놈들을."

"확실히, 최정예 기병 부대이긴 했지만…."

"단순히, 그게 문제가 아니다. 앞으로 더욱 강해질 것이다. 놈들은. 이번 실전을 거쳐서, 몇 단계나 올라설 것이다. 놀고 있을 수만은 없다. 나도."

"하지만 주공, 그들과 싸운다는 건 곧…."

그때, 진영에 작은 소란이 벌어졌다. 여포와 팽기의 시선이 그쪽으로 쏠렸다. 잠시 후, 병사 둘이서 한 소년을 끌고 왔다.

"무슨 일인가?"

여포의 물음에 병사들이 고개를 조아렸다.

"이 계집이 근처를 서성거리고 있지 않겠습니까, 장군님. 그래서 붙잡으려고 했더니, 갑자기 달아나기 시작했습니다. 수상한 년이 분명합니다."

팽기가 병사들에게 물었다.

"몸을 뒤져봤느냐?"

"예. 은자 몇 냥 외에 특별히 나온 건 없습니다요."

소년이 억울하다는 듯 대꾸했다.

"난 계집이 아니라고요! 그리고 그냥 업성으로 가던 도중에 길을 잃어서 헤맨 것뿐이고요. 그런데 갑자기 병사들이 덤벼드니 달아날 수밖에요."

병사들은 코웃음을 치며 무시했다.

"계집이 아니긴. 생김도, 목소리도 계집인데. 가만, 업성? 이년, 조조의 첩자가 분명하구나!"

"조조의 첩자는 무슨… 업성에 지인이 있어서 보러 가는 건데요?"

듣고 있던 여포가 병사들에게 항변하는 소년의 앞으로 다가왔다. 그는 소년을 내려다보며 무심한 어조로 물었다.

"어디서 오는 길이냐?"

"네? 저, 탁군에서…."

"누구더냐? 지금 탁군의 지사는."

"순공달 님이십니다."

"음…."

잠시 생각하던 여포는 주위를 물렸다.

"됐다. 아니다, 수상한 자가. 가서 하던 일들 하도록."

"옙."

병사들은 의문조차 표하지 않고 즉시 물러났다. 평소 얼마나 훈련이 잘되어 있는지 엿보였다.

"자네도 가게, 팽기."

"예? 하지만…."

"오랜만에 조용히 듣고 싶어서 그러네. 이자에게서, 탁군의 소식을. 아니면 혹, 걱정되나? 내가 이런 비리비리한 자에게 당할까봐?"

"그럴 리가요."

여포와 소년을 번갈아보며 잠시 생각하던 팽기가 무릎을 탁 쳤다.

"아니, 아닙니다. 제가 눈치가 없었군요. 알겠습니다. 모처럼 저도 쉬도록 하지요."

여포는 팽기의 표정이 이상하게 꺼림칙했다.

"뭐지, 그 웃음은? 무슨 생각을 한 건가? 자네."

"아무 생각도 안 했습니다. 그럼, 좋은 시간 보내십시오, 장군."

"좋은 시간?"

팽기가 히죽히죽 웃으며 자리를 떠났다. 가볍게 고개를 서은 여포의 시선이 소년을 향했다. 소년은 양팔로 가슴을 가리는 시늉을 하며 새된 목소리로 외쳤다.

"뭘 하려는 거죠? 짐승!"

여포가 한숨을 내쉬고 말했다.

"…어설픈 연극 그만하시오, 진용운. 둘만 남았으니까. 그리고 스스로 말하지 않았소? 계집이 아니라고."

"…헐, 표 났어요?"

"알아볼 수 있소. 나는. 다른 사람은 몰라도."

"어떻게 알았지? 물에 비친 걸 보니까 나도 못 알아보겠던데요."

"기(氣)의 성질을 본 거요. 겉을 본 게 아니라. 원래는, 혹 자객이 아닌가 해서 살펴본 것인데. 익숙한 기운을 흘리더군."

"와, 그런 것도 할 줄 알아요?"

용운은 문득 생각했다. 자신의 대인통찰은, 여포가 말한 그 '기'를 시각화한 것인지도 모르겠다고. 여포는 삼자동맹을 축하하는 연회장에서 용운에게 강렬한 인상을 받았다. 정확히는, 몰라보게 발전한 그의 무위에. 그때 용운이 싸움을 말리는 과정에서 보여줬던 움직임과, 거기서 감지된 기의 파동은 여포의 뇌리에 깊이 각인되었다. 겉모습은 몰라도 그 사람이 가진 기의 성질만은 바꾸지 못한다. 처음 봤을 때 어쩐지 익숙한 분위기가 느껴진다 했는데, 기운을 보자 확실히 알 수 있었다. 태양처럼 밝은 동시에 바람같이 자유로운, 용운 특유의 기.

여포의 설명을 들은 용운은 고개를 끄덕였다.

'여포 정도의 무인에게는 아직 내 변장술이 안 통하는구나. 뻐

나 근육으로 바꾼 외양이 아니라 기운 자체를 봐버리니까. 좋은 걸 알았다.'

사실, 용운도 들킬지 모르겠다고 짐작은 했다. 여포의 머리 위에 붉은색의 '洞察(통찰)'이란 글자가 떠올랐기 때문이다. 다만, 그의 지력이 낮은 편이었기에 혹시나 했는데 예상보다 특기의 수준이 높은 모양이었다. 그게 아니라면 자신의 변장술이 수준 미달이거나.

"어쩐 일이오? 그런 꼴로."

여포가 담담한 어조로 물었다. 그는 예전과 분위기가 많이 달라져 있었다. 은은한 흉포함은 여전했지만, 야수 같던 과거와 달리 훨씬 정제되고 차분한 분위기였다. 이는 그의 목소리와 말투에서도 느껴졌다.

용운은 답하기 전에 순간적으로 여포를 향해 대인통찰을 발동했다.

여포 봉선

무력 武力 : 125	정치력 政治力 : 28
통솔력 統率力 : 92	매력 魅力 : 75
지력 智力 : 65	호감 好感 : 85

비장 飛將 포박 捕縛 돌파 突破
인마일체 人馬一體 통찰 洞察
격노 激怒 위압 威壓
훈련 訓練

'헉!'

용운은 속으로 적지 않게 놀랐다. 무력이야 원래 여포가 조운보다 훨씬 높았던데다 조운이 계속 수련을 해왔듯이 여포도 조조군을 상대로 실전을 거듭했으니 이해가 갔다. 한데 통솔력이 엄청나게 상승해 있었다. 그보다 더 놀라운 건 지력의 수치였다. 보통 삼국지 게임에서 여포의 지력은 20대 중반 정도였다. 그런데 무려 65의 지력을 가진 여포라니.

'이건 사기 스탯이야. 무력도 아니고 지력이 왜 이렇게 오른 거지? 혹시 가까이에서 모시고 있는 주무의 영향인가?'

게다가 특기 또한 여덟 개나 되었는데 그중 두 개, '비장'과 '인마일체'는 여포만 가진 고유 특기인 듯싶었다. 오직 조운만 조가창법을 가졌듯이. 고유 특기는 대개 장수들이 흔히 가지고 있는 일반 특기보다 훨씬 강한 성능을 발휘한다. 이 정도면 천강위에서도 무력으로 상위에 속하는 자들이 아니고서는 여포를 이기기 어려울 듯했다.

'많이 강해졌군요, 여포.'

그때 여포가 다시 한 번 용운에게 물었다.

"변장까지 하고 어쩐 일이냐고 물었소."

여포의 호감도 수치를 본 용운은 마음이 좀 편해졌다. 최소한 그가 자신의 뒤통수를 칠 의도는 아님이 분명했다. 조금 전 용운은 중산성으로 가던 도중, 검은색 일색의 갑옷 차림인 철기대가 훈련하는 광경을 목격했다. 그는 그것이 여포의 정예부대인 흑철기임을 바로 알아보았다. 그렇다면 분명히 여포도 근처에 있을 터였다. 성에 들어가서 여포를 만나는 것보다, 마주친 김에 여기서 해결하는 편이 여러모로 나았다. 우선 시간이 절약되었고,

최악의 경우 백성들을 휘말려들지 않게 하면서 여포를 제거할 수도 있었다. 그래서 일부러 모습을 드러내 붙들려온 것이다.

"음, 봉선 님에 대해 궁금한 게 있어서요."

"그게 뭐기에 여기까지 왔소?"

"흑철기의 수를 계속 늘리고 혹독하게 훈련시키는 이유, 물어봐도 될까요?"

여포의 눈썹 끝이 꿈틀거렸다.

"설마, 나를 의심하는 거요?"

"아니, 그냥 궁금해서요. 하지만 다른 사람을 보냈다가는 지금처럼 불쾌함에 피차 오해하기 십상이지요."

용운은 끝에 한마디를 덧붙였다.

"솔직히 애매하긴 하잖아요. 지금 봉선 님과 나의 관계가. 봉선 님은 내게 영토와 작위를 받았지만, 내 신하임을 천명한 적은 한 번도 없죠."

"…."

"마침 볼일도 있고 해서 지나는 길에 확인하기로 했어요. 여포 봉선, 그대는 앞으로 어쩌려는 생각이죠? 왜 병력을 키우는 건데요?"

마지막 말을 하는 순간, 용운의 어조가 돌변했다. 가늘게 변조된 목소리임에도 불구하고 위엄이 담겨 있었다. 여포는 전신을 억누르는 듯한 중압감을 느꼈다.

'진용운, 뭔가 변했다.'

그는 이를 악물고 대꾸했다.

"만약, 내가 동맹을 파기하고 독립하겠다면?"

"난 그대에게 큰 은혜를 입었어요. 그러니 독립을 막고 싶지 않아요. 단, 언젠가 이곳 중산군을 공격하게 되겠죠. 조조를 치기 위한 길목이니."

여포의 분위기 또한 바뀌었다. 그의 전신에서 투기가 스멀거리며 뿜어졌다.

"역시. 원소와 유비에 이어 조조를 치겠다니. 넌, 통일할 생각이냐, 진용운? 천하를?"

"네."

여포의 물음에 용운은 망설임 없이 답했다. 얼마 전, 궁기의 천기 '심암증폭'에 의해 그가 마주한 의문, 여포의 질문은 그 의문에 대한 답과 맞닿아 있었다. 용운이 지난 몇 개월간 부단히 고민한 끝에 내린 결론이었다. 그는 식사할 때도, 집무를 볼 때도, 심지어 꿈속에서조차 자신의 행위에 대한 타당성을 찾으려고 고심했다. 조운과 순욱, 곽가 등을 비롯한 제 사람들을 지키고 그들의 명예와 부를 빼앗지 않으면서, 동시에 미래의 한국이 중국에 먹히지 않을 방법. 아무리 생각해도 그것은 한 가지뿐이었다.

'중국을 부강하게 함으로써 역으로 미래의 대한민국을 없애버리는 결과가 되지 않게 하는 것. 그 방법은 중국을 곧 한국으로 바꿔버리는 거다. 즉 내가 삼국을 통일하여 황제가 된 후 나아가 한반도까지 흡수하는 것이다. 체제는 지금과 마찬가지로 강력한 황권 중심의 변형 군국제를 유지하되, 통일 제국 건설 후에 내가 백제의 왕족 출신이라고 밝히고 나라 이름을 고려, 미래의 코리

아가 되는 고려로 바꾼다. 그럼, 결국 중국이라는 나라는 존재하지 않게 되고 대륙 전체가 미래의 대한민국이 되는 것이다.'

용운이 살던 21세기의 대한민국은 외국인과의 결혼이 희귀한 일이 아니었다. 한때 단일민족임을 내세운 적이 있었으나 순혈주의는 더 이상 의미가 없어졌다. 사실, 이미 그전부터 한반도에는 많은 피가 섞여 있었을 것이다. 한족, 만주족, 몽골인 등에 의해 대륙에 세워진 제국은 수백 차례에 걸쳐 크고 작은 침공을 해왔다. 그때마다 노예로 붙잡혀간 사람은 셀 수 없었다. 혹사당하다가 죽은 이도 많았겠지만, 타국에서 아내를 맞이하고 나름의 삶을 영위한 이들도 있었으리라.

이런 과정에서 자연스럽게 피가 섞였다.

한반도의 왕조는 억압을 못 이겨 여자를 공물로 바치기도 했다. 반대로, 고구려 또한 만주나 중원 북쪽에 쳐들어가 여자를 약탈해온 적도 있었다. 조선시대쯤으로 가면 여진족이 귀화해오기도 했고 남쪽에서 왜구가 조선인들을 잡아가거나, 반대로 한반도에 정착하기도 했다. 이미 백제 때부터 일본으로 건너간 왕족도 있다. 순혈을 유지하는 게 더 이상한 상황이었다. 그러니 한 나라를 결정짓는 특성은 더 이상 인종이 아니라 영토 및 거기 속한 국민이라 봐야 했다. 용운은 그 작업, 미래의 대한민국을 변화시키기 위한 밑그림을 그려둘 셈이었다.

'내가 제국을 말아먹지만 않는다면, 아마 내 자식이 다음 황제가 되겠지. 난 죽기 전에 대인통찰로 인재들을 적재적소에 배치한 다음, 가장 충성심이 높은 자를 재상 자리에 앉힐 것이다. 따라서 중국 전체를 통일한 고려, 백제의 왕족이 세운 것으로 될 고려라는 나라는 최소한 백 년 이상은 유지될 거야. 그럼, 그 혈통과 이름이 하나의 이정표가 된다. 나라를 유지한 기간이 길면 길수록 중국의 역사는 한국의 역사로 굳어질 가능성이 높아진다.'

어찌 보면 용운의 계획이야말로 위원회의 그것보다 더 무서운 책략이었다. 한족들에게는 말 그대로 재앙, 심지어 무슨 일을 당했는지조차 모를 재앙이었다. 그가 어떤 면에서는 진한성보다 더 위험한 적인 이유였다. 둘 다 위원회의 파멸을 추구하긴 마찬가지지만, 최소한 진한성은 역사를 건드리지 않는 한도 내에서 움직이려고 노력했다. 즉 미래의 중국은 세계를 정복하진 못해도 강대국 자리는 유지할 터였다.

그러나 용운은 아예 중국이라는 나라 자체를 바꾸려 하고 있었다. 역사를 조정하는 정도가 아니라, 아예 주체를 바꿔버리는 것. 그게 용운의 목표였다. 이미 그 자신이 역사의 일부가 되었다. 이제 그에 의해 바뀐 역사는 그대로 미래가 된다. 어쩌면 송강이 궁기를 말살하라는 명령을 내린 이유는, 이런 사태를 우려해서였는지도 몰랐다. 결과적으로 이미 늦은 셈이 되었지만.

"그런가, 그럼…."

용운의 대답을 들은 여포가 방천화극의 자루를 힘껏 움켜쥐었다.

"싸울 수밖에 없겠군."

부웅! 그때 그대로 공간을 갈라버릴 듯한 참격이 날아왔다. 진심이 담긴 공격이었다. 용운은 의아하고 당혹스러운 와중에도 뒤로 미끄러지듯 물러나며 여포의 공격을 피했다.

'분명히 나에 대한 여포의 호감도는 85였는데, 모르는 사이라도 등용하고도 남을 수치인데, 왜?'

19

진심의 결과

달이 가득 차올랐다. 은빛이 황무지를 밝혔다. 그 빛을 갈라버릴 것 같은 맹렬한 공격이 이어졌다. 용운은 마른침을 꿀꺽 삼켰다.

'이건… 이 공격은.'

오래전 여포가 동탁 밑에 있고 용운과 조운은 공손찬을 섬겼을 때의 일이었다. 본진을 급습해온 여포를 맞아 싸운 적이 있었다. 여포는 채찍 같은 휘둘러 치기와 내려치기로 조운을 거의 빈사 상태에 몰았었다. 방천화극의 길이에 더해, 여포의 긴 팔과 특유의 강인하면서도 유연한 근육을 이용, 도중에서 휘어지는 듯한 까다롭기 그지없는 공격이었다. 피할 틈도 거의 없을뿐더러 어설프게 피하려다가는 그대로 두 쪽 나기 십상이니 막아야 했다.

문제는 위력 또한 가공하다는 점이었다. 막은 창을 찌그러뜨리고 휘게 할 정도로. 보다 못한 용운이 앞을 가로막아 조운을 살렸다. 용운은 문득 그때의 기억이 떠올랐다.

'나, 무슨 깡으로 그런 거지? 정말 스치면 사망이었는데.'

하지만 지금은 아슬아슬하게 피할 수 있었다. 공격의 궤도가 보이는 까닭이었다. 여포의 어깨에서 시작하여 손 그리고 방천화극 끝부분까지 연결된 선이 보였다. 물론, 용운의 눈에만 보이는 선이었다. 그 선이 방천화극 밖으로 벗어나는 순간 빠르게 뻗어 나오며 불규칙하게 휘어졌다. 거기 닿지 않도록 이동하기만 하면 되었다. 단, 선이 보인다 해도 그 뻗어 나오는 속도가 워낙 빠르고 궤도도 변화무쌍하여 장료나 마초 정도 실력이 아니고서는 피하기 어려웠다. 말이 쉽지 아무나 할 수 없는 일이었다. 현대식으로 표현하자면, 야구공이 튀어나오는 배팅 게임을 하는데, 그 공이 전후좌우로 휘어져 어디로 날아올지 알 수 없는데다 속도는 시속 150킬로미터 이상인 격이라고나 할까. 그러나 지금의 용운에게는 경로가 보였고 거기 맞춰 움직일 능력도 있었다.

'이 정도면 시공권을 안 쓰고도 피할 수 있다.'

여포는 그런 공격을 몇 차례 퍼붓더니 잠깐 숨을 돌렸다. 그가 용운을 향해 낮은 목소리로 말했다.

"예전, 그 소년이, 계집과 구분도 안 가던 아이가, 강해졌군. 몰라보게."

"아버지의 피를 이어받은 덕인 것 같아요. 죽을힘을 다해 수련하기도 했고."

"조조, 때문이다."

"네?"

"말해주는 거다. 굳이 숨길 이유가 없으니까. 흑철기를 강화한 것, 조조 때문이다."

"조조는 지금 원술과 전쟁 중인데요? 더구나 원술은 상당히 선

전 중인 것 같고."

어느새 흑철기들과 그 틈에 섞인 지살위들까지 슬금슬금 모여들었다. 여포가 갑자기 낯선 소년을 상대로 싸우기 시작했는데 가까이에 있던 그들이 눈치채지 못할 리 없었다. 이제 그 소년의 정체도 둘의 대화로 말미암아 짐작하고 있었다.

'진용운이다.'

'유주의 왕이 혼자서 주공을 만나러 왔다.'

여포의 수하들은 큰 원 형태로 두 사람을 둘러쌌다. 여포와 용운은 아랑곳하지 않고 대화를 이어갔다.

"이긴다, 조조가."

"그걸 어떻게 알죠? 봉효(곽가)와 중달(사마의), 둘 다 조조와 원술이 백중세라고 평가했어요."

여포는 입술을 일그러뜨리듯 하며 웃었다.

"곽가, 사마의. 뛰어난 책사들이지. 하지만, 최근에 본 적 있는가? 조조와 직접 맞선 최전선에서, 그의 부대와 장수들을?"

"아뇨, 그건 아닌데…."

"어차피, 수치로 평가했겠지. 성안에 들어앉아, 밑에서 올라오는 보고와 정보들을 바탕으로."

"…."

용운은 뜨끔했다. 곽가와 사마의뿐만 아니라 용운 자신도 그랬으니까.

"조조라는 사내의 저력, 그런 정도가 아니다. 나는 효과적으로 억눌러왔다. 그대와 유비가 싸우는 동안, 조조의 북진과 확장을."

"그건 진심으로 고맙게 생각하고 있어요."

"한데, 최근에 난 네 번을 싸워 네 번을 연달아 졌다. 그대와 유비 간의 전투가 끝날 무렵, 갑자기 북상해온 조조의 부대를 상대해서."

"네? 그럴 리가!"

용운은 미처 몰랐던 일에 깜짝 놀랐다.

팽기는 둘의 대화를 들으며 입술을 깨물었다.

'저 소년, 진용운이었구나.'

아까 여포와 나눴던 대화가 뇌리를 스쳤다.

— 주공, 훈련이 너무 혹독한 것 같습니다. 이러다 이탈자가 속출할 듯하여 걱정입니다.

— 어차피 필요 없다. 여기서 이탈한다면. 이 훈련에서 이탈하는 정도로는, 이길 수 없다. 놈들을.

— 확실히, 최정예 기병 부대이긴 했지만…."

— 단순히, 그게 문제가 아니다. 앞으로 더욱 강해질 것이다. 놈들은. 이번 실전을 거쳐서, 몇 단계나 올라설 것이다. 놀고 있을 수만은 없다. 나도.

— 하지만 주공, 그들과 싸운다는 건 곧….

그는 미처 끝맺지 못했던 말을 입속으로 굴렸다.

'그들과 싸운다는 건 곧 진용운을 왕으로 모시겠다는 뜻이 됩니다. 유주를 보호하기 위해 싸우는 거나 마찬가지니까요.'

문제의 상대는 모든 장비가 보라색과 금색으로 이뤄진 강력한 철기대였다. 여포의 말대로 흑철기는 그들에게 네 번 졌다. 격파된 건 아니지만, 압박을 못 이겨 후퇴했으니 진 거나 마찬가지였다. 팽기는 충격으로 아로새긴 그 이름을 곱씹었다.

'호표기.'

용운이 여포의 말을 받아 반문했다.

"그랬다면 왜 조조는 북으로 치고 올라오지 않은 거죠? 나도 유비와 싸우느라 자리를 비운 상태였고 전력의 공백도 있었잖아요."

"시험한 거였다. 이 나와, 흑철기를 상대로. 새로 만든 호표기의 힘을 시험한 것이다. 원래부터 원술이었다, 조조의 목표는. 유주를 쳐봐야 지금은 다스리기도, 지키기도 어렵다. 또, 복속시켜야 한다. 오환이라는 성가신 상대까지. 그러다, 원정을 마친 그대가 돌아오기라도 하면?"

"음…."

여포의 말은 일리가 있었다. 유주는 업성에서 지나치게 멀고 또 넓었다. 예전에도 그 문제로 골머리를 썩이다가, 탁군을 유우에게 돌려주기도 했었다. 또한 오환은 용운 덕에 안정을 얻고 한 세력으로 인정받았다. 특히, 원소 정벌에 동참했던 답둔은 용운을 친형처럼 여길 뿐만 아니라 용운의 다른 장수들과도 두루 친했다.

'아마 조조가 쳐들어온다면 목숨이 붙어 있는 한 끝까지 싸우려 들겠지.'

거기에 고구려의 지원까지 더해지면 어찌 될까. 조조 아니라 누가 와도 몇 달 사이에 유주를 평정하기란 불가능에 가까웠다.

"차라리 원술을 쳐서 근거지였던 진류를 탈환하고 황제도 빼앗는 편이 낫다. 조조에게는. 그래서 시험한 것이다. 자신이 원술을 공격하는 동안, 내가 제 뒤를 쳐도 위협이 되지 않을지를."

여포의 얘기를 듣던 용운은 한 가지 사실을 깨달았다.

"그럼…."

"그래. 그 결과, 조조는 판단했다. 나는 큰 위협거리가 안 된다고. 그대가 유비를 공격하고 새로 차지한 땅을 정비하는 사이, 날 무시하고 원술을 쳐도 되겠다고."

"…."

"나는, 얕봐왔다. 원술을. 허풍쟁이에 무능력자라고, 원숭이 새끼나 마찬가지라고 여겼다. 한데 그 원술조차, 대등하게 싸우고 있다. 호표기라는 일개 부대로 내 세력 전체를 밀어낸 조조를 상대해서 말이다."

"봉선…."

"또 유표는, 조조와 맞설 수 있는 원술조차 감히 건드리지 못했다. 그 유표에게, 손책은 몇 년이나 대항하고 있다."

지금의 자신은 조조, 원술, 유표, 손책. 누구와 견줘도 미치지 못하는 세력을 가졌다는 여포의 자조였다.

"진용운, 그대야 말할 필요도 없다. 원소에 이어 유비까지 무너뜨렸음에도 불구하고 그사이 어떤 자도 감히 공격해오지 못해, 유유히 세력을 정비하고 있는 그대는."

무념넘하게 말했지만, 여포의 눈빛은 떨렸다. 그는 수많은 부하들 앞에서 인정하고 있었다. 자신은 천하를 둔 패권 다툼에서 밀려났다고. 문득 말하던 여포가 주위를 둘러보았다. 사방을 가득 메운 충실한 수하들. 그 사이에 비통한 얼굴로 서 있는 지살위들이 드문드문 보였다. 그들에게 특히 미안했다.

"저들은, 이런 부족한 나를 왕이라 했다. 왕으로 모시겠다고, 일족 전체의 운명을 걸겠다고 해주었다. 허나 나는 그 기대에 부응하지 못했다."

지살위들 중 한 사람이 피를 토하듯 부르짖었다.

"전하! 아닙니다. 아직 방법이 있습니다!"

그는 바로 팽기였다. 뒤를 이어 초정, 초선 등 살아남은 지살위들이 외쳐댔다.

"포기하지 마세요! 저, 저는 그래도 봉선 님을 따를 거예요!"

"영토 따위 중요하지 않습니다."

휙! 여포는 방천화극을 들어 창끝으로 용운을 가리켰다.

"저들은 그대를 암습하자 했었다. 그 연회 때. 허나 나는 그러지 못했다. 이유를 아는가?"

"왜였죠? 그때, 유비만 설득했다면 성공했을지도 모르잖아요."

"화타라는 이에게 수하의 목숨을 빚져서이기도 하지만…."

잠깐 머뭇거리던 여포가 말했다.

"감당할 자신이 없었기 때문이다. 그 여자, 그대밖에 모르는 그녀석의 눈빛을. 또다시 그녀를 적으로 돌릴 자신이 없어서였다. 연회장에서 마주한 순간, 깨달았다."

용운은 가슴 한편이 덜컹했다.

'여포는 청몽을 아직도 마음에 두고 있었나? 저토록 간절하게….'

용운 자신의 마음은 어떤가. 그녀의 정체가 민주임을 확신한 순간, 사랑이라는 감정에서 어느 정도 멀어졌음은 사실이었다. 차라리 민주와 닮은 점을 보이는 타인이었을 때가 더 설레기도 했었다. 아니, 여전히 그녀를 깊이 사랑하긴 했다. 하지만 그것은 이성이라기보다 추억을 공유한, 가족에 대한 사랑에 더 가까웠다. 게다가 어머니와 아버지를 연달아 잃으면서 사랑이란 감정 자체가 사치라 여겼다.

'그런데 왜 여포의 고백을 듣는 순간 이렇게 마음이 아린 거지?'

용운은 비로소 자신의 이기심을 깨달았다. 민주를 이성으로서 사랑할 자신은 없으면서, 그녀가 다른 사람을 바라보는 건 싫었다. 마치 엄마를 독점하고 싶은 아이의 투정처럼. 민주의 눈은 여전히 자신에게 향해 있음을 알기에 모른 척하며 그 마음을 이용했었다. 그리고 가까운 누군가를 또 잃는 게 두려웠다. 죽음뿐만이 아니라, 더 이상 용운 자신이 아닌 다른 이를 마음에 담는 것 또한 다른 형태의 상실이라고 생각했다. 그래서 여지를 주었다.

'그게 아니었어.'

조운은 검후를 마음 깊이 사랑했다. 동시에 용운에 대한 충성과 우정도 변함없었다. 장합과 성월이 정인 사이가 됐음을 알지만, 둘의 충성심은 여전했다. 아니, 용운에 대한 장합의 호감도 수치는 오히려 더 높아졌다. 마초 또한 마찬가지였다. 잃었던 형제들을 되찾고 조개와 묘한 사이가 되어가면서도, 용운에게 소홀해지기는커녕 더욱 열심히 싸웠다.

'난 이기적인 멍청이였구나.'

그들이 오롯이 용운 자신만 담아두는 게 진정한 애정과 충성이 아니었다. 그들 자신의 행복, 다른 누군가를 향한 사랑 또한 병행되어야 했다. 그때 여포에게서 이제까지 접한 어느 누구보다 강맹한 투기가 뿜어지는 바람에, 용운은 퍼뜩 정신을 차렸다.

여포는 비장하기까지 한 어조로 선언했다.

"그래서 나는, 마지막으로 의무를 다하려 한다. 저들의 왕으로서. 내가 저 믿음에 부응하여 천하의 주인이 될 수 있는 마지막 기회를 놓치지 않을 것이다. 바로, 지금 여기서 진용운, 그대를 쓰러뜨려 그대가 가진 모든 것을 내가 차지하는 것. 더불어, 그대가 이 여포 봉선의 왕이 될 자격이 있는지 확인하는 것. 이게 내가 나의 신하들에게 해줄 수 있는, 현재로선 유일한 방법이자 마지막 의리다."

"내가 가진 모든 것에는 청몽도 포함되나요?"

"…아마도."

"좋습니다. 그 도전, 응해드리죠. 물론, 왕이 되기 위한 조건이 단순히 무력의 강함만은 아니지만, 그대가 내놓을 수 있는 최강의 패가 그것이니 존중하겠습니다. 단, 여기서 맹세하세요. 그 최강의 패로도 나를 꺾지 못한다면 나의 가신이 되겠다고. 평생 내게 충성을 바치겠다고요."

그 말에 울컥한 흑철기 몇몇이 뛰어들려 했다.

"저자가 감히!"

"끼어들지 마라! 무조건 반역으로 간주하고 목을 쳐버리겠다. 지금부터 이 싸움에 관여하는 자는."

호통을 친 여포가 히죽 웃었다. 이런 방법밖에 쓸 수 없는 제 처지를 비관하는 웃음이 아니라, 이미 이 승부에 흥분한, 예전 야수 같은 모습으로 전장을 누비던 최강자의 웃음이었다.

"좋다. 그 제안, 받아들이겠다."

푸화아악! 여포와 그가 타고 있는 적토마의 전신에서 불같은 기운이 넘실거렸다. 이어서 여포의 머리 위에 차례로 붉은 글자가 떠올랐다.

비장(飛將)
인마일체(人馬一體)
격노(激怒)

'나왔구나. 여포의 전매특허, 특기 중첩. 무력 수치가 훨씬 높던 청몽마저 사로잡혔던….'

사실상 이제부터가 진짜였다. 125에서 180으로 변화된 무력 수치가 반짝이며 경고했다. 이 순간, 여포는 삼국 최강의 사나이라고.

"씁."

그가 짧게 숨을 들이마시는 순간, 용운은 전율했다.

그때 여포의 수하들이 눈을 껌뻑였다.

"어?"

어느새 용운은 여포의 뒤쪽으로 돌아가 있었다. 용운의 왼쪽 어깨가 피로 붉게 물들었다. 여포의 방천화극에 베인 것이다. 여포가 입은 갑옷 등허리께가 찌그러져 움푹 들어갔다. 거기에는 주먹 자국이 선명했다. 여포의 입가에 피가 비쳤다.

"퉤."

피 섞인 침을 뱉은 여포가 말했다.

"대단하구나. 그 와중에 치명상을 피하고 내게 일격까지 먹이다니."

용운은 할 말을 잃었다. 본래 시공권을 쓰지 않고 여포의 일격을 피하려 했었다. 하지만 궤도를 보는 순간, 착각이었음을 깨달았다. 다급히 시공권을 발동했지만, 이미 방천화극의 칼날이 어깨에 1센티미터 정도 파고든 후였다. 만약 조금만 늦었다면 왼팔이 어깨에서부터 떨어져나갔을 것이다.

'자만했구나. 각성한 여포는 시공권을 쓰지 않고선 이길 수 없는 상대였다. 어떤 면에서는 관승보다도 무서운….'

관승이 가진 무지막지한 범위의 대량 학살기 같은 건 여포에게 없었다. 대신 단기전에 특화된 강력한 특기들을 가졌다. 거기에 끝을 알기 어려운 투지와 반드시 이겨야 하는 이유까지. 용운은 시간이 멈춘 상태에서 여포의 오른쪽 허리 뒤편, 신장 부위에 연격을 먹였다. 순간, 그는 또 한 차례 크게 놀랐다. 주먹이 강력한 반탄력에 의해 튕겨나면서 시공권이 풀려버린 것이다. 용운은 황급히 뒤로 물러났다. 여포가 그를 돌아보며 침을 뱉은 게 그 직후였다.

'이건 뭐지?'

관승 때와는 달리, 여포는 말살이 아니라 반드시 부하로 삼아야 할 대상이었다. 당연히 죽여서도, 불구로 만들어서도, 지나치게 중상을 입혀서도 안 되었다. 그렇다 보니 그에게 가한 공격은 공파권이 아니라 약간의 기를 실은 정권이었다. 보통 사람이 맞으면 갈비뼈가 부러질 정도의 위력이지만. 그 정도가 아니면 여포를 제압하지 못하니 어쩔 수 없었다. 한데 약간 타격을 입힌 것 같긴 하나, 튕겨난 것도 모자라 시공권이 풀렸으니 놀라는 게 당연했다.

그때 여포가 몸을 회전하며 찌르기를 뻗어왔다.

"타앗!"

"헉!"

현재 용운의 육체 능력으로는 도저히 피하지 못할 속도와 범위였다. 결국 또 시공권을 발동했다. 다행히 여포의 움직임은 멎었지만.

'팔을 공격해서 무력화할까?'

용운이 쭉 뻗은 여포의 팔, 팔꿈치 관절을 무릎으로 쳐올리는 순간, 또 시공권이 풀려버렸다. 팔꿈치와 무릎이 부딪치며 용운은 그 서슬에 뒤로 나동그라졌다. 정신 차릴 겨를도 없이 거대한 발굽이 그를 덮쳐왔다. 이는 여포가 명하기 전에 그의 생각을 읽고 스스로 판단한 적토마의 공격, 인마일체였다.

"칫!"

용운은 누운 채 몸을 빠르게 옆으로 회전했다. 그가 지나간 자리를 적토마가 아슬아슬하게 밟았다. 그때마다 땅이 푹푹 파였다. 머리라도 밟혔다간 단숨에 터져버릴 터였다. 구르던 용운이 팔로 바닥을 치며 치솟았다. 이어 몸을 기이하게 비틀면서 적토마의 옆얼굴을 걷어찼다. 동시에 방천화극을 당겨 잡은 여포가 창대로 용운의 옆구리를 쳤다. 퍽! 저만치 튕겨난 용운이 공중제비를 돌며 착지했다. 그의 얼굴이 일그러졌다. 재빨리 옆구리에 팔을 붙여 공격을 막았지만, 대가로 왼팔 뼈에 금이 간 듯 욱신거렸다. 여포 또한 공격 직후 적토마가 휘청거리는 바람에 후속타를 가하지 못했다.

한바탕 공방을 주고받은 둘은 좀 떨어져 대치한 상태에서 서로를 노려보았다. 이 순간, 떠오른 생각은 공통된 것이었다.

'강하다.'

여포는 적토마의 옆구리를 박차고 다시 공격해왔다. 용운 또한 질세라 거기 응했다. 여포의 수하들은 넋을 놓고 둘의 대결을 지켜보았다. 여포는 끼어드는 자를 죽이겠다고 엄포를 놓았으나, 애초에 끼어드는 자체가 불가능한 싸움이었다. 적토마와 한 몸이 되다시피 하여 일격필살의 공격을 쉬지 않고 퍼부어대는 여포. 그 공격을 피하는 틈틈이 반격까지 가하는 용운. 둘 다 사람이 아닌 것처럼 보였다. 한 시진, 두 시진. 둘은 잠깐 쉬지도 않고 처절하게 싸웠다.

그러나 승패는 이미 정해져 있었다. 닿는 순간 시공권이 풀린다는 점만 유의하면, 용운은 압도적으로 유리한 위치에 있었다. 점차 여포가 입는 타격이 늘어갔다. 갑옷이 성한 구석 하나 없이 엉망으로 찌그러졌다. 반면, 용운은 어깨와 팔의 부상 외에는 대체로 양호한 상태였다. 그럼에도 여포는 쉬지 않고 집요하게 방천화극을 휘둘렀다. 나중에는 오른팔이 부러져 왼손만으로 싸웠다. 투구가 날아가 머리도 엉망으로 헝클어졌다. 얼굴은 온통 먼지와 피투성이가 되었다. 하지만 지금 이 순간, 그는 어느 때보다 빛났다. 여포의 수하들, 특히 지살위들은 피눈물을 흘리는 심정으로 그 광경을 바라보았다.

'우리들의 왕이시여, 당신의 싸움을 끝까지 지켜보겠습니다. 그리고 당신이 원하는 대로 이 결과에 승복하겠나이다. 허나 비록 당신이 패하여 유주왕을 섬기게 된다 해도, 우리에게 왕은 여포 봉선, 한 사람뿐입니다.'

그렇게 지켜보는 이들 중에는 지살위들의 수장 격인 주무도 포함되었다. 근처 막사에 있다가 여포와 진용운이 대결 중이라는 급보를 받고 달려온 터였다. 그는 자신이 울고 있는 줄도 모르고 생각했다.

'진한성의 피가 마침내 눈을 뜬 것인가. 진용운… 정말 강하구나. 유비와 싸우는 과정에서 전해진 말은 들었지만, 저 정도일 줄은 몰랐다. 어차피 지금 우리 모두가 전하에게 가세한다 해도 이길 수 없겠다. 그렇다면 전하께서 아무 여한도 남기지 않도록, 우리에 대한 죄책감으로 승산 없는 천하 제패를 노리시지 않도록 마지막까지 지켜보는 것밖에. 그게 전하를 제대로 보필하지 못한 나의 의무다.'

그러던 중 마침내 승부가 갈렸다. 여포는 마지막 남은 힘을 무아 숨을 깊이 들이마시며 방천화극을 뒤로 당겼다. 순간 용운은 결심했다.

'시공권을 쓰지 않고 맞선다.'

그는 싸우는 동안 여포의 진심을 온몸으로 느꼈다. 게다가 시간을 멈춰가며 맞서는 자신이 어쩐지 비겁하게 여겨졌다. 비록 그것 또한 용운 자신의 능력 일부라 해도. 그러자 여포의 마지막 일격만은 순수한 무공으로 응하고 싶어졌다.

'죽기 십상이긴 한데, 여포도 목숨을 걸었잖아. 이제 나도 역사의 일부이니 그러다 죽는다면 어쩔 수 없고. 여포와의 단기전에 패해서 세력을 내준 황당한 제후로 기록되겠지? 아, 내가 미쳤나 보다. 완전히 분위기에 젖어서…. 하지만.'

용운의 입가에 미소가 떠올랐다.

'하지만 이거 끝내주잖아.'

동시에 여포 또한 웃음을 흘렸다. 후련했다.

"결판을 내자, 유주왕."

"그러죠. 여포 봉선."

콰콰콰콰콱! 방천화극이 여포의 손안에서 맹렬하게 회전하며 튀어나가려 했다. 여포가 이를 악물고 중얼거렸다.

"아직 아니다, 귀여운 놈아."

그나마 성한 왼손마저 손바닥이 찢어져 피가 튀고 급기야 우두둑거리며 팔꿈치가 뒤틀렸다. 순간 여포는 회전 중인 방천화극을, 온몸의 탄력을 이용하여 용운에게 던졌다. 던지는 순간, 팔꿈치 뼈가 튀어나오며 전신의 갑옷이 산산조각 나서 깨졌다.

"가라아아아아아아아앗!"

적토마와 더불어 제 분신이나 다름없는 방천화극을 투척하는 이 공격이야말로 여포가 모든 걸 내던졌음을 의미했다. 순간, 여포의 머리 위에 붉은 글자가 떠올랐다. 분명 아까 대인통찰로 봤을 땐 없던 특기였다.

파멸방천투(破滅方天投)

온 힘을 다한 일격을 떠올리고 발하는 순간, 그것을 새로운 특기로 습득한 것이다. 어떤 이능이나 천기 혹은 유물의 힘을 빌린 게 아니라, 순수하게 그 몸에 갈고닦은 무공과 육체의 힘만으로 이뤄진 공격. 공간 자체를 비틀어버릴 듯한 투창이 살아 있는 용처럼 흉험하게 꿈틀거리면서 용운의 명치로 날아왔다. 그 궤도를 보는 순간 용운은 깨달았다.

'못 피한다.'

푸확! 숨마저 멈추고 지켜보던 자들이 일제히 탄식했다. 용운은 온몸이 피에 젖다시피 했다. 그러나 금빛으로 번쩍이는 두 눈은 또렷이 여포를 향하고 있었다. 반면, 여포의 눈에서는 빛이 꺼져갔다. 그의 목젖 부위에 용운의 무릎이 깊숙이 박혀 있었다.

"컥!"

단말마를 토한 여포가 피를 토하며 옆으로 쓰러졌다. 마지막 순간, 승패를 가른 것은 죽음의 공포를 극복한 용운의 용기였다. 파멸방천투에서 뻗어 나온 벼개 무양의 궤두는 이후의 경로를 보기도 전에 이미 용운의 명치를 관통해 있었다. 용운은 시공권을 쓰라는 마음속의 아우성, 생존본능을 누르고 냉정하게 생각했다.

'이것은 저 공격을 받았을 때의 결과. 그렇다면.'

그는 오히려 초속 이동을 이용해 앞으로 튀어나갔다.

'공격이 닿기 전에 먼저 다가간다.'

과연, 파멸방천투의 예상 궤도가 미묘하게 바뀌었다. 용운의 명치를 관통했던 궤도는 오른쪽 가슴어림으로, 이어서 옆구리로 시시각각 변했다. 급기야 용운이 먼저 방천화극에 가 부딪치는 순간에는 오른쪽 어깨에 닿아 있었다. 하지만 용운은 이미 그것조차 의식하지 못했다.

여포가 눈을 부릅떴다. 순식간에 쇄도해온 용운의 어깨가 방천화극에 꿰뚫렸다.

'설마, 앞으로 다가와서 회피하다니!'

용운은 그래도 멈추지 않고 돌진해오던 기세 그대로 무릎을 내밀어 여포의 목을 찔렀다. 동시에 움직이는 왼손으로는 그의 머리를 붙잡았다. 충격은 고스란히 여포에게 가해졌다. 콰아앙! 비스듬히 아래로 쏘아진 파멸방천투가 땅에 꽂히며 대폭발을 일으킨 건 그 직후였다.

"으와악!"

그 서슬에, 주변에 있던 흑철기들이 우수수 나가떨어졌다. 다행히 경상자 몇이 전부였다. 모든 힘이 한 점으로 집중되어 있었기 때문이다. 방천화극은 긴 자루 끝이 안 보일 정도로 깊이 파묻혔다.

용운은 말 아래로 떨어지려는 여포를 재빨리 붙잡아 부축했다. 순간적으로 기절했던 여포가 정신을 차렸다. 그의 시선이 성한 왼손으로 자신을 잡고 있는 용운을 향했다.

'아차! 이러면 쓸 수 있는 팔이 없….'

용운이 제 실수를 깨달은 직후였다. 그의 손을 뿌리친 여포가 적토마 아래로 내려서서 한쪽 무릎을 꿇고 앉았다. 이어서 용운을 향해 묵직한 목소리로 말했다.

"신 여포 봉선, 이후 충심으로 전하를 모시겠나이다."

그 목소리에는 한 점의 미련도 불만도 없었다. 여포는 완전히 기절했었다. 용운의 추가 공격을 막기 불가능했다. 그게 아니더라도 그 상태로 낙마했다면 목이 부러지는 중상을 면치 못했으리라. 가뜩이나 적토마는 보통 말보다 몇 배나 커서 낙마 시의 충격도 엄청났다. 한데 용운은 이긴 걸로도 모자라 그를 구했다. 그것으로 승부는 결정 난 것이다.

용운은 얼떨결에 적토마 위에 앉은 모양새가 되어 약간 어리둥절한 기색으로 답했다.

"아, 고, 고마워요."

제일 먼저 여포의 뒤를 따른 이는 주무였다. 그는 흐르는 눈물을 닦을 생각도 않고 부복하며 외쳤다.

"신 주무, 봉선 님의 뜻을 받들어 유주왕 전하를 따릅니다."

이것이 패배한 그들의 왕을 위한 최선의 예우였다. 주무에 이어 다른 지살위들과 흑천기들도 차례로 무릎을 꿇고 충성을 디

짐했다. 그들의 머리 위로 새벽 햇살이 쏟아졌다. 용운은 벅찬 심경으로 그 광경을 바라보았다. 온몸이 부서질 듯 아팠고 숨이 턱 끝까지 차올랐다. 그래도 아무렇지도 않았다. 싸우는 도중, 과도하게 흐른 피와 땀으로 변장은 오래전에 씻겨나간 후였다. 축골공에 쓰이는 기마저 아까워 그것도 풀었다. 원래 모습으로 돌아온 용운이 여포와 그의 수하들을 향하여 당당하게 첫 번째 명을 내렸다.

"여포 봉선, 그 공적과 무위 그리고 인망을 고려하여 중산공으로 임명합니다. 이는 그대가 중산군의 지사인 동시에, 이 영토를 온전히 그대의 소유로 인정한다는 뜻입니다. 이는 내가 가신에게 내리는 두 번째 공의 지위이며 이 영토 안에서 적어도 그대는 나와 대등합니다. 즉 왕이라는 뜻입니다."

"전하…."

용운은 이런 명을 내리면서도 조금도 염려되지 않았다. 여포가 무릎을 꿇은 그 순간, 자신에 대한 그의 호감도가 100이 되었음을 확인한 까닭이었다. 여포 자신은 조운을 제외하고 유일하게 호감도 수치 100에 도달한 최강의 무장이다. 더구나 그가 함께 귀순시킨 수십의 지살위와, 팔건장이라는 뛰어난 장수들, 거기에 고스란히 한 개 전력이 될 흑철기까지 그 모든 걸 가지고 귀순해 온 거나 마찬가지였다. 이 정도의 지위는 받을 자격이 충분했다.

"여 장군, 아니, 중산공."

"예, 전하."

"단, 청몽에 대한 일은 알아서 하세요. 고백하건대 그녀가 날

연모해왔음은 사실입니다. 그 마음까지 내가 바꾸진 못해요. 허나 앞으로는 절대 무의미한 여지를 두어 그녀를 혼란케 하지도 않겠습니다. 그러니 앞으로 그녀의 마음을 갖는 건 온전히 그대에게 달렸습니다."

"전하, 조금만 도와주시면 안 됩니까?"

여포는 농담 반 진담 반의 상쾌한 심정으로 말했다. 모든 걸 내려놓고 자신의 진심을 인정하는 순간, 더없이 편안한 기분이 되었다. 어쩌면 마음 깊은 곳에서는 이렇게 될 것임을 이미 알고 있었는지도 모른다.

예상치 못한 여포의 농에 부복해 있던 수하들이 일제히 웃음을 터뜨렸다. 주무를 비롯한 지살위들도 울면서 웃었다.

그의 말에 용운이 답했다.

"안 돼요. 나도 아까워 죽겠는데 포기하는 거니까. 내 여동생을 중산공에게 보내는 심정이라고요."

"알겠습니다. 이제 당당히 구애할 수 있게 되었으니, 반드시 그녀를 갖겠습니다. 제 목숨을 바쳐서라도."

순간 용운은 흠칫했다. 여포의 얼굴이 갑자기 시체의 그것처럼 회색빛으로 보였기 때문이다. 용운은 당황해서 눈을 깜빡였다. 여포가 의아한 듯 물었다.

"왜 그러십니까, 전하?"

"아니, 아니에요. 그대에게 맞은 곳이 아파서."

"하하, 마찬가집니다, 저도. 우선 치료부터 하시죠. 제 수하인 안도전도 솜씨가 좋습니다. 하 선생만큼은 아니지만."

그런 여포의 얼굴은 다시 원래대로 돌아와 있었다. 그것은 밤새 꼬박 싸운 결전의 시간이 끝나고, 떠오르기 시작한 아침 해의 희미한 빛이 일으킨 착시였다. 그게 분명하다고 용운은 생각했다. 그러면서 여포가 죽음을 입에 담은 순간 감지했던 불길한 예감을 애써 떨치려고 노력했다.

204년 2월.

유주왕 진용운은 유비를 격파한 데 이어, 마침내 여포 봉선에게서도 충성 맹세를 받고 그를 중산공으로 임명하였다. 여포라는 최강의 무장을 얻음으로써 북부 절반에 걸친 유주왕의 세력이 더욱 확고해지는 순간이었다.

20

인연과 악연

여러 가지 의미를 가진 싸움이 끝났다. 중산성으로 자리를 옮긴 여포는 수하들에게 술과 고기를 내려 마음껏 먹고 마시게 했다. 이는 그동안의 고된 훈련에 대한 보상이자, 새로운 출발을 축하하는 의미였다.

용운과 여포는 중산성 내성, 깊숙한 방에서 치료를 받았다. 그 자리에는 안도전은 물론 주무도 함께 했다. 여포의 상태를 본 안도전이 한숨을 내쉬더니 말했다.

"전… 아니, 주공. 잠깐 주무셔야 할 것 같습니다."

"지난번의 그 치료를 하려는 건가? 자고 일어나면 끝나 있는."

"그렇습니다. 부상이 좀 심해서요."

"그렇게 하게. 전하, 실례하겠습니다."

정중한 여포의 말에 용운은 고개를 끄덕였다.

'《수호지》에서 안도전의 별호는 신의(神醫, 신의 경지에 달한 의원). 아마 회 내에서의 역할도 다르지 않겠지. 아무리 초인적인 능력을 가졌다 해도, 그들 또한 사람이다. 중상을 입으면 목숨이 위

험하고 병에 걸려 죽을 수도 있다. 의료진의 존재는 필수적이었을 거야.'

현대에서 이동해온 의사라면 마취 시술 정도는 놀라운 일이 아니었다. 설비가 없는 상태에서 그 일을 어떻게 해내는지가 궁금할 뿐. 용운의 속마음을 알기라도 한 듯 안도전이 작게 속삭였다.

"그게 제 천기예요."

"네?"

그녀는 침상에 누워 있는 여포의 얼굴을 손으로 살며시 덮었다. 여포는 이미 경험한 일인 듯 눈을 감은 채 미동도 하지 않았다. 그 상태에서 안도전이 나직하게 읊조렸다.

"천기, 마취(痲醉)."

슈우우, 그녀의 손바닥에서 수증기 같은 연기가 새어 나왔다. 그것을 들이마신 여포의 호흡이 느리고 약해졌다. 금세 마취가 된 것이다. 지켜보던 용운이 감탄한 기색으로 말했다.

"놀랍네요."

"최근에 새로 얻은 천기예요. 이보다 훨씬 놀라운 것도 많이 보셨을 텐데요."

"아니, 그런 의미가 아니에요. 내가 본 천기는 전부 사람을 죽이기 위한 것이었거든요."

"이것도 마찬가지예요. 접근한 다음 마취해서 의식이 없는 사이에 죽이면요. 쓰는 사람이 어떻게 쓰느냐에 달린 거죠. 따라서 주공께서는 그만큼 저를 신뢰하신다고 할 수 있죠."

"듣고 보니 그러네요."

"사실 제게는 외상치료라는 천기도 있어요."

용운은 안도전과 주무를 대인통찰로 살핀 후라 이미 둘의 능력을 알고 있었다. 그러나 일부러 말하지 않았다. 상대의 능력과 자신에 대한 감정 등을 알 수 있다는 건 엄청난 강점이자 용운이 가진 비장의 한 수였다. 조운에게조차 털어놓지 않은. 앞으로도 누구에게도 말할 생각이 없었다.

"그런데 왜 굳이 마취를 한 거죠? 헉, 설마 내상이라도 입었나요? 최대한 내상은 안 입도록 하며 싸웠는데…."

"아니요, 21세기의 사람들만 알아들을 얘길 좀 해야 해서요. 지금의 주공에게는 휴식과 안정이 제일 좋은 약이기도 하고요."

말하던 안도전은 잠깐 머뭇거리다 주무와 시선을 교환했다. 주무가 그녀에게 고개를 끄덕여 보였다. 이미 돌아가는 상황은 그에게서 들은 후였다. 여포가 마지막으로 용운과 싸워 패한 것과, 그를 따르기로 결심했다는 것. 믿기 어려운 얘기였지만 사실이었다. 심지어 용운은 여포가 내상을 입지 않도록 조절해가며 싸운 듯했다.

'역시 몬스터의 아들이라 해야 하나. 나보다 더 예쁘게 생겨선….'

이에 지살위들 또한 용운의 밑에 들어가기로 했다는 것까지, 허무하지만 이해는 갔다. 한때 여포도 천하를 노려볼 만한 세력을 가졌던 적이 있었다. 하지만 천강위 오용 외에도 뛰어난 장수를 무수히 거느린 조조와, 화흠 및 가후라는 책사에 더해 천강위 둘을 영입한 원술 사이에서 지지부진했다. 특히, 가후의 배신이 컸다. 그 여파로 단숨에 근거지를 빼앗겼으니. 그래도 곧장 가후에게 쳐들어갔다면 희망이 있었을지도 모른다. 아직 군권을 완전히 장악하기 전이었을 테니까. 그러나 여포는 업성으로 가서 용운의 수하들을 구하는 쪽을 택했다. 정사에서 진궁과 장막이 반란을 일으켰을 때 조조의 심정이 이러했으리라고 주무는 생각했었다.

이는 곧 특급 책사 및 장수와 천강위, 두 가지를 모두 보유하지 않고선 이 험한 싸움을 이겨낼 수 없다는 의미였다.

'전하야말로 최강의 장수이니 난 특급 책사도 못 되고 천강위의 능력에도 못 미치는 게로군.'

주무는 자신의 능력 부족에 대한 자괴감에 한동안 방황하기도 했다. 어쨌든 어차피 어느 세력에 먹힐 거라면 승산 있으면서도 천강위와 맞서는 쪽이 나았다. 즉 용운이 최선이라는 게 주무의 의견이었다. 다른 지살위들도 전원 거기에 동의했다. 무엇보다 여포가 그것을 원하지 않는가. 이제 지살위는 전력을 다해 용운을 돕기로 했다. 각자의 능력과 쓰임새를 알리는 게 시작이었다.

"헐, 나노 머신 생성기를 가지고 있다고요?"

용운의 물음에 안도전은 고분고분 답했다.

"네."

"어떻게 그게 가능하죠?"

"모르셨어요? 시공회랑을 통해 이 세계로 올 때, 몸에 밀착하는 의복 외에 한 개의 사물을 가져오는 것이 허용됩니다. 그때 전 나노 머신을 택했고요."

"아…. 난 좀 다른 경우라서. 나노 머신이라면 사용하기에 따라 엄청난 무기가 됐을 텐데, 왜 제대로 활용하지 않았죠?"

거기에 대한 답은 주무가 대신했다.

"함부로 쓰기가 두려웠습니다. 화약이나 주조 기술 정도만 해도 엄청나게 시대를 앞선 것인데, 나노 머신은 21세기에서조차 상용화되지 않은 고도의 기술입니다. 그것이 가져올 여파가 짐작가지도 않았고 감당할 자신도 없었습니다. 또 전기를 생산할 수 없으니, 자체에 저장된 축전지를 이용해야 해서 사용 횟수나 시간에도 제한이 있었고요."

"그래서 전혀 사용하지 않았나요?"

"초반에 성수를 만들었을 때만 몇 번 썼습니다."

"성수?"

일 초 정도가 지난 후, 용운의 미간이 찌푸려졌다. '성수'에 대한 나쁜 기억을 떠올린 것이다. 약 십오 년 전, 그가 이 세계에 온 직후였다. 조운을 만나 동북평으로 향하던 중 들른 마을에서 성혼단과의 악연이 시작되었다. 위원회 개개인의 무력이나 지식은 이 시대의 사람들과 비교할 바가 아니었으나, 한 가지 부족한 게 있었으니 바로 인력(人力)이었다. 그 부족함을 메우기 위해 만든 사이비 종교가 별을 섬긴다는 성혼단이었다. 위원회의 일원들은 스스로 별의 화신이라 자칭하며 기이한 능력을 보여 사람들을 현혹했다. 과학 문명에 물들지 않은 이 시대의 백성들은 성혼교에 순식간에 매혹되었고 신도는 기하급수적으로 불어났다.

'그때 자룡 형님의 손에 죽은 지살위 왕정륙이 말하기를, 성수를 마시면 알아서 실도하게 될 거라고 했었다. 그 말로 보아 성수에는 미혹이나 세뇌 효과가 있으리라 짐작했다. 또 그 마을에서는 노인과 여자, 아이까지 보통 사람 이상의 근력과 속도를 보였는데 그것 또한 성수와 연관이 있으리라 예상했고. 어떻게 그런 일이 가능하나 싶었는데….'

마을에서 습득한 성수는 성분을 분석할 방법이 없어 사린이 보관하고 있었다. 나노 머신은 사물통찰로도 파악되지 않는 것이다. 병마용군처럼 어떤 면에서는 살아 있는 기계였기 때문이다. 나노 머신이란 한마디로 극도로 작은 기계다. 집적 회로를 위한 실리콘과 폴리머, 금속, 세라믹 등으로 이뤄져 있으며 크기는 0.001밀리미터에서 0.1밀리미터 사이다.

나노 머신은 그 작은 크기를 활용하여 이론상 분자를 움직일 수 있다. 수명도 무한에 가까우므로, 자재에 나노 머신을 삽입하면 자가 수복이 가능해진다. 21세기에서 나노 머신이 주로 각광받는 분야는 의료 기술이었다. 체내에 나노 머신을 주입하여 아무 통증 없이 유해한 세포나 혈전 등을 제거하는 것이다. 또 지극히 세밀한 손놀림을 요하는 뇌혈관 수술 등에도 효과적으로 쓰일 수 있었다.

"그 성수라는 게 나노 머신이 들어 있는 물이었군요?"

"예."

"성수에 든 나노 머신에 대해 얘기해봐요."

"마시는 즉시 뇌로 이동하여 성혼마석의 파장을 내뿜는 자의 명령에 복종하도록 만들어져 있어요. 또 뇌에서 특정 부위를 자극하는 동시에 혈액의 산소 포화도를 높여서 근력과 지구력, 순발력 등을 높이고요."

이어진 안도전의 말에 따르면, 원래는 성혼단에 가입하는 절차로 성수를 마시게 하려 했단다. 일종의 세례였다. 상징적인 게 아니라, 실질적으로 대상에 영향을 미치는 세례이긴 했지만. 그러나 앞서 말했던 나노 머신 생산 및 그 여파에 따른 우려로 도중에 성수 제작도 멈췄다. 만약 처음 계획대로 진행됐다면, 성혼단은 그 수가 수백만에 달하며 겁을 모르고 어떤 명령에도 복종하는 강화 병사 집단이 됐을 터였다. 천하가 이미 위원회의 손에 들어갔을지도 모른다. 생각만 해도 두려운 일이 아닐 수 없었다.

"나노 머신 생성기는 그 한 대밖에 없는 거죠?"

"아마 그럴걸요."

"아마는 뭐죠? 확실하게 말해요."

용운이 은은하게 노기를 뿜어내자, 안도전은 당황해서 말을 이었다.

"그게 저희가 성수 생산을 중단한 뒤에도 익주 쪽에서는 한동안 '세례'를 받은 성혼단원이 나왔어요."

"익주라면 위원회의 근거지가 있을 걸로 짐작되는 곳이군요."

"맞아요. 생산을 마친 성수 일부를 입수한 거라고 예상되긴 합니다만, 백 퍼센트 정확한 건 아니어서요."

"천강위 중 누군가가 시공 이동 때 소지할 물품으로 나노 머신 생성기를 택했을지도 모른다는 건가요?"

"만약 또 다른 나노 머신 생성기가 존재한다면 그 경우가 유일해요. 하지만 제가 아는 바로는 당…, 그러니까 21세기 중국 공산당이 보유한 나노 머신 생성기 자체가 한 대뿐이었어요. 그걸 위원회에 제공한 거고요."

"음… 알겠어요. 앞으로 나노 머신은 치료용으로만 허락하겠습니다. 절대 사람의 뇌를 가지고 장난치지 마세요."

"그럴게요. 아, 참고로 말씀드리자면 봉선 님의 체내에도 특수한 나노 머신이 들어 있어요. 세포 차원에서 인체를 수복하고 근육과 관절의 유연성을 높이며, 초전파에 대한 방호력을 가진 나노 머신이에요."

"초전파가 뭐죠?"

"쉽게 말해 성혼마석이 내뿜는 것과 일치하는 파장이에요. 초전파라는 건 편의상 붙인 이름이에요. 천기는 성혼마석의 힘이므로 그와 같은 파장을 가졌는데, 그 파장을 감지하면 동일한 진폭의 파장을 내쏘아 천기를 약화시키거나 흩어버리는 원리죠."

"허, 봉선은 불사신이나 마찬가지겠군요."

안도전은 살짝 쓴웃음을 지었다.

"이론상으로는 그래야 하는데, 실제 위력은 삼십 퍼센트 정도예요. 나노 머신 내에서도 유실되는 에너지가 있는 거죠. 혹시나 봉선 님이 천강위와 맞붙을 일이 생길까봐 염려되어 개발한 나노 머신이라 커스텀 버전이기도 하고요. 그래도 치유력이 보통 사람의 몇십 배에 달해요."

용운은 시공권이 풀린 이유 또한 그래서가 아닐까 하고 짐작했다. 시공권에 의해 시간이 멈추면, 그 속에서 유일하게 움직이는 용운이 천기 자체로 인식된다. 따라서 그의 몸이 닿자, 여포의 몸에 심어진 나노 머신이 발동하여 시공권을 약화시킨 것이다. 그러나 용운의 입장에서는 나노 기술 자체가 미지의 영역이라 막연히 그렇게 추측할 뿐이었다.

"그럼, 나와 싸우다 입은 부상은…."

"아마 이틀 후면 다 나으실 거예요."

"헐…."

용운은 문득 그 나노 머신을 자신의 가신들에게 주입하고 싶다는 생각이 들었다.

"혹시 봉선에게 쓴 나노 머신이 남아 있나요?"

"그것은 봉선 님에게 맞춰 제작된 거라 다른 사람이 사용하지 못해요. 대상에 맞도록 새로 프로그램해서 생산할 수는 있죠. 인체 데이터만 바꾸면 되니까 어렵진 않아요. 단, 현재 남은 원료로는 두 사람 분이 고작이에요."

"그렇군요."

아쉬웠지만 차라리 잘됐다 싶었다. 수백, 수천 명에게 주입 가능했다면 용운도 딴생각이 들었을지도 몰랐다. 용운은 그중 한 사람 분은 의료용으로, 나머지 한 사람 분은 조운 전용으로 제작하도록 명했다. 그러려면 조운의 세포 및 생체 데이터가 필요한 까닭에, 일단 의료용 나노 머신부터 만들기로 했다. 모든 얘기를 들은 용운은 주무와 안도전에게 부드러운 어조로 말했다.

"솔직히 말해줘서 고마워요. 앞으로 날 따른 걸 후회하지 않도록 해줄게요."

"잘 부탁드립니다. 진[illegible]이니, 유주왕 전하."

두 지살위는 공손히 예를 표했다.

"다른 지살위들도 소개하고 능력을 알려드리겠습니다."

주무의 말에 용운은 아쉬워했다.

"나도 그러고 싶은데 다음으로 미루죠. 서둘러 가봐야 할 곳이 있어서요."

"그러고 보니 어딘가 가시던 도중이었죠. 실례지만 어디로 가시는지 여쭤봐도 되겠습니까?"

"업성이요."

"업…."

주무는 깜짝 놀랐다.

"업성이요? 거긴 조조의 근거지가 아닙니까. 위험합니다. 아무리 원술과 전쟁 중이라지만, 방비를 철저히 해놨을 겁니다."

"그럴까요?"

"당연하지요. 실제로 조조 자신이 전하께서 원소와 싸우는 틈에 업성을 쳐서 빼앗았으니까요. 무려 십만 이상의 대군을 일으키는 등 전력을 다 동원하여 가능한 일이었지만 말입니다. 반면에 전하는 혼자시니, 아무리 강하셔도 업성을 도모하기엔 무리입니다."

"걱정 말아요. 그러려고 가는 건 아니니까. 꼭 구해내야 할 사람이 있어서 그래요. 너무 오랫동안 기다리게 했거든요."

"그러셨군요. 그래도 각별히 조심하십시오."

용운의 인재 욕심을 알기에 주무는 그런 사람들 중 하나려니 하고 더 묻지 않았다.

용운은 주무와 대화하며 생각했다.

'사실 마음만 먹으면 업성을 빼앗을 수 있을 것 같기도 하지만….'

말 그대로 시체의 산을 쌓아야 하리라. 게다가 더한 문제는 그 뒤였다. 업성은 전술적 · 지리적으로 엄청난 요지였다. 시간이 흐르자 더 확실히 깨달을 수 있었다. 그런 곳을 빼앗긴 자신이 얼마나 미숙했는지도. 순욱이 왜 그렇게 오랫동안 괴로워하고 자책했는지 알 만했다. 조조는 업성이 위태롭다는 전갈을 받자마자 당장 회군해올 터였다. 처음부터 아예 대군을 일으켰다면 모를까, 용운 혼자서 수비까지 하기는 도저히 무리였다. 사방의 성벽을 지키며 적의 공성병기를 파괴하는 동시에 적병의 침입도 막아야 한다. 또한 그도 사람이니 먹고 마시고 쉬고 잠도 자야 한다. 빼앗긴 하되 지켜낼 수가 없는 것이다.

잠시 후, 성문으로 향하는 용운을 주무가 배웅 나왔다.

"그럼 일 마치고 다시 봐요. 한바탕 난리가 날 수도 있으니 업성과의 경계선 쪽에 군사를 배치해두고요. 중산공에 대한 내용은 내가 유주성으로 전령을 보내두겠어요."

"알겠습니다. 잘 다녀오십시오."

용운은 정중히 읍하는 주무를 보며 이상한 기분이 들었다. 지살위들의 수장이다. 처음 이 세계에 왔을 때만 해도 엄연한 적, 그것도 가장 위험한 적이었다. 저들과 이런 관계가 되리라고 누가 알았겠는가.

"아, 그리고."

"더 하명하실 게 있습니까?"

"그, 번서라는 자. 별호가 아마 혼세마왕이었죠?"

지살 61위 번서는 자신의 모습을 바꾸고 환영을 만들어내는 능력자였다. 오래전 전예로 변하여 용운 진영에 숨어들어 그의 암살을 꾀했다가 발각돼 패퇴했다. 간신히 목숨은 건졌지만, 뇌가 손상되어 아직도 몸이 부자유스러웠다. 주무는 용운이 그를 기억하고 있다는 사실에 내심 놀랐다.

"그 사람에 한해서는 뇌를 건드리는 것, 허용할게요. 의료용 나노 머신의 첫 번째 대상자는 번서로 하세요."

"…고맙습니다."

"중산공(여포)이 깨어나면 잘 말해주고요."

"예."

지혜, 무력, 역사적 지식, 거기에 사람을 끄는 매력과 인덕까지. 주무가 보기에 용운은 조금 무모한 점만 빼면 여러모로 나무랄 데 없는 주군 감이었다. 직접 접해보니 더 잘 알 수 있었다. 이에 용운을 바라보는 주무의 눈빛 또한 복잡한 감정이 담겨 있긴 마찬가지였다.

여포 등과 일별한 용운은 다시 업성으로 향했다. 시간이 좀 지체되었지만 발걸음은 더 가벼웠다. 여포가 흑철기 전력을 강화한 이유가 역심이 아님을 알았으며 더 나아가 그의 충성까지 얻어냈기 때문이다. 전자는 그렇다 치고 여포를 진정한 의미에서 얻은 건 큰 수확이었다. 여포가 자신을 향해 정중히 전하라 칭하던 모습을 떠올리자 자꾸 입꼬리가 올라갔다.

'정신 차리자, 진용운.'

용운은 고개를 흔들어 집중하려고 애썼다. 들떠 있을 때가 아니다. 중요한 일이 남았다.

'이제 그녀를 데려올 차례야. 너무 늦어서 날 원망할지도 모르지만. 만약 그녀가 조조 곁에 남는 쪽을 택해도 내겐 만류할 자격이 없다.'

용운이 데려오려는 사람은 바로 채염, 문희였다. 그와 마찬가지로 순간기억능력 및 과다기억증후군을 가져서, 진한성이 없는 지금 그의 고통을 이해할 유일한 사람. 민주라는 사실을 몰랐을 때의 청몽 외에 유일하게 용운을 설레게 한 이성이기도 했다. 자꾸 마음이 쓰이고 수시로 생각나는.

채염은 정식으로 임관하지 않은데다 존재 자체가 많이 알려져 있지 않았다. 그 바람에 여포가 용운의 가신들을 구할 때 대상에서 제외되고 말았다. 흑영대원들 또한 전예와 순욱 등 더 중요한 인사들을 보호하는 동시에 성을 지키느라 채염에게까지 신경 쓰지 못했다.

'다 내 잘못이야.'

그 뒤 용운은 채염을 구하기 위해 세 번에 걸쳐 흑영대원들을 보냈었다. 하지만 구출 작전은 다 실패했다. 20위 이상의 상위 흑영대원일 경우, 전략 · 전술이나 집단전에서 뒤처질지 몰라도, 혼자 은밀하게 적 진영을 탐색하거나 일대일의 싸움에서는 맹장들 못지않았다. 그런 대원들이 단 한 사람도 돌아오지 못했다. 이는 조조가 채염 주변에 뭔가 안배해뒀음을 의미했다.

세 번째 실패 이후, 용운은 더 이상 구조대를 파견하지 않았다. 소중한 인력이자 수하인 흑영대원들을 무의미하게 잃을 수 없어서였다. 오 년의 세월이 흐르고 유비와의 전쟁마저 끝날 무렵, 용운은 직접 가기로 마음을 굳혔다. 채문희 한 사람을 구하기 위해 큰 전쟁이 끝나자마자 또 군사를 일으키긴 무리였다. 조조는 언젠가 무너뜨려야 할 상대이긴 하지만 아직은 아니었다. 그렇다고 언제가 될지 모를 조조와의 전쟁 때까지 마냥 방치할 수도 없고 소수의 인원으로 업성에서 그녀를 빼내올 수 있는 자도 없었다. 결국 용운이 직접 나서는 게 유일한 방도였다. 오랜 세월을 기다리게 했던, 그녀에 대한 예의 차원에서라도.

'문희, 조금만 더 기다려요. 이제 곧 갈게요.'

용운은 채염의 아름다운 얼굴과 수줍은 미소를 눈앞에 떠올리며 업성으로 향하던 속도를 올렸다.

채염은 업성 안쪽, 조조가 그녀를 위해 마련한 저택에서 눈을 떴다.

'또 긴 하루가 시작되는구나.'

사실 집이라기보다 거대한 감옥이라 봐야 했다. 채염은 조조가 제공하는 모든 것을 거부해왔다. 세 번째 아내가 되어달라는 구애는 물론이고, 집, 벼슬, 하녀, 금은보화와 같은 물질적인 것까지. 오직 약간의 식량만 받았는데, 이는 언젠가 용운에게 돌아갈 때까지 살아야 하기 때문이었다.

그러다 흑영대원 셋이 채염을 구하려고 숨어든 일이 벌어졌다. 최초의 시도에서 아슬아슬하게 탈출할 뻔했으나 미세한 기척을 감지한 동평의 개입으로 실패했다. 세 흑영대원은 그의 손에 다 죽었다. 놀라고 분노한 조조는 특수하게 만든 저택에다 그녀를 강제로 연금했다. 그거로도 모자라 전력 감소를 각오하고 동평을 감시자로 붙였다.

그 후에도 두 번 더 구출 시도가 있었지만 번번이 동평에게 가로막혔다. 자신을 구하려다 죽어가던 흑영대원들의 모습은 채염의 뇌리에 똑똑히 각인되었다. 과다기억증후군을 가졌으니 평생 잊지 못하리라. 만약 그녀가 여려 보이는 겉모습과는 달리 선천적으로 굳센 마음씨를 갖지 못했다면. 또 단순히 머릿속을 넘어서서 영혼에 새겨지다시피 한, 한 사람의 모습이 아니었다면 견뎌내지 못했으리라. 어쩌면 자포자기의 심정으로 조조에게 몸을 맡겼을지도 몰랐다.

불행 중 다행으로 조조의 자존심이 채염의 정조를 지켰다. 강제로 취하는 건 그녀를 가지는 게 아니라고 여겨, 다양한 방법으로 회유하려고만 했다. 하지만 이제 그것도 얼마나 갈지 몰랐다. 원술을 정벌하러 떠나기 전, 채염을 찾아온 조조는 굳은 얼굴로 이렇게 말했던 것이다.

"이번 전쟁에서 무사히 돌아오면, 내 기필코 그대를 취하겠소."

만약 그리 되면 채염은 목숨을 끊을 생각이었다. 그녀 자신이 생각해도 신기한 일이긴 했다. 용운을 본 건 다 해도 열 번이 채 안 되었다. 그나마 가까이에서 보고 대화한 건 두세 번이 고작이었다. 그 두세 번과 용운이 뺨에 해준 짧은 입맞춤이 그가 아니고선 안 되게 만들었다. 마치 그를 만나기 위해 태어났고 살아오기라도 한 것처럼. 돌이켜보면 처음 본 순간부터 그에게 반했었다. 양수에게는 미안하지만 제어되는 게 아니었다.

"그런 걸 뭐라고 하지?"

채염은 나직하게 중얼거렸다.

몸을 깨끗이 씻은 후, 서책을 읽고 시를 썼다. 두 번 식사를 하고 화단을 돌보았다. 여느 때와 다름없는 하루가 지나고 해가 졌다. 사실 채염은 이날 아침부터 이상하게 설렜다. 뭔가 큰 일이 일어날 것만 같은 예감이 들었다. 하지만 결국 아무 일 없이 밤이 깊었다.

'휴, 이 성에 조조가 없다는 생각으로 괜히 들떴던 걸까….'

채염이 잠자리에 들려고 막 겉옷을 벗었을 때였다. 우당탕! 요란하게 문이 부서지더니 누군가 방 안으로 뛰어들어왔다. 이 저택을 지키는 자는 상식을 초월할 정도로 강한 무인이라 들었다. 그렇다면 이런 식으로 들어올 수 있는 사람은 하나뿐이었다. 채염은 침입자를 향해 떨리는 목소리로 말했다.

"동평 님…?"

"용케 내 이름을 기억하는군."

그는 바로 천강위 동평이었다. 두 자루의 단창을 쓰며 계략에도 능한 자. 일찍이 원소 밑에서 노식을 죽였고 조운으로 위장하여 조조의 아버지를 살해하기도 했다. 지금은 오용이 천거한 무사로서 조조를 섬겼다. 술 냄새가 진동하고 얼굴이 불콰한 게 단단히 취한 듯했다. 동평의 시선이 얇은 속저고리와 치마 하나로 겨우 가려진 채염의 전신 곡선을 훑었다. 채염은 저도 모르게 양팔로 가슴을 가렸다.

"이게 무슨 패악입니까? 이러시면 안 됩니다. 조공(조조)께서 돌아오시면 큰 낭패를 볼 겁니다."

"하, 조조? 어차피 넌 조조한테 안길 마음도 없잖아. 오 년이나 공들였는데도 넘어오지 않는 걸 보면."

"당신과는 무관한 일입니다."

"조조는 널 죽일 생각이다."

생각지도 못한 말에 채염은 움찔했다.

"날 죽인다고요?"

"그래. 원정에서 돌아와도 네가 수청을 거부하면 조조는 널 죽일 생각이야. 하긴 오 년이면 할 만큼 했지. 오 년 내내 사흘이 멀다 하고 찾아와 구애했는데도 거부당했으니, 조조의 마음도 조금은 이해가 간다. 자신이 못 가질 바에는 차라리 죽여서 널 소유할 생각이야. 그게 조조 맹덕의 방식이지."

"어차피 또 마음을 강요당한다면 자진할 생각이었습니다. 차라리 잘됐군요."

"…정말 독한 여자구나, 너는. 그런 고운 얼굴을 한 주제에."

"…."

잠시 채염을 바라보던 동평이 불쑥 말했다.

"나와 도망가자."

"네? 그게 무슨…."

"지난 오 년 동안 널 바라본 건 조조뿐만이 아니야. 아니, 내가 더 가까이에서 더 오래 지켜봤다고 할 수 있지. 오늘 확신했다. 난 도저히 네가 조조의 손에 죽는 모습을 볼 수 없다고."

"동평 님…."

"나와 같이 가자. 천하의 어딜 가더라도 너 하나쯤은 고생 안 시키고 살 자신이 있다. 조조한테서도 안전하게 지켜줄 수 있고."

동평은 간절한 어조로 말하며 손을 내밀었다.

채염은 그 손에 눈길조차 주지 않고 말했다.

"안 됩니다."

"…어째서?"

"전 이미 마음에 둔 사람이 있어요."

동평의 얼굴이 형편없이 일그러졌다.

"누구? 조조는 아닐 테고. 아아, 진용운? 그자를 향한 연정 때문에 목숨마저 버리겠다는 거냐?"

"미안합니다."

"아니, 내가 미안하다."

채염이 그 말의 뜻을 이해하기도 전이었다. 달려든 동평이 거칠게 옷을 잡아 찢었다. 채염은 소스라치게 놀라 발버둥쳤다.

"악! 무슨 짓이에요!"

"내가 조조와 다른 점이 뭔지 알아? 원하는 게 있다면, 힘으로라도 취한다는 거지."

"이, 이러지 마세요."

동평은 본래 천강위 중에서도 무력으로 상위이며, 오랜 실전과 수련 끝에 언랭커 이상의 수준에 올랐다. 그런 그의 힘에 연약한 여인이 맞서기란 불가능했다. 채염은 금세 반쯤 나신이 되어 동평의 몸 아래에 깔렸다.

"볼만하겠구나. 내가 널 먼저 가진 줄도 모르고, 돌아온 뒤에 네게서 거부당할 조조의 표정이."

조롱하는 동평의 목소리를 들으며 채염은 눈을 꼭 감았다.

'미안해요, 용운 님. 전 여기까지인가 봅니다.'

그녀는 혀를 깨물 생각이었다. 작은 혀를 앞니와 아랫니 사이에 끼운 그녀가 막 힘을 주려는 순간이었다.

"완전히 쓰레기네, 이거."

지금 여기서 들려올 리 없는 목소리가 채염의 귓가에 울려 퍼졌다. 동평은 일언반구도 않고 목소리가 들려온 쪽으로 몸을 돌리며 옆에 둔 단창을 집어 던졌다. 퍼퍽! 창이 벽을 뚫고 튀어나갔다. 그러나 그 자리에는 이미 아무도 없었다. 동평이 눈을 부릅떴다. 절대 피할 수 없는 거리와 속도였다. 그가 채염이 쓰러져 있던 쪽으로 고개를 돌리려는 찰나였다. 콰앙! 태어나서 맛본 가장 강렬한 충격과 함께 그의 몸이 벽을 부수면서 날아갔다. 방금 창을 던져 꿰뚫은 그 벽이었다.

"아…."

채염의 뺨으로 꾹 참았던 눈물이 흘러내렸다. 너무도 그리웠던 얼굴이 그녀를 내려다보았다. 무슨 일이 있었는지 갈색이던 머리카락이 은발로 변했지만, 한눈에 알아볼 수 있었다. 그는 여전히, 아니 더욱 아름다웠다.

"용운… 님…."

"미안해요. 내가 너무 오래 기다리게 했죠?"

어느새 채염을 품에 안은 용운이 그녀의 뺨을 부드럽게 쓸었다.

그녀는 고개를 저었다.

"아니에요. 아닙니다. 이렇게 오셨으니 됐어요."

"밖에서 기회를 엿보다가 본의 아니게 대화를 들었어요. 조조 놈, 장난 아니게 집요했던 모양인데 왜 그렇게 버틴 거예요? 내가 뭐라고."

"그러게 말이에요."

이번에는 채염이 손을 뻗어 용운의 뺨과 턱을 조심스레 어루만졌다.

"처음에는 같은 천형(天刑)을 가졌기 때문이라고, 그래서 더 마음이 가는 거라고 생각했어요. 하지만 용운 님께서 전쟁터로 떠나자마자 알았답니다. 이대로 용운 님을 영영 못 보게 되면 죽을지도 모르겠다고."

"문희…."

"참 신기하기도 하죠. 고작 세 번 본 사람에게 이토록 온 마음을 다 빼앗기다니."

"하하, 그랬어요?"

"이런 건 어느 책에도 나와 있지 않아요. 이걸 뭐라고 하지요? 용운 님이라면 아시겠죠?"

용운은 희미하게 미소 지으며 답했다.

"인연이라고 하죠."

"인연…."

그때 얼굴을 피로 물들인 동평이 두 자루 창을 든 채 방 안으로 뛰어들어왔다.

용운은 혀를 찼다.

"쯧, 눈치 없는 놈이네."

가벼운 투로 말하고 있었지만, 그의 눈은 차갑게 번득였다. 동평이 채염에게 뭘 하려 했는지 알았기 때문이다. 처음에는 그가 채염을 빼내 달아나려는 줄 알았다. 그래서 도중에 가로채는 쪽이 일이 더 쉬우리라 여겨 가만히 듣고 있었다. 한데 아차 하는 사이에 채염이 변을 당할 뻔했다. 순간 정신이 아찔해져서 앞뒤 안 가리고 뛰어들어 날려버렸다.

"너, 진용운이냐?"

으르렁대는 동평의 말에 용운이 대꾸했다.

"그래. 나다."

동평은 비릿한 웃음을 흘렸다.

"흐흐, 그렇군. 유명 인사를 이렇게 보게 되다니. 노식, 그 늙은이가 죽어가면서도 절하던 대상치곤 어리석기 짝이 없구나. 여자 하나를 구하겠다고 감히 여길 혼자 뛰어들다니. 오늘 내가 한낱 계집보다 더 큰 걸 얻겠어. 회와 조조의 주적인 진용운의 목이라니!"

"…그게 무슨 말이지? 노식을 어쨌다고?"

"아아, 몰랐나? 노식을 끝장냈던 게 바로 이 몸이다. 그리고 이젠 네 차례고."

용운은 앉은 채로 채염을 가리듯 하며 잠자코 앞으로 나섰다.

그가 얼마나 강해졌는지 알 리가 없는 채염이 등 뒤에서 겁먹은 목소리로 말했다.

"용운 님, 조심하세요. 저 사람은… 정말 강한 무인입니다. 흑영대원 여럿이 저자의 손에 죽었어요. 어쩌면 조조의 장수들 중에서 제일 강한 사람일지도 모릅니다."

"그랬군요. 노식뿐만 아니라 흑영대원들도 저놈에게 당했던 거군요. 그리고 방금 전에는 그대에게 몹쓸 짓을 하려 했고."

용운은 천천히 일어서며 말했다.

"그대와 내 운명이 인연이라면, 저자는 악연이겠군요. 여기서 반드시 끊어내야 할 악연."

"죽여주마, 진용운!"

천강 제15위이자 송강과 노준의의 사이에서 끝까지 살아남으며 극강의 초인이 된 동평. 그가 무시무시한 기세로 용운을 향해 쇄도했다.

21

연정

용운과 동평이 격돌했다. 슉! 목젖으로 날아드는 창을 용운이 왼손으로 감싸듯 치워냈다. 동시에 오른쪽 손칼로 동평의 옆구리를 노렸다.

"흥!"

동평은 코웃음 치며 왼손에 쥔 단창으로 용운의 손칼을 막았다. 이어서 곧장 창을 내질러 그의 하체를 쓸었다. 용운은 뒤로 공중제비를 돌면서 양손으로 바닥을 짚고 물러나 공격을 피했다. 채염은 양손을 모아 쥔 채 두렵고 조마조마한 심정으로 싸움을 지켜보았다.

'용운 님….'

두 자루 단창을 들고서 악귀 같은 형상으로 무섭게 공격해오는 동평. 반면 좁은 방 안에서 맨손으로 맞서는 용운은 위태롭기 짝이 없어 보였다. 카칵! 창이 벽에 스칠 때마다 불똥이 튀었다. 서슬 퍼런 창날은 용운의 급소 주변을 스치고 지나갔다. 옷이 점차 군데군데 찢겨나가기 시작했다. 영락없이 찔린 줄 알고 채염이 숨을 들이켠 것도 여러 번이었다.

콰콰콱! 단창이 연이어 벽을 찍었다. 흙벽에 구멍이 숭숭 뚫렸다. 용운은 다급히 몸을 옆으로 회전하여 찌르기를 피했다.

"쥐새끼처럼 잘도 피해 다니는구나."

동평이 용운을 비웃듯 내뱉었다.

채염이 보기에는 용운이 일방적으로 수세에 몰린 듯했다. 하지만 시간이 갈수록 고전하는 쪽은 동평이었다. 그의 공격은 제대로 맞은 게 하나도 없었다. 반면 용운은 교차하여 스칠 때마다 간간이 주먹질, 발길질을 했는데 동평은 거기 한 번 맞을 때마다 뼈가 울렸다. 충격이 겉으로 드러나지 않았을 뿐이다.

'이익!'

참다못한 동평이 천기를 발동하려 할 때였다. 펑! 쉬이익! 뭔가가 방 안으로 날아들어와 연기를 터뜨렸다. 동평은 악을 쓰며 발악하듯 창을 휘둘러댔다.

"이게 뭐야! 웬 놈들이냐!"

용운은 연기의 정체를 한눈에 알아보았다. 최근 만학관에서 개발한 특수 연막탄이었다. 아무리 무공이 뛰어난 무인이라도 여기 휩싸이면 짧은 시간 모든 기감과 기척이 차단됐다. 그러자 낮은 목소리가 그의 귓가에 들려왔다.

"전하, 문희 님은 2호가 맡았습니다. 어서 피하시지요."

익숙한 음성에 용운은 깜짝 놀랐다.

"국양? 그대가 직접 온 거예요?"

"휴, 어쩌겠습니까. 제일 귀한 분이 제일 위험한 곳으로 뛰어들었는데."

전예는 흑영대의 대장이면서 그 자신이 1호이기도 했다. 흑영대원 1호와 2호. 단둘이지만 흑영대 최강의 전력이 투입된 셈이었다. 현재 유주성은 치안과 민심, 행정까지 거의 완벽하게 안정되어 있었다. 이에 잠시 자리를 비워도 된다고 판단한 전예는 용운의 흔적을 쫓아 여기까지 온 것이다. 돌아가면 처리할 업무가 산더미처럼 쌓였겠지만.

'채문희 님에 대한 전하의 마음을 확실하게 판단하지 못한 내 잘못이다. 그러니 그 정도는 감수해야지. 한때 청몽 님이 주모가 되지 않을까 하고 생각하기도 했는데. 그 일이 있기 전만 해도….'

전예는 검후의 죽음이 용운과 청몽 사이에 뭔가 영향을 끼쳤다고 짐작해왔다. 그리고 일전에 용운이 고백한 대로 그가 백제의 왕가 출신이라면, 채염과 맺어지는 편이 나았다. 비록 채옹은 죽었지만 그의 명망은 여전했다. 그 외동딸을 아내로 맞아들일 경우, 천하의 선비와 유생들 사이에 퍼진 용운의 악명을 어느 정도 희석할 수 있을 터였다. 새 나라를 세우는 데 유생들의 지지는 필수였다. 문제는 용운의 마음이었는데, 그가 여기까지 직접 채염을 구하러 온 데서 짐작 가능했다. 채염이 영리하다는 평은 들었지만, 그 정도 되는 인재는 용운에게도 많았다. 목숨 걸고 업성까지 올 이유는 되지 못했다. 즉 '인재'라서 구하러 온 건 아니란 의미였다.

용운은 동평이 날뛰는 쪽을 힐끗 노려보았다.

'천강위 하나를 제거할 기회였는데. 게다가 저놈은 문희에게…'

그의 시선을 알아챈 전예가 재빨리 속삭였다.

"전하의 심정은 이해합니다만, 서둘러 피하셔야 합니다. 이 저택, 보통의 집이 아닙니다."

"그게 무슨 말이죠?"

"들어오면서 보니 건물과 구조물을 진법에 따라 배치했으며 곳곳에 기관까지 설치되어 있습니다. 저자와 싸우는 사이 그것들이 발동하면 귀찮아집니다. 이제 시간이 얼마 남지 않았습니다."

"…알았어요."

방 밖으로 튀어 나가는 용운을 동평이 뒤쫓았다.

"거기 서라!"

그러나 용운과 채염 등은 이미 흔적도 없이 사라진 후였다. 이제까지 채염을 구하러 왔던 흑영대원들도 뛰어난 실력자들이지만, 전예와 2호에게는 한참 못 미쳤다.

용운 일행은 저택에서 제일 가까운 쪽 성벽으로 내달렸다. 밤이 깊은 까닭인지 인적은 없었지만, 곧 동평을 비롯한 병사들이 쫓아올 게 뻔했다. 2호에게 다가간 용운이 말했다.

"내가 업을게."

"괜찮으시겠습니까?"

"문제없어."

"그럼 전 앞서 가서 도주로를 확인하겠습니다."

"부탁해."

용운에게 채염을 넘겨준 2호가 앞서 달렸다. 가운데 채염을 업은 용운이 서고, 뒤에서 전예가 따라왔다. 용운의 등에 얼굴을 파묻은 채염이 말했다.

"안 다치셨어요?"

"멀쩡해요. 그대는?"

"저도 괜찮아요."

2호를 따라 달리다 보니 곧 성벽이 나왔다. 업성의 성벽은 까마득하게 높은데다 이중이라, 보통 사람이 침입했다간 첫 번째와 두 번째 성벽 사이에 갇혀 오도 가도 못하게 되기 일쑤였다. 그 성벽 곳곳에 꽂혀 있는, 검게 칠한 단도가 보였다. 전예와 2호가 미리 꽂아둔 것들이었다.

"저를 따라 올라오십시오."

파파팟! 2호는 단도를 밟으며 순식간에 솟구쳤다. 얼핏 그 모습을 본 채염은 깜짝 놀랐다. 동시에 걱정이 됐다. 용운이 저렇게 할 수 있을까.

'날 업기까지 하셨는데.'

용운이 아무렇지 않은 투로 말했다.

"꽉 잡아요."

다음 순간, 그녀는 비명을 지를 뻔했다. 순식간에 몸이 허공으로 솟구친 것이다. 두려움은 곧 묘한 쾌감과 희열로 변했다. 귓가에서 바람 소리가 거세게 일었다. 맞바람에 눈을 뜨기 어려울 정도의 속도로 움직이는데도 용운은 호흡조차 거칠어지지 않았다.

'마치 하늘을 나는 것 같아.'

채염은 용운의 목을 꽉 끌어안았다. 그가 자신을 구하려고 직접 왔다는 사실이 아직도 믿기지가 않았다.

동평은 즉시 용운을 추격하려 했지만, 저택을 나온 뒤부터 완전히 행방을 놓쳤다. 밤인데다 업성은 너무 넓었다. 순찰 돌던 병사들은 아무도 용운 일행을 못 봤다니 화가 나서 미칠 지경이었다. 동평이 단도 꽂힌 성벽 앞에 도달했을 때는 이미 달이 중천에 뜬 후였다. 달아나도 한참은 달아났으리라.

"경계병들이 다 죽었습니다. 침입자는 두 성벽 사이를 뛰어넘어서 내려간 것 같습니다."

성벽 위를 살피고 온 병사가 보고해왔다. 무공이 뛰어난 개인에게 두 겹의 성벽은 별문제가 안 되었다. 들어오면서 이미 해자도 건너뛴 마당에.

"이… 으아아아아!"

동평은 허공을 올려다보며 화를 못 이겨 괴성을 질렀다. 농락당한 기분이었다. 부관 하나가 그에게 조심스럽게 말했다.

"듣기로 유주왕은 은발에다 여자까지 데리고 있으니 이목을 끌 것입니다. 업성을 완전히 벗어나기 전에 예상 경로를 파악하여 추격대를 보내야 합니다. 이대로 놓치기라도 하면 주공의 노여움을 감당키 어렵습니다."

조조가 채염에게 쏟는 정성과 집념으로 보아 충분히 일리 있는 말이었다.

"…알았다. 부탁하지."

동평은 굳은 얼굴로 고개를 끄덕였다.

조조의 수하들이 추격해오리라는 것은 전예도 충분히 예상하고 있었다.

'그러니까 조조 놈이 몇 년간 공을 들여도 꿈쩍도 않던 여자를 전하께서 날름 채 오셨다 이거지? 낄낄. 더구나 원술과 싸우는 중이라 마음대로 움직이지도 못하니, 이 소식을 들으면 미치고 팔짝 뛰겠군.'

전예는 조조가 분해하리란 생각만으로도 고소했다. 업성을 빼앗긴 뒤부터 조조는 그의 영원한 적이 되었다. 그는 근처에 준비해둔 말을 타고 한참 달린 다음, 날이 밝아오자 한 민가로 일행을 이끌었다. 업성 내에 준비해둔 흑영대의 은신처였다. 거기서 비약과 옷가지 등을 이용해 용운과 채염의 모습을 완전히 바꿨다. 둘은 영락없이 조금 예쁘장한 시골 아낙네로 보였다. 전예와 2호는 농부가 되었다. 즉 두 쌍의 농사꾼 부부로 변장한 셈이었다. 전예는 웃음을 참으며 말했다.

"저들은 주로 여자가 하나인 일행이나 남녀 한 쌍을 주목할 겁니다. 그러니 주공께서도 여인으로 변장하시는 게 속이기에 유리합니다."

"국양, 어쩐지 즐거워 보이는데 기분 탓이겠죠?"

"즐겁긴 합니다. 전하와 이렇게 성 밖으로 나와 나들이한 게 처음이라 말입니다."

"으음. 첫 나들이가 이런 식이라 미안하네요."

"장연이 이 모습을 봤어야 하는데 말입니다."

"그만해요…."

용운 일행은 안가(安家, 특수 정보 요원이 비밀 유지를 위해 이용하는 집)를 나와 소 두 마리와 달구지를 사서 이동했다. 그러면서 달구지에 실린 농기구와 거름까지 웃돈을 주고 한꺼번에 사버렸다. 전예와 2호가 소를 몰고 두 아녀자는 달구지에 태웠다.

얼마 후, 길목을 지키던 한 무리의 병사들이 그들을 막아섰다. 내성으로부터 전갈을 받고 대기 중이던 자들이었다. 그중 지휘관이 나서서 말했다.

"잠깐, 어디로 가는 건가?"

"어디겠습니까. 이제 한창 날이 풀릴 때니 소작 지으러 가지요. 무슨 일이라도 생겼습니까?"

"간밤에 위험한 죄인이 탈옥하여 수색 중이다."

"아이쿠, 저런."

병사들은 전예와 대화하면서도 그들을 유심히 살폈다. 하지만 딱히 수상쩍은 점은 보이지 않았다. 여인들이 제법 미색을 갖췄다는 것 외에는. 심지어 용운은 축골공으로 체형까지 바꿨기에, 평범한 병사가 알아보기란 불가능에 가까웠다. 그리고 그게 그들에게도 행운이었다. 만약 발각됐다면 전예와 2호가 그들을 모조리 죽였을 테니까.

그래도 혹시 몰라 병사 무리의 지휘관이 전예와 2호의 머리카락을 잡아당겼다. 머리에 물을 묻혀서 비벼보기도 했다. 유주왕은 은발이라고 들었다. 가발을 썼거나 물들인 게 아닌지 확인해보기 위해서였다. 조조군 병사다운 꼼꼼함이었다. 두 사람은 어리둥절한 표정으로 말했다.

"아니, 왜들 이러십니까?"

지휘관은 위에서 내려온 파발의 내용을 떠올렸다.

'분명 엄청나게 아름다운 한 여인이 포함된 일행이라고 했지. 소문에는 태수님의 애첩이라고도 하던데…. 허나 여기에는 시골 아낙네가 둘. 유주왕으로 보이는 자도 없다.'

그사이 뒤쪽에 다른 사람들이 길게 줄을 섰다. 불평이 터져 나오자 지휘관은 용운 일행을 보내주었다.

"되었다. 가봐."

"고맙습니다. 고생하십시오."

전예는 한가로이 달구지를 몰아 길을 재촉했다. 성 밖으로 나온 후에는 도보와 말을 이용했다. 그러기를 며칠 후, 마침내 경계 부근에서 대기 중이던 여포군과 조우할 수 있었다. 여포와 싸워 그의 충성을 얻어낸 지 열흘 만이었다.

"오셨습니까, 전하."

학맹(郝萌)이 정중하게 용운 일행을 맞이했다. 미리 주무에게서 용운이 돌아올 거라고 귀띔 받은 후였다. 학맹은 여포의 팔건장 중 한 사람이며 원래 정사에서는 여포에게 반란을 일으켰다가 고순에게 붙잡혀 죽은 인물이었다. 그의 반란은 원술의 꾐에 의한 것으로, 심지어 거기에는 진궁도 가담했다고 알려졌다. 그러나 진궁을 제거한 후의 파장을 우려한 여포는 학맹을 처형하는 데서 그쳤다. 용운은 그를 보며 생각했다.

'진궁도 그렇고 학맹도 실제와 많이 달라졌구나. 여전히 여포에게 충성을 다하고 있으니. 역사가 바뀌어서이기도 하지만, 그

만큼 여포의 인망도 높아진 덕이겠지.'

확실히 정사의 기록과 비교해볼 때 여포는 인성 자체가 변했다. 학맹의 말에 의하면, 그는 주무를 비롯한 지살대를 거느리고 근거지를 떠나 있다고 하였다.

"상산 쪽에서 수상한 움직임이 있다는 첩보가 들어온 모양입니다."

"수상한 움직임이요?"

"예. 저도 더 자세히 아는 바는 없는 터라…."

"그렇군. 엇갈렸네. 알겠어요."

전예는 습성대로 학맹의 언행을 예리하게 관찰했다. 그러면서 여포가 용운에게 충성을 맹세했다는 보고를 실감했다.

'안 믿겼는데 진짜였군.'

학맹의 태도에서는 진심이 우러나고 있었다. 그와 같은 전형적인 무인들은 강자를 숭상하며 자신이 모시는 자에게 복종하는 경향이 컸다. 여포가 용운의 수하가 될 것을 맹세했기에 그 반향이 학맹에게서도 보이는 것이다. 안심해도 되겠다고 판단한 전예가 말했다.

"전하, 그럼 저는 바로 유주성으로 돌아가보겠습니다. 여기서부터는 아군의 영역이니 전하의 경호는 2호 하나로 충분할 듯합니다."

용운은 여포 진영에서 하루 이틀 정도 쉬게 되었다. 강행군으로 인해 정신적·육체적으로 지친 채염 때문이었다. 사천신녀와는 달리, 그녀는 연약한 보통 여인이었다. 재지가 뛰어날 뿐, 여기까지 우는 소리 한 번 안 하고 따라온 것만도 용했다. 결국 그제부터는 몸살을 앓기 시작했다. 그녀만 두고 갈 수도 없고 다른 사람에게 맡기기도 싫어서 용운도 남기로 한 것이다.

용운은 전예가 맡은 일이 얼마나 많은지 알기에 잡지 못했다. 그런 상황에서 자신을 찾으러 업성까지 왔다. 어쩔 수 없는 일이었지만 새삼 면목이 없었다.

"미안해요. 무리하게 해서."

"아시면 다음부터 이런 사고 치지 마십시오."

"하하, 알겠어요. 그리고 2호도 데리고 가도 돼요."

"안 됩니다, 아직은. 그럼 이만."

전예는 정중히 포권하고 돌아섰다. 숨도 돌리기 전에 곧바로 돌아가려는 것이다. 다시 그를 기다리고 있는 유주성의 지하로.

"전하, 이쪽으로 오시지요. 쉬실 곳을 만들어뒀습니다."

학맹은 직접 나서서 용운을 안내했다. 잠시 전예의 뒷모습을 바라보던 용운은 채염의 어깨를 감싸 안고 걸음을 옮겼다. 2호가 묵묵히 그 뒤를 따랐다.

여포군 진영 제일 안쪽, 으슥한 곳에 막사 하나가 있었다. 다른 막사들과 동떨어져 있었는데 서둘러 세운 흔적이 보였다. 학맹이 용운과 채염을 데려온 곳이었다.

"좋은 시간 보내십시오."

물러나는 그의 인사말로 보나 막사의 위치로 보나, 뭔가 오해한 게 분명했다. 기분 나쁘진 않았다. 용운은 피식 웃었다. 이어서 2호도 포권을 취하며 말했다.

“그럼, 저도 이만. 소리가 안 들리는 곳까지 가 있을 테니 안심하십시오, 전하.”

“나 참. 다들 왜 그래요?”

2호와 일별한 용운은 채염과 함께 막사로 들어섰다. 가운데 화롯불이 놓였고 간이 침상에는 털가죽이 잔뜩 쌓여 있었다. 이 또한 급하게 준비한 표가 났지만 그래도 전부 호피 등의 고급 가죽이었다.

“추워요?”

용운은 채염이 가늘게 떠는 걸 느끼고 물었다.

그녀는 고개를 푹 숙이고 작게 답했다.

“아니요.”

“여기 앉아요. 따뜻하네요.”

“네.”

“이 사람들은 뭘 이렇게 마구잡이로 쌓아놨어?”

채염은 침상 귀퉁이에 앉아서 용운이 털가죽을 정리하는 모습을 물끄러미 바라보았다. 화롯불에 비친 그는 여전히 아름답고 신비했다. 처음 본 순간 이미 한눈에 반했었다. 하지만 확실히 예전과 달라진 부분도 있었다. 제일 먼저 눈에 띈 건 역시 은발이 된 머리였다. 은마 어쩌고 하는 소문으로 들었지만, 직접 보니 놀라웠다. 눈에는 예전에 없던 슬픔이 깃들었으며 눈동자도 은은한 금빛이 비쳤다.

‘키가 조금 더 크셨나? 몸도 더 단단해지셨고.’

이런 생각을 하던 채염이 얼굴을 확 붉혔다. 그녀는 예전에 실수로 용운의 품에 안긴 적이 있었다. 과다기억증후군 덕에 그때의 감각을 선명히 기억했다. 오는 내내 용운과 어딘가 한 곳이 닿아 있었다. 등, 어깨, 팔, 손. 거기서 느껴지는 그의 몸은 확연한 사내의 그것으로 변해 있었다. 탄력 있는 강철 같았다. 오는 길에 잠깐씩 드문드문 들은 얘기만으로도 그가 얼마나 단련해왔는지, 또 얼마나 힘든 시간을 보냈는지 짐작이 갔다.

'그런데도 피부는 여전히 나보다 더 곱다니, 불공평해.'

그때 용운이 그녀 옆에 앉으며 물었다.

"왜 그렇게 쳐다봐요?"

"예? 아, 아, 아니에요."

"실감이 안 나죠? 사실 나도 실감이 잘 안 나요, 그대가 이렇게 옆에 있다는 게."

채염은 갑자기 가슴이 세차게 뛰기 시작했다. 용운과 단둘이 있다는 사실이 떠오른 것이다. 그때 용운이 적당한 털가죽을 깔아 정리한 침상을 가볍게 두드리며 말했다.

"좀 누워요."

그녀는 화들짝 놀랐다.

"예? 하, 하지만 전하."

"전하는 무슨. 그냥 이름 불러요."

"그래도 어찌…."

"내가 그게 좋아요."

"네, 그럼, 용운 님."

"하지만, 뭐요?"

"아아, 하지만 아직 대낮이에요…."

"응? 낮에는 누우면 안 되나? 문희, 무슨 생각을 한 거예요? 지금 아프잖아요. 옆에 앉은 나한테까지 느껴질 정도로 열이 나고 많이 지쳐 보여요. 그래서 누우라고 한 건데."

"…."

몸살에 걸려 채염은 며칠 전부터 열이 오르락내리락하던 차였다. 몇 년을 저택에 갇혀 있다가 갑자기 먼 길을 무리하여 이동한 탓이리라. 용운의 말을 듣는 순간, 부끄러움까지 더해져 열이 더욱 확 올랐다. 그 바람에 현기증이 일었다.

"웃차."

용운은 휘청거리는 그녀의 허리를 재빨리 안아 눕히며 팔베개를 해주었다. 이제 채염의 심장은 터지기 직전이었다. 두근거리는 소리가 용운에게 들릴까봐 불안할 정도로. 용운은 그녀를 내려다보며 부드럽게 말했다.

"어쩐지 전에도 비슷한 일이 있었던 것 같은데."

"네, 그때 일, 기억하시는군요."

"나도 그대와 같으니까. 열이 잘 나는 체질이군요, 그대는."

"그런가 봅니다."

"아프지 말아요."

"그럴게요."

채염은 제 머리를 쥐어박고 싶었다. 그러게요, 그런가 봅니다, 그럴게요. 이따위 대꾸밖에 못하는 건가. 대학자 채옹의 딸이라면서 어휘력이 이것밖에 안 되나. 그녀는 용기를 짜내어 입을 열었다.

"저, 그런데 용운 님."

"네."

"머리가… 왜 그렇게 되신 건가요?"

"아아, 보기 흉하죠?"

"아니요, 정말 아름다워요! 전 그저 궁금해서요."

"이건…."

용운은 잠깐 망설이다가 답했다.

"너무 슬프고 무서워서."

"…?"

"원소와 싸우다가 남피성을 함락했을 때였어요. 난 곧 원소를 잡을 수 있다는, 그리고 여기서 그자를 놓치면 모두를 힘들게 할 전쟁이 더 길어진다는 급한 마음에, 사천신녀만 데리고 뒤를 쫓았고요. 그러다 그만 함정에 빠졌죠. 적이 궁을 무너뜨린 거예요."

"세상에!"

"무너지는 잔해에서 날 지키려다가 검후가 죽었어요. 내가 보는 앞에서."

"아…."

채염은 순간 말문이 막혔다. 검후는 그녀도 아는 이였다. 용운이 아낀다는 네 호위무사 중 한 사람. 출정할 때, 당당한 그녀의 모습을 본 적 있었다.

"그때 알게 되었죠. 내가 얼마나 어리석고 이기적이었는지. 그러고 구출돼서 나와보니 머리가 이렇게 되어 있지 뭐예요."

말하던 용운이 깜짝 놀랐다. 채염의 눈가에서 눈물이 또르르 흘러내렸기 때문이다.

"문희, 많이 아파요?"

"아니요, 그게 아니라… 용운 님이… 안됐어서요. 검후 님을 많이 아끼셨잖아요. 그런데…."

용운을 구하려다 죽은 검후의 마음을 이해했다. 그러나 그렇게 죽어간 그녀가 불쌍했다. 또 그 모습을 눈앞에서 봐야 했던 용운도. 그는, 채염 자신과 같은 천형의 소유자였다. 이제 남은 평생 검후가 죽어가던 모습을 바로 방금 본 것처럼 생생히 기억할 게 아닌가. 여러 가지 슬픈 기분이 뒤섞여 자꾸 눈물이 났다.

용운은 팔베개한 반대편 손을 뻗어 그녀의 뺨을 어루만졌다.

"그대는 착하군요."

"…."

"오 년이나 기다리게 했는데도 날 위해 울어줘서 고마워요."

용운의 입술이 채염의 이마에 가만히 와 닿았다. 열이 나서인지 그의 입술은 서늘하게 느껴졌다.

"조조가 그토록 집요하게 구애했는데도, 끝까지 거절해줘서 고마워요."

이번에는 눈이었다. 용운의 입술이 눈물자국을 따라 미끄러졌다. 그 경로를 따라 얼굴이 타오르는 것만 같았다. 채염은 몽롱한 기분으로 생각했다.

'용운 님의 입술은 이렇게 시원한데, 지나가면 불타는 것 같으

니 이상하기도 하지.'

"무엇보다 업성이 함락당하던 그날, 그 난리 통에 무사해줘서… 이렇게 다시 볼 수 있게 해줘서 고마워요."

그는 숨결조차 달콤했다. 채염은 다음에 입술이 와 닿을 곳이 어딘지 알 듯했다. 눈을 꼭 감았다. 곧 정신이 아득해졌다. 그녀의 손이 침상 모서리를 힘껏 움켜쥐었다가 자신의 위에 엎드린 용운의 등을 안았다. 그리고 마음속으로 외쳤다. 입술이 막혀서였다.

'너무나 보고 싶었어요, 용운 님. 사모합니다. 제 온 마음을 다해서….'

평원성 남쪽, 태산 깊숙한 곳.

사진은 거기서 관승과 그녀의 병마용군 궁기를 발견했다. 찾기 시작한 지 보름 만이었다. 애초에 송강이 태산을 짚어주지 않았다면 찾을 엄두조차 못 냈을 것이다. 관승과 궁기는 정신을 잃은 채 동굴 안에 누워 있었다. 여태 살아 있는 게 신기할 정도였다.

"어쩔래?"

구문룡 사진의 옆에 있던 비니를 쓴 청년이 물었다. 그는 천강 제20위로 '천속성(天速星)'의 가호를 받는 신행태보 대종이었다. 별의 이름만 봐도 그의 능력을 짐작할 수 있었다. 위원회, 아니 아마도 전 인류를 통틀어 가장 빠른 자. 천기 신행법을 발동하면, 중국 대륙 전체를 단 사흘 만에 주파하는 것도 가능했다. 본신의 전투력은 그저 그랬지만, 거기에 특유의 스피드가 더해지면 얘기가 달랐다. 그를 붙잡을 수도, 피할 수도 없기 때문이다. 다만,

속도에 비해 지구력이 부족한 게 약점이었다.

동굴 안에는 사진과 대종 외에도 한 여인과 족제비 한 마리가 있었다. 각각 사진의 병마용군 린, 대종의 병마용군 백서랑(白鼠狼)이었다. 백서랑은 흰 족제비를 의미했다. 대종이 인간 중에서 제일 빠르다면, 백서랑은 짐승 가운데서 그랬다. 엄밀히 말하면 동물은 아니었지만. 녀석은 통통한 린의 어깨 위에서 기분 좋은 듯 늘어진 채 조는 중이었다.

"…."

사진은 관승을 내려다보며 묵묵히 서 있었다. 이 세상에서 제일 강하고 오만한 여자. 그녀가 이토록 무방비상태인 모습은 처음이었다.

'망설일 이유가 없다.'

관승을 해치라는 게 아니라 목표는 궁기였다. 온몸이 상처투성이가 된 채 관승의 옆에서 웅크리고 쓰러져 있는 대머리 꼽추다. 그 외양조차 동정심이라곤 티끌만큼도 일으키지 않았다.

그럼에도 불구하고 사진은 망설였다. 우선 이런 명령을 내린 위원장 송강의 진정한 저의가 의심스러워서. 다음으로 그보다 더 큰 이유는, 관승에게 미움 받을 게 두려워서였다. 그의 마음을 읽기라도 한 것처럼 대종이 말했다.

"그래봐야 소용없어. 어차피 위원장은 우리가 어디서 뭘 하는지 다 아니까. 죽였다고 거짓말을 해도 금세 탄로 날걸? 자칫 돌아갈 곳이 없게 되어버린다고."

"역시 그렇겠지?"

"당연하지. 이 시점까지 남은 세력들은 모두 엄청나게 성장했어. 지금부터 시작해봐야 맞서긴 어려워. 누구 밑에 들어가면 모를까. 그럴 바엔 위원장한테 붙어 있는 편이 나아."

그래, 그저 병마용군일 뿐이다. 더구나 관승은 다른 천강위에 비해 궁기를 그리 살갑게 대하지 않았다. 오히려 퉁명스러운 쪽에 가까웠다.

'그러니까 설마 날 죽이기까지야 하겠어?'

마음을 정한 사진이 대종에게서 검을 건네받았다.

'목을 단숨에 친다. 그게 병마용군을 멸하는 가장 확실한 방법.'

그가 궁기의 목을 검으로 막 내려치려 할 때였다. 갑자기 관승이 눈을 번쩍 떴다. 사진도, 대종도 그 자리에서 굳었다. 관승의 시선이 사진을 향했다. 이어서 그녀가 서늘한 목소리로 말했다.

"지금 뭘 하려는 거지?"

22

엇갈림

"지금 뭐 하려는 거냐고."

관승이 재차 물었다.

퍼뜩 정신이 든 사진이 말했다.

"관승, 무사했구나! 내가 얼마나…."

"마지막으로 묻겠다."

그녀의 목소리가 더욱 냉랭해졌다.

"지금, 내 병마용군에게, 뭘 하려는 거냐고, 물었다."

"아, 그으으게, 말이지이이."

사진은 어떻게 답해야 할지 머리를 굴리는 한편, 의아한 생각이 들었다.

'궁기에 대한 관승의 애착이 이 정도였던가?'

대부분의 천강위가 병마용군을 아끼긴 했다. 자신의 부름에 영혼이 반드시 응해줄 대상을 고르는 까닭이다. 삭초 같은 이상 케이스가 있긴 했으나, 그조차 요원에 대한 애정에서 비롯된 것이었다. 그 애정이 한없이 일그러진 형태라는 게 문제였지만. 병마용군과 계약을 맺은 후에도, 유대감이 약하면 혼의 연결도 약해지므로 돈독한 사이를 유지했다. 사진은 모든 천강위와 병마용군의 관계를 알진 못했다. 그러나 아는 한에선 혈연이나 연인관계처럼 친밀한 경우가 대부분이었다.

사진 자신만 해도 그랬다. 삼합회의 경리였던 린은 그저 평범한 여자였다. 빼어나게 아름답지도 몸매가 출중하지도 않았다. 20대 중반의 나이에 삼합회 행동대장이라는 위치에 올랐으니, 사진의 돈과 권력이라면 원하는 여자를 얼마든 얻을 수 있었다. 하지만 누구 하나 린만큼 마음이 가지 않았다.

이성을 향한 기분과는 좀 달랐다. 어머니가 있다면 이런 느낌이 아닐까 하는 쪽에 가까웠다. 다른 누군가의 피로 흠뻑 젖어서 돌아온 그에게 겁 없이 잔소리를 하지만, 안 보이는 곳에서 그를 걱정하여 운다는 걸 알게 됐다. 살인자에다 온갖 범죄를 저지른 쓰레기인데, 그런 자신을 진심으로 사랑해주는 걸 느꼈다.

결국, 린은 다른 조직과의 항쟁 중에 빗발치는 듯한 총탄에서 몸으로 사진을 구하고 죽었다. 린이 죽은 후에야 알게 되었다. 그녀가 어릴 때 고아원에서 헤어졌던 누나였음을. 우연히 만난 순간부터 그녀는 동생을 알아봤지만, 헤어질 때 너무 어렸던 그는 까맣게 몰랐다. 술독에 빠져 살던 사진은, 회에서 나온 인물로부터 병마용군에 대한 얘기를 듣자마자 제안을 수락했다. 병마용군이라는 옵션이 없었다면, 사진은 위원회의 부름을 거부했을지도 몰랐다. 애초에 국가니 민족이니 역사니 하는 것들에 관심 없는 부류였기 때문이다. 그저 좀 달라진 모습으로나마 누나를 다시 보고 싶어서, 그녀와 함께 있으려고 회에 들어왔다.

그렇게 탄생한 병마용군 린의 능력은 주인의 '생존'에 특화된 것이었다. 그 특기 중 하나로, 대상과 관련하여 죽음의 확률을 표시하는 '사율(死率, 죽음을 헤아리다)'이 있었다. 지금 린이 사율의 결과를 속삭이고 있었다. 떨리는 목소리로.

"저, 사진. 네 사율이 60퍼센트를 넘었어."

"뭐?"

사진의 대답이 늦어지자, 관승은 몸을 일으켰다. 그녀는 용운과의 대결에서 하마터면 죽을 뻔한 중상을 입었다. 관승이 용운을 얕보고 그의 천기에 대해서도 무지했던 반면, 용운은 그녀가 최강자임을 알고 자신이 가진 최고의 패를 처음부터 아낌없이 썼다. 거기에 상성까지 작용한 게 승패를 갈랐다. 그러나 지치지 않게 하고 부러지지 않게 하는 천기, '불피불낙(不疲不落)'의 공능은 오랜 시간에 걸쳐 그녀를 천천히 회복시켰다. 그것은 말하자면 천연 나노 머신과 비슷했다.

하지만 궁기가 아니었다면 다 소용없었을 것이다. 무방비 상태였던 관승을 유주군이 확인 사살할 수도 있었고 하다못해 들짐승이 뜯어 먹었을지도 몰랐다. 혹은 출혈 도중 체온 저하로 숨질 수도 있었다. 성벽에서 추락할 때, 자신의 몸을 아래로 가게 하여 관승에게 가해지는 충격을 최대한 완화하고, 그녀 못지않은 중상을 입은 몸으로 기어이 안전한 곳까지 데려간 궁기가 아니었다면. 관승은 이렇게 살아 있기 어려웠을 터였다.

"좋다. 말하기 싫다면 그냥 죽여주지."

린이 비명처럼 작게 외쳤다.

"사진, 90퍼센트야!"

"미안. 잘 수습해. 난 널 데려다준 것뿐이니까."

대종은 이 말을 남기고 얼른 흰 족제비를 낚아채서 순식간에 달아났다. 일단 그가 도망치기로 마음먹으면 잡을 수 있는 존재는 거의 없었다. 시간이라도 멈춘다면 모를까.

'미치겠군. 내가 할 행동을 송강은 다 알고 있을 텐데. 명령을 어긴 것까지도.'

사진의 관자놀이로 식은땀이 흘렀다. 이제 사율이 100퍼센트가 되면 무조건 죽는다. 그는 관승의 어깨너머로 궁기를 힐끗 보았다. 누가 봐도 가망 없어 보이는 모습이었다. 안색은 시체처럼 푸르스름하고 몸도 굳었다. 심지어 상처 일부는 부패가 시작되기까지 했다.

'저 정도면 그냥 놔둬도 어차피 죽겠는데?'

더 생각할 시간이 없다. 살고 봐야 했다. 사진 자신뿐만 아니라, 누나 린도.

"알았어, 말할게! 말하면 되잖아. 사실 위원장이 가서 궁기를 말살하라고 시켰어. 난 명령을 따르려던 것뿐이라고."

"위원장이…."

사진을 보던 관승의 눈에서 일렁이던 불꽃이 가라앉았다. 대신 그 분노는 다른 곳을 향했다. 돌이켜보면, 그녀는 처음부터 송강과 삐걱댔다. 송강은 찜찜한 일로 손을 더럽히기 싫어하는 관승을 위선자라 비웃었고, 관승은 송강의 속을 알 수 없는 음모가 같은 면이 질색이었다. 차라리 정직하게라도 야욕을 드러내는 노준의를 택했을 정도로. 특히, 송강이 병마용군 궁기를 경멸하고 함부로 대하는 게 싫었다. 구박해도 자신이 구박해야 했다. 관승만이 그럴 자격이 있었다.

"아, 망했네! 이제 위원장이 날 가만두지 않을 거야…."

사진은 머리를 벅벅 긁으며 한탄했다.

"걱정 마라. 난 입이 무겁다."

"그게 아니야. 송강은 우리가 어디서 뭘 하는지 훤히 알고 있다고."

"무슨 말이지?"

"그게 바로 위원장의 천기 중 하나야. 천강위들의 동태를 낱낱이 꿰고 있는 거."

"…그렇다면 왜 노준의의 반란을 처음부터 차단하지 않은 건가?"

"글쎄, 아마 보스에게 가담하는 자들의 면면을 보고 불순분자를 쳐내거나 확인하려던 거 아닐까? 덤으로 보스도 제거하고 말이야. 결과적으로 보스와 진한성이라는, 가장 큰 위협들이 사라졌으니 일석이조잖아."

관승은 주먹을 움켜쥐고 이를 악물었다.

"그 여자는 또 그렇게… 제 뜻대로 사람들을 움직여서 방해되는 것들을 없애려 하는군."

"뭐, 그게 위원장의 방식이니까. 잘만 한다면 편하고 깔끔하긴 하지."

"넌 어쩔 거냐?"

"모르겠다. 이대로 돌아가서 도저히 관승을 이길 수 없었다고 싹싹 빌어봐야 할지, 아니면 마음에 둔 여자가 하는 대로 따라야 할지…."

"내가 말했지 않나. 가벼운 자는 질색이라고."

"가볍게 말하는 거 아닌데?"

듣고 있던 린이 입술을 삐죽였다.

'얘는 참, 여자 보는 눈도 없어. 왜 하필 관승?'

동생이 저런 무서운 여자를 좋아하는 게 싫었다. 그렇다고 면전에서 반대할 엄두도 나지 않았다.

잠시 생각하던 관승이 말했다.

"나랑 같이… 움직이자."

"오호?"

"인정하기는 싫지만, 난 처세에 어둡다. 심지어 이 세계에서조차. 그래서 양수와 동행했는데, 이제 헤어져 생사를 알 수 없게 됐다. 너는 나보다 영리하고 눈치가 빠르지. 그러니 날 인도해라. 내가 어떤 선택을 해야 할지를."

"이거 책임이 무거운데?"

"그렇게 해준다면, 내가 널 보는 시선이 조금은 달라질지도 모르지."

이번에도 사진의 고민은 그리 길지 않았다.

"좋아. 어차피 밉보인 거. 게다가 이미 내가 실패했다는 것도 알았을 테고. 이왕 이렇게 된 거, 그쪽의 마음이라도 얻어야 덜

억울하겠지."

"아직 마음을 주겠다고 확정한 건 아니다."

"나만 잘 따라서 오면 확정하게 될 거야."

"그럼, 우선 첫 번째 질문을 하겠다."

궁기를 잠깐 쳐다본 관승이 물었다.

"궁기를 살릴 수 있는 방도를 말해라."

"…이거 처음부터 너무 난이도가 높잖아."

그런 사진의 귓가에 린이 속삭였다.

"궁기의 사율은 84퍼센트야. 지금 상태로 놔둔다면."

"으음…. 그쪽, 내가 어떤 말을 해도 따를 거야?"

관승은 고개를 끄덕였다.

"확실한 방법이라면."

"그게, 궁기가 평범한 인간이 아니라는 건 그쪽도 알지? 여기 린과 마찬가지로."

"물론이다."

"즉 이들은 치료가 아니라 '수리'의 개념으로 접근해야 해. 그렇다 보니 인간보다는 월등히 생존율이 높지만, 알다시피…."

사진은 양손을 펴고 어깨를 으쓱해 보였다.

"여기서는 그들을 고칠 사람도, 시설도 드물지. AS가 안 돼."

"드물다 함은 없지는 않다는 뜻인가?"

"응. 바로 내가 당신을 데려가려는 곳도 거기고."

"당신이라고 하지 마라."

"까다롭긴."

"해서, 거기가 어딘가?"

"그전에 약속해. 듣고 나서도 날 죽이지도, 때리지도, 욕하지도, 무섭게 노려보지도 않겠다고."

"약속하지."

"그쪽의 명예를 걸고."

"…내 명예를 걸고 약속한다. 널 죽이지도, 때리지도, 욕하지도, 노려보지도 않겠다."

사진은 히죽 웃었다.

"딱 한 군데가 있지."

"어서 말해봐."

"거기가 어디냐면…."

그의 대답을 듣고 난 관승을 유심히 보던 린이 속삭였다.

"저, 사진. 너 95퍼센트야. 허공을 노려보고는 있는데, 살기는 너한테 향해 있어."

"…일단 튀었다가 돌아오자."

용운은 여포 진영에서 달콤한 이틀을 보냈다. 그리고 귀환한 여포를 만난 후, 채염과 함께 무사히 유주성에 돌아왔다. 상산 쪽에서 성혼단이 집결하는 움직임이 있었으나 조기에 발견한 여포에게 격파당한 듯했다. 용운은 내내 은밀하게 움직였지만, 최측근들은 당연히 알고 있었다. 그중에는 사천신녀도 포함되어 있었다.

성월이 걱정스런 시선으로 청몽을 보며 말했다.

"언니, 대낮부터 너무 마시는 거 아냐? 경호 임무도 있는데."

"낄낄, 걱정 마. 지금의 전하를, 게다가 유주성 안에서 누가 해치겠어? 심지어 우린 그분이 나가는 것조차 몰랐는데. 그리고 어차피 취해봐야 숨 몇 번 돌릴 시간에 깨버리는 몸뚱이니까. 늘 사람 죽이는 데 최적화되어 있으려고 감기조차 안 걸리게 하잖아."

"무슨 일 있어?"

청몽은 대답 대신 또 한 차례 술을 들이켰다.

'운아. 결국, 이렇게 되는 거니?'

용기를 내서 그에게 마음을 고백한 적도 있었다. 한때, 용운 또한 거기에 응한 줄로만 알았다. 하지만 돌이켜보면 딱 거기까지였다. 마치 어떤 선을 넘으려 할 때마다 발을 멈추는 느낌이었다.

'우리 둘 다 미숙했지. 넌 날 향한 마음이 사랑인지 우정인지 구분하지 못했고 난 지금의 내 처지에 적응하지 못했어. 그래서 그저 바라보기만…. 그 우정마저 잃을까봐 두려워서.'

술이 썼다. 아무리 마셔도 취하지가 않았다.

'이럴 줄 알았으면 그렇게 허물없이 지내지 말걸. 네가 모든 것들을 기억한다는 걸 알면서. 어릴 때 같이 병원놀이를 하고 목욕했던 일, 중학교 때 내 얼굴에 여드름이 잔뜩 돋아서 외계인처럼 보였던 거, 첫 생리했던 날, 처음 좋아했던 남자한테 차여서 울고불고 난리쳤던 일까지…. 넌 너무 가까이에서 다 봐왔구나.'

하지만 그녀가 용운에게 더 다가가지 못하는 결정적인 이유가 있었다. '그것'이 처음 시작된 시기는 약 오 년 전이었다. 여느 때와 마찬가지로 은신 상태에서 용운을 경호하는 중이었다. 이제 여기에 완전히 익숙해져서 은신 상태가 오히려 편할 지경이었다. 그녀는 그림자 아래, 연무장의 시원한 땅속에 숨어 용운을 지켜보았다. 그는 장료에게서 무술 지도를 받고 있었다.

'최근 들어 왜 저렇게 무공 수련에 열을 올리는지 모르겠네.'

생각하던 청몽은 화들짝 놀라 몸을 떨었다. 하마터면 은신 상태가 강제로 풀릴 뻔했다. 귓가에 갑자기 익숙한 목소리가 들려온 것이다.

— 민주야, 민지야. 공주님들, 오늘은 기분이 어떠니?

그것은 그녀가 꿈에도 잊을 수 없는 목소리. 원래 세계를 다 버리고 왔음에도 불구하고 결코 잊지 못할 음성이었다.

'엄⋯마?'

— 우리 딸들, 오늘도 예쁘네. 엄마는 말이지, 어저께 마트에 갔다가⋯.

그때부터 한동안 민주의 엄마는 어제 있었던 듯한 일들을 얘기하기 시작했다. 청몽은 그 얘기를 정신없이 듣고 있었다. 자신이 눈물을 줄줄 흘리고 있다는 것도 몰랐다. 이윽고 엄마의 목소리가 점점 희미해지려 하자, 그녀는 저도 모르게 외쳤다.

"안 돼!"

상료와 용운이 깜짝 놀라서, 갑자기 튀어나온 그녀를 바라보았다. 순간적으로 정신을 차린 장료가 경계 태세를 취했다. 그녀가 맡은 일을 잘 아는 까닭이었다.

"어딥니까, 청몽 님?"

"아… 아니에요. 전 그저…."

청몽은 어쩔 줄 몰라 얼굴을 가리고 당황해했다.

뭔가 심상치 않은 일이 생겼음을 알아챈 용운이 말했다.

"문원, 오늘은 여기까지 하지요. 수고했어요."

"알겠습니다, 전하."

둘만 남게 되자, 용운은 청몽에게 다가가 조심스럽게 물었다.

"청몽, 무슨 일이야?"

청몽은 어머니를 두 번이나 잃은 용운에게 차마 말할 수 없었다. 갑자기 엄마의 목소리가 생생하게 들렸다는 걸. 그 바람에 묻어뒀던 그리움이 터져나와 미칠 것 같다고 도저히 말을 꺼내지 못했다. 그녀는 얼른 눈물을 닦고 머쓱한 척 말했다.

"아니야. 둘이 무공 수련을 너무 격하게 했나봐. 분명 살기를 느꼈다고 생각했는데, 착각이었네. 미안, 방해해서."

"하하, 괜찮아. 장료한테 진심으로 상대해달라고 했는데, 벌써 그 정도 수준이 됐나?"

그게 시작이었다. 그때부터 간헐적으로 엄마와 아빠의 목소리가 들려오는 현상이 생겼다. 환청이 아니었다. 환청이라고 보기에는 두 사람의 얘기가 너무도 사실적이고 현실적이었다. 위원회에 속한 능력자의 술수라 보기에도 그랬다. 부모님은 용운과 청몽 자매는 물론, 위원회의 인원들도 겪어보지 못한, 그들이 떠나온 시점에서 더 미래의 일들을 얘기하고 있었다. 처음 듣는 누군가가 새 미국 대통령이 됐다거나, 생소한 새로운 전염병이 돌아 걱정이라거나 하는 것들이었다. 미지를 상상해서 환상의 형태로 지어낼 순 없었다. 재구성 자체가 안 되는 까닭이었다.

부모님의 대화로 청몽은 여러 가지를 알게 됐다. 엄마는 아빠가 있을 때는 안 울지만, 혼자 남게 되면 늘 운다는 것. 아빠는 여전히 국제 정세에 관심이 많아서 엄마한테 그런 것들을 얘기해주고 요즘은 신경통으로 고생하고 있다는 것. 그리고 자신과 동생 민지가 몇 년째 병실에 누워 있었다는 것까지. 이는 즉 이걸 의미했다.

'나와 민지는 아직 완전히 죽지 않았어. 그날, 용운이의 부름에 응하면서 교통사고를 당해 영혼은 빠져나왔지만, 몸은 아직 그 세계에 살아 있는 거야. 이건 일종의 유체이탈이야. 그러니까 우린 식물인간이 된 거라고!'

사린에게는 부모님의 음성이 들리는 현상이 일어나지 않은 듯했다. 동생의 성격상 같은 일을 겪었다면 울고불고 난리가 났을 테니까. 그나마 다행이었다. 이 일은 청몽에게 절망과 희망을 동시에 안겼다. 부모님은 분명 당신들이 돌아가시기 전까지 두 딸을 포기하지 않을 게 분명했다. 원래 세계로 영혼만 돌아가면 다시 깨어날 것이다. 부모님을 다시 볼 수 있다는 희망이 생겼다.

'더 나이 드셨겠지만, 그때쯤에는 어쩌면 할아버지 할머니가 되었을지도 모르지만 그래도….'

그리고 절망은 돌아가는 방법을 모른다는 데서 왔다. 한 번씩 부모님 생각에 가슴 저리지 않은 건 아니었으나, 아예 포기했었을 때는 견딜 만했다. 한데 이제 길이 있음을 알자 고통이 커졌다. 하루에도 몇 번씩 넋을 놓고 멍하니 있는 일이 많아졌다. 불치병인 줄 알았더니 약이 있음을 알게 됐는데, 도저히 그 약을 살 돈이 없으면 이런 기분일까.

거기다 또 하나. 아무래도 요즘의 용운을 보면 원래 세계로 돌아갈 것 같지 않았다. 청몽 자신에게는 원래의 세계에 부모님과 친구들이 있었다. 반면, 용운에게는 그중 아무것도 없었다. 그가 사랑하는 이들, 그를 필요로 하는 이들은 이제 전부 이쪽 세계에 존재했다. 그나마 원래 세계와의 접점은 자신과 민지 정도. 그런 처지인 용운이 과연, 방법이 있다 해도 다시 돌아가려 할까? 원래의 세계와 용운, 둘 중에서 뭘 택할 것인가.

"에이, 그만 마셔!"

성월은 보다 못해 청몽의 술잔을 빼앗았다.

옆에서 구경하던 이랑이 중얼거렸다.

"아무래도 무슨 일이 있는 게 확실한데. 혹시 그 여자 때문인가? 전하가 어디선가 데려온 채문희라는 여자."

"…."

"큰언니, 그 여자 때문이라면 그냥 마음 접어요. 듣기로는 전하가 업성까지 찾아가서 목숨 걸고 데려왔다던데, 어지간한 마음으로 그렇게 했겠어? 그리고 경험상 이 망할 병마용군의 상태로는 마스터랑 이어지기 힘들어요. 영혼은 알던 사람의 것이지만 몸이 괴물이거든. 싸우기 위한 괴물. 상대가 꺼리기도 전에 내 쪽에서 나 자신이 무섭게 느껴져서… 연애 따위, 포기하게 돼요. 몸 사리게 되고, 아무리 씻어도 피 냄새가 나는 것 같고. 그런데 싸움이 벌어지면 또 미친 듯이 죽여버리고."

"에이, 다 나가!"

청몽이 버럭 소리를 질렀다. 그 외침에 정작 후다닥 나간 건 술집 안의 다른 손님들이었다.

객잔 주인이 쭈뼛거리며 다가와서 말했다.

"저, 청몽 님. 여기서 이러시면 곤란합니다."

"…망할. 내 마음대로 되는 게 없어."

채염을 보고 좌절한 사람은 청몽뿐이 아니었다. 용운의 대역을 하고 있던 백영도 마찬가지였다.

'언감생심 내 주제에 감히.'

애써 이렇게 생각해봐도 마음이 아픈 건 어쩔 수 없었다. 채염을 보며 웃는 용운의 얼굴이 환해서, 채염이라는 여자가 너무도 아름답고 현명해 보여서 더 그랬다.

'나는 전쟁터에서 주워 온 고아일 뿐.'

백영은 용운의 귀환을 알자마자 즉시 원래 모습으로 돌아갔다. 한자리에 두 명의 용운이 존재하는 광경은 누구도 봐선 안 되었다.

"수고했다, 백영. 갑자기 떠맡겨서 미안하다."

머리를 쓰다듬는 용운의 손길에, 백영은 눈물이 핑 돌았다.

"아니에요, 전하. 이게 제 역할인걸요."

"너밖에 못하는 일이지. 네가 있어서 정말 다행이구나."

백영은 용운의 말을 들으며 진심으로 생각했다. 그래, 이거면 됐어. 내가 저분을 대신하고 그 대가로 따뜻한 칭찬과 손길을 받을 수만 있다면. 더 욕심냈다간 벌 받을 거야.

백영이 꾸벅 인사하고 나간 후였다. 채염이 용운에게 조심스럽게 말했다.

"저, 용운 님."

"응? 왜요, 문희?"

"이건 그냥 제 느낌인데, 아무래도 저 백영이란 분이 용운 님을…."

"날 뭐요?"

"그러니까 좋아하는 것 같아요."

"하하, 그렇죠? 꼬마 때 전쟁터에서 구해왔을 때부터 나를 잘 따랐어요. 나도 그 녀석을 많이 좋아하고요. 왕이 된 뒤부터 행동에 제약이 심했는데, 백영 덕에 많이 자유로워졌어요."

채염은 작게 한숨을 내쉬었다.

'그게 아니라, 사모하는 것 같다고요.'

그녀가 기억하기로 청몽이라는 호위무사의 눈길도 예전부터 심상치 않았었다. 죄 많은 남자에게 빠져버렸다. 앞으로 여러 가지 의미에서 갈 길이 험할 듯했다.

며칠 후, 채염이 여독에서 회복하자, 용운은 마침 열린 업무 보고 회의에 그녀를 동석시켰다. 두 달에 한 번 열리는, 말 그대로 유주국이 돌아가는 상황을 각 군별로 보고하는 회의였다. 유주국의 통치 형태상 매우 중요한 회의이기도 했다. 그런 자리에 여자를 데려온 셈이었다. 용운의 옆에 앉은 채염을 본 가신들이 의아한 표정을 지었다. 성품이 깐깐한 자들은 불만스런 기색을 내비치기도 했다.

용운이 그녀를 데려온 데는 다 이유가 있었다. 그저 얼굴 도장을 찍기 위해서는 아니었다.

"이쪽은 채염 문희입니다. 이미 아는 분도 있겠지만, 작고한 백개(伯喈, 채옹의 자) 님의 무남독녀이자 유일한 후사이기도 합니다. 일찍이 노자간이 백개 님으로부터 문희를 돌봐주길 부탁받은 바 있는데, 날 위해 싸우다 눈감은 자간의 유지를 잇기 위해서라도 내가 마지막까지 책임져야 한다고 생각했습니다."

용운의 소개에 가신들이 고개를 끄덕였다. 하지만 그렇다고 업무 회의에 그녀를 참석시킨 건 여전히 이해가 안 갔다. 그런 가신들의 눈치를 아는지 모르는지, 채염은 거대한 원탁이 신기한 듯 살펴보고 있었다. 그때, 용운이 말을 이었다.

"문희는 낭관(郎官, 관청에서 문서와 관련된 일을 처리하던 관직)에 임명할 것이며 회의 때는 나를 보좌할 겁니다. 일단, 회의를 진행하지요. 그러다 보면 자연히 알게 될 터이니."

업무 보고 회의에서 다뤄지는 내용은 방대했다. 각 군 관련하여 주변 정세부터 해서 거둔 세금의 양과 쓰임, 들어오고 나간 백성과 태어나고 죽은 백성 등 인구 변화, 날씨, 범죄, 선행 등 놀라울 정도로 세세한 내용이 올라왔다. 자연히 분량이 엄청나고 시간도 오래 걸렸다. 따로 문서로 남기긴 했지만, 그 모든 내용을 다 기억하는 용운을 가신들은 늘 기이하게 여겼다.

노숙이 각지에서 올라온 문서를 참고하여 보고를 시작했다.

"북평군에서 지사 사마랑의 보고입니다. 우선, 고구려와의 교역이 본격적으로 시작되어서 이번에 철제 갑옷 팔백 벌을 수입했다고 합니다."

"음, 고구려 철제 갑옷은 질이 아주 우수하지요. 교역량을 좀 더 늘렸으면 좋겠는데."

"팔백 벌을 허가한 것도 이례적이랍니다. 계수 왕자와 함께 싸웠던 게 도움이 되었습니다. 그가 전사했더라면 외교적으로 큰 문제가 될 뻔했는데 화타 님 덕에 살았지요. 계수 왕자가 안부를 전해왔답니다."

"그래요. 그도 우리 덕에 차기 고구려 왕권에 도전해볼 만한 위치가 됐으니까, 누이 좋고 매부 좋은 격이죠. 우리 쪽에서 고구려에 수출한 품목은요? 지난번과 마찬가지로 말인가요?"

"예. 북평에서 나는 백마를 특히 좋아한답니다."

"교역량을 조금 더 늘리도록 시도해보라고 하세요. 한 천 벌까지. 백마라면 충분한데다 이제 우리 주 전력도 아니니까요. 단, 개량형 등자와 안장이 유출되지 않게 각별히 조심하라고도 전하시고요. 고구려가 우리 혈맹이나 마찬가지긴 하지만, 북쪽으로 진출할 기회를 노리는 것도 사실이니."

"명심하겠습니다."

용운은 조상들이라 해서 아무 생각 없이 밀어줄 생각은 없었다. 물론, 마음이 더 가는 것도 사실이고 편의를 봐주기도 할 것이다. 그러나 유주를 다스리는 그의 입장에서는 아직 조심해야 할 상대이기도 했다.

원탁 옆, 별도로 마련된 책상에서는 서기 세 명이 열심히 회의 내용을 받아 적고 있었다.

"다음 사항은요?"

"성혼단의 잔당이 여전히 말썽인 모양입니다. 여건이 출진해서 오백여 명을 베었으나, 아직 남은 자들의 수조차 정확히 파악되지 않았습니다."

"끝까지 추적해서 씨를 말리도록 하세요. 필요하다면 흑영대원을 보강해주고요."

이런 식으로 노숙과 대화를 주고받던 용운은, 세금이 화제에 오르자 문득 생각났다는 듯 채염을 불렀다.

"아, 문희. 작년 가을에 동북평에서 올라온 세금 품목과 양이 어떻게 되죠?"

가신들의 시선이 반사적으로 채염에게 쏠렸다. 이틀 전에 도착했다던 그녀가 어찌 알겠나. 한데 채염은 고운 목소리로 침착하게 답했다.

"예, 전하. 자초피(紫貂皮, 검은담비 가죽)가 오백사십 매, 각종 축피화모(畜皮和毛, 가축의 털가죽)가 이천팔백 매, 거기에 잡곡 오천 섬이 올라왔사옵니다."

"고마워요. 내 기억과 같네요."

가신들은 모두 눈을 둥그렇게 떴다. 이후에도 비슷한 식으로 용운이 묻는 것마다 척척 답하니, 비로소 그녀가 회의를 도울 거라는 말이 이해가 갔다. 노숙이 궁금함을 참지 못하고 물었다.

"실례지만 채 낭관이 유주성에 닿은 지 며칠 안 되었다고 들었는데, 그런 사항들을 어찌 다 알고 계신 겁니까?"

채염은 아무렇지 않게 대꾸했다.

"아, 지난 회의록과 보고서를 다 외웠습니다."

"…그걸 다 외웠다고요?"

"예. 제가 가진 재주가 뭔가를 암기하는 것뿐이라, 그래도 조금은 도움이 될 듯해서요."

"허허."

그녀의 기억력은 당연히 큰 도움이 되었다. 업무 보고 회의에서는 지난 회의록도 종종 필요했다. 예컨대 교역량과 세금, 인구 등이 얼마나 줄거나 늘었는지 등을 비교해볼 일이 생겼기 때문이다. 한데 문서의 양이 워낙 많아서 해당 항목을 찾는 데도 꽤 시간이 걸렸다. 전산화나 데이터 검색 기능 등이 있을 리 만무하니 일일이 사람이 처리하는 수밖에 없었다. 그나마 용운이 칼같이 기억해냈지만, 그리 되면 전적으로 그에게만 의존해야 하는 상황이 된다. 채염의 능력이 검증되면, 그녀가 서류의 내용을 확인하는 동안 용운과 가신들은 회의에 더 집중할 수 있는 것이다. 자연히 회의에 소모될 시간과 정력도 절약된다.

순욱이 이제 제법 길게 자란 수염을 쓰다듬으며 말했다.

"그러고 보니 문희 님 또한 백개 님의 재주를 이어서 학식과 재주가 뛰어나다고 들었습니다. 특히 기억력이 남달라서 백개 님의 저서를 다 암기하고 있다더니 과연…."

"과찬이십니다."

채염은 그 후에도 몇 번이나 필요한 항목을 정확히 기억해내 모두를 놀라게 했다. 사전 한 권을 모두 외우고 있다가 필요한 단어를 곧바로 떠올리는 거나 마찬가지였다. 문서를 다루는 낭관에게는 그야말로 하늘이 내린 재주가 아닐 수 없었다. 다른 건 몰라도 채염이 낭관 직에 오르는 건 타당함을 다들 인정하는 분위기가 되었다. 특히, 사마의를 필두로 용운이 천하를 통일한 뒤 그의 자손으로 하여금 유주국을 이어가게 할 생각을 품은, 소위 친왕파들은 눈빛이 달라졌다.

'고아이니 내정에 간섭하거나 문제를 일으킬 외척이 없고 그러면서도 유생들의 지지를 받는다. 전하와 마찬가지로 아름다운 외모에 빼어난 기억력까지 가진 것은 덤이다. 이는 곧 두 분 사이에서 태어날 2세 또한 전하와 같은 미덕을 선천적으로 보유할 가능성이 높다는 뜻. 채문희 님이야말로 왕후 감으로 적합하다.'

용운은 구구절절한 변명이나 애정에 호소하는 대신, 직접 그녀를 내보임으로써 지지를 확보한 셈이었다. 그저 아름다운 외모만으로 옆에 머무르는 반려는 원하지 않았다. 성품이 좋아도 마찬가지였다. 용운은 실질적으로 자신에게 도움이 될 사람을 원했다. 이는 의외로 냉철한 일면 중 하나였다.

청몽은 회의장에서도 여전히 용운을 경호하고 있었다. 이제 천장 위에 있는 그녀의 존재를 감지할 수 있는 이는 거의 없었다. 그녀는 돌아가는 분위기를 파악하자 씁쓸했다.

'하긴, 요즘 가신들의 제일 큰 걱정거리 중 하나가 용운이가 후사를 보기는커녕 결혼도 안 했다는 것이었지. 문희, 저 여자라면

잘 어울릴지도….'

인정했다. 이 육체에 들어온 순간, 어둠 속에서만 살아가야 하는 숙명을 받은 자신은 태양과 같은 용운의 반려가 될 수 없다고. 그래도 가슴 한가운데로 찬바람이 지나가는 듯한 허전함과 쓸쓸함은 어쩔 수가 없었다. 그녀는 용운을 바라보며 입안으로 중얼거렸다.

"에라이, 어디서 멋진 놈 하나 뚝 안 떨어지나? 내가 아무리 말을 험하게 하고 피비린내를 풍겨도 다 받아줄 수 있으면서, 용운이처럼 예쁘장한 얼굴 말고 사내답게 생긴 놈. 이제 예쁘게 생긴 남자는 질색이니까…."

채염이 만장일치로 왕후로 추대된 것은 그로부터 몇 년 후, 207년의 가을이었다.

23

조조 대 원술

사가(史家)들은 1차 천하대전을 크게 세 갈래로 구분했다.

용운과 유비의 전쟁, 조조와 원술의 전쟁 그리고 유표와 손책의 전쟁이 그 셋이었다. 조조는 용운이 유비를 정벌하는 사이, 그 틈을 노리는 대신 원술을 치는 쪽을 택했다. 이는 조조 쪽 책사 대부분의 의견이기도 했다.

"북부는 가뜩이나 멀고 광활한데다 이미 업성에서 쓴맛을 본 적 있는 진용운이 방비를 단단히 해두었을 터입니다. 또 유주의 병력뿐만 아니라, 거칠고 강한 오환족과 고구려까지 상대해야 하니 부담이 너무 큽니다."

"음."

조조는 고개를 끄덕였다. 그가 듣기에도 진등의 이런 간언은 타당했다. 반면, 원술은 가장 가까이에 있는 제후면서 시간이 갈수록 세를 늘리고 있었다. 유엽 또한 진등의 생각에 찬성했다.

"예로부터 외교의 기본은 원교근공(遠交近攻, 먼 나라와는 친교를 맺고 가까운 나라를 친다)이라 했습니다. 원술이 더 커지기 전에 꺾

어두어야 합니다."

"그대들의 말이 실로 옳다."

책사들 중 단 한 사람, 반대한 이는 오용이었다.

"주공, 진용운을 얕봐서도, 그냥 놔둬서도 안 됩니다. 유비는 곧 무너질 터이고 그 세력을 진용운이 고스란히 흡수할 것이니, 시간이 더 지나면 북부를 공략하기는 영영 요원해집니다."

조조는 오용이 진용운을 지나치게 높게 평하는 듯하여 일차적으로 기분이 상했다. 자신이 느끼는 것과 남의 입을 통해 듣는 건 기분이 사뭇 달랐다. 그는 내색 않고 대꾸했다.

"하면 중산에 버티고 있는 여포를 격파한 뒤 탁성과 유주성까지는 어떻게 함락한다 해도, 오환과 고구려는 또 어찌 처리할 것인가?"

"그것이… 따로 일군을 편성하여…."

"업성 하나를 떨어뜨리는 데도 내 모든 장수들과 병력 그리고 재물을 동원해야 했다. 이제 그랬던 자의 근거지를 치는데, 전력을 분산하여 오랑캐들의 공격에까지 대비하란 말인가?"

오용은 그 말에 제대로 답하지 못했다. 용운의 성장은 물론 위협적이었다. 하지만 사실, 그가 원술 공격을 반대한 데는 다른 이유가 컸다. 바로 원술 진영에 몸담고 있는 두 천강위, 노지심과 무송 때문이었다. 무송은 천강위에서 무력으로도 상위에 꼽히는, 전율할 정도로 강한 권사다. 그녀는 새끼손가락 하나로 집채만 한 바위를 가루로 만드는 일도 가능했다. 게다가 노지심은 문제의 언랭커였다. 드러난 서열로 힘을 짐작하기 어렵다는 뜻이다.

이미 성혼단의 수하를 보내 설득을 시도해보기도 했으나, 단칼에 거절당했다.

"어이가 없네. 내가 왜 오용 선생의 밑에 들어가야 하지?"

이건 무송의 대꾸였다.

"전 무송이 가는 곳에 갑니다."

이게 노지심의 말이었다. 대신, 사과의 뜻이랍시고 금과 호박으로 된 장신구 나부랭이를 들려 보냈다.

— 우리가 여자라고 원술이 자꾸 이런 걸 주는데, 영 취향도 아닌데다 볼 때마다 토 쏠려서. 오용 선생이 팔아서 잘 써주시오. 제안을 거절한 데 대한 사과의 뜻이기도 하니.

오용은 무송이 보낸 답신을 보고 이를 갈았다. 그게 두어 달 전의 일이었다. 그 나름대로는 조조 진영의 분위기가 원술을 치자는 쪽으로 흘러가자, 이를 감지해 미리 손을 써보려고 했던 것이다. 모욕만 당하고 보기 좋게 실패해버렸지만.

'하여간 망할 무투파와 언랭커 놈들.'

그렇다고 이 자리에서 원술의 적장들을 감당하기 어려우니 피하자고 했다간 난리가 날 것이다. 또 엄밀히 말해 오환족과 고구려는 오용에게 미지의 존재였다. 중국 역사를 잘 아는 그도 현 상황에서는 앞으로 돌아갈 일을 거의 예측할 수 없었다. 특히, 고구려는 더욱 그랬다. 가뜩이나 21세기에서는 중국의 역사로 편입하기 위해 고구려와 발해 등의 역사를 왜곡하는 중이었다. 제대로 된 정보가 없으니 마땅한 대응책도 없다. 결국, 반대를 위한 반대를 한 꼴이 되고 말았다.

"별다른 의견이 없다면 원술을 치겠소."

조조의 말을 마지막으로 회의는 끝났다. 그게 작년 가을, 용운이 본격적으로 유비를 무너뜨려갈 때의 일이었다.

이듬해, 조조는 팔만에 달하는 군사를 일으켜 남쪽으로 진격했다. 한데 막상 뚜껑을 열자 원술의 힘은 결코 만만치 않았다. 문제는, 원술의 세력이 서의 하내에서부터 진류성, 양국 및 수양현까지 비스듬히 길게 이어진 거였다. 하내를 치자니 허창과 진류에서 출진한 적군이 뒤에서부터 감싸듯 해올 것이요, 진류성을 쳐도 양옆의 하내와 양국에 포위당하는 형국이었다.

필연적으로 조조도 병력을 나누거나 전선을 길게 늘려 싸울 수밖에 없었다. 원술 전선의 뒤편에서는 허창과 여남에서, 조조군 뒤편에서는 산양성과 업성에서 끊임없이 물자와 식량이 보급되었다. 그 바람에 고통 받는 것은 애꿎은 백성들이었다. 어느새 전쟁은 각자의 저력을 모두 쏟아붓는 분위기, 즉 소모전으로 흘러가고 있었다.

결국, 해를 넘기고도 훌쩍 시일이 지났다. 조조는 203년 여름을 외항현에서 보내게 됐다. 외항현은 복양성에서 남쪽으로 250리(약 100킬로미터) 정도 거리였으며 진류와 양국 사이에 위치했다. 그 외항성 대전에서는 한창 작전회의가 벌어지고 있었다. 최근 크고 작은 전투에서 일진일퇴의 공방을 거듭했는지라 조조는 매우 예민해진 상태였다. 그는 앞으로의 방향에 대해 격하게 토론 중인 책사들을 보며 생각했다.

'원술의 두 장수 노지심과 무송, 그자들이 문제야. 한 곳에서 아군이 이겨도 그들이 있는 곳에서는 반드시 패하니, 결국 원점으로 돌아간다. 무엇보다 그 둘을 정확히 필요한 지점으로 움직이는 책사… 가후가 제일 골칫거리다.'

진용운은 이미 유비를 무너뜨리고 남피와 평원을 차지한 뒤였다. 후한 북부 대부분이 그의 손에 들어간 것이다. 그는 은마라는 악명에도 불구하고 풍부한 인재를 적극 활용하고 파격적인 인사도 서슴지 않아, 북부는 빠르게 안정되어갔다. 결국, 오용의 우려가 현실이 된 꼴이라 조조는 더욱 짜증이 났다.

'난 원술 놈과 싸우느라 연일 가진 것들을 소모하고 있는데, 진용운은 이긴 거로도 모자라서 이미 힘을 비축 중이다…. 대체 어디까지 차이가 벌어지려는 것인가.'

업성을 빼앗았을 때는 드디어 진용운을 넘어섰다고 생각했다. 혹 그것까지는 아니더라도, 심각한 타격을 주었다고 여겼다. 한데 진용운은 북쪽 끝까지 원소를 추격하여 기어이 멸절하더니, 유우로부터 관인을 넘겨받아 유주에 다시 기반을 다졌다. 그로부터 불과 오 년 후, 유비를 격파하고 오환을 복속하여 명실공히 북부의 패자가 되었다.

조조는 진용운이 마치 거대한 벽처럼 느껴졌다. 공손찬의 참모 노릇을 하던 그 예쁜 소년이 이렇게 막강한 적이 될 줄이야 누가 알았겠는가.

'대체 그 저력은 어디서 나오는 거지?'

순간 조조는 저도 모르게 낮은 신음을 흘렸다. 왼쪽 관자놀이에서 찌르는 듯한 통증이 느껴진 탓이었다.

"주공, 어디 불편하십니까?"

곁에 있던 만총이 놀라서 물었다.

"괜찮네. 머리가 좀 아파서 그래."

조조가 손을 내저었을 때였다. 그 모습을 유심히 보던 오용이 말했다.

"주공, 그 두통을 빨리 해결하지 않으면 후일 큰 골칫거리가 됩니다. 자칫 그로 인해 큰 문제가 생길 수도 있습니다."

"…그대는 마치, 내게 두통이 생길 것을 이미 알고 있었다는 식으로 말하는군."

조조가 편두통을 고질적으로 앓았음은 유명한 얘기였다. 이를 고치려고 화타를 불렀는데, 그가 당시로서는 생소한 외과수술을 제안하자 자신을 죽이려 든다 여겨 처형했다는 일화도 있었다. 이 이야기가 지어낸 야사라 하더라도, 두통에 시달려서 종종 화타를 불러 침을 맞은 건 사실이었다. 조조에게는 평생의 고통이었다.

오용은 이제 그 증상이 시작된다고 여겨 경각심을 주려 한 것인데 되레 의심의 빌미가 되었다. 이는 그를 보는 조조의 시선이 달라진 까닭도 있었다. 한번 의심하기 시작하자 모든 게 수상해 보인 것이다. 오용은 가슴이 차가워지는 걸 느끼며 답했다.

"그럴 리가 있겠습니까. 친지 중 비슷한 증상을 앓은 사람이 있어서 그렇습니다."

"그렇군. 세상 천하에 조금도 알려지지 않은 그대의 친지들 말이지?"

"…."

날을 세우기 시작하자 두통은 더 심해졌다. 쾅! 조조는 탁상을 내리치며 외쳤다.

"언제까지 이렇게 소모전만 계속할 것인가? 이러다 물러나면 출정을 아니한 것만 못하다."

고심하던 진등이 한 가지 책략을 제안했다.

"그물이 아닌 송곳이 되어보는 건 어떻습니까?"

"송곳이라?"

"전선이 늘어져 소모전만 계속하기는 원술도 마찬가지입니다. 그러니 겉으로는 대치 상태를 가장하고 시선을 돌린 다음, 은밀히 정예를 모아서 한 곳을 찌릅니다."

유엽이 그의 말에 반론을 재기했다.

"좋은 작전이긴 하나, 그렇게 해서 한 곳을 빼앗으면 곧장 사방에서 적이 들이쳐 오는 통에 퇴각하지 않았습니까. 그게 그물 형태의 무서운 점입니다."

"그때 전선을 가로에서 세로로 바꿔보는 겁니다."

"무슨 말씀이신지…."

"아군의 주요 거점은 대체로 북에서 남으로 길게 이어진 형태를 하고 있습니다."

업성의 남쪽에 복양성, 또 그 남쪽에 제음과 산양성이 있었다. 진등은 이를 말한 것이었다.

"반면 원술의 세력은 원래부터 가로로 길게 이어지며 가로지르는 형태입니다. 낙양에서부터 하내, 진류, 양국까지가 다 그렇습니다. 즉 전선을 우리 때문에 변형한 게 아니라 각자 지키던 거점을 그대로 지키는 것뿐입니다. 자연히 전장의 기후와 지리에 더 익숙하며 그만큼 좌우에서의 공조도 빨라집니다. 이미 길이 확보되어 있으니 말입니다."

"하면…."

"이곳, 외항현에서 일군을 보내 영릉현과 양국을 도발합니다. 원술의 주의가 그쪽으로 쏠린 틈에, 복양성에서 본대를 보내어 곧장 진류를 칩니다."

진등은 탁자에 펼친 세력도 위로 거침없이 선을 그어나갔다.

"진류 다음에는 서쪽의 하내나 동쪽의 옹구를 공격하는 게 아니라, 아예 더 깊숙이 들어가 바로 개봉을 거쳐 허창을 공략하는 것입니다."

그의 말에, 순간 좌중이 술렁거렸다.

"허창을?"

"그랬다간 적진 깊숙이 들어온 꼴이 되어 본대가 포위당해 전멸하고 말 거요."

진등은 기다렸다는 듯 설명을 이었다.

"그런 사태를 막기 위한 두 가지 계책이 있습니다."

물 흐르듯 말하는 모양새가 그는 아무래도 이 책략을 오래전부터 염두에 둔 듯했다.

"첫 번째는 내부를 흔드는 계책입니다. 제가 입수한 정보에 의

하면, 허창에는 여포의 수하였던 선고(장패)가 붙잡혀 있다고 들었습니다. 한데 그의 용맹을 아까워한 가후의 진언으로 허창을 수비하는 임무를 맡겼다고 하더이다. 원래 선고는 자신만의 독립된 세력을 가졌기도 했는데, 그걸 탐냈다는 말도 있고."

"그래서요?"

"그를 흔듭시다."

"선고가 응해줄까요?"

"반란이나 소요를 원하는 게 아닙니다. 그저 허창의 수비를 조금 느슨히 해달라는 것, 그리고 진류에 주둔한 원술군이 우리와 싸우는 틈에, 선고가 진류와 복양을 통해 북의 여포에게로 달아나게 해주는 겁니다. 그만큼 적 전력에는 구멍이 생길 것입니다."

조조는 슬슬 흥미를 보이기 시작했다. 진등은 최근 건강이 영 좋지 않았다. 자주 복통을 앓는 탓이었다. 그런 그가 모처럼 아름답게 빛나고 있었다. 듣기만 하던 조조가 직접 진등에게 물었다.

"만약 선고가 이미 원술 쪽에 충성하는 상태라 제안을 거절한다면?"

"그가 수락하든 거절하든, 허창에서의 싸움을 피할 수는 없습니다. 그 일을 좀 더 빠르고 수월하게 하느냐, 아니면 어렵게 하느냐의 차이입니다. 다만, 진류와 허창은 아군의 최정예를 동원하여 반드시 함락해야 합니다."

"그래서 허창을 함락했다고 치세. 그때쯤 적도 눈속임을 알아차릴 텐데, 하내와 양국에 있던 적들이 한꺼번에 진류를 공격해오면 어쩔 텐가? 지난번에 그랬듯이 말일세."

"그래서 두 번째 책략을 실행합니다. 허창 다음은 곧장 더 남쪽의 여남을 공격하는 것입니다. 이것은 내부를 흔들어본 데 이어, 그물 전체를 흔드는(震撼全罔) 책략입니다."

"전체를 흔든다…."

조조는 저도 모르게 주먹을 불끈 움켜쥐었다. 성공 여부를 떠나, 지금의 갑갑한 심정을 확 풀어줄 것 같긴 했다. 여남은 원술의 근거지이자 손꼽히는 곡창이었다.

'아마 공로(원술)는 사력을 다해 여남을 지키려 들 것이다. 진류와 허창의 수복은 미루고서라도 말이지…. 대치 상태에서 벗어나, 전장을 여남으로 바꾸려는 것이로구나!'

이는 말 그대로, 조조군 정예가 하나의 거대한 송곳이 되어 촘촘한 그물을 뚫는 작전이었다. 그물 한 곳이 뚫리면 물고기는 일제히 그 구멍으로 빠져나가려 하고, 결국 그물 전체가 흔들린다. 다만, 그 송곳이 찌르려는 것은 살갗이나 근육이 아닌, 상대의 심장이었다.

"그리함으로써 적은 진류에서부터 아군을 추격해오기도 어렵고, 그렇다고 여남에서만 싸우기도 어려워질 것입니다. 여남에서의 싸움은 전적으로 장수와 병사의 질로 판가름 나게 될 확률이 높은데, 그리 되면 아군이 이기리라 믿어 의심치 않습니다."

허저는 진등의 책략을 듣기만 해도 흥분되었다. 거기에 그가 무관들을 인정해주는 발언을 하니, 저도 모르게 격앙되어 외쳤다.

"물론이오! 한 곳에 몰려 싸우게 된다면, 원술군 따위는 반드시 쓸어버릴 것이외다!"

이때 조조군 장수의 면면은 대략 이랬다. 하후돈, 하후연, 허저, 조인, 조홍, 조순, 악진, 이전, 우금 등 누구 하나 얕볼 자가 없으니, 장수만 따지면 용운 세력과 비교해도 크게 떨어지지 않았다. 저들 모두를 동원할 순 없다 하나, 한판 승부에 자신감을 보이는 것도 당연했다.

이제까지의 판도를 깨뜨리려는 진등의 책략에 다들 화색이 돌았다. 듣고 보니 가능성이 있다고 느낀 것이다. 분명 위험도는 높지만 해볼 만한 도박이었다. 현대식으로 표현하자면 하이 리스크, 하이 리턴이라고나 할까. 이대로 있다가 겨울이 오거나, 진용운이 움직이기라도 하면 크게 낭패 보는 쪽은 조조였다. 한 번쯤 무리해서라도 승부를 걸어볼 때였다.

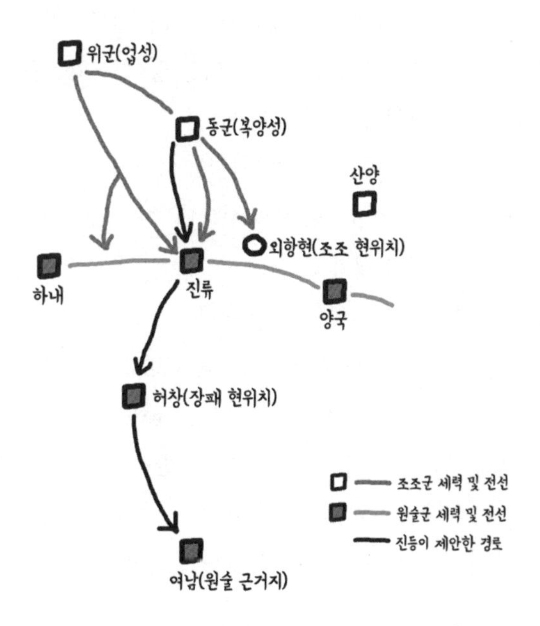

표정이 어두운 이는 오용이 유일했다.

'분명, 원술을 궁지에 몰아넣을 수도 있는 책략이다. 단, 그리 되면 십중팔구 무송과 노지심이 여남으로 올 것이다. 내 천기와 경(오용의 병마용군), 하다못해 동평까지 불러와 동원한다 한들 그 둘을 막을 수 있을지 의문이다. 진류와 허창, 여남을 차지해도 최정예 병력과 장수들이 거기서 다 몰살당해버린다면 무슨 소용인가?'

그런 오용의 모습을 조조와 만총이 가만히 지켜보고 있었다.

이렇게 해서, 조조군은 진등의 책략을 따라보기로 했다. 그 시작은 한 달 뒤, 외항현에서 출진한 우금의 삼만 병력이었다. 우금은 본래 포신의 밑에 있었다가 조조의 수하가 되었다. 정사에서는 훗날 위나라의 오대 장군에까지 오르는 인물이다. 사람됨이 고지식하고 융통성이 부족해, 책략임을 알아도 최선을 다해 양국을 공격할 것이었다.

양국은 악취(樂就)라는 장수가 지키고 있었다.

"아장(牙將, 직할부대를 지휘하는 부관)인 내가 무려 대장군과 싸우게 됐으니 영광이라 해야 하나."

양성으로 향하던 우금이 중얼거렸다.

본래 원술은 남양태수로서 대장군을 임명할 권한이 없다. 그러다 용운이 유주왕에 오르자, 거기 맞서기라도 하듯 황제를 자처했다. 그때 자신을 오래 따른 장수들 중 둘을 대장군에 임명했는데 그중 한 사람이 악취였다. 우금은 이를 비꼰 것이었다.

조조군의 움직임은 곧 원술 쪽에도 알려졌다. 현재 전쟁을 치르는 중이라 늘 주시하고 있으니 당연한 일이었다.

"한동안 잠잠하더니 또 시작이구나. 전군, 수성 태세를 갖추라."

악취가 부관에게 명했다. 성에 의지하여 싸우면서 절대 무리하지 말라는 가후의 지시대로였다. 이는 현재 원술군 전체의 기본적인 방침이기도 했다. 곧 양성에서는 무너뜨리려는 쪽과 지키려는 쪽의 격렬한 전투가 벌어졌다.

그 무렵, 복양성에서 은밀하게 출진한 조조의 일군은 이미 진류성 근처에 닿아 있었다. 바로, 조조가 심혈을 기울여 탄생시킨 호표기를 포함한 오만의 군세였다. 한 달 가까이 공들여 움직였으니, 아무리 은밀 기동을 했다 해도 도착하기에 충분한 시간이었다. 호표기는 그사이 수가 이만까지 늘었으며 여포군을 상대로 능력을 입증했다. 나머지 삼만 또한 최정예 중갑보병이었다.

병력도 병력이지만 진정 무서운 것은 이를 지휘하는 장수들이었다. 조조군 최고참인 하후돈과 하후연, 조인은 물론, 호표기를 맡으면서 책임감이 더해져 숨은 강자로 성장한 조순과, 성인이 되어 빼어난 무력을 뽐내며 진영에 합류한 조조의 아들, 조창까지 무려 다섯이나 되는 장수가 이 작전에 투입된 것이다. 처음의 팔만에 더해 또 오만을 동원했고 비장의 무기인 호표기까지 선보였다. 조조에게도 부담이 컸다. 이번 승부에 그가 사활을 걸었음이 엿보였다. 유격대이면서 전력은 최강인, 변칙적인 형태다.

"전군, 정지. 오늘은 여기서 쉰다."

총지휘관인 하후돈의 명에, 조조군 유격대는 잠깐 숨을 돌렸다. 멀리 진류성의 성벽이 보일 정도의 거리였다. 이제 전투가 코앞이라는 의미였다. 이르면 내일 새벽에 바로 시작될 수도 있다. 따라서 진군해오며 쌓인 피로를 풀고 사기를 북돋울 필요가 있었다.

'지금 바로 들이쳐보는 것도 한 방법이지만.'

하후연은 진류성에서 이미 대비하고 있으리라 짐작했다. 오는 길에 몇 차례 적 척후병의 움직임을 감지했다. 진류태수는 제법 뛰어난 자라고 본능적으로 느껴졌다.

'쉽지 않은 싸움이 될 것 같아서 걱정이구나.'

진채를 세운 병사들이 서둘러 취사 준비를 했다. 하후연은 그 사이를 천천히 거닐며 병사들을 살폈다. 그는 몇 년 전, 방덕과 싸우던 중 작지 않은 부상을 입었다. 그 후 한동안 요양했어야 할 정도의 부상이었다. 이 원정이 회복한 뒤 첫 출전인데다, 매우 중요한 임무였기에 그는 책임감을 느끼고 있었다.

'죽음을 각오하고 적진 한복판으로 들어가는 거나 마찬가지라, 역시 병사들의 사기가 알게 모르게 떨어져 있다. 술이라도 좀 풀어야 하나?'

진영을 살피던 하후연이 고심할 때였다.

"숙부님들, 이것 좀 보십시오! 오늘 저녁은 곰 고기로 하면 되겠습니다."

근처 야산으로 향했던 조창이 의기양양해서 내려오며 말했다. 그는 혀를 빼문 커다란 곰 한 마리를 어깨에 둘러메고 있었다.

조창, 자는 자문(子文). 조조의 자식들 중 넷째, 본처 소생 중에서 둘째다. 원래 역사상으로는 셋째이나, 조조는 배신했다고 믿고 있는 조앙을 사망한 것으로 공표해버렸다. 따라서 장자는 조비, 둘째는 조창이 됐다. 젊은 나이에도 턱수염을 제법 길렀는데, 그 수염이 특이하게도 금빛을 띠었다. 이에 사람들은 그를 황수아(黃鬚兒, 누런 수염 아이)라는 별칭으로도 불렀다.

어릴 때부터 무술에 재능을 보여 전장에서 활약했고 용력을 타고나 맨손으로 맹수를 죽였다. 정사에서도 용맹함으로 조조의 사랑을 받았다. 조비가 황제가 되고 얼마 지나지 않아, 그를 알현한 뒤 병에 걸려 수도에서 죽었다. 이에 《세설신어(世說新語)》에서는 조비가 조창을 독살했다고 기술하였다. 《세설신어》는 송나라 출신의 유의경이 편찬하였으며 중국 후한 말부터 동진까지, 저명인들의 일화를 모아 엮은 책이다. 즉 조비가 조창을 경계했으며 그만큼 조창이 왕재(王才)도 있었음을 나타낸다 할 수 있다. 난폭한 무인일 뿐이 아니라는 것이다.

하후연은 어이없다는 듯 대꾸했다.

"그새 곰을 잡아온 게냐?"

"예, 뭐 사냥할 거리가 없나 하고 둘러보는데 마침 곰 한 마리가 어슬렁거리기에…."

조창을 따라갔던 걸로 보이는 병사 몇이 흥분해서 앞다퉈 말했다.

"이놈이 갑자기 튀어나왔는데, 공자님, 아니 조 장군께서 주먹 몇 방으로 때려잡았습니다."

"장군의 수벽이 어찌나 센지 저항도 못했습죠."

소란이 벌어지자, 무슨 일인가 하고 병사들이 모여들었다. 그들은 조창이 맨손으로 곰을 잡았다는 말에 몹시 놀라고 경이로워했다. 금세 소문이 퍼졌다. 그 광경을 보던 하후연은 어느새 병사들의 분위기가 밝아지고 있음을 깨달았다.

'이거다.'

장수가 강하다는 것은 곧 그를 따르는 병사들이 살 확률도 높아진다는 걸 의미했다. 두려운 상황일수록 조금이라도 의지가 되는 대상을 찾아 기대려는 게 사람의 심리였다. 거기서부터 희망이 생겨나기 때문이다. 하후연은 이를 잘 써먹기로 마음먹었다. 잘 보이도록 곰의 머리를 베어 든 그가 외쳤다.

"보아라. 주공의 아들이자, 우리 군의 장수인 조자문(조창의 자)이 맨주먹으로 이 곰을 죽여 너희에게 먹이고자 한다."

곰은 코가 터지고 머리가 깨져서 눈알이 튀어나온 처참한 형상이었다. 하후연의 말에, 병사들은 고함을 질렀다.

"와아!"

"조 장군, 대단하십니다!"

영문은 모르겠으나 칭송받은 조창의 입이 헤벌쭉 벌어졌다.

하후연은 곰의 머리를 더욱 높이 치켜들고 목소리를 키웠다.

"곰조차 이럴진대 사람일 뿐인 적장이 자문의 주먹에 어찌 견디겠느냐. 맨손으로도 이렇게 강한데, 자문이 무기라도 들면 얼마나 더 강하겠는가!"

병사들은 뭉개진 곰의 머리에서 적을 연상했다.

"그렇습니다!"

"거기에 역전의 용장인 하후 장군이 있고 호표기를 이끄는 자화(子和, 조순의 자)와 나도 있다. 우리는 죽으러 들어가는 게 아니라, 원술 놈의 심장을 후벼 파러 가는 것이다. 앞으로의 전투에서 목숨을 돌보지 않고 싸워 공을 세운 자는 잡병이라 해도 천금과 백부장의 지위를 내리겠다!"

"우와아아아!"

막연한 격려만이 아니라 실질적인 보상도 명시해주면 효과는 더욱 커진다. 병사들의 함성이 커져 하늘을 찌를 듯했다. 하후돈은 흡족해하면서도 다소 걱정스러운 투로 말했다.

"이거 진류성에 있는 놈들에게 너무 나 왔소 하고 알리는 거 아닌가?"

"어차피 여기까지 왔으면 놈들도 이미 알 거요. 저길 보시오."

하후연이 가리키는 방향을 보니, 과연 진류성 쪽에서 무수한 작은 불꽃들이 바삐 움직이고 있었다. 진류성에 주둔한 병사들이 든 횃불이었다.

"이왕 알려졌다면, 차라리 아군의 사기를 보여서 적을 압박할 필요가 있소."

"음. 놈들의 척후가 양성에 닿기 전에 우리가 먼저 진류성을 떨어뜨려야 하네. 그쪽에도 방비를 하긴 했지만 한 놈이라도 빠져나가면 그만이니."

하후돈의 말에, 하후연은 고개를 끄덕였다.

"잘 알고 있소. 반드시 해낼 것이오."

하후연의 예상대로 진류성 쪽에서는 이미 조조군의 움직임을 눈치챈 후였다. 진류태수로 있던 자는 다른 사람도 아니고 정립, 즉 정사에서의 정욱이었다. 그는 정사에서 조조의 가신이었는데, 쟁쟁한 책사들 사이에서도 자기 자리를 굳건히 한 사람이었다. 심지어 순욱이나 순유 등에 비견되기도 했다. 그런 자가 눈뜬장님처럼 당하고 있을 리 없다.

정립은 한시의 빈틈도 없이 척후를 운용하고 있었는데, 그들이 어제 조조군의 출현을 알려온 것이다. 복병을 배치하거나 함정을 파기에는 늦은 후라 성의 방비를 강화하는 쪽을 택했다. 정립은 직접 성벽 위에 올라 조조군 진채 쪽을 응시하며 생각했다.

'이전에도 진류성을 공격해온 적은 있었지만 이렇게 갑자기, 이토록 서둘러 진격해온 것은 처음이다. 여기에는 분명 까닭이 있을 터. 섣불리 맞서기 전에 일단 적의 의중을 파악해야 한다. 만일을 대비하여 허창과 양성 쪽에도 도움을 요청해야겠다.'

하지만 뛰어난 책사인 정립도 미처 예상치 못한 게 있었다. 이미 조조 쪽에서 보낸 첩자가 허창에 주둔 중인 장패와 접촉한 일이 그것이었다.

'마땅한 장수가 없어서 걱정이구나.'

현재 정립과 함께 진류성을 수비 중인 장수는 뇌박(雷薄)과 진란(陳蘭). 병력은 약 삼만이었다. 병력은 이 정도면 충분한데 문제는 장수였다. 실력을 떠나, 정립은 그 둘이 어째 영 미덥지 않았다.

'이제까지는 잘 싸워왔다만… 이번에는 어쩐지 앞의 전투들과 다를 듯하여.'

뇌박과 진란은 정사에서 원술을 배반하고 달아나 산적이 된 자들이다. 원래 199년에 일어난 일인데, 그나마 원술이 역사와는 달리 제법 선정을 편 덕에 아직 붙어 있었다.

조조의 장수들도 정립도 각자의 불안함을 안은 채 이제 곧 격전이 시작되려 했다.

24

다가오는 파탄

장패는 여포의 수하 장수이며 팔건장의 일원인 동시에 의제이기도 했다. 그는 허창을 지키던 중 원술군에게 패배하여 포로가 되었다. 그 후로 원술은 장패에게 아낌없이 공을 들였다. 가후의 귀띔이 있기도 했지만, 장패라는 인간 자체가 마음에 들어서이기도 했다. 원술은 일단 제 사람이라고 여기거나 마음에 든 자에게는 화끈하게 베푸는 일면도 있었다.

그래도 장패는 어떻게든 여포에게 돌아가고 싶었다. 여포는 그가 처음으로 평생 모시고픈 마음이 들게 한 남자였다. 하지만 그가 거느린 수하들이 오히려 족쇄가 됐다. 오래전 연주 화음현에서 자경단 노릇을 할 때부터 거느린 식객들이었다. 장패의 아버지 장계가 억울한 누명을 쓰고 잡혀갈 때, 목숨 걸고 함께 호송대를 습격한 자들이었다.

'이 자식들은 내가 평생 책임져야지.'

도겸 밑에서 황건적과 싸울 때도 늘 함께였다. 이제는 그 식객들이 거느린 부하들까지 늘어, 총 수백에 이르는 전투 집단이 되었다. 장패는 그들을 차마 버릴 수가 없었다. 혼자서라면 어떻게든 몸을 빼내 돌아갈 자신이 있었는데, 수백 명이 한꺼번에 이동하면서 눈에 띄지 않기란 사실상 불가능했다.

"형님, 저희는 걱정 마시고 대형(여포)에게 돌아가십시오."

수하들이 이렇게 권유했으나 장패는 일언지하에 거절했다.

"안 된다. 내가 혼자 달아난다면 분노한 원술은 너희를 모두 죽여 분풀이할 것이다. 내 결과를 빤히 알면서 어찌 너희를 버리겠느냐?"

"형님…."

용맹하고 무식한 만큼 순박한 수하들은 장패의 말에 눈물을 쏟았다. 그런 처지인데다 원술은 하루가 멀다하고 술과 여자, 선물을 보내며 정성을 보였다. 이러니 장패의 마음도 흔들리지 않을 수 없었다.

'그래, 언젠가는 봉선 형님께 돌아갈 것이지만, 지금은 일단 원술 밑에서 일해야겠다. 사내가 되어 이런 대접을 받고 모른 척할 수는 없다. 또 내게 딸린 놈들 먹여 살릴 생각도 해야 한다.'

다행히 원술은 거의 세력 전역이 조조와 맞닿아 있었다. 그렇다 보니 가장 적대적인 세력도 조조였다. 오래전부터 조조와 원술은 서로 감정이 나빴다. 여포 또한 북쪽에서 조조군과 종종 충돌한다 하니, 장패가 만약 전장에 나서게 된다면 그 상대는 십중팔구 조조군이 될 터였다.

'마침 조조는 우리와도, 봉선 형님의 동맹인 진용운과도 깊은 원한이 있다. 내가 여기서 잠시 원술 편에 붙어 조조와 싸운다 해

도, 그것이 형님이나 진용운에 대한 의를 저버리는 행동은 아닐 것이다.'

장패는 나름 고심 끝에 마음을 정했다. 머리가 빠개질 정도로 생각한, 최선의 선택이었다. 그가 임관을 결심하자, 원술은 크게 기뻐하며 전장군(前將軍)에 임명했다. 전장군은 수도 방위와 변경 경비를 담당하는 3품의 무관직이었다. 파격적인 인사가 아닐 수 없었다. 그리고 허창을 방어하는 임무를 맡겼다. 허창은 여남을 지키는 길목이면서 주요 곡창지대라, 원술 측의 중요 거점이었다. 다른 한편으로는 위치상 당장 싸울 일이 없는, 보급기지의 성격도 있었다. 장패는 다소 자조적으로 생각했다.

'오롯이 믿기에는 조금 불안한 나한테 맡겨두기 적격인 곳이라 이거지.'

당연히 원술의 머리에서 이런 발상이 나올 리 없었다. 곧장 조조와의 전투에 투입하려는 것을 화흠이 뜯어말렸다. 대신, 허창 수비를 맡기자고 제안한 것이다.

"만에 하나 조조군과 한창 싸우는 중에 선고가 그쪽에 붙기라도 하면 아군은 필패입니다. 지금 전황이 팽팽한 상황이라 큰 타격이 될 것입니다. 이미 그는 주공의 품에 들어왔으니, 굳이 위험부담을 무릅쓸 필요는 없습니다. 선고에게 허창을 맡긴 만큼 거기 있던 전력을 전방으로 보내는 편이 낫지 않겠습니까?"

"그럼, 허창 말고 다른 곳도 있지 않겠소? 여남이나 진국 같은."

"여남에 들이기에는 솔직히 마음에 걸립니다. 진국은 쓸데없이 내부에서 긴 거리를 움직이게 하는 꼴입니다. 원래 있던 곳에 머무르게 하는 편이 제일 좋아 보입니다만."

"크흠."

원술은 불만스러워했으나 화흠의 차분한 설명을 듣고 납득했다.

장패는 허창에서 무예를 닦고 병사를 조련하면서 시간을 보냈다. 때로는 여포를 향해 서신을 보내기도 했다. 그러나 그 서신은 도중에 번번이 원술이나 조조 쪽 사람에게 걸려 사라졌다. 여포도 어떻게든 장패와 접선하려고 애썼는데 좀처럼 쉽지 않았다. 한 단계가 아니라 조조와 원술이라는 두 세력을 거쳐야 하는 탓이었다. 이에 지살위들 중 한 사람이나 흑영대를 보내야 하는지 고심 중이었다. 그런 사실을 모르는 장패는 혹 여포가 자신을 포기하거나 잊은 게 아닌지 불안해하고 있었다.

그런 상황일 때, 진등이 보낸 밀사가 도착했다.

"형님, 손님이 찾아왔는뎁쇼. 예전의 벗이라 하더이다."

"내게 찾아올 이가 없는데. 벗이라고?"

수하의 보고에, 고개를 갸웃거리며 객을 맞아들인 장패는 깜짝 놀랐다.

"아니, 손(孫) 형이 여기까지 어떻게 오셨소?"

불안하고 외로운 처지이던 그는 방문객을 보자 기뻐 어쩔 줄 몰랐다. 벗이란 다름 아닌 손관(孫觀)이라는 자였다. 장패와 같은 고향 출신으로, 함께 도겸 밑에 들어가 황건적과 싸운 전우였다. 정사에서는 장패와 함께 조조에게 의탁한 후 북해태수가 되었다. 늘 장패를 따라 종군했으며 그 군공이 장패에 버금갔다고 한다. 위나라에서 손권과 싸울 때도 활약하여, 조조에게 칭찬받기도 했다. 나중에 관직이 진위장군(振威將軍)까지 올랐다.

그러나 이 세계에서는 장패가 여포를 택하면서, 도겸에게 남기로 한 손관과는 헤어지게 되었다. 사사로운 원한은 전혀 없었으며 아쉽게 이별했으니, 장패가 크게 반가워할 만했다. 둘은 즉시 주안상을 받아놓고 안부를 물었다. 이윽고 시간이 흐르자, 각자 지난 사연을 털어놓기 시작했다.

"선고 형님이 떠난 뒤, 서주목(도겸)이 병사하고 서주는 위태롭게 되었소. 그때 왕랑이라는 자가 새 서주자사로 임명받아 왔는데, 나와는 영 맞지 않아 사사건건 충돌하기 일쑤이지 뭐요. 홧김에 때려치우고 나왔소이다."

손관의 말에 장패는 반색하며 말했다.

"그래서 원공로를 섬기러 온 게요?"

"아니오. 실은… 난 조맹덕의 수하가 됐소."

멈칫하던 장패의 눈빛이 싸늘하게 식었다.

"그렇다면 나더러 조조에게 귀순이라도 권할 참이오?"

손관이 얼른 손을 내저었다.

"솔직히 마음 같아서는 그러고 싶지만, 여봉선과 진용운 그리고 주공(조조)은 이미 돌이킬 수 없는 사이가 됐음을 잘 알고 있소. 내 어찌 선고 형에게 그런 일을 권하겠소?"

"그럼 무슨 용건으로 날 찾았소?"

그러자 손관은 자리에서 일어서더니 옷섶을 헤쳐 맨가슴을 드러내 보였다.

"자, 보다시피 나는 예전에 내가 알던 선고 형을 믿고 맨몸으로 여기까지 왔소. 내 말을 듣고 이 자리에서 날 죽여도 상관없소. 하지만 부디 잘 선택해주길 바라오. 선고 형에게도 결코 나쁜 얘기가 아니라 여겨서 응한 것이니. 어차피 형이 이 얘기를 원술 쪽에 바로 알린다면, 난 여기서 죽는 편이 낫소."

밀사로 왔지만, 이는 손관의 진심에 가까웠다. 그것을 느낀 장패는 마음이 흔들렸다.

"…말해보시오. 들어나 봅시다. 밀고할 일은 없을 터이니 걱정하지 않아도 되오."

"이제 곧 주공의 정예군이 진류를 칠 것이오."

"조맹덕과 원공로는 이미 해를 넘겨 싸워왔소. 새삼스러운 일도 아니오."

"그다음 목표는 바로 이 허창이오."

"뭣?"

장패는 비로소 깜짝 놀랐다.

"그게 무슨 미친 생각이오? 총군사인 문화(가후의 자)는 물론이고 진류성을 지키는 중덕(정립) 또한 천하의 기재요. 조조군이 그렇게 하도록 가만 내버려둘 것 같소?"

"그건 우리가 알아서 할 거요. 내가 부탁하고 싶은 것은, 그때 허창을 버리고 떠나달라는 거요."

"허창을 버려라?"

"마음 같아서는 반란을 일으켜 호응해달라고 하고 싶지만, 선고 형의 성격을 잘 아는 바이니 거기까진 바라지도 않소. 그저 수하들과 함께 떠나달라는 말이오."

"여길 비워달라는 거군. 여기서 동쪽과 남쪽은 전부 원공로의 땅이며 북으로는 조맹덕이 버티고 있는데, 날더러 어디로 가란 말이오?"

잠깐 뜸들인 손관이 입을 열었다.

"통과시켜주겠소."

"무슨…."

"진류태수 정립은 진류성을 지키느라 선고 형의 움직임을 알기 어렵고, 설령 알아차렸다 해도 제지할 수 없게 될 것이오. 이 제안에 응한다면, 진류 북쪽의 백마현은 물론 복양성, 나아가 위군(업성)까지 그냥 통과시켜주겠소. 아니, 통과시키는 정도가 아니라, 말과 수레, 식량 등을 제공할 의향도 있소. 거기만 지나면 진용운의 영역인 관도성이고 그 북쪽으로는 여봉선이 지사로 있는 중산국이 있소."

장패는 손관의 말을 천천히 곱씹었다.

"그러니까 허창을 버리고 떠나는 대신, 내가 수하들을 데리고 봉선 형님께 돌아갈 수 있도록 도와주겠다 이 말이오?"

"바로 그렇소."

"허허. 앞서 손 형이 직접 말했듯, 조맹덕은 봉선 형님과 철천지원수 사이요. 내가 봉선 형님께 돌아간다면, 그 원수의 힘을 키워주는 꼴이 되오. 그런데 날 그냥 보내주겠다고? 내가 그 말을 믿을 것 같소?"

"물론 사정은 그렇소만, 주공께 지금 당장 급한 문제는 원공로요. 언젠가는 여봉선, 진용운과도 싸우겠지만 지금은 결단코 아니오. 주공께서 친히 쓰신 밀서도 여기 있소."

장패는 손관이 내미는 밀서를 받아 읽어보았다. 조조가 직접 제 명예를 걸고 그를 보내주겠다고 언약하는 내용이 직인과 함께 담겨 있었다.

"또, 그 길에는 이 손 모도 동행할 것이오."

"응? 손 형이 왜…."

"감시하기 위해서가 아니라, 나 자신이 인질이 되려는 거요. 도중에 조금이라도 수상쩍은 기색이 보인다면, 앞장서서 선고 형을 위해 싸울 것이고 내가 먼저 죽을 것이오."

"으음…."

"이제 선택은 선고 형에게 달렸소. 허나 이게 수하들을 고스란히 데리고 원술에게서 벗어날 수 있는 마지막 기회임을 명심하시오. 이대로 주공이 원술에게 패배한다면, 그때야말로 선고 형이 여봉선과 칼을 맞대는 날이 올지도 모르오."

장패의 얼굴이 고뇌로 물들었다.

우금은 만총과 더불어 조조군에서 가장 철저한 원칙주의자 중 하나였다. 정사에서 하후돈이 거느린 청주병들이 약탈을 일삼자, 이를 베어버려 조조의 칭찬을 받았을 정도였다. 그는 시선만 끌면 된다는 명에도 불구하고 최선을 다해 원칙대로 우직하게 싸웠다. 그는 이번 전투에 아군의 사활이 걸렸음을 어렴풋이 깨닫고 있었다. 이에 평소보다 더욱 맹렬히 성을 공격했다. 쉬지도 않고 밀어붙이길 꼬박 열흘째였다. 그 결과, 마침내 해자를 메우고 외성벽을 돌파했다. 물론, 엄청난 희생을 치렀지만 아직 이만에 가까운 병력이 남아 있었다. 우금이 지휘하는 조조군이 내성에 이르자, 전투는 더욱 치열해졌다.

"머리 위로, 방패를 제대로 들어라!"

콰직! 우금이 직접 나서면서 들어 올린 방패 위로 어른 머리통만 한 돌덩어리가 떨어졌다. 그 충격에 무릎이 휘청했는데도 우금은 이를 악물고 버텨내며 전진했다. 그가 낙석과 화살 공격에도 몸을 사리지 않고 앞장서 싸우니, 병사들도 덩달아 사기가 올랐다. 죽음을 각오한, 아니 죽음조차 두려워하지 않는 기백 같은 것이 우금의 전신에서 흘렀다.

급기야 수비하던 악취가 먼저 질리고 말았다.

"못 보던 놈인데, 저놈은 대체 뭐냐?"

원래대로라면 진류에서 원군이 오거나, 적이 지쳐서 물러나야 했다. 조조군은 전선이 넓게 펴지면 이상하게 약한 모습을 보였기에 늘 한 곳을 집중 공격했다. 그러면 즉시 다른 두 성에서 원군을 보내 격퇴하는 식이었다. 한데 이번엔 두 가지 일 모두 벌어지지 않았다. 악취는 이상하게 불길함을 느꼈다.

'설마, 조조 놈이 진류성 쪽에도 병력을 보낸 건 아니겠지? 아니, 그렇다 해도 거기는 중덕(仲德, 정립) 님이 지키고 계시니 함락하기 어려울 텐데.'

정립은 강직한 성격과 수단 방법을 가리지 않는 면으로 인해, 대인관계가 그리 좋지는 않았다. 일례로《세설신어》에 실린 일화를 보면, 조조 세력의 식량이 부족해지자 정욱이 자신의 출신 현을 약탈하여 사흘 분의 식량을 제공했다. 한데 거기에 인육 말린 것이 섞여 있어서 조정의 신임을 잃어, 업적에도 불구하고 공의 지위에 오르지 못했다고 한다. 악취 또한 정립에게 호감이 있진 않을망정 그의 실력은 인정했으며 존경하고 있었다. 그때, 수하가 다급히 외치는 소리에 악취는 정신이 번쩍 들었다.

"장군, 서쪽 성벽이 무너집니다!"

"뭐라고?"

조조군의 공격을 매번 격퇴하긴 했으나, 원술 쪽에도 피로는 쌓였다. 그 피로는 사람뿐만 아니라 성벽과 말, 무기 등에도 적용됐다. 조금씩 축적되어오던 충격이 하필 이때 터졌다.

'그 적장 놈이 안 보인다! 어느새….'

악취는 헐레벌떡 서쪽 성벽으로 달렸다. 하지만 말 한 마리를 잡아타고 그리로 향한 우금이 먼저 도착한 후였다. 그는 손방패 하나와 삼첨도 한 자루를 들고 무너진 성벽으로 향했다. 이어서 시체와 잔해 더미를 밟고 위로 뛰어오르기 시작했다. 뒤따르던 병사들이 크게 놀라 외쳤다.

"장군님! 위험합니다!"

그러나 우금은 들은 척도 하지 않았다.

"놈을 막아라!"

화살이 우금을 향해 빗발치듯 쏟아져 내렸다. 손방패로 최대한 쳐내고 막았지만, 어깨와 팔다리에 화살 여러 대가 박히고 말았다. 그런데도 마치 아무 일도 없다는 듯 꾸역꾸역 성벽을 올라왔다.

'저, 저놈은 고통도 못 느끼나?'

그러는 사이, 어느새 우금은 성벽을 넘어오기 직전이었다. 뒤에서는 조조군 병사들이 우르르 기어올랐다. 보다 못한 악취가 우금을 향해 강궁을 쐈다. 우금은 재빨리 손방패를 들어 막았으나, 화살은 방패와 그의 팔까지 한꺼번에 뚫어버렸다. 피가 튀며, 순간적으로 우금의 움직임이 멈췄다.

"잡았다!"

악취는 쾌재를 불렀다. 한데 다음 순간, 그의 얼굴은 안도와 기쁨 대신 경악으로 물들었다. 방패와 팔뚝을 관통한 화살은 우금의 이마에 박혀 있었다. 스스로 머리를 내밀어 쓰고 있던 투구의 이마 장식 부분에 화살이 박히게 한 것이다. 그리하지 않았다면 안면이나 목에 화살이 꽂혔으리라.

"으으, 저 지독한 놈!"

악취가 멈칫하는 사이, 우금이 순식간에 거리를 좁혔다. 그는 당황하여 헐레벌떡 활을 버리고 검을 뽑아들었다. 주변에 있던 궁병들도 다급히 화살을 날렸다. 하지만 화살로 쓰러뜨리기에는 이미 너무 가까워진 후였다. 우금은 뛰어올랐다 떨어지며, 그대로 삼첨도를 내리쳐 악취의 오른팔을 잘랐다. 악취는 검을 쥔 채 바닥에 떨어지는 자신의 팔을 멍하니 바라보았다. 그것이 그가 눈으로 세상을 본 마지막이었다. 콰악! 풍경이 빙글 돈다 했더니 곧 캄캄해졌다.

"이 문칙(文則, 우금의 자)이 적장의 목을 베었다!"

우금은 악취의 수급을 들고 힘껏 소리 질렀다. 이런 행동은 잔인해서라거나 과시하기 위해서라기보다는 적의 기를 꺾음으로써 아군 병사들의 피해를 줄이기 위한 이유가 컸다. 좀 전까지 온 힘을 다해 싸우던 병사도 총대장이 적장에게 죽었다는 말을 들으면 팔다리에 힘이 빠졌다. 아니나 다를까, 여기저기서 무기를 떨어뜨리고 항복하는 원술군 병사들이 속출했다. 일 년 가까이 버텨오던 양성이 함락되는 순간이었다.

"허허."

후방에서 전황을 살피던 조조군의 책사, 유엽은 놀라움을 금치 못했다.

'문칙 장군의 저력이 저 정도였던가? 주공에게 제대로 보고해야겠구나.'

이 시대의 사람들은 당연히 모르지만, 현대에는 소위 '포텐이 터졌다'는 표현이 있다. 어떤 사람이 가졌던 잠재력이 발휘됐다는 의미다. 본래 정사에서는 왕랑이 우금을 조조에게 추천하며 말하기를 '대장군의 자질'이 있다고 했다. 시대적 특성상 높은 직위의 무관에겐 통솔력과 지력도 중요했지만 개인의 무력이 가장 많이 요구되었다. 대장군 감이라 함은 그만큼 우금이 강하다는 뜻. 그런 뒤 우금이 실제로 보인 전공은 눈부셨다. 여포를 공격해 연주 탈환에 공을 세웠고 황건적의 잔당 황소와 유벽을 격파했으며, 원술이 진국을 침공해왔을 때는 교유를 포함, 무려 네 명의 장수를 붙잡아 참수했다. 또 조조가 유비 정벌에 나선 사이, 불과 이천의 병력으로 연진을 지켜 원소의 대군을 막았다. 그걸로도 모자라 오히려 북상하여 황하 인근에 있던 원소군의 수많은 진영을 격파했다.

한데 이 시대에서는 우금이 활약할 기회가 잘 오지 않았다. 바뀐 역사 때문에 그가 맡았어야 할 전투를 다른 이가 맡기도 했고, 가장 큰 활약을 한 원소와의 전쟁이 아예 일어나지 않은 까닭이었다. 이에 조조는 우금을 단독으로 내세우는 일이 잘 없었다. 부관의 그릇 정도로 여긴 것이다. 그러다 가장 중요한 때, 중요한 전투에서 단독으로 선봉을 맡게 되었다. 그것이 우금의 잠재력을 폭발시킨 결과를 낳았다.

이후 우금은 정사에서 위나라 오자양장(伍子良將. 위나라의 가장 용맹한 다섯 장군을 이르는 말로, 촉의 오호대장군과 대비되는 의미. 전장군 장료, 우장군 악진, 좌장군 우금, 거기장군 장합, 후장군 서황이 포함되었다)에 당당히 이름을 올린 실력을 본격적으로 드러내기 시작한다.

우금이 양성을 무너뜨리는 사이, 진류성에서의 공방전 또한 치열하게 전개됐다. 다만, 여기서는 정립이 신들린 듯한 책략과 지휘로 장수의 역량 부족을 메우고 있었다. 최정예를 동원하고도 좀체 효과를 거두지 못하자, 하후돈이 초조해한 탓도 있었다. 조금씩 무리한 공격을 가해오기 시작한 것이다. 정립은 그 틈을 놓치지 않고 매서운 반격을 가했다.

단, 양성을 잃고 진류성도 위기에 처한 원술군이 불리한 상황임은 분명했다. 마침 노지심과 무송이 패국을 공격하러 떠나 있었던 것도 조조군에게 유리하게 작용했다. 패국만 차지하면 원술은 예주를 모두 손에 넣고 예주 이북을 완벽하게 틀어막게 된다.

진등의 과감한 책략으로 조조는 마침내 절호의 기회를 잡은 듯했다. 그런데 균열은 엉뚱한 데서 나타나고 있었다. 조조는 진류성을 공격 중인 유격 부대가 고전 중이라는 소식을 받았다. 이에 초조해진 그는 남아 있던 책사들을 소집했다. 진등과 만총 그리고 오용 등이었다. 조조의 호위대장인 허저도 회의에 동석했다.

"진류 공격이 생각처럼 수월하게 풀리지 않는다고 하오. 혹 여기에 더할 다른 계책이 있소? 이번 기회를 놓치면… 큭!"

말하던 조조가 신음했다. 두통이 도진 것이다.

"주공!"

"신경 쓰지 말고 계책을 말해보시오."

그러나 아무도 선뜻 나서지 못했다. 현재 조조군은 총력전을 펼치다시피 하고 있었다. 이는 곧 가용 병력과 물자가 없음을 의미했다. 이런 상황에서 계책을 내놓기란 쉽지 않았다. 활용할 뭔가가 있어야 판을 짤 게 아닌가. 그때, 뜻밖에도 오용이 정적을 깨고 말했다.

"한 가지 방법이 있긴 합니다."

"그게 뭐요?"

오용은 잠깐 주저하다가 입을 열었다.

"바로 성혼단의 힘을 빌리는 것입니다."

"성혼단?"

"예."

성혼단이라는 단어에 만총이 살짝 움찔했다. 허저의 표정도 약간 굳었으며 눈빛이 험해졌다. 오용은 눈치채지 못하고 계속 말을 이었다.

"일찍이 노준의라는 성혼단의 간부가 요동의 공손탁, 동북평에 있던 공손찬의 잔존세력까지 싹 정리해버린 일은 주공도 아실 것입니다. 비록 유주에서 진용운에게 패하여 몰락하긴 했지만, 그 저력은 주목할 만했습니다."

"흐음… 그 일은 나도 잘 알고 있소. 그때부터 성혼단에 대한 정보수집과 경계를 더욱 강화했으니까."

"노준의 사후, 남은 수만의 성혼단이 통솔자를 찾고 있다 합니다. 그중에는 뛰어난 장수도, 책사와 서생도 있으며 개개인이 평범한 장정 열 명에 필적한다 하니, 반드시 도움이 될…."

"총군사."

조조는 낮은 목소리로 오용의 발언을 잘랐다.

"그대는 지금 나로 하여금 사교 집단의 힘을 빌리라 이 말인가?"

"그것이 아니오라…."

오용은 아차 싶었다. 조조는 본래 어떤 세력, 특히 종교에 휘둘리는 걸 극도로 싫어했다. 심지어 중화 문명의 근간인 유교마저 거리를 둘 정도였다. 다만, 한나라에서 유가를 떼어놓고선 아무것도 할 수 없기에 적당히 이용하는 방식을 택했다. 그러나 그 대상이 성혼단이라면 얘기가 달랐다.

"나, 조조 맹덕은 황건적을 토벌하면서 세상에 알려지기 시작했다. 한데 이제 와서 황건적보다 더 요사스러운 성혼단과 손을 잡아라 이 말인가?"

성혼단은 원래 지살위의 주무가 기틀을 다졌다. 그랬다가 나중에 도착한 송강이 몸통을 차지하면서 위원회, 그중에서도 천강위의 하부 조직이 되었다. 한데 조조가 '황건적보다 요사스럽다'고 폄하하자, 오용은 순간적으로 울컥했다. 가뜩이나 최근 들어 자신을 의심하고 거리를 두는 듯한 조조의 태도에 서운함이 쌓인 터였다. 이에 그는 저도 모르게 조조의 말을 반박했다.

"그런 주공께서도 황건적 세력을 흡수해서 청주병으로 키우지 않았습니까? 그 병력이 결국, 주공의 새로운 기반이 됐습니다. 황건적도 그렇게 하셨는데 성혼단은 안 될 게 뭡니까?"

조조가 눈썹을 꿈틀했다. 대전의 분위기가 조금씩 험악해질 때였다.

"주공! 업성에서 급보가 왔습니다."

조조는 신경질적으로 내뱉었다.

"얼마나 급한 일이기에 중요한 회의 중에 끼어드는가. 설마 진용운이 남하하기라도 했나?"

"그건 아닙니다만…."

죽간을 받아 읽던 조조의 얼굴이 점점 굳었다. 이윽고 그는 다 읽은 죽간을 팽개치며 포효했다.

"진용운, 이 개자식!"

그야말로 순수한 분노의 발현이었다. 조조의 수하들은 그런 모습을 난생처음 보았다. 그에게 격한 면이 있긴 하나, 어지간해서는 이 정도로 감정을 드러내지는 않았다. 영특한 만총이나 용맹한 허저조차도 입을 헤벌리고 조조를 바라보며 굳어 있었다. 겨우 정신을 차린 진등이 조심스레 물었다.

"주공, 대체 무슨 일인데 그러십니까?"

"진용운 그 빌어먹을 놈이, 기어이 업성에 숨어들어와 문희를 강탈해갔다고 하네."

진등은 그만 입을 꾹 다물었다.

'절대 일어나선 안 될 일이 일어났구나. 하필 이때.'

진등은 가까이에서 조조를 모시는 만큼 채염에 대한 그의 소유욕과 애정을 잘 알았다. 영웅호색이라곤 하나 조조는 본래 여자를 좋아해서, 한번 빠지면 앞뒤 안 가리는 성향이었다. 그 대상이 유부녀이든 적의 아내이든 혹은 장소가 적진 한가운데라도 마찬가지였다. 심지어 아들의 여자마저 탐낸 적이 있었다.

정사에서도 장제(張濟, 동탁의 수하였던 양주 군벌. 이 책에서는 동탁을 친 여포가 주무의 간언에 따라, 정사와 달리 속전속결로 잔당들을 숙청해버리는 바람에 이각, 곽사 등과 함께 죽임을 당했다)의 미망인이자 장수(張繡, 장제의 조카였으며 유표와 손잡고 조조에게 대항했으나, 가후의 조언으로 항복하여 수하가 되었다. 여기서는 독립 세력을 유지하다가 원술의 수하로 들어갔다)의 숙모인 추씨에게 흠뻑 빠져서 통정하다가, 그 사실을 눈치채고 격분한 장수의 배신으로 죽을 뻔하기도 했다. 그 사건으로 장남 조앙과 맹장 전위를 잃는 혹독한 대가를 치렀지만, 그런데도 여성편력이 사라지지 않았을 정도였다. 그중에서도 채염은 특별히 여겼으니, 그녀에 대한 조조의 집착은 상상 이상이었다.

조조는 간신히 화를 억누르며 사신에게 말했다.

"동평은 대체 뭘 하고 있었나? 분명, 문희의 경호를 맡겼을 텐데."

"그것이…."

사신의 다음 말을 들은 오용은 저도 모르게 눈을 질끈 감았다.

"달아났습니다."

"뭐라고?"

"정말입니다. 책망 받을 것이 두려웠는지 며칠 후에 종적을 감췄습니다."

조조의 시선이 오용을 향했다.

"이게 어찌 된 일인가?"

"…뭐라 드릴 말씀이 없습니다."

오용에게는 그야말로 최악의 시점에 사신이 도착한 셈이었다. 이윽고 조조는 착 가라앉은 음성으로 말했다.

"돌아간다."

순간 오용은 제 귀를 의심했다. 그는 눈을 번쩍 뜨고 반문했다.

"예?"

"나는 업성으로 돌아갈 것이다. 티끌만 한 흔적이라도 찾아서 진용운을 추격하여 문희를 되찾아올 것이다. 이미 늦었다면 유주성을 공격할 것이다."

진등도 당황하여 조조를 만류하려 했다.

"주공, 지금 이 상황에서는 좀…."

그때, 사신이 만총과 눈길을 주고받았다. 이어서 다른 서신 하나를 그에게 넘겨주었다. 그걸 본 오용은 점점 더 불안감이 커졌다. 전부터 만총이 이상하게 신경 쓰였다. 하지만 그가 정확히 뭘 하는지 알 수 없었다.

'어쩐지 지금 그걸 알게 될 것 같군. 이제 별로 알고 싶지 않은데.'

만총이 차분한 어조로 오용을 향해 물었다.

"실례지만, 총군사께서는 성혼단과 무슨 관계이십니까?"

"뭐? 다짜고짜 그게 무슨 말이오?"

"총군사가 성혼단의 첩자와 여러 차례 접촉한 증거를 찾았습니다. 그들에게서 금품을 제공받기도 했고 말입니다. 혹 조금 전 성혼단의 힘을 빌리자는 발언도, 그 대가로 그들에게 뭔가 편의를 봐주기 위한 게 아닙니까?"

"허허…."

"그리고 원술군의 장수들과도 접촉하셨더군요. 노지심과 무송이라는 자들 말입니다. 그들에게서 금은 장신구를 받으셨지요? 혹시 성혼단의 자금으로 쓰려던 겁니까? 아니면 내통한 대가?"

"이것 보시오, 백녕(伯寧, 만총의 자)!"

노하여 외치던 오용은 오싹한 기분이 들어 입을 다물었다. 차갑기 그지없는 조조의 눈길이 자신을 바라보고 있었기 때문이다.

"어쩐지 원술치고는 우리의 움직임을 지나치게 잘 안다 싶었더니."

그의 중얼거림을 들은 오용은 발 아래가 꺼지는 듯한 기분이었다.

'언제부터?'

조조가 자신을 의심하기 시작했음은 '경'의 보고 등으로 알고 있었다. 태도도 예전 같지 않았다. 그러나 이렇게 완연히 증오를 드러낼 정도로, 원술과 내통했음을 확신할 정도로 자신에게서 마음이 떠났으리라곤 미처 생각지 못했다.

'언제부터 이 정도로?'

오용은 천기를 발현하여 조조의 마음을 읽으려 했다. 혹시나 변명할 거리가 있을까 해서였다. 천기, 심안(心眼). 대상의 생각을 단편적인 단어로 읽어낼 수 있는 능력이었다. 그는 그러고 나서 굳어버렸다.

배신자, 배신자, 배신자, 배신자, 배신자.
죽인다, 죽인다, 죽인다, 죽인다, 죽인다.

이것이 조조의 마음을 가득 채우고 있는 감정이었다. 순간 장내에서 단 두 사람, 오용과 허저만 느낀 감각이 있었다.

'안 된다, 경!'

바로 오용의 병마용군 경이 흘린 살기였다. 허저는 눈으로는 오용을 지그시 응시하면서, 손은 천천히 옆구리에 찬 보검 손잡이로 향했다.

'아직은 아니다. 어떻게든 되돌릴 방법이….'

조조의 칼 같은 물음이 오용의 폐부를 찌른 것은 그때였다.

"자네가 죽였나?"

"네?"

"그 동평이라는 자를 조자룡으로 위장해서 내 부친을 죽게 한 자가… 오용 자네인가?"

"…."

오용은 이번에야말로 말문이 막혔다. 서서히 파탄의 때가 다가오고 있었다.

(10권에 계속)

호접몽전 9

1판 1쇄 발행 2021년 1월 20일

지은이 최영진 | 펴낸이 윤혜준 | 편집장 구본근
디자인 오필민디자인 | 마케팅 권태환

펴낸곳 도서출판 폭스코너 | 출판등록 제2015-000059호(2015년 3월 11일)
주소 서울시 마포구 월드컵북로 400 문화콘텐츠센터 5층 9호(우 03925)
전화 02-3291-3397 | 팩스 02-3291-3338 | 이메일 foxcorner15@naver.com
페이스북 www.facebook.com/foxcorner15
블로그 https://blog.naver.com/foxcorner15

종이 일문지업(주) | 인쇄·제본 수이북스

ISBN 979-11-87514-58-9 04810